经典传家

经典回到生活　阅读从心开始

经典传家

『经典传家』丛书遴选了清代《四库全书》的精华，而且每一种书在注释、译文、解读等方面做了大量的、扎实的工作。

——傅璇琮

国学就是中国人的学问。『经典传家』是一套非常适合大众阅读的国学经典丛书。国学的传承和发展迫切需要好的大众读本。

——毛佩琦

《四库全书》浩如烟海，真正的必读经典就这百余部。

——任德山

国学是相互通融的，切忌断章或是割裂。今人只有从《周易》等原始经典入手，才能真正找到进入国学的门径。

——刘君祖

经典传家系列丛书

图解辛弃疾词

辛弃疾　著

崇贤书院　释译

黄山书社

《辛弃疾词》阅读指南

感受“稼轩体”的豪放词风

“苏辛”共开宋代豪放词风，“稼轩体”却有独特之处，体味辛弃疾的词句，感受他豪放之中深蕴的哀伤与愁苦。

生僻字注音，解除阅读障碍

对词中的生僻字词加注读音，解除查阅的麻烦，使您享受流畅阅读的乐趣。

词 评

- 选取历代大家对词句的客观评价，引导读者从优秀词评人的角度和高度来欣赏词句。

写作背景

- 帮您了解一首词的意境和风格源于作者的何种客观境遇和心情。
- 了解作者的境遇和个性，您就会更加理解“文如其人”。

注 释

- 参考权威说法，力求准确、客观地解释词语在词句中的意思。

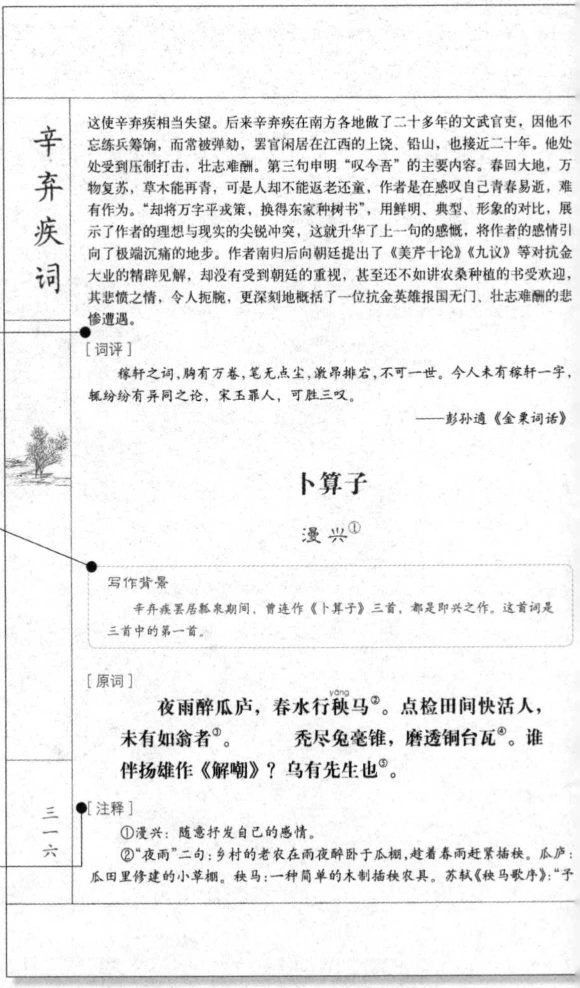

辛弃疾词

这使辛弃疾相当失望。后来辛弃疾在南方各地做了二十多年的文武官吏，因他不忘练兵筹饷，而常被弹劾，罢官闲居在江西的上饶、铅山，也接近二十年。他处处受到压制打击，壮志难酬。第三句申明“叹今吾”的主要内容。春回大地，万物复苏，草木能再青，可是人却不能返老还童，作者是在感叹自己青春易逝，难有作为。“却将万字平戎策，换得东家种树书”，用鲜明、典型、形象的对比，展示了作者的理想与现实的尖锐冲突，这就升华了上一句的感慨，将作者的感情引向了极端沉痛的地步。作者南归后向朝廷提出了《美芹十论》《九议》等对抗金大业的精辟见解，却没有受到朝廷的重视，甚至还不如讲农桑种植的书受欢迎，其悲愤之情，令人扼腕，更深刻地概括了一位抗金英雄报国无门、壮志难酬的悲惨遭遇。

[词评]

稼轩之词，胸有万卷，笔无点尘，激昂排宕，不可一世。今人未有稼轩一字，辄纷纷有异同之论，宋玉罪人，可胜三叹。

——彭孙遹《金粟词话》

卜算子

漫兴①

写作背景

辛弃疾罢居瓢泉期间，曾连作《卜算子》三首，都是即兴之作。这首词是三首中的第一首。

[原词]

夜雨醉瓜庐，春水行秧(yāng)马②。点检田间快活人，未有如翁者③。　秃尽兔毫锥，磨透铜台瓦④。谁伴扬雄作《解嘲》？乌有先生也⑤。

[注释]

①漫兴：随意抒发自己的感情。

②“夜雨”二句：乡村的老农在雨夜醉卧于瓜棚，趁着春雨赶紧插秧。瓜庐：瓜田里修建的小草棚。秧马：一种简单的木制插秧农具。苏轼《秧马歌序》：“予

三一六

《辛弃疾词》阅读指南

注释全面精准，便于理解

词中引用的生僻典故、字词都给以详尽细致的注释，便于读者更好地理解文意。

词意配图入画，如临其境

词中配有二百多张版画插图，与词句相辅相成，延伸诗文意境，令读者深入品味诗词。

辛弃疾词

昔游武昌，见农夫皆骑秧马。……日行千畦。”

③“点检”二句：仔细看看在田里忙活的人，没有像这位老农一样快乐的。点检：计算。翁：指田间的老农。

④“秃尽”二句：毛笔写秃了，砚台磨穿了，自己的笔耕生涯也很艰辛。兔毫锥：用兔毛做成的笔。王隐《笔铭》：“岂其作笔，必兔之毫。”铜台瓦：铜雀台上的瓦片做成的砚台。曹操曾在邺城修筑铜雀台，后来当地人掘瓦为砚，“贮水数日不渗”（见《文房四谱》）。

⑤“谁伴”二句：谁能陪伴扬雄作《解嘲》之赋呢，恐怕只有《子虚赋》中的那位乌有先生吧？极言寂寞孤独的情状。扬雄：西汉著名的辞赋家。晚年沉醉于研究哲学、语言文字学，因不屑于阿附权贵而作《太玄》以明志。有人嘲笑他写的书无用，于是他又作《解嘲》反驳。《解嘲》用主客问答式，文中之“客”为虚拟人物。

[词解]

这是一首即兴之作。上片描写的是一位老农夜晚在瓜棚之中饮酒小醉，白天在田间插秧种田的生活情景，日出而作，日落而息，悠然自得，无忧无虑，从而使词人感叹天下人都不如老农活得自在快活，因为他总要为自己的衣食冷暖而忙碌操劳，没有时间去关心什么家国大事，自然也就没有那么多的烦恼了。下片言及词人自身，作者自嘲虽忧心国事，笔耕不辍，先后向朝廷献上《美芹十论》《九议》等对抗金复国具有极大帮助的精辟见解，可是却始终得不到朝廷的重视。连个可以共诉衷肠的人都没有，这种孤独寂寞的情绪，被渲染得极为浓重。词人将司马相如笔下的乌有先生当作是自己政治上的知音，但乌有先生本来就是不存在的啊！由此我们可以深刻地体会到词人心中那种难以排遣的郁闷之气。

春水行秧马

[词人逸事]

辛弃疾曾于南宋光宗绍熙三年至五年（1192—1194）间出任福建提点刑狱使和安抚使。辛弃疾刚到福建就接到朱熹写给他的信。朱熹在信中称赞辛弃疾：“伏惟某官卓荦奇才，疏通远识。经纶事业，有肱骨王室之心；游戏文章，亦脍炙士林之口。”“闽中得林、辛，一路已甚幸。”

辛弃疾在福建从政期间，常向朱熹请教，得到许多为政的建议。绍熙五年（1194）冬天，朱熹邀请辛弃疾一同游览武夷山，两人相处

三一七

词　解

- 创设出词句创作的大背景和大环境。
- 对词句中隐含、涉及的许多相关的文史知识、典故等进行介绍。
- 语言通俗易懂，优美生动。

精美版画

- 精心配置二百幅插图，契合词句意境，讲述了词中的故事。
- 赏心悦目的图片，为您营造一种轻松的阅读氛围。

词人逸事

- 对与词作相关的逸闻轶事做了简要叙述，集趣味与知识于一体。

总　序

国学是什么？简单说，就是中国人之所以成为中国人的学问。因此，国学不仅包括数千年积累流传下来的经典，比如“四书五经”、《老子》《庄子》《孙子》《史记》《汉书》、唐诗、宋词，也包含研究中国人思维方式、生活方式、行为方式乃至娱乐方式的各种学问。广言之，国学研究的对象不仅包括文献，也包括实物；不仅包括物质文化遗产，也包括非物质文化遗产，如我国各民族的建筑、服饰、饮食、音乐、绘画、医药、戏曲等等。

国学是不断丰富、不断发展的学问。上面说的从“四书五经”到唐诗、宋词就是一个不断丰富发展的过程。近代以来，国学的研究范围还在不断地扩大，比如敦煌学、甲骨学，是随着有关文物的出土而兴起的；比如红学，是随着文学理论和学术风气的发展变化而兴起和发展的。随着时间的推移和学术的进步，必将有更多的学问被纳入国学研究的范围。

数千年来，中国人做学问形成了自己独特的理论和方法，比如思想理论、史学理论、文学理论，以及训诂学、考据学、音韵学等等。但这些理论和方法并不是一成不变的。比如，在史学研究领域，由于地下文物的出土，王国维等人提出了以地下文物与传世文献相补充互证的“二重证据法”。近代以来，西风劲吹。国人主动借鉴西方学术研究的理论和方法，研究中国学问。王国维借鉴尼采的哲学理论研究中国的文学戏剧，胡适以杜威的实验主义研究中国的“国故”。国学从来没有拒绝外国学问的融合，佛教传入中国后，经过改造，形成了中国独特的佛学、因明学；自明朝末年西学传入中国后，中国的天文学、数学等就已经融入了西学的因素。马克思主义传入中国后，不少人用马克思主义理论研究中国历史文化，它们自然也成为了国学的一部分。因此，国学又是开放的、随时代而进步的。那么，当今我们研究、振兴国学，不允许也不应该倒退，不允许也不应该僵化。

然而，国学又是与西学明显区分的。国学是西学的对应物，是与西学完全不同的学术体系。在近代，西学挟坚船利炮强势进入中国之后，中国人还视自我，对于中国固有之学问的称呼出现了中学、国故学、国粹、国学这样的名称。面对“帝国主义”的强大，中国人自愧不如，一方面拼命地学习、引进西学，另一方面拼命地贬低、抛弃国学。虽然也有一些人，如张之洞为保护中华文化之根本，提出“中学为体，西学为用”，如胡适，提出“整理国故”，以“再造文明”“建立民族自信心”，但其声音终被时代所淹没。国学一再被严重曲解和轻视，造成了中国历史文化的大断裂。也许，这一历史过程是必然的。但回顾过去，中国在走向独立富强的过程中，国学所付出的代价实在太大、太惨重了。

新中国成立后，饱受屈辱的中国人从此站立了起来，民族自信心大大加强，但没有能够及时认识到国学在新时代的重要性，甚至仅存的一点点国学遗产也进一步成为被抛弃的对象。改革开放三十年之后，走向富强的国人终于幡然醒悟，保护和振兴国学逐渐成为全民的共识。一个强大的自立于世界民族之林的国家，必然要有与之相匹配的伟大的民族文化。中国人，从领导者、学术界到普通百姓，都在重新发现国学的现代价值。同时，在走向全球化的进程中，东西方各国也把目光投向了中国。中国学问，中国的一切都在被重新评价。中国不仅为了自身的建设和发展需要从传统文化中汲取智慧，而且也面临着以优秀的中华文化向全人类贡献智慧的责任和挑战。

那么，这套经典传家丛书的编纂就是可喜的，编纂者的初衷和努力就是可敬的。希望这套丛书能发挥点滴作用，如同涓涓细水与千百万有志者的努力一道汇成大潮，去迎接中华民族的伟大复兴！

是为序。

毛佩琦

二〇一五年五月

前 言

辛弃疾是一位豪迈旷达的词人，也是开一代词风的伟大词人，他以“道男儿到死心如铁。看试手，补天裂”的炽热情感和以身报国的崇高理想来拥抱人生，英雄的豪情与世事的苍凉交织融合，造就了辛词“横绝六合，扫空万古”的豪放风格，也成就了其悲壮的基调。

辛弃疾，原字坦夫，改字幼安，别号稼轩，历城（今山东济南）人。他在词史上的重大贡献，就是拓宽了词的题材。他将任何能写入其他文学体裁的内容都写进了词作中，如政治、哲理、友情、恋情、田园风光、读书感受等。这其中，最为主要的是他的爱国思想和战斗精神。他出生时，北方就已沦陷于金人之手，因此，恢复北方失地、打击敌人，是他一生最大的政治理想，这在辛词中得到了淋漓尽致的体现。于是，当千年后的我们吟诵“醉里挑灯看剑，梦回吹角连营”之时，仍不禁为其再现的高昂斗志、整肃的军容而动容。但是“楚天千里清秋，水随天去秋无际……倩何人、唤取红巾翠袖，揾英雄泪”，又将怀才不遇的苦闷得不到排遣、不平和愤慨表现得淋漓尽致。

辛弃疾的词作不仅有丰富的思想内容，其艺术性也开拓出广阔的天地。他创造了生动丰富的人物形象，表现了雄奇壮阔的意境。他采用多样化的表现手法，展开丰富的想象。“酌酒援北斗”中北斗星可以作舀酒的器皿，“摩挲素月”中洁白的月亮可以在其手里随意把玩，这都能看出词人丰富的想象和旷世的豪情。另外，他运用别具一格的语言技巧，吸收了古近体诗、散文、骈文的句法，真可谓表现灵活自然、写法自由开放。总之，辛词作品多、内容广，呈现出来的艺术风格也是多姿多彩的。

也正是因为辛词有如此深厚的造诣，才能给读者提供南宋词最高艺术成就的借鉴。为更好地提升读者的阅读品位，我们从辛弃疾现存的六百余首词作中精选广泛传诵的作品，同时兼顾作品的思想性和艺术性，力求将辛词最精彩的部分展示给读者，得词一百七十余首，从而带给读者最丰富的人生感受和审美体验。

为了让读者更好地理解词作，我们交代了每篇作品的写作背景，再现历史的画面；同时，我们对作品进行了注释，特别是对典故、名物、典制等专有名词以及难懂的词语进行了解释，还注重对难懂的句子进行通译，并为生僻的词语加上拼音。我们为辛词的意境做了全新、准确的阐释，文白对照，便于读者阅读；我们还为词作搭配了符合正文意境的古代版画插图，赋予辛词丰富的韵味。所用的插图内容丰富、线条清晰，以直观具象的方式，令读者轻而易举地排除体会辛词时所出现的障碍；古人对辛词有许多经典的点评和诠释，我们也选入书中，这些点评十分精彩，可以帮助我们更好地体会原作的意境。

总之，我们希望通过此番努力能够给读者带来一些新意，让此书成为读者领略辛词意境之美、心灵受到熏陶、修养得以提高的最佳读本，从而深入了解中国传统文化的精髓。

崇賢書院

目录

汉宫春

立春日[1]

写作背景

南宋高宗绍兴三十二年（1162），辛弃疾率领抗金义军从金国投奔南宋。根据邓广铭先生的考证，《汉宫春》这首词应该是作于辛弃疾南归之初，寓居京口（今镇江）之时。

［原词］

春已归来，看美人头上，袅袅春幡(fān)[2]。无端风雨，未肯收尽余寒[3]。年时燕子，料今宵、梦至西园[4]。浑未办、黄柑荐酒，更传青韭堆盘[5]？　却笑东风从此，便熏梅染柳，更没些闲[6]。闲时又来镜里，转变朱颜[7]。清愁不断，问何人、会解连环[8]？生怕见、花开花落，朝来塞雁先还[9]。

［注释］

①立春日：立春是中国二十四节气之一，表示冬天结束，春天开始。

②“春已”三句：春天已经到来了，你看那美人头上的春幡正迎风飞舞。袅袅：随风飘动、飞舞的样子。春幡：《岁时风土记》：“立春之日，士大夫之家，剪彩为小幡，或悬于家人之头，或缀于花枝之下。”

③“无端”二句：春天的风雨无故来到，似乎是冬天不肯将严寒一下子全都带走。无端：没有来由，没有原因。

④“年时”二句：从前来过的燕子，料想今天晚上就可以来到西园。年时：去年。

⑤“浑未”二句：我还没有准备黄柑、青韭，以迎接春天的到来。浑：全，都。黄柑、青韭：化用苏轼诗中“辛盘得青韭，腊酒是黄柑”之句。堆盘：古代风俗，在立春这天作五峰盘，并用黄柑酿酒，称之为“洞庭春色”。

⑥“却笑”三句：春风从此就要吹拂着梅、柳，没有一些空闲。

⑦“闲时”二句：空闲的时候对着镜子，叹息自己又长了一岁。

⑧“清愁”二句：闲愁无法消除，问谁能将这解不开的玉连环给解开呢？连环：《庄子·天下》：“连环可解也。”《战国策·齐策》：“秦昭王尝遣使者遗君王后玉连环，曰：‘齐多智，而解此环否？’君王后以示群臣，群臣不知解。君王后引锥椎破之，谢秦使曰：‘谨以解矣。’”

⑨“生怕”二句：就怕看见花开以后又匆匆凋谢，塞北的大雁又飞回来的场景。暗示秋天来得特别早。

[词解]

在这首词中，辛弃疾将自己对于恢复大业的深切关注，以及那种激昂奋发的情怀，极为真切地表达了出来。

上片描绘了立春时节的景物，暗喻南宋当时的政局极不稳定。开头“春已归来”三句，点明了时令。南宋时风俗，在立春这一天，妇女们多剪彩纸为燕形小幡戴在头上。欧阳修《春日帖子》中就有“共喜钗头燕已来”之句。“无端风雨”两句，表面上是写自然界的气候多变，但同时也暗指南宋统治阶级面对金兵的不断南侵时所表现出来的惊魂不定、碌碌无为之态，宛如被冬日余寒所笼罩。“年时燕子”两句，是作者由春幡联想到这个时节正在向北飞回的燕子，可能已经把他的山东老家作为新的归宿。“年时”即去年的时候，这说明作者作此词的时候，离开他的家乡只有一年。接下来的“浑未办”两句，是说作者刚刚来到这里，生活尚未安定，连庆祝立春到来的果品菜蔬都来不及准备。

下片作者进一步抒发了自己忧心国事、思念家乡的感情。“却笑东风从此”三句，是作者想到立春以后将会出现的一派明媚的春光。“闲时又来镜里，转变朱颜”是在虚写，实际上表达的是作者初归南宋，渴望精忠报国、早日收复中原的迫切心情，恐怕自己虚度时光，空自蹉跎。这里所说的“清愁”，绝不是儿女情长的闲愁哀怨，而是作者忧国忧民的情怀。“解连环”句，是讽刺南宋最高统治集团之中没有人能作出抗金的正确决策。“生怕见、花开花落，朝来塞雁先还”二句，作者表现的是对于恢复事业的担忧，生怕这一年中，花朵由开至落，但中原却未能收复，自己难以回到家乡，从而流露出惆怅之情。

看美人头上，袅袅春幡

［词评］

“春幡”九字，情景已极不堪，燕子犹记年时好梦，黄柑青韭，极写晏安鸩毒。换头又提动党祸，结用雁与燕激射，却捎带五国城旧恨。辛词之怨，未有甚于此者。

——周济《宋四家词选》

上片铺叙“立春”而已。转头处向东风调笑，已属妙语。更云人盼春来，我愁春至，因其暗换韶光，老却多少朱颜翠鬓，语尤隽妙。然则岁岁之花开花落，春固徒忙，人亦徒增惆怅耳。

——俞陛云《唐五代两宋词选释》

［词人逸事］

宋高宗绍兴十年（1140），辛弃疾出生于山东历城（今山东济南）。当时北宋已经灭亡，北方被金军占领。辛弃疾的童年和少年时代在金朝统治下度过，他亲眼目睹了金军烧杀抢掠给人民造成的深重灾难，因此从幼年开始，他便树立了抗金报国的远大志向。宋绍兴三十一年（1161），金主完颜亮大举南侵，二十二岁的辛弃疾率领两千人起事抗金，后来又参加了耿京领导的抗金义军，被耿京任命为掌书记。绍兴三十二年（1162）奉表归顺南宋政府。

生怕见、花开花落，朝来塞雁先还

满江红

暮春①

写作背景

根据这首词上片的词意，可知此词作于辛弃疾南归后的第二个春天，即公元1164年，当时辛弃疾正在江阴签判任上。公元1163年，符离之败使南宋君臣大惊失色，主和派再次占据上风，北伐已成一梦。第二年，宋金达成《隆兴和议》，金宋的关系由“君臣”变为“叔侄”。虽然后来南宋又进行了“开禧北伐”，但是金宋对峙已成定局。时年二十四岁的辛弃疾亲身经历了符离之战，并上书张浚，但因人微言轻，他的主张并未被采用。这一段经历给他带来的影响都体现在这首词里。

[原词]

家住江南，又过了、清明寒食[2]。花径里、一番风雨，一番狼藉[3]。红粉暗随流水去，园林渐觉清阴密[4]。算年年、落尽刺桐花，寒无力[5]。　庭院静，空相忆。无说处，闲愁极[6]。怕流莺乳燕，得知消息[7]。尺素如今何处也，彩云依旧无踪迹[8]。谩教人、羞去上层楼，平芜(wú)碧[9]。

[注释]

①暮春：春天的最后一段时间，一般是指农历三月。

②“家住”二句：安家在江南，又过了清明节和寒食节。清明寒食：寒食节在清明节前两天，过了清明便是暮春天气。

③“花径”二句：花园中经过一番风雨，落花满地，一片狼藉。狼藉：形容乱七八糟、杂乱不堪的样子。

④“红粉”二句：粉红色的花朵随着流水已经漂远了，园林中的树荫越来越浓密。暗随流水：化用秦观《望海潮·洛阳怀古》：“无奈归心，暗随流水到天涯。”

⑤“算年年”二句：刺桐花每年开了又落，无力抵御清寒。刺桐：豆科，属落叶乔木，原产于亚洲热带地区，花色鲜红，形如辣椒。

⑥“庭院”四句：在庭院里回忆以前的生活，却无人可以倾诉，闲极生愁。

⑦“怕流莺”二句：怕飞来飞去的黄莺和燕子知道这个消息。

⑧“尺素”二句：我写的书信现在到哪里去了呢？我所思念的那个人也依旧没有音信。尺素：代指书信。此处以“彩云”代指自己思念的人。

⑨“谩教”二句：让我徒劳地登上高楼，望着远方碧绿的原野。

[词解]

辛弃疾之词一向以豪放著称，但其中不乏含蓄蕴藉近于婉约的词作。这首词，抒发了伤春恨别的“闲愁”，是宋词中最常见的题材。上片写景，下片抒情，也是一般长调最常用的章法。但是该词却能够做到不落俗套，实属难能可贵。做到这一步，全在于作者深厚的文学功底。

起句“家住江南，又过了、清明寒食”，以“江南”二字为文眼，将这两个字与题目联系起来，引发了读者关于江南秀丽春色的美妙联想。“花径里、一番风雨，一番狼藉”，句中的“狼藉”使读者仿佛感受到了一种猛烈狂暴的力量。“红粉暗随流水去，园林渐觉清阴密”，通过人的主观认识过程表明了时序节令的推移。“算年年”以下以刺桐花落作为例证,具体表述。“寒无力”三字，隐喻着君子的失意与小人的得势，为下片的抒情起到了过渡的作用。

谩教人、羞去上层楼，平芜碧

词的下片以不能与思念中的美人相见而抒写内心的愁苦之情。“庭院静，空相忆。无说处，闲愁极”四个短句，点出了“闲愁”，也许是极其深重的愁情，也可能是不易名状、难以言传的愁绪，此处所谓的闲愁，应该是因为作者不被南宋朝廷重用，恢复中原的夙愿难以实现而产生的愁情。“怕流莺乳燕，得知消息”，将朝廷中当权的投降派比作“流莺乳燕”，怕他们对自己流言诽谤、落井下石。“尺素”“彩云”一联，将美人作为象征，表达了对于理想的渴望与追求。然而，伊人音信全无，令人愁肠百结，自然也就产生了“谩教人、羞去上层楼，平芜碧”的结果了，从而也使本词更加耐人寻味。

[词评]

稼轩最不工绮语。……惟“尺素如今何处也，绿云依旧无踪迹”为婉妙。然可作无题，亦不定是绮言也。

——陈廷焯《白雨斋词话》

水调歌头

寿赵漕介庵[1]

写作背景

这首词作于辛弃疾南归的第七年，即宋孝宗乾道四年（1168），此时辛弃疾正担任建康府（今江苏南京）通判。他胸怀报国之志，然而却不受重用，壮志难酬。南宋宗室赵彦端，时任江南东路计度转运副使，很有势力和名望，并极受皇帝的宠信。辛弃疾想得到赵彦端的举荐，以施展自己的才干和抱负。因此在赵彦端做寿时，他应邀参加，并在席间写下了这首词。

［原词］

千里渥(wò)洼种，名动帝王家[2]。金銮当日奏草，落笔万龙蛇[3]。带得无边春下，等待江山都老，教看鬓方鸦[4]。莫管钱流地，且拟醉黄花[5]。　唤双成，歌弄玉，舞绿华[6]。一觞(shāng)为饮千岁，江海吸流霞[7]。闻道清都帝所，要挽银河仙浪，西北洗胡沙[8]。回首日边去，云里认飞车[9]。

［注释］

①寿：祝寿。漕：掌管漕运的官员，即转运使，主管赋税、钱粮等水上运输事宜。赵介庵：辛弃疾之友，名彦端，字德庄，号介庵，为南宋宗室。乾道三年（1167）任江南东路转运副使，驻节建康。

②“千里”二句：称赞赵彦端如天马、神驹，有超群之才，名扬帝王之家。千里渥洼种：将友人比作天马、神驹。《史记·武帝本纪》载：有骏马生于渥洼水（今甘肃安西境内）中，人献于朝廷。武帝认为是天马，并作《天马》之歌。后世遂以“渥洼”称天马、神驹。帝王家：赵属于宋室宗亲，故有此称。

弄玉

传说秦穆公的小女儿弄玉善于吹箫，后来与丈夫共乘龙凤离去，成为仙人。

③“金銮”二句：言赵彦端当日在金銮殿上起草奏章，书法遒劲奔放，如龙蛇飞舞一般。金銮：金銮殿。原是唐朝宫殿名，后来用以代指皇帝的正殿。龙蛇：喻笔势飞动。

④“带得”三句：言赵彦端将无边春色带到人间来，即使江山变老，友人依旧年轻。“带得”句既照应篇首天降神马之说，更指赵德庄由显谟阁

学士出任江南东路转运副使，从朝廷到地方任职。无边春：比喻其政绩卓然。教看：试看。鬓方鸦：鬓发仍然油黑光亮，就像乌鸦的羽毛一样。方：似。

⑤“莫管”二句：劝友人暂且放下漕务，现在应该对酒当歌，一醉方休。钱流地：《新唐书·刘晏传》记载刘晏善于理财，“能权万货重轻，使天下无甚贵贱而物常平，自言如见钱流地上”，此处将赵彦端比作刘晏。黄花：菊花。语意双关，既指菊花以点明节令(赵的生日正好在重阳节前一天)，又指黄花酒。

⑥双成、弄玉、绿华：都是神话传说中能歌善舞、才貌双绝的仙女。

⑦“一觞”二句：举杯祝寿，共饮美酒。觞：酒杯。流霞：神话中的仙酒，后来也泛指美酒。

⑧“闻道”三句：听说朝廷将要北上抗金，恢复中原。清都帝所：传说中天帝所居之处，这里喻指南宋朝廷。“要挽”二句：化用杜甫《洗兵马》诗意：“安得壮士挽天河，净洗甲兵长不用。”杜诗作于两京相继收复之际，意谓胡乱已平，将净洗兵甲，天下太平。辛词则将宋军把金兵赶出中原比作天河之水将涤尽西北胡沙。

⑨“回首”二句：祝赵彦端早日返回朝廷大展宏图。日边：古人以日喻君主，“日边”即指在君主身边。秦观《千秋岁》(水边沙外)词有“日边清梦断”之句，谓重返朝廷的美梦已经破灭，辛词意正相反。云里认飞车：古代神话传说中奇肱国制造的一种飞车。此借喻友人仕途通达，青云直上。

[词解]

一般祝寿之辞多流于应酬，奉承拍马者居多，但是辛弃疾这首词却不落窠臼，自出新意，既表达了为友人祝寿之意，又有勉励友人为抗金复国、恢复中原做出自己的贡献之意，同时也抒发了作者自己的报国之志。

词的上片主要是赞扬友人。一开始，词人就将赵彦端比作天马、神驹，认为他是宗室中的翘楚。接下来二句举出友人在朝堂之上草拟奏章的实例，称赞友人文才出众。紧接着又以虚笔称赞友人风流潇洒之神韵，祝愿友人青春永驻。“莫管钱流地，且拟醉黄花”，词人劝慰友人在寿宴之日可以暂且不理会公务，只管饮酒狂欢。词人在这里将友人比作唐代的刘晏，称赞友人政绩卓著。“黄花”一词，既点明时令，又暗合友人生日（据史书记载，赵彦端生日为重阳节前一

唤双成，歌弄玉，舞绿华。一觞为饮千岁

天)，并且为下片祝酒之辞做好铺垫。

下片紧承前文，将传说中的仙女召唤来，为友人的寿宴表演助兴歌舞，但主要还是表达对“要挽银河仙浪，西北洗胡沙”，即抗金复国事业的希望以及必胜的坚定信念。“一觞”二句，既是向友人敬酒，同时也写出了友人和自己饮酒时豁达豪爽的英雄气概。从“闻道”开始，词人不再局限于祝寿，转而开始抒发抗金报国的志向，词人运用自己的想象，没有直接点明自己的报国之志，只说听闻朝廷有出兵北伐、恢复中原的意愿。本词不仅文辞壮丽，而且在内容上更加开拓了祝寿词的意境。最后二句，词人祝愿友人在抗金战斗中，能够得到重用，大展神威，最后再重回朝堂之上，发挥更重要的作用。

这首词通篇都体现着一种昂扬奋进的精神，风格浪漫豪放，是辛弃疾早期词作中的代表作。

满江红

建康史帅致道①席上赋

写作背景

此词作于宋孝宗乾道五年（1169），时辛弃疾仍任建康（今江苏南京）通判。此词是辛弃疾和他的朋友、建康留守、知府兼沿江水军制置使史致道聚会时在宴席上所作。

［原词］

鹏翼垂空，笑人世、苍然无物②。还又向、九重深处，玉阶山立③。袖里珍奇光五色，他年要补天西北④。且归来、谈笑护长江，波澄碧⑤。　佳丽地，文章伯。《金缕》唱，红牙拍⑥。看尊前飞下，日边消息⑦。料想宝香黄阁梦，依然画舫青溪笛。待如今、端的约钟山，长相识⑧。

［注释］

①史帅致道：史致道，辛弃疾的上司。名正志，字致道，扬州人。乾道三年至六年（1167—1170）任建康知府，兼行宫留守、沿江水军制置使。史帅：

对担任军职的史正志的尊称。

②“鹏翼”二句：您就像大鹏鸟展翅腾空，傲视人间，视庸碌之辈如无物。鹏翼垂空：出自《庄子·逍遥游》：“有鸟焉，其名为鹏，背若泰山，翼若垂天之云。”苍然：莽莽苍苍、混沌不清的样子。

③“还又向”二句：将友人比作支天的柱子，谓其为朝廷之柱石。九重：天的最高处。神话传说中天有九重，此指朝廷。山立：如高山之巍然耸立，毫不动摇。语出《礼记·乐记》：“总干而山立，武王之事也。”

④“袖里”二句：您的袖子里藏着珍奇的五彩石，有朝一日一定能够补天西北。这里是赞颂史正志有抗击金兵、恢复中原的伟大志向。用神话中女娲补天之事。传说远古时代，氏族首领共工与颛顼交战。共工兵败，怒触不周山，以致天柱折断。于是，女娲炼五彩石以补天，重立四极。天西北：用来指代被金兵占领的广大北方地区。

⑤“且归来”二句：谓友人任沿江水军制置使，从容不迫地守卫长江，使江南局势稳定。

⑥“佳丽”四句：谓友人在建康为官，享受诗酒歌舞之乐。佳丽地：指建康。谢朓《入朝曲》有“江南佳丽地，金陵帝王州”之句。文章伯：文坛领袖。《金缕》：《金缕曲》，《贺新郎》的别名，代指宴会上演唱的歌曲。

⑦“看尊前”二句：酒席上觥筹交错，忽然从皇帝那里传来好消息，暗指友人将受到重用。

⑧“料想”四句：言友人眼前虽与山水为伴，日后定会入阁拜相。黄阁：代指丞相府。《汉旧仪》谓丞相府“以黄涂之，谓之黄阁”。青溪：水名，源出钟山，流入秦淮河。端的：真个，果真。钟山：一名蒋山，即紫金山，在今南京东。

[词解]

这首词是作者和建康府知府兼留守、沿江水军制置使史正志聚会时所作，虽然名义上是在歌颂史正志，但是实际上作者所称赞的英雄形象，已经不仅仅局限于史正志一人了，而是针对所有抗金志士甚至包括作者本人。

词的上片是在赞颂建康主帅英才盖世，是国之重器：既像展翅高飞的大鹏，又像撑天之柱，点明了史正志对国家的重要作用。“袖里珍奇光五色，他年要补天西北”二句又将这位主帅比作补天之神，意思很明显，就是希望在金兵入侵、山河破碎的情况下，主战派能够得到重用，修补塌陷的天空——也就是要收复河山，一统天下，将金人赶出中原。这不是简单的下级对上级的吹捧，而是将主帅看作是志同道合的朋友，已经上升到一定的精神高度。这与其说是在赞扬建康主帅史正志，倒不如说是在抒发作者自己的一腔豪情壮志。

下片借酒宴上的歌舞之景，写自己对于抗金大业不能实现的惋惜与悲叹之情。“佳丽地，文章伯。《金缕》唱，红牙拍”，描写酒宴时的场面，同时也表达了对时人沉湎

胸怀壮志

于歌舞不思进取的不满之情。“看尊前”二句，写突然从皇帝那里传来好消息，主帅将得到进一步的重用，暗指朝廷将进行北伐。这当然是一种假设的情况，辛弃疾正是在这样的情况下提出自己的看法，即本词最后几句所说的：我认为史帅是完全能够做到出将入相这样的显赫位置的，但是不能像眼前这样流连于山水歌舞。这也是辛弃疾对软弱无能的南宋君臣的一种担忧。

［词人逸事］

除了这首《满江红·建康史帅致道席上赋》以外，辛弃疾与之唱和的词作还有《念奴娇·登建康赏心亭，呈史留守致道》《千秋岁·为金陵史致道留守寿》等词。

但是据史料记载，史正志这个人在政治上属于投机分子，并没有辛弃疾在词中说的那么好。宋高宗曾到长江视察防务，当时史正志曾剽窃别人的一篇言论，改名为《恢复要览》献给高宗，因此得到高宗的赏识，并赢得了主战派的好感。后来张浚北伐失败后，他就公开投靠了以史浩为首的投降派，并且亲自参与排挤、打击以辛弃疾为代表的主战派。但是辛弃疾作这首词的时候，史正志任建康知府并兼江东安抚使、沿江水军制置使、行宫留守等数职，是辛弃疾的顶头上司，而且还没有暴露其真实面目，所以无论是朝廷重臣，还是一般官员、士人，包括辛弃疾都与其交往唱和，希望他能够有所作为。

念奴娇

登建康赏心亭，呈史留守致道①

写作背景

此词作于宋孝宗乾道五年（1169）。当时辛弃疾任建康（今江苏南京）通判，距离他南归已有八年，而他期望的抗金复国事业，却毫无进展，而且自己还遭到朝中投降派的排挤、打击。词人在一次登建康赏心亭时，触景生情，感慨万端，便作此词，献给建康行宫留守史致道，以此表达自己对国家前途的忧虑，以及对投降派排斥主战派的愤慨。

［原词］

我来吊古，上危楼、赢得闲愁千斛(hú)[2]。虎踞龙蟠(pán)何处是？只有兴亡满目[3]。柳外斜阳，水边归鸟，陇上吹乔木。片帆西去，一声谁喷霜竹[4]？　却忆安石风流，东山岁晚，泪落哀筝曲[5]。儿辈功名都付与，长日惟消棋局[6]。宝镜难寻，碧云将暮，谁劝杯中绿[7]？江头风怒，朝来波浪翻屋[8]。

［注释］

①赏心亭：位于建康下水门上，下临秦淮河，为当时游览胜地。留守：即行宫留守。古时国君迁都或巡幸，以重臣防守国都（或行宫），称为留守。宋高宗南渡之初曾一度定都于建康，后迁都临安，故有此职。

②“我来”二句：我登上赏心亭凭吊古迹，顿生万千愁绪。吊古：凭吊古代遗迹。危楼：高楼，指赏心亭。闲愁千斛：言愁绪之多。斛，容量单位。宋以前以十斗为一斛，宋以后以五斗为一斛。

③“虎踞”二句：建康城那虎踞龙蟠的形势哪里去了？只剩下六朝衰亡后的遗迹。虎踞龙蟠：据《金陵图经》记载，诸葛亮曾对孙权说：“秣陵（金陵）地形，钟山龙蟠，石城虎踞，真帝王之都也。”后人遂用来形容建康城地势之险要，气势之雄伟。兴亡：指先后建都金陵的三国吴、东晋、南朝宋、齐、梁、陈六朝兴亡古迹。

④“柳外”五句：描绘作者登上赏心亭以后所见的黄昏景色——夕阳照在杨柳梢头，水面上落满了归来的鸟儿，田野上的高大树木被风吹过。一只小船向西驶去，不知从哪里传来笛声。陇：田埂，此处泛指田野。乔木：高大的树木。喷霜竹：吹笛子。黄庭坚《念奴娇》词的结句云：“孙郎微笑，坐来声喷霜竹。”喷：吹奏，演奏。霜竹：秋天落霜的竹子，借指竹笛。

⑤“却忆”三句：言谢安风流名士，晚年仍然受到东晋孝武帝的猜忌，致有泪

谢安登东山

此图中表现的是东晋谢安登东山的轶事。

落哀筝之悲。安石：谢安，字安石，东晋宰相。风流：指谢安风采照人，英才盖世。东山岁晚：指谢安晚年。谢安出仕前曾隐居东山（今浙江上虞西南），故以“东山”代指谢安。后世遂以“东山”称隐居。泪落哀筝曲：东晋孝武帝末年，谢安因位高遭到猜忌。《晋书·桓伊传》载，孝武帝曾召善乐者桓伊饮宴，适谢安侍坐。桓伊弹筝作歌为谢安向皇帝表忠心，谢安闻歌触动心事，不觉潸然泪下，孝武帝也觉得惭愧。

⑥“儿辈”二句：谢安将建功立业的机会都交付给儿辈，自己整日以下棋消遣。《晋书·谢安传》载：太元八年（383），前秦皇帝苻坚率军南征东晋。谢安命其弟谢石、其侄谢玄迎敌于淝水。由于谢安指挥得当，晋军以少胜多，大败秦军。捷报传至相府，谢安正与人下棋，阅后面无喜色，下棋如故。客问之，他从容答道：“小儿辈遂已破贼。”长日惟消棋局：张固著《幽闲鼓吹》：宣宗坐朝，次对官趋至，必待气息平均，然后问事。令狐相进李远为杭州，宣宗曰：“比闻李远诗云：‘长日惟消一局棋’，岂可以临郡哉？”对曰：“诗人之言不足有实也。”仍荐远廉察可任，乃俞之。

⑦“宝镜”三句：没有了能照人肺腑的宝镜，我的一片忠心谁人可察？可叹人生苦短，只好借酒浇愁。宝镜难寻：李浚《松窗杂录》载，有渔人于秦淮河得一古铜镜，能照人肺腑。后不慎坠水中，遍寻不得。碧云将暮：化用江淹《拟休上人怨别诗》：“日暮碧云合，佳人殊未来。”柳永《洞仙歌》词：“伤心最苦，伫立对碧云将暮。”言天色将晚，喻岁月易逝、人生易老。杯中绿：杯中酒。化用白居易《和梦得游春诗一百韵》：“行看须间白，谁劝杯中绿。”

⑧“江头”二句：远远望去江水风急浪高，好像要将房屋摧毁。苏轼《次韵刘景文登介亭》：“涛江少酝藉，高浪翻雪屋”。语涉双关，既指南宋朝廷面临的危局，又指主战派的不利处境。

［词解］

这首词吊古伤今，表现作者对国家前途的忧虑，对投降派排挤压制主战人士的愤慨之情，笔调深沉悲凉。开头两句，开门见山，直接点明主题：词人来此是凭吊古人遗迹的，定下了全词的感情基调。“上危楼、赢得闲愁千斛”，是说词人登上高楼，触景生情，引起无限感慨。“闲愁千斛”，形容愁苦极多。作者说是“闲愁”，其实是故作轻松，辛弃疾心里对抗金复国一直念念不忘，这是国恨家仇，又怎是一个“闲愁”了得。“虎踞龙蟠何处是？只有兴亡满目”，用设问句，表达了对南宋朝廷的失望。建康城曾是魏晋六朝的都城，虎踞龙蟠，帝王之都，地势险要，正应该用来作抗金的屏障，现实中却是徒有虚名，充满着衰亡的气息。“柳外斜阳”五句，描写建康眼下的景象，具体阐述“兴亡满目”，渲染出一种国势衰微的凄凉气氛：夕阳斜照在迷茫的柳树上，水边的鸟儿急飞回巢，田野里高大的乔木，被狂风吹打，一只小船漂泊在江面上孤独地向西边驶去，不知是谁吹奏出悲凉的笛声。这些景象怎能不让作者对国家的未来感到担心。情景交融，作者描写的景

上危楼、赢得闲愁千斛

象有力地衬托了词人此时的心情。上片语言层层递进，环环相扣，有力地推动着作者的感情变化。

从下片起，开始着重抒发作者悲苦的内心情感，以及对国家未来的深沉忧思。“却忆安石风流”五句，写谢安受皇帝猜忌和淝水之战等典故。前三句写谢安早年隐居东山时的悠闲自在，表达自己本来也想隐居田园，不问世事，但是又偏偏忧心国事，难以纵情山水。“泪落哀筝曲”，表达了谢安受到东晋皇帝猜忌时的委屈之情，词人也借此事曲折表达自己饱受南宋朝廷猜疑排挤、大志难伸的抑郁之情。“儿辈”二句，写淝水之战时谢安的沉着淡定，辛弃疾在这里却曲用其意，抒发自己壮志未酬、英雄迟暮之感。建功立业的事情，只能留给下一代人了，我辈唯有以下棋消磨时光！这是对朝廷上下软弱无能、苟安求和的极大讽刺。“宝镜”三句，词人用寻觅不到“宝镜”，表达了自己的精忠报国之心不为人知而引起的悲愤沉郁的心情。最后二句含意颇深：写词人远望江面，看到狂风怒号，便预感到风势将会愈来愈大，长江卷起的巨浪，可能会把岸上的房屋推翻。这二句不仅写出江上波涛的险恶，也暗示对时局险恶的忧虑，深恐抗金志士难有作为。

“吊古”之作，大都抒发兴亡之感，或为自己的壮志难酬而鸣不平。辛弃疾这首吊古伤今的词作，写得感人至深。

青玉案

元夕①

写作背景

此词大约是在乾道六年至七年（1170—1171）辛弃疾任临安（今杭州）司农寺主簿期间所作。辛弃疾自归南宋以后，政治上一直不得志。此时又逢张浚北伐失败，朝野上下无人再敢言战，辛弃疾的政治主张无人能够理解，他内心苦闷，为政治上缺少知音而悲叹，故有此作。

［原词］

东风夜放花千树，更吹落、星如雨②。宝马雕车香满路③。凤箫声动，玉壶光转，一夜鱼龙舞④。

蛾儿雪柳黄金缕，笑语盈盈暗香去⑤。众里寻他千百度，蓦然回首，那人却在，灯火阑珊处⑥。

［注释］

①元夕：旧历正月十五为上元节，这天晚上叫元夕，又称元宵，自古我国就有元夕夜赏花灯的习俗。

②“东风”二句：元夕灯火很多，好像春风吹开千万花朵，又像是流星一样灿烂辉煌。苏味道《观灯》：“火树银花合，星桥铁锁开。”星如雨：也指元宵灯火，语出自《左传·庄公七年》“星陨如雨”。

③“宝马”句：大街上装饰华丽的马车来回经过。宝马雕车：装饰华丽的马车，化用郭利贞《上元》诗：“倾城出宝骑，匝路转香车。”

④“凤箫”三句：写鼓乐齐鸣，月亮由升到落，各种形状的灯整整亮了一夜。凤箫：相传萧史善吹箫，能吹箫引凤，故名。玉壶：指月亮，朱华《海上生明月》诗：“影开金镜满，轮抱玉壶清。”鱼龙：指鱼形、龙形的灯。夏竦《奉和御制上元观灯》诗：“鱼龙漫衍六街呈，金锁通宵启玉京。”

蓦然回首

⑤“蛾儿”二句：一群群佩戴着漂亮首饰的女郎欢声笑语地来回走过。雪柳：古代妇女的一种头饰，周密《武林旧事·元夕》：“元夕节物，妇人皆戴珠翠、闹蛾、玉梅、雪柳。”

⑥“众里”四句：在人群里反复寻找自己的意中人，猛然回首，发现那个人就在灯火零落的角落里。蓦然：忽然、猛然。阑珊：零落、将尽。

［词解］

火树银花不夜天，车马、街道、音乐、月光，作者极其细致地从各个角度描写了元夕之夜的热闹场景。在这倾城狂欢之中，词人在意的是观灯之夜与意中人的约会，可是久望不至，最后猛然发现那人却在“灯火阑珊处”。这首词所表现的主旨，正如梁启超先生所说：“自怜幽独，伤心人别有怀抱。”

古代描写上元灯节的诗词，不可计数，而辛弃疾的这一首，却堪称其中的翘楚。个中原因，并不在于这首词是一首简单描写上元节灯火的节令词，而是用以抒发某种情怀。上片借助于作者丰富的想象，渲染热闹的元夕灯火盛况：元宵节的火树银花，好像春风吹开百花一样，花团锦簇，争奇斗艳。夜里燃放的焰火，就如流星雨爆发一样灿烂美丽。紧接着描写了灯会的热闹场面，车如流水马如龙，游人往来穿梭。但是，上片这一片热闹的场景，并不代表词人此时真正的心情，而只是铺垫。这种铺垫一直延续到了下片，“蛾儿雪柳黄金缕，笑语盈盈暗香去”，描写了一群赏灯归去的时髦女郎，但是这也只是为了突出作者心中那位孤高自赏、与世俗女子完全不同的“伊人”。这位独处于灯火阑珊之处的美人，可以说是自己的真实写照。因为辛弃疾南归以后一直都担任杭州司农寺主簿这样的小官，其远大的理想和抱负难以施展，心中郁闷，此时又恰逢张浚北伐失败，朝廷上下无人再敢言战。辛弃疾因为是北人南归，又备受猜忌，真是有苦难言，知音难觅，心中苦闷不已。因此作者在本词中所描写的美人形象，正是作者自己这样宁愿受到冷落，也决不与那些投降派和贪图苟安的人同流合污的正直人士的写照。

［词评］

稼轩“蓦然回首，那人却在，灯火阑珊处”，秦、周之佳境也。

——彭孙遹《金粟词话》

稼轩心胸，发其才气，改之而下则犷。何尝不和婉。起句“东风夜放花千树”，大踏步出来，与眉山同工异曲。然东坡是衣冠伟人，稼轩则弓刀游侠。

——谭献《复堂词话》

古今之成大事业、大学问者，必经过三种境界：“昨夜西风凋碧树，独上高楼，望尽天涯路。”此第一境也。“衣带渐宽终不悔，为伊消得人憔悴。”此第二境也。“众里寻他千百度，蓦然回首，那人却在灯火阑珊处。”此第三境也。此等语皆非大词人不能道，然遽以此意解释诸词，恐晏、欧诸公所不许也。

——王国维《人间词话》

满江红

题冷泉亭①

写作背景

此词作于宋孝宗乾道六年至七年（1170—1171）之间，时作者任京城临安司农寺主簿。

辛弃疾自南归之后，曾三度在南宋京城临安做官，但时间都很短。乾道六年（1170）夏五月，作者三十一岁时，受命出任司农寺主簿，乾道七年春又改知滁州。这次算是任职比较长的一次，本词就是在此期间所作。

［原词］

直节堂堂，看夹道、冠缨(yīng)拱立②。渐翠谷、群仙东下，佩环声急③。谁信天峰飞堕地，傍湖千丈开青壁④。是当年、玉斧削方壶，无人识⑤。　山木润，琅玕(gān)湿⑥。秋露下，琼珠滴⑦。向危亭横跨，玉渊澄碧⑧。醉舞且摇鸾凤影，浩歌莫遣鱼龙泣⑨。恨此中、风物本吾家，今为客⑩。

［注释］

①冷泉：杭州的一处景致，位于灵隐寺前、飞来峰下，唐时有亭修建于水中，宋时移建于岸上，并建起水闸蓄水排洪，“冷泉放闸”成为古代灵隐寺的景观之一。明代书法家董其昌出了上联“泉从何时冷起，峰自何处飞来。”清末大学者俞樾以“泉从冷时冷起，峰自飞处飞来。”巧妙对出，一时成为美谈。

②“直节”二句：以古杉之昂然挺拔比喻官员夹道拱立。直节：劲直挺拔的样子，这里指松树和杉树。苏辙因其堂前有八株高大杉树，取其堂名为“直节堂”。冠缨：代指衣冠楚楚的士大夫。缨，帽带。拱立：拱手而立。

③“渐翠谷”二句：翠谷里泉声优美，如仙女佩环，淙淙有声。渐：此有逐渐深入之意。佩环：玉制的饰物。

④“谁信”二句：西湖旁边山峰耸立，谁能相信此峰是从天外飞来？天峰飞堕：《淳祐临安志》引晏殊《舆地志》载，传说东晋时，有天竺（今印度）僧慧理见此山曰：“此是中天竺国灵鹫山之小岭，不知何年飞来。”因称其峰为“飞来峰”。

⑤“是当年”二句：飞来峰大概是当年由神仙的玉斧削成，今人不知道它的来历。方壶：神话传说中的仙山。《列子·汤问》载：渤海之东有五座仙山，所居皆仙圣，“方壶”即其中的一座。

冷泉猿啸

⑥“山木”二句：草木被泉水浸润，绿竹被泉水浸湿。琅玕：原指青色的美玉，这里用来喻指绿色的竹子。

⑦“秋露”二句：滴落的秋露好像洁白的珍珠。

⑧“向危亭”二句：通过横亘于潭水上的小桥，就能够来到冷泉亭上。危亭：高亭，指冷泉亭。玉渊澄碧：潭水碧绿清澈。渊：深水潭，指冷泉。

⑨“醉舞”二句：词人在冷泉亭上酒酣起舞，令水中的鱼龙都为之动情。鸾凤：传说中的两种鸟，这里比喻文人雅士。浩歌：放声高歌。鱼龙泣：言水中鱼龙为之动情。

⑩“恨此”二句：因眼前风景事物而动思乡之情。风物本吾家：指冷泉景色与自己故乡的风光极为相似。“吾家”即指作者的家乡济南。济南素有“泉城”的美誉，尤以趵突泉闻名海内。此外，济南南有千佛山，北有大明湖，足可与冷泉一带的湖光山色媲美。

[词解]

这首词借景抒情。上片写冷泉亭附近的山林和飞来峰，下片写游亭的活动及由此所生发的感情。

上片自上而下，从附近的山林和流泉曲涧写起。“直节堂堂，看夹道、冠缨拱立。”用拟人手法写山路两旁的松柏整齐排列，就像戴冠垂缨的士大夫，昂首挺立。“直节堂堂”，形容“拱立”在冷泉亭周围的松柏高大挺拔，并且隐喻了作者高洁傲岸的情操；“渐翠谷、群仙东下，佩环声急”，翠谷里的流泉，缓缓流下，声音就像神仙衣服上的环佩叮当作响一样。下面四句，集中描写飞来峰，由“谁信”二字一贯到底。飞来峰并不高，但是奇娇如灵鹫，气势雄伟，这几句描写细

恨此中、风物本吾家，今为客

致，比喻生动。“是当年、玉斧削方壶，无人识”，飞来峰像是仙人用玉斧削成的神山一样，可惜时间一久，沧桑变幻，现在已无人认识它。这是对飞来峰的来历进行进一步的补充解释。

下片转写冷泉亭旁边的草木石头。“山木润，琅玕湿。秋露下，琼珠滴”，写亭边的草木修竹。珍珠般的秋露浸润了冷泉亭周边的一草一木。“向危亭横跨，玉渊澄碧”上句写游亭，下句写冷泉秋天流水澄清如碧玉。“醉舞且摇鸾凤影，浩歌莫遣鱼龙泣。”由自己游览景物转而触动自己的豪情和身世之感，调子又转为豪迈激昂。“醉舞”句写放浪之豪情，以“鸾凤”自喻，“浩歌”句写感慨，“鱼龙”因泉水而联想。“恨此中、风物本吾家，今为客。”为什么醉舞还会发出悲痛的“浩歌”，怕歌声会使“鱼龙”感泣呢？那是因为作者南归之后，中原大地仍然在金兵手中，词人不仅未能完成抗金大业，而且再也不能回到故乡。这种郁郁不得志的心情，也使词人触景生情，最后只能通过歌舞来排遣这种伤感，但事实上这样做根本无济于事。语言显得很平常，“恨”却更深沉，发人深省。这种“恨”，不仅是作者个人的思乡之情，更是对整个国家、民族未来命运的担忧，因此更能让读者与词人产生深切的共鸣。

这首词所表达的感情由个人之乡思上升到为国家民族命运而担忧的高度，显得尤为悲愤深广。

［词人逸事］

辛弃疾南归后，曾向宋孝宗进《美芹十论》。他根据自己两赴燕京、深入河朔一带所了解的情况，阐述了“女真虚弱不可畏”的理由；批判了“南北有定势，吴楚之脆弱，不足以争衡于中原”的投降谬论；对南宋王朝如何变被动为主动，如何抓住时机收复中原失地等提出了具体可行的建议。由于投降派的极力排挤和诽谤，英明果断的《美芹十论》始终没有得到皇帝的重视。辛弃疾毫不气馁，任司农寺主簿期间，又向丞相虞允文上《九议》，详细陈述了其复国方略。内容和《美芹十论》基本一致，他尖锐地指出：打击敌人，恢复国土，是关系到国家、民族的大业，不是皇帝或宰相的私事，应当上下一心共同参与。结果《九议》和《美芹十论》的命运一样，辛弃疾的爱国热情、战斗精神和卓越的军事才能依然没有得到朝廷的理解和重视。

新荷叶

和赵德庄韵[1]

写作背景

这首词作于宋孝宗乾道六年至七年（1170—1171）之间，当时作者仍在临安司农寺主簿任上。赵德庄此前有两首《新荷叶》（见《介庵词》），稼轩依原韵和作了两首词。这是其中的一首。

[原词]

人已归来，杜鹃欲劝谁归[2]？绿树如云，等闲付与莺飞[3]。兔葵燕麦，问刘郎、几度沾衣[4]。翠屏幽梦，觉来水绕山围[5]。　有酒重携，小园随意芳菲[6]。往日繁华，而今物是人非[7]。春风半面，记当年、初识崔徽[8]。南云雁少，锦书无个因依[9]。

[注释]

①赵德庄：名彦端，字德庄，号介庵，为南宋宗室。

②“人已”二句：友人已经回来，杜鹃依然啼叫着“不如归去”，却不知是在劝谁？杜鹃：鸟名，因其叫声哀婉悲切，使人产生思乡之情，所以亦称“子归鸟”。

③“绿树”二句：友人回来的时候，已经是暮春时节，大好春光白白地浪费掉了。陈亮《水龙吟》词：“恨芳菲世界，游人未赏，都付与，莺和燕。”等闲：轻易地、白白地。莺飞：丘迟《与陈伯之书》：“暮春三月，江南草长，杂花生树，群莺乱飞。”

④“兔葵”二句：友人虽然已返回临安，但很多事情都已经改变了。用唐代诗人刘禹锡事。据《本事诗》记载：刘禹锡因为参加了王叔文的永贞革新而被贬朗州。十年后回到京城，重游京城玄都观欣赏桃花，作了一首《元和十年自朗州召至京戏赠看花诸君子》，诗云：“玄都观里桃千树，尽是刘郎去后栽。”朝廷中主政的大臣认为他是在讥刺朝政，又将其贬为外任。十四年后刘禹锡再度返回京城，此时玄都观已变成一片荒芜，他感而赋诗云：“种桃

绿树如云，等闲付与莺飞

道士归何处，前度刘郎今又来。”诗前有长序，序云：“重游玄都，荡然无复一树，惟兔葵燕麦动摇于春风耳。”兔葵燕麦：野草和野麦。刘郎：刘禹锡，此处借指赵德庄。

⑤“翠屏”二句：过去的经历犹如翠屏下幽梦一场，醒来后只觉得往事如烟，反倒不如悠游山水轻松自在。翠屏：卧室内绿色的屏风。

⑥“有酒”二句：带着酒重游故地，园里花草依旧随意生长。随意芳菲：言芳草遍地。随意：任意。芳菲：指花草。庾信《荡子赋》：“游尘满床不用拂，细草横阶随意生。”

⑦“往日”二句：往日的繁华依旧，但是今天人事却不再相同。

⑧“春风”二句：回忆当年初识佳人的情景。春风半面：春风中半遮半掩，写少女羞涩的样子。崔徽：唐歌伎，曾与裴敬中相恋。分别后，崔托人画像寄敬中，以示忠诚之意。未几崔徽抱恨而卒。（见元稹《崔徽歌》并序）

⑨“南云”二句：叹南归的大雁太少，不能替人传送书信。古有鸿雁传书的说法。因依：托付。

［词解］

以豪放雄浑著称的辛弃疾偶有婉约之作，本词就是其中的一首。通篇借描写友人归来所见所感，抒发“人面不知何处去，桃花依旧笑春风”的物是人非之感。

上片抒写友人归来所感。“人已归来，杜鹃欲劝谁归？”友人已然归来，长作“不如归去”的杜鹃鸟却依然啼叫不止，不知道是为谁而啼？这实际上是为友人归来感到高兴，责备杜鹃不应胡乱啼叫。“绿树如云，等闲付与莺飞”化用丘迟《与陈伯之书》中的名句，责备友人归来太迟，不能共赏春光。接下来，作者又用唐代诗人刘禹锡两次游玄都观的故事，来抒发人事更迭无常的感慨。“翠屏幽梦，觉来水绕山围”将友人的种种经历归于翠屏一梦，醒后且抛却烦恼悠游山水。

下片紧承上片乐游山水之意，“有酒重携，小园随意芳菲。往日繁华，而今物是人非”带着美酒重游故园，芳草萋萋，美景依旧，可是人事变化太大，已物是人非。“春风半面，记当年、初识崔徽”，还记得当年仲春时节，认识那位美人的情景。只可惜“南云雁少，锦书无个因依”，南飞的大雁太少，没有人可以代传书信。佳人的娇羞之态好像仍在眼前，而今却是天涯相别，不通音信。

这首词通篇写得清丽哀婉，是辛弃疾早期婉约词中比较有代表性的作品。

声声慢

滁州旅次登楼作，和李清宇韵①

写作背景

此词作于乾道八年（1172）。这年春天，辛弃疾由临安司农寺主簿调任滁州知州，他在滁州结交了一位名叫李清宇的朋友，这就是辛弃疾与之唱和的一篇作品。

［原词］

征埃成阵，行客相逢，都道幻出层楼②。指点檐牙高处，浪涌云浮③。今年太平万里，罢长淮、千骑(jì)临秋④。凭栏望，有东南佳气，西北神州⑤。　千古怀嵩人去，还笑我、身在楚尾吴头⑥。看取弓刀陌上，车马如流⑦。从今赏心乐事，剩安排、酒令诗筹⑧。华胥(xū)梦，愿年年、人似旧游⑨。

［注释］

①旅次：客中。辛弃疾北客南来，故有此语。楼：指奠枕楼，由辛弃疾于乾道八年（1172）秋在滁州建的一座楼阁，他的朋友周孚来看望他，作《滁州奠枕楼记》以记其事。李清宇：陕西延安人，辛弃疾在滁州新结识的朋友。

②“征埃”三句：过往行人都惊讶奠枕楼平地而起。征埃成阵：大路上车来车往，扬起尘土阵阵。幻出层楼：神奇般地出现一座高楼。

③“指点”二句：奠枕楼的最高处风起云涌，如波浪翻滚。檐牙：屋檐上突起的牙角。浪涌云浮：层云像波浪一样涌浮于层楼高处。

④“今年”二句：今年淮河一带，金兵暂时停止了侵扰，一派太平景象。淮河为当时宋、金的分界线。罢：罢兵。千骑临秋：千骑，指金兵。金人常趁秋天粮足马肥之际南下侵宋。

千古怀嵩人去，还笑我、身在楚尾吴头

⑤“凭栏”三句：登楼远眺，能看到东南方的帝王气象，也能看到西北方的中原国土。东南佳气：东南方向的帝王之气，此指南宋都城临安。西北神州：指沦陷的中原地区，临安地处东南，故称中原为西北神州。

⑥“千古”二句：当年怀念家乡嵩山的李德裕已经不在，如果他还在的话，肯定会笑我为什么不回故乡，还待在这吴头楚尾之地。怀嵩人去：辛弃疾的故乡是山东济南，南下滁州后兴建了一座奠枕楼，所以联想到与之相似的李德裕。《舆地纪胜·滁州景物》云：唐代李德裕曾经被贬为滁州刺史，于是李德裕修建“怀嵩楼”，取怀念家乡嵩山之意。后来，他果然得偿所愿，归隐故乡嵩山。楚尾吴头：滁州地处古代吴、楚两国交界处，故以此相称。辛弃疾《霜天晓角·旅兴》：“吴头楚尾，一棹人千里。”

⑦“看取”二句：道路两旁巡逻的士卒不断，路上车水马龙，一片安定繁荣的景象。弓刀：代指士兵。辛弃疾在滁州曾“教民兵，议屯田”。陌：路。此化用黄庭坚诗句：“弓刀陌上望行色。”

⑧“从今”二句：从今以后国家安定，可以尽兴喝酒吟诗了。赏心乐事：让人心情愉悦，十分高兴的事情。谢灵运《拟魏太子邺中集诗序》：“天下良辰、美景、赏心、乐事，四者难并。”剩：此作“尽”讲。酒令：喝酒时所行的酒令，是酒席上的一种游戏。由令官出令，违者、输者则罚酒。诗筹：标有诗韵的竹筹或木筹。参加的人或分筹，或抽筹，都必须按筹韵赋诗。

⑨“华胥”二句：愿滁州年年都安定繁荣，老百姓安居乐业，就像皇帝梦中的华胥国一样。华胥梦：据《列子·黄帝篇》，黄帝昼寝，梦游华胥之国。那里国无君长，民无贪欲，一切安然自得，后人即以“华胥”代梦。作者则借以喻滁州物阜民康。

[词解]

辛弃疾这首词作于滁州知州任上，抒发登楼之感。词人登高望远，胸怀天下，所不能忘怀的仍然是沦陷于金人手中的中原大地，但是作者仍然对未来充满了希望。

上片描写奠枕楼的宏伟气势以及登楼远眺的所见所感。“征埃”等五句，以来往行人的口吻描述高楼的气势，一是奠枕楼建设速度之快，如同一夜之间拔地而起，令人惊叹；二是奠枕楼高耸入云，气势非凡。接下来写的是登上楼以后的感受。首先，作者感到欣喜，因为金兵没有前来侵扰，老百姓今年获得了安定丰收的好年景。张浚北伐失败后，南宋朝廷与金《隆兴和议》，由于这个令南宋感到屈辱的和议，宋金边界换来了短暂的和平。但是，辛弃疾是不会忘掉那中原故土的。“凭栏望，有东南佳气，西北神州”，在楼上远眺，一是寄希望于南宋朝廷，二是面对中原感到痛心不已，东南虽可苟安一时，但是切不可忘记了北伐中原的大业啊！

下片头两句是由古人联想到了自己，当年的李德裕在滁州修建了怀嵩楼，最后终于回到故乡嵩山。但是辛弃疾呢，处于这个南北分裂的时代，祖国不能统一，故土难回，肯定会让李德裕笑话自己。这里已经道出了词人心中的悲痛，看着楼下人来人往的繁荣安定景象，作者又有了信心，因为此时决心恢复中原的宋孝宗决定分别从江淮、四川东西两路进攻金军，乾道八年（1172）九月，虞允文以少保、武安军节度使任四川宣抚使，封雍国公。此前一年，宋孝宗还将三衙之一的侍卫亲军马军司移屯建康，以建康作为宋军东路的前进基地，这就使辛弃疾又感到了自己即将有所作为，一定能够让滁州百姓的生活像华胥国那样宁静和平。这也是最后几句所要表达的意思。

全词所表达的这种时刻不忘恢复中原的精神，含蓄而又深沉，同时作者的态度也是十分坚定而自信的。

[词人逸事]

辛弃疾在滁州任上，雷厉风行，大刀阔斧地进行了一系列治理，取得了卓有成效的政绩：首先，减轻了老百姓的赋税负担，让人们吃穿不愁。他请求朝廷全数免除了百姓历年积欠的租赋，还减免了七成商业税额。其次，招抚流亡，对逃荒流亡的农民，租借土地、钱粮，为其修建房屋；分给流民土地、农具、牲畜、种粮，使这些人在滁州安家落户。平时农耕，农闲练兵；使滁州的人口逐渐增加，生活稳定。再次，恢复城市的商业建设。辛弃疾组织民工烧造砖瓦，砍伐木材，雇

百姓安居乐业

用工匠，使荒废的街道建满了商铺、客店、酒馆，恢复了贸易场所，取名繁雄馆。最后，他在城西修建了一座高楼，取名为“奠枕楼”，成为人们登临游览的场所。这一年正逢夏麦丰收，短短的半年之内，滁州过去凄凉的面貌就大为改观。

木兰花慢

滁州送范倅(cuì)①

写作背景

本词作于乾道八年（1172）辛弃疾知滁州任上。范昂任滁州通判，是辛弃疾的副手，帮助处理政事。这年秋天，范昂任满，奉诏回京城临安，辛弃疾作此词为他送行。

[原词]

老来情味减，对别酒，怯流年②。况屈指中秋，十分好月，不照人圆③。无情水、都不管，共西风、只管送归船④。秋晚莼(chún)鲈江上，夜深儿女灯前⑤。　征衫便好去朝天，玉殿正思贤⑥。想夜半承明，留教视草，却遣筹边⑦。长安故人问我，道愁肠殢(tì)酒只依然⑧。目断秋霄落雁，醉来时响空弦⑨。

[注释]

①范倅：指范昂。倅：副职，范昂时任滁州通判，故有此称。

②“老来”三句：我老了，年轻时的兴致和趣味就慢慢减少了，面对着送别的酒杯，怕时光过得太快。辛弃疾三十三岁而自称“老来”，一则因为古人常常感慨时光流逝人生易老，二则针对年少立业而言，现在已过“而立”之年，而复国大业仍未实现，所以称“老”。

③“况屈指”三句：况且中秋快到了，月色很好，可是人却要分离了。

④“无情水”二句：江水西风都很无情，将友人所乘之舟急速送走，让人无限伤感。从侧面烘托送别之愁。

⑤“秋晚”二句：回家以后肯定能吃到家乡的饭菜，与家人共享天伦

之乐。莼鲈：莼菜羹和鲈鱼脍，都是江南特产。《世说新语·识鉴篇》谓西晋张翰在洛阳做官，见秋风起，思念吴中的莼菜羹、鲈鱼脍，遂弃官南归。并说："人生贵得适意耳，何能羁宦数千里以要名爵。"辛弃疾借以指代范昂返乡。夜深儿女灯前：黄庭坚《寄叔父夷仲》诗："弓刀陌上望行色，儿女灯前语夜深。"

⑥"征衫"二句：朝廷正是需要人才的时候，友人来不及换衣服就去朝见天子。征衫：旅途中所穿的衣服。玉殿：皇帝处理政事的金銮宝殿，用以代指皇帝。

⑦"想夜半"三句：我想你以后要留在皇帝身边，为皇帝起草诏书，或者是筹划边防的事务。意思是友人被朝廷重用。承明：汉制宫中设承明庐，是文学侍臣值班和起草文稿之处。视草：检查皇帝诏书的草稿。却遣筹边：又被派筹划边境事务。

⑧"长安"二句：如果京城的友人问起我的情况，就告诉他们我依然借酒浇愁。长安：用以代指南宋国都临安。殢酒：沉溺于酒。秦观《梦扬州》词："殢酒困花，十载因谁淹留。"

⑨"目断"二句：醉后拉弓虚射，不想却惊落了云中大雁，表现作者的杀敌复国之志。《战国策·楚策》里记载：更羸与魏王在京台上看见天空飞来一只大雁，更羸对楚王说："我能'引弓虚发而射鸟'。"果然只拉了一下弓弦大雁就掉下来了。魏王问更羸是什么原因。更羸回答说："这是一只箭伤未愈的孤雁，听到弓响就想飞得高一些，却导致伤口迸裂，应声而下。"

［词解］

目断秋霄落雁，醉来时响空弦

这首词是一首送别之作，词人对友人依依不舍，同时希望友人能够得到皇帝重用进而建功立业，并抒发自己壮志难酬的感慨。

上片起句"老来情味减"，令人不解：只有三十三岁的辛弃疾，正是年富力强的时候，为什么要说自己"老"了呢？辛弃疾从二十岁起，就在戎马之间攻城陷阵，后来追擒叛徒，率兵南归，可算是少年英雄，现在他已过而立之年，再回首往事，却有一事无成之感，过去的事情好像都已经很遥远。因此，自然就产生了"老"的感觉。这是对青年时

共西风、只管送归船

代怀抱壮志的怀念，也是对现在不能有所作为的一种遗憾。“对别酒，怯流年”这是同友人离别时，面对时间的流逝，产生的一种莫名的恐惧；其实就是由于自己英雄无用武之地而在情绪上产生的一种压抑的感觉。“况屈指中秋，十分好月，不照人圆”，笔锋一转，又写到眼前的离别：再过几天就是中秋，在这个应该团圆的日子，人却要离别，这不就更使人感到遗憾吗？“无情水、都不管，共西风、只管送归船”，怨江水、西风无情，其实是侧面表现作者与友人的感情之深。范昂是辛弃疾的副职，两人合作得很好，共事一年多来实行的多项政策，都取得了显著成效。因此，他们之间有着深厚的友谊，“秋晚莼鲈江上，夜深儿女灯前”，这是设想范昂回到家乡，享受家乡风味食品，与家人共叙天伦之乐的情景。

下片起笔“征衫便好去朝天，玉殿正思贤”，指范昂受到朝廷重用，回到临安还未来得及换衣服就被召去面见天子。作者既是希望友人回京以后受到重用，也是在担忧国事，这正体现了辛弃疾一心为国的高尚品质。“想夜半承明，留教视草，却遣筹边”，将友人受到重用的情况具体化：友人被留在承明庐，为皇帝起草诏书，审阅文件，与皇帝共同筹划军国大事。作者用这样的想象，劝励范昂不要过于留恋儿女私情，要努力为国家多做些事情。“长安故人问我，道愁肠殢酒只依然”，这是作者的自谦之词，如果遇到京城里的老朋友打听我的情况，就告诉他们辛弃疾依然一事无成，无颜面对故人，只好借酒浇愁。实际上他是在抒发自己不受朝廷重用，难有作为的抑郁心情。“目断秋霄落雁，醉来时响空弦”，这个收笔颇出人意料。作者用“惊弓之鸟”的典故，意在说明自己仍然记挂着抗金大业，希望能够重返疆场，杀敌报国。可是朝廷却早已忘记了自己，无奈只能拿着雕弓虚射，不想却惊落了大雁。作者认为自己有更羸那样的本领，所以希望能被朝廷重用。

这首词虚实结合，刚柔相济，柔婉中又带着豪迈的风格，比较典型地代表了作者的词风。

[词评]

稼轩词如……“秋晚莼鲈江上，夜深儿女灯前”……皆于悲壮中见浑厚。

后之狂呼叫嚣者，动托苏、辛，真苏、辛之罪人也。

——陈廷焯《白雨斋词话》

一剪梅

游蒋山，呈叶丞相[①]

写作背景

这首词作于淳熙元年（1174）春，作者第二次在建康做官，任江东安抚使参议官。叶衡是当时著名的抗金人物，与作者关系密切。辛弃疾这次在建康任职，也是出于叶衡的推荐。叶衡于是年二月召赴京城，该词正咏此事。

［原词］

独立苍茫醉不归，日暮天寒，归去来兮[②]。探梅踏雪几何时。今我来思，杨柳依依[③]。　白石冈头曲岸西，一片闲愁，芳草萋萋[④]。多情山鸟不须啼。桃李无言，下自成蹊[⑤]。

［注释］

①蒋山：南京的钟山。叶丞相：叶衡，字梦锡，婺州（今金华婺区）人。叶衡于淳熙元年（1174）冬始入京拜相。此称丞相，应当是后来追加。

②“独立”三句：我独自站在空阔无边的钟山上饮酒，天色已晚，天气变寒，已经到了回去的时候。独立苍茫：杜甫《乐游园歌》：“此身饮罢无归处，独立苍茫自咏诗。”苍茫：空阔无边的样子。日暮天寒：杜甫《佳人》：“天寒翠袖薄，日暮倚修竹。”归去来兮：陶渊明《归去来兮辞》的首句即为“归去来兮”。

③“探梅”三句：曾几何时，我们共同踏雪寻梅，现在又依依惜别。踏雪游山，当指辛弃疾通判建康时与叶氏共游之事。今我来思，杨柳依依：想象友人离开后，自己思念的情景。《诗经·小雅·采薇》：“昔我往矣，杨柳依依。今我来思，雨雪霏霏。”

④“白石”三句：长江西岸的白石冈，长满了萋萋芳草，惹来一片离愁。白石冈：在建康朱雀门外，当为两人常游之处。芳草萋萋：《招隐士》：“王孙游兮不归，春草生兮萋萋。”

⑤“多情”三句：留下了您的美德，让人无限怀念。《史记·李将军列传》引谚语赞曰：“桃李不言，下自成蹊。”喻实至而名归。《索隐》：“按姚氏云：桃李本不能言，但以华实感物，故人不期而往，其下自成蹊径也。”

［词解］

叶衡于淳熙元年（1174）二月奉诏入京，这首词就是辛弃疾为送他入京而作。全词通过描写二人同游钟山之事，表达了作者对叶衡的依依惜别和赞颂之意。

上片回忆与叶衡同游钟山，“独立苍茫醉不归，日暮天寒”，点明了具体地点与时间，“独立苍茫”、“日暮天寒”渲染了一种凄凉悲切的氛围，借陶渊明《归去来兮辞》的首句“归去来兮”，说明叶衡即将离开建康奔赴京城。“探梅踏雪几何时”，回忆当时与友人一同在钟山上踏雪寻梅的经历，“雪”象征着纯洁，“梅”则象征着清高、傲岸的人格，词人与友人一起踏雪寻梅，则是说两人志同道合，两人的友谊也是纯洁高尚的。“今我来思”和“杨柳依依”是《诗经·小雅·采薇》里的诗句，被作者直接借用，想象友人走后，自己一个人再来钟山时那种“物是人非”的凄凉心境。

下片紧承“今我来思，杨柳依依”，“白石冈头曲岸西，一片闲愁，芳草萋萋”几句，描写了友人离开以后的具体情景，景色依旧，却因为没有同游之人，而心中充满了愁绪。“多情山鸟不须啼”，则是对这种愁绪的强调——不用山中多情的鸟儿悲啼，心中自会惆怅不已。最后二句，引用《史记·李将军列传》中赞颂李广的话说明叶衡在建康的德政受到人们的称颂，叶衡本人也受到百姓的爱戴。

这首词用典有很强的特色，作者化用既成的诗句，却毫无生硬之感，显得自然而贴切，充分反映了辛弃疾炉火纯青的文学技巧。本词也是辛词中的一首婉约之作。

今我来思，杨柳依依

［词人逸事］

公元1161年，金主完颜亮大举进攻南宋，却遭遇“采石之败”，完颜亮也被其部下杀死。中原地区人民纷纷起义抗金，其中以耿京领导的义军队伍最为壮大，二十出头的辛弃疾也拉起了一支两千人的队伍，后来辛弃疾投奔耿京，被任命为义军的掌书记。耿京时常和他一起商讨战事，辛弃疾向耿京建议“决策南向”，以便和南宋朝廷军队互相配合，将金人赶出中原。耿京同意了他的建议，并令辛弃疾起草章表。

章表起草好了，由辛弃疾保管的义军大印却不见了。正在这时，有人报告，义端和尚逃跑了。这个义端平时喜欢谈论军事，辛弃疾跟他有些来往，还算比较投机。后来义端聚集了一千多人抗金，辛弃疾就劝他投奔了耿京。耿京知道这个消息后大怒，要杀辛弃疾。辛弃疾说：“请给我三天期限，抓不到他，再杀我也不晚。”

辛弃疾推测义端一定会向金人投降，马上向金营的方向追赶，最后终于抓住了他。义端花言巧语地哀求道：“我会看面相，您是天上的犀牛转世，杀人对您来说不算什么，但是希望您不要杀我。”辛弃疾毫不理会义端的哀求，一刀砍下了他的脑袋，搜出大印，一同交给了耿京。这一壮举充分显示了辛弃疾的智勇和胆略，耿京认为他是个壮士，起义军中的将士对他也更加敬佩了。

水调歌头

写作背景

这首词约作于南宋孝宗淳熙元年（1174）冬天，当时辛弃疾正在江东安抚司参议官的任上，友人辞别前往临安，词人作此词送友人。

[原词]

落日古城角，把酒劝君留。长安路远，何事风雪敝(bì)貂裘①？散尽黄金身世，不管秦楼人怨，归计狎(xiá)沙鸥②。明夜扁舟去，和月载离愁③。　功名事，身未老，几时休④？诗书万卷，致身须到古伊周⑤。莫学班超投笔，纵得封侯万里，憔悴老边州⑥。何处依刘客，寂寞赋《登楼》⑦。

[注释]

①“落日”四句：夕阳照在城墙的一角，我端起酒杯劝说您留下。京城离这里太远了，为什么还要穿着破旧的衣服艰辛地赶去呢？敝貂裘：破旧的貂皮衣服。此用苏秦在秦国落魄而归事，《战国策·秦策》：“苏秦始将连横说秦王，书十上而说不行，黑貂之裘敝，黄金百斤尽。……形容枯槁，面目黧黑，状有愧色。归至家，妻不下纴（纺织），嫂不为炊，父母不与言。”

明夜扁舟去，和月载离愁

②“散尽”三句：我担心你像苏秦一样盘缠用尽，还会遭到妻子的怨恨，不如早点归来，与沙鸥亲近为好。秦楼：汉乐府《陌上桑》：“日出东南隅，照我秦氏楼。”此以罗敷女代指妻室。狎沙鸥：与沙鸥亲近，指隐居生活。

③“明夜”两句：明晚月色下，你就要带着满身的离愁乘船而去。

④“功名事”三句：追逐功名利禄，恐怕是要到老了以后才会罢休吧？

⑤“诗书”两句：饱读诗书，应该像古代的伊尹和周公一样为国事操劳。致身：出仕做官。伊周：伊尹和周公，两人都是古代著名的贤相。

⑥“莫学”三句：不要效仿班超投笔从戎，即使能够万里封侯，也会长期滞留边疆，到老才能回来。班超投笔：《后汉书·班超传》载，班超年轻时家贫，以为官府抄写文书为生，后投笔从戎，立功异域，封定远侯，经营西域三十一年才得以返回汉朝。

⑦“何处”二句：在哪里能够找到可以依附的人呢？只怕是空自孤独寂寞，作《登楼赋》那样的思念家乡的文章。东汉末年，天下大乱，王粲避难荆州，依附刘表，曾作《登楼赋》，述其思乡之情。

[词解]

这首词是为送友人赴京城临安而作，抒写了作者对友人远行的依依惜别之情，盼望其早日归来，以及词人自身的孤独寂寞之感。

上片充满对友人的不舍之情，对友人之远行表示担忧。“落日古城角，把酒劝君留”二句开篇点题，直接劝告友人不要远行。“长安路远”以下五句，都是词人为友人感到担心，既言前路之艰难，又怕友人时运不济，像当年入秦的苏秦一样，最后落魄而归，招致亲戚朋友的冷落。用“归计狎沙鸥”的归隐山林之路，反衬求功名富贵的道路充满了艰难险阻。上片末句表达的是对友人一心向往功名富贵的感叹。

下片“诗书万卷，致身须到古伊周”，肯定了友人杰出的才学，希望友人此行能够获得成功，像伊尹、周公一样成为国之栋梁。同时词人又说“莫学班超投笔，纵得封侯万里，憔悴老边州”，劝慰友人不要一味为了功名富贵而像班超一样，有家难回。结处“何处依刘客，寂寞赋《登楼》”，乃是作者联系自身的境遇，自比王粲，感叹自己身似浮萍，漂泊不定，空自思乡，落得孤独寂寞。

这首词充满了一种悲慨之情，通篇都是对友人求仕的劝解之辞，但是实际上却是对朝廷不能重用人才，埋没人才，使友人和自己这样的有志之士壮志难酬，英雄无用武之地的讽刺与怨愤。辛弃疾南归以后大多做的是地方小官，并且总是受到朝廷上下的猜疑，使他难以有所作为，因此我们也能对词人抱着这样的态度有一个比较深刻地理解了。

水龙吟

登建康赏心亭

写作背景

此词作于南宋孝宗淳熙元年（1174）。辛弃疾二十三岁即南归，一直没有受到重用，二十六岁向皇帝上《美芹十论》，但是他提出的抗金策略，并没有受到重视。南宋孝宗淳熙元年(1174)，辛弃疾在建康任江东安抚使参议官。这时他已经三十五岁了。正是在这一年，在一次登赏心亭时，面对着钟山和长江，他感慨万分，悲叹自己满怀壮志不能有所作为，于是写下这首流传千古的《水龙吟》。

[原词]

楚天千里清秋，水随天去秋无际①。遥岑远目，献愁供恨，玉簪(zān)螺髻(jì)②。落日楼头，断鸿声里，江南游子③。把吴钩看了，栏杆拍遍，无人会，登临意④。

休说鲈鱼堪脍(kuài)，尽西风，季鹰归未⑤？求田问舍，怕应羞见，刘郎才气⑥。可惜流年，忧愁风雨，树犹如此⑦！倩(qiàn)何人、唤取红巾翠袖，揾(wèn)英雄泪⑧？

[注释]

①“楚天”二句：天空辽阔深远，散发着一片秋天的清冷气息，长江东去，流向天边。楚天：战国时我国南方的大片土地都属于楚国，所以古人泛称南方的天空为楚天。

②“遥岑”三句：遥望远山，正如插着玉簪的高髻，似在诉说忧愁。“献

遥岑远目，献愁供恨，玉簪螺髻

愁”二句是倒装句。遥岑远目：极目远眺。玉簪螺髻：言群山秀丽如美人头上的碧玉簪和螺形的发髻。

③“落日”三句：飘零江南的游子在日落时登上楼头，倾听失群孤雁的哀鸣。江南游子：辛弃疾的家在山东济南，自南归以后一直在南方做官，故以此自称。

④“把吴钩”四句：一边捧着宝刀吴钩观看，一边拍打着楼上的栏杆，可是却没有人能领会我登楼的深意。这几句主要是抒发报国无门又不为人知的感慨。吴钩：春秋时期吴国所铸的一种弯刀。这里泛指刀剑。无人会，登临意：无人领会其登临之意。

⑤“休说”三句：遍地秋风，张翰还没有回到家乡，那就别说品尝鲈鱼这样的事了。这里是反用张翰弃官南归事。季鹰：张翰字季鹰。鲙：同“脍”，被切成薄片的鱼或肉。

⑥“求田”三句：如果只为了置办田产而做官，那么恐怕会羞于见到胸怀大志的刘备。《三国志·魏书·陈登传》载：许汜见陈登，陈登久不与言，使许卧下床，而自卧大床。许汜诉之于刘备。刘备说：“君有国士之名，今天下大乱，帝王失所，望君忧国忘家，有救世之意；而君求田问舍，言无可采，时元龙（陈登的字）所讳也，何缘当与君语！如小人，欲卧百尺楼上，卧君于地，何但上下床之间耶！”求田问舍：置办田产。刘郎：指刘备。才气：指胸怀大志。

⑦“可惜”三句：可惜时光匆匆如流水，眼下世事动荡不定，只有树木不断成长。此处感叹自己壮志难酬，虚度时光。树犹如此：晋朝桓温北伐，途经金城，见当年自己亲手种植的柳树已有十围之粗，感慨地说：“木犹如此，人何以堪？”辛词仅用上句，而下句语意自在其中。

⑧“倩何人”二句：谁能为我唤来穿着漂亮衣服的美人，拿着红巾擦掉英雄流下的眼泪？倩：请。红巾翠袖：以美丽的服饰代指歌舞女子。揾：擦拭。

［词解］

辛弃疾平生自负于自己的高尚气节，以抗金复国大业为己任，对自己的人生理想十分执着，但是却时时处处都受到打击、排挤，这些都在他的词中流露了出来，这首气势沉雄的《水龙吟》，就反映了词人壮志未酬的悲愤、愁苦之情。

上片写自己登上赏心亭之后的所见，叹息无人能领会自己的报国之情，表现出心中难以言说的悲愤。“楚天千里清秋”，点明了登临的地点、环境、季节。“清秋”的“清”字，体现了一种清冷萧瑟的感觉，与诗人此时沉郁的心情相对应。下句“水随天去秋无际”，水即是长江水，江水滔滔不绝地向东，一直到天边。连绵不断的江水正像词人心中的愁苦一样不能断绝，也对应上了上句中的“千里”。秋天的景色本来是秋高气爽、令人心旷神怡的，可是词人此刻的感觉却是：“遥岑远目，献愁供恨，玉簪螺髻。”遥岑是指远望中原的大好河山，现在仍然被金人占领。在赏心亭上极目远眺，远处的山峰，就像美女头上高高的螺髻和翠绿的玉簪一样，越是这样的美景，沦陷于金兵手中，就越是让人觉得愤恨与无奈。在这里词人不说自己有愁和恨，而是说山峰向自己“献愁供恨”，仿佛峰峦本身也有自己的感情，不愿落入金兵手中。这句拟人化的词句，使客观的景物都带上了主观的感情色彩，将诗人心中的悲愤之情，更加凸显了出来。接下来作者开始抒发自己的感情，“落日楼头，断鸿声里，江南游子”三句，用比喻的修辞手法，写出了自己的凄惨境遇。“断鸿”，乃是失群的孤雁，这里既是借大雁的哀鸣以渲染凄凉哀怨的气氛，同时也将自己比喻成了孤单的大雁，抒发自己漂泊在外和孤独无依的凄凉之感。表面上看，这是抒发自己的思乡之情，但是细细体会，我们还能感觉到词人是在悲叹自己英雄无用武之地。词人以“落日”暗喻国家危急的形势，正如日薄西山，已到了岌岌可危的地步。又用“断鸿”暗喻自己，这句本是描写景物，但作者却巧妙地将自己为国事担忧的感情融入其中。“把吴钩看了，栏杆拍遍，无人会，登临意”，词人空有宝刀，却不能以之为国杀敌立功。其实作者本人不也正像他手中的那把宝刀一样吗？词人空有满身本领，文武全才，但同宝刀一样，被闲置不用，于是他只好借着拍打栏杆来发泄心中的悲愤之情，可是这样的心情，谁又能理解呢？“无人会，登临意”这六个字便是辛弃疾为“世无知音”而发出的沉痛的叹息，也是对腐朽无能的南宋朝廷的巨大讽刺。

把吴钩看了，栏杆拍遍

词的下片是具体阐述无人能够领会的“登临意”：“休说鲈鱼堪鲙，尽西风，季鹰归未？”用西晋张翰辞官回乡的典故，既呼应了前面的“游子”，抒发了深深的乡思，又呼应了“遥岑远目，献愁供恨，玉簪螺髻”三句，表明了对金人入侵中原使自己有家难回的刻骨仇恨，同时也流露出了对南宋朝廷苟安一时，无意恢复的激愤。“求田问舍，怕应羞见，刘郎才气”，辛弃疾用这个典故进一步表明了自己的态度：我想要回家乡，既不是像张季鹰一样为了吃鲈鱼，也不是像许汜那样为了求田问舍，而是为了看到中原恢复，祖国统一，将异族赶出中原这样的大事。这又与上片的“把吴钩看了”一句照应，表明词人自己的豪情壮志。“可惜流年，忧愁风雨，树犹如此！”词人没有别的忧虑，只是害怕时光飞逝，而国势日益衰微，等到自己老去的那一天，即使想杀敌报国，也没有力气了。这也是这首词的主旨句。这样的“登临意”，朝廷上下的投降派当然是不能理解的，所以词的最后说：“倩何人、唤取红巾翠袖，揾英雄泪？”多情的美女佳人或许还能为自己擦去悲愤愁苦的泪水，但是谁能将这样的美人唤来呢？这“英雄泪”，不是辛弃疾一个人的，而是整个时代所有爱国的抗金志士的悲愤之泪。辛弃疾不被朝廷上下所理解，于是在他登览名胜的时候，自然就会想起历史上那些建功立业的英雄人物，并以之与自己对比，这也就使他内心的愤懑、悲苦之情变得更加深重。全词都是根据登赏心亭进行情感的抒发，借景抒情，情景交融，含蓄而又深挚地表达了作者的内心情感。虽然读来令人倍觉沉痛悲愤，但整首词的基调还是激昂慷慨的，是稼轩词中的代表作。

[词评]

起句嫌有犷气。使事太多，宜为岳氏所讥。非稼轩之盛气，勿轻染指也。

——谭献《复堂词话》

太常引

建康中秋夜为吕叔潜赋①

写作背景

这首词大约作于淳熙元年(1174)中秋，辛弃疾仍在江东安抚使参议官任上。作者此时归宋已有十二年之久。宋孝宗即位之初，锐意恢复，但经过“符离之败”和《隆兴和议》之后，朝廷上下无人再敢言战，从1165年到1172年的七年间，辛弃疾四度上书朝廷，但是始终受到朝廷的冷落。这一年，辛弃疾还写了《水龙吟·登建康赏心亭》，其中写道：“江南游子。把吴钩看了，栏杆拍遍，无人会，登临意”。这首《太常引》与之一脉相承，绝不仅仅是抒发一己之哀愁。

[原词]

一轮秋影转金波，飞镜又重磨②。把酒问姮(héng)娥：

被白发欺人奈何③！　乘风好去，长空万里，直下看山河④。斫(zhuó)去桂婆娑，人道是、清光更多⑤。

[注释]

①吕叔潜：名大虬，辛弃疾的朋友。生平不详。

②“一轮”二句：中秋之夜的月亮就像一面刚刚打磨好的镜子，散发出金色的光芒。秋影：秋月。金波：金色的月光。《汉书·礼乐志·郊祀歌·天门》：“月穆穆以金波。”谓月光皎洁柔和，如金色流波。飞镜：将月亮比作铜镜，好像悬挂在空中一样。

③“把酒”二句：我端着酒杯问那月中的嫦娥，我被白发所欺，应该怎么办呢？姮娥：即嫦娥，传说中居于月宫中的仙女，此处代指月。白发欺人：白发日渐增多，好像故意欺人。薛能《春日使府寓怀》：“青春背我堂堂去，白发欺人故故生。”故故，屡屡之意。

④“乘风”三句：我幻想乘风飞上天空，在万里长空之上，祖国的大好河山尽收眼底。

⑤“斫去”二句：我砍掉月宫中遮挡月光的桂树，让月光照亮人间。“斫去”二句：化用杜甫诗句“斫却月中桂，清光应更多”（《一百五日夜对月》）。斫：砍。桂婆娑：指桂树的枝叶。传说月宫有桂树，更有吴刚伐桂之说。婆娑：枝叶飘舞貌。

[词解]

这首词借咏月抒发自己的政治感想，虽然古今中外诗人已经有了无数的咏月题材的诗歌，但大多都是抒发缠绵悱恻，伤怀念远的情思；而像辛弃疾这样驰骋情思，神游天外，将自己的爱国情怀隐含其中，却并不多见。其主旨是对妨碍词人报国壮志的黑暗势力的憎恶，却没有一句是直书其事，而是采用了隐喻的手法。

乘风好去，长空万里，直下看山河

上片开篇即破题写中秋的圆月皎洁，发出金色的光芒，好像一轮新镜悬于空中。“转”而“磨”，既有对月亮慢慢升上天空的动态描写，又有对其光芒四射的赞美，展示了一片美好的月夜景象。因仰望明月而想到了嫦娥，于是向嫦娥问道：“被白发欺人奈何？”辛弃疾归宋已十多年，但他抗金复国的夙愿别说去实现，就连一丝一毫的进展都没有，白发渐生，英雄迟暮，这怎能不让人感到无限凄凉悲哀呢？这不单单是作者一个人向嫦娥提出的疑问，也喊出了所有抗金志士的心声。

下片情势陡转，突然变得激昂奋发：“乘风好去，长空万里，直下看山河。”豪气干云，大有李白“长风破浪会有时，直挂云帆济沧海”的风采。这是源于作者的突发奇想：乘风飞上九天，俯视祖国的大好河山，暗含着对祖国大好河山的热爱之情，同时也表达了自己想要干出一番大事的壮志豪情。这二句既是勉励友人，也是自勉。但现实情况是：即使他飞上天空，俯瞰山河，仍然看得不清楚，那是因为月亮被桂树的影子遮住了。所以结尾作者说道：“斫去桂婆娑，人道是、清光更多。”杜甫对着明月怀念家人云：“斫却月中桂，清光应更多。”杜甫认为这样就可以清楚地看见家人了。辛弃疾借用杜甫的语言，境界却又高出一层，他砍伐婆娑摇曳的桂枝，是要让皎洁明亮的月光洒满人间！《酉阳杂俎》称：月桂高五百丈，下有一人常斫之，树创遂合，人姓吴，名刚，西河人，学仙有过，谪令伐树。此句虽源自传说，但却有更深的含义：辛弃疾归宋十几年来，一直未能在抗金复国的大业上有所作为，正是由于朝廷上下被一群懦弱无能的投降派所占据，对主战派排挤压制，这不正像那被桂影所遮挡的月亮吗？周济《宋四家词选》眉批谓此词“所指甚多，不止秦桧一人而已”。作者这样写，正表现了他嫉恶如仇的正直本色，以及驱除邪恶、匡扶正义的决心。

这首小令微言大义，在短短的篇幅中暗含着作者如此深广的感情，确实是一篇以小见大、以浅喻深的杰作。

菩萨蛮

金陵赏心亭为叶丞相赋[1]

写作背景

这首词作于淳熙元年（1174）春，当时作者在江东安抚使参议官任叶衡的谋士。叶衡于淳熙元年正月帅建康，此后不久即入京城临安，后拜右丞相兼枢密使。

[原词]

青山欲共高人语，联翩(piān)万马来无数[2]。烟雨却低

回，望来终不来③。　　人言头上发，总向愁中白。拍手笑沙鸥，一身都是愁④。

［注释］

①叶丞相：指叶衡。

②“青山”二句：青山有意要同高雅之人（此指叶衡）交谈，像万马奔腾一般接连而来。化用苏轼《越州张中舍寿乐堂》诗：“青山偃蹇如高人，常时不肯入官府。高人自与山有素，不待招邀满庭户。”高人：高雅的人，指叶衡。联翩：接连不断的样子。

③“烟雨”二句：青山在烟雨中徘徊，将要来到却迟迟不能到达。低回：徘徊不进的样子。望来终不来：指青山看似即将到达，却因烟雨阻隔，始终不能到达。

④“人言”四句：人们都说头上的白发是因为愁苦所致。如果真是这样的话，我不禁要拍手嘲笑那些浑身白色的沙鸥，它们岂非浑身都充满了愁绪啊。白居易《白鹭》诗：“人生四十全未衰，我为愁多白发垂。何故水边双白鹭，无愁头上也垂丝。”杨万里《有叹》诗：“君道愁多头易白，鹭鸶从小鬓成丝。”

［词解］

辛弃疾作这首词时已经三十五岁，归宋也有十几年了，虽然作者感叹时光飞逝，壮志难酬，但是对于抗金大业依然充满信心，满怀希望。这首词表面上是为叶衡而作，实际上却是在为自己抒发感情。

上片开篇即以拟人手法，赋予青山人的性情，赞美叶衡乃是高雅之士，青山欲与之亲近，倾吐衷肠。尤其是看到叶衡已经登上赏心亭，青山纷纷前来，势如万马奔腾，接连不断。以动写静，也是词人激动心情的一种表示。作者少年戎马，看到群山，不免回想起“壮岁旌旗拥万夫”的场景，同时也更加赞颂了叶衡无法抗拒的人格魅力。因为叶衡是一位很有才干的主战派官员，他对词人也极为赏识，因此词人才对其大力加以赞颂。三、四句写烟雨之景，将开篇的奇绝豪放转为低徊惆怅，寄托了词人的深意。叶衡主张抗金，却受到投降派的牵制，使以他为代表的抗金志士收复中原的大计遇到了极大的阻力，青山如万马奔腾，在词人心里，更像是冲锋陷阵的抗金将士！可是烟雨迷蒙，千军万马只能在烟雨中徘徊不前，这怎能不让词人心焦。

下片，由远望青山所生愁情转为对沙鸥的戏谑之语，都说白发因愁而生，沙鸥全身皆白，那么它不就是满身闲愁了吗？词人念此而笑，似乎是把心中烦闷一扫而光，但是细细体味，就会察觉到词人之“愁”字并未消失，与其说“一身都是愁”的是沙鸥，不如说还是词人自己。词人所做的戏谑之语中饱含着词人之愁，实在是笑中含泪，更让人觉其悲！

[词人逸事]

叶衡对辛弃疾极为赞赏，在镇守建康的时候，他就举荐辛弃疾担任了江东安抚使参议官。淳熙元年冬，叶衡被召入京城，官拜右丞相兼枢密使，辛弃疾又是靠他的举荐而受到皇帝召见，任临安仓部郎官。

酒泉子

无题

写作背景

这首词作于南宋孝宗淳熙元年至淳熙二年（1174—1175）春，是辛弃疾送别友人时所作。

[原词]

流水无情，潮到空城头尽白[①]。离歌一曲怨残阳，断人肠[②]。　东风官柳舞雕墙[③]。三十六宫花溅泪，春声何处说兴亡，燕双双[④]。

离歌一曲怨残阳，断人肠

[注释]

①“流水”二句：流水无情送客，潮水拍打着空城，人因离愁而头发变白。潮到空城：刘禹锡《金陵五题·石头城》：“山围故国周遭在，潮打空城寂寞回。”空城：指石头城，石头城是建康的旧称。

②“离歌”二句：听到别离之歌，我不禁抱怨夕阳无情，催人离别，顿生断肠之痛。岑参《酒泉太守席上醉后歌》：“胡笳一曲断人肠，座上相看

泪如雨。”叶梦得《满庭芳》：“一曲离歌，烟村人去。”怨残阳：哀怨斜阳西下太无情，不为人留住时间，催人告别。

③“东风”句：东风吹动，柳枝在雕花的宫墙边飘动。雕墙：雕花的宫墙。

④“三十六宫”三句：离宫别院里，群花因伤感时节而落泪。双燕声声，好像诉说历代兴亡之事。三十六宫花溅泪：此化用骆宾王《帝京篇》：“汉家离宫三十六。”杜甫《春望》：“感时花溅泪，恨别鸟惊心。”燕双双：刘禹锡《金陵五题·乌衣巷》：“旧时王谢堂前燕，飞入寻常百姓家。”周邦彦《西河·金陵》词云：“燕子不知何世。入寻常、巷陌人家，相对如说兴亡，斜阳里。”

青山遮不住，毕竟东流去

[词解]

这首词是辛弃疾为送别友人而作，清代学者陈廷焯说“稼轩词于悲壮中见浑厚”，这首词就很能支持这一说法。

词的上片借助景色描写离愁。“流水无情，潮到空城头尽白”，送行的场景是在长江边上。本来没有感情的江水此时扮演了一个无情的角色，因为友人就要告别，就像滔滔东流的江水不可逆流一样，让人产生了无限的伤感，简直就要把人的头发都愁白了。“离歌一曲怨残阳，断人肠”，离别的歌曲惹人伤感，偏偏夕阳也像是催促友人上路一样越来越向西斜。“残阳”点明送别的时间，词人送别友人，肯定不会在傍晚才送，这里用“斜阳”是为了说明作者与友人依依难舍，从上午一直到下午都舍不得分离，一直拖延到了天色将暮，可是词人仍然抱怨夕阳为什么不能多停留一会，可见其离愁之深。

下片由离别之伤感生发开去，写到古今兴亡之事，这也是本词不同于一般送别之作的地方。一般送别之作都是就事论事，单纯地抒发离愁别绪。辛弃疾却一反常理，将建康这样一个六朝古都所具有的沧桑的历史兴亡之感用沉痛的语言表达了出来。建康也曾是魏晋六朝时极其繁华的城市，现在却是残柳摇曳，百花落泪，飞燕来去，似在诉说着那朝代更迭的旧事。

这首词突破了一般送别词单为离愁而作的窠臼，不仅抒发了深深的离愁，而且还怀古伤今，抒发了沉重的兴亡之感，体现了稼轩沉郁雄浑的词风。

[词评]

稼轩词如“……三十六宫花溅泪，春声何处说兴亡，燕双双。……”皆于悲壮中见浑厚。后之狂呼叫嚣者，动托苏、辛，真苏、辛之罪人也。

——陈廷焯《白雨斋词话》

菩萨蛮

书江西造口壁①

写作背景

本词约作于淳熙三年（1176）。淳熙二年（1175）春末夏初，辛弃疾在丞相叶衡的推荐下调任京城临安仓部郎官，并于这一年七月升任江西提点刑狱使。

宋高宗建炎三年（1129），金兵大举南下，一直深入江西，大肆烧杀抢掠，隆佑太后等人在造口弃船登陆，继续逃亡。四十多年后，辛弃疾途经这里，想起人民受到兵祸的凄惨景象，不禁忧伤满怀，写下了这首名作。

[原词]

郁孤台下清江水，中间多少行人泪②。西北望长安，可怜无数山③。　青山遮不住，毕竟东流去④。江晚正愁余，山深闻鹧鸪（zhè gū）⑤。

[注释]

①造口：即皂口，在今江西万安西南六十里处。皂口有皂口溪，溪水最后注入赣江，当时词人驻节赣州，公务往来常经过皂口。

②“郁孤”二句：郁孤台下流淌着滚滚的清江之水，掺杂着多少当年为逃避兵祸而流亡的百姓的血泪啊。郁孤台：在今赣州西北，因其郁然孤峙而得名。唐李勉做赣州刺史时，曾登上此台北望唐都长安，表示对朝廷的忠心，因改名为“望阙台”。清江：江西袁江与赣江合流处，旧称清江，这里指赣江。赣江由南而北经赣州，过郁孤台下，至皂口（造口），流入鄱阳湖。行人：指当年为逃避金兵杀掠而流亡的人。

③“西北”二句：遥望西北故都长安，无奈被众多的山峰挡住了视线。

此用李勉望阙之意。长安：借指北宋故都汴京。可怜：可惜。

④“青山”二句：青山根本挡不住滚滚东流的江水。羡慕大江不顾群山阻挡，感叹人不能像水一样，流向自己想去的地方。或谓以江水奔逝喻国势日颓，难以支撑。

⑤“江晚”二句：我正在为江上的暮色而愁，又听到了深山里鹧鸪的叫声，这让人的愁苦之情更重了。愁余：使我愁苦。闻鹧鸪：传说鹧鸪飞的时候只向南飞，且鸣声哀切，易触动作客他乡之人的思乡之情。张咏《闻鹧鸪》诗：“画中曾见曲中闻，不是伤情即断魂。北客南来心未稳，数声相对在前村。”

[词解]

这首词从回想当年金兵南下侵扰写到现实依然山河破碎，表达了作者对中原故国的怀念以及对祖国分裂的沉痛之感，为自己抗金报国的壮志不能实现而感到抑郁、苦闷。

上片头句“郁孤台下清江水”起笔横绝，充满了气势磅礴的激愤之情，进而又写到了台下的清江水。接着顺势写出“中间多少行人泪”，直书造口当年隆佑太后被金兵追赶之事。词人有感于南宋国势衰微，对金兵之猖狂感到愤恨，对国家蒙受如此耻辱感到锥心泣血之痛，于是将满腔悲愤，化成这句凄凉之语。在词人心中，这一川江水，都是饱受金兵侵扰的流亡之人所流下的伤心泪。“西北望长安，可怜无数山”，以长安代指汴京，遥望长安，不禁怀念故国，怀念那被金兵占领的广大中原地区。可是却被无数青山遮挡住了视线，对国家之忠心，对祖国分裂之痛心，溢于言表。

下片头二句“青山遮不住，毕竟东流去”，无数青山虽可遮住词人远望长安之目，却遮不住东流之江水。词人对江水是一种羡慕敬佩的感情，因为江水可以冲破青山的阻隔，到达自己想去的地方。而词人却因为南宋朝廷的懦弱无能而难回故土。“江晚正愁余，山深闻鹧鸪”，以日暮山中鹧鸪之悲啼暗喻南宋艰难的时局，令词人为之担忧。

这首词抒发了作者对宋高宗时屡遭兵祸的沉痛追怀，对靖康以后山河破碎的郁闷悲慨。可以说，这首词以深沉的语言歌颂了所有南宋抗金志士的爱国精神。在辛弃疾的早期词作中，这首词兼有神理高绝与沉郁顿挫之美，足以传诵千古。

[词评]

稼轩《菩萨蛮》（书江西造口壁），用意用笔，洗脱温、韦殆尽，然大旨正见吻合。

——陈廷焯《白雨斋词话》

《菩萨蛮》如此大声镗鞳，未曾有也。

——梁启超《艺蘅馆词选》

此首书江西造口壁，不假雕绘，自抒悲愤。小词而苍莽悲壮如此，诚不多见。盖以直情郁勃，而又有气魄足畅发其情。起从近处写水，次从远处写山。下片，将山水打成一片，慨叹不尽。末以愁闻鹧鸪作结，尤觉无限悲愤。

——唐圭璋《唐宋词简释》

摸鱼儿

观潮上叶丞相①

写作背景

这首词作于淳熙三年（1176）。这年秋天，辛弃疾由江西提点刑狱使改任京西路转运判官，赴任途中，他经过临安述职，正值钱塘观潮，遂作此词献给叶衡。叶衡于淳熙元年（1174）十一月拜相，次年九月，即遭汤邦彦弹劾而罢相。这里仍然称其为相，是对叶衡表示敬重。

[原词]

望飞来、半空鸥鹭，须臾动地鼙(pí)鼓②。截江组练驱山去，鏖(áo)战未收貔(pí)虎③。朝又暮。诮惯得、吴儿不怕蛟龙怒，风波平步④。看红旆(pèi)惊飞，跳鱼直上，蹙(cù)踏浪花舞⑤。　凭谁问，万里长鲸吞吐，人间儿戏千弩⑥。滔天力倦知何事，白马素车东去⑦。堪恨处，人道是、属镂(lòu)怨愤终千古，功名自误⑧。谩教得陶朱，五湖西子，一舸(gě)弄烟雨⑨。

[注释]

①观潮：观看钱塘潮。钱塘江潮一向是天下奇观。叶丞相：即叶衡。

②“望飞来”二句：钱塘江水从远处望像一群鸥鹭飞奔而来，片刻之间就听到惊天动地如战鼓齐鸣的声音。上句写其形，下句写其声。须臾：片刻。动地鼙鼓：形容江潮疾至，如战鼓齐鸣，声撼大地。潘阆《酒泉子》：“来疑沧海尽成空，万面鼓声中。”鼙鼓：古代军队打仗进攻时所擂的战鼓。

③“截江”二句：一层层的巨浪追逐而至，像一队队身穿白色衣甲的精

壮士兵，波涛汹涌，就像貔虎勇士鏖战不休一样。截江：横截江面。组练："组甲披练"的简称，分别指军士所服的两种衣甲。苏轼形容钱塘怒潮："鲲鹏水击三千里，组练长驱十万夫。"此处将巨潮比喻成一队队身着白衣的士兵。驱山：驱赶着白色的浪峰。鏖战：激战、酣战。貔虎：像貔和虎一样勇猛的兵士。貔：似熊的一种猛兽。

④"朝又暮"三句：弄潮儿不怕风浪险恶，在水中如履平地一样。朝又暮：指天天在水中嬉戏。诮惯得：直纵容得或直娇惯得。吴儿：江浙一带弄潮的青少年。

⑤"看红旆"三句：他们挥舞着红旗，在水中踏浪，就像鱼儿跃出水面一样。红旆：红旗。蹙：踏，踩。

⑥"凭谁问"三句：巨潮汹涌，就像从巨鲸口中喷出一样，威力无穷，千弩射潮简直是儿戏。意即巨潮之势非人力所能遏制。长鲸吞吐：喻潮水汹涌，就像从巨大的鲸口喷出一样，威力无比。儿戏千弩：用千弩射潮水，简直是儿戏。据《宋史·河渠志》载，吴越王钱镠筑钱塘江堤，为阻止潮水冲击两岸，命数百士卒用劲弓射潮。词人认为过于荒唐，就像儿戏一样。弩：弩弓，利用机械力量射箭的弓。

⑦"滔天"二句：连天的潮水终于因为力竭而退，就像乘着白马素车缓缓离去。白马素车：白色的车和马，喻江潮。

⑧"堪恨处"三句：可恨的是伍子胥忠而见谗，被迫用属镂剑自杀，留下了千古遗恨。属镂怨愤：《史记·吴太伯世家》载：春秋时吴国打败越国，吴王夫差不采纳相国伍子胥的劝谏，而接受了越王勾践的投降，后来又听信谗言赐属镂剑命伍子胥自刎，死后弃其尸于江中。后来，越国果然灭掉吴国。这里词人是在为伍子胥鸣不平，否定"功名自误"之说。

⑨"谩教得"三句：伍子胥的遭遇让范蠡汲取了教训，他在助越灭吴后，就急流勇退。谩教得：空教得。陶朱：即范蠡。《史记·越王勾践世家》记载，范蠡是越国大夫，曾用美人计献西施于吴王夫差。助越灭吴后，他暗自揣度"大名之下，难以久居，且勾践（越王）为人，可与同患，难与处安。"于是带着家产，泛舟五湖，最后定居于陶（今山东定陶），后来靠经商致富，自称陶朱公。西子：即西施。范蠡曾将其献给吴王。灭吴之后，传说范蠡携西施泛舟五湖。五湖：江苏太湖的别名。舸：大船。弄烟雨：欣赏烟水茫茫的湖上景色。

[词解]

这首观潮词借景抒情，上片写景，下片抒情。用钱塘潮的涨落来比喻宦海沉浮，并为叶衡罢相鸣不平。

上片着力描绘了雄伟壮观的钱塘江秋潮。开头四句写潮来时惊天动地的气势，

吴儿不怕蛟龙怒，风波平步

让人感觉到惊心动魄，如身临其境。这样令人震慑的潮水，似乎无人能够驾驭。但是对于江浙一带的渔民来说，他们天天都能看到，也便习以为常了。“朝又暮”以下写弄潮儿在潮水中嬉戏的情景。“弄潮儿向涛头立，手把红旗旗不湿。”（潘阆《酒泉子》）辛弃疾所写的正是这种场面，旁观的人十分紧张，潮头上的勇士们却若无其事，自由自在地踏着浪花，手把红旗，像鱼儿一样在波涛中出没。对吴儿的赞美，不仅是称赞他们与潮水周旋的勇敢与智慧，更是对战胜潮水一样的金人的坚定信心。

词的下片描写了潮水涨落时的巨大反差，也正暗喻了官场争斗的起伏不定，暗含了对叶衡遭遇的同情、理解，以及对自己备受朝廷猜疑的愤恨与发泄。紧接着又用伍子胥被吴王赐死的千古恨事抒发自己对现实的不满，词人此前屡次向朝廷建议北伐中原，结果却被人恶意攻讦，使自己壮志难酬。所以作者才说自己是“功名自误”。词的最后几句说的是吴国灭亡以后的事，越王勾践的谋臣范蠡从伍子胥身上汲取了教训，功成之后即退隐江湖，吴越争霸的惨烈使辛弃疾不敢想象偏安江南的南宋政权会有什么结果，由此可见辛弃疾无时无刻不在为国家的命运而担心。

本词写景用典，在艺术手法上都很自然贴切。由观潮联想到残酷的历史往事，再联想到自己面临的现实处境和国家的命运，作者的爱国思想也就很自然地表达出来了。

［词评］

近世作词者，不晓音律，乃故为豪放不羁之语，遂借东坡、稼轩诸贤自诿。诸贤之词，固豪放矣，不豪放处，未尝不叶律也。如东坡之《哨遍》、杨花《水龙吟》，稼轩之《摸鱼儿》之类，则知诸贤非不能也。

——沈义父《乐府指迷》

满江红

写作背景

这首词作于淳熙四年（1177）。这年春天，辛弃疾由京西路转运判官改官江陵知府（今湖北江陵）兼湖北安抚使。根据词意可知，这首词应当是为送一李姓朋友去汉中任军职而作。

［原词］

汉水东流，都洗尽、髭(zī)胡膏血[1]。人尽说、君家飞将，旧时英烈[2]。破敌金城雷过耳，谈兵玉帐冰生颊[3]。想王郎、结发赋从戎，传遗业[4]。　腰间剑，聊弹铗(jiá)。尊中酒，堪为别[5]。况故人新拥，汉坛旌节[6]。马革裹尸当自誓，蛾眉伐性休重说[7]。但从今、记取楚台风，裴台月[8]。

［注释］

①“汉水”二句：汉水向东流去，涤尽了胡人留下的尸体和污血。勉励友人杀敌立功。汉水是长江的一条支流，源出陕西，流经湖北，穿武汉汇入长江。髭胡：代指金兵。髭，唇上的胡子，金人喜留胡须。膏血：指尸污血腥。

②“人尽说”二句：人们都说你的祖先是汉朝的飞将军李广，你也算是将门之后。飞将：指西汉名将李广。他英勇善战，屡败匈奴，被匈奴誉为“飞将军”。王昌龄《出塞》：“但使龙城飞将在，不教胡马度阴山。”

③“破敌”二句：李广攻破敌人固若金汤的城池，使他的名声如雷贯耳，跟将士们谈论军事词锋逼人，如齿颊间喷射冰霜。金城：固若金汤的城池。雷过耳：名声如雷贯耳。玉帐：对主帅大帐的美称。冰生颊：言其谈论军事时爽快犀利，词锋逼人，如齿颊间喷射冰霜。苏轼《浣溪沙》词：“论兵齿颊带风霜。”

④“想王郎”二句：回想当年王粲也是少年从军，继承了先祖的旧业。王郎：指三国时建安七子之一的王粲。他少年时曾避乱荆州（正是南宋时的江陵府），后随曹操西征汉中，作《从军诗》五首。此以王粲指代李姓友人。结发：即束发。古代男子二十岁束发，表示已成年。《汉书·李广传》谓李广“结发与匈奴大

小七十余战”。从戎：从军。

⑤“腰间剑”四句：姑且弹腰中宝剑作歌，用杯中之酒为友人饯行吧。《战国策·齐策》载，齐人冯谖刚开始投奔孟尝君的时候，没有受到重用，曾三次弹铗作歌，表达自己的不满。作者在此自比为冯谖。铗：剑。尊：通“樽”，酒杯。

⑥“况故人”二句：况且你刚刚担任重要的军职，手握旌节。拥：持，拿着。汉坛旌节：暗用刘邦筑坛拜韩信为大将事。旌节：旌旗，节仗，代表将帅的身份和权力。

⑦“马革”二句：你应该立下马革裹尸而还的豪壮誓言，不要贪恋女色。马革裹尸：将尸体裹在马皮中。东汉名将马援自请出击匈奴时说：“男儿当死于边野，以马革裹尸还葬耳，何能卧床上在儿女子手中耶！”后世遂以此语相勉战死沙场，为国尽忠。蛾眉伐性：贪恋女色，就会损伤身体。枚乘《七发》：“皓齿蛾眉，命曰伐性之斧。”蛾眉：指女子修长而美丽的眉毛，代指美女。

⑧“但从今”二句：希望友人从今以后不要忘了荆州，忘了老朋友。楚台：即兰台，故址在今湖北江陵。宋玉《风赋》说，他曾与楚襄王一起游兰台，迎风披襟。王安石《千秋岁引》：“楚台风，庾楼月，宛如昨。”

［词解］

这首词也是一首送别之作，因为友人军职升迁是一件大喜事，所以此词全无哀婉伤感之情，通篇都是对友人的赞扬与鼓励，只在最后提醒友人不要忘记知音好友，一点即止。

尊中酒，堪为别

词的上片赞扬友人乃是名将之后，鼓励他树立远大的抱负。起句“汉水东流，都洗尽、髭胡膏血”，希望友人能够打败金人，将被金人玷污了的中原大地冲洗干净。接下来作者又希望友人能够继承先祖的遗志，效仿古人建功立业。

下片是作者看到友人能够大展宏图，而自己依旧不能得到重用的苦闷之情。弹剑而歌，正是这种苦闷心情的表现。但是词人主要还是为友人有了这样报国立功的机会而感到高兴，因此谆谆劝导友人，要树立马革裹尸的壮志，不要贪恋女色，自戕身体。这就将全词的境界变得豪气干云，雄壮之至。使全词成了一首激励南宋爱国将士壮志豪情的赞歌。

劝诫友人

［词人逸事］

南宋淳熙二年（1175）秋，辛弃疾出任江西提点刑狱之职，从此开始了在江西、湖北、湖南一带为期七年的地方官生涯。由于朝廷对辛弃疾这样的“归正人”怀有猜忌防范之心，因此对他的职务调动十分频繁。在短短七年的时间里，辛弃疾先后做过京西路转运判官、江陵知府兼湖北安抚使、隆兴知府兼江南西路安抚使、大理寺少卿、荆湖北路转运副使、荆湖南路转运副使、潭州知府兼荆湖南路安抚使等诸多官职。辛弃疾曾在《鹧鸪天》里说：“聚散匆匆不偶然，二年历遍楚山川。”这二句词描写了词人在江西、湖北任职前两年的情况。

水调歌头[1]

淳熙丁酉，自江陵移帅隆兴，到官之三月被召，司马监、赵卿、王漕饯别[2]。司马赋《水调歌头》，席间次韵[3]。时王公明枢密薨（hōng）[4]，坐客终夕为兴门户之叹[5]，故前章及之[6]。

写作背景

根据词中小序可知，辛弃疾在前一年冬由江陵知府改调隆兴（今江西南昌）知府兼江西安抚使。仅仅过了三个月，皇帝又下诏命他入京。友人为他设宴饯行，席间大家作《水调歌头》，辛弃疾遂和原韵作了这首词。

［原词］

我饮不须劝，正怕酒尊空[7]。别离亦复何恨，此别恨匆匆[8]。头上貂蝉贵客，苑外麒麟高冢（zhǒng），人世竟

谁雄⑨。一笑出门去，千里落花风⑩。　　孙刘辈，能使我，不为公⑪。余发种种如是，此事付渠侬(nóng)⑫。但觉平生湖海，除了醉吟风月，此外百无功⑬。毫发皆帝力，更乞鉴湖东⑭。

［注释］

①此词作于淳熙五年（1178）春。

②司马监：即司马倬，字汉章，任江南东路提点刑狱，掌管路一级司法、监察事务，故尊称“监”或“太监”。赵卿：不详。王漕：即王希吕，字仲衡，时任江西转运副使（主管漕运），故称“漕”或“漕司”。

③次韵：依次用原韵、原字按原次序和诗或和词。

④王公明：即王炎，曾任枢密使。薨：古时称诸侯之死为薨，唐代以后二品以上官员之死也称“薨”。

⑤门户之叹：同朝为官却各立门户，相互攻击。王炎生前与同僚多有不和，受到排挤打击，所以参加宴会的诸人有门户之叹。

⑥前章：指本词的上片。

⑦“我饮”二句：我喝酒的时候不用别人劝酒，因为我怕酒杯变空。

⑧“别离”二句：离别本来不需抱怨，只恨我们相聚的时间太短，又要匆匆而别。即词序所称，词人在隆兴仅任职三个月（旧制一般以三年为一任）。

⑨“头上”三句：头戴貂蝉冠的达官显贵最后也一样会归于黄土，谁又能称雄一世呢？此对王炎而言，是对词序中“门户之争”的一种否定。貂蝉：即貂蝉冠。据《宋史·舆服志》，貂蝉冠装饰豪华，只有三公大臣在祭祀或朝会时方戴。麒麟高冢：立有石麒麟的高大坟墓。杜甫《曲江》诗：“江上小堂巢翡翠，苑边高冢卧麒麟。”麒麟：传说中的一种祥兽。竟谁雄：到底谁能称雄。

⑩“一笑”二句：我在暮春时节，一笑而去。李白《南陵别儿童入京》：“仰天大笑出门去，我辈岂是蓬蒿人。”

⑪“孙刘辈”三句：对待孙资和刘放这样的人，宁“不作三公”，我也绝对不会谄媚事之。孙刘：指三国时魏国的中书令孙资和中书监刘放。《三国志·魏书·辛毗传》称孙、刘当政，只有辛毗不从。他说：“吾之立身，自有本末，就与刘、孙不平，不过令吾不作三公而已，何危害之有。”此处以辛毗自比。公：即指三公，东汉时太尉、司徒、司空合称为三公，后世以此为高官的代称。

⑫“余发”二句：我已老到头发稀疏的地步，这种门户之争且让他们去吧。种种：头发短少稀疏的样子。《左传·昭公三年》载，卢蒲嫳请求归隐，对齐

侯说:“余发如此种种,余奚能为。”陆游《长歌行》:“金印煌煌未入手,白发种种来无情。”此事:指相互排挤倾轧的党争。渠侬:他们,指当代的“孙刘辈”。

⑬“但觉”三句:我一生在外漂泊流浪,除了喝酒吟诗,什么事情都没有做成过。化用苏轼《秀州报本禅院乡僧文长老方丈》诗句:“我除搜句百无功。”

⑭“毫发”二句:我现在的一切都来自于皇帝的赏赐,现在我只祈求皇帝能让我归隐山林。毫发皆帝力:《汉书·张耳陈馀传》载:张耳的儿子张敖继承王位,高祖刘邦经过赵国,对赵王不敬,赵国丞相贯高想杀掉高祖。张敖却认为,赵国之所以能复国,“秋毫皆帝力也”。鉴湖:又名镜湖,在今浙江绍兴南。唐代诗人贺知章晚年奉诏归隐于此。苏轼《次韵子由使契丹至涿州见寄四首》:“那知老病浑无用,欲向君王乞镜湖。”

我饮不须劝,正怕酒尊空

[词解]

这首词是离别宴会上的唱和之作,意不在抒发离愁别绪,而是对互相倾轧的朋党纷争进行讽刺与谴责。

上片从友人为自己设宴饯行开篇,并无太多离别的忧愁,只是轻轻点出遗憾:离别太过匆忙。因为这首词是辛弃疾次韵而作,并且离别宴会上谈论的主题是对刚刚去世的前枢密使王炎生前门户之争的议论,所以词意转为议论。即使身份再高贵的人最后也会归于黄土,最后不知道谁才能称雄于世,做那样没有意义的门户之争又是为了什么呢?这句话是针对王炎而说,王炎曾经当过宰相,显赫一时,但是他却因为与很多同僚政见不和而遭排挤,作者由此感慨。词人自己也即将奉召入京,因为反对门户之争,所以一笑置之。

下片联想到三国时孙资和刘放那样的人,作者对他们表示蔑视,表达自己绝不谄事权贵的决心。这乃是借古讽今,是对南宋朝廷中有门户之见的人的讽刺。作者认为自己年老,不想投身到这种互相倾轧、毫无意义的事情中去。作者在最后感慨自己一事无成,只想向皇帝告老还乡,归隐田园。表面看来,作者一副与世无争之态,实际上则是对朝廷腐败、官场争斗感到无比的悲愤,故作旷达之语而已。

霜天晓角

旅兴[1]

写作背景

这首词创作的时间与上一首《水调歌头》相同。辛弃疾接到宋孝宗要他进京的诏令，离开隆兴赶赴都城临安，这首词就是他在旅途中创作的。

[原词]

吴头楚尾，一棹(zhào)人千里[2]。休说旧愁新恨，长亭树，今如此[3]！　　宦游吾倦矣，玉人留我醉[4]。明日落花寒食，得且住，为佳耳[5]。

[注释]

①旅兴：在途中即兴而作。

②“吴头”二句：我坐船顺流而下，转眼便在这吴头楚尾之地行了千里。吴头楚尾：今江西一带，位于春秋时期吴国与楚国交界的地方，故有此称。棹：长桨，此作动词用，谓长桨一划。

休说旧愁新恨，长亭树，今如此

③“休说”三句：不要说那些令人忧愁的事情，你看长亭边的大树已经长成今天的样子。长亭：路边的亭子，用来供行人休息，也是饯行之处。今如此：即“木犹如此，人何以堪”。

④“宦游”二句：我已经厌倦了宦游生活，幸好有美人留醉。玉人：美人。

⑤“明日”三句：明天就是寒食节了，风雨吹打落花，我暂且留住几日，等天气好了再走。

晋人帖语："天气殊未佳，汝定成行否？寒食近，且住为佳尔。"古代清明节前一天或两天为寒食节。相传春秋时期晋文公为逼介子推出仕辅政，曾在介山放火，结果介子推抱树不从，被火烧死。为了悼念他，晋文公规定全国人民冷食三天，不举烟火，故称"寒食"。一说寒食节必伴以风雨天气，韩偓《寒食雨》诗曰："正是落花寒食雨，夜深无伴倚南楼。"

［词解］

这首词主要抒发了词人"宦游吾倦矣"的感情。

上片写旅途中所见，船行千里，看到长亭边的树木已经长大，不由想起了"旧愁新恨"。是什么样的"旧愁新恨"呢？作者此时已经三十九岁，南归也已经有十六七年了，十几年间作者频繁地调动职务，抗金的壮志一直不能实现。这让词人感到十分的愁苦。因此在下片中作者直抒胸臆，点出了主旨：我已经厌倦了这种宦游的生涯。这分明是对自己饱受朝廷猜忌，大材小用的抱怨之词。作者此时又遇到一位美女，这位美人不仅与他共饮，而且还留他多住几日，要他等寒食节的风雨过了再走，顺便解除旅途疲劳，这使他归隐的想法变得更加强烈。

这首词中所体现的归隐之意，还不同于辛弃疾后期词作中的那种归隐的心情，即辛弃疾只是一时的牢骚之语，他仍然对朝廷能够振作精神、北伐复国抱有相当大的期望。

［词人逸事］

辛弃疾归宋之初，寓居于镇江，并结识了同样从北方南归的爱国官吏范邦彦。范邦彦本来是金国蔡州新息县的县令，比辛弃疾早一年率领全县人民归宋，定居镇江，不久辛弃疾即娶范邦彦之女为妻。辛弃疾与范邦彦的儿子，也就是妻兄范如山志同道合，范如山的儿子范炎后来又娶了辛弃疾的女儿。两代姻缘，关系非同一般。因此辛弃疾早年曾经多次到过镇江，并在那里结识了不少朋友。

念奴娇

书东流村壁[1]

写作背景

此词为辛弃疾应召赴京任大理寺少卿途中所作。辛弃疾由江西出发，乘舟东行，路过此地。作者早年也曾路过东流县，似曾有过一段情事，此次重回故地，因感念故人而作此词。事情可能发生在乾道元年至三年（1165—1167）间，当时辛弃疾江阴签判任满，曾漫游于此。

［原词］

野棠花落，又匆匆过了，清明时节[2]。刬(chàn)地东风欺客梦，一枕云屏寒怯[3]。曲岸持觞(shāng)，垂杨系马，此地曾轻别[4]。楼空人去，旧游飞燕能说[5]。　闻道绮(qǐ)陌东头，行人曾见，帘底纤纤月[6]。旧恨春江流未断，新恨云山千叠[7]。料得明朝，尊前重见，镜里花难折[8]。也应惊问，近来多少华发[9]？

［注释］

①东流村：东流县境内某村。东流：南宋县名，在今安徽东至县。

②“野棠”三句：野生的海棠花已经凋谢，转眼之间又过了清明时节。野棠：野生海棠，二月开花，色白。

③“刬地”二句：东风无故惊醒了睡梦中的旅客，屏风后透出了春天的寒意。刬地：宋元词曲常用语，指没有来由地，平白无故地。欺客梦：犹言惊客梦。云屏：画有云山之类的屏风，也称云母屏风。寒怯：怯寒，怕冷。

④“曲岸”三句：言与伊人当年在此分别，系马饯行时的情景仍历历在目。曲岸：曲折的江岸。持觞：举起酒杯。

⑤“楼空”二句：此地已是人去楼空，只有楼头的燕子还能记得旧日情事。此处化用苏轼《永遇乐·夜宿燕子楼》词意：“燕子楼空，佳人何在？空锁楼中燕。”

此地曾轻别

⑥“闻道”三句：听过路的人讲，曾经在东市街头看见过伊人芳踪。绮陌：繁华的街市，暗指花街柳巷。帘底：帘子底下。纤纤月：纤细的月牙儿，喻美人之足，代指美人。

⑦“旧恨”二句：旧恨像春江里的水一样流不尽，新恨如天上的云彩一样层层叠叠堆积成山。

⑧“料得”三句：即使明天能够重睹尊容，只怕也如镜中花一般难以攀折，已经不能再续前缘。

⑨“也应”二句：伊人见我，也会吃惊地问我：“为何近来又添了这么多白发呢？”

［词解］

辛弃疾的词作很少涉及自己的感情经历，偶一为之，便与诸家迥异，带有一种击节高歌的悲凉气息，婉转缠绵之意甚少。此词即是一例。

开头五句描写清明时节乍暖还寒的天气，令人触景生情，顿生悲凉之感。“又”字点出上次来这里的时候，也是这个季节。“客梦”暗指旧游之梦，“一枕云屏寒怯”的孤单又暗衬了前次于此地相会之欢愉。接下来作者忍不住追忆往事：“曲岸持觞，垂杨系马，此地曾轻别。楼空人去，旧游飞燕能说。”曲岸、垂杨，依然如故，可是人却不在；只有似曾相识的燕子，依稀记得当年之事。这五句回忆了往日的惜别，感伤今日之不复得见。落笔之处可见其哀婉愁思。

下片起处意脉不断，承接上片的感伤一气贯通于下片：“闻道绮陌东头，行人曾见，帘底纤纤月。”这一句描绘的是极香艳的情景，但由作者写来却清雅脱俗，此亦其出众之处。由此可知辛弃疾所怀念的女子是个风尘女子。不仅“飞燕”知道伊人；向行人打听，也知确有此美人，但如今却已不知去向，更增惆怅之感，所以作者伤心地说：“旧恨春江流未断，新恨云山千叠。”往日惜别之愁，已如流水之难尽；今日重访不遇的新恨更如乱山云叠，令人不堪。皖南江边多山，作者将眼前的景色信手拈来，成为妙喻。这里作者已经有意无意地渗透进了自己的家国身世之恨及无路请缨之恨。作者之意到此本已说尽，但词人借助想象，又转出一层意思：“料得明朝，尊前重见，镜里花难折。”就算还有重逢的机会，只怕也已嫁作他人妇，如镜中之花，难以攀折，此恨绵绵不绝却又不知从何说起。辛弃疾则又向前推进一层，造成了一个余意不尽的结尾：“也应惊问，近来多少华发？”即使真的相见，估计她也会吃惊地问我：“为何添了这么多的白发啊！”以自己想象中的应酬之语，写出双方的感情之深与对自己身世之感叹。这白发，既有“为伊消得人憔悴”之深情，又有“老却英雄似等闲”的悲愤，真可谓百感交集，恋旧之情、身世之感已浑然一体，大有“倩何人、唤取红巾翠袖，揾英雄泪”的意味。这样的结尾，照应了开头的时节如流，并归结到了新增的华发上。

此词风格与其他词人的迥异之处不仅在于其外表，更在于其气质，字里行间隐含着悲凉之情。虽然写的是情事，却不独为寄男女之情而作，作者的思想感情中浸透了英雄无用武之地、报国无门的悲愤，不免处处皆发，从而使这首爱情词自始至终都透出一股悲愤的情感。

［词评］

起句“野棠花落”。权奇倜傥，纯用太白乐府诗法。

——谭献《复堂词话》

“矫首高歌，淋漓悲壮”……悲而壮，是陈其年之祖。

——陈廷焯《白雨斋词话》

客途遇艳，瞥眼惊鸿，村壁醉题，旧游回首，乃赋此闲情之曲。前四句写景轻秀，“曲岸”五句寄思婉渺。

下片伊人尚在，而陌头重见，托诸行人，笔致便觉虚灵。“明朝”五句，不言重遇云英，自怜消瘦，而由对面着想，镜里花枝，相见争如不见，老去相如，羞入文君之顾盼。以幼安之健笔，此曲化为绕指柔矣。

——俞陛云《唐五代两宋词选释》

此南渡之感。

——梁启超《艺蘅馆词选》

水调歌头

舟次扬州，和杨济翁、周显先韵[1]

写作背景

此词大约作于淳熙五年（1178），当时作者由大理寺少卿改任湖北转运副使，溯江而上，西去湖北。船停泊于扬州时，与友人杨济翁（炎正）、周显先以词作往来唱和，此词就是其中之一。

［原词］

落日塞尘起，胡骑猎清秋[2]。汉家组练十万，列舰耸层楼[3]。谁道投鞭飞渡[4]，忆昔鸣髇(xiāo)血污[5]，风雨佛狸愁[6]。季子正年少，匹马黑貂裘[7]。　今老矣，搔白首，过扬州[8]。倦游欲去江上，手种橘千头[9]。二客东南名胜，万卷诗书事业，尝试与君谋[10]。莫射南山虎，直觅富民侯[11]。

［注释］

①次：停留。杨济翁：即杨炎正，南宋著名诗人杨万里的族弟。周显先：生平不详。

②“落日”二句：居于北方的金人在秋天的时候大举侵犯南宋。此即指绍兴三十一年（1161）金主完颜亮率兵南侵事。猎：打猎，暗指发动战争。古代北方的游牧民族经常趁秋天粮足马肥之际，以打猎为名对中原及南方地区进行骚扰。

③“汉家”二句：南宋汉族的十万精兵，在江面上布下战舰，严阵以待。此处指虞允文率兵在采石矶抗击金军。组练：指军队。耸层楼：形容高大雄壮的战船有层楼的气势。

④“谁道”句：金军气焰嚣张，颇有投鞭断流之势。投鞭飞渡：用投鞭断流典故。前秦君主苻坚率兵南侵东晋，号称九十万大军，他曾说：“以吾之众旅，投鞭于江，足断其流。”结果却遭到淝水之败。此处用来比喻完颜亮南侵时的嚣张气焰，并暗示其最终将失败的结局。

⑤鸣髇血污：被响箭射死。这里暗指完颜亮兵败后被其部属杀死之事。鸣髇：即鸣镝，响箭。据《史记·匈奴传》，匈奴太子冒顿欲弑父夺位，因做鸣镝。随其父出猎时，冒顿射出鸣镝，他的部下也向鸣镝响处射箭，其父最终死于箭下。

⑥“风雨”句：凄风惨雨，佛狸死于非命。佛狸：北魏太武帝拓跋焘的小名。他曾经南侵南朝的刘宋王朝，受挫北归后，死在其宦官手下。辛弃疾用此事，其意与上句相同。

⑦“季子”二句：苏秦当年英雄年少，黑裘骏马，去建功立业。季子：苏秦字季子，战国时期著名纵横家，曾联合六国共同抗秦，佩六国相印。其未得志时，赵国李兑曾资助他貂裘马匹，让他去秦国游说秦王。

⑧“今老”三句：如今从扬州经过，人已到中年，当年的往事也已是不堪回首。搔白首：暗用杜甫《梦李白》诗意：“出门搔白首，若负平生志。”

⑨“倦游”二句：厌倦了宦游的生活，想要乘舟而去，种橘消愁。橘千头：三国时期丹阳太守李衡曾在武陵龙阳洲种千株橘树。临终时他对儿子说：“我们家有‘千头木奴’，足够你生活之用。”

⑩“二客”三句：二位友人是江南名士，学富才高，愿为之谋划。二客：指杨济翁和周显先。名胜：名流。万卷诗书事业：化用杜甫诗意：“读书破万卷，下笔如有神。……致君尧舜上，再使风俗淳。”

⑪“莫射”二句：不要像当年的李广一样，虽有功劳却终生不得封侯，要做就做太平侯相。这是作者在发牢骚，讽刺朝廷贪图苟安，不重视军事，没有恢复中原的打算。射南山虎：指汉将军李广。李广在蓝田终南山闲居时，

落日塞尘起，胡骑猎清秋

曾射猎猛虎。富民侯:《汉书·食货志》:“武帝末年，悔征伐之事，乃封丞相为富民侯。”

［词解］

这首词是作者与友人的唱和之作。杨炎正（字济翁）与作者同过镇江的时候，曾作《水调歌头》(登多景楼)，其中有:“忽醒然，成感慨，望神州。可怜报国无路，空白一分头。”抒发自己有心报国却又不被重用的苦闷之情。辛弃疾的和词，是船停泊在扬州时所写的，两人的心情是一致的。

上片主要是回忆往事。先写宋高宗赵构绍兴三十一年（1161）时，完颜亮率金兵大举南下攻宋；又写南宋军队从采石矶水陆并进，一举击溃敌军。大江之上楼船来回游弋，防守严密。残酷贪婪的完颜亮，图谋一举灭宋，“立马吴山第一峰”。结果却遭到阻击而惨败，完颜亮在进退维谷的情势下被其部下杀死。那时辛弃疾刚刚归宋，年少气盛，看见这样胜利的场景，认为复国有望，因而热血沸腾。

下片着眼于当今。从《隆兴和议》以后，复国大计无人再提，朝廷偃武修文，贪图苟安。此时距辛弃疾南归已有十六年之久，却仍然不能得到重用。如今已是两鬓斑白，却寸功未建。所以词人这次故地重游，想起当年的情景，只觉得往事不堪回首。眼看国势渐衰，词人想要退隐，心却有所不甘。结尾几句，词人通过“尝试与君谋”，反映出自己与友人矛盾复杂的心情。

［词人逸事］

扬州是宋金对峙时期长江北岸重要的军事基地。绍兴三十一年（1161），金主完颜亮大举南侵，曾一度占领扬州，后被南宋虞允文率部在采石矶击败，完颜亮也为其部下所杀。辛弃疾路过此地，抚今追昔，感慨尤深。杨济翁在扬州与辛弃疾会面时，曾同舟过镇江，登多景楼，作《水调歌头》一阕，抒发请缨无门之慨。辛弃疾作此词以和。

满江红

江行，简杨济翁、周显先[1]

写作背景

这首词与上一首《水调歌头》（落日塞尘起）是创作于同一时期的，即南宋孝宗淳熙五年（1178），此时辛弃疾由南宋京城临安赶赴湖北，这首词作于途中。

［原词］

过眼溪山，怪都似旧时曾识。还记得、梦中行遍，江南江北[2]。佳处径须携杖去，能消几緉(liǎng)平生屐(jī)[3]。笑尘劳、三十九年非，长为客[4]。　吴楚地，东南坼(chè)[5]。英雄事，曹刘敌[6]。被西风吹尽，了无陈迹[7]。楼观才成人已去，旌旗未卷头先白[8]。叹人间、哀乐转相寻，今犹昔[9]。

［注释］

①简：书信。此作动词用，译为写信。

②“过眼”四句：山水从眼前经过，好像都是在梦中见过，旧时相识一样。辛弃疾归宋初期，有一段时期曾漫游吴楚，任建康通判后，也于吴楚一带宦游，故有此感。

③“佳处”二句：如果有江山名胜，应当拄杖游览，不知道要费掉几双木屐。能消几緉平生屐：我这一生还能穿坏几双木屐呢？緉：古代计算鞋的单位，相当于双。屐：鞋底有齿的木屐，六朝时人喜着屐游山。语出《世说新语·方正篇》，阮孚好屐，曾手把木屐一边上蜡一边感叹道：“未知一生当着几量屐。”量通“緉”。

④“笑尘劳”二句：笑自己半生辛苦奔波，长年作客江南。尘劳：风尘劳苦，针对其宦游生涯而言。三十九年非：回顾三十九年间，一切皆非。《淮南子·原道训》：“蘧伯玉年五十而有四十九年非。”稼轩当时年近四十，故套用此语自叹。

⑤“吴楚”二句：吴楚位于东南，一路行船所见，景色优美。化用杜甫《登岳阳楼》诗意：“吴楚东南坼，乾坤日夜浮。”坼：裂开，分裂。

⑥“英雄”二句：图谋天下霸业的英雄，只有曹操和刘备可与之匹敌。曹操曾与刘备讨论天下大事，曰：“今天下英雄，惟使君与操耳。”此句表面上赞扬曹、刘，实际上是称颂孙权。因当时与曹、刘争雄天下的人只有孙权，而他正雄踞于吴楚一带。稼轩《南乡子》：“天下英雄谁敌手？曹刘。生子当如孙仲谋。”与此暗合。敌：匹敌。

⑦“被西风”二句：历史的遗迹被西风吹尽，一点痕迹也没有留下。

⑧“楼观”二句：楼阁刚刚建成人就已经离开了，战事未休头已先白。此处感慨官迹不定，事业未就而人已先老。苏轼《送郑户曹》诗：“楼成君已去，人事固多乖。”旌旗未卷：指战事未休，比喻恢复中原的大业尚未实现。

⑨“叹人间”二句：感叹人间的哀乐相互循环，从古至今都是一样的。转相寻：循环相继。

［词解］

这首词是作者离开扬州溯江而上，途中的抒怀之作。这首词大致有三层意思。

上片是第一层，是由行船途中所见山水而引起怀念往昔，惋惜时光飞逝之意。长江中下游地区山川秀美，辛弃疾南归之初，有一段时间曾漫游吴楚，因此对这一带山水是非常熟悉的。乾道四年（1168）任建康府通判，此后出任地方官，十年之内调动频繁。因此今日复见“都似旧时曾识”了。“溪山”曰“过眼”，往事虽“还记得”，却如梦中一样。“梦中”不仅有虚实之妙，也是作者真实的心理感受，这种恍惚的神思，是作者多年的雄心壮志尚未实现，以及对于宦游生活厌倦了的结果。这为后面的“尘劳”埋下了伏笔。紧接二句写道：“佳处径须携杖去，能消几緉平生屐。”要探山川之胜，就得身临其境，“携杖”、着“屐”是必须的。

过眼溪山，怪都似旧时曾识

词人认为山川佳处常在险远，难免要穿坏几双鞋，但是这又算得了什么呢？所以结尾几句就说，“笑尘劳、三十九年非”，乃套用蘧伯玉之语，作者当时已接近四十岁，所以才这样说。表面上看，这是因自己虚度年华而自嘲，但是，命运并非是由自己主宰的。“长为客”三字就表明了这种忧愤、旷达的语意中包含着沉郁之情，包含了作者三十多年来的感慨。

下片六句另起一层意思作为第二层，是由山川地形而引起的对古代英雄事迹的缅怀。“吴楚地，东南坼”化用杜甫《登岳阳楼》“吴楚东南坼”，表现的是东南一带壮阔的景象。如此之山川，不免使作者想到三国时代的英雄，尤其是虎踞江东北拒强敌的孙权，最令他钦佩。曹操曾对刘备说：“今天下英雄，惟使君与操耳。”只有孙权能够与两者成三足鼎立之势。“被西风吹尽，了无陈迹”二句既有慨叹，又有追慕。

楼观才成人已去

结尾几句为第三层的意思，将上面两层意思融合在一起，发出更为愤激的感慨。“楼观才成人已去”承接上句怀古。“旌旗未卷头先白”则承接了前面的感伤，由人及己，“旌旗”指战旗，意言恢复中原的事业尚未成功，自己的头发却先变白了。词人据此得出了一个无可奈何的结论：人间的哀乐从来都是循环而不可捉摸的。这结论颇带有一些宿命色彩，是作者对命运无常的解释，更是作者对时运不济、命运多舛的感叹。

[词评]

“吴楚地，东南坼。英雄事，曹刘敌。被西风吹尽，了无陈迹。”则铁心石肠，发于词气间，凛凛也。盖其天才既高，如李白之圣于诗，无适而不宜，故能如此。

——魏庆之《诗人玉屑》

南乡子

舟行记梦

写作背景

这首词大约作于南宋孝宗淳熙五年（1178）秋天。从南宋京城临安乘船前往湖北任职途中，辛弃疾在舟船摇摆中酣然入梦，醒后有感而作此词。

[原词]

欹(qī)枕橹(lǔ)声边，贪听咿哑聒(guō)醉眠①。梦里笙歌花底去：依然，翠袖盈盈在眼前②。　别后两眉尖，欲说还休梦已阑③。只记埋怨前夜月，相看，不管人愁独自圆④。

[注释]

①“欹枕”二句：听着窗外摇橹行船的声音进入梦乡。欹枕：斜靠着枕头。橹：摇水使船前进的工具。咿哑：摇橹的声音。聒：嘈杂的声音。

②“梦里”三句：梦里的情景是：在一片笙歌之中，花丛之中，身着绿色衣衫的美人好像就在眼前。翠袖：身着绿色衣衫的人，代指佳人。

③“别后”二句：玉人欲向我倾诉别后相思之愁苦，不想还未说完梦已醒来。两眉尖：紧皱着双眉，愁苦的样子。梦已阑：梦已尽。

④“只记”三句：只记得玉人在梦中向我埋怨月亮的无情，在人们离别的时候还是那么圆。前夜月：指离别时的月亮。不管人愁独自圆：人因离别而愁，月亮却独自圆。

[词解]

此词全篇都是围绕着梦境来写的。开篇二句词人渲染了入梦时的环境和气氛，词人因酒醉正倚靠着枕头休息，划船发出的单调而嘈杂的橹声，是词人所能听到的唯一声音。一个“贪”字，烘托出旅途的孤单和凄凉。在接下来的三句中词人开始描述所做的梦境：笙歌花丛，意中人身着绿衣，亭亭玉立，温婉动人，仿佛近在咫尺，伸手可及。

别后两眉尖，欲说还休梦已阑

下片转而叙写别后的相逢，词人与意中人互诉衷肠，待“欲说”时，梦却已醒。接下来词人却没有抒写梦醒后的惆怅之情，而是用“只记”一语又将画面拉回梦中：两人一起埋怨月儿的无情，“不管人愁独自圆”，看似无理却蕴含着深情，与苏轼的《水调歌头·明月几时有》词中的“何事长向别时圆”一句，有着异曲同工的妙处。

人们常说，日有所思，夜有所梦。梦是人真实愿望的虚幻表现，这首词成功地将凄美的梦境记录了下来，其中凝聚了词人深沉的、潜在的相思之情，十分生动而真实地刻画了一个痴情男子的高大形象。

［词人逸事］

辛弃疾文武双全，自是风流人物。除了妻子范氏外，辛弃疾还有别的侍妾。元人陶宗仪的《书史会要》说："田田、钱钱，辛弃疾二妾也。皆因有其姓而名之，皆善笔札，常代辛弃疾答尺牍。"可见，这两位侍妾，既是辛弃疾的红颜知己，又能替他应酬一些书信。作于带湖的《好事近·医者索酬劳》："医者索酬劳，那得许多钱物？只有一个整整，也盒盘盛得。"说的是辛弃疾妻子范氏生病的事。词是戏作，但足可证明辛弃疾还有一个小妾，名叫"整整"。此外，辛弃疾还有一首《鹧鸪天·困不成眠奈夜何》，写自己因心情不好而辗转难眠，最后二句是："娇痴却妒香香睡，唤起醒松说梦些。"这词大概是作于辛弃疾在外地做官时，而这位香香则应是跟随在他身边的小妾。

破阵子

为范南伯寿[①]。时南伯为张南轩辟宰泸溪[②]，南伯迟迟未行，因作此词勉之。

写作背景

这首词作于淳熙五年（1178），当时正在荆湖北路转运副使任上的张栻征聘范如山（字南伯，辛弃疾妻兄）做辰州泸溪县令。范南伯嫌这个职务官小势微，不足以实现自己的鸿鹄之志而不肯赴任。恰逢此时辛弃疾调任荆湖北路转运副使，便在范如山的寿宴上，写下这首词对他进行劝导，希望他能够以大局为重，不要计较个人名利的得失，积极出仕以成就功业。

［原词］

掷地刘郎玉斗，挂帆西子扁(piān)舟[③]。千古风流今在此，万里功名莫放休。君王三百州[④]。　燕雀岂知鸿鹄(hú)，貂蝉元出兜鍪(móu)[⑤]。却笑泸溪如斗大，肯把牛刀

试手不⑥？寿君双玉瓯(ōu)⑦。

［注释］

①范南伯：即范如山，字南伯，辛弃疾的妻兄。

②张南轩：即张栻，字南轩，抗金名将张浚之子，当时官荆湖北路转运副使。辟宰泸溪：征聘（范南伯）为（辰州）泸溪（今湖南泸溪）县令。辟：征召。宰：县令。

③“掷地”二句：范增因为项羽不杀刘邦，怒而撞碎了玉斗，范蠡助越灭吴之后带着西施泛舟五湖。此处用范姓人物故事对南伯进行劝勉。掷地刘郎玉斗：据《史记·项羽本纪》，鸿门宴上，项羽没有听从范增的意见，放走了刘邦。范增生气地将刘邦送给自己的一双玉斗掷于地上，并用剑击破，愤然而去。刘郎：指刘邦。扁舟：小船。

④“千古”三句：谓英雄之所以能美名流传，就在于立功万里，为国家和君王效命。休：语气助词，犹今之“呵”“啊”。三百州：泛指宋朝国土，但主要指的是北方被金人占领的故土。

⑤“燕雀”二句：燕雀怎能知道鸿鹄的志向？公侯将相原本出身于普通士卒。《史记·陈涉世家》中记载：秦末起义领袖陈涉少时与人佣耕，对嘲笑他的同伴说：“燕雀安知鸿鹄之志哉！”鸿鹄：鸿雁与天鹅，飞得比较高，后世将其作为有远大志向的代称。貂蝉：即貂蝉冠，代指大官。元：通“原”。兜鍪：士兵戴的头盔，代指士卒。

挂帆西子扁舟

⑥“却笑”二句：可笑泸溪地小如斗，不知道您肯不肯在那里小试牛刀。此劝南伯不要嫌弃县令官职太小，正可小试牛刀。如斗大：形容泸溪面积很小。牛刀：喻大才。孔子曾说：“割鸡焉用牛刀。”（《论语·阳货篇》）喻大材小用。不：通“否”。

⑦“寿君”句：赠给您两只玉瓯作为寿礼。玉瓯：玉制酒杯，与上文的“玉斗”同义。

［词解］

中国古人十分看重寿辰，文人们更是常常吟诗作赋以表示祝贺。由于人情世故的原因，寿词大多成了唱和、逢迎之作，格调低下，高雅者甚少。辛弃疾是南宋的诗文大家，性情豪爽，宦游期间交际甚广，也做了不少寿词。本词可以说是一扫俗调，文质兼长，显示出一派大家风范。

此词上下两片格律句式相同，各用三平韵，都是前二句以古喻今，后三句议论劝说。用典颇多但很贴切，情感也很真挚，读来亲切感人。

上片开头二句运用两个世人熟知的典故，看似信手拈来，实则寄寓了深刻的含义。首先，两个典故里的主人公都姓范，这就与范如山的身份暗合。其次，范增后来虽然退出了楚汉之争，却始终是项羽集团的重要人物；范蠡急流勇退，则是在助越王成就大业以后。意思很明白：功业不成，何以避世。辛弃疾的劝导十分真挚坦诚，他衷心希望范伯南能积极入世，不要凭一时意气用事。

接下来三句，是对范伯南进一步的规劝：国家正处于分裂之际，危难关头，英雄豪杰正应大显身手，切莫放过杀敌立功的好时机。所谓“三百州”，非实指，而是泛指宋朝的全部领土。北宋统一后，在全国设了 328 个州，因而“君王三百州”蕴含着统一国土的理想。一方面是劝导友人，另一方面也是对辛弃疾本人的赤诚之心和爱国情怀的写照。

下片前二句又是用典，化用陈涉之语，将友人比作胸怀大志的鸿鹄。又用南齐周盘龙的“此貂蝉从兜鍪中出耳！”之语告诫友人，古来成大事者都是从小事做起的，目光要放得长远一些。

最后三句，既激发其出仕之心，又点明了祝寿之意。“割鸡焉用牛刀”，泸溪这个地方确实是很小，但不知道可不可以去施展你的才干？前面他已经讲明了自己观点，这里仍然正面提出问题，留着让范伯南自己做决定。

作为一位爱国词人，辛弃疾无时无刻不在关注着国家命运，念念不忘自己的理想抱负，处处显示着一种忧国忧民的意识。辛弃疾对待朋友坦诚如水、热情如火。正是因为有了这样的精神和情怀，他的词作才不落窠臼，高人一筹。此外，此词还在一定程度上提倡了入世精神，承认了个人价值必须通过社会价值才能得以实现，从而摒弃了中国文人传统的隐逸避世思想。

范蠡扁舟归五湖

摸鱼儿

淳熙己亥①，自湖北漕移湖南②，同官王正之置酒小山亭③，为赋。

写作背景

此词作于南宋孝宗淳熙六年（1179）三月，时辛弃疾正奉命由湖北转运副使改调湖南转运副使。同僚王正之在小山亭设宴为辛弃疾饯行。辛弃疾作此词表达了迷惘、无奈的感情。

[原词]

更能消、几番风雨，匆匆春又归去④。惜春长怕花开早，何况落红无数⑤。春且住，见说道、天涯芳草无归路⑥。怨春不语。算只有殷勤，画檐蛛网，尽日惹飞絮⑦。　长门事，准拟佳期又误。蛾眉曾有人妒。千金纵买相如赋，脉脉此情谁诉⑧？君莫舞，君不见、玉环飞燕皆尘土⑨！闲愁最苦。休去倚危栏，斜阳正在，烟柳断肠处⑩。

长门事，准拟佳期又误

[注释]

①淳熙己亥：即宋孝宗淳熙六年(1179)。

②漕：漕司，宋时称主管漕运的转运使为漕。

③同官：同僚。王正之：王正己，字正之，辛弃疾的友人与同僚。小山亭：湖北转运使官署内的一座亭子。

④“更能消”二句：春天就要过去了，

还能经受几番风雨呢？用以喻宋朝国势飘摇，岌岌可危。消：经得起。

⑤“惜春”二句：怜惜春天，因此不想花开得太早，更何况花开之后就意味着落红满地。

⑥“春且住”二句：春天暂且停住脚步，听说芳草已经长满天涯，阻挡了春天归去的脚步。见说道：听说是。

⑦“怨春”四句：怨恨春天并不说话，算起来只有画檐上的蛛网留住少许春色。比喻关心国事的人越来越少。以蛛网惹絮比喻小人误国。算：算起来。画檐：雕花或用画做装饰的屋檐。尽日：整天。惹飞絮：招惹柳絮，用柳絮代指春色。

休去倚危栏，斜阳正在，烟柳断肠处

⑧“长门”五句：谓遭到别人的嫉妒，势必难以再度得宠。比喻小人弄权，复国大业难以成功。据《昭明文选·长门赋序》，陈皇后失宠，幽居于长门宫，听说司马相如善文，以千金请其作《长门赋》。武帝读后感悟，于是陈皇后再度得宠。但《长门赋》可能并非司马相如所作，史传也没有记载陈皇后再次得到宠幸。辛弃疾是借此以抒怀。蛾眉：形容女子的眉毛如飞蛾触须，代指美人。此承接上文指陈皇后，实用来比喻爱国志士。

⑨“君莫舞”二句：小人们你们不要得意忘形，你们难道没有看到，杨玉环、赵飞燕虽得宠于一时，但最后也难免归于尘土。玉环：唐玄宗的宠妃杨贵妃的小名，后被缢死于马嵬坡。飞燕：汉成帝最宠爱的皇后，姓赵。失宠后被废为庶人，自杀而死。

⑩“闲愁”四句：不要登上高楼凭栏眺望，落日烟柳的景象更加令人忧愁。

［词解］

这首词具有委婉曲折的风格，全无辛词常见的豪放，反映出辛弃疾作词艺术风格的多样化。在中国古典文学中，追求含蓄是一大特色。要求达到意在言外、令人玩味的效果。辛弃疾的这篇《摸鱼儿》就是很有代表性的一首。表面看来，作者是在吊古伤春，但实际上是将自己的忧国之情隐藏于春残花落，蛾眉见妒的描写中。前片全是比兴，后片则多化用典故。比兴之法可以用作暗喻和象征，化用典故可以用来借古讽今，意味深长。

上片，作者表明了自己不宁的心绪，既有哀婉，又有叹惜，更有一种迷惘与无可奈何的感情蕴含其中。万紫千红的春天，不为人停留，匆匆而去，落红满地。这凋零衰败的景色怎么能再经得起风雨的摧残呢？花是春天的象征，我生怕花落春去，因此希望花儿迟些再开，但是春天默默无语、悄然离去。春的痕迹只能留在画檐的蛛网上沾着的柳絮中了。

下片中，作者将自己的愤懑不平全部倾诉了出来。根据史书记载，长公主对汉武帝继位有很大帮助，因此汉武帝立其女阿娇为皇后，也就是陈皇后。后来因武帝宠幸卫子夫，陈皇后被贬居于长门宫。她听说司马相如的文章名扬天下，便以黄金百金，求相如为之作《长门赋》。汉武帝看到这篇赋后，有所感悟，于是陈皇后又再度得宠。但是在历史上，陈皇后被废后，并没有再度被汉武帝宠幸。辛弃疾在此充分发挥自己的想象，对故事加以改编。紧接着，他对那些挑拨离间的小人进行了严厉的警告：不要太得意忘形，你们难道没有见到杨玉环、赵飞燕的下场吗！她们在历史上虽然都曾宠极一时，但结局却一样的，一个缢死于马嵬坡，一个被废为庶人后自杀。

这首词以沉痛的语句作结，作者仿佛陷入了绝望的哀思中。他有抗金之志，有杀敌之才，却没有报国的机会。他无法摆脱心中交织着的这种压抑与愁苦，词人最怕在烟柳夕阳中登楼远眺，因为那残阳的景象，正如南宋江河日下的国势，让人肝肠寸断。

[词评]

稼轩“更能消、几番风雨”一章，词意殊怨。然姿态飞动，极沉郁顿挫之致。起处“更能消”三字，是从千回万转后倒折出来，真是有力如虎。

——陈廷焯《白雨斋词话》

时稼轩南归十八年矣，《应问》三篇，《美芹十论》，以讲和方定议，不行。佳期之误，谁误之乎。读公词，为之三叹。寓幽咽怨断于浑灏流转中，此境亦惟公有之，他人不能为也。然苟于此中求索消息，而以不似学之，则亦何不可学之有。

——陈洵《海绡说词》

他的豪放激昂的作品固然振奋人心，而婉约含蓄的也同样出色动人。如《摸鱼儿》和《青玉案·元夕》就是。

——夏承焘《唐宋词欣赏》

[词人逸事]

辛弃疾作这首词时正好四十岁。他从绍兴三十二年（1162）渡过淮水投奔南宋也已经十八年了，他的抗金复国的主张，始终都没有被南宋朝廷采纳。自己抗金杀敌重整山河的壮志也无法实现，只是出任一些与战事无关的闲职。这一次，他又从荆湖北路转运副使任上调任荆湖南路转运副使。转运使亦称漕司，主要掌管一路的财赋。对辛弃疾来说，这根本不能使他施展自己的才能和抱负，更何况是调往距离前线更远的湖南去，这使他更加失望。辛弃疾明白朝廷实际上并无恢复之意。湖北的同僚置酒为他饯行，他在酒宴上写下了这首词，用来抒发胸中的郁闷和感慨。

贺新郎

写作背景

这首词作于1180年春，当时作者已经任职为湖南安抚使。在前一年秋天他从湖南转运副使改任潭州（今湖南长沙）兼湖南安抚使之职。这首词是为送友人坐船去临安而作。

［原词］

柳暗凌波路[1]。送春归、猛风暴雨，一番新绿。千里潇湘葡萄涨[2]，人解扁(piān)舟欲去。又樯(qiáng)燕、留人相语。艇子飞来生尘步，唾花寒、唱我新番句[3]。波似箭，催鸣橹[4]。　黄陵祠下山无数。听湘娥、泠(líng)泠曲罢，为谁情苦[5]。行到东吴春已暮，正江阔潮平稳渡。望金雀、觚(gū)棱翔舞[6]。前度刘郎今重到，问玄都、千树花存否[7]？愁为倩(qiàn)，幺弦诉[8]。

［注释］

①凌波路：指江边的长堤小路。

②潇湘：潇水、湘水，在湖南零陵合流，也称潇湘。葡萄：形容水色碧绿如葡萄。

③“艇子”二句：歌女坐着小舟飞快地赶来，唱着我作的新词为友人送行。生尘步：形容女子步态娇美轻盈。唾花寒：不详，疑即作者所作新词中的话语。番：通“翻”，按谱写词。

④“波似箭”二句：谓江水中的波浪就像箭一样，好像在催着小船上路。

⑤“黄陵”三句：黄陵祠下有很多山头，倾听湘妃歌舞，似在诉苦。黄陵祠：即二妃祠。传说舜帝南巡，娥皇、女英二妃跟随，舜帝崩，二妃自投湘江。

千里潇湘葡萄涨，人解扁舟欲去

民间尊其为湘水之神，于江边黄陵山上为之立祠，祠堂位于湖南湘潭北四十五里处。听湘娥、泠泠曲罢：屈原《远游》："使湘灵鼓瑟兮。"

⑥"行到"三句：船靠近临安的时候，远远地就可以望见京城的宫殿。金雀、觚棱：用金凤装饰的殿角飞檐。《文选》注云："觚棱，阙角也。角上栖金爵(雀)，金爵，凤也。"

⑦"前度"二句：友人正如刘禹锡重回京城一样，问候京城的故交旧友。

⑧"愁为"二句：离愁满腹，只有向丝弦倾诉。倩：请。幺弦：琵琶上的第四根弦，因其最细，故称幺弦。

[词解]

这首词是为送别友人而作。词的上片描写的是送别的场景。雨过水涨，正适合行舟。虽然燕语笙歌，无限留恋，但流波催棹，人最终还是要离去。在上片中，没有一句作者是在直抒胸怀，或借自然界中的景物，或通过歌女吟唱自己新作的词来表示自己的离愁，歌女唱自己为送别友人而作的词，不正说明了词人也在现场吗？但是词人没有说出来，使这首词多了一份含蓄之美。

下片描写想象中的友人扁舟远行的沿岸情景，实际上作者的神思已经驰骋于千里之外。远远地望见了都城，望见了气势恢宏庄严的皇宫，实际上是希望友人能够得到朝廷的重用，结韵折笔回转写离愁，再次抒发难舍之情。

[词评]

稼轩《贺新郎》词："柳暗凌波路。送春归、猛风暴雨，一番新绿。"又《定风波》词："从此酒酣明月夜。耳热。""绿""热"二字，皆作上去用。与韩玉《东浦词》《贺新郎》以"玉""曲"叶"注""女"，《卜算子》以"夜""谢"叶"食""月"，已开北曲四声通押之祖。

——王国维《人间词话》

阮郎归

耒阳道中为张处父推官赋[①]

写作背景

这首词作于淳熙六年至七年（1179—1180）间，当时辛弃疾仍在湖南任上，应该是巡视州郡时恰好遇见了故人有感而作。

［原词］

山前灯火欲黄昏，山头来去云。鹧鸪(zhè gū)声里数家村，潇湘逢故人[②]。　挥羽扇、整纶(guān)巾。少年鞍马尘[③]。如今憔悴赋《招魂》，儒冠多误身[④]。

［注释］

①耒阳：就是当今的湖南耒阳县，在宋代属于衡州，隶属于荆湖南路。张处父：生平事迹不详。推官：州郡所属的助理官员，主持军事。

②“鹧鸪”二句：在湘水之滨的农村，鹧鸪声中，遇到了故人。化用南朝梁柳恽《江南曲》语：“洞庭有归客，潇湘逢故人。”潇湘：耒阳正好在湘水的边上。故人：指张处父。

③“挥羽扇”二句：友人年轻的时候，羽扇纶巾，纵马驰骋沙场。描述张氏少年时候的戎马生涯。羽扇纶巾：手里拿着羽毛扇，头戴着青丝带做成的帽子，这是魏晋时代儒将所穿的服饰。苏轼《念奴娇》词：“羽扇纶巾，谈笑间、樯橹灰飞烟灭。”鞍马尘：指骑在战马上纵横沙场。

④“如今”二句：友人如今在仕途上比较失意，只有赋《招魂》一类的诗赋而已。《招魂》：《楚辞》中的一篇，有人说是宋玉悼屈原之作，也有人说是屈原悼念楚王的作品。此谓缅怀往昔，自我招魂。儒冠多误身：谓读书的儒生很迂腐，不懂得人情世故，以致自己终生一事无成。此袭用杜甫《赠韦左丞丈》诗句：“纨袴不饿死，儒冠多误身。”儒冠：书生的帽子，用以代指书生。

［词解］

这首词的特点就是写景与词人的心理状态密切结合，巧妙地运用典故，表现了词人屡遭排斥打击，频繁调任，无法施展抱负的愁闷心理。

上片头二句，描写了昏暗浮动的景象，衬托出了作者飘忽不定的心理状态。

南宋投降派当权以后，对抗金志士屡屡排斥打击，词人抗金救国的理想，越来越难以实现。他在另一首词中写道："聚散匆匆不偶然，二年历遍楚山川。"本词起始这两句，昏暗的夜色和山头飘动的浮云，构成一种暗淡浮荡的意象，与词人的心理状态巧妙地结合起来。首句"欲"字，用得十分绝妙，描绘出夕阳似落非落、夜幕似降非降的景象。第三句，描绘心理的过程中，比前面的两句又深入一层。鹧鸪的叫声，古人认为是在叫"行不得也哥哥"，令人听来感觉甚是凄凉。作者在黄昏的山村中，听见"鹧鸪声"，表现出他对前途的忧虑，衬托出了他的凄凉心境。第四句笔锋陡然一转，写词人碰到了老朋友——张处父，立即转忧为喜，气氛也随之转为轻松愉快。"潇湘逢故人"，化用梁代柳恽的诗句"洞庭有归客，潇湘逢故人"，承上启下，紧扣词题。

词的下片全用典故，上面承接"潇湘逢故人"，作者见到了故交，不免互相倾诉衷肠，回首往事。下片前三句是进行回忆，作者借手持羽扇、头戴纶巾、指挥三军的儒将的潇洒形象，对他当年抗金兵时的风度进行渲染。词人抚今追昔，不胜感慨。词人当年渡江南归，正是为了能够在恢复中原的大业中一展身手。不料南归以后却屡遭排斥，频繁调任，其抗金的奏策，也如同废纸一样，无人理睬，因而，他发出儒冠多误身的悲鸣。

"如今憔悴赋《招魂》，儒冠多误身"二句，是词人用血泪写成的，向投降派迫害打击爱国志士提出了强烈的控诉，表现出作者极其沉痛和复杂的心情。词人认为，他之所以落到如今这样失魂落魄、心力交瘁的境地，是由于自己身为儒生的缘故。《招魂》，是《楚辞》的篇名，词人使用这个典故，说出了自己满腹的哀怨和牢骚。"儒冠多误身"，借用杜甫的诗句"纨袴不饿死，儒冠多误身"，表明了自己落魄蹉跎的遭遇。最后这两句，语调十分低沉，感情凄怆，读之令人垂泪。

减字木兰花

长沙道中[①]，壁上有妇人题字，若有恨者，用其意为赋

写作背景

写作时间在淳熙六年至七年。根据词中的小序，可知词人是根据一位弃妇的题字中包含的意思来作的词。

［原词］

　　盈盈泪眼，往日青楼天样远[2]。秋月春花，输与寻常姊妹家[3]。　　水村山驿，日暮行云无气力[4]。锦字偷裁，立尽西风雁不来[5]。

［注释］

①长沙道：道，中国历史上地方行政区划，长沙道，南宋时在今湖南长沙一带设置的道台。

②“盈盈”二句：眼含着泪水，昔日在青楼中的美好生活已经不再。青楼：妓女聚集的地方。

③“秋月”二句：年老色衰，与别家的青楼女子难以相比。

④“水村”二句：生活在山水环绕的山村中，身如行云，漂泊无定。

⑤“锦字”二句：写好了锦书，立在秋风中却等不来传书的大雁。锦字：指书信。《晋书·列女传·窦滔妻苏氏》：“滔，苻坚时为秦州刺史，被徙流沙。苏氏思之，织锦为回文璇玑图诗以赠滔。宛转循环以读之，词甚凄婉。”雁：古谓鱼、雁能传递书信。

［词解］

辛弃疾作这首词，是因为在行路途中看到一位妇女的题字，隐约觉得这位女子有什么恨事，因此联想到了自身的境遇，不由得生发出感慨，于是援笔作词，以那位女子的口吻代其哀怨身世，实际上则是委婉地道出自己远离前线，不能重返战场杀敌报国，导致自己郁郁不得志的愤懑之情。

盈盈泪眼，往日青楼天样远

上片抒发青春不再，人老珠黄的感慨。从“青楼”可知，这位女子出身娼家，只是可惜自己已是“老大嫁作商人妇”，年老色衰，无法再跟那些年轻的女子相提并论，空惹哀怨。下片着重抒发独守空房，望夫归来的愁情。想要为不思归家的丈夫写一封书信，却连个带信的人都没有。

辛弃疾自南归以后，并未受到重用，十几年之中，始终在地方上辗转为官。朝廷似乎将这位文武全才的英雄给遗忘了。他这样的经历与那位遭到遗弃的女子是何其相似。辛弃疾想要向朝廷传达自己的杀敌报国之心，却是无人能知，无人能够代为传达，何其悲也！

［词人逸事］

长沙有一条营盘街，这条街与辛弃疾的传说是湖南人津津乐道的逸事。

淳熙六年（1179），辛弃疾受命出任潭州知府兼湖南安抚使一职，时年三十九岁。彼时，辛弃疾英姿雄发，而南宋王朝内忧外患，形势险恶。在长沙道中，辛弃疾看到有妇人题壁，言辞间透露出无限的遗恨。辛弃疾触景生情，借此写出一首《减字木兰花》：“盈盈泪眼，往日青楼天样远。秋月春花，输与寻常姊妹家。水村山驿，日暮行云无气力。锦字偷裁，立尽西风雁不来。”这首词写出了词人面对现实的伤感，以及对驰骋疆场、报国杀敌的盼望。

满庭芳

和洪丞相景伯韵①

写作背景

本词作于淳熙八年（1181）春，作者当时在江西安抚使任上。前一年冬天，他由湖南安抚使调任隆兴知府兼江西安抚使。洪丞相（洪适）曾于乾道元年任丞相，后罢官。淳熙八年春天，洪作《满庭芳》二首，作者三和其韵，这首词就是其中之一。

［原词］

倾国无媒，入宫见妒，古来颦(pín)损蛾眉②。看公如月，光彩众星稀③。袖手高山流水，听群蛙、鼓吹荒池④。文章手，直须补衮(gǔn)，藻火粲宗彝(yí)⑤。　痴儿公事了，吴蚕缠绕，自吐余丝⑥。幸一枝粗稳，三径新治⑦。且约湖边风月，功名事、欲使谁知⑧。都休问，英雄千古，荒草没残碑⑨。

［注释］

①洪丞相景伯：洪适字景伯，江西鄱阳人。与弟洪遵、洪迈文名满天下，

被时人称为“三洪”。

②“倾国”三句：空有倾国倾城的容貌，却没有人引见给君主，进入宫中受到他人的妒忌，自古以来就是这样。用以比喻贤才遭忌，写洪适的境遇。倾国无媒：谓美人与君主间缺少充当媒介的人。倾国：倾国倾城之貌，代指绝代佳人。入宫见妒：《史记·外戚世家》：“传曰：‘女无美恶，入室见妒；士无贤不肖，入朝见嫉。’”颦损：指蛾眉（美人）遭到损害。

古来颦损蛾眉

③“看公”二句：洪丞相就像夜晚的月亮一样，发出的光彩使众星无光。

④“袖手”二句：说景伯隐居于山水之间，听着山野之间池塘里的群蛙鼓噪。指洪适过着隐居的闲适生活。袖手：将手藏于袖内，表示不干预其他事务，借指不再干预朝政。高山流水：暗用俞伯牙、钟子期互为知音事。伯牙善琴，寓情高山流水，只有子期为其知音。子期死，伯牙遂终生不复抚琴。此谓将高山流水视为知音。听群蛙、鼓吹荒池：《南齐书·孔稚珪传》载，孔稚珪不理世务，家中庭院荒草丛生，蛙鸣其中，稚珪笑对人言：“我以此当两部鼓吹。”鼓吹：音乐、乐曲。

⑤“文章手”三句：景伯是做文章的高手，辅君治国，使朝政清明。补衮：对帝王的过失进行补阙、规谏。《诗经·大雅·烝民》：“衮职有阙，惟仲山甫补之。”衮：帝王所穿的衣服。藻火粲宗彝：在衮服上绣水藻、火焰、宗彝等图案，使衮服更加光彩夺目，喻辅佐君主的人有治国之才。宗彝：原指宗庙祭祀用的酒器，此代指天子祭服上的猛兽图饰。

⑥“痴儿”三句：景伯摆脱政事以后，仍像吴蚕余丝未尽一样关心着国家大事。痴儿公事了：《晋书·傅咸传》谓友人与傅咸云：“生子痴，了公事，官事未易了也。”黄庭坚《登快阁》诗：“痴儿了却公家事，快阁东西倚晚晴。”这里代指洪适。痴儿：痴人，呆子。

⑦“幸一枝”二句：所幸的是景伯的隐居之所，一切都已收拾停当。一枝：《庄子·逍遥游》谓许由曰：“鹪鹩巢于深林，不过一枝。”借喻景伯隐居之所。粗稳：大致安稳。三径：本意为三条小路。《三辅决录》载，西汉末年，兖州刺史蒋诩辞官归隐，于院中辟三径，惟与高人雅士交往。后世即以“三径”

代指隐居之人的庭院。陶渊明《归去来兮辞》："三径就荒，松菊犹存。"治，此处押平声韵，读"持"。

⑧"且约"二句：大家一起吟赏风月，功名利禄的事情，说出来谁爱听呢。

⑨"都休问"三句：什么都不要问了，君不见那些千古英雄，到最后不也一样是埋没于荒草之间吗。残碑：残破了的墓碑。

［词解］

这首词是作者与友人的一首和词。上片采用比兴的手法，指出贤才遭妒的事情，自古到今屡见不鲜，既是安慰罢官的洪适，又是为统治者不识人才、埋没人才鸣不平。全词定下的基调比较高。以下是对洪适文章人品进行极力称颂，如果将他比作夜晚最有光彩的月亮，那么其他人就是星星；如果将他的文章比作高山流水的高雅音乐的话，那么别人的文章就是蛙鸣了；"袖手"一词又含有转折之意，他离开朝廷以后，朝中无人能够主持大局，只能像群蛙乱鸣一样。作者对朝廷罢黜贤能表示悲愤，为国家失去了这样的贤才感到痛心。

下片是摹写友人隐退以后的心境：虽然远离了朝廷和政事，但是仍不忘家国，正如春蚕吐丝至死不渝一样，对国家大事依然余情未了；"风月""功名"对举，发牢骚的意思很明显。结尾的英雄荒草，既是劝慰之语，又饱含激愤之情；既寄意于洪适，亦是自我抒怀。

祝英台近

晚春

写作背景

作者自从南归以后，就一直受到压制打击，不被重用。他抗金复国的壮志难以实现，所以假托闺怨之词来抒发心中的苦闷忧郁之情，这与他的另一首名作《摸鱼儿》（更能消、几番风雨）是同一种情调，同一种抒情手法。

［原词］

宝钗分，桃叶渡，烟柳暗南浦[1]。怕上层楼，十日九风雨[2]。断肠片片飞红，都无人管，更谁唤啼莺声住[3]？　　鬓边觑(qù)，试把花卜归期，才簪(zān)又重数[4]。罗帐灯昏，哽咽梦中语：是他春带愁来，春归何处，

却不解带将愁去⑤。

[注释]

①“宝钗”三句：在桃叶渡前将宝钗分为两股，一想起要分别，就觉得愁云惨淡。钗是古代女子的一种头饰。情人分别时，通常将其分为两股，二人各执一股以为纪念。宝钗分，就是夫妇离别之意。桃叶渡：位于南京秦淮河与古青溪合流的地方。此处用以泛指情人分别之处。南浦：水边，也是送别的地方。江淹《别赋》：“送君南浦，伤如之何。”

②“怕上”二句：离别后登楼远眺，怀念远方的人，就够让人惆怅伤感的了，更何况是在这连日风雨如晦的时节呢？

③“断肠”三句：落花不恤人意，片片飞落，令人断肠，又能请谁帮忙叫那黄莺不再啼叫呢？飞红：即落花。

④“鬓边”三句：斜眼细看插在鬓边的花儿，拿下来数着花瓣来卜算远人的归期，插上以后仍不放心，又取下来重新再数一遍。觑：仔细地看，斜视。

⑤“罗帐”五句：昏暗的灯光照着罗帐，在梦中呜咽道：“春天带来了离愁，现在春天就要走了，为什么不把我的愁也带走呢？”点明季节变化，抱怨远人为什么还不回来。

[词解]

这首词以分钗起兴，通过描写春意阑珊的景致来抒发闺怨别情，又有作者对于国事的深切关注与忧虑的寄托。全词写得委婉含蓄，愁肠百结，细腻传神而余韵无穷。

上片一开始就连用了三个与送别有关的典故，组成了一幅惆怅缠绵的离别画面，烘托出作者那种凄怨哀婉的心境。与情人分手之后，便遭遇连日的暴雨狂风，致使落红片片，因而怕登上高楼看到那令人伤心的场景。一个“都”字突出地强调了“无人”，再加上“更谁唤”，进一步抒发了作者的怨春怀人之情。

鬓边觑，试把花卜归期

下片笔锋一转，将气氛的渲染、背景的营造，转为对情态的描摹。描述的内容虽不同，但是情感线索却与上片一脉相承。“鬓边觑”三字，将少妇的心理活动刻画得极为细腻。一个“觑”字，完全表现出了闺中女子那种慵懒和无聊的心态。“试把”二句是“觑”之后所产生的行为。细数花瓣以卜算远人的归期，数完了又怕出错，于是又再数一遍。单调重复的动作更能展示少妇之愁肠百结。痴情少妇的心情并不能由此得到慰藉，于是就有了“哽咽梦中语：是他春带愁来，春归何处，却不解带将愁去”。无端的责问更加衬托出了女子的多情，这也正是女子痴怨心情的最真实表现。

这首词通过描摹人物的动作情态和心理活动，刻画了一个为春愁所困，无可奈何的痴情女子形象。

[词评]

辛幼安《祝英台》云：“是他春带愁来，春归何处，却不解将愁归去。”王君玉《祝英台》云：“可堪妒柳羞花，下床都懒，便瘦也教春知道。”前一词欲春带愁去，后一词欲春知道瘦。近世春晚词，少有比者。

——张侃《拙轩词话》

簸弄风月，陶写性情，词婉于诗；盖声出莺吭燕舌间，稍近乎情可也。……辛稼轩《祝英台近》……诗景中带情，而有骚雅。

——张炎《词源》

稼轩词以激扬奋厉为工，至“宝钗分，桃叶渡”一曲，昵狎温柔，魂销意尽，才人伎俩，真不可测。

——沈谦《填词杂说》

此与德佑太学生二词用意相似，点点飞红，伤君子之弃；流莺，恶小人得志也；春带愁来，其刺赵、张乎？

——张惠言《张惠言词选》

木兰花慢

席上送张仲固帅兴元①

写作背景

本词作于宋孝宗淳熙七年（1180），时词人已改知隆兴府（今江西南昌）兼江西安抚使，但尚未赴任，仍知潭州（今湖南长沙）兼湖南安抚使任上。友人张坚由江西转运判官调任兴元知府（今陕西汉中）兼利州东路安抚使，取道湖南时辛弃疾设宴为其饯行，并作此词。

[原词]

汉中开汉业，问此地、是耶非[②]？想剑指三秦，君王得意，一战东归[③]。追亡事，今不见，但山川满目泪沾衣[④]。落日胡尘未断，西风塞马空肥[⑤]。　一编书是帝王师，小试去征西[⑥]。更草草离筵，匆匆去路，愁满旌旗[⑦]。君思我、回首处，正江涵秋影雁初飞[⑧]。安得车轮四角，不堪带减腰围[⑨]。

[注释]

①张仲固：名坚，字仲固，镇江人。原任江南西路转运判官，宋孝宗淳熙七年（1180）秋被任命为兴元知府兼利州东路安抚使。帅：宋代凡主管一路的军政长官都可称“帅”，这里用作动词。兴元：原名汉中郡，唐宋以来改称兴元府，府治在今陕西汉中市，是南宋西北部的边防重镇。

②“汉中”二句：汉中是刘邦开创汉朝基业之地。秦亡后，项羽分封诸侯，自称西楚霸王，立刘邦为汉王。刘邦以汉中为基地逐步发展，最后建立西汉。耶：疑问词。

③“想剑指”三句：刘邦一统三秦，春风得意，乘胜东归，与项羽争夺天下。三秦：项羽为阻止刘邦东向争霸，三分关中，立秦降将章邯为雍王、司马欣为塞王、董翳为翟王，共三王，称“三秦”。后刘邦灭三秦，一统关中。

④“追亡”三句：萧何连夜追回韩信的故事，今天已经不存在了，如今也只能对着大好河山流泪了。《史记·淮阴侯列传》说，韩信有将帅之才，刚开始归顺刘邦的时候未得重用，一怒而去。萧何连夜追回韩信，刘邦乃拜韩信为将，最终成就了灭楚兴汉的大业。山川满目泪沾衣：借用唐人李峤《汾阴行》原句。

⑤“落日”二句：落日下金兵离去时扬起的尘土还未断绝，西风中我方边塞上的战马白白养得那么肥壮却派不上用场。

匆匆去路，愁满旌旗

项羽不过江东

⑥“一编”二句：将友人比作张良，希望友人西去后能够大展奇才，为国立功。一编书是帝王师：凭着一部兵书，就可以成为帝王之师。《史记·留侯世家》载，张良少时经过下邳圯桥，遇黄石老人。老人赠给张良一部书，曰：“读此，则为王者师矣。”此书即为《太公兵法》。后张良辅佐汉朝，成为开国元勋。张良与张坚同姓，此以张良暗喻张坚。小试：略试才能。征西：指西去知兴元府。

⑦“更草草”三句：匆忙间设宴为友人饯行，就连无知的旌旗也充满了依依不舍的离愁。旌旗，指友人的随行仪仗。

⑧“君思我”二句：友人于途中思念我时，回首只见一江秋水，北雁南飞。江涵秋影雁初飞：用杜牧《九日齐山登高》原句。

⑨“安得”二句：怎么才能让车轮生出四角，留住友人，以解我的相思之苦。写自己对友人依依惜别和别后思念之情。车轮四角：幻想车轮能够生出四个角，以此留住友人。唐人陆龟蒙《古意》：“君心莫淡薄，妾意正栖托。愿得双车轮，一夜生四角。”带减腰围：腰围逐渐变细，衣带日益宽松，意思是因思念友人而变得消瘦。杜甫《伤秋》：“懒慢头时栉，艰难带减围。”

［词解］

词虽为送别友人而作，而主旨却是在伤时忧国。上片借古讽今，指责朝廷苟安江南，无心恢复中原；不重视人才，导致了山河破碎，志士伤怀。友人所要上任的地方，正是当年刘邦开创汉朝四百年基业的地方，也是南宋的边境所在。想当年，汉高祖从这里起兵，并逐渐壮大，最后一举消灭项羽，建立汉朝；如今南宋却丢掉了半壁江山，苟安江南。这不正是一个鲜明的对比吗？当年萧何为了替刘邦留住人才，曾连夜追回韩信；但是现在，南宋朝廷却对爱国志士屡屡排斥打击，这不又是一个鲜明的对比吗？眼下，敌人不断对我边境进行侵扰，却因为朝廷怯懦，不敢言战，我军将战马养得又肥又壮，却派不上用场，这是多么令人伤心的事情啊！

下片着重抒发离别之情，但是与上片仍是一脉相承。作者将友人比作与他同姓的张良，希望他到任以后能像张良一样，成为为国家做出贡献的杰出人物。接下来，全力描写依依不舍之情，可见作者与友人，绝不仅仅是因为私交甚好才如此密切，而是因为两个人志同道合，是为了抗金复国大业才如此紧密地团结在一起的。这样既紧扣题旨，又相互呼应。

满江红

写作背景

这首词是辛弃疾早期的作品，时间在罢归带湖之前，“稼轩词，中调、小令亦间作妩媚语”（邹祗谟：《远志斋词衷》）。在这一类风格婉约的作品中，这篇《满江红》属于十分有代表性的一首。

［原词］

敲碎离愁，纱窗外、风摇翠竹①。人去后、吹箫声断，倚楼人独②。满眼不堪三月暮，举头已觉千山绿③。但试把一纸寄来书，从头读④。　相思字，空盈幅；相思意，何时足⑤？滴罗襟点点，泪珠盈掬⑥。芳草不迷行客路，垂杨只碍离人目⑦。最苦是、立尽月黄昏，栏干曲⑧。

［注释］

①“敲碎”二句：纱窗外翠绿的竹子被风吹拂，惊动了闺房中正在思念远方情人的女子。敲碎离愁：代指中断愁思。风摇翠竹：化用秦观《满庭芳》词：“风摇翠竹，疑是故人来。”

②“人去”二句：自从与情人分别以后，就不再吹奏那动人愁思的箫管，每夜只能独守空楼。

③“满眼”二句：满眼都是让人不能忍受的暮春花落的凄凉之景，抬头望去连绵的群山都已变成一片青翠。不堪：不可承受。

④“但试”二句：只能把丈夫寄来的一封家书从头到尾看了一遍又一遍。

⑤“相思”四句：信上满纸都是相思之语，但是相思之情什么时候才能得到满足呢？盈：满。足：满足。

⑥“滴罗”二句：相思的眼泪点点滴滴洒在罗襟之上。盈掬：满满的一把。

⑦“芳草”二句：满地的芳草挡不住行人的脚步，只有垂柳能阻碍得了离别人的视线。芳草：出自《楚辞·招隐士》：“王孙游兮不归，芳草生兮萋萋。”

⑧“最苦”二句：最让人感到凄苦的是，立在栏杆旁边一直等到月上黄昏，也不见人回。

[词解]

这首词描写一位女子对出门远游的丈夫的思念之情。上片“敲碎离愁，纱窗外、风摇翠竹”，写出了女主人公孤寂凄苦的心情，“敲碎”一词，以动写静，又以动衬静，表明了全词的主旨。“人去后、吹箫声断，倚楼人独”，描写这位闺中女子的生活状况：丈夫作客他乡，自己孤独无伴，只好常常倚楼遥望，丈夫不在家，自己也无心去吹箫。“人去”“人独”，正是“吹箫”“倚楼”的原因。“满眼不堪三月暮，举头已觉千山绿”紧承“倚楼”一句，描写自己登楼所见到的景色，又点明了时令。“千山绿”虽然使人心情暂时舒畅，但“三月暮”却意味着春光即将消逝、好花就要凋零，对于害怕容颜老去的女子，便有“满眼不堪”的感触。“但试把一纸寄来书，从头读”，这位女子将丈夫从外地寄来的信，从头到尾一遍遍地细读，进一步表现出她的寂寞无聊，开始深入地揭示她思念丈夫的情感。

下片开始直接抒情，“相思字，空盈幅；相思意，何时足？”情人寄来的信上满纸都是相思之语，但是却不能慰藉自己的相思之情，自己也无法向丈夫倾吐衷肠，并得到丈夫的劝慰。因此导致自己“滴罗襟点点，泪珠盈掬”。接下来的二句“芳草不迷行客路，垂杨只碍离人目”，描写景物，暗示其丈夫归程顺畅，自己盼望丈夫能够早日回来的意思。“最苦是、立尽月黄昏，栏干曲”二句作最后的总结，仍然描写自己的生活状态，照应了上片中的“倚楼”。用“最苦”两字详尽地表达出了那种盼望丈夫早日归来的惆怅相思之情。

[词评]

稼轩最不工绮语。“寻芳草”一章，固属笑柄，即“蓦然回首，那人却在，灯火阑珊处”及“玉觞泪满却停觞，怕酒似、郎情薄”，亦了无余味。惟“……芳草不迷行客路，垂杨只碍离人目”为婉妙。然可作无题，亦不定是绮言也。

——陈廷焯《白雨斋词话》

满江红

写作背景

这首词大约作于淳熙六年至七年（1179—1180）之间。

[原词]

倦客新丰，貂裘敝，征尘满目[①]。弹短铗，青蛇

三尺，浩歌谁续[②]？不念英雄江左老，用之可以尊中国[③]。叹诗书、万卷致君人，翻沉陆[④]。　　休感慨，浇醽醁(líng)：人易老，欢难足[⑤]。有玉人怜我，为簪(zān)黄菊[⑥]。且置请缨封万户，竟须卖剑酬黄犊[⑦]。甚当年，寂寞贾长沙，伤时哭[⑧]。

［注释］

①“倦客”三句：就像当年的马周困顿于新丰酒店，苏秦貂裘破败、一身风尘。倦客新丰：用马周事。据《新唐书》卷九十八《马周传》记载：唐代马周不得志之时，困于新丰酒店，“逆旅主人不之顾，周命酒一斗八升，悠然独酌，众异之”。貂裘敝：用苏秦入秦事。《战国策·秦策一》载：“（苏秦）说秦王书十上而说不行。黑貂之裘敝，黄金百斤尽，资用乏绝，去秦而归。”

②“弹短铗”三句：用手指弹着三尺宝剑的剑铗歌唱，谁能听懂是什么意思呢？此用冯谖弹铗作歌事。据《战国策·秦策四》记载：齐人冯谖是孟尝君的食客，但是没有受到重用，于是弹铗（剑把）作歌：“长铗归来兮！食无鱼。”后来果然引起了孟尝君的注意，并受到他的重用。

③“不念”二句：不要顾虑江南英雄年纪大了，任用他照样可以打败敌人，使其向中国称臣。英雄：此暗指词人自己。江左：指南宋苟安的江南地区。中国：古代称中原大地为中国。

④“叹诗书”二句：可叹那些饱读诗书，想要致君尧舜的人因为神州陆沉而报国无门、无路请缨。典出杜甫《奉赠韦丞丈二十二韵》：“读书破万卷，下笔如有神。……致君尧舜上，再使风俗淳。”沉陆：大陆沉沦于水中，比喻国土被敌人侵占。《庄子·则阳》：“方且与世违，而心不屑与之俱。是陆沉者也。”郭象注：“人中隐者，譬无水而沉也。”《史记》卷一百二十六《滑稽列传》：东方朔时坐席中，酒酣，据地歌曰：“陆沉于俗，避世金马门。宫殿中可以避世全身，何必深山之中，蒿庐之下。”刘义庆《世说新语·轻诋篇》：“桓公入洛，过淮泗，践北境，与诸僚属登平乘楼，眺瞩中原，慨然曰：‘遂

贾谊

使神州陆沉，百年丘墟，王夷甫诸人不得不任其责！’”

⑤“休感慨”四句：不要感慨什么人生易老，时光易逝，且饮美酒浇愁。醽醁：又作“绿酃”。李贺《示弟》诗：“醁醽今夕酒，缃帙去时分。”左思《吴都赋》：“飞轻轩而酌绿酃。”李善注引《湘洲记》：“湘洲临水县有酃湖，取冰为酒，名曰酃酒。”

⑥“有玉”二句：有位美女同情我的遭遇，怜惜我的心情，又为我簪戴一朵黄色的菊花。此化用苏轼词：“美人怜我老，玉手簪黄菊。”（《千秋岁·徐州重阳作》）

⑦“且置”二句：先把请缨封侯的事情放到一边，姑且卖剑买牛，以求解脱。请缨：《汉书》卷六十四下《终军传》：“军自请：愿受长缨，必羁南越王而致之阙下。”卖剑：《汉书》卷八十九《龚遂传》：“遂见齐俗奢侈，好末技，不田作，乃躬率以俭约，劝民务农桑……民有带刀剑者，使卖剑买牛，卖刀买犊。”

⑧“甚当年”三句：遥想当年，贾谊因为寂寞伤时而痛哭。《汉书》卷四十八《贾谊传》：“谊数上疏陈政事，多所欲匡建，其大略曰：‘臣窃惟事势，可为痛哭者一，可为流涕者二，可为长太息者六，若其他背理而伤道者，难遍以疏举’。”

［词解］

这首词语言辛辣，笔锋犀利，作者既表达出了自己忧国伤时的激愤之情，又表达了自己饱受劳碌奔波之苦最终却一事无成的倦怠之感，笔力直透纸背。所谓“倦客”，既可能指的是失意的友人，也可能是词人自谓。

上片抒写自己怀才不遇的寂寞愤慨的情状，自比为马周、苏秦、冯谖，将个人的身世与国家的命运联系起来，表达了那种贤才遭受埋没、英雄无用武之地的郁闷之情，这些语句慷慨激烈，可见其“不平之鸣，随处辄发”，这也正是辛弃疾自己的独特风格。

下片以“休感慨”领起，劝慰自己抛开愁情，借酒浇愁，此故作旷达之语，实际上是以苦为乐，无可奈何之际，作者只能放弃自己为国家建功立业的壮志豪情而隐居于山林草莽之间。这是抑郁悲愤的另一种表达方式。最后四句以古讽今，为什么当年的长沙王太傅贾谊会寂寞，会因世事感伤而痛哭？此处看似为作者对狷介之人的不理解，实际上在淡漠之中饱含着作者的悲愤之情。

［词人逸事］

民间流传有许多辛弃疾以酒会友的美谈，其中最有代表性的是其与刘过相识的经过。

刘过是一个满怀抗金抱负而怀才不遇的落魄词人，他对辛弃疾十分崇敬，想方设法要与辛弃疾结识。辛弃疾出任浙东安抚使时，有一天，刘过前往辛府拜见辛弃疾。但是因为他衣衫褴褛，被门吏拒之门外。于是刘过故意大声呼喊，他的喊声惊动了正在畅饮的辛弃疾。辛弃疾因好奇而出门查看，他看见衣衫破旧却英姿勃发的男子，得知此人是爱国文人刘过，马上就邀请他入席饮宴。酒过三巡，辛弃疾让刘过以桌上的羊腰肾羹为题，即兴作诗一首。刘过沉吟片刻，立即吟出了一首既切题又应景的绝句：“拔毫已付管城子，烂首曾封关内侯。死后不知身外物，也随樽酒伴风流。”拔毫就是拔羊毛，把羊毛制成毛笔，即管城子，供人使用。烂首就是说把羊头煮烂，东汉时民间流传这样一首歌谣：“烂羊头，关内侯。”意思是说，羊头煮得好的厨子，就可以被封为关内侯，刘过在诗里以此讽刺小人封侯，专权误国。羊被杀死以后，不知道自己可以作为佳肴，和美酒一起陪伴风流人物。所谓风流人物，指的当然就是辛弃疾等人。刘过此诗既批判了误国误民的专权小人，又赞扬了辛弃疾等人，可谓一举两得。辛弃疾对此诗也是赞赏不已，直夸刘过是个“奇男子”，自此以后两人便成了莫逆之交。

沁园春

带湖新居将成①

写作背景

这首词作于淳熙八年（1181）秋，时辛弃疾仍在江西安抚使任上。他于这年春天开始在江西带湖地区经营家园，除花径竹扉、池塘茅亭外，又开辟出一片稻田，以备来日躬耕之需。又临田作屋，取名为“稼轩”，并作为自己的号。辛弃疾作此词时，带湖新居即将建成。

[原词]

三径初成，鹤怨猿惊，稼轩未来②。甚云山自许，平生意气；衣冠人笑，抵死尘埃③。意倦须还，身闲贵早，岂为莼羹鲈鲙（kuài）哉④。秋江上，看惊弦雁避，骇浪船回⑤。　东冈更葺（qì）茅斋。好都把、轩窗临水开。要小舟行钓，先应种柳；疏篱护竹，莫碍观梅⑥。秋菊堪餐，春兰可佩，留待先生手自栽⑦。沉吟久，怕君恩未许，此意徘徊⑧。

[注释]

①带湖：位于信州（今江西上饶）城北灵山脚下。湖水清澈，狭长如带，因之得名。

②“三径”三句：隐居的庭院已经建成，猿鹤之辈正在哀怨辛弃疾为什么还不归来。三径：隐居之人的庭院。鹤怨猿惊：化用孔稚珪《北山移文》句意：“蕙帐空兮夜鹤怨，山人去兮晓猿惊。”此处借以表明自己将要归隐的想法。

③“甚云山”四句：我平生以意气自负，与山水相许，没想到这么多年沉沦于仕途，为时人所耻笑。甚：为什么。衣冠：代指为官者。抵死：总是。尘埃：指污浊的尘世，即官场。

④“意倦”三句：官途失意，不如及早抽身退步，当然这并不只是为了享受家乡的风味食品。

⑤“秋江”三句：秋天的江面上，大雁听到了弓弦的响声而逃避，小船看到翻滚的巨浪而躲闪。喻词人屡遭排挤，不如急流勇退，避祸全身。

⑥“东冈”六句：描绘设想中的庭院建筑结构。葺茅斋：修建一座茅顶的书房。轩窗：门窗。

⑦“秋菊”三句：春兰和秋菊这两种植物，留着我以后亲手栽种。餐菊佩兰，兼喻志行高洁。屈原《离骚》：“朝饮木兰之坠露兮，夕餐秋菊之落英。”

⑧“沉吟久”三句：欲吟许久，恐怕君恩不许，因此对于归隐还有些犹豫。

[词解]

这首词所抒发的是一种极为复杂的感情。词的上片主要是写词人萌发了罢官归隐的想法。首句即开门见山，直接点题。“三径”是隐士居处的代名词，“三径初成”，表明为日后隐居做好了准备，词人于政治失意中表露出一种自我安慰的情感，作者是用“鹤怨猿惊，稼轩未来”，曲折地表达出了这一层意思。“鹤怨猿惊”出自南齐孔稚珪的《北山移文》：“蕙帐空兮夜鹤怨，山人去兮晓猿惊。”这二句从新居方面着墨，说那里盼望着自己早日归隐。“甚云山”四句，如同作者的自言自语，既然平生志向是以“云山”自许，为什么还总是在红尘世俗中沉浮，惹来先贤隐士们的嘲笑呢！这是词人在遭到投降派一连串打击压制以后，

看惊弦雁避，骇浪船回

疏篱护竹，莫碍观梅

所发的牢骚自嘲之语。我们知道，辛弃疾的平生志愿就在于抗金复国，但是现在大厦将倾，非独木所能支，作者早已对腐朽的官场感到厌倦。他认为既然自己不能匡扶社稷，就应该及早抽身退步，不要等着被人家赶下台；他也并非像西晋张翰那样贪图享受家乡味美的鲈鱼脍、莼菜羹而弃官还乡。最值得体味的是“身闲贵早”中的“贵早”二字，一是为了与前文表露的对新居的向往之情的呼应，不过主要还是想表明，词人已经不堪忍受投降派对他的毁谤和打击，而且他已预感到可能会有一场新的迫害正在等待着他。这样自然就引出了后面“秋江上”三句，表明自己归隐的真正原因是避祸，他也是别无良策，而不得不如此。

下片主要描写对未来生活的设想。词意仍是根据“新居将成”而起。作者表明自己向往的是“小舟撑出柳荫来”的画境。接下来，写了竹、梅、菊、兰，既表明了词人具有高雅的生活情趣，更是暗指词人的为人节操正如竹、梅、菊、兰一样，具有高洁傲岸的品质。伟大的爱国诗人屈原在《离骚》中有“餐秋菊之落英”“纫秋兰以为佩”等句，表明自己高洁的品格。辛弃疾要亲手把它们栽种起来，是要仿效古人。屈原餐菊佩兰是在其被放逐以后的事情，而辛弃疾当时还是在职之臣。坚持理想节操固然可以由自己做出决定，但其去留岂能擅自安排。所以他又接着说：“沉吟久，怕君恩未许，此意徘徊。”这三句看似与前文完全没有关联，但仔细玩味则可以体会出作者当时矛盾的心理状态。辛弃疾一生为国，志在恢复，壮志未酬本不想归隐，但却说“怕君恩未许”。一方面固然表明了辛弃疾对于腐朽的朝廷、昏庸的皇帝仍然抱有不切实际的幻想；另一方面，也可以说，这是他始终不忘家国、积极从政的赤诚之心的显露。全词就在这种不得不隐，然而又欲隐不能的“徘徊”的心境中收笔。

[词评]

稼轩词如……“秋江上，看惊弦雁避，骇浪船回。”……皆于悲壮中见浑厚。后之狂呼叫嚣者，动托苏、辛，真苏、辛之罪人也。

——陈廷焯《白雨斋词话》

[词人逸事]

辛弃疾在湖南曾创建了一支“飞虎军”。这支军队士气旺盛，英勇善战，大有辛词“壮岁旌旗拥万夫”的气势，成为当时长江沿岸各地方军队中最精锐的一

支队伍，并且是南宋政府中后期维护湖南政治局势的重要军事力量。金人对其闻风丧胆，十分畏惧，并将其称之为“虎儿军”。

水调歌头

盟鸥[1]

写作背景

淳熙八年（1181）冬，辛弃疾由江西安抚使改任两浙西路提点刑狱，旋即被劾罢职。自淳熙八年冬到绍熙二年（1191）冬，辛弃疾在信州带湖赋闲达十年之久。本词作于淳熙九年（1182）春，当时带湖新居刚刚落成。

[原词]

带湖吾甚爱，千丈翠奁(lián)开[2]。先生杖屦(jù)无事，一日走千回[3]。凡我同盟鸥鹭，今日既盟之后，来往莫相猜[4]。白鹤在何处，尝试与偕来[5]。　破青萍，排翠藻，立苍苔[6]。窥鱼笑汝痴计，不解举吾杯[7]。废沼荒丘畴昔，明月清风此夜，人世几欢哀[8]。东岸绿阴少，杨柳更须栽[9]。

[注释]

①盟鸥：与鸥鸟结盟，相约为友，以示自己摆脱官场，隐居山水之间。题曰“盟鸥”，实则是对官场污浊、人心奸诈的指斥。

②“带湖”二句：我非常喜欢带湖，因为它翠绿的湖水正如打开的绿色镜匣一样美丽。翠奁：绿色的镜匣。

③“先生”二句：我闲居无事，每天拄着手杖，穿着麻鞋，总要在带湖边走上千回。杖屦：竹杖和麻鞋，引申为动词，拄着竹杖、穿着麻鞋。

④“凡我”三句：我与鸥鹭结盟，自此以后，不可互相猜忌。词人在此戏用古代会盟的辞令。《左传·僖公九年》：“齐盟于葵丘曰：‘凡我同盟之人，既盟之后，言归于好。’”莫相猜：化用张耒《观鱼亭呈陈公度》中“近人鸥鹭不相猜”之意。

⑤“白鹤”二句：请鸥鹭邀白鹤同来，一起欢乐。偕来：同来。

⑥“破青萍”三句：排开水中的浮萍水草，立在满是青苔的带湖岸边。用以描摹鹭鸶窥鱼待啄的神态。

⑦“窥鱼”二句：笑你只知道窥伺水中的鱼儿，却不解我举杯邀你同饮的情怀。

⑧“废沼”三句：带湖原本是一片荒芜的沼泽，现在被我改造成了月明风清的美景，可叹人间有多少这样的悲欢之事啊！带湖新居原本是一片荒芜，经过稼轩一手规划营建后，面貌大变。畴昔：往昔。

⑨“东岸”二句：东岸的绿阴很少，应该再种上一些杨柳。

[词解]

辛弃疾罢职的这一年，正是年富力强、应当大有作为的时候，但他只能回到刚刚落成的带湖新居，开始其长达十年的闲居生活。这首词作于归隐之初，反映了词人当时的生活，其中无疑又包含着作者抑郁和悲愤的感情。

词题称“盟鸥”，即与鸥鸟相约为友。词人将自己想要表达的内容，置于一个极具浪漫色彩的寓言中。词人离开官场之后，难免生出寂寞之感。沦落他乡，知音难求，也只有到大自然中去寻找一丝慰藉了。

上片中作者对带湖明媚的水光山色表示了喜爱。作者在二十年间，不停地奔走于世俗的名利场中，对尔虞我诈的官场感到厌倦。大自然的美好环境，使他得到了暂时的解脱。他“杖屦无事”，在“千丈翠奁”的带湖畔“一日走千回”，使他能够暂时消除胸中的块垒。“凡我”五句，则是表明词人离群索居的寂寞之感！所以他发出了“来往莫相猜”“白鹤在何处,尝试与偕来”的呼唤。这是他的心声。我们由此也可以猜出词人的思想感情正处于一种非常苦闷的状态。

下片“破青萍，排翠藻，立苍苔。”无论鸥鸟也罢，白鹤也罢，它们姿态优美，能给人带来一定程度的安慰，但它们毕竟是自然物，是难以成为人的知音或伙伴的。“窥鱼笑汝痴计，不解举吾杯。”词人意识到对自然物的期待是不能完全消除自己心中的苦闷的！但是孤独的词人，又该怎么办呢？当他的思绪回到现实的时候，世事的变迁，又让他发出了无限感慨：“废沼荒丘畴昔，明月清风此夜，人世几欢哀。”其实，词人心中的远大理想并没有完全破灭，他对

白鹤在何处，尝试与偕来

生活依然寄托了自己的希望："东岸绿阴少，杨柳更须栽。"把自己的家园整治好了，多栽植些杨柳，使旧日荒凉的带湖地区，变得兴旺起来。由此可见，词人心中此时充满了苦闷，充满了矛盾，但他对生活毕竟还是热爱的，思想也是积极乐观的。

[词评]

稼轩词有以朴处见长，愈觉情味不尽者。如《水调歌头》结句云："东岸绿阴少，杨柳更须栽。"信手拈来，便成绝唱，后人亦不能学步。

——陈廷焯《白雨斋词话》

水调歌头

严子文同傅安道和盟鸥韵[1]，和以谢之

写作背景

此词作于淳熙九年（1182）。辛弃疾的朋友严子文和傅安道对辛弃疾所作的《水调歌头》（带湖吾甚爱）非常赞赏，并分别和词一首，辛弃疾又依原韵和作本词以答之。

[原词]

寄我五云字，恰向酒边开[2]。东风过尽归雁，不见客星回[3]。闻道琐窗风月，更着诗翁杖屦(jù)，合作雪堂猜[4]。岁旱莫留客，霖雨要渠来[5]。短灯檠(qíng)，长剑铗(jiá)，欲生苔[6]。雕弓挂壁无用，照影落清杯[7]。多病关心药裹，小摘亲锄(chú)菜甲，老子政须哀[8]。夜雨北窗竹，更倩(qiàn)野人栽[9]。

东风过尽归雁，不见客星回

[注释]

①严子文：严焕，字子文，曾任建康

通判，是辛弃疾的同僚，擅长书法。傅安道：名自得，字安道，泉州人。晚年闲废，杜门自守。和盟鸥韵：指《水调歌头》（带湖吾甚爱）。

②“寄我”二句：友人严子文寄来书函，我正好边饮酒边看信。五云字：一种书法体。《新唐书·韦陟传》：“自谓所书‘陟’字若五朵云，时人慕之，号郇公五云体。”后多用来敬称他人的来信。

③“东风”二句：友人的信来了，但是人却一直没有来。客星：《后汉书·严光传》：“共偃卧，光以足加帝腹上。明日太史奏客星犯御座甚急。帝笑曰：‘朕故人严子陵共卧耳。’”严子陵，名叫严光，东汉时名士。严光与严子文同姓，此处借指严子文。

夜雨北窗竹，更倩野人栽

④“闻道”三句：听说友人新建了一座雪斋，他必定是像苏东坡一样整日吟诗作赋，策杖出游。雪堂：苏轼被贬于黄州时，寓居于临皋，在东坡曾修筑一座“雪堂”，此借指注文所云“雪斋”。

⑤“岁旱”二句：虽然天旱没有什么可以招待客人的，但是仍然盼望友人前来，正如旱天之盼甘霖。子文作雪斋，寄书云“近以旱，无以延客”，“岁旱”句承子文信中之意。

⑥“短灯”三句：短灯残照，长剑生出了苔藓。短灯檠：矮座简陋的灯，贫寒时则用，富贵时则弃之不用。韩愈《短灯檠歌》：“吁嗟世事无不然，墙角君看短檠弃。”长剑铗：用战国时冯谖弹铗作歌的典故。

⑦“雕弓”二句：杯弓蛇影，让我惊疑不定。汉代应劭《风俗通·怪神记》中记载，有个人名叫杜宣，饮酒时见杯中似有蛇，酒后觉胸腹作痛，多方医治无效。后知是壁上所悬赤弓之影照于杯中，形如蛇，病遂愈。

⑧“多病”三句：身体多病，惦记着药囊，还得亲自采摘蔬菜，真是可怜啊！药裹：药囊。小摘亲鉏菜甲：杜甫《有客》：“自锄稀菜甲，小摘为情亲。”鉏：同“锄”。菜甲：菜荚，蔬菜初生时长的叶子。老子政须衰：用汉将马援语。政：同“正”。

⑨“夜雨”二句：夜雨茫茫，无事可干，不如请人栽种竹子作为消遣。

[词解]

此词上片描写的是词人盼客而客不至的惆怅之情。“寄我五云字，恰向酒边开”，作者收到了友人的来信，边饮酒边看信。时间已经到了秋天，只看见大雁飞来，却始终没有看见友人前来，这不能不让词人感到着急与寂寞。这种寂寞，正是政治上失意后产生的。辛弃疾当时四十多岁，正值年富力强，当是大有作为的时候，但是却遭朝中奸臣的弹劾而罢官闲居。不难想象，以辛弃疾的性格，他的心中必定充满忧愤之情。整日闲居家中，百无聊赖，正想向友人倾诉衷肠，但友人却迟迟不来，其心情也正像久旱的大地盼望着甘霖一样。

下片则是因友人不能前来叙旧，转而描写自己在家闲居时的寂寞情态。每到夜晚的时候，孤灯残照，用以杀敌的宝剑，也快要长满青苔了。挂在墙上的雕弓，也派不上用场，只能照在酒杯之中。词人这样写，一是抒发英雄无用武之地的悲愤，二是有一种忧谗畏讥的心态。作者此次罢职，就是因为受到了奸小的诽谤与诬陷，但是树欲静而风不止，不知道以后还会生出怎样的变故。如果是战死沙场倒也罢了，但是被奸人所害，则是词人心中最为悲愤的。接下来作者又描写自己在家闲居的孤苦之状，一怕得病，二来无聊，只能每天种菜摘菜，这哪里是一个文武双全的英雄所做的事情呢？词人在此对南宋朝廷的腐败和懦弱进行了无情的谴责与讽刺。

水调歌头

汤朝美司谏见和[1]，用韵为谢

写作背景

此词作于淳熙九年(1182)，稼轩刚开始罢居带湖之时。辛弃疾作《水调歌头》(带湖吾甚爱)，友人汤邦彦和之，辛又用原韵作此词，以示答谢。

[原词]

白日射金阙，虎豹九关开[2]。见君谏疏频上，谈笑挽天回[3]。千古忠肝义胆，万里蛮烟瘴(zhàng)雨，往事莫惊猜[4]。政恐不免耳，消息日边来[5]。　　笑吾庐，门掩草，径封苔[6]。未应两手无用，要把蟹螯(áo)杯[7]。说剑论诗余事[8]，醉舞狂歌欲倒，老子颇堪哀[9]。白发宁有种，一一醒时栽[10]。

[注释]

①汤朝美司谏：汤邦彦，字朝美，镇江人。《京口耆旧传》中说他任左司

谏对皇帝进行讽喻规谏时，“论事风生，权幸侧目”。后因出使金国没有完成使命，有辱气节，被贬新州（今广东新兴），后又调往信州，在此和辛弃疾结识并成为好友。

②虎豹九关：出自《楚辞·招魂》：“魂兮归来，君无上天些。虎豹九关，啄害下人些。”辛词借以用来比喻皇宫大门森严，想要面见天子十分困难。

③“见君”二句：您频频进谏，谈笑间使君主改变心意。汤朝美被贬前深受器重，孝宗曾手书“以身许国，志若金石，协济大计，始终不移”赐给他。“圣意所疑，辄以谏问”（《京口耆旧传》）。谏疏：进谏的奏章。

④“千古”三句：您一片忠心，千古流传，没想到却被贬谪到蛮荒之地，这些往事就不要再去胡思乱想了。万里蛮烟瘴雨：汤朝美被贬之处是新州，在当时新州是僻远蛮荒之地，且有瘴气之患。

千古忠肝义胆，万里蛮烟瘴雨

⑤“政恐”二句：做官是在所难免的，恐怕不久就会有重用你的消息从朝廷传出来。政，同“正”。此借用东晋谢安语。谢安未出仕之前，他的弟兄已经有富贵者。刘夫人戏谓安曰：“大丈夫不当如此乎？”谢安不屑地说：“但恐不免耳。”（《世说新语·排调篇》）日边：指皇帝身边。

⑥“笑吾庐”三句：可笑我家门前已长满了荒草，院中小路也已长满了青苔。

⑦“未应”二句：我的双手未必就没有用处，不是还可以一手持蟹螯，一手持酒杯吗？《世说新语·任诞篇》称毕茂世为人旷达，曾说：“一手持蟹螯，一手持酒杯，拍浮酒池中，便足了一生。”

⑧余事：闲事。

⑨老子颇堪哀：暗用汉马援语。《后汉书·马援传》：“诸曹时白外事，援辄曰：‘此丞掾之任，何足相烦；颇哀老子，使得遨游。’”哀：可怜。

⑩“白发”二句：此处反用黄庭坚《次韵裴仲谋同年》诗意：“白发齐生如有种，青山好去坐无钱。”黄诗说白发齐生。辛词则说白发本无种，并非醉时自然生出，而是醒时一一栽种，意谓发愁愁白了头。宁：难道。

［词解］

这首词是作者为友人所作的和词。作者在这首词中既劝慰友人，又申诉了自己的悲愤不平之意。

上片起句“白日射金阙，虎豹九关开”，“金阙”“九关”均喻指宫廷，写的是富丽堂皇的皇宫，气象十分庄严。汤朝美在朝为官时，也曾“谏疏频上，谈笑挽天回”。这几句是在称赞汤朝美在朝堂上的从容和无畏。后来汤朝美奉命出使金国，不料却有辱使命，回来后龙颜震怒，将他贬至新州，尝尽了“蛮烟瘴雨”的滋味。辛弃疾安慰汤朝美“往事莫惊猜”，有才干的人最终会受到重用的，说不定马上就会有消息从皇帝身边传达下来。这既是对友人坎坷遭遇的同情，又是鼓励其振作精神，做好干一番大事的准备。

下片转为叙述自己的乡居生活。“门掩草，径封苔”，本是一片冷落的景象，词人却一笑置之。这笑，既是强作豁达的苦笑，又是傲岸不平的词人对那些小人的蔑笑。反映出作者那种受到压抑而产生的不平和无奈的心情。接下来采用反语：我的双手未必就没有用处，不是还可以“一手持蟹螯，一手持酒杯”吗？更加展示其沉痛之情。说剑论诗，慨言武备文事。但是这文韬武略都是无用的“余事”，他只能终日痛饮长醉，摇摇欲倒。“醉舞狂歌欲倒”六字，写尽了词人悲愤的心怀，潦倒的情态，然后以“老子颇堪哀”收笔。“堪哀”是可怜之意，尾句“白发宁有种，一一醒时栽”，将一腔忧愤推向一个新的高潮。白发并不是自然生长出来的，而是“栽”上去的，是词人的满腹忧愁导致的。下片一路积蓄，最终结在这个警句上，激昂跌宕，化为深沉感慨之语。千载后读之，不平之气仍扑面而来。

[词人逸事]

淳熙八年（1181）底，辛弃疾四十二岁，监察御史王蔺弹劾他“奸贪凶暴，帅湖南日虐害百里”，因此遭罢职处分。次年初，辛弃疾来到信州上饶城郊的带湖闲居，时间长达十年之久。曾任司谏的友人汤朝美自广东贬所调往江西信州（今上饶）任职，二人相识，由于处境相近，同样遭受了政治打击且志同道合，所以二人情深意笃。汤朝美在稼轩处盘桓数日，诗词唱和，堪称一段佳话。

踏莎行

赋稼轩[①]，集经句[②]

写作背景

此词约作于淳熙九年（1182），辛弃疾刚刚开始在带湖隐居。此词全用儒家经典中现成的句子写就，是一首非常别致的小词。

［原词］

进退存亡[3]，行藏用舍[4]，小人请学樊须稼[5]。衡门之下可栖迟，日之夕矣牛羊下[6]。　去卫灵公，遭桓司马，东西南北之人也[7]。长沮桀溺耦（ǒu）而耕，丘何为是栖栖者[8]。

［注释］

①稼轩：作者为其带湖新居所取的名字。

②集经句：将儒家经典中的句子集合成词。

③进退存亡：《易经 · 乾》："知进退存亡而不失其正者，其惟圣人乎？"意思是：只有圣人才能正确地处理仕进和隐退、存在和消失之间的关系，并不失掉应该遵循的原则。

④行藏用舍：《论语 · 述而》记孔子对颜渊语："用之则行，舍之则藏，惟我与尔有是夫。"意思是：任用我就去干，不任用我就退隐，只有我和你才能做到。

⑤请学樊须稼：像樊须一样学种庄稼。《论语 · 子路》："樊迟请学稼，子曰：'吾不如老农。'……樊迟出。子曰：'小人哉，樊须也！'"

⑥"衡门"二句：简陋的屋子里可以住人，看着太阳落山时，牛羊归圈，也是一种乐趣。衡门栖迟：《诗经 · 陈风 · 衡门》："衡门之下，可以栖迟。"衡门：用横木作门，代指简陋的屋子，衡，通"横"。日夕牛羊下：《诗经 · 王风 · 君子于役》："日之夕矣，羊牛下来。"

乡村野趣

⑦"去卫"三句：不学孔子周游列国，四处碰壁。去卫灵公：离开卫国。《论语 · 卫灵公》："卫灵公问阵于孔子。孔子对曰：'……军旅之事，未尝学也。'明日遂行。"遭桓司马：宋国的司马名叫桓魋，要杀孔子，孔子无奈，只能乔装打扮逃往他国。《孟子 · 万章上》："孔子不悦于鲁、卫，遭宋桓司马，将要而杀之，微服而过宋。"东西南北之人：四处飘零的人。《礼记 · 檀弓上》记孔子语："今丘也，东西南北之人也。"

⑧"长沮"二句：想要效仿古

代隐士长沮、桀溺躬耕于田园，不愿意效法孔子四处奔走。长沮桀溺耦而耕：《论语·微子》：“长沮、桀溺耦而耕，孔子过之，使子路问津焉。”没想到，二人却嘲讽孔子徒劳心计，迷途而不知返。耦耕：二人合耕，古代一种耕田的方法。丘何为是栖栖者：《论语·宪问》：“微生亩谓孔子曰：‘丘何为是栖栖者与？无乃为佞乎？’……”

［词解］

这首词通篇全用反语。表面看来，词人对封建社会所尊崇的大圣人孔子进行了无情的讽刺和挖苦，是对孔圣人的“大不敬”。但细品之下，那位执着于自己的政治信念、一生周游列国、四处奔走而其道不行的孔子，不正是辛弃疾被罢职归隐之前的写照吗？讪笑孔子，正是作者的自嘲。其中不知道有多少对世路艰难、大厦将倾、独木难支的慨叹，对于自己怀才不遇、壮志难酬的惆怅与愤恨！词中极力地讽刺孔子，其意反而是更加突出孔子形象的伟大。

这首词是一首集句词，从这个角度来分析，这首词有很多独到的地方。词中“东西”“长沮”二句原本就是七字，根本就用不着加工；“衡门”“日之”二句原为四言八字，各删一字，拼成七言句子，“丘何”句原为八字，删一语尾助词即成七言，显得十分自然。通篇都是陈述句式，杂用五经，既采用经文的原意，又表达出了新意，音调抑扬顿挫，浑然一体，实属集句词中不可多得的佳作。

水调歌头

九日游云洞①，和韩南涧尚书韵②

写作背景

这首词作于淳熙九年（1182），辛弃疾罢居带湖之初，与韩元吉常有诗词唱和往来。

［原词］

今日复何日，黄菊为谁开。渊明谩爱重九，胸次正崔嵬（wéi）。酒亦关人何事，政自不能不尔，谁遣白衣来③。醉把西风扇，随处障尘埃④。　　为公饮，须一日，三百杯⑤。此山高处东望，云气见蓬莱⑥。翳（yì）

凤骖(cān)鸾公去，落佩倒冠吾事，抱病且登台⑦。归路踏明月，人影共徘徊⑧。

［注释］

①九日：九月九日重阳节。云洞:《上饶县志·山川志》:“云洞在县西三十里开化乡，天欲雨，则兴云。”

②韩南涧:韩元吉，字无咎，号南涧，河南许昌人。孝宗初年任吏部尚书，主张抗金，政事、文学俱闻名于当时。晚年退居信州，与稼轩常有往来。

③“今日”七句：菊花日复一日地开放，不知是为了谁。东晋陶渊明最爱重阳，因为他心中有不平之气，所以总是借酒浇愁。此以渊明自况。《续晋阳秋》:“王宏为江州刺史，陶潜九月九日无酒，于宅边东篱下菊丛中摘菊盈把，坐其侧。未几,望见一白衣人至,乃刺史王宏送酒也。即便就酌而后归。”胸次：胸怀。崔嵬：此犹言“块垒”，谓胸中郁结不平之气。政自不能不尔:《晋书·谢安传》:“安从容就席，坐定，谓桓温曰:‘安闻诸侯有道，守在四邻，明公何须壁后置人邪？’温笑曰:‘正自不能不尔耳。’”政：同“正”。尔：这样。白衣：衙役中的小吏，身着白衣，故称。

④“醉把”二句：醉后扇着扇子，阻挡秋风吹起的尘土。《世说新语·轻诋篇》:“庚公（庾亮）权重，足倾王公（王导）。庾在石头，王在冶城坐，大风扬尘，王以扇拂尘曰:‘元规（庾亮的字）尘污人！’”此处将气势汹汹弹劾辛弃疾的人比作尘土。

⑤“为公”三句：陪您喝酒，一天需要喝三百杯才够。辛弃疾在这一年还作了一首《太常行·寿韩南涧尚书》。李白《襄阳歌》:“一日须倾三百杯。”

⑥“此山”二句：站在山上向东边遥望，可以看见雾气之中的蓬莱仙境。此处情景双关，意在赞颂韩元吉。蓬莱：相传为渤海中的三座神山之一,“未至，望之如云”（《史记·封禅书》）。后人多用来指代人生中的理想之境。

⑦“翳凤”三句：朋友和我一个做官，一个闲居，当此之时，只能抱病登高以打发重阳节。写出自己与友人的不同处境。翳凤骖鸾：以乘鸾跨凤，比喻韩元吉现在出仕为官。落佩倒冠：佩饰散落地上，

采菊东篱下，悠然见南山

帽冠歪倒，描写隐居者狂放的情态。杜牧《晚晴赋》：“若予者则谓何如？倒冠落佩兮，与世阔疏，敖敖休休兮，真徇其愚而隐居者乎？”抱病登台：化用杜甫《登高》诗意：“百年多病独登台。”

⑧“归路”二句：友人在明月的照耀下归去，我却只能伴着月影独自徘徊。李白《月下独酌》：“月既不解饮，影徒随我身。”“我歌月徘徊，我舞影零乱。”

[词解]

这首词是辛弃疾与前礼部尚书韩元吉的唱和之作。虽是和词，但是词人并没有着力去赞颂韩元吉，而是主要抒发自己苦闷忧愁的心情。

上片直接点明了节令，并自比陶潜。归隐后无事可干，唯交游饮酒而已。东晋的陶渊明因不堪“为五斗米而折腰”，辞官归隐，词人虽然被罢官闲居，但是两人的境遇却很相似。南宋面临的形势很像当年的东晋王朝，都是偏安于东南一隅，无心北伐，恢复中原，政治上也很腐败，朝中奸人掌权。辛弃疾还要面临朝廷奸人的诽谤与污蔑，只能“醉把西风扇，随处障尘埃”，实际上是毫无反抗之力。

下片始言及友人，对友人的造访表示欢迎，请友人开怀畅饮，将韩元吉比作传说中的蓬莱仙山，令人仰慕。接着点明友人为官，自己却罢职闲居，虽然忧心国事，却不能有所作为，只能徒增伤病烦恼而已。天下没有不散的宴席，友人来访本可对自己的苦闷给予安慰，但友人离去以后，陪伴自己的唯有那一轮明月了。词人的苦闷之情，由此可见一斑。

水调歌头

再用韵呈南涧①

写作背景

这首词与上一首词作于同时，以原韵为之。

[原词]

千古老蟾口，云洞插天开②。涨痕当日何事，汹涌到崔嵬(wéi)③。攫(jué)土抟(tuán)沙儿戏，翠谷苍崖几变，风雨化人来④。万里须臾耳，野马骤空埃⑤。　笑年来，蕉鹿梦，画蛇杯⑥。黄花憔悴风露，野碧涨荒莱⑦。

此会明年谁健，后日犹今视昔，歌舞只空台⑧。爱酒陶元亮，无酒正徘徊⑨。

攫土抟沙儿戏，翠谷苍崖几变

［注释］

①南涧：韩元吉，字无咎，号南涧。

②“千古”二句：云洞如同蟾蜍之口，插天而立，已有千年。蟾口：蟾蜍之口，古时将盛水或吐水的工具称为蟾口，此处用来比喻云洞。

③“涨痕”二句：当日秋水暴涨，漫过山陵，而今水涨过的痕迹仍然存在。崔嵬：指山。

④“攫土”三句：大自然中的沧桑巨变就如同小孩子玩沙土游戏一样轻松，正像是一位神奇的魔术师。攫土抟沙：苏轼《同正辅表兄游白水山》：“伟哉造物真豪纵，攫土抟沙为此弄。”抟：捏之成团。化人：会幻术的人。《列子·周穆王》：“西极之国有化人来。入水火，贯金石……千变万化，不可穷极。”

⑤“万里”二句：须臾之间，状似野马奔跑的雾气，又变成了一片尘埃。野马：空中游气浮动，远望状似奔跑的野马，故名。语出《庄子·逍遥游》：“野马也，尘埃也，生物之以息相吹也。”

⑥“蕉鹿梦”二句：人生就如覆蕉之鹿、杯弓蛇影一般，真假难分，令人疑惧。蕉鹿梦：《列子·周穆王》：“郑人有薪于野者，遇骇鹿，御而击之，毙之。恐人见之也，遽而藏诸隍中，覆之以蕉，不胜其喜。俄而遗其所藏之处，遂以为梦焉。顺途而咏其事。傍人有闻者，用其言而取之，既归，告其室人曰：‘向薪者梦得鹿，而不知其处；吾今得之，彼直真梦者矣。’”画蛇杯：即杯弓蛇影。

⑦“黄花”二句：谓黄菊之盛衰，秋水之涨落，都是大自然的造化之功，非人力所能挽回。

⑧“此会”三句：明年再逢重阳节，又老了一岁，后人看我们，正像我们看古人一样，空留遗迹。杜甫《九日蓝田崔氏庄》：“明年此会知谁健？醉把茱萸仔细看。”王羲之《兰亭序》：“固知一死生为虚诞，齐彭殇为妄作。后之视今，亦犹今之视昔。悲夫！”

⑨“爱酒”二句：你看那爱喝酒的陶渊明，正因为没有酒而徘徊不已呢。元亮：陶渊明字元亮。

[词解]

辛弃疾平生所作大都为豪放慷慨之词，但亦有相当数量的婉约之作。而抒发大自然变迁及人生哲理的词作却极为罕见，本词就是其中的一首。

这首词是作者面对眼前云洞秋水涨落的自然变化所发出的沧海桑田之感。上片起句描写云洞突起之势，状如老蟾之口，当日秋水涨过的痕迹仍然存在。作者由此生发出对大自然沧桑变化的感慨，自然之力非人力所能及，你看那山陵变深谷，雾气聚散，大自然不正像是一位拥有魔法的神仙吗？下片由自然界的变迁转入对社会人生的思考中来。人生如梦似幻，真真假假，难以辨别，令人惊疑不定。你看那黄菊年年开谢，秋水年年涨落。人呢？却一年比一年老，年华虚度，一代一代缅怀古人，却只能看到歌舞遗迹。一切都将成空。想到这些，词人心中充满了悲哀愁绪，一片消极的情绪，又没有什么办法解脱，最后只能像陶渊明一样，终日饮酒以度残生。本词通篇都是在发表人世沧桑、人生无常的看法，受时代的局限，词人最后也只能以消极情绪来化解这份愁苦了。

水调歌头

再用韵答李子永提干[1]

写作背景

写作时间在淳熙九年（1182）。李子永于淳熙六年至淳熙九年（1179—1182）任坑冶司干官（故称“提干”），掌管信州，在任职期间与辛弃疾常有往来。此为辛弃疾用《水调歌头》（今日复何日）之原韵与李子永的唱和之作。

[原词]

君莫赋《幽愤》，一语试相开[2]：长安车马道上，平地起崔嵬(wéi)[3]。我愧渊明久矣，犹借此翁湔(jiān)洗，素壁写《归来》[4]。斜日透虚隙，一线万飞埃[5]。　断吾生，左持蟹，右持杯[6]。买山自种云树，山下斸(zhú)烟莱[7]。百炼都成绕指，万事直须称好，人世几舆台[8]。刘郎更堪笑，刚赋看花回[9]。

［注释］

①再用韵：再次使用前作《水调歌头》（今日复何日）的韵。李子永：名泳，字子永，扬州人，有诗名。曾任溧水县令。

②“君莫”二句：你不要再抒发幽愤之情，且听我一言对你进行开导。《晋书·嵇康传》记载，嵇康受钟会诬蔑而下狱，作《幽愤诗》以抒心中愤懑。这里代指李泳的抒情言志之作。开：开导，劝解。

③“长安”二句：京城长安车马行走的大路上，突然拱起了土山。此暗喻官场险恶，风波骤起。崔嵬：土山。

我愧渊明久矣，犹借此翁湔洗

④“我愧”三句：我愧对渊明已久，今天就向他学习，洗去心中污浊，在白色的墙壁上书写他的名作《归去来兮辞》。陶渊明任彭泽县令时，督邮前来巡视，小吏请渊明前去拜见。渊明叹曰：“吾不能为五斗米折腰，拳拳事乡里小人邪。”于是解印去职，并赋《归去来兮辞》，以示弃官归隐之志。湔洗：洗涤（自己心中的污浊）。素壁写《归来》：将陶潜的《归去来兮辞》书写于白色墙壁上。

⑤“斜日”二句：透过缝隙，一缕日光照射进屋子，从中可以看到万千尘埃飞舞。《景德传灯录》载圭峰《禅源诸诠序》：“虚隙日光，纤埃扰扰。”辛词借以比喻污浊的官场。

⑥“断吾生”三句：我唯有饮酒持蟹，了此余生。断：了断，终结。

⑦“买山”二句：买山植树，除草开荒。斸：斫也，锄断，砍去。莱：野草。

⑧“百炼”三句：历经宦海沉浮，使人化刚为柔，万事称好，人生际遇大多都是贬黜。晋刘琨《重赠卢谌》诗：“何意百炼刚，化为绕指柔。”百炼：指钢铁，喻刚毅不屈。绕指：形容极为柔软。万事直须称好：《世说新语》注引《司马徽别传》说：司马徽有品评人才之名，但怕遭到当权者的迫害。于是每当有人请他鉴评当代人物时，他都说“好”。其妻批评他辜负别人美意。“徽曰：‘如君所言亦复佳’其婉约逊遁如此。”人世几舆台：指官海沉浮，难以预测。舆台：地位很低的人。《左传·昭公七年》中把人分为十等，舆为六等，台为十等。此处主要借指官场中的贬黜。

⑨“刘郎”二句：刘禹锡更可笑，他不应作“看花”诗，以致再次遭贬。“看花”诗指刘禹锡《元和十年自朗州至京戏赠看花诸君子》。

赋诗遭贬的刘禹锡

[词解]

这首词意在疏导劝解友人，但是从中也不难看出自我排解的成分。上片“君莫赋《幽愤》”开门见山，直接点明题旨。以嵇康的悲惨遭遇来劝解友人，不要因为仕途的艰难而徒生烦恼，还不如效法陶渊明来得安闲自在。官场之险正如平地起高山一样，充满了坎坷，而且难以跨越；官场中藏污纳垢，正如那透过缝隙射进屋中的一缕阳光，正好能使人看见其中的万千尘埃。这也正是对腐败的南宋朝廷无情的揭露与讽刺。

下片写对酒持蟹、开荒植园的归隐生活，这样的生活是多么得平静悠闲啊！正可摆脱污浊，洁身自爱。以下叠用典故，并用自己的亲身经历曲折委婉地表达了对现实的不满。表面上是嘲笑刘禹锡不该赋诗遭贬，实际上则是对腐败的政治黑暗的官场的极大讽刺。通篇都是词人现身说法，然后细加品味，词人并非浑身静穆，一味飘逸，其忧愤之情，也十分明显。

[词人逸事]

辛弃疾一生都对农耕之事颇为重视。《宋史》本传中记载辛弃疾“尝谓人生在勤，当以力田为先。……故以稼名轩”。

早在辛弃疾第二次出任江西安抚使的时候，他就在信州（今江西上饶）筑室百间，并置菜圃、稻田，以为日后退隐躬耕之所。其居所凭高临下，正对着稻田，所以辛弃疾就将自己的居所命名为“稼轩”。诗人洪迈有《稼轩记》记其事，后来辛弃疾就把“稼轩”作为自己的别号。

满江红

送汤朝美司谏自便归金坛①

写作背景

本词作于淳熙十年（1183），时辛弃疾正罢官闲居于带湖。这年春天，其好友汤邦彦逢赦，因此得以返回家乡金坛（今属江苏），辛弃疾作此词为他送行。

［原词］

障雨蛮烟，十年梦、尊前休说②。春正好、故园桃李，待君花发③。儿女灯前和泪拜，鸡豚(tún)社里归时节④。看依然、舌在齿牙牢，心如铁⑤。　活国手⑥，封侯骨⑦。腾汗漫，排阊(chāng)阖⑧。待十分做了，诗书勋业⑨。当日念君归去好，而今却恨中年别⑩。笑江头、明月更多情，今宵缺⑪。

［注释］

①自便：撤销监管，自行居住。

②“瘴雨”二句：您在瘴雨蛮烟的蛮荒之地所受的苦难，如今在酒席宴前就不提了。汤朝美曾被贬到新州（今广东新兴）。新州系僻远蛮荒之地，且多瘴气。辛弃疾去年给汤朝美的《水调歌头》词中，有“万里蛮烟瘴雨”之句。十年：举成数而言，实际上汤被贬新州不足十年。尊前：酒筵前。

③“春正好”二句：正是春光大好的时节，友人返乡，正可赶上桃李花开的好风景。此暗用韩愈《镇州初归》诗意：“惟有小园桃李在，留花不发待郎归。”喻其家人急盼友人归来。

④“儿女”二句：儿女含着欣喜的泪水向友人跪拜，又恰逢社日，热闹无比。诗人想象友人返乡后与亲友欢聚的情景。社里：社日里，春天祭祀社神（土地神）的节日叫春社。鸡豚：祭社用的鸡和猪。

⑤“看依然”二句：友人虽然回到故乡，但是依然具有钢铁般的意志，矢志报国。舌在齿牙牢：用张仪事。张仪是战国时期著名的纵横家，入秦游说，首创连横之举，任秦相。其未入秦时，曾遭到楚国丞相的看门人的痛打，“其妻曰：‘子毋读书游说，安得此辱乎？’仪曰：‘视吾舌尚在不（否）？’妻笑曰：‘舌在也。’仪曰：‘足矣。’”（《史记·张仪传》），意谓舌在则仍可游说天下。心如铁：《三国志·魏书·武帝纪》

当日念君归去好，而今却恨中年别

勉励友人

引《魏武故事》："忠能勤事，心如铁石，国之良吏也。"

⑥活国手：治国能手。《南史·王广之传》记载：王广之的儿子珍国为南齐南谯太守时，曾将私人的粮食和财物赈济穷人，高帝（萧道成）手敕云："卿爱人活国，甚副吾意。"据《京口耆旧传》载，汤朝美也曾有将私人积蓄赈穷乏之事。

⑦封侯骨：骨相有封侯之命。《汉书·翟方进传》说翟方进请蔡父为其相面，蔡父说他虽是小吏，日后却必定能够封侯。

⑧"腾汗漫"二句：飞身于太空，推开了天上的大门。喻仕途飞黄腾达，青云直上。汗漫：苍茫无际，指代太空。阊阖：天门。

⑨"待十分"二句：说友人必将十分圆满地为国家建立功勋。诗书：《诗经》《尚书》，泛指儒家经典。读书的目的是报君为国，辛弃疾《满江红》词说："叹诗书万卷致君人，翻沉陆。"

⑩"当日"二句：友人受编管时，希望他能早赦得归，一旦赦归，却又难舍难分。中年别：《世说新语·言语篇》："谢太傅（谢安）语王右军（王羲之）曰：'中年伤于哀乐，与亲友别，辄作数日恶。'王曰：'年在桑榆，自然至此，正赖丝竹陶写。'"

⑪"笑江头"二句：江头的明月多情，而今宵好像正因我们而缺。

［词解］

这首词虽是送别之作，但全无悲哀伤感之情，通篇都是词人对友人的劝勉和鼓励。

上片起韵便是洒脱之语，将十年"瘴雨蛮烟"的艰难困苦一笔勾销，劝慰友人不必对此耿耿于怀。"春正好"四句，叙儿女情事，想象友人返家后其乐融融之状，写来让人颇为动情，给人一种清新淳朴的感觉。"看依然、舌在齿牙牢，心如铁"则是对友人得到赦免表示祝贺，并且赞颂友人报国之心依然不改，志坚如铁，忠心耿耿。

下片赞扬友人具有安邦定国的才干，作者认为他一定能够青云直上，直入天门，受到朝廷的重用，再建功勋，青史留名。这几句写得气势豪迈，令人心潮澎湃，既是对友人的勉励，也是词人内心所渴望的。"当日"二句写送别之时的矛盾心理，友人未遇赦时盼其早日得赦，赦免之后又不忍与其离别，曲折真切。结尾以景作收，借明月抒怀。全词至结尾才略抒离别之愁，却又全无伤感之意，颇能展示稼轩豪爽的性情。

水龙吟

甲辰岁寿韩南涧尚书①

写作背景

本词作于淳熙十一年（1184），时辛弃疾正罢居带湖。曾担任吏部尚书的韩元吉，退休以后亦居于此地。这一年正逢韩元吉六十七岁寿诞，辛弃疾遂填此词为其祝寿。

[原词]

渡江天马南来，几人真是经纶手②？长安父老，新亭风景，可怜依旧③！夷甫诸人，神州沉陆，几曾回首④！算平戎万里，功名本是，真儒事，公知否⑤？

况有文章山斗，对桐阴、满庭清昼⑥。当年堕地，而今试看：风云奔走⑦。绿野风烟，平泉草木，东山歌酒⑧。待他年、整顿乾坤事了，为先生寿⑨。

[注释]

①甲辰岁：即淳熙十一年。寿：作动词用，祝寿之意。虽是祝寿之词，但韩元吉的原作与辛弃疾的和韵都气势不凡。

②“渡江”二句：西晋沦亡，晋元帝司马睿偕四王渡过长江，在建康建立东晋王朝，可是又有几个人能称得上是治国之才呢？时童谣云：“五马浮渡江，一马化为龙。”（《晋书·元帝纪》）因晋帝姓司马，故称。这里暗指宋室南渡。经纶：本意为整理杂乱的丝线，此借喻治国。

③“长安”三句：中原故都的百姓日夜盼望着王师北伐，但南宋朝廷偏安一隅，毫无进取之心。长安父老：《晋书·桓温传》说桓温率军北伐，经过长安附近的时候，当地父老携酒劳军，感泣曰：“不图今日复见官军！”此处

代指金人统治下的中原百姓。新亭风景:《世说新语·言语篇》载，东晋初年，南渡的士大夫们常聚会新亭，触景生情，无限感慨。周颉说:“风景不殊，正自有山河之异！”众皆相对流泪，唯丞相王导说:“当共戮力王室，克复神州，何至作楚囚相对。”新亭：三国时吴国修建，在今江苏南京城南。

④“夷甫”三句：王夷甫等人，清谈误国，致使西晋灭亡。此处暗指南宋当权者贪图享受，不思恢复。夷甫：西晋王衍，字夷甫，官居宰相之位，崇尚清谈玄理，不理国政，最终导致西晋灭亡。王衍兵败临死前说:“向若不祖尚浮虚，戮力以匡天下，犹可不至今日。”(《晋书·王衍传》)神州沉陆：中原沦陷于敌手。桓温北伐，踏上北方土地后，曾感慨道:“遂使神州陆沉，百年丘墟，王夷甫诸人不得不任其责！”(《晋书·桓温传》)几曾：何曾。

⑤“算平戎”四句：抗金复国、整顿山河的大业，应该靠真正的爱国志士来完成。算：算起来，承上文，有议论的意思。平戎万里：指驱逐金兵，恢复万里河山。真儒：此指真正的爱国志士。公：指韩元吉。

⑥“况有”二句：况且韩公家世显赫，为政作文俱享盛名。以家世之荣耀称颂和激励友人。文章山斗：言友人的文才之名如泰山北斗。《新唐书·韩愈传》说:“学者仰之如泰山北斗。”而黄昇《花庵词选》则称韩元吉“政事文章为一代冠冕”。桐阴：韩元吉家为北宋望族，在汴京的韩府门前曾广种桐树，世称为“桐木世家”。

⑦“当年”三句:韩公自从政以来,风云际会,大有作为。堕地:婴儿落地，指出生。风云奔走：指韩元吉为国事操劳奔走，身手不凡。

绿野风烟，平泉草木

⑧“绿野”三句：言友人以宰相治国之才退隐家园，悠闲自在。绿野风烟：绿野堂前风景优美。绿野：唐相裴度有“绿野堂”。平泉草木：唐相李德裕曾于洛阳城外筑“平泉庄”别墅,广泛搜集奇花异草(《剧谈录》)。东山歌酒：东晋名相谢安曾隐居于东山。

⑨“待他年”二句：待他日完成复国大业、北定中原以后，再为先生祝寿。杜甫《洗兵马》:“二三豪俊为时出，整顿乾坤济时了。”辛弃疾《千秋岁·为金陵史致道留守寿》:“从容帷幄去，整顿乾坤了。”

[词解]

这首词是辛弃疾豪放词中的代表作品。

上片起始二句，劈空而下，似有万钧之力。作者瞧不起南渡以来的当政者，“几人”云云，是说朝中无人，有才如韩元吉与词人者已经退隐，亦即“天下英雄唯使君与操”之意。如果说辛弃疾向朝廷上《美芹十论》《九议》等策论；韩元吉亦有《论淮甸札子》《十月末乞备御白札子》向朝廷进言。故论经天纬地之才，韩、辛两人都当之无愧。另外此处也抒发了朝廷无才无德，不知任用贤能的感慨。接下来借中原父老期盼王师重回和东晋士大夫泪洒新亭之事，慨叹今日偏安之局依旧；又引桓温之言，指责中原沦陷，乃是庸臣误国的结果，情绪开始转为低沉，笔调也随之顿挫。最后四句，谓御敌靖边，建功立业，才是真正的儒者所应尽的职责和义务。这是在抒发自己的壮志豪情，并且劝勉韩元吉。

新亭风景，可怜依旧

下片极力赞颂韩元吉。词人将韩元吉比作韩愈，比作当代文坛上的泰山北斗。紧接着的三句，谓韩氏从出生之时，已有不凡之象，风云际会，更是初显峥嵘，意气风发，笔调轩昂。再下三句，又把韩氏比作前代著名的宰相裴度、李德裕和谢安。韩元吉的声望虽不能与这些人相提并论，却有与他们相类似的遭遇。因此，词人的笔调再次变得沉郁。最后两句，则是用豪言壮语激励韩氏抖擞精神，完成恢复中原的夙愿。本词上下两片的结尾，在笔力和气势上，可以说是平分秋色，在立意和遣词上，前后照应甚为严谨。词本是寿词，却显得别开生面、与众不同。

［词人逸事］

辛弃疾罢官闲居于带湖之后，结识了曾任吏部尚书的韩元吉，因韩元吉辞官归隐后也寄居于此地，两人又都有抗金复国的雄心壮志，所以两个人的交往甚是频繁。这时距宋金签订《隆兴和议》已达二十年之久，南宋统治者文恬武嬉，不思进取，怀着一片爱国之心的韩元吉作《水龙吟》一首，其词曰：

燕云十八飞骑，奔腾如虎风烟举。老魔小丑，岂堪一击，胜之不武。王霸雄图，血海深恨，尽归尘土。念枉求美眷，良缘安在。枯井底，污泥处。

酒罢问君三语。为谁开，茶花满路。王孙落魄，怎生消得，杨枝玉露。敝履荣华，浮云生死，此身何惧。教单于折箭，六军辟易，奋英雄怒。

宋孝宗淳熙十一年（1184），恰逢韩元吉六十七岁寿辰，辛弃疾也作了一首《水龙吟》为其祝寿，正是本词。

满江红

送李正之提刑入蜀①

写作背景

本词作于淳熙十一年(1184)冬,时辛弃疾罢居上饶。时任提点坑冶铸钱(采铜铸钱)的李大正暂驻信州,是年冬又改任蜀地利州路提点刑狱使。辛弃疾作此词为之送行。

[原词]

蜀道登天,一杯送绣衣行客②。还自叹:中年多病,不堪离别③。东北看惊诸葛表,西南更草相如檄④。把功名、收拾付君侯,如椽(chuán)笔⑤。　儿女泪,君休滴。荆楚路,吾能识⑥。要新诗准备,庐山山色。赤壁矶头千古浪,铜鞮(dī)陌上三更月⑦。正梅花、万里雪深时,须相忆⑧。

庐山瀑布

[注释]

①李正之:李大正,字正之,曾两度担任江淮、荆楚、福建、广南路的提点坑冶铸钱公事(采铜铸钱)。淳熙十一年冬入蜀,改任利州路提点刑狱使。提刑:提点刑狱使的简称,主管一路的司法、刑狱和监察事务。

②"蜀道"二句:倒上一杯酒,以之送尊贵的客人踏上那难于上青天的蜀道。登天:李白《蜀道难》诗:"蜀道之难,难于上青天。"绣衣:西汉武帝时设绣衣直

指使者，他们被派往各地审理重大案件。他们身着绣衣，以表示尊贵的身份。这里是代指友人李正之。

③“还自叹”三句：感叹自己正值中年，却不堪离别之苦。据《世说新语·言语篇》，谢安曾对王羲之说：“中年丧于哀乐，与亲友别，辄作数日恶。”

④“东北”二句：蜀中历史上有诸葛亮、司马相如等名人，希望您能像他们一样在文治武功上做出贡献。“东北”句：诸葛亮出师北伐曹魏，曾上《出师表》以明心志，这正合辛弃疾的抗金之志。东北看惊：指曹魏震惊于蜀汉北伐，此借喻金人闻风丧胆。“西南”句：据《史记·司马相如传》，西汉武帝时，唐蒙出使西南夷，他不体恤民意，导致蜀中动乱。武帝命司马相如作《喻巴蜀檄》，斥责唐蒙而安抚蜀民。西南：川蜀之地位于西南。檄：檄文，即告示，指《喻巴蜀檄》。

孔明上《出师表》

⑤“把功名”二句：赞友人文才出众，足以立功封侯。君侯：汉代对列侯的尊称，后来泛指达官贵人，此处指李正之。如椽笔：如椽（架屋用的椽木）的大笔，指大手笔，典出《晋书·王珣传》：“梦人以大笔如椽与之。既觉，语人曰：‘此当有大手笔事。’俄而帝崩，哀册谥议，皆珣所草。”

⑥“儿女”四句：您不要滴下儿女情长的泪水，湖南、湖北一带，我很熟，可以向您介绍。这是李大正入蜀的必经之地。辛弃疾曾官湖南、湖北，故谓“吾能识”。

⑦“要新诗”四句：请友人用诗词描写沿途美好的景色——庐山的风姿，赤壁的激浪，襄阳的明月。赤壁矶：一名赤鼻矶，在今湖北黄冈西南，苏轼认为那是当年周瑜破曹之地，曾作《念奴娇》词和《赤壁赋》凭吊。词的起句为：“大江东去，浪淘尽、千古风流人物。”辛词的“千古浪”也是从苏词而来。铜鞮：古地名。唐人雍陶《送客归襄阳旧居》诗：“惟有白铜鞮上月，水楼闲处待君归。”

⑧“正梅花”二句：正是梅花在大雪中盛开的时候，需要好好回忆。此处暗用陆凯寄梅的典故。《荆州记》载：陆凯与范晔交好，陆自江南寄梅一枝并赠诗曰：“折梅逢驿使，寄与陇头人。江南无所有，聊赠一枝春。”

［词解］

这首词是送别之作，词人将自己的爱国之情与朋友之谊融为一体。

上片起笔点明了送行的题面，以“绣衣”来形容友人身份的尊贵，继而叹息自己人到中年，不堪离别之苦。“东北”一联气势磅礴，文武两方面都写到了，且用事贴切，对友人充满了期盼：希望他能够像诸葛亮那样，出兵北伐让敌人胆战心惊；像司马相如那样，能够以一篇文章平定叛乱，这实际上也正是词人自己的想法。

下片为友人壮行，历数了入蜀的沿途景色——庐山瀑布、赤壁浪花、铜鞮明月，这些都是祖国的大好河山，可惜却只剩半壁江山，另外一半还在金人手中，因而勉励友人要胸怀天下。结尾与篇首相互照应，万里雪飘，寒梅怒放，这些都是想象中的情景，却将友人与自己的人品、友谊、别情融为一体，豪迈隽永，韵味无穷。

［词评］

稼轩《满江红》（送李正之提刑入蜀）云：“东北看惊诸葛表，西南更草相如檄。把功名、收拾付君侯，如椽笔。”又云：“赤壁矶头千古恨，铜鞮陌上三更月。正梅花、万里雪深时，须相忆。”龙吟虎啸之中，却有多少和缓。不善学之，狂呼叫嚣，流弊何极。

——陈廷焯《白雨斋词话》

鹧鸪天

徐衡仲惠琴不受①

写作背景

本词约作于淳熙十一年（1184），时辛弃疾闲居于带湖。从词序可知，友人徐安国赠给稼轩一张琴，却被稼轩婉拒，因有此作。

［原词］

千丈阴崖百丈溪，孤桐枝上凤偏宜②。玉音落落虽难合，横理庚庚定自奇③。　　人散后，月明时。试弹《幽愤》泪空垂④。不如却付骚人手，留和《南风》解愠（yùn）诗⑤。

[注释]

①徐衡仲：名安国，字衡仲，号西窗，上饶一带非常有名的孝子，《上饶县志·孝友传》中有他的传。后为岳州学官，迁连山县令。惠琴：赠琴。

②“千丈”二句：孤桐生长于山崖阴面、小溪旁边，最适合凤凰栖息。意谓此琴是梧桐木做成的。古人认为桐木制成的琴最珍贵。郭璞《梧桐赞》：“桐实嘉木，凤凰所栖，爰我琴瑟。”阴崖：悬崖的阴面。孤桐：南朝宋谢惠连《琴赞》：“峄阳孤桐，裁为鸣琴。”凤偏宜：传说中的凤凰只在梧桐树上栖息。

③“玉音”二句：言琴的声音、纹理都很奇特，与众不同。玉音：指琴音。落落虽难合：原用于形容事情苍茫缥缈，难以实现，后亦用于形容为人孤僻、不合群。此处形容琴声独特，与其他的音调不和谐。落落，孤独的样子。横理庚庚：琴身的木质呈现出横向的纹理。庚庚：横貌。

④“人散”三句：人们都散去后，只剩下明月陪伴着我，此时我也只能弹奏《幽愤》的曲子。《幽愤》：指嵇康所作的《幽愤诗》。

⑤“不如”二句：不如把琴留在你这样的诗人手中，好与《南风》诗唱和，以解忧愤。付：付与，交给。骚人：原指屈原，后世用来泛称诗人。此指徐衡仲。留和：留待唱和。《南风》解愠诗：相传舜曾作《五弦琴歌》。《尸子》：“舜作五弦之琴，以歌南风之诗，而天下治。”《文选·琴赋》注引《孔子家语》说：“舜作《五弦琴歌》曰：‘南风之薰兮，可以解吾民之愠兮。南风之时兮，可以阜吾民之财兮。’”解愠：解除愤怒。

[词解]

这是一首咏物抒情之作。

上片以咏琴为主，将自己的感情蕴含其中。起笔描绘琴的材料乃是梧桐，梧桐生长的环境也是清幽高洁的悬崖下、清溪旁，已有先声夺人之势。继而赋琴，言其声音、纹理奇特，不同凡响，象征着琴的品性之高洁与孤傲。

下片以抒情为主，却能做到情不离物，扣住题面，决不空发感慨。作者解释了自己为什么“惠琴不受”。那是因为人散之后，明月当空，难免回想起自己二十多年来的政治遭遇，壮志难酬，一事无成，只能弹奏一曲《幽愤》，徒增悲恨而已。还不如将其还给骚人，那么他们还可用它来唱和《南风》，以解除诗人心中的忧愤。

作者名为婉拒友人美意，实际上则是表达自己遭受诬陷被弹劾罢官的悲愤之情。同时将自己比喻成质地纹理与众不同、曲高和寡的古琴，也暗喻了自己清幽高洁的美好品质。

千年调

蔗庵小阁名曰卮言[1]，作此词以嘲之

写作背景

本词约作于淳熙十二年（1185）前后，辛弃疾正罢居带湖。友人郑汝谐在信州所建住宅取名为“蔗庵”，并以此自号。郑又为其小阁取名“卮言”，稼轩借题发挥，乃有此作。

［原词］

卮（zhī）酒向人时，和气先倾倒[2]。最要然然可可，万事称好[3]。滑稽坐上，更对鸱（chī）夷笑[4]。寒与热，总随人，甘国老[5]。　少年使酒，出口人嫌拗（ào）[6]。此个和合道理，近日方晓，学人言语，未曾十分巧[7]。看他们，得人怜，秦吉了[8]。

卮酒向人

［注释］

①蔗庵：即郑汝谐，字舜举，号东谷居士，浙江青田人。坚决主张抗金，稼轩称他是“胸中兵百万”。当时郑任江西转运使，兼知信州，后为大理寺少卿、吏部侍郎（《青田县志·人物志》）。卮言：自然随意之言。一说为支离破碎之言。这里是指没有独立见地、盲目跟随的话。语出《庄子·寓言》：“卮言日出，和以天倪。”后人亦用以谦称自己的言论或著作。

②“卮酒”二句：做人就应像“卮”，一团和气，看见权贵就倾倒。卮：古时的一种盛酒器皿。装满酒时就向人倾倒，空时则仰起平坐。

③“最要”二句：最要紧的是在什么

情况下都要唯唯诺诺，连连称“好”。然然：连声称“对”。可可：连声称“好”。万事称好：用司马徽事。司马徽不谈人短，与人语，美恶皆言好，被称为好好先生。

④“滑稽”二句：滑稽与鸱夷一唱一和，相对而笑，他们都是一路货色。滑稽：古代的一种斟酒器具。鸱夷：古代一种皮制的酒袋。两种器具不停地向杯中倒酒，喻花言巧语、谄事权贵的小人。

⑤“寒与热”三句：处世应像甘草一样，无论寒、热病症的侵扰，均可调和。甘国老：指中药中的甘草，味甘平，能调和众药，治疗百病，故有“国老”之美称。

⑥“少年”二句：自己少年时经常借酒任性，说话总是惹人生厌。使酒：喝酒任性。拗：别扭，不顺利，指不合于时俗。

⑦“此个”四句：这种调和折中的处世之道，我刚刚懂得，但是那一套应酬的语言技巧，却还不是很熟练。

⑧“看他们”三句：他们正像秦吉了，因此能够博得人们的喜爱。怜：喜爱，疼爱。秦吉了：一种鸟，又名鹩哥，黑身黄眉，善学人语，胜过鹦鹉。白居易《新乐府·秦吉了》：“耳聪心慧舌端巧，鸟语人言无不通。”

[词解]

这首词通过形象地描写盛酒器、药材与鸟，以幽默而又辛辣的语言深刻地揭露朝廷中那些趋炎附势、贪图安乐的官僚们的丑态。南宋朝廷苟安江南，辛弃疾更是从自己的切身经历中深深地感受到了当时的朝廷中与社会上正与邪、真与假的激烈斗争，斗争的结果却总是令人寒心。那些阿谀逢迎、谄事权贵的人，为了得到一己之私利，祸国殃民，全无愧色；而那些正直有为之士，却因坚持自己高尚的理想、节操，而受到排挤、压制。因此，当他听到友人有阁名“卮言”时，便借题发挥，写成了这篇绝妙的文字。

醉酒浇愁

“卮言”，出自《庄子·寓言》：“卮言日出，和以天倪。”词用“卮”来比喻那些没有自己固定的信仰和主见，亦步亦趋、应声附和的人。接着以“然然可可，万事称好”补充对前面的描写，一个满面堆笑，对有权势的人点头哈腰，连称：“是是是……对对对……好好好……”无耻卑劣的形象跃然纸上。“滑稽坐上，更对鸱夷笑”一句中“滑稽”和“鸱夷”也是两种酒器。“滑稽”，为流酒器，能够转注倒酒，终日不停。“鸱夷”，是一种皮制的酒袋，容量很大，又可随意伸缩、卷折。它们成天在酒席上忙个不停，倒完了酒又被灌满，灌满又倒完，这使人自然地联想起了那些左右逢源、花言巧语的人。“寒与热，总随人，甘国老”仍然是以物喻人。“甘国老”，即中药甘草，其味甘平，能够调和众药，医治寒、热引起的多种疾病，故有“国老”之名。词人正是借此讽刺那些不讲原则、专和稀泥、欺世盗名的人。

下片中插入了词人自己的遭遇，与上片所描述的跳梁小丑形成了鲜明对比。“少年使酒”是作者的激愤之语，自己年少气盛，借酒使性，不会察言观色，也不懂逢迎拍马，所以受到当时人的厌恶。“此个和合道理，近日方晓”此处词人说的是反话，如今懂得做人要随和合俗的道理，也想来学习这一套了，但毕竟不是此道中人，故而“未曾十分巧”，始终不能完全学会。那么什么样的人才学得会呢？只有那些像学舌的秦吉了一样专门在谄事权贵上下功夫的人，才能精通此道。

这首词比喻生动、形象，既增加了词的含蓄性，让人产生了更多的联想，也增强了词的幽默与讽刺性，透露出作者对时局的激愤与鄙夷。

[词人逸事]

与其他的文人一样，辛弃疾也十分喜欢喝酒，经常喝得烂醉如泥。有一次，他又喝醉了，在回家的路上，醉倒在一棵松树旁，辛弃疾向松树问道：你看我醉得怎么样？松树当然不能回答。辛弃疾在醉眼矇眬中，误以为松树要过来扶他，他还用手去推松树说：“去！”酒醒了以后，他回忆起这些经历，就挥笔写了一首词，把这件令人发笑的事也写了进去。

清平乐

独宿博山王氏庵①

写作背景

辛弃疾退隐带湖以后，生活十分清闲，所以最常做的事情就是游玩访友，其中博山就是他经常游览的一处风景。辛弃疾以游博山为题的词有十四首之多，这就是其中的一首。

[原词]

绕床饥鼠，蝙蝠翻灯舞②。屋上松风吹急雨，破纸窗间自语③。　平生塞北江南，归来华发苍颜④。

布被秋宵梦觉，眼前万里江山⑤。

［注释］

①博山：在江西广丰县西南三十余里，“南临溪流，远望如庐山之香炉峰”，故名（见《大清一统志·江西广信府》）。此处有博山寺、雨岩等游览胜地。王氏庵：姓王的一家人的茅屋。

②“绕床”二句：饥饿的老鼠绕着床爬来爬去，蝙蝠绕着纱灯飞来飞去。

③“屋上”二句：风吹松树，雨打屋檐，窗纸沙沙作响，好像在自言自语一样。

④“平生”二句：我平生游遍了大江南北，归隐后已经是白发苍苍的老者了。塞北：泛指北方中原地区。辛弃疾曾在《美芹十论》中说自己南归前曾两次去燕京观察形势。归来：指罢官归隐。华发苍颜：头发花白，面容苍老。

⑤“布被”二句：秋夜醒来，眼前仍然是梦中见到的万里江山。

［词解］

辛词的艺术风格具有多样性的特点，而且各种风格的作品也都获得了很高的艺术成就。这首《清平乐》可以说代表了辛词的一类艺术风格，虽然全词只有短短的八句，却为我们描绘出了一幅萧瑟破败的画面。

深夜出来觅食的饥饿的老鼠绕着床脚爬行，蝙蝠居然也飞到了屋内围着纱灯翻飞，而屋外却是风雨交加，破裂的糊窗纸也在鸣响。“自语”两字，自然而又生动地将风吹纸响拟人化。独宿的这个“王氏庵”，已经很久无人居住了。正是在这样的环境中，作者为我们展示了一个为家国奔走于塞北江南，操劳一生，最后失意归来，却是头发花白、容颜苍老的爱国英雄的形象。心境如此，环境如此，“秋宵梦觉”既点明了时令，同时也暗示主人公辗转难眠。半夜醒来，仍然记挂着梦中所见到的祖国的“万里江山”。很显然，他“梦中行遍，江南江北”（《满江红》），醒后仍然流连梦境，与前面的“平生塞北江南”相互照应。词人平生的经历使他心系祖国河山，相思成梦；眼前的现实则使他于逆境中更加奋发图强，不坠青云之志。这一句，使全词的思想境界一下子提高到新的高度。

游览胜景

词的上片写在王氏庵的夜宿之见闻，用

笔精细，境界凄厉。下片描写梦境，进行感情的抒发，于大处落笔，寓万里江山于短短数言之中。结尾奇峰突起，境界大变。使我们能够感受到词人高大的爱国者形象，和那颗强烈跳动着的赤诚之心。

[词评]

稼轩词如“……布被秋宵梦觉，眼前万里江山……”皆于悲壮中见浑厚。

——陈廷焯《白雨斋词话》

公所作，大声鞺鞳，小声铿訇，横绝六合，扫空万古。

——刘克庄《辛稼轩集序》

鹧鸪天

博山寺作①

写作背景

辛弃疾与博山寺颇有渊源，早在宋高宗绍兴年间，辛弃疾就曾为之作记。词人多次游览博山寺，此次作词以记之。

[原词]

不向长安路上行，却教山寺厌逢迎②。味无味处求吾乐，材不材间过此生③。　宁作我，岂其卿，人间走遍却归耕④。一松一竹真朋友，山鸟山花好弟兄⑤。

[注释]

①博山寺：据《广丰县志》记载，博山寺在广丰县西南，原名为能仁寺，五代时由天台德韶国师开创，南宋绍兴年间改为博山寺。

②长安路：通往京城的道路，代指求取功名之路。厌逢迎：寺里的和尚懒于接待，形容自己去博山寺次数之多。

③“味无味”二句：在有味与无味之间探索人生的乐趣，在成材与不成材之间度过自己的一生。味无味：语出《老子》：“为无为，事无事，味无味。”材不材：语出《庄子·山木篇》：庄子路过一座山，看见有些树因不成材而免遭砍伐；拜访友人，看到主人杀不鸣之雁待客。第二天有弟子问他：“昨日

山中之木以不材得终其天年，今主人之雁以不材死，先生将何处？”庄子笑曰：“将处乎材与不材之间。”

④“宁作”三句：宁作独立自由之我，也不能屈附他人以求虚名，经历了人间是非，还是觉得归耕为好。宁作我：语出《世说新语·品藻篇》：“桓公少与殷侯齐名，常有竞心。桓问殷：‘卿何如我？’殷云：‘我与我周旋久，宁作我。’”岂其卿：语出扬雄《法言·问神》，有人觉得君子与其默默无闻地死去，不如依附公卿以求名得利。扬雄说：君子以德而闻名。有人富贵，却无名声，有人归隐山林，却名震京师。“岂其卿”即岂可依附公卿而求名利。

⑤“一松”二句：化用杜甫《岳麓山道林二寺行》中诗句：“一重一掩吾肺腑，山鸟山花吾友于。”

[词解]

这首词以“长安”“山寺”设喻，表达的是弃官归隐，享受田园山水之乐的题旨。起句“不向长安路上行”委婉地点明了全词的主旨，“长安路”指的是求取功名富贵、高官显爵的道路，不走这条道路意味着词人已经厌倦了宦海风波，已经有了归隐山林的想法。接着词人又说“却教山寺厌逢迎”，因为他频繁地往来于山寺，使得寺里的僧人已经懒于接待他了。这说明辛弃疾和寺里的僧人都已经熟识了。接下来作者分别从三个方面依次陈述其归隐的原因和乐趣。

“味无味”“材不材”一联极为工妙，这两句是从人生哲理、养身处世之道发表自己的见解，指出人生的乐趣就在于有味与无味、成材与不成材之间，这是第一个方面；“宁作我，岂其卿”，用殷浩、扬雄之语，表明人要坚持自己高尚的操守，不能为了名利而趋附权贵，随波逐流，这是第二个方面；与松竹交友，与花鸟为兄弟，是从修养、情操上将自己的身心融入自然，从而达到一个更高的境界。这是第三个方面。

丑奴儿

书博山道中壁[1]

写作背景

作者被弹劾去职，闲居带湖，虽整日闲游于博山道中，但实际上却无心赏玩当地风光。眼见国势日颓，自己却无能为力，一腔愁绪无法宣泄，于是就在博山道中壁上题了这首词。

[原词]

少年不识愁滋味，爱上层楼。爱上层楼，为赋新词强说愁[②]。　　而今识尽愁滋味，欲说还休。欲说还休，却道天凉好个秋[③]！

[注释]

①博山：在江西广丰县西南三十余里处。此词题在博山道中一处楼阁的墙壁之上。

②“少年”四句：少年的时候不知道愁为何物，因此爱登楼作赋，为了写新的文章而勉强去说愁。强说愁：本无愁绪，却勉强说愁。

③“而今”四句：现在饱尝了愁苦的滋味，却无法用语言来表达，只说一句：天色凄凉，好个秋天啊！

[词解]

此词通篇言愁。通过“少年”与“而今”对比，突出渲染了一个“愁”字。着重表现的是作者遭受排挤、报国无路的压抑心情，也是对南宋朝廷偏安江南、不思恢复的讽刺与不满。

上片着重回忆的是少年时代自己不知愁苦为何物，犯的是与其他文人一样的无病呻吟的通病。因为年轻时正是风华正茂的好时候，作者阅世不深，对于一切都抱着乐观自信的态度，对人们常说的“愁”缺乏深切的体验。首句“少年不识愁滋味”，是上片的文眼。辛弃疾从小在中原沦陷区长大。他经历了人民的苦难，目睹了金人的凶残，同时也被北方人民英勇抗金的精神所鼓舞。因为他文武双全，便单纯地认为在朝廷和人民的共同努力下中原是可以收复的，金人也是可以被赶走的。因此，他根本就不知道什么是“愁”，为抒发所谓的“愁情”，他只能是“爱上层楼”，刻意寻愁。作者连用两个“爱上层楼”，将两个不同的层次联结起来，使“不知愁”这一思想表达得十分完整。

高楼说愁

词的下片则写自己现在已经知愁。作者处处都在与上片进行对比，随着自己年龄的增长，阅历越来越丰富，对“愁”字也有了较为真切的体验。作者满怀报国之情投奔南宋，一心想着完成恢复大业。然而南宋政权对他不仅不加以重用，反而严加防范，他的职务也是频繁地被更替，最后落得一个被削职闲居的境地，至此词人心中的愁闷痛楚完全可以想见。“而今识尽愁滋味”，一个“尽”字，十分全面地概括了作者所遭到的种种不公正待遇，它包含了作者许多复杂的情感，使整篇词作在思想感情上作了一个很大的转折。接着，作者连用两个“欲说还休”，紧承上句的“尽”字，由过去的无愁找愁，变成如今的愁到深处而不知从何说起。可见，作者的忧愁并不是简单的儿女情愁，而是忧国伤时之愁。在当时那种投降派把持朝政的情况下，抒发这种忧愁显然是触动了统治者的痛处，因此作者只用了一句“天凉好个秋”，表面上是在谈论天气，实际上则是以凄凉的秋天当作愁的代表,以秋天的满目萧瑟表达作者“愁”之深沉阔大。

这首词构思十分新颖，读来平易浅近。词人将深沉的情思寓于婉约的语言之中，别具一种耐人寻味的韵味。

[词评]

他这首词外表虽则婉约，而骨子里却是包含着忧郁、沉闷不满的情绪。……用“却道天凉好个秋”这样一句闲淡的话，来结束全篇，用这样一句闲淡话来写自己胸中的悲愤，也是一种高妙的抒情法。

——夏承焘《唐宋词欣赏》

这首词写得委婉蕴藉，含而不露，别具一格。

——张碧波《辛弃疾词选读》

丑奴儿①

写作背景

此词作于稼轩闲居带湖时期，似与《丑奴儿》（少年不识愁滋味）作于同时。

[原词]

此生自断天休问②，独倚危楼。独倚危楼，不信人间别有愁。　　君来正是眠时节，君且归休③。君且归休，说与西风一任秋。

[注释]

①这首词与上篇《丑奴儿》同韵，应当是同时所作。

②“此生”句：化用杜甫《曲江三章》：“自断此生休问天，杜曲幸有桑麻田。”自断：自己占卜。“断”是《周易》中的断卦。

③“君来”二句：你来的时候我正好酒醉欲眠，你最好还是先回去吧。《宋书·陶潜传》中记载陶渊明旷达狂放：“贵贱造之者，有酒辄设，潜若先醉，便语客：‘我醉欲眠，卿可去。’”《庄子·逍遥游》：“归休乎君，予无所用天下为。”休：语气助词，用于句尾，若“吧”“了”之类，并无实意。

［词解］

这首词的风格与上一篇《丑奴儿》差不多，同样具有语浅意深、言近旨远的特点，词作的主旨依然是“愁”。作者壮志未酬，却被朝廷闲置田园，英雄无用武之地，这种愁情怎好对人言说，只有“说与西风”，则其愁苦之意，比上一篇更深了一层。

上片起句即言“此生自断天休问”，词人自己占卜，又何必再问天意呢？接着叠用两个“独倚危楼”，既有反复回环之美，又有不同的意思。前一个“独倚危楼”是跟在“此生自断天休问”后面的，是作者“自断”以后的结果，展示的是词人为自己占卜得知结果后的情态。第二个“独倚危楼”则是后面产生“不信人间别有愁”感慨的环境氛围，词人独自坐在高楼之上，又逢清秋，落寞孤独之感难消，所以才觉得世间除了“悲秋”之感，别无他愁。

下片埋怨友人来得不是时候，词人此时酒醉欲眠。此处连用两个“君且归休”，第一个是因为自己酒醉，不能待客，故有此语，体现词人直率纯真的性格。第二个“君且归休”，则是与后面的“说与西风一任秋”联系在一起，因为作者的愁情无法与友人言说，只能说与秋风，可见作者心中的愁苦是多么深广了。

［词人逸事］

淳熙七年（1180），辛弃疾在湖南潭州任知州并兼任湖南安抚使。他写了一封奏疏上呈朝廷，要求在湖南建立一支隶属于枢密院和御前步军司的军队，命名为“飞虎军”，听从当地安抚使的调度和节制。辛弃疾建立这支军队的目的，名义上是为了维护地方的治安，实质上则是辛弃疾用来震慑金人的，并准备北伐的力量。

这支部队的建设速度惊人。有一天，辛弃疾接到了后勤官员的报告，说是限期一个月完成的营房、营栅修建工程没有办法完成，请辛弃疾按军法处置他。彼时，有人诬告辛弃疾借创建飞虎军来“聚敛民财”，朝廷已经发下御前金字牌，命令辛弃疾立即停止建立飞虎军。所以辛弃疾这几天的心情十分紧张和焦虑，他把金字牌藏起来，不想因此影响建设进度，所以才限期要他们完成任务，加紧建设过程。他询问主管后勤的官员，得知影响进度的原因是雨季时窑工无法烧瓦，所以不能完成营栅工程。辛弃疾便让官员先抓紧时间办好别的事，同时下令要求长沙百姓，每家限两天内送二十片瓦，即可得到一百文钱，这样所需的瓦片很快就凑足了。

于是军队很快就建立起来了。辛弃疾将其创建过程、经费来源、用度开支等，都向朝廷做了详细报告，同时，呈上了飞虎营栅的图纸，使得聚敛民财的谣言不攻自破，由此也解除了皇帝心头的疑云。

丑奴儿近

博山道中效李易安体[①]

写作背景

这首词是作者在游览博山途中仿效李清照的词风所作的。

［原词］

千峰云起，骤雨一霎儿价[②]。更远树斜阳，风景怎生图画[③]！青旗卖酒，山那畔别有人家[④]。只消山水光中，无事过这一夏[⑤]。　　午醉醒时，松窗竹户，万千潇洒[⑥]。野鸟飞来，又是一般闲暇。却怪白鸥，觑(qù)着人欲下未下[⑦]。旧盟都在，新来莫是，别有说话[⑧]？

野鸟飞来

［注释］

①李易安：李清照，号易安居士，山东济南人。两宋之交著名女词人，有《漱玉词》传世。其词婉约清丽，好“以寻常语度入音律”（张端义《贵耳集》），“用浅俗之语，发清新之思”（彭孙遹《金粟词话》），人称“易安体”。

②“千峰”二句：云似千峰堆积，骤然下了一阵暴雨。一霎儿价：一会儿。价，语尾助词，无实际意义。李清照《行香子》词：“甚霎儿晴，霎儿雨，霎儿风。”

③“更远”二句：更有远处的斜阳风景，根本无法用语言来描绘。怎生：宋时口语，如同现在的“怎么”。李清照《声声慢》词：“独自怎生得黑？”

④“青旗”二句：山的那边有挂着青帘卖酒的人家。古代酒店多用青色布帘作为招牌，亦称青帘。

⑤“只消”二句：但求纵情于山水之间，无忧无虑地度过这个夏天。山水光：山光水色。

⑥“午醉”三句：中午睡醒以后，看见门前窗下，松竹相互掩映，十分潇洒清丽。

⑦“野鸟”四句：野鸟悠闲地飞来飞去，却怪那白鸥总是在偷看，一副想下来又不敢下来的样子。觑：窥视，偷看。

⑧“旧盟”三句：责怪鸥鸟背弃原来的盟约，不肯前来。别有说话：指白鸥改口，背弃前盟。

［词解］

词的小序标明这首词是“效李易安体”，而李清照是宋代婉约词的大家，这说明，辛弃疾虽属豪放派词人，但也不乏有深婉悱恻的作品。他这篇作品，着重是学习李清照“用浅俗之语，发清新之思”（《金粟词话》）的特色。但是其中诙谐幽默的成分，则依然是其自己的个性。

这首词借景抒情，情景交融，写得平易浅近、明白如话，而又别具清新幽默的风格。上片写的是博山道中的景色。头三句点明了时令，特别是“骤雨一霎儿价”这一句，将夏日阵雨的特点非常形象地表现出来。阵雨过后，斜阳复出，山水林木显得更加清新秀美。“风景怎生图画”让人产生了无限美好的想象。“青旗”二句，交代了作者的去处，照应了下片的“午醉醒时”，也表明了作者生活的无聊。“只消”二句是抒情，说只想在山光水色中度过这个清闲的夏天，但是流露出的却是一种无可奈何的心绪。

下片开头，主要描写酒家周围的环境。“午醉”承接上片中的“青旗”，作者酒醉醒来，只看见窗外松竹环绕，具有一种幽雅脱俗的气氛。这首词的上下片之间在时间上有一个跳跃，由“午醉”三句加以过渡，增强了上下两片的联系。“野鸟”二句以动写静，唯其动而更见其静。但词人之意却是通过“静”来反衬心中的不平静。紧接着由野鸟带出白鸥，由写景变为抒情。辛弃疾闲居带湖之初，曾写过一首《水调歌头》，题为“盟鸥”，其中有：“凡我同盟鸥鹭，今日既盟之后，来往莫相猜”，意在表明自己归隐的决心，即永远和鸥鹭为伴，绝不反悔。“却怪”二句显得很是诙谐，奇怪自己的盟友白鸥为何窥视着我欲下不下。所以最后三句向白鸥提问，流露出作者孤独寂寞的情怀，并且极为含蓄地表现出了一种希望能够重新被朝廷起用，从而有所作为的想法。

水龙吟

题雨岩。岩类今所画观音补陀[①]。岩中有泉飞出，如风雨声。

写作背景

此词作于淳熙十三年（1186），时稼轩闲居带湖。

[原词]

补陀大士虚空，翠岩谁记飞来处[②]？蜂房万点，似穿如碍，玲珑窗户[③]。石髓千年，已垂未落，嶙峋冰柱[④]。有怒涛声远，落花香在，人疑是、桃源路[⑤]。

又说春雷鼻息，是卧龙、弯环如许[⑥]。不然应是，洞庭张乐，湘灵来去[⑦]。我意长松，倒生阴壑（hè），细吟风雨[⑧]。竟茫茫未晓，只应白发，是开山祖[⑨]。

[注释]

①类：类似，相像。观音：佛教中的观世音菩萨。补陀：梵文音译，即补陀落伽山。《佛经》说此处是观音菩萨说法之处。补陀，今又作普陀。今浙江普陀县东有普陀山，供奉观音菩萨的佛像。辛词首句称观音为补陀大士，不是十分确切。

②“补陀”二句：雨岩的形状如观音凌空，谁知道它是从何处飞来的呢？虚空：凌空。翠岩：翠绿的岩石，即雨岩。

③“蜂房”三句：雨岩如蜂窝一样密密麻麻，其间好像相通又好像互不关联，就像是一扇扇的玲珑小窗。黄庭坚《题落星寺》诗：“蜂房各自开户牖。”

④“石髓”三句：千年石钟乳倒悬

山泉飞涌

在溶洞中，就像一条条奇崛嶙峋的冰柱。石髓：即石钟乳，如下垂之乳，故名。嶙峋：形容山石林立、层叠高耸的样子。

⑤“有怒涛”三句：山泉喷涌而出，远处落花飘香，使人不由得怀疑是否已进入了桃源仙境。怒涛声远：飞泉声似怒涛，传向远方。桃源路：通向桃源胜地的路。陶渊明的《桃花源记》描写了一个与世隔绝的美好和平的地方。

⑥“又说”二句：又有人说春雷般的泉声是盘旋在泉水深处的巨龙的鼻息。弯环：盘旋的样子。

⑦“不然”二句：泉水的声音要不然就是洞庭仙境所奏的仙乐，又或者是湘神鼓瑟的声音。洞庭张乐：《庄子·天运篇》：“帝张《咸池》之乐于洞庭之野。”湘灵：神话传说中的湘水女神。《楚辞·远游》：“使湘灵鼓瑟兮。”

⑧“我意”三句：我觉得泉声就像是山涧中的松树在风雨之中细吟微啸一样。阴壑：背阴的山沟。

⑨“竟茫茫”三句：大自然的美正像茫茫不可知的奥秘一样，我是进入其间的第一人。白发：白发的人，作者用以自称。开山祖：原是佛教中对建寺创业僧人的称呼，后来则泛指各行各业的开创者。

[词解]

这首词采用一问一答、否定肯定的句法，以细致而充满气势的笔墨描绘出雨岩洞内壮丽的景色。

“补陀大士虚空，翠岩谁记飞来处？”从外形看，雨岩很像佛教中那位观音菩萨，但是进入雨岩内部就会发现它别有洞天。接着，作者将雨岩溶洞比作密集的“蜂房”、玲珑的“窗户”，溶洞中的石笋，有的倒悬“未落”、有的如“冰柱”，插入地面。洞内还可以听到泉水涛声。仔细看时，又发现幽径逶迤，地下似有落花的芳香，于是作者便怀疑此处就是当年武陵渔人发现的那条通往世外桃源的路。此处以提问做结，为下片表达本词的立意埋下了伏笔。

下片中作者对他听到的“涛声”，进行了细致的刻画，是春雷阵阵，还是蛰伏的卧龙的鼻息？又或是黄帝在洞庭之野所奏的音乐，又或是《楚辞》里描写的那位湘夫人鼓瑟的美妙声音？但是在词人看来，那就是在岩洞阴壑中生长着的松林在风雨中的呼啸之声。

词的末尾，作者称自己是进入雨岩溶洞的第一人，表达了对茫茫宇宙奥秘的好奇之心。同时也回答了上片中所提出的问题。自然之力，实非人类所能知。

词人想象丰富，把游雨岩的见闻，刻画得栩栩如生，令人难以忘怀。短短一百余字，就如一篇游记散文一样，内容宏富，含意深远。

山鬼谣

雨岩有石，状怪甚，取《离骚·九歌》，名曰山鬼①，因赋《摸鱼儿》，改今名。

写作背景

此为闲居带湖之作。作者于带湖闲居时，经常到博山游览。雨岩在博山的弯曲之处，风景秀丽。雨岩有一块巨大的怪石，词人借用了屈原《九歌》中的“山鬼”名，将这首词的词牌名由《摸鱼儿》改为《山鬼谣》。

[原词]

问何年此山来此？西风落日无语②。看君似是羲皇上，直作太初名汝③。溪上路，算只有、红尘不到今犹古④。一杯谁举？笑我醉呼君，崔嵬(wéi)未起，山鸟覆杯去⑤。　须记取，昨夜龙湫风雨，门前石浪掀舞⑥。四更山鬼吹灯啸，惊倒世间儿女⑦。依约处，还问我，清游杖履公良苦⑧。神交心许，待万里携君，鞭笞鸾凤，诵我《远游》赋⑨。（石浪，庵外巨石也，长三十余丈。）

[注释]

①山鬼：出自屈原《离骚·九歌》。《九歌》共有十一篇，第九篇名即为《山鬼》，是对一位山中女神的描写。

②“问何年”二句：问怪石是什么时候飞来此处？怪石在西风落日中默然不答。

③“看君”二句：看那怪石就像是羲皇上人，用“太初”来称呼它。羲皇上：即羲皇上人，伏羲氏以前的人。陶渊明曾自称为羲皇上人。君：指怪石。名汝：称呼你。此言怪石来历十分久远，纯朴天然。

④“溪上路”二句：怪石地处僻远，没有受到世俗的影响，所以风貌朴

山鬼

素自然，从古到今都没有改变。

⑤“一杯”四句：我举着酒杯邀怪石共饮，怪石还未起身，山鸟却已将酒杯打翻。谁举：向谁举起。崔嵬：高大耸立的样子，用以代指怪石。覆杯：打翻了酒杯。

⑥“须记”三句：应该记得昨晚潭边风雨大作，而怪石却乘势翻飞起舞。龙湫：龙潭。辛弃疾《水龙吟》词赋雨岩飞泉说：“又说春雷鼻息，是卧龙、弯环如许。”石浪：指巨大的怪石，见词尾作者自注，并参见词序。

⑦“四更”二句：四更天的时候山鬼呼啸而至，吹灭了灯火，使人胆战心惊。山鬼吹灯：化用杜甫“山鬼吹灯灭，厨人语夜阑”诗意。(《移居公安山馆》)

⑧“依约”三句：依稀间，还记得巨石向我说，我拄着手杖穿着麻鞋出游真的是太辛苦了。依约处：依稀间。杖屦：登山时所用的手杖和麻鞋。良苦：非常辛苦。

⑨“神交”四句：我与怪石是心意相通的朋友，我要带着它乘鸾驾凤作万里远游。神交心许：精神相交，心意相通。鞭笞鸾凤：鞭策鸾凤，指乘着鸾凤拉着的车子，遨游太空。《远游》：《楚辞》篇名，屈原所作，这里用来代指辛弃疾的词作。

[词解]

《山鬼》本是一曲人神之间的恋歌，词人借以吟咏雨岩怪石。通篇采用拟人的手法，将怪石视为知音。先歌颂其身世品行：来自于上古时代，超然于红尘之外。次赋其具有超凡的潜力：在风雨中腾飞，在呼啸声中吹灭了灯火。“依约”三句，怪石说词人清游良苦，词人想携石为伴，遨游于万里苍穹。人与石“神交心许”，频频交谈，既写活了怪石，更写活了人。

上片中“问何年，此山来此？”，用一个“来”字把偌大一座博山给拟人化了。西风落日中的怪石默默无语。怪石就像羲皇上人，就用“太初”来称呼它。人间虽然经历了沧桑巨变，但巨石所处的地方依然是“红尘不到”，只有这样才与太古相似。既突出了雨岩环境的幽静，又表明了词人对于纷扰、龌龊现实的厌恶之感。词人独游雨岩的词作，大多都是抒发知音难遇的感慨。举杯邀石，巨石不起，是因为它是无情的物体；但是山鸟却打翻了杯子，不知是无心还是有意，又或许是精灵所起的作用。将"山鬼"之灵从无开始写到了有。由此可见，山鸟的插曲，正是人、物交感的契机。妙就妙在写得空灵，犹如山鸟之去，无迹可寻。

下片中词人将长期压抑在心中的郁闷，突然爆发出来！可知词人以怪石为知己，不仅在于它远古荒忽，历尽了沧桑，更在于它具有惊世绝俗的气质，能使人在精神上受到很大的震动。词人在精神上与之相通，大概就在于此吧！山鬼在深夜之中呼啸而至，吹灭了灯火，使世间的人胆战心惊。将怪石作为投契之友，准备携带着怪石乘鸾驾凤作万里之游。"苦"字语带双关，既是指登山涉水的劳苦，也是说词人内心的辛苦，知音难得，人间难求，既然"神交心许"，便深合默契，所以最后说"待万里携君，鞭笞鸾凤，诵我《远游》赋"，从空间上展示了天地的广阔。

这首词把写景和咏物糅合在一起来抒情言志。寓意十分深刻，感情炽热，具有形象生动的特点，渗透着词人对国家兴亡和自己身世的感慨，所以读后令人感到有一种扣人心弦的魅力。

[词评]

稼轩郁勃，故情深；白石放旷，故情浅。稼轩纵横，故才大；白石局促，故才小。

——周济《介存斋论词杂著》

生查子

独游雨岩[①]

写作背景

这是辛弃疾作品中又一首借景抒情的作品。此词的写作年代虽然难以确考，不过可以肯定是在闲居带湖期间所作。

[原词]

溪边照影行，天在清溪底。天上有行云，人在行云里[②]。　高歌谁和余？空谷清音起[③]。非鬼亦非仙，一曲桃花水[④]。

[注释]

①雨岩：在今江西永丰县西二十里处博山脚下。

溪边照影行

②"溪边"四句：云影倒映在水中随着流水游动，人影倒映在水中，似在白云里行走。

③"高歌"二句：我的歌声回荡在空谷之中，谁能与我唱和呢？和：唱和。余：我。清音：指流水在空谷中流动的声音。晋左思《招隐》有"山水有清音"之句。

④"非鬼"二句：不是什么鬼怪神仙，是那开在溪边的桃花。苏轼《夜泛西湖五绝》："湖光非鬼亦非仙，风恬浪静光满川。"桃花水：水边盛开桃花，故名。

[词解]

本词通篇都在写清溪。上片咏溪水之形，以蓝天、白云、人影烘托，水天云人，四者合一，境界奇妙。下片咏溪水之声，人之歌声，水之动声，相互呼应。无人知雅意，流水为知音，曲折含蓄，表现出词人政治失意后的寂寞苦闷。意与上篇《山鬼谣》略同，而风格各异。

"溪边照影行，天在清溪底。天上有行云，人在行云里。"表现出词人行走于蓝天之上、白云之中的飘飘似仙的独特感受和恬静愉悦的心情。"高歌谁和余？空谷清音起。"这二句别开生面。写自己"高歌"而问"谁和余"，意在殷切希望能够获得知音。不闻有人和，只有"空谷"中响起"清音"，表现作者孤独的心境。这种孤独感，必须同词人自身独特的身世经历联系起来才能理解。自归南宋以来，作者一贯坚持抗金恢复的大业，但支持者甚少，反而遭到投降派的排挤和打击，从句中可以看到词人对于自己壮志难酬的愤懑。"非鬼亦非仙，一曲桃花水"，听到"空谷"的"清音"，词人刚开始怀疑是鬼怪发出的，继而又怀疑是神仙发出的，末了才又加以否定，得出"非鬼亦非仙"的结论。那么，这究竟是什么发出的"清音"呢？原来是"一曲桃花水"。潺潺长流的桃花水，却能发出流转的清音，这寄托了词人身处逆境，却不改报国之志所产生的那种孤独无援的忧郁之情。

蝶恋花

月下醉书雨岩石浪①

写作背景

这首词是辛弃疾闲居带湖之时所作。

[原词]

九畹(wǎn)芳菲兰佩好，空谷无人，自怨蛾眉巧[②]。宝瑟泠(líng)泠千古调，朱丝弦断知音少[③]。　冉冉年华吾自老。水满汀(tīng)洲，何处寻芳草[④]？唤起湘累歌未了，石龙舞罢松风晓[⑤]。

[注释]

①石浪：巨大的怪石。

②“九畹”三句：美人虽如兰花一样美丽高雅，却无人赏识，只能深居幽谷，自叹美貌。九畹：古时以十二亩为一畹。九畹，泛指种植花草的地域之广，语出屈原《离骚》：“余既滋兰之九畹兮，又树蕙之百亩。”芳菲：花草茂密芳香。兰佩：以兰为佩。《离骚》：“纫秋兰以为佩。”空谷：杜甫《佳人》：“绝代有佳人，幽居在空谷。”蛾眉巧：指女子长得美丽妩媚。《离骚》：“众女嫉余之蛾眉兮。”

③“宝瑟”二句：美人奏瑟，其音清越，只叹没有知音懂得赏识。意与岳飞《小重山》的结句相同：“欲将心事付瑶琴，知音少，弦断有谁听？”瑟：古代的一种弦乐器。泠泠：流水的声音清越，用来比喻瑟声。

④“冉冉”三句：年纪渐渐大了，水边的平地也逐渐被淹没，如今我要到哪里去寻找芳草呢？冉冉：渐渐。《离骚》：“老冉冉其将至兮，恐修名之不立。”汀洲：水边的平地。芳草：借喻自己的伟大理想。

⑤“唤起”二句：唤起屈原高声同歌，一曲未了，但是天已经亮了。湘累：指屈原。无罪而死曰“累”，屈原投湖南汨罗江而死，故称“湘累”。扬雄《反离骚》：“钦吊楚之湘累。”石龙：即词序中所称的石浪。

[词解]

这首词抒发的是作者在政治上遭遇不公正待遇的牢骚愤懑之情。

上片起句即以美人香草比兴。用芳草兰佩的美人幽居深谷，自我哀叹，比喻自己遭到的猜忌排挤。作者品行高洁，有着美好的情操。紧接着化用岳飞《小重山》的词义，哀叹自己曲高和寡，没有知音，自己的抗金主张不能被执政者采纳，着重突出一个“怨”字。

下片紧承上片，哀叹自己老之将至，却将大好时光虚度，最终一事无成，只想把古代含恨而死的屈原唤起来一起歌唱，以倾吐自己的满腔愤懑不平之气。只是梦醒以后，现实情况却依旧如此。辛弃疾与屈原有着相似的遭遇，命运也比较相似，呼唤屈原既是怀古，更是伤今，以此抒发对当权派排挤爱国志士的愤恨之情。

全词写来婉曲深幽，悲愤不已，有《离骚》之遗风。

满江红

游南岩[①]，和范廓之韵[②]

写作背景

作者闲居带湖时，其门人范开经常向其请教求学，两人经常有诗词唱和往来，本词就是辛弃疾为范开的和词。

[原词]

笑拍洪崖，问千丈、翠岩谁削[③]？依旧是、西风白鸟，北村南郭。似整复斜僧屋乱，欲吞还吐林烟薄[④]。觉人间、万事到秋来，都摇落[⑤]。　呼斗酒，同君酌；更小隐，寻幽约[⑥]。且丁宁休负，北山猿鹤[⑦]。有鹿从渠求鹿梦，非鱼定非知鱼乐[⑧]。正仰看、飞鸟却应人，回头错[⑨]。

[注释]

①南岩：一名卢家岩，在上饶县西南十里，朱熹曾在此读书。

②范廓之：即辛弃疾门人范开。淳熙九年（1182）从学辛弃疾，十五年（1188）编刊《稼轩词》甲集，并为之序。其他事迹不详。

③“笑拍”二句：拍着同游者的背，笑着问他这千丈的南岩是被谁削成的？洪崖：传说中的仙人，就是黄帝的大臣伶伦，至帝尧时已三千岁，号为“洪崖”。晋人郭璞《游仙诗》之三：“左挹浮丘袖，右拍洪崖肩。”这里应当指同游者，或指韩元吉、朱熹等人。

④“依旧”四句：今天重游南岩，依旧是西风白鸟，山的南北都有村落，寺庙掩映于笼罩着烟云的树林之中。

⑤“觉人间”二句：哀叹到了秋天世上的草木都飘摇凋落。

⑥“呼斗酒”四句：今天和友人一起呼酒共饮，更约定来日同归山林，履行约定。小隐：谓隐居山林。寻：重温。幽约：清幽之约。陈高《送陆有章》

诗："我性亦爱山，方期结幽约。"

⑦"且丁宁"二句：叮嘱范开及早归隐，不要贪恋仕途。据辛弃疾《醉翁操》(长松之风) 序，可知范开即将出仕，故有此嘱语。丁宁：同"叮咛"。北山猿鹤：化用孔稚珪《北山移文》句意。

⑧"有鹿"二句：范开出外做官正如蕉鹿之梦，但是我的鱼游之乐则非隐退者不能知晓。鱼乐：《庄子·秋水篇》："庄子与惠子游于濠梁之上，庄子曰：'鱼出游从容，是鱼之乐也。'惠子曰：'子非鱼，安知鱼之乐？'"

⑨"正仰看"二句：仰头看着飞鸟，不想与别人交谈，结果就回答错了。化用杜甫《漫成》之二："仰面贪看鸟，回头错应人。"

[词解]

这首词是写给范开的和词，稼轩借景抒情，通过描写南岩洪崖的壮丽景色抒发悲秋之感和隐居山林的悠然自得之情。

上片描写了南岩的优美景色，翠岩高耸，林烟山村，"似整复斜僧屋乱，欲吞还吐林烟薄"二句是十分工稳的对仗，一静一动，颇有画意。结尾处以草木之摇落，叹人生悲秋之感，由景及人，将悲秋之感化为人生失意之感。稼轩此时恰遭弹劾罢官，正是失意之时，难免生此悲秋之感。下片则以饮酒同酌、勿辜负猿鹤之约来叮咛范开出仕以后，要记得及早归来。以蕉鹿之梦、水中游鱼之乐，一仕一隐，两者对比，揭示出了深刻的道理。末句巧妙地化用杜诗"回头错"三字，具有极深的含义，指出了当时南宋政治腐败，即使出仕也不能有什么作为，应该像孔子说的那样："邦有道，则仕；邦无道，则可卷而怀之。"

翠岩高耸

[词人逸事]

南宋高宗绍兴三十一年（1161），金主完颜亮率大军南下攻打南宋，由于南宋军民的奋起抵抗和金国内乱，金兵失败。北方被占区域的人民，乘金兵后方空虚，组织义军对其进行打击。山东济南的农民耿京，拉起了二十余万人的起义队伍，年仅二十二岁的辛弃疾，也聚众两千多人，参加了抗击金兵的斗争，他们都给金兵以沉重的打击。不久辛弃疾归附耿京，被委任为耿京部掌书记。辛弃疾建议耿京和"决策南向"，即归附南宋朝廷，以便与南宋官军配合战斗。耿京采纳辛弃疾的建议，并于第二年正月，派遣辛弃疾等到建康（今江苏南京）谒见宋高宗。高宗正式任命耿京为天平军节度使，任命辛弃疾为承务郎。

辛弃疾等在返回途中，惊悉叛徒张安国杀了耿京，投降金人。他立即组织五十名勇士，闯入金营，将张安国缚置马上，再向张部宣扬民族大义，当场即有上万士兵愿意跟随之。辛弃疾率领队伍，星夜南奔，直接渡过淮水和长江，将张安国押解至建康斩首。辛弃疾这种传奇式的英雄行为，轰动了朝野，洪迈《稼轩记》评曰：“壮声英概，儒士为之兴起，圣天子一见三叹息。”

贺新郎

赋琵琶①

写作背景

根据邓广铭先生考证，此词作于 1182 年到 1188 年间，正是稼轩闲居江西上饶时期。

[原词]

凤尾龙香拨，自开元霓裳曲罢，几番风月②？最苦浔(xún)阳江头客，画舸(gě)亭亭待发③。记出塞、黄云堆雪。马上离愁三万里，望昭阳宫殿孤鸿没，弦解语，恨难说④。　辽阳驿使音尘绝，琐窗寒，轻拢慢捻，泪珠盈睫⑤。推手含情还却手，一抹《梁州》哀彻⑥。千古事，云飞烟灭⑦。贺老定场无消息，想沉香亭北繁华歇⑧。弹到此，为呜咽⑨。

[注释]

①琵琶：古代的一种丝弦乐器，历史悠久。

②“凤尾”三句：这只檀木做的琵琶尾部雕刻着凤凰，以龙香板为拨，从唐朝开元盛世弹奏了《霓裳羽衣曲》以后，不知经历了多少事情。开元：唐玄宗李隆基在位时期的年号（713—741），这一时期，唐朝国力最强，史称“开元盛世”。霓裳曲：即《霓裳羽衣舞》，盛唐时期最为著名的歌舞，由唐玄宗

亲自作曲，杨贵妃曾表演过此舞。

③“最苦”二句：最苦的是站在浔阳江头的迁客骚人，在踏上耸立的画舸即将远行时，却听到了一位女子哀怨的琵琶声。此句出自白居易《琵琶行》：“浔阳江头夜送客，枫叶荻花秋瑟瑟。主人下马客在船，举酒欲饮无管弦。”画舸：雕有花纹的船只。郑文宝《柳枝词》：“亭亭画舸系春潭。”

浔阳送客

④“记出塞”五句：雪花飞舞，漫天黄云，昭君骑在马上即将远赴匈奴和亲，望着大雁朝着长安昭阳宫的方向飞去，然后渐渐消失，琴弦虽能表达自己的哀思，却是难以言传。

⑤“辽阳”四句：闺中少妇思念着远戍辽阳而杳无音信的征人，小窗清寒，她想藉琵琶解闷，结果却是愈弹愈伤心。轻拢慢拈：白居易《琵琶行》：“轻拢慢捻抹复挑，初为霓裳后六么”。

⑥“推手”二句：弹奏一曲《梁州曲》，使人更加伤感。推手：指弹奏琵琶，汉代刘熙《释名·释乐器》：“枇杷，本出于胡中，马上所鼓也。推手前曰枇，引手却曰杷，像其鼓时，因以为名也。”欧阳修《明妃曲》有“推手为琵却手琶”之句。

⑦“千古事”二句：千古兴衰的往事都已经灰飞烟灭。

⑧“贺老”二句：贺怀智手一挥弦，全场寂静无声，当年沉香亭北的繁华景象也都已消失。贺老：即贺怀智，唐代开元、天宝年间的琵琶高手。沉香亭：李白《清平调》：“名花倾国两相欢，常得君王带笑看。解释春风无限恨，沉香亭北倚阑干。”

⑨“弹到”二句：琵琶弹到此处，已经是一片呜咽之声。

[词解]

这首词通篇运用与琵琶、音乐相关的典故，抒写北宋灭亡的悲痛，讽刺南宋朝廷贪图苟安，偏居一隅。上片开始即赞美琵琶的高雅：檀木制成，尾部雕凤，龙香板为拨。“开元霓裳曲罢”明写唐朝随着安史之乱由盛转衰，暗喻北宋灭亡；接下来以“浔阳江头客”暗喻南迁的北宋士人百姓，白居易在《琵琶行》前的小序中有“是夕始有迁谪意”，既伤自己之身世，又伤南迁之痛。作者以白居易自比，

白居易

白居易被贬到九江，听到琵琶女的演奏，勾起他被流放的悲哀。作者借“琵琶”之声，诵其“天涯沦落”之感亦可知矣。

“昭君出塞”是汉朝与匈奴和亲的结果，暗指宋徽宗和宋钦宗二帝被金人掳去北方，“望昭阳宫殿”既指二帝盼望归国，又有全体国人盼望收复汴京旧都，统一祖国之意。“辽阳”“音尘绝”则是指金人占领的北方与南宋断绝来往，从此再无二帝的消息。“推手”“却手”本为琵琶术语，实则是说朝廷分为主战、主和两派，是战是降一直摇摆不定；“千古事，云飞烟灭”明写千古兴衰已成往事，但是实际上则是说万千抗金志士所盼望的北伐大业，由于朝廷的软弱无能、贪图苟安已经变得没有希望了。“繁华歇”表面上说的是唐朝“安史之乱”后凄惨破败的景象，实则是向南宋王朝提出警告，如果再不振作起来，恐怕就要落得与唐朝一样的下场。故作者云“弹到此”即“呜咽”不止，这正是对于国难家仇的无穷悲慨。

全词以弹琵琶为喻，事实上“弹”（谈）的都是国家兴亡的大事。词人将自己沉郁而激烈的爱国之情贯穿于全词之中。

[词评]

稼轩词，于雄莽中别饶隽味。如“马上离愁三万里，望昭阳宫殿孤鸿没。”又“休去倚危栏，斜阳正在，烟柳断肠处。”多少曲折。惊雷怒涛中，时见和风暖日。所以独绝古今，不容人学步。

——陈廷焯《白雨斋词话》

运典虽多，却一片感慨，故不嫌堆垛。心中有泪，故笔下无一字不呜咽。

——陈廷焯《白雨斋词话》

辛稼轩词，或议其多用事，而欠流便。予览其琵琶一词，则此论未足凭也。《贺新郎》云：“凤尾……弹到此，为呜咽。”此篇用事最多，然圆转流丽，不为事所使，称是妙手。

——陈霆《渚山堂词话》

鹧鸪天

鹅湖寺道中①

写作背景

此词约作于淳熙十三年（1186），当时稼轩正罢居于带湖。

［原词］

一榻清风殿影凉，涓涓流水响回廊②。千章云木钩辀(zhōu)叫③，十里溪风穲稏(bà yà)香④。　冲急雨，趁斜阳，山园细路转微茫。倦途却被行人笑，只为林泉有底忙⑤？

［注释］

①鹅湖寺：江西上饶铅山县东北有一座鹅湖山。山上有湖原名为荷湖，因东晋龚氏在此养鹅，于是改名为鹅湖。山脚下有一座寺院，名为鹅湖寺。

②“一榻”二句：清风徐来，满榻都是清凉的感觉；人卧于回廊之上，听着流水的声响。一榻清风：化用苏轼《佛日山荣长老方丈五绝》“清风一榻抵千金”句意。

湖光山色

③“千章”二句：千株大树高耸入云，鹧鸪在树上不停地啼叫，十里之外清风夹杂着稻香扑面而来。千章：千株大木。章：大的木材。钩辀：鹧鸪的啼叫声。穲稏：生长于江南的一种稻子。

⑤“冲急雨”五句：急雨过后，斜阳出现，夜幕就要降临，山园中的小路被冲刷得难以辨认。路上的行人笑我满是疲倦的神情，殊不知我是为了享受山中清泉的乐趣才弄成这样的。底：如此，像这样。

［词解］

这首《鹧鸪天》写的是作者在通往游览鹅湖寺途中的所见所感。上片描写的是鹅湖寺内外的景色，清风吹来，殿堂之中特别凉爽，寺庙旁边泉水叮咚，令人心旷神怡。寺外有千株高大的树木，树木中有鹧鸪的叫声，山下有十里稻香，景色由近而远。后二句以“鸟鸣”“稻香”相对，叠韵对仗，十分工稳。

下片描写的是回家途中的情景，以及享受林泉的乐趣。雨过天晴，山中的小路被冲得难以辨认。作者在回家的路上呈现出了一脸疲倦的神情，以行人之嘲笑反笔道出了疲倦的原因，山林之乐只有身临其境的人才能体会，正如庄子所说：“子非鱼，安知鱼之乐！”

鹧鸪天

游鹅湖，醉书酒家壁

写作背景

此闲居带湖之作，与上一首《鹧鸪天》（一榻清风殿影凉）作于同时。

[原词]

春入平原荠（jì）菜花，新耕雨后落群鸦[①]。多情白发春无奈，晚日青帘酒易赊（shē）[②]。　　闲意态，细生涯，牛栏西畔有桑麻[③]。青裙缟袂（gǎo mèi）谁家女，却趁蚕生看外家[④]。

[注释]

①“春入”二句：春天的原野上，荠菜花竞相开放，雨后新耕的土地上落满了一群乌鸦。荠菜：一种野菜，花很小，白色，茎叶嫩时可以食用。

②“多情”二句：春色虽浓，无奈白发惹人愁，只好去酒店借酒消愁。青帘：酒店门口悬挂的青色布帘。赊：赊欠酒钱。

③“闲意”三句：神态悠闲，生活平凡，农家牛棚的西侧种有桑麻。细生涯：普通的农家生活。

④“青裙”二句：那穿着黑裙白衣的女子是谁家的媳妇，只见她正趁着空闲时间回一趟娘家。青裙缟袂：青色的裙子，白色的上衣。趁蚕生：趁新蚕孵出之前的空隙。

[词解]

举杯浇愁愁更愁

这首词借景抒情。上片开始二句“春入平原荠菜花，新耕雨后落群鸦”，描写出了农村宁静而又充满生机的景象。田野中开满了白色的荠菜花，土地耕种好了，又正逢春雨，群鸦都在觅食。寥寥数笔，将一幅乡间春色图描绘得栩栩如生。

本词由荠菜开花而说“春入”，对平凡普通的荠菜花寄予了极深的情感，又把“群鸦”写得充满生趣，全无平日里让人生厌的聒噪相。词人刻意描绘这些细小的事物，足能体现其闲适的意态。可是，接下来的二句“多情白发春无奈，晚日青帘酒易赊”，则使情绪陡变，万千愁情刹那间涌上心头。词中说的虽是“白发”，实际上讲的却是“愁绪”。“多情白发春无奈”，词人心情苦闷，只好到小酒店去借酒消愁。这里“多情”二字恰如其分地传达出了词人那种带有苦味的诙谐。而在这诙谐中，又让人极为深刻地感受到作者无可奈何的心情。

词人被罢官免职、不得不退居田园之时才四十二岁。这个年纪他完全还有精力，足够干出一番大事，怎耐得住这种清闲的生活？所以词人在游鹅湖时，面对着生机勃勃的春天，便联想到自己的悲苦遭遇，政治上的失意之感与面对岁月流逝的惆怅之情油然而生。

下片中从近处落笔，词人以“闲”“细”“有”“趁”四字，把古朴闲适的农村生活生动活泼地展现在人们的面前。越是这样，就越让人联想到“多情白发春无奈，晚日青帘酒易赊”所流露出来的那种烦闷和无可奈何的情绪。词人着力描绘“无我之境”，实际上“我”尽在其中。这种艺术手法巧妙地将烦乱复杂的失意之情突显得淋漓尽致。

词人虽罢官闲居于朴实清新的农村，却还有愁苦之情，那是因为他对国家的恢复大计不能忘怀。他想要奔赴抗金战场，去收复被占领的土地，但是，他却受到排挤，被迫过起了“闲意态”的生活，他怎能不愁苦呢？他不是不喜爱春天，但春天并不能给他带来真正的快乐。

鹧鸪天

鹅湖归，病起作①

写作背景

根据词前小序推测，稼轩游鹅湖归来后似乎是生了一场病，这首词即作于大病初愈之时。

［原词］

枕簟(diàn)溪堂冷欲秋，断云依水晚来收②。红莲相倚浑如醉，白鸟无言定自愁③。　书咄咄(duō)，且休休，一丘一壑(hè)也风流④。不知筋力衰多少，但觉新来懒上楼⑤。

断云依水晚来收

［注释］

①病起：指病刚刚好的时候。

②“枕簟”二句：言傍晚以后浮云渐渐散去，人卧溪堂，已经感觉到了秋意。簟：竹做的席子。

③“红莲”二句：粉红的莲花互相依偎着，就像全喝醉了一样，白鸟一声不吭地在树上栖息，好像正在发愁。浑：全，都。

④“书咄咄”三句：劝自己不要感叹和奇怪，只需寄情于丘壑之间。书咄咄：《晋书·殷浩传》载，殷浩被废后，口不发一言，只是整天用手指在空中划写“咄咄怪事”四个字。咄咄：感叹、惊怪的样子。休休：退休归隐。唐末司空图隐居于中条山，筑亭题名为“休休”，并作文章说明“休休”之意：“量才一宜休，揣分二宜休，耄而聩三宜休。”（《新唐书·司空图传》）一丘一壑：犹言一山一水。风流：潇洒自在。

⑤“不知”二句：言近来精力衰退，竟懒于登上高楼去观赏景色。

[词解]

此词貌似闲适，实际上却蕴含着深重的悲慨之情，正是词评家所谓的“以淡笔写浓愁”。上片描写景物，起句即写自己大病初愈后卧于溪堂之上的那种凄冷感觉，又逢日暮云收，于是这种感觉就更加强烈。“红莲”一联不仅对仗工稳，而且形象地描写出了红莲白鸟如痴似醉的情态。下片在上片写景的基础上抒发感情，词人貌似乐于悠游山水以终老，实则连用典故，表明的却是自己的满腔愤懑不平之意。作者自悲无端遭罢职，被迫在壮年就过上了闲居的生活，因此不能不感到这是咄咄怪事。“一丘一壑也风流”实属无奈之语。最后二句表面是在描写病后初愈之感，其实是语带双关，其深层的意思是指作者对自己的遭遇感到伤心难过。这二句写得若即若离，很是耐人寻味。

这首词并不是一般叹病嗟衰的作品，而是抒发“烈士暮年”的感慨，希望能够以老壮之躯再建立一番功业。正所谓：哀而不伤，怨而不怒。总之令读者阅后感觉有一种悲愤之情涌上心头。

[词评]

余所爱者，如“红莲相倚浑如醉，白鸟无言定自愁。”又，“不知筋力衰多少，但觉新来懒上楼。”……信笔写去，格调自苍劲，意味自深存。不必剑拔弩张，洞穿已过七札，斯为绝技。

——陈廷焯《白雨斋词话》

清平乐

检校山园[1]，书所见

写作背景

辛弃疾罢居江西上饶带湖之初，买山开田，置办了不少产业，稼轩经常检视这些地方，此词就是他在隐居生活中所遇到的一些有意思的事。

[原词]

连云松竹，万事从今足[2]。拄杖东家分社肉，白酒床头初熟[3]。　　西风梨枣山园，儿童偷把长竿[4]。

莫遣旁人惊去，老夫静处闲看⑤。

［注释］

①检校：原意查核，此有巡视游赏之意。山园：家园，稼轩带湖宅第建于山之麓，故称山园。

②“连云”二句：放眼望去，葱翠的松竹漫山遍野，与远天的白云相接，人居此处，可称万事俱足。连云：与远处的云彩连成一片。

③“拄杖”二句：从秋社分到福肉和酿好的酒，足可醉饱逍遥。此补写“万事从今足”之意。分社肉：古代农村的风俗，春秋两次祭祀土地神的日子称为社日。据《荆楚岁时记》，每至社日，四邻集会，备牲祭神，祭毕，各家分飨其肉，以求降福。故社肉也称福肉。床头：指糟床，酿酒器具。

④“西风”二句：秋风吹熟了山园里的梨、枣等果实，小孩子拿着长长的竿子打算偷枣。

⑤“莫遣”二句：让旁人不要惊动偷枣顽童，且让我暗中闲看一番。

［词解］

这首词写的是辛弃疾闲居带湖期间所过田园生活的乐趣。

上片以“万事从今足”领起，这是词人心情舒畅时的真切感受，自己居住的地方有成片的松竹，直与远天的白云相接，这样优美的环境，怎能不让词人感到欣喜呢？“拄杖东家分社肉，白酒床头初熟”二句写的是乡村生活的场景，每逢社日，作者还能从邻居那里分到一些福肉与白酒，一饱口福。可见当地民风淳朴热情，这让习惯了喧嚣都市和名利官场的辛弃疾感到无比放松与自然。下片情景十分有趣：顽皮的儿童偷偷地拿着长竿去词人家的院子里打枣，词人觉得有趣，就躲在僻静的地方偷看。这反映了词人那种天真与童心。一老一少，一静一动，描写得十分生动，不光体现了作者对这些孩子的爱怜之情，也表达了词人对这样的美好生活的喜爱。

拄杖东家分社肉

［词人逸事］

宁宗嘉泰三年（1203），辛弃疾被起用为绍兴府知府兼浙江东路安抚使。彼时，爱国诗人陆游已经快八十岁了，正闲居于绍兴。辛弃疾极为敬重陆游，到任不久，他就前去拜访陆游。两人相谈甚欢。经过交谈，陆游觉得辛弃疾很有才干，希望他可以取得更大的成就。陆游还特地写了一首长诗送给辛弃疾，诗中说："大材小用古所叹，管仲萧何实流亚。"陆游将辛弃疾与管仲、萧何等治国英才相提并论，认为只让他当个安抚使，实在是大材小用。

清平乐

检校山园，书所见①

写作背景

词人巡视自己的山园时，看到一株供行人系马的梅树，心生感慨，故作此词。

[原词]

断崖修竹，竹里藏冰玉②。路转清溪三百曲，香满黄昏雪屋③。　　行人系马疏篱，折残犹有高枝④。留得东风数点，只缘娇懒春迟⑤。

[注释]

①同前词所著，两首词应为同时所写。

②"断崖"二句：修长的竹子生长于断崖之间，几株梅树则掩映于竹林之中。冰玉：冰清玉洁，此处指梅花。

③"路转"二句：梅花的香气飘过小溪，萦绕在自己家周围。清溪三百曲：苏轼《梅花》诗："幸有清溪三百曲，不辞相送到黄州。"此用其意。雪屋：被雪覆盖的房屋。疑以苏轼"雪堂"借喻自己的家园。苏轼被贬黄州时，寓居临皋亭，曾在东坡筑室，名其为雪堂，并于雪堂前植梅树一株，明嘉靖以后才枯死。

竹里梅

④“行人”二句：篱边种植的梅树早已不堪行人用来系马和他们的攀折，幸好高枝尚存。

⑤“留得”二句：言高枝上的数点梅花之所以没有凋谢，是因为它们正在等待春天的来临。只缘：都是因为。娇懒春迟：春天娇懒，迟迟不到。

［词解］

上片描写梅花冰清玉洁的姿态，与断崖间的修竹相映成趣，反映了词人高雅的生活情趣。梅花幽香四溢，飘荡在房屋周围、小溪旁边，这些仍属于写实之笔，有迹可循。

下片写行人拴马于树，虽有损伤，然犹留有高枝。描绘的是乡间常见之景，既真实又充满美感，同时又有所隐喻，梅花留有高枝，是留下了有生力量。抗金志士虽屡遭排挤打击，但是英雄豪杰依然前仆后继，为国事操劳，这不正像那梅花一样吗？“留得东风数点，只缘娇懒春迟”，梅花开得少，是因为春天来得太晚，使其不能完全开放，同时也暗喻众多抗金志士之所以不能实现自己抗金复国的理想，是因为朝廷迟迟不肯北伐中原，大家只能翘首企盼这一天的到来。

全词虚实相间，下片尤其注重写意。词人既有猜想，又有联想，匠心独运，又有所寄托，以轻灵流转的笔触，将梅花唤春报春的特有风采写得活灵活现，如在眼前。

满江红

送信守郑舜举郎中赴召[1]

写作背景

本词写于淳熙十三年（1186）冬，时稼轩罢居上饶带湖，是作者为友人郑舜举送行时所作。郑舜举于1185年调信州做州守时，辛弃疾已罢官居家四个年头，二人素昧平生，却一见如故，竟成知己，真是十分难得。况且郑舜举又是一个有才干而又爱护百姓的官吏，这就更让辛弃疾与之惺惺相惜。因此在他被召入京城之时，辛弃疾便作此词为其送别。

［原词］

湖海平生，算不负苍髯(rán)如戟(jǐ)[2]。闻道是、君王着意，太平长策[3]。此老自当兵十万，长安正在天西北[4]。

便凤凰飞诏下天来，催归急⑤。　　车马路，儿童泣。风雨暗，旌旗湿⑥。看野梅官柳，东风消息⑦。莫向蔗庵（ān）追语笑，只今松竹无颜色⑧。问人间、谁管别离愁，杯中物⑨。

［注释］

①信守：信州太守。郑舜举：名汝谐，字舜举，稼轩友人。

②“湖海”二句：谓郑舜举一生志在五湖四海，不愧有大丈夫的英雄气概。湖海：古称不恋家园、志在四方之人为湖海之士。《三国志·陈登传》中许汜谓刘备：“陈元龙湖海之士，豪气不除。”苍髯如戟：须髯坚硬如戟（一种兵器），形容相貌威武，有大丈夫气概。《南史·褚彦回传》：“公主谓曰：‘君须髯如戟，何无丈夫意？’”

③“闻道”二句：听别人说，皇帝正在谋划使国家长治久安的良策。闻道：听别人说。着意：把心思放在（某事上）。长策：良策。

④“此老”二句：言友人熟谙兵韬武略，自当筹划收复西北故都的方案。此老：对郑舜举的尊称。自当兵十万：意谓友人足能抵得上十万雄兵。北宋初年，范仲淹帅边，西夏不敢来犯，并传说范“胸中自有甲兵数万”。长安：借指北宋故都汴京（开封）。

⑤“便凤凰”二句：谓君王诏令急催郑舜举入京。凤凰飞诏：谓凤凰衔诏，自天飞来。凤凰：传说中的一种神鸟，美喻奉诏使者。

⑥“车马路”四句：言信州人民不忍郑舜举离去，连小孩子都哭了，老天似乎也舍不得，而以阴天下雨来表示伤心。

⑦“看野梅”二句：野梅花香，新柳抽芽，预示着春天就要来临。东风：即春风。

⑧“莫向”二句：故人离开旧居，欢声笑语不再，连松竹也失去了昔日美好的光彩。蔗庵：郑舜举在信州府第的名字。

⑨“问人间”二句：人间能够缓解离愁别绪的东西，大概也只有酒了。杯中物：指酒。

举杯送别

［词解］

这首赠别友人的作品，既赞美了友人，

歌颂词人与友人的深厚情谊，又将自己的政治理想寄托其中。

上片赞颂友人有伟大的志向，又有经天纬地的出色才干，结句凤凰飞诏，点出了郑舜举奉召入京，这也是作者作此词的缘由。首二句赞其容貌威武，志向远大。紧接着“闻道是、君王着意，太平长策”是想象中皇帝奋发图强，求贤才以抗金复国，以求得长久的太平。“此老”二句是称赞友人有将帅之才，应该去收复被金兵占领的中原故土。“便凤凰”二句，是写想象中的情况终于变成了事实，友人奉召赴京，作者对友人表示祝贺。下片赋惜别之情，但没有从正面着意，而是采取侧面烘托渲染，且文笔跌宕多姿。“车马”四句，点明了送别的场景，从侧面歌颂了友人政绩卓著，深得民心。“东风消息”暗示其此去春风得意，喜讯频传。“莫向”四句，言及自身，想象友人去后园庭空置的情景，只能以酒遣愁。

[词评]

此老自当兵十万，长安正在天西北……则铁心石肠发于词气间，凛凛也。盖其天才既高，如李白之圣于诗，无适而不宜，故能如此。

——魏庆之《诗人玉屑》

八声甘州

夜读《李广传》①，不能寐②，因念晁楚老、杨民瞻约同居山间③，戏用李广事，赋以寄之。

写作背景

这首词作于稼轩闲居带湖时期。汉“飞将军”李广的故事广为人知，在古代诗文中也多所咏及。辛弃疾的这首《八声甘州》，就是很有代表性的一篇。辛弃疾二十三岁时即起兵抗金，南归以后，其所到之处亦多有建树。但他为人刚正不阿，与投降派誓不两立，对贪官污吏也深恶痛绝，因此遭到朝中奸臣的忌恨，不仅不能实现恢复中原的抱负，反而遭受到各种打击，在年富力强的时候就被削除了官职。他的这种遭遇，与汉时名将李广确有相似之处。

[原词]

故将军饮罢夜归来，长亭解雕鞍④。恨灞(bà)陵醉尉，匆匆未识，桃李无言⑤。射虎山横一骑(jì)，裂石响惊弦⑥。落魄封侯事，岁晚田园⑦。　谁向桑麻杜曲，要短

衣匹马，移住南山。看风流慷慨，谈笑过残年[8]。汉开边、功名万里，甚当时、健者也曾闲[9]？纱窗外、斜风细雨，一阵轻寒。

［注释］

①《李广传》：指司马迁《史记·李将军列传》。李广是西汉名将，陇西成纪（今甘肃秦安）人。他经历了汉文帝、景帝、武帝三朝，英勇善战，用兵神速，屡败匈奴，被称为“飞将军”。武帝初，李广因作战失利，被废为庶人，闲居蓝田终南山。后跟随卫青出击匈奴，以迷路无功而受到指责，因不愿受到审讯愤而自杀。

②寐：入睡。

③晁楚老、杨民瞻：稼轩友人，生平不详。

④“故将军”二句：指李广止宿灞陵事。据《史记·李将军列传》（以下简称《传》），李广闲居终南山时，有一次深夜饮归，路经灞陵亭。恰亭尉醉酒，不准李广通过。随从说李广是“故将军”。亭尉曰：“今将军尚不得夜行，何况故将军。”故将军：过去的将军，即指免职后的李广。长亭：古时路旁供行人歇脚的亭子，此指灞陵亭。解雕鞍：卸下精美的马鞍，即指下马。

⑤“恨灞陵”三句：叹恨亭尉酒醉眼拙，不识英雄。灞陵：即霸陵，汉文帝陵墓，在今陕西省西安市东。桃李无言：谚语“桃李无言，下自成蹊”的省略语，意思是桃李虽然不会说话，但爱好者却纷至沓来，自会在桃李树下踩出一条小路。司马迁在《传》中用此民谚来赞美李广虽不善言辞，不喜表功，却得到天下人的敬爱。

⑥“射虎”二句：李广任右北平太守时，有一次在打猎的时候，将草中的一块巨石误认为猛虎，引弓劲射，箭进石中。突出了李广作为武将的神勇。一骑：单人匹马。裂石响惊弦：惊雷般的弦声响处，巨石迸裂。此处指神箭穿石而入。

⑦“落魄”二句：李广虽屡立战功却不能封侯，晚年一度赋闲于终南山。据《传》载，李广一生经历过大小七十余战，“自汉击匈奴，而广未尝不在其中”，堪称战绩卓著，但最终不能封侯。而他的部下“以击胡军功取侯者数十人”。

李广冥山射虎

⑧“谁向”五句：化用杜甫《曲江三章》诗意：“自断此生休问天，杜曲幸有桑麻田。故将移住南山边，短衣匹马随李广，看射猛虎终残年。”意谓不想终老田园，愿意跟随李广共住南山，在慷慨激昂的戎马生活中度过自己的晚年。桑麻：指种植桑麻的田园生活。杜曲：长安城南的名胜之地。短衣：指猎装。残年：晚年。

⑨“汉开边”二句：西汉是大丈夫建功立业的年代，何以英雄人物（指李广）还会赋闲在家？开边：指西汉的拓边政策。甚：因何，为什么。健者：勇健之人，指英雄人物。

［词解］

这首词借李广终生未能封侯的不平遭遇，抒发作者被弹劾罢官闲居的悲愤心情。辛弃疾在题语说“夜读《李广传》，不能寐”，可见他当时的情绪久久不能平静。后面说“戏用李广事”，只是寓庄于谐的说法罢了。

上片纯为叙述，前五句平叙李广生平之事，突出一个“恨”字。后二句陡起陡落，开阖有度。下片借事抒情，都是高昂之音，愿追随飞将军立功万里。继之，笔回意转，深深自问：英雄报国无门，自古而然，讽今甚明。结句寓情于景，化百炼钢为绕指柔，将慷慨悲壮之气融入风雨轻寒之中，确有含蓄之风。

本词开篇至“无言”数句写李广止宿灞陵事。这里特别突出“故将军”一语，以之居篇首，表现了作者对灞陵尉这样的势利小人的愤慨。同时，词中直接化用司马迁对李广的赞辞“桃李无言，下自成蹊”，表达了对李广朴实性格的赞赏。一褒一贬，爱憎分明。“射虎”二句写李广误以石为虎而射之的故事。单人匹马横山射虎，可见其一身胆气；弓弦响处而矢发石裂，可见其膂力之健。以李广如此英雄而被罢黜，又可见当时朝政之昏暗。辛词中“落魄”二句指李广终生未能封侯之事。才能不及李广者、资历不及李广者，甚至李广的很多部下都因为与匈奴作战而封了侯，唯有李广劳苦功高、英勇善战反而遭到罢黜，由此进一步说明朝政之黑暗。

与上片不同，词的下片专写作者自己的感慨。作者在题语云“晁楚老、杨民瞻约同居山间”，此处即化用杜甫诗句，以杜甫思慕李广之心，隐喻晁、杨与自己互相友爱，志同道合。与开头所写灞陵尉形成鲜明的对照。其中“看风流慷慨，谈笑过残年”一语，上应“落魄封侯事，岁晚田园”句，表现了作者宠辱不惊、无怨无悔的坚强自信。“汉开边、功名万里，甚当时、健者也曾闲”表面看来是自嘲之语，实则借汉言宋，感慨极深沉，讽刺极强烈。

具体说来，它有以下两层含义：一是西汉开拓边疆，号召立功异域，英雄如李广者本不应当闲居，然最终还是如此，可见邪曲之害公、方正之不容，古来即是如此，不必怨恨；二是汉时征战不休，英勇善战的李广都没有被起用，现在的南宋求和讳战，斥退抗金志士，更是理所当然的了。以上皆用反面意，实则是痛恨朝廷政治腐败，任用奸佞，排斥贤良，恐怕国势会更加衰弱。作者遭到罢黜，乃因奸佞之徒谗毁所致，用“纱窗外、斜风细雨，一阵轻寒”作结，隐喻这些人的阴险和卑劣,并以此点明题语所云“夜读”之句。“斜风”以示其谗毁之邪恶;“细雨”以示其谗毁之琐屑；又以“轻寒”以示其谗毁之虚弱。这样一来，便使其更有表现力。

临江仙

再用韵送祐之弟归浮梁[1]

写作背景

从小序可知，这首词应作于闲居带湖时期。

[原词]

钟鼎山林都是梦，人间宠辱休惊[2]。只消闲处遇平生，酒杯秋吸露，诗句夜裁冰[3]。　记取小窗风雨夜，对床灯火多情[4]。问谁千里伴君行？晓山眉样翠，秋水镜般明[5]。

吟诗劝酒

[注释]

①再用韵：稼轩作此词前已经有一首《临江仙》词“寄祐之弟”,此再用前韵赋之。祐之:辛祐之,稼轩的族弟,其余不详。浮梁:今江西省浮梁县。

②“钟鼎”二句：谓在朝在野都是一场梦，不要为宠辱得失而担心害怕。钟鼎：古时用的乐器和食器，上面或有记事表功的文字，意指在朝为官。山林：山石林泉，意指隐居生活。

③“只消”三句：谓但愿喝酒如秋天饮甘露一样甜美，吟诗如夜里赏雪一样意境优雅，从而悠闲地度过余生。

④“记取”二句：要记住我们俩在窗外雨潺潺的夜晚，点着油灯夜谈的兄弟深情。白居易《雨中招张司业宿》:“能来同宿否，听雨对床眠。”稼轩《鹊桥仙》词送祐之亦云:“小窗风雨，从今便忆，中夜笑谈清软。”

⑤“问谁”三句：问谁能够陪伴你走完千里的路程，只有那黛眉一样的青山和那明镜般的秋水。眉样翠：言山色青翠如黛眉。

[词解]

根据词里所表达出来的意思，祐之应当是政治上的失意者，所以稼轩于上片多作旷达之语，劝慰他不要太在意荣辱得失。起始二句，即安慰祐之：无论是在朝为官还是隐居山林，都是幻影梦境，不必太过在意。游山玩水，也未尝不是一桩乐事。“酒杯”一联，劝祐之吟诗饮酒以终老，畅慰平生。

下片描写两兄弟之间的感情，自然纯真，毫无造作之感。“记取”二句，是描写两人在风雨之夜，秉烛夜谈的场面，颇有“知音夜谈嫌夜短”的意味。结尾点出了送别题旨。青山绿水一路陪伴兄弟归去，既能体现兄弟间真挚的感情，又没有凄凄惨惨的感伤之情，自在洒脱，自是送别词中的佳作。

[词人逸事]

稼轩闲居带湖的时候，曾与族弟辛祐之同游，二人于途中痛饮，稼轩大醉，宿于崇福寺，辛祐之先归，稼轩醒后，作《临江仙》一首以寄之。其词如下：

莫向空山吹玉笛，壮怀酒醒心惊。四更霜月太寒生。被翻红锦浪，酒满玉壶冰。

小陆未须临水笑，山林我辈钟情。今宵依旧醉中行。试寻残菊处，中路候渊明。

鹧鸪天

写作背景

辛弃疾的族弟辛祐之于稼轩闲居带湖期间曾来探望他，二人同游山水，秉烛夜谈，十分欢畅，离别时稼轩曾以《临江仙》作别，别后不久稼轩因思念祐之，故作此词。

[原词]

木落山高一夜霜，北风驱雁又离行①。无言每觉情怀好，不饮能令兴味长②。　频聚散，试思量，为谁春草梦池塘③？中年长作东山帐，莫遣离歌苦断肠④。

[注释]

①“木落”二句：秋天高山上的树木经过一夜寒霜，树叶全都落了，呼啸的北风驱赶着大雁向南飞去，我和我的兄弟也离别了。驱雁又离行：暗喻兄弟离别。

②“无言”二句：回忆昔日相聚的欢乐情景。相对无言，不举酒杯，让人觉得情怀更好，兴味更长。

③“频聚散”三句：频繁的相聚离别，让人忍不住伤心思念，连梦中都在作诗吟诵此事。此用谢灵运事，正合思弟之意。《南史·谢惠连传》：“谢惠连十岁能属文，族兄灵运嘉赏之，云：‘每有篇章，对惠连辄得佳句。’尝于永嘉西堂思诗，竟日不就，忽梦见惠连，即得‘池塘生春草’，大以为工。”

④“中年”二句：中年以后常像谢安一样痛恨离别，不要让分别的诗词惹人伤心。东山：东晋谢安曾隐居于东山，后人以东山称之。

[词解]

稼轩与族弟辛祐之意趣相投，不忍分别，一旦离别即忍不住思念之情。此词即别后思念之作，抒发了词人对其族弟的思念之情。

上片“木落”二句，借景抒情，渲染了秋天凄寒愁苦的景象，又用“驱雁离行”暗喻兄弟之间的分别，让人难舍难离，可谓情景兼美。接下来的“无言”一联回忆弟兄昔日相聚时的欢乐情景，兄弟之间即使无言相对，无酒相陪，亦觉贴心、亲切。这二句对仗工稳，隽永脱俗，令人回味无穷。

下片选用典故，“为谁春草梦池塘”一句，以谢灵运思念族弟谢惠连入梦而得“池塘生春草”的佳句，来表明自己思念族弟之情，非常地贴切自然。因为词人与族弟也是频繁地聚散，相聚时总觉得时间过得太快，离别后则又忍不住思念。“中年”二句语意双关，将自己比作失意隐居东山的谢安，既点明了自己中年以后尤伤感于离别的题旨，又隐含着自己壮志未酬却被迫隐居、英雄无用武之地的感慨。

水龙吟

题瓢泉①

写作背景

辛弃疾闲居带湖时以其精明的头脑经营田产。他购买了一块土地，其中有泉名为周氏泉，稼轩购得后改其名为“瓢泉”，并在此营建住宅。后来辛弃疾再次罢官后即在此地居住。

[原词]

稼轩何必长贫，放泉檐外琼珠泻[②]。乐天知命，古来谁会，行藏用舍[③]？人不堪忧，一瓢自乐，贤哉回也[④]。料当年曾问：饭蔬饮水，何为是、栖栖者[⑤]？

且对浮云山上，莫匆匆、去流山下[⑥]。苍颜照影，故应零落，轻裘肥马[⑦]。绕齿冰霜，满怀芳乳，先生饮罢[⑧]。笑挂瓢风树，一鸣渠碎，问何如哑[⑨]？

[注释]

①瓢泉：《铅山县志》："瓢泉在县东二十五里，泉为辛弃疾所得，因而名之。其一规圆如臼，其一规直若瓢。周围皆石径，广四尺许，水从半山喷下，流入臼中，而后入瓢，其水澄可鉴。"

②"稼轩"二句：檐外有珍珠不停地滚落下来，又怎么能说我稼轩贫穷呢？放：此作"有"讲。琼珠：指泉水滚落下来时所形成的水珠。

③"乐天"三句：人应乐天知命，自古以来又有几个人知道"行藏用舍"的道理呢？乐天知命：《易·系辞上》："乐天知命故不忧。"行藏用舍：指出世入世之道。

清冽泉水

④"人不"三句：赞颂颜回虽贫穷却依然不改其乐。《论语·雍也》："贤哉回也，一箪食，一瓢饮，在陋巷，人不堪其忧，回也不改其乐，贤哉回也。"回：颜回字子渊，孔子的得意弟子，现在山东曲阜有颜庙。

⑤"料当年"三句：想必颜回当年曾向孔子发问：既以淡泊清贫为乐，又何必整日忙碌不停？饭蔬饮水：吃粗粮，喝冷水，即粗茶淡饭之意。语出《论语·述而》："子曰：'饭疏食、饮水，曲肱而枕之，乐亦在其中矣。"栖栖：忙碌状。

⑥"且对"二句：泉水不要急着流下山去，这样可以避免水变得浑浊。

⑦"苍颜"三句：以泉水为镜，看自己苍老的容颜；当年轻裘肥马的豪气已

经零落殆尽，想来这也是意料中的事情。轻裘肥马：《论语·雍也》：“赤之适齐也，乘肥马，衣轻裘。”后即指富豪之人。

⑧“绕齿”三句：喝了泉水后觉得唇齿间泉水的清凉依然还在，芳香满怀。

⑨“笑挂瓢”三句：可笑瓢竟因为发出声音而导致破碎，那还不如装聋作哑以保全自己。《逸士传》：“许由手捧水饮，人遗一瓢，饮讫，挂木上，风吹有声，由以为烦，去之。”

绕齿冰霜，满怀芳乳，先生饮罢

[词解]

这首词吟咏瓢泉，主旨就在一个“乐”字上。

上片起句即以“稼轩何必长贫，放泉檐外琼珠泻”来表明自己的乐观情绪，他并不担心归隐以后的清贫生活，甚至将瓢泉溅起的朵朵浪花比作琼玉珍珠，将其视为自己的财富，由此可见词人之高雅。“乐天知命，古来谁会，行藏用舍”，作者为自己能够以达观的心态看待人生而表示得意，因为他已经做到了“行藏用舍”，因而也就毫无遗憾。接下来词人又以安贫乐道的颜回自许，“一瓢自乐”意为其所居之地有如琼玉一般的瓢泉，生活虽然清苦，但是没有烦恼，也不用再为仕途的得失而忙碌奔波，多么悠闲自在。

下片是作者面对瓢泉产生的独特想法，“且对浮云山上，莫匆匆、去流山下”一句希望这泉水能够居于山中保持自己清冽的本色，而不要流下山去变得浑浊，寄托了自己绝不与污浊的官场同流合污的理想。“苍颜”三句，是作者以瓢泉为镜，看见自己衰老的容颜之后的感受，功名富贵如过眼云烟，人最终还是会变老，万事都成一梦。结句双关，“挂瓢风树”的瓢，既指饮水之瓢，又暗指瓢泉之瓢，点明了远离喧嚣的尘世以保持自己高洁品行的主旨。

[词人逸事]

由于主和派的不断排挤与打击，辛弃疾对朝政感到非常失望。在四十二岁时，辛弃疾到江西上饶一带闲居。他在郊外购置了一块土地，找人动工兴建了一座庄园，取名为“带湖新居”。后来，他又在铅山县东北处建筑了一座别墅，并为附近的一条清泉取了名字，即“瓢泉”。

满江红

中秋寄远[1]

写作背景

这首词作于闲居带湖时，时值中秋，词人因怀念远方的人，故作此词。

［原词］

快上西楼，怕天放浮云遮月。但唤取、玉纤横管，一声吹裂[2]。谁做冰壶凉世界，最怜玉斧修时节[3]。问嫦娥、孤冷有愁无？应华发[4]。　云液满，琼杯滑。长袖舞，清歌咽[5]。叹十常八九，欲磨还缺[6]。但愿长圆如此夜，人情未必看承别[7]。把从前、离恨总成欢，归时说[8]。

浮云遮月

［注释］

①寄远：向远方的人寄语。从词所表达的意思上看，这个远方的人很可能是作者曾经眷恋过的歌舞女子。借月抒怀，让我们想起了苏东坡的《水调歌头》，然苏词重哲理而抒手足之情，本词则重情致而发男女相思。

②“但唤取”二句：就请出美人吹笛，以吹散浓厚的浮云，唤出明月。此处暗用晏殊中秋赏月的故事。据叶梦得《石林诗话》载：晏殊留守于南郡，正好赶上中秋阴晦，晏殊心情郁闷，不欢而寝。部属王君玉向其呈诗曰：“只在浮云最深处，试凭弦管一吹开。”晏殊于枕上得此诗，阅之大喜。召客会饮，大奏乐。至夜分，月果出，于是

欢饮达旦。但：读平声。玉纤：洁白纤细，指美人的手。横管：笛子。

③冰壶：盛冰的玉壶。此喻月夜一片清爽。玉斧修时节：刚经玉斧修磨过的月亮，又圆又亮。据唐人《酉阳杂俎》载：传说月亮由七种宝石合成，表面凹凸不平，经常有八万二千名匠人手执玉斧将其修磨。

④“问嫦娥”二句：那月中嫦娥，是不是孤冷凄寂，愁绪不断，早生了白发呢？孤冷：即孤零。有愁无：有没有发愁？

⑤“云液”四句：回忆当年歌舞欢聚的情景。云液满：斟满美酒。琼杯：玉杯。咽：指歌声凄清悲咽。

⑥“叹十常”二句：可叹明月总是不尽如人意，十有八九都是缺月，月圆的时候太少了。

⑦“但愿”二句：但愿人间能够长如此夜，月圆人也圆，我想大家都不会有什么不同的看法吧。此化用“但愿人长久，千里共婵娟”。看承别：别样看待。

⑧“把从前”二句：把离愁化作长相厮守的欢乐。这种设想，等我回去后再慢慢对你说吧。

［词解］

这是一首中秋节怀念远方佳人的词。全词即景生情，情景交融，表达了中秋时节词人对那位佳人深切的思念之情。

上片“快上西楼，怕天放浮云遮月”，写早早地登上西楼等着月儿升起，主要是怕浮云遮蔽了月亮。结合上下片理解，此处名为盼月，实为盼人，浮云遮月象征着等不来远方之人的消息。接下来作者说请美人吹笛，以驱散乌云，此乃虚写，是想象之语。“谁做”数句，以自己内心所想来向月亮表示疑问，语意双关。从月亮写到人，从事物写到感情，为下片的过渡埋下了伏笔。

下片词人回忆过去与远方佳人的感情生活，那位红颜知己在觥筹交错间表演歌舞，使人顿生怜爱之心。以下责月、祈月，希望月儿长圆，不要让人们再受离别之苦，颇有苏东坡《水调歌头》（明月几时有）的意境。结句想象回去以后与佳人共诉衷肠的情景，不仅洒脱利落，而且更见其缠绵细腻的情怀。

鹧鸪天

送人①

写作背景

这首词作于闲居带湖时。

[原词]

唱彻《阳关》泪未干，功名余事且加餐②。浮天水送无穷树，带雨云埋一半山③。　今古恨，几千般，只应离合是悲欢④？江头未是风波恶，别有人间行路难⑤。

[注释]

①此为江上送人之作。

②“唱彻”二句：唱完一曲《渭城曲》，眼泪还是止不住地流出来，功名富贵只是一些不重要的事，还是多吃点饭，养好身体吧。彻：一曲终了。《阳关》：指王维的《渭城曲》，因有“劝君更尽一杯酒，西出阳关无故人”之句，后经乐工衍为三叠，亦称《阳关三叠》。功名余事：把功名看作不重要的事。加餐：多吃饭，养好身体。

③“浮天”二句：写送友远去之景，岸边的树随着江水逐渐伸向远方，远山却被浓云掩去了一大半。浮天水：远远的天边连着不断浮动着的江水。带雨云：挟带雨水的云彩，下雨之前的浓云。

④“今古”三句：从古到今愁绪有很多种，不只有离合才是悲欢的全部内容。“离合悲欢”并举，实是强调“离悲”的一面。

⑤“江头”二句：江里的风波谈不上险恶，看着人间世事的艰辛，那才叫艰难呢。乐府杂曲有《行路难》，备述世路艰难，今不存。鲍照有《拟行路难十八首》，咏人世间的种种忧患，寄寓悲愤。

[词解]

这首词是作者中年时的作品。那时作者已经在仕途上经历了很多挫折，因此本词虽为送人而作，但是表达的却是世路艰辛之感。如果单单是送别，以辛弃疾的英雄豪气，是不会带给他这样的伤感。他平日对仕途、世事的感慨一直郁积在心中，恰巧由于送别这件事的触动，使之喷薄而出。把功名看成身外“余事”，是对南宋朝廷向金政权屈膝投降的不满，是自己壮志难酬，而被迫退隐，由此产生的消极的愤激之

江头风波

辞；“且加餐”借用《古诗十九首》中“弃捐勿复道，努力加餐饭”两句的意思，也是愤激之语。“浮天水送无穷树，带雨云埋一半山”写送别时翘首遥望之景，用笔浑厚，而且天边的流水远送无穷的树色，和设想别后的行程有关；雨中阴云埋掉一半青山，和联想正人君子被奸邪小人打击、压制有关。两种不同的思想感情，不但联系紧密，而且含蓄不露，富有余韵。

上片写送别，下片抒情本应该是以“别恨”为主调的，但是作者笔锋一转，说今古恨事有很多种，又岂止离别这一种？用反问语气，比正面的判断语气更富有激情。作词送人却说离别并不是唯一可悲可恨的事，从而显示出词的思想感情将有进一步发展。紧接着下文便道出他的心声：“江头未是风波恶，别有人间行路难。”出门远游，最怕路上多险阻，但作者认为生活的道路比它更险恶。那就是存在于人与人的争斗中的无形的“风波”；它使人畏，使人恨，又甚于一般的离愁别绪。作者的一生志在恢复中原，并且刚直不阿，多得罪投降派和豪强富家，所以屡次被劾去官。如在湖南安抚使任内，他筹建“飞虎军”，后来在两浙西路提点刑狱公事任内，即因此而被劾罢官。这正是人间社会中“风波恶”的明显例证。作者所写词的最后两句，包含了更多的伤心经历，展示了更广阔、更令人惊心动魄的艺术境界，情已淋漓，语仍含蓄。这首小令，篇幅虽短，但是包含了广阔深厚的思想感情，它的笔调深浑含蓄，举重若轻，不见用力之迹而力透纸背，显示了辛词的大家风度。

[词评]

情以景幽，单情则露；景以情妍，独景则滞。

——沈雄《古今词话》

言情之词，必藉景色映托，乃具深宛流美之致。

——吴衡照《莲子居词话》

英雄感怆，有在长情之外。

——刘辰翁《辛稼轩词序》

鹧鸪天

代人赋①

写作背景

此闲居带湖之作。题曰“代人”，实是情有所属。

[原词]

晚日寒鸦一片愁，柳塘新绿却温柔[2]。若教眼底无离恨，不信人间有白头[3]。　　肠已断，泪难收，相思重上小红楼[4]。情知已被云遮断，频倚阑干不自由[5]。

[注释]

①代人：替某人写词。

②“晚日”二句：傍晚寒鸦的叫声惹来一片愁绪，而池塘边柳树新发的嫩芽却让人感到一片浓浓的春意。温柔：指新绿的柳枝让人感到温暖。

③“若教”二句：如果眼前没有了离别的愁苦，人们也不会因此而白头。白头：指因为离愁而使头发变白。

④“肠已断”三句：愁肠寸断，眼泪难收，因为相思而再次登上那座小红楼。

⑤“情知”二句：明知道自己的思念会被彩云遮断，仍然不由自主地登上高楼倚着栏杆眺望。不自由：不由自主。

[词解]

这首词是代人捉刀之作，时至今日，已经无法弄清词人是代谁而作。但从本词的字里行间中可以得知词中的主人公应是一个充满着“离愁”与“相思”的女子。上片写景，“柳塘新绿”，点明了早春时令；“晚日寒鸦”，则点明了傍晚的具体时间。借春日傍晚的落寞景象引起对旧人的怀念之情，“晚日”让人很容易就会产生迟暮之感，“寒鸦”又易让人产生一种不安、烦躁的心情。接下来“若教眼底无离恨，不信人间有白头”两句，紧承上文中的“一片愁”，既是假设，也是深沉的感叹。“不信人间有白头”是以“眼底无离恨”为前提的，而现实情况则是“眼底”充满了“离恨”，“人间”也就只能“有白头”了。此乃以委婉曲折的方式强调“离恨”之伤人，竟会使人“白头”。作者用一正一反两种手法，使主人公的愁思郁积心中，只待喷薄而出。

遥望寄思

下片主人公的愁思进入到另一个层次，

将概括描写的离愁变为具体的动作，这是对主题的深化。“肠已断，泪难收，相思重上小红楼”，就是一个具体的行为，即写女主人公的离别之恨、相思之深。她柔肠寸断，粉泪难收，只得“重上小红楼”，回忆昔日与情人携手并肩、卿卿我我的甜蜜时光，幻想着心上人可能会在楼上出现。结尾的“情知已被云遮断，频倚阑干不自由”，进一步表现出了主人公的痴情。她心里十分清楚，自己的视线会被青山白云遮断，无法看到心上人，但是对情人的思念却使她不能自已，因此她一而再、再而三地去登楼倚着阑干远望，令人感叹！这首词十分细腻地描写出主人公在痴情中身不由己的样子，使其内心的离愁不言自明。

[词评]

以乐景写哀，以哀景写乐，一倍增其哀乐。

——王夫之《姜斋诗话》

定风波

暮春漫兴①

写作背景

此词作于稼轩闲居带湖时。

[原词]

少日春怀似酒浓，插花走马醉千钟②。老去逢春如病酒，惟有，茶瓯(ōu)香篆(zhuàn)小帘栊(lóng)③。　　卷尽残花风未定，休恨，花开元自要春风④。试问春归谁得见？飞燕，来时相遇夕阳中⑤。

[注释]

①漫兴:随心所欲，兴至之作。暮春小唱，壮士迟暮。上情下景，情景交融。

②“少日”二句：少年的时候喜欢饮浓酒，经常于醉酒之后头插鲜花骑马狂奔。少日：年少的时候。钟：酒杯。

③“老去”三句：年纪大了以后也就对感情看得淡了，唯有在饮茶焚香中度过时光。茶瓯:茶壶。香篆:一种像篆字形的盘香。帘栊:挂着帘子的窗户。

④“卷尽”三句:不要怪春风把花都吹谢了，要知道花开也是被春风吹的。

元自：原来就，本来就。

⑤“试问”三句：春天过去的时候有谁能看见，大概也只有归巢的燕子在夕阳中曾经见过。

卷尽残花风未定

[词解]

这首词是词人面对暮春景象的抒怀之作，表现出很强的哲理性。

上片起句即描写了年少时的得意狂态：头插鲜花，骑在马上大醉而归，颇有孟郊“春风得意马蹄疾，一日看尽长安花”的架势。但是这只是为了反衬年老后春意萧索而作，词人正是将春天花开和花谢的两个阶段比作了人生的少年和老年阶段。词人用鲜明的对比、生动的意象写出了人生不同阶段的不同心境，体现出极高的艺术价值。

下片描写了风卷残花的萧索凄凉的景象，词人却以“休恨”开导读者：“花开元自要春风”，因果相连，是大自然的造化规律，本不必去为之伤感，哲理性也表现了出来，也体现出词人旷达的心态。结尾说春归本无迹可寻，但燕子却在归来时的夕阳中与之相逢，因而在怅惘情绪中又有了一丝欣慰的感觉。

临江仙

探梅①

写作背景

此闲居带湖之作。

[原词]

老去惜花心已懒，爱梅犹绕江村②。一枝先破玉溪春，更无花态度，全是雪精神③。　剩向空山餐秀色，为渠著句清新④。竹根流水带溪云。醉中浑不记，

归路月黄昏[5]。

[注释]

①探梅：探访梅花，观赏梅花。

②“老去”二句：老了以后惜花的心思变淡，但是我喜欢的梅花却依旧围绕着江村。心已懒：兴致已经衰退。

③“一枝”三句：溪边的一枝梅花预示着春天的到来，它带着傲霜耐雪的神韵，全无那种柔弱之花的样子。玉溪：谓溪水像美玉一样晶莹剔透。

④“剩向”二句：将目光都投向青山，饱览秀色，为梅花作出清新的诗句。剩向：都向。餐秀色：秀色可餐，赞美妇女容貌之美，也可用以形容山河秀丽，此取后意。著句：书写诗句。渠：他（方言），此处指梅花。

⑤“竹根”三句：因贪恋梅花而忘记了回家，不知不觉喝醉，直到明月升起，却又迷失了归路。浑：全。

[词解]

这首词咏梅花，紧紧扣住词前序言中的“探”字。

上片欲扬先抑，词人先写自己的惜花之心日渐疏懒，这样的话，应该无论什么花作者都不喜欢；但是下句一转，又说自己独爱那围绕江村而生的梅花，从而将梅花抬到了高处。同时也吸引了读者的注意力，使大家奇怪词人为什么会这么说？接下来词人向大家解释了原因：那是因为梅花先开于其他的花，是报春的使者，更兼其冰清玉洁、傲雪迎寒。既赞梅花之可爱，又暗喻有着梅花一样高洁品质的人，那么这个人是谁呢？当然就是词人自己了，同时讽刺世俗之人随波逐流、趋炎附势的丑态。下片作者因爱梅而为之创作符合其高洁特点的清新诗歌，诗人探梅之时，“流水带溪云”；酒醉回家时，已经是“月黄昏”了，可见词人流连徘徊时间之久，对梅花喜爱之深。全词借咏梅而写人，实际上表达了词人对梅花高洁品质的向往之情。

[词评]

稼轩不平之鸣，随处辄发，有英雄语，无学问语。

——周济《介存斋论词杂著》

清平乐

村居[1]

写作背景

此闲居带湖之作。

[原词]

茅檐低小，溪上青青草。醉里吴音相媚好，白发谁家翁媪(ǎo)[②]？　大儿锄豆溪东，中儿正织鸡笼，最喜小儿亡(wú)赖[③]，溪头卧剥莲蓬。

[注释]

①村居：在乡村居住时见到的景象。

②“醉里”二句：作者在酒醉中忽然听见悦耳的吴地口音，看见一对白发夫妇正坐在一起聊天。吴音：吴地口音，信州旧时属吴地，故称吴音。相媚好：互相逗乐玩笑。媚好：双关语，又指吴地口音柔婉悦耳。翁媪：老翁、老妇。

③亡赖：原意无聊，无所事事，此处引申为顽皮、好动。《汉书·高帝纪》注云：“江淮之间，谓小儿多诈、狡狯为亡赖。”亡，音义同“无”。

[词解]

作者在这首词中采用白描手法，描绘了一幅快乐的农家生活场景。作者眼中所见，清丽脱俗；耳边所闻，甚有情趣。上片头二句点明了环境和地点，描写一个五口之家，居住于旁有潺潺溪水的矮小茅屋。溪边满是碧绿的青草。作者用极简洁的两笔，把由茅屋、小溪、青草构成的环境描绘得清丽脱俗。三、四句描写了一对满头白发的老夫妻，一边喝酒，一边亲热地坐在一起聊天，这两句语言平淡，却把那种悠然自得的老年夫妻的幸福生活，形象地描绘了出来。

下片四句，描写的是老夫妇的三个儿子各司其职的情态。大儿子是主要劳动力，所以在溪东的豆地里锄草。二儿子年纪尚小，干不了重体力活，所以在家里编织鸡笼。三儿子的形象最惹人疼爱，他不谙世事，只知调皮玩耍，此时正躺卧在溪边剥吃莲蓬。这几句通俗易懂，却将人物形象刻画得极为鲜明。“亡赖”，通“无赖”，就是顽皮，是作者以贬寓褒的称呼。加上那个形象生动的“卧”字，更突出了小儿子的天真、活泼、顽皮，使人物形象跃然纸上。以上这些都是词人在醉后信手拈来，寓情于景。与其说作者是醉于酒，不如说是醉于心，正所谓“醉翁之意不在酒”也。

蝶恋花

戊申，元日立春[1]，席间作

写作背景

本词作于淳熙十五年（1188）立春日，稼轩正闲居带湖。

这首词作于宋孝宗淳熙十五年戊申正月初一，这天恰好是立春，大家都忙着庆祝双喜临门。尤其是年轻人，更加兴高采烈，欢迎着到来的新春。但是，热闹的场景，对于长期罢官闲居、壮志难酬的辛弃疾来说，无疑是别有一番滋味在心头。看着这一派歌舞升平的气象，辛弃疾却怎么也高兴不起来，因为这触发了他的忧国忧民之情。这一年他已经四十九岁了，他南渡归宋也已经整整二十七年了。二十七年来，他无时无刻不在盼望着收复中原的大业能够成功，可是无情的现实却让他一次次失望。于是，他在春节的筵席上写下这首小词，借春天花期没有定期的现象，委婉地表达了自己对国家的未来、对人生的忧虑。这也是辛词的一个特点：擅长以比兴之体寄托政治感慨。

［原词］

谁向椒盘簪(zān)彩胜[2]？整整韶华，争上春风鬓[3]。往日不堪重记省，为花长把新春恨[4]。　　春未来时先借问，晚恨开迟，早又飘零近[5]。今岁花期消息定，只愁风雨无凭准[6]。

［注释］

①元日立春：农历正月初一恰好又是节气立春这一天。

②“谁向”句：是谁将椒盘中的彩胜戴在了自己的头上。椒盘：古时习俗正月初一日用盘进椒，喝酒时则把椒放进酒中，故称椒盘。簪：妇女束发用的簪子，此作动词，插戴。彩胜：即幡胜，宋代士大夫家于立春日多剪彩绸为春幡，或插于妇女鬓发之中，或用以点缀花枝。

③“整整”二句：一年的春光，都在这一刻体现出来。因初一是立春，也就是说这个春天一天都不少，所以说整整。韶华：美好的春光。春风鬓：春风吹拂中的鬓发。

④“往日”二句：昔日的欢乐不堪回首，现在却又因为怜惜春花而生愁。记省：记忆。

⑤“春未”三句：往年春天还未来到时，就先问花期。如果晚了，就会恨花开得太迟；如果早了，又怕花凋零得过早。

⑥“今岁”二句：今年花开的日期能够确定下来，就怕那风雨不定而延误了花时。

［词解］

椒盘彩胜，点明了节气时令，又写出了少年的快乐情景。由簪彩胜而春上鬓发，描写动人。描摹儿女之乐，意在衬托自身之悲。下片三句刻画怜花惜花的心理，细致入微。结尾上句照应题旨，下句却又转出新愁，怕风雨无凭，误了花期。比兴寄托，忧国忧时。

这首词的开篇通过节日里其他人欢闹而自己兴味索然的对比，表达了自己与众不同的感伤情怀。接下来笔锋一转，说明自己并不是不喜欢春天，不热爱安定和平的生活，而是痛感美好的生活对于自己早已成为遥远的回忆。然后，作者从“恨”字说起，写出了自己对“花期”的担忧和不信任。这种“恨”，是爱极盼极所生之恨。作者表面写的虽是自然界的东西，实际上是在曲折地表达对理想中的事物又盼望、又怀疑、又担忧，最终还是热切盼望的矛盾复杂的心情。这件事就是抗金复国这一伟大事业！

所谓“花期”，即是作者时刻挂念的南宋不再偏安江南，决定北伐、恢复中原的日子。就在两个月前，宋高宗赵构死了，这对于恢复大业也许是一个转机。可是下一任皇帝宋孝宗却无心北伐，赵构刚死，他就下令皇太子赵惇“参决国事”，准备将皇位传给太子，自己则当太上皇享清福。由此看来，“花期”仍无确切的日期，“风雨”也难预料。此词通篇有比有兴，含而不露，十分贴切地表达出了他在政治上的感受和个人遭遇上的愁苦复杂心情。

［词评］

稼轩《蝶恋花》（元日立春）云：“今岁花期消息定，只愁风雨无凭准。”盖言荣辱不定，迁谪无常。言外有多少哀怨，多少疑惧。

——陈廷焯《白雨斋词话》

［词人逸事］

辛弃疾的妻子就是著名的抗金志士范邦彦的女儿。范邦彦起义南归之后，定居于京口，辛弃疾曾为范邦彦的妻子，也就是自己的岳母做过两首寿词，一为《临江仙》，一为《鹊桥仙》。范邦彦的儿子范如山，长稼轩十岁，与他惺惺相惜，交往甚为密切，辛弃疾曾因范宅植有文官花而借景抒情，题赠范如山《水龙吟》词一首，表达了南归后壮志难酬的心境。该墨迹由范家后人世代珍藏，成为范家的传家之宝，范如山的儿子范炎，既是辛弃疾的内侄，后来又成了他的女婿。

水调歌头

送郑厚卿赴衡州①

写作背景

本词作于淳熙十五年（1188），当时辛弃疾闲居带湖。根据小序可知，此词为作者送友人赴衡州任职所作。

［原词］

寒食不小住，千骑（jì）拥春衫②。衡阳石鼓城下，记我旧停骖（cān）③。襟以潇湘桂岭，带以洞庭青草，紫盖屹西南④。文字起《骚》《雅》，刀剑化耕蚕⑤。　看使君，于此事，定不凡⑥。奋髯（rán）抵几堂上，尊俎（zǔ）自高谈⑦。莫信君门万里，但使民歌五袴（kù），归诏凤凰衔⑧。君去我谁饮，明月影成三⑨。

［注释］

①郑厚卿：辛弃疾的朋友，疑即郑如崈（同"崇"）。据《衡州府图经志》："郑如崈，朝散郎，淳熙十五年四月到，绍熙元年正月罢。"衡州：在今湖南省，以衡山而得名，治所在衡阳。

②"寒食"二句：是说朋友在寒食节也没有住下来，匆匆赶往衡州。寒食不小住：用晋人帖语。千骑拥：被千骑人马簇拥着。春衫：春装，说明了郑厚卿的赴任季节。

③"衡阳"二句：我也曾在石鼓山和衡阳城这些地方暂驻。淳熙六年（1179），辛弃疾曾担任湖南转运副使和湖南安抚使，衡阳是其属地，他经常视察这些地方。石鼓：山名，在衡州城东三里。骖：古时指驾在车两旁的马，这里泛指车马。

④"襟以"三句：言衡阳一带风景秀丽，地势险要。襟、带：以……为

潇湘美景

襟带（衣襟、衣带），形成交错回环之势。潇湘：潇水、湘水。桂岭：亦名香花岭，在今湖南临武县北。洞庭、青草：湖名。张舜民《南迁录》："岳州洞庭湖，南名青草，北名洞庭，所谓重湖也。"紫盖：山峰。据《荆州记》和《长沙记》，紫盖是衡山七十二峰中最秀丽、最高大的一座山峰。

⑤"文字"二句：希望友人到任后能注重教化，关心农事。《骚》《雅》:《离骚》和《诗经》中的《大雅》《小雅》（合称"二雅"），代指传统文化。"刀剑"句：铸剑为犁，从事农业，耕田养蚕。《汉书·龚遂传》说："龚遂劝齐民勤务农桑，民有带持刀剑者，使卖剑买牛，卖刀买犊。"

⑥"看使君"三句：借用谢安语（"使君于此下凡"），称颂友人的政治才干。使君：汉代以后对州郡一级官吏的尊称，在此处指友人郑厚卿。

⑦"奋髯"二句：下定决心整顿吏治，坚决果断而又不慌不忙。奋髯抵几：由于情绪激动而使胡子颤动，并拍案而起。《汉书·朱博传》载，朱博刚刚就任琅琊太守，手下的人都怠惰称病。朱博奋髯抵几曰："观齐儿欲以此为俗（风气）耶！"俎：古代宴会时放肉的器物，这里"尊俎"指代酒和食物。

⑧"莫信"三句：不要说入朝为官遥遥无期，只要你政绩卓著，即可奉诏入京。民歌五袴：据《后汉书·廉范传》载，蜀郡按旧例，为防止火灾，禁民夜作。廉范（字叔堂）任蜀郡太守后，撤销旧例，只是严令储水以防火。人民因此作歌颂之曰："廉叔堂，来何暮。不禁火，民安作。昔无襦（短衣），今五袴。"后来就以"五袴"称颂官吏。归诏凤凰衔：凤凰衔来召归的诏书。

⑨"君去"二句：感慨友人这一离开，就没有人和自己一起喝酒了。我谁饮：即我与谁饮，或谁与我饮。"明月"句：化用李白《月下独酌》诗句："举杯邀明月，对影成三人。"

［词解］

这首送别之作一气呵成，气势雄壮，不失辛词豪放的本色。

开篇点题，客留不住，匆匆而别，"寒食""春衫"点明了送别的时间。"衡阳……西南"描绘的是衡阳的景色，作者曾在那里为官，因此对此地非常熟悉。

“文字起《骚》《雅》，刀剑化耕蚕”句是想象友人到任以后政绩不凡，教化地方，将衡阳治理得安定和睦，不再有争斗之事。下片起句，表明作者对友人极有信心，既是对友人的鼓励，也是对友人才干的肯定。“奋髯……凤凰衔”几句，是想象友人逍遥自在，无为而治的欢快场景，预祝友人因此能得到朝廷的赏识，青云直上，发挥更大的作用。末句惜别，词人哀叹无人与自己共饮，只能举杯邀明月。

这首词中间部分层层铺叙，或描画壮美山川，或赞颂友人高才，或预祝诏书早降，都是在勉励友人教化地方，劝课农桑，赏罚明确，兴利除弊，为百姓造福。并不是词人一味地奉承友人，而是将自己忧国爱民之情蕴含其中，这种胸怀，是很值得我们学习的。

[词评]

稼轩负高世之才，不可羁勒，能于唐宋诸大家外，别树一帜。自兹以降，词遂有门户主奴之见。而才气横溢者，群乐其豪纵而效之。乃至里俗浮嚣之子，亦靡不推波助澜，自托辛、刘，以屏蔽其陋，则非稼轩之咎，而不善学者之咎也。即如集中所载《水调歌头》（长恨复长恨）一阕，《水龙吟》昔时曾有佳人一阕，连缀古语，浑然天成，既非东家所能效颦，而《摸鱼儿》《西河》《祝英台近》诸作，摧刚为柔，缠绵悱恻，尤为粗犷一派，判若秦越。

——冯煦《蒿庵论词》

满江红

饯郑衡州厚卿席上再赋

写作背景

此词作于淳熙十五年（1188）。因为友人郑厚卿要到衡州赴任，作者设宴为其饯行，席间作了前面那首《水调歌头》，然而词人觉得意犹未尽，于是又作了这首《满江红》，所以题目中有“再赋”二字。

[原词]

莫折荼蘼（tú mí），且留得一分春色①。还记取，青梅如豆，共伊同摘②。少日对花昏醉梦，而今醒眼看风月③。恨牡丹，笑我倚东风，头如雪④。　榆荚阵，菖（chāng）蒲叶。

时节换，繁华歇[5]。算怎禁风雨，只因鶗（tí）鴂（jué）[6]！老冉冉兮花共柳，是栖栖者蜂和蝶[7]。也不因春去有闲愁，因离别[8]。

［注释］

①“莫折荼蘼”二句：不要折那荼蘼花，暂且留下一点象征春天的景物吧。荼蘼：又作“酴醾”，一种植物，春末夏初开花。苏轼《杜沂游武昌以酴醾花菩萨泉见饷二首》一开头便说：“酴醾不争春，寂寞开最晚。”

②“还记取”三句：我还记得青梅如豆的时节，我和你一起采摘的情景。青梅如豆：化用欧阳修《阮郎归》：“青梅如豆柳如眉，日长蝴蝶飞。”

③“少日”二句：年轻的时候对着花朵就像酒醉入梦一样，如今看着这春天的风光却十分清醒。风月：清风明月。

④“恨牡丹”三句：可恨那在春风中盛开的牡丹，竟笑我满头白发。

⑤“榆荚”四句：榆荚和菖蒲随着季节的变化而变化。

⑥“算怎禁”两句：算来怎能经得起风雨，经得起那鶗鴂一声声的鸣叫！鶗鴂：或作啼鴂，又名杜鹃、子规，在初夏时经常鸣叫。《离骚》云：“恐鶗鴂之先鸣兮，使夫百草为之不芳。”张先《千秋岁》云：“数声鶗鴂，又报芳菲歇。”姜夔《琵琶仙》云：“春渐远，汀洲自绿，更添了几声啼鴂。”

⑦“老冉冉”二句：百花与柳树都慢慢地变老了，只有蜂蝶依旧忙忙碌碌的。栖栖者：忙忙碌碌的人。出自《论语》：“微生亩谓孔子曰：‘丘，何为是栖栖者与？无乃为佞乎？’孔子曰：‘非敢为佞也，疾固也。’”

⑧“也不因”二句：我并不是因为春天过去了而生愁，而是因为离别产生的愁绪。

暮春景色

［词解］

这首饯别词与前面的一首《水调歌头》是辛弃疾在为郑厚卿的饯行酒席时所作，此词与上一首毫无雷同之感，且别有新意。词人以奇特的构思，选取了一个颇为新颖的角度，对饯行只字未提，更谈不上离愁别绪，而是着重写了暮春的景色，借景抒情，表达了惜春、送春、伤春的深沉感慨。等到结句一出，才令人感觉之前所写的一切都与离别相关，并且寓意深广，远远超出了送别的范围。

上片开头点明了时令，作者以劝阻的口气写道："莫折荼蘼！"好像有人要折荼蘼花，并且折断以后就会产生严重的后果似的。作者这样写的目的就是要"留住"最后"一分春色"。接着以"还记取"领起，追溯了"青梅如豆，共伊同摘"的往事。

下片时空转换，描写作者与友人共摘青梅之后又看见了牡丹盛开、榆钱纷落、菖蒲吐叶的情景，下片时空转换，描写时间不断向后推移，如今却是繁华落尽，只剩下几朵荼蘼了！即使"莫折"，但是阵阵的风雨，一声声鶗鴂的叫声，似乎是将最后一分春色也送走了。表明了作者对那残存的"一分春色"的无限担忧，与开头遥相呼应。

接着写"花"与"柳"都已老去，他们不再"笑我"，可是我也变得更加老了，就像那飞来飞去的蜜蜂和蝴蝶一样忙忙碌碌。此处作者运用《论语》中的典故，无疑是包含着深意的。结句作者笔锋突然一转，写了"也不因春去有闲愁，因离别"，点明作者产生愁绪的原因是由于离别。

作者一生力主抗金，并向朝廷提出了一套抗金的方针和措施，可是由于投降派把持着朝政，对主战派进行打击压制。他对于腐败的朝政和误国的奸臣感到深深的痛心，金兵的侵略日益猖獗，而自己却报国无门，虚度年华。作者在这首词中将"春去"与"离别"结合起来，将国家的现状与未来，个人的希望与失望，都表现得淋漓尽致。

沁园春

戊申岁[1]，奏邸忽腾报，谓余以病挂冠，因赋此[2]

写作背景

写作时期同上。稼轩于淳熙八年（1181）冬被劾罢官，到作此词时已隐居上饶达七年之久，忽然从朝中传来辛弃疾"以病挂冠"的消息，真是令人哭笑不得，稼轩愤而生慨，因有此作，以明是非。

［原词］

老子平生，笑尽人间，儿女怨恩[3]。况白头能几，定应独往；青云得意，见说长存[4]。抖擞衣冠，怜渠无恙，合挂当年神武门[5]。都如梦，算能争几许，鸡

晓钟昏[6]。　　此心无有亲冤，况抱瓮、年来自灌园[7]。但凄凉顾影，频悲往事；殷勤对佛，欲问前因[8]。却怕青山，也妨贤路，休斗尊前见在身[9]。山中友，试高吟楚些，重与招魂[10]。

［注释］

①戊申岁：即淳熙十五年（1188）。

②“奏邸”三句：负责管理奏章的官邸突然传出我因病罢官的消息。邸报：宋朝进奏院每天都发布朝廷官员升迁罢黜调任消息的政府通报，全国各州郡监司均可知晓。其定本一般须经朝廷执政大臣的审阅方能通报四方。由于南宋官场派系斗争激烈，一些当权者经常自编自印一些小报与邸报夹杂流传使其真伪难辨，并以此作为他们排除异己的一种手段。

③“老子”三句：言自己平生不会计较儿女恩怨。意谓不在乎是被劾居家，或者是称病隐退。

④“况白头”四句：何况我年纪已经很大，也理应退隐；荣华富贵，不一定就能长存。能几：能存在几天。独往：单独离开，指退隐。《庄子·在宥》：“出入六合，游乎九州，独往独来，是谓独有。”青云得意：指仕途平步青云。

⑤“抖擞”三句：检视官服，庆幸没有损坏，自己理当急流勇退，及时辞官归隐。《南史·陶弘景传》说，陶弘景擅长琴棋书画，年少时，就官至诸王侍读。他虽名高位显，却长期闭门谢客。后来将官服挂于神武门，辞官而去。怜：爱怜。渠：代词，指官服。无恙：指官服完好无损。

归隐逸趣

⑥“都如梦”三句：一切就像梦一样，算起来能差多少时间呢？意谓即使奏邸给自己延长了七年“官龄”，又有什么用呢？争几许：争得多少。鸡晓钟昏：喻一早一晚，代指时间。

⑦“此心”二句：我的心境平和，没有什么亲怨的区分，况且我都已经过了这么多年的隐居生活了。无有亲冤：《五灯会元》：“佛教慈悲，亲怨平等。”抱瓮、灌园：指田园生活。《庄子·天地》说，子贡路过汉阴，看见一位老人在菜园里“抱瓮而出灌”，用力不少而功效不大。瓮：瓦盆、

瓦罐。

⑧“但凄凉”四句：我罢官归隐以后，经常怀念往事，有时看到自己形影相吊的样子就感到很凄凉；有时则潜心礼佛，反思自己遭祸的原因。频：频繁，屡屡。前因：佛教用语。佛教以为凡有后果，必有前因。这种因果报应，总是不断地循环。

⑨“却怕”三句：看来我虽然已经归隐，还是会对别人有所妨碍。这样我也就很难超然物外饮酒自娱。青山：喻自己的归隐生活。贤路：指朝中“贤人”的升迁之路。休斗尊前见在身：牛僧孺《席上赠刘梦得》：“休论世上升沉事，且斗尊前见在身。”此反用其意，是说朝廷里有些人不让自己过快乐的生活。斗：这里有“受用”之意。见：同“现”。

⑩“山中友”三句：既然奏邸这么说，那就只好劳烦归隐的朋友再次吟诵《楚辞》，为我重新招魂。楚些：即指《楚辞》。招魂：《楚辞》有《招魂》，此借喻招魂归田园。

［词解］

词人在这首词中表现出来的感情比较复杂：既对邸报虚假信息有愤慨之情，又甘愿终老田园；既“频悲往事”，又“殷勤对佛”；既愤世嫉俗，又忧谗畏讥。

上片发端词人即以“老子平生”等三句表明自己并不在乎被弹劾罢官，接着又说荣华富贵未必能够长存，老后去职亦属常事，言谈之中对自己的现状似乎很是满足。然而仔细体会，却不难发现，这些话中是含有一些怨愤之情的，只是表现得不明显罢了。接着作者对朝廷邸报的错误进行了更正，说明自己早在七年以前就已经被罢官了，按邸报所说，等于又给自己延长了七年“官龄”，这又有什么用呢？讽刺愤慨之意，不言自明。

下片写自己的隐居生活。作者先说自己早已无亲怨之心，又说已经习惯了隐居的生活。这些年来殷勤礼佛，只是偶尔会想起往事而觉得有些凄凉之感。“却怕青山，也妨贤路，休斗尊前见在身”是词人忧谗畏讥之语。自己虽然隐居多年，但是朝廷中那些小人依然不肯放过他，使他心生忧惧。这也是辛弃疾此时内心感情的真实流露，因为他已经对朝廷的腐败和黑暗有了透彻的了解，他的心里也没有完全放弃报国之志，但是仕途艰险，词人的心情很复杂。结尾以友人重赋《招魂》做结，是对奏邸误报的无奈之语。

［词评］

先生落职，本缘被劾，而邸报误为引疾。词中“笑尽儿女怨恩”“此心无有亲冤”，谓胸中绝无芥蒂，被劾与引退原可视同一律也。“白头能几，定应独往”，“怜渠无恙，合挂当年神武门”，言早当勇退，不必待劾也。“都如梦，算能争几许，鸡晓钟昏”，言奏邸竟为我延长若干年做官生涯，然所差能几，不足较也。“抱瓮年来自灌园”，“凄凉顾影，频悲往事”，此明是罢斥后情状，若犹在官，安得有此语。“却怕青山，也妨贤路”，即言忧谗畏讥，恐虽山居犹不免物议也。“山中友重来招魂”，言本已罢官，奏邸又为我再罢一次，山友不妨再赋《招隐》也。

——梁启超《辛稼轩先生年谱》

贺新郎

陈同父自东阳来过余①，留十日，与之同游鹅湖，且会朱晦庵于紫溪②，不至，飘然东归③。既别之明日，余意中殊恋恋，复欲追路，至鹭鹚林，则雪深泥滑，不得前矣。独饮方村，怅然久之，颇恨挽留之不遂也④。夜半投宿吴氏泉湖四望楼，闻邻笛悲甚，为赋《乳燕飞》以见意⑤。又五日，同父书来索词，心所同然者如此⑥，可发千里一笑。

写作背景

此词作于淳熙十五年（1188）。这年冬天，作者的好友陈亮从浙江东阳（今属浙江金华）赶赴江西探望他，并与他共商恢复大计，还寄信邀请另外一位朋友朱熹到紫溪（今江西铅山南）相聚。作者与陈亮同游鹅湖寺（在铅山东北）；后到紫溪等待朱熹相聚，由于朱熹有事未能前来，陈亮遂东归。作者于别后次日欲追赶陈亮挽留他多住几天。到鹭鹚林（在上饶东）因雪深泥滑不能再进，只好失望而返。那天夜里，作者便在住处写了这首词。

［原词］

把酒长亭说。看渊明、风流酷似，卧龙诸葛⑦。何处飞来林间鹊，蹙（cù）踏松梢残雪。要破帽、多添华发⑧。剩水残山无态度，被疏梅、料理成风月⑨。两三雁，也萧瑟⑩。　佳人重约还轻别⑪。怅清江、天寒不渡，水深冰合⑫。路断车轮生四角，此地行人销骨⑬。问谁

使君来愁绝[14]？铸就而今相思错，料当初、费尽人间铁[15]。长夜笛，莫吹裂[16]。

［注释］

①陈同父：陈亮（1143—1194）字同父（同甫），婺州永康（今属浙江）人，学者称其为龙川先生，南宋杰出的思想家、文学家。为人才气豪迈，力主抗金，因此屡遭打击，曾经三次被诬入狱。与稼轩志同道合，往来密切，且有诗词唱和。除《龙川集》外，还著有《龙川词》，词风与辛词相似。过：探访、看望。

②会：约会。朱晦庵：朱熹字元晦，晚年自称晦庵，南宋著名哲学家、理学家，学术著作极富，影响深远。早年主战，晚年主和，与辛、陈政见相左。紫溪：在江西铅山县南，位于江西省和福建省交界处。

③“不至”二句：这两句说朱熹未能如约前来，陈亮只好先回去了。

④“颇恨”句：很遗憾没能将陈亮挽留住。

⑤《乳燕飞》：《贺新郎》曲牌的别名。

⑥心所同然者如此：心里所想的竟然如此一致。

⑦“把酒”三句：在长亭把酒畅谈，你看陶潜的风度，多像“卧龙先生”诸葛亮啊！渊明：晋代著名田园诗人陶潜，字渊明。卧龙诸葛：三国时代杰出政治家、军事家诸葛亮，字孔明，人称卧龙先生。

⑧“何处”三句：只怪林间鹊将雪踢落在破帽上，看起来就如同添了几根白发。蹙：踢。

⑨“剩水”二句：冬天里山秃水冻毫无生气，唯有几枝红梅勉强点缀山间的风光。无态度：不像样子。料理：此作装点、点缀讲。

⑩“两三雁”二句：天空中飞过几只大雁，更显得冬日的凄凉。

⑪“佳人”句：谓陈亮重然诺，却轻离别。佳人：指陈亮。

⑫“怅清江”二句：天气寒冷，江水被冻住了难以渡过，不觉令人怅惘。

⑬“路断”二句：雪厚路滑，车子难以行走，令人悲伤。车轮生四角：形容路之难走。销骨：形容极度悲伤。

⑭“问谁”句：是谁让我愁到了

陶渊明

极点啊！来：衬字，无实际意义。愁绝：愁到极点。

⑮“铸就”二句：写情谊之深，鹅湖之会犹如费尽人间之铁，铸就了一把相思错刀。比喻二人友谊之深厚坚实。

⑯“长夜笛”二句：据《太平广记》载，唐笛师李謩曾在宴会上遇到独孤生。李递过长笛请他吹奏。他说此笛至“入破”（曲名）必裂。后果然如此。辛词明合题序“闻邻笛悲甚”，暗用典故，谓已不能忍受笛声的悲凉，从而激起思友之情。

［词解］

上片寓情于景：林鹊雪帽，笑中含悲，山河破碎，落梅孤雁，真正忧国忧民的人太少了。下片难舍老友，江清水冷，雪深泥滑，虚实相间，动情之至。

上片开头叙述饮酒话别的场面。作者在这里称道陈亮的才能和文采既像陶潜，又像诸葛亮。“何处飞来林间鹊，蹙踏松梢残雪。要破帽、多添华发。”这三句乍看像横空出世，与上文毫无关系；词人从这里把话题转到写个人和国家的命运上。雪落破帽引起了作者对满头华发的联想。当时辛弃疾与陈亮都将近五十岁了。时光荏苒却报国无门，又怎能不引起他们深深的感叹呢？

“剩水残山无态度，被疏梅、料理成风月。两三雁，也萧瑟。”这几句表面上是写冬景：山河破碎，满目萧瑟，仅凭几枝疏落的梅花点缀风景；暗写南宋朝廷偏安一隅。“疏梅”，指坚持抗金的志士，但他们犹如飞翔在天空中的两三只雁儿，势单力薄，只能使人感到“凄凉”。词中运用双关语，情寓于景，以比兴抒发出无穷感慨，蕴含着深深的忧国之情。

下片又回叙离别之情。“佳人重约还轻别”中佳人，指陈亮。作者既赞许他“重约”来晤，又对他“轻别”稍有微词。这是全词主旨，但一点即止。接下来便竭力铺排。“怅清江、天寒不渡，水深冰合。路断车轮生四角，此地行人销骨。问谁使君来愁绝？”当时因为天冷，水已结冰，行人不能渡江，即言离别之愁。接着又用设问句式，含蓄道出友人及自己的极度愁怨。他们的愁怨，当然不仅是因好友分别而引起的，更主要的是由南宋政权危急存亡的严峻形势和主战派在朝廷屡受排挤压制所造成的。

最后诗人叹息道：谁曾想当初费尽力气，竟铸成今天的“相思错”呢？这“相思错”，当然不仅限于朋友间的思念；实际上也暗含着为恢复中原而奋斗的想法。“长夜”一词暗指时局，在那个“长夜难明”的年代，英雄如辛弃疾、陈亮等，岂能甘心抑郁终生，又怎能不发出悲壮的呼声呢？

全词感情浓厚，忧愤沉郁。依景叙情，或就事写景，生动鲜明。词前小序，叙述了两人相会、同游和别后之情思，十分感人。

[词人逸事]

南宋爱国词人陈亮与辛弃疾是知交。淳熙十五年（1188）冬天，陈亮从浙江东阳出发到江西拜访辛弃疾。当时，辛弃疾的身体得了小病，但是见到陈亮后他心里十分高兴，病也就好了。辛弃疾与陈亮在瓢泉欢聚，一边畅饮，一边纵谈国家大事。陈亮与辛弃疾同住十天，这才告别返回。送走了陈亮后，辛弃疾心里十分不舍，所以又在第二天一早，骑马追去。但是因为路上雪深泥滑，不能前行，无奈之下他只得放弃。当天晚上辛弃疾投宿于四望楼，听到不远处悠扬的笛声，凄然感伤，于是写下了一首《贺新郎》（把酒长亭说），表达了自己与陈亮纵谈欢饮的愉悦，以及对陈亮的敬爱和对当权者苟安误国的痛心。后来辛弃疾把这首词寄给了陈亮，陈亮特地写了一首《贺新郎》（老去凭谁说）与之相和。

贺新郎

同父见和，再用韵答之[1]

写作背景

本词作于淳熙十六年（1189）春，当时辛弃疾依旧居于上饶。去冬，好友陈亮来访，有“鹅湖之会”，别后，陈亮向作者索词，稼轩作《贺新郎》词以寄之。同父因作同韵词和之，慷慨激昂，声震九霄。作者十分激动，又作此词以答之。

[原词]

老大那堪说，似而今、元龙臭味，孟公瓜葛[2]。我病君来高歌饮，惊散楼头飞雪[3]。笑富贵、千钧如发[4]。硬语盘空谁来听？记当时、只有西窗月[5]。重进酒，换鸣瑟[6]。　事无两样人心别[7]。问渠侬(nóng)、神州毕竟，几番离合[8]？汗血盐车无人顾，千里空收骏骨[9]。正目断、关河路绝[10]。我最怜君中宵舞，道男儿到死心如铁[11]。看试手，补天裂[12]。

闻鸡起舞

［注释］

①再用韵答之：再按照前韵答复他一首词。

②“老大”三句：老后再无事可充谈资，只有我们的友情历久弥坚。元龙：后汉时陈登，字元龙，是位志在匡扶天下的名士。此暗指陈亮。臭味：气味，志趣。孟公：西汉陈遵，字孟公。他生性豪爽，喜纳宾客。《汉书·游侠传》说他宴请宾客，总是关上大门，将其车辖投入井中，以尽情畅饮。此亦暗比陈亮。瓜葛：关联、牵连，意思是说自己和陈亮的关系很好。

③“我病”二句：痛饮高歌，将楼头的飞雪都惊得飞散开去。

④“笑富贵”句：普通人把富贵看得重如千钧，我等却视它如毛发一般。钧：古时以三十斤为一钧。千钧，即言其重。

⑤“硬语”二句：慷慨悲壮地议论时政，却只有明月静静地听着。硬语盘空：韩愈《荐士》诗：“横空盘硬语，妥帖力排奡。”韩诗的“硬语”，指做文章用语冷僻硬瘦，不落窠臼。辛词则指自己与陈亮的谈话不合君心，和谈话时的豪爽刚正。

⑥“重进酒”二句：不停地上酒，歌舞也换了一曲又一曲。

⑦“事无”句：国家面临的形势依然如故，但朝廷上下心里所想的却不一样。此处主要批评求和派。

⑧“问渠侬”二句：问问那些主张求和的人，你们知不知道，神州大地到现在究竟经历了多少次分裂与统一？渠侬：吴地方言称他人为渠侬，此处是指那些求和派。离合：偏义复词，主要指离。

⑨“汗血”二句：指陈亮如千里马，却为统治者所埋没，没有被他们发掘。汗血：大宛名马，号称一日千里。无人顾：无人体恤、理会。“千里”句：《战国策·燕策》记郭隗所述：某国君以千金求千里马，三年不得。侍从以五百金购回千里马的头骨，王大怒。侍从对曰：“死马且买之五百金，况生马乎？天下必以王为能市马，马今至矣。”不到一年，果得三匹良马。千里：指千里马。用此典故既指五百金买马骨事，更讽刺南宋执政者以招贤纳士自我标榜。

⑩“正目断”句：眼睁睁地看着通往中原的道路被阻断（指中原广大地区被金人强占）。

⑪“我最”二句：我最钦佩陈亮有“闻鸡起舞”的报效国家的热情和誓死抗金的壮志。怜：本意喜欢、怜惜，此为钦佩、敬佩之意。中宵舞：用东晋祖逖“闻鸡起舞”事。祖逖与刘琨为好友，同吃同住，夜中每至鸡鸣，即唤醒刘琨，同去舞剑。

⑫“看试手”二句：希望陈亮能够在抗金大业中一显身手，完成收复中原的事业。补天裂：用神话里女娲炼石补天的故事，比喻收复中原，山河统一。

[词解]

本词最突出的特点就是叙事与抒情的完美结合，用凌云健笔抒写慷慨激昂、喷薄而出的感情以及悲壮沉郁、奋发昂扬的格调。

上片说自己与陈亮志同道合。“惊散”以下，回顾鹅湖欢聚的场面，“惊散”二字十分传神。高歌硬语，恨无知音，二人之外唯有明月，意境俱佳。下片对应陈亮和词之慷慨激昂。“我最”以下，既是对友人的勉励，也是自勉，意志坚定，字字千钧，读之令人振奋。

作者与陈亮都是当时著名的爱国词人，都想早日收复中原，可是统治者却不思北进。这首词表达了作者希望早日恢复中原的热情，和对金人大肆掠夺中原百姓及南宋统治者软弱无能、妥协投降的深切憎恨，悲壮之情，溢于言表。

贺新郎

用前韵送杜叔高[1]

写作背景

写作时期同上一首。

宋孝宗淳熙十六年（1189）春，杜叔高从家乡赶到江西上饶探访辛弃疾，临别时稼轩作此词以赠。杜叔高的诗才很好，陈亮曾在《复杜仲高书》中称其诗“如干戈森立，有吞虎食牛之气，而左右发春妍以辉映于其间”。杜叔高坚持抗金，却遭到主和派的打压，一直是报国无门。作者重其才，更重其人，这一点从词中所蕴含的感情中即能体会出来。

[原词]

细把君诗说[2]：怅余音、钧天浩荡，洞庭胶葛[3]。
千丈阴崖尘不到，惟有层冰积雪。乍一见、寒生毛发[4]。

自昔佳人多薄命，对古来，一片伤心月。金屋冷，夜调瑟[5]。 去天尺五君家别[6]。看乘空、鱼龙惨淡，风云开合[7]。起望衣冠神州路，白日销残战骨。叹夷甫、诸人清绝[8]！夜半狂歌悲风起，听铮(zhēng)铮、阵马檐间铁[9]。南共北，正分裂[10]。

［注释］

①用前韵：指用上两首寄给陈亮的《贺新郎》词的韵。杜叔高，浙江金华人。其兄弟五人俱博学工文，人称“金华五高”。

②“细把”句：拿着您的诗，细细地加以评论。说：品评，评点。

③“恍余音”二句：您的诗就像仙乐古曲，余音袅袅，非常的悦耳动听。恍：恍惚。钧天：指神话中的《钧天广乐》。《史记·赵世家》记载：赵简子曾经在梦中游览天都，与诸神一起欣赏《钧天广乐》。洞庭：《庄子·天运》：“帝张《咸池》之乐于洞庭之野。”胶葛：空荡悠远的样子。语出司马相如《上林赋》：“张乐乎胶葛之寓。”此形容乐声悠扬，颇有古意。

④“千丈”三句：杜叔高的诗就如千丈阴崖下的冰雪，一尘不染，清丽脱俗，读之令人感觉清爽。阴崖：北向的悬崖。

⑤“自昔”五句：自古红颜多薄命，金屋凄凉，只有对月抚琴，独自排遣愁肠。佳人：原指美女，也喻君子，指杜叔高。

陈后阿娇

⑥“去天”句：谓长安杜家曾是大族，门望尊崇，但叔高一家与之有别。去天尺五：北朝长安城南有杜、韦两大家族深受皇帝宠信，权势熏天。民谣称“城南韦杜，去天尺五”(《辛氏三秦记》)。去天尺五，即言其高贵。

⑦“看乘空”二句：仰望长空，风云际会，正是英雄大展身手之际。此句有劝勉叔高为国效力之意。鱼龙惨淡：壮士因此改变了脸色。一说“鱼龙”是指代奸臣小人兴风作浪，搅乱时局。

⑧“起望”三句：放眼望去，原来的神州大地上衣冠人物到处都是，现在却只剩下满目的残骨，可叹朝廷的统治者们还像当年的王衍一样仍在清谈误国。衣冠：指士大

夫。战骨：指抗金志士的遗骨。夷甫：西晋王衍字夷甫，曾清谈误国。清绝：清谈的能力冠绝一时。

⑨“夜半”二句：夜深难寐，不由得高歌一曲，只听见窗外悲风四起，檐间铁马铮铮作响。铮铮：金属互相碰撞的声音。檐间铁：古代挂在屋檐之间的铁片，风吹则互击作响，俗称铁马。

⑩“南共北”二句：指中国南方和北方的土地被不同的政权占据，国家处于分裂状态。

[词解]

上片开端五句，评价友人之诗，言其音韵和谐美妙，意境清峻。“佳人”以下，赞美其高洁的品德，以及壮志难酬的痛苦。下片希望友人着眼大局，挺身报国。晓之以理，动之以情。“夜半”二句，遥想金戈铁马战场厮杀之情景，回到现实却又是无比痛苦。结句点明恨如潮水，正是由于国土分裂，简短有力，精悍异常。

上片首句至“毛发”数句评价叔高的诗作。作者评点得很细致，语言优美，比喻新颖，想象奇特，极富诗情画意。接下至“调瑟”数句哀叹叔高的萧索境况。以古今美女多遭遗弃隐喻才士常被埋没；“金屋冷，夜调瑟”则借汉武帝皇后阿娇失宠，进一步说明被遗弃的痛苦。运用比兴手法，以虚写实，其艺术效果反而更好。

下片由叔高之怀才不遇而转及其家门昔盛今衰。长安杜家曾是大族，门望尊崇，但叔高一家与之有别，朝中众臣尔虞我诈、争权夺利。虽然叔高五兄弟都有才能，却因不会钻营而不能有所作为。接下来作者又对祖国分裂产生悲叹：曾经衣冠相继的中原路上，如今却是一片荒凉，遍地战骨渐渐销蚀。统治者大兴清谈之风，借以掩盖他们的无能和懦弱。但词人的爱国热情依旧高涨：“夜半狂歌悲风起，听铮铮、阵马檐间铁。”此时词人好像又回到年轻时与金兵作战的大年代，但这毕竟只是幻觉，取而代之的是无以复加的痛苦。末句“南共北，正分裂”便是造成作者如此痛苦的根源。

破阵子

为陈同甫赋壮词以寄之①

写作背景

本词作于辛、陈唱和《贺新郎》之后，具体日期不详。或谓此词写于绍熙四年（1193）秋。这一年陈亮考中进士，被光宗赵惇亲擢为第一。当时稼轩正在福州知府兼福建安抚使任上，作词以寄之，希望与陈亮共勉。

[原词]

醉里挑灯看剑，梦回吹角连营②。八百里分麾（huī）下炙，五十弦翻塞外声③。沙场秋点兵④。

马作的卢飞快，弓如霹雳弦惊⑤。了却君王天下事，赢得生前身后名⑥。可怜白发生⑦！

[注释]

①宋孝宗淳熙十五年（1188）冬天，陈亮到上饶访辛弃疾，留十日。别后辛弃疾写《贺新郎》词寄他，他和了一首；以后他们又用同一词牌反复唱和。这首《破阵子》大约也作于这一时期。

②“醉里”二句：醉眼看剑，睡醒后似乎还听到军营中吹响号角的声音。梦回：梦醒。后面即顺势写自己理想中的生活。

③“八百里”二句：上承“吹角连营”，描述军营将士们的生活。八百里：牛名。晋王恺有牛名“八百里驳”。王济与王恺比射，以此牛为赌注。恺输，于是杀牛作炙。事见《世说新语·汰侈篇》。炙：烤肉。五十弦：一种乐器。这里代指各种乐器。翻：演奏出。塞外声：指边塞雄壮的军乐。

④“沙场”句：秋天在战场上检阅军队。沙场：战场。点兵：检视军队。

⑤“马作”二句：写战争场景。作：像。的卢：一种烈性快马。相传刘备曾在荆州遇难，其坐骑的卢“一跃三丈”，才使他得以脱险。霹雳：雷声，喻射箭时弓弦的声音。

⑥“了却”二句：抒发自己愿意为国效力恢复中原的志向。赢得：获得。

⑦“可怜”句：感慨自己有志难酬，却早生白发。

[词解]

这首词的布局谋篇别具一格。起句写实，挑灯看剑，然豪情中已含悲凉，为结尾处埋下伏笔。“梦回”以下，全是梦中之景，结句笔锋一转又回到现实，一声长叹，无限悲壮。前九句一气呵成，痛快淋漓，结句写现实，从而打破上下片的结构定格。这种戛然而止的写法，能产生言有尽而意无穷的特殊效果，使读者与词人产生深深的共鸣。

梦回吹角连营

从内容上看，全词前九句为一部分，形象地描绘出一位精忠报国、奋勇向前的将军形象，这实际上也是词人自身的写照。最后一句自成一部分，一声无奈的叹息，深深地道出了作者“壮志难酬”的沉痛心情。理想和现实，雄壮与悲凉形成了鲜明的对比。我们可以由此想见当时南宋政权的腐朽与懦弱，想到力图收复河山的众多仁人志士报国无门的苦闷。

[词评]

稼轩词着力太重处，如《破阵子》(为陈同甫赋壮诗以寄之)……等作，不免剑拔弩张。

——陈廷焯《白雨斋词话》

无限感慨，哀同父，亦自哀也。

——梁启超《艺蘅馆词选》

卜算子

齿落①

写作背景

此闲居带湖之作。

[原词]

刚者不坚牢，柔底难摧挫。不信张开口角看，舌在牙先堕②。

已阙两边厢，又豁中间个。说与儿曹莫笑翁，狗窦(dòu)从君过③。

[注释]

①齿落：牙齿掉落。

②“刚者”四句：刚硬的不一定坚固，柔软的却不会遭到挫折。不信的话我张开嘴你看看，舌头还在，牙齿却先掉了。《说苑·敬慎》：“常摐有疾，老子往问焉。……张其口而示老子曰：‘吾舌存乎？’老子曰：‘然。’‘吾齿存乎？’老子曰：‘亡。’常摐曰：‘子知之乎？’老子曰：‘夫舌之存也，岂非以

其柔耶？齿之亡也，岂非以其刚耶？’常摐曰：‘嘻，是已。’”刚者：指牙齿。柔底：指舌头。

③“已阙”四句：两边的牙齿都已经掉了，现在中间又缺了一个，告诉子侄们不要笑话我，这就是你们进出的狗洞。狗窦：《世说新语·排调篇》：“张吴兴年八岁，亏齿，先达知其不常，故戏之曰：‘君口中何为开狗窦？’张应声答曰：‘正使君辈从此中出入。’”狗窦：狗洞。

[词解]

词人在这首词中以牙齿脱落为喻，发泄自己心中的愤慨之情。生老病死，无人不应。年长齿落，不免会让人感伤。但是稼轩却不以此为念，并作词调侃，实稼轩之幽默也。发端“刚者不坚牢，柔底难摧挫”二句总摄题旨，具有普遍意义。接着作者现身说法，以自己牙齿脱落的事实具体阐述了这个道理。坚硬的牙齿不能长久，柔软的舌头却不易遭受挫折。现实中呢？刚直强硬的辛弃疾屡遭打击排挤，趋炎附势的小人却总能占据高位，这怎能不让辛弃疾感慨万千呢？因此在此词的结尾，作者说道“说与儿曹莫笑翁，狗窦从君过”，化用张吴兴回答别人戏弄之语，表面上词人是对自己的儿辈说的，实际上正是在讽刺那些像舌头一样毫无气节的人趋炎附势就如同钻狗洞一样。

稼轩以戏谑之语赋其齿落之事，参照《水调歌头》（头白齿牙缺），可知稼轩这样旷达的个性源自庄老，而读“四十九年前事，一百八盘狭路”（《水调歌头·元日投宿博山寺》）句，对我们领会词中齿堕舌在、刚摧柔存的人生寓意也会有一些帮助。

[词评]

铁心石肠发于词气间，凛凛也。盖其天才既高，如李白之圣于诗，无适而不宜，故能如此。

——魏庆之《诗人玉屑》

鹊桥仙

己酉山行书所见[①]

写作背景

这首词是辛弃疾闲居江西上饶时所作的描写农村生活的小词，当时他已五十岁了。

[原词]

松冈避暑，茅檐避雨，闲去闲来几度[②]。醉扶怪

石看飞泉，又却是、前回醒处[3]。　　东家娶妇，西家归女，灯火门前笑语[4]。酿成千顷稻花香，夜夜费、一天风露[5]。

［注释］

①己酉：即淳熙十六年（1189）夏天。山行：行于山中。

②“松冈”三句：在长满松树的山冈上避暑，在茅檐下避雨，这样的经历我已经遇到过好几次了。几度：好几次。

③“醉扶”二句：醉中扶着怪石，看那飞流直下的泉水，仔细看看，竟然是上次酒醉以后醒来的地方。怪石、飞泉：指博山脚下的“雨岩”景色。稼轩《水龙吟·题雨岩》题序：“岩中有泉飞出，如风雨声。”《山鬼谣》题序：“雨岩有石，状怪甚。”

④“东家”三句：东边的邻居在娶媳妇，西边的邻居在嫁女儿，两家门前灯火通明，一片欢声笑语。归女：女儿出嫁。古时称嫁女儿为“于归”。

⑤“酿成”二句：风调雨顺，使得地里的稻子长势很好，稻花的香味飘出很远，预示着一个丰收的好年景。

［词解］

这首词写作者在山行道中所见。上片闲情逸致，“醉扶”二句颇有情趣，看来作者心中的知己，此时唯美酒与山水罢了。下片写山村男婚女嫁，一片欢声笑语的热闹景象。结句放眼四望，稻花千顷飘香。前后照应，生动地描绘了小山村一派喜气丰收的情景。上片以淡笔描绘清净之乐，下片以浓墨渲染万家之喜。

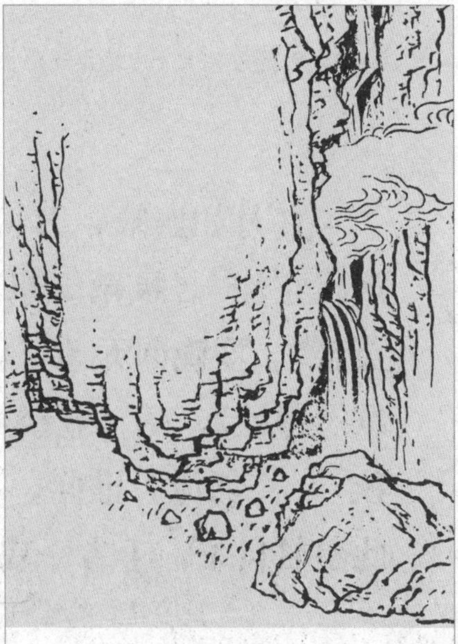
怪石飞泉

辛弃疾在上饶的住所，是离城西北一里左右的带湖边，登楼远眺，能看到灵山一带的山冈，所以他给自己的住所起名为集山楼（后改名雪楼）。这首词开头三句中的松冈、茅檐、避暑、避雨，就是他在这里的各种生活画面。“几度”即几次，这里有“年”的意思，因为作者亦在此闲居八年之久了。句中特别点出一个“闲”字，对作者来说，这是很可悲的。辛弃疾不是怕“闲”，他的“闲”是被逼无奈的。他希望有一天能杀敌报国，可现实生活又让他无所事事。接下来，作者写道：“醉扶怪石看飞泉，又却是、前回醒处。”作者难以展开胸怀，心情郁闷，只好借酒消愁。作者写他的“闲”和“醉”，正在于表达他的无奈之情，以及他对朝政的失望。

下片表现了作者热爱自然、热爱农家生活、热爱劳动人民的感情。“东家娶妇，西家归女，灯火门前笑语”写农民婚嫁的热闹景况。作者分享了他们的快乐，冲淡了自己的感伤，使词出现了与民同乐的热烈气氛。“酿成千顷稻花香，夜夜费、一天风露。”作者以这两句结尾，表达了自己为农民有一个丰收的好年景而感到欣慰，以及替农民感谢上天的风调雨顺的激动心情。

总之，这首词在描写悠闲生活的同时又透露出身世之痛，在描写清新的农村生活中，反映了作者旷达、美好的感情；情景交融，相互映衬，使词的意境显得十分的淳朴自然。

[词评]

词至稼轩，经子百家，行间笔下，驱策如意。

——徐釚《词苑丛谈》

水调歌头

送杨民瞻①

写作背景

此词为送友人之作，约成于淳熙末或绍熙初（1189 或 1190），时稼轩闲居带湖。

[原词]

日月如磨蚁，万事且浮休②。君看檐外江水，滚滚自东流③。风雨瓢泉夜半，花草雪楼春到，老子已菟(tú)裘④。岁晚问无恙，归计橘千头⑤。　梦连环，歌《弹铗(jiá)》，赋《登楼》⑥。黄鸡白酒，君去村社一番秋⑦。长剑倚天谁问，夷甫诸人堪笑，西北有神州⑧。此事君自了，千古一扁舟⑨。

[注释]

①杨民瞻：生平事迹不详。辛弃疾好友。

②“日月”二句：言日升月落，时光流转，世间万物的生老病死，都是自然规律。日月如磨蚁：《晋书·天文志》载，有人把宇宙看成是一个磨盘，把日月看成是在磨盘上爬行的蚂蚁，磨盘向左快速旋转，蚂蚁虽向右爬，但肢体却随着磨盘向左运行。浮休：喻衍生、消灭。《庄子·刻意》：“其生若浮，其死若休。”

③“君看”二句：喻时光如流水一般飞逝而去，时不我待。

④“风雨”三句：你看瓢泉经过一夜风雨，第二天便是一片春景，我已经在此隐居许久了。瓢泉：在今江西铅山境内。雪楼：稼轩带湖居所的楼名。菟裘：春秋时鲁地名，在今山东泰安东南。鲁隐公曾命人在菟裘建宅，以便隐退后居住(《左传·隐公十一年》)。后人遂以其指代隐退之所。

⑤“岁晚”二句：晚年如果有人问我身体怎么样，我就告诉他我安排好了生计。岁晚：指人生晚年。问无恙：如果有人问我身体怎样。橘千头：三国时代吴国的丹阳太守李衡在龙阳县氾洲种有一片柑橘林，他在临死时交代儿子：“吾州里有千头木奴，不责汝衣食，岁上一匹绢，亦可足用耳。”(《三国志·吴书·孙休传》) 此处代指生计。

⑥“梦连环”三句：说杨民瞻像冯谖、王粲一样怀才不遇，日夜思念着想要返乡。梦连环：梦中还家。“环”与“还”谐音。歌《弹铗》：用冯谖弹铗而歌事。赋《登楼》：东汉末年王粲作《登楼赋》，写其有志难酬、怀乡望家之意。

⑦“黄鸡”二句：想象杨民瞻回家后杀鸡饮酒以及参加秋社时的热闹场面。村社：农村社日，祭祀土地神的日子，有春秋两祀。此指秋社。

⑧“长剑”三句：统治者不思进取，清谈误国，爱国志士有心报国却请缨无路。长剑倚天：宋玉《大言赋》：“长剑耿介，倚天之外。”比喻杰出的军事才能和威风凛凛的英雄气概。

⑨“此事”二句：希望友人完成国家统一大业之后再退隐。千古一扁舟：用范蠡帮助越王勾践消灭吴国以后泛舟五湖之事。

[词解]

这首词虽为送别友人而作，但谈的却都是人生哲理及家国大事，全无悲凄之色。

上片起句即言宇宙无穷，万物都随着时

江水滚滚自东流

间的推进而逐渐消磨，这些都是自然变化，并非人力所能阻拦。“君看”二句，则以生动的意象——江水，对这个道理进行阐发，使人顿生怀古惆怅之情。“风雨”三句，是说一夜春雨使大地复苏，正是应当有所作为的时候，但是词人却闲居于此，壮志难酬，英雄无用武之地。朋友问词人闲居生活过得怎么样？词人则以“橘千头”的典故应对，但是词人并非求田问舍之辈，对这样的生活显然是不满意的。所以到了下片，词人开始抒发忧愤，既为友人鸣不平，又暗抒己志。《弹铗》《登楼》都是失意之人所作，稼轩借以表明友人与自己的失意之情。“长剑”等句，既是勉励友人，又是自勉，相约共同克复神州，归还旧都。词人的情绪由低沉转为高昂。尾句借功成身退收尾，以国事劝勉，希望友人大功告成之日，再行退隐之事。

[词人逸事]

据史料记载，辛弃疾的体格相貌一点都不像文人。他“肤硕体胖，目光有棱，红颊青眼，壮健如虎”。也就是说他身材魁梧，如狼似虎，面色红润，眼露青光，这副模样在一般人看来确实有点令人发怵。尤其是他的眼神极为凌厉，就算是他的朋友与他交谈时都不敢与其对视，心里总是忐忑不安，与他交情很深的陈亮说他“眼光有棱，足以照映一世之豪；背胛有负，足以荷载四国之重”（《辛稼轩画像赞》）；著名的流浪诗人刘过也称赞他“精神此老健于虎，红颊白须双眼青。未可瓢泉便归去，要将九鼎重朝廷”（《呈辛稼轩》）。

定风波

席上送范廓之游建康[①]

写作背景

本词作于宋光宗绍熙元年（1190），时稼轩仍闲居带湖。据稼轩同时所作《醉翁操》题序，知范廓之将去临安应试。“游建康”，当是预拟之行。此词作于为范廓之饯行酒宴席上。

[原词]

听我樽前醉后歌，人生无奈别离何。但使情亲千里近；须信，无情对面是山河[②]。　寄语石头城下水，居士，在今浑不怕风波[③]。借使[④]未如鸥鸟伴；经惯[⑤]，也应学得老渔蓑（suō）[⑥]。

[注释]

石头城

①范廓之：即范开。建康：即今江苏省南京市。

②“听我”五句：请听听我在酒杯前说的这番话，离别本是人生中无可奈何的事情，如果感情好的话，即使相隔千里，也会感觉很近，只是大江对岸的河山太无情了。樽：酒杯。

③“寄语”三句：告诉建康的山和水，再也没有政治上的风波来纠缠我了。石头城：故址在今南京市。居士：指未做官的读书人。当时稼轩正罢官家居，故自称为居士。浑：全。风波：此指政治上的风波。

④借使：即使，假使。

⑤经惯：这里是指经过一段时间以后，已经习惯了隐居生活。

⑥渔蓑：指渔夫。蓑：蓑衣。

[词解]

这首词虽是送别之作，却未流于一般的感伤。全词明快爽朗，开人心胸。上片开篇点明题旨，离别的宴席，“人生无奈别离何”语气悲凉，实际上是旷达之语，对别离之事已经看开了。“但使”三句，对语意进行拓展，指出人们的交往在于感情的深浅，无情的是被金人占领的大好河山，这几句写来情深意厚，又胸怀开阔。展示出了词人的高尚胸怀。

下片寄语建康的山和水，如今我在家闲居，一点也不怕风和浪了。此处语带双关，既指水面上的风波，又暗指政治上的风波。即作者已归隐田园，不必再像在职时那样担心受到奸臣的谗害。即使不能称为鸥鸟的同伴，但是习惯了以后，也能像老渔翁一样，身穿蓑衣，在江上垂钓，表达了自己安贫乐道的理想。

踏莎行

庚戌中秋后二夕[1]，带湖篆冈小酌[2]

写作背景

这首词作于绍熙元年（1190）八月十七日夜。篆冈是上饶带湖附近的一座小山冈。此词就是在这次吟赏秋月的便宴上即兴写成的。

[原词]

夜月楼台，秋香院宇，笑吟吟地人来去③。是谁秋到便凄凉？当年宋玉悲如许④。　随分杯盘，等闲歌舞，问他有甚堪悲处⑤？思量却也有悲时，重阳节近多风雨⑥。

[注释]

①庚戌：即宋绍熙元年（1190）。中秋后二夕：中秋节过后的第二个夜晚。

②小酌：小饮，便宴。

③“夜月”三句：月亮照在楼台上，花香飘满庭院，人们带着欢笑来回地忙碌着。

④“是谁”二句：是谁看到秋天来了就感到悲凉呢？当年的宋玉就是这个样子。宋玉：战国时楚国的著名诗人，屈原的学生。他的代表作《九辩》以悲秋而著称，其中首句云：“悲哉！秋之为气也，萧瑟兮草木摇落而变衰。”如许：如此。

⑤“随分”三句：如今我可以随心所欲地对酒歌舞，又有什么可悲凉的呢？随分：随意，唐宋人习惯用语。等闲：随便，平常。

⑥“思量”二句：仔细想想，确实也有些可悲的地方。因为快到重阳节了，天气多有风雨。重阳节：九月九日为重阳节。

夜月楼台

[词解]

分明是悲秋，词人却又从反面说起。欲扬先抑，这样就强调了悲秋的色彩。上片一开始即写人们欢乐的情景。接着，好像是说宋玉悲秋没有理由，实则是说众人皆欢我独悲之意。下片续写秋夜之欢，直到尾声始转欢为悲。但用笔命意极为婉转委曲，全无表露无遗的缺点。在感伤之中，也寄寓了一定的忧国忧民之情。“夜月楼台，秋香院宇”两句对仗，以工整清丽的句式描绘出迷人的夜景。第三句“笑吟吟地人来去”七个字，除了一个名词“人”之外，全用动词与副词，衬以一个结构助词“地”，使得人物情态如在眼前。秋景令词人和他的宾客们如此赏心悦目，那为什么自古就有人一到秋天就感到悲凄呢？当年宋玉大发悲秋之情，这有什么道理呢？

读了下片以后我们才知道作者最终还是认为悲秋是有道理的。作者在下片一开始就着力加上一个意思更为明显的反问，把自己想要肯定的东西推到了否定的极限。直到最后两句突然作了一百八十度的逆转：“思量却也有悲时，重阳节近多风雨”。这一逆转，将作者极力渲染的“有甚悲”给全盘否定了。这时候我们才知道一代英雄辛弃疾对秋天也是感到悲凉的。他悲秋的理由是，重阳节就快到了，那秋风秋雨可能会影响人们安定的生活。

辛弃疾所说的“风雨”，既指自然气候，也暗指当时险恶的政治形势。当时，国势渐趋衰弱，而金兵也习惯于在秋高马肥时对南宋用兵，例如绍兴三十一年（1161）金主完颜亮率领三十万大军进攻南宋的战争，就是在九月份发动的。有鉴于此，闲居带湖的辛弃疾在密切关注朝廷政局的同时，也在关心着边塞的情况。此词实际上表达的是作者对江河日下的南宋政局的忧虑之情。

[词评]

稼轩词如……“重阳节近多风雨。”……皆于悲壮中见浑厚。后之狂呼叫嚣者，动托苏、辛，真苏、辛之罪人也。

——陈廷焯《白雨斋词话》

念奴娇

三友同饮[1]，借赤壁韵

写作背景

此首词写作时间与上首同时，也是作者闲居于铅山瓢泉时的感兴之作。

[原词]

论心论相，便择术、满眼纷纷何物[2]。踏碎铁鞋三百緉(liǎng)，不在危峰绝壁[3]。龙友相逢，洼尊缓举，议论敲冰雪[4]。何妨人道，圣时同见三杰[5]。

自是不日同舟，平戎破虏，岂由言轻发[6]。任使穷通相鼓弄，恐是真金难灭[7]。寄食王孙，丧家公子，谁握周公发[8]？

冰壶皎皎，照人不下霜月[⑨]。

［注释］

①“三友”即《念奴娇》(倘来轩冕)中的“坐中人物三杰”。此词其他的版本都没有记载，独见于清人辛启泰所编《稼轩词补遗》。《补遗》辑自《永乐大典》，共三十六首。

②“论心”二句：放眼观察世界，纷纷扰扰，都是些凡夫俗子。《荀子·非相篇》说：“故相形不如论心，论心不如择术。”意谓以人的外貌来观察别人，不如以思想来评论别人；以思想来评论别人，又不如看他怎么做或者走什么路。辛词借作评论人物的标准。

③“踏碎”二句：寻遍千山万水，却怎么也找不到真正的英雄人物。此处化用谚语“踏破铁鞋无觅处，得来全不费功夫”，谓今日有幸得遇三友。緉：通“量”，一双，古代用于计算鞋的单位。危峰：高峰。

④“龙友”三句：与三个文友一起开怀畅饮，共同讨论当前的政局。龙友：龙须友，原指毛笔。唐冯贽《云仙杂记》：“郄诜射策第一，再拜其笔曰：‘龙须友’使我至此。”此处借指笔友、文友。洼尊：酒杯。唐人李适之登岘山，见山上有石孔如酒樽，可注斗酒，因建亭曰“洼尊”。缓举：从容地举起酒杯。敲冰雪：形容议论的词锋利害如敲击冰雪一样。

⑤“何妨”二句：称道三友为当代三杰。人道：人说。圣时：圣明的年代。古人常用来说自己所处的朝代，有歌颂帝王之意。三杰：即“三友”。

三杰之韩信

⑥“自是”三句：指三位友人说到做到，想其不久就会有实际的救国行动。同舟：取同舟共济，齐心合力之意。平戎破虏：将金兵赶出中原。岂由言轻发：岂是随意说说。

⑦“任使”二句：谓即使造化弄人，其志向也如真金一样不会改变。穷通：失意和得志。鼓弄：捉弄、戏耍。

⑧“寄食”三句：感叹友人虽具有经天纬地的才能，却落魄江湖，不被朝廷重视。寄食王孙：生活穷苦，寄食于人。丧家公子：指离开家乡浪迹江湖的友人。谁握周公发：又有谁能像周公那样求贤若渴呢？《史记·鲁周公世家》载周公语：“然我一沐三捉发，一饭三

吐哺，起以待士，犹恐失天下之贤人。”

⑨“冰壶”二句：人品与友情如玉壶般高洁明净，当然也不在皎洁的月亮之下。冰壶：即玉壶，古人常用玉壶象征品格的高洁或友谊的纯洁，有时也代指月亮，所以辛词有“照人不下霜月”语。不下：不在……之下。霜月：素月，寒月。

[词解]

这首词描写的是几位知心朋友之间的友情、志向。上片写“龙友相逢”一见如故、相见恨晚的感情。放眼观察大千世界，世事纷纷扰扰，大多是凡夫俗子，我踏破铁鞋三百双，走遍了高山平地，却找不到与我志同道合的人。今天有幸能和三位文友一起开怀畅饮，共论国家大事，真是无比痛快。作者将三位友人比作汉初三杰：韩信、萧何、张良。既是对友人的赞美，又是寄希望于友人，希望他们能够为恢复大业做出贡献，就像当年的三杰一样。“议论敲冰雪”，是全文的词眼所在。下片文字都是作者由此而生发的议论。作者希望所有的爱国志士都能同舟共济，将金兵赶出中原，恢复中华的大好河山，这绝不是随便说说就完了。此处表明作者与友人共同的“平戎破虏”的抱负；但是造化弄人，词人连同友人都时运不济，命途多舛，屡屡遭到投降派的打击，词人决心坚定自己的信念，绝不改变；接着又抒发自己壮志难酬的郁闷之情，感慨自己没有遇到像周公那样“一饭三吐哺”的贤人。此外还表明了与几位友人的真挚友谊。

[词评]

辛稼轩当弱宋末造，负管乐之才，不能尽展其用，一腔忠愤，无处发泄。观其与陈同父抵掌谈论，是何等人物。故其悲歌慷慨，抑郁无聊之气，一寄之于其词。今欲与搔首傅粉者比，是岂知稼轩者。

——冯金伯《词苑萃编》

念奴娇

瓢泉酒酣，和东坡韵①

写作背景

在宋词史上，苏、辛往往并称，不少词论家也将苏、辛目为同派。辛词的确从东坡那里借鉴了不少东西，这首《念奴娇》就是很明显的一例。词前小序云“瓢泉酒酣，和东坡韵”，由此可知，这首词是作者闲居于铅山瓢泉时的感兴之作，当作于绍熙元年（1190）或二年（1191）。

［原词］

倘来轩冕，问还是、今古人间何物[②]？旧日重城愁万里，风月而今坚壁[③]。药笼功名，酒垆身世，可惜蒙头雪[④]。浩歌一曲，坐中人物三杰[⑤]。　休叹黄菊凋零，孤标应也，有梅花争发[⑥]。醉里重揩西望眼，惟有孤鸿明灭[⑦]。万事从教，浮云来去，枉了冲冠发[⑧]！故人何在，长庚应伴残月[⑨]。

［注释］

①和东坡韵：用苏轼《念奴娇·赤壁怀古》的韵唱和。

②“倘来”二句：从古至今，人们所看重的功名究竟是什么呢？轩冕：轩，高高的马车；冕，古代帝王、诸侯及卿大夫所戴的礼帽。轩冕，代指功名富贵。倘来轩冕，用《庄子》语意：“轩冕在身，非性命也。物之倘来，寄者也。”意谓功名并不是人生存的根本，即使有一天它来到你身边，也不过是寄托在你身上而已。

③“旧日”二句：往日的愁苦有如万里重城，但是现在连清风明月竟然也开始躲避我，使我无法排遣忧愁。坚壁：本意坚守壁垒，不与敌方交战。这里有“躲藏”之意。

④“药笼”三句：我的志向在于为国家建功立业，但是由于我低微的出身，使我直到白头仍然没有做出什么成就。药笼功名：功名在药笼中。《旧唐书·元行冲传》载：元行冲对狄仁杰说，要想国家大治，必须要招揽各种人才，犹如治病需要各味药物一样，而我愿作这药物中的最后一味。狄仁杰笑曰：“君正在吾药笼中，何可一日无也。”辛词借用狄语，谓自己生平志在建功立业。酒垆身世：汉代司马相如和妻子卓文君居蜀时，曾当垆卖酒。本意指出身低微，这里可能是指自己是从北方南渡过来的，在朝廷中遭人猜忌。蒙头雪：满头白发。

⑤“浩歌”二句：高歌一曲，称得上我的知音的也就是在座的三位朋友。人物三杰：三位杰出人物。汉高祖曾称张良、韩信、萧何三人为“人杰”，后世因称之为“汉初三杰”。稼轩又有《念奴娇》词，题作“三友同饮，借赤壁韵”。此处“三杰”即指“三友”，但具体指谁，则不详。

⑥“休叹”三句：不要担心黄菊凋零，因为寒梅会在隆冬争着开放。喻指恢复中原大业后继有人，这应该就是指坐中三友。孤标：孤傲的风采品格。

⑦“醉里”二句：醉里遥望西北方向，唯见孤鸿远去。这两句表现的是

思乡念国之情。明灭：时隐时现。

⑧“万事”三句：世间万事如同浮云一样，变幻莫测，面对动荡的时局，生气也没有用。从教：任凭，听任。冲冠发：即怒发冲冠，形容愤怒到了极点。

⑨“故人”二句：感叹故人都凄凉寥落。长庚：即金星，亦名太白星、启明星。古人对它的运行轨迹不是十分了解，他们把凌晨出现在东方的金星叫启明星，而把傍晚出现在西方的金星则叫长庚星。

梅花争发

[词解]

此词虽然是和东坡原韵，但抒发的却是自己独特的感受。东坡的原词，是被贬黄州时所作，在抒发政治失意的感慨上，与辛词有相同的地方。辛词也以健笔抒豪情，风格上极力效仿东坡韵。但两词相比较，可以发现他们的心态其实不尽相同。同为豪放的风格，苏词之放，表现为洒脱旷达；辛词之放，则表现为慷慨悲壮。这首词着意表现的是一种带有悲剧性的人生经历：他鄙视世俗追求的富贵荣华，心里想的只是恢复中原的大业，希望能统率千军万马收复北方山河，可却被投降派排斥在朝堂之外；他为人正直，嫉恶如仇，却受到封建反动势力的阻挠，使得他半生坎坷，只得屈身于田间山林！

上片先写作者对于罢官闲居的微词。头两句，以疑问的句式，表示了自己对仕途和功名的反思。接下来的两句承上说自己罢官以后，愁恨无可消除；就连美好的清风明月也像是在躲避着作者似的，存心不让他欣赏。接下来，连用两个典故，自述身世，感慨自己老来一事无成，这能不让人充满恨意吗？下片以顽强坚定的态度，表明自己即使遭遇再多坎坷也决不改变决心。以自然界的气候比喻社会环境，以花喻人，通过菊花凋谢与红梅争发，表明爱国志士将会前赴后继。醉中尚带着泪眼向西北而望，这就表明作者之所以壮志不衰，自我磨砺，是因为他意识到危机四伏的国家还需要他们这样的人去解救，故而他时时提醒自己，不能忘记北伐恢复中原。但“孤鸿明灭”又表明作者深知广大抗金志士备受打击排挤。正是有这样清醒的认识，才有这样的悲愤叹息：“万事从教，浮云来去，枉了冲冠发！”可见当时的爱国志士面对艰难的时局都有着相同的感受与痛苦。词中的“故人何在，长庚应伴残月”两句，以景言情，以夜幕中的残月、孤星来衬托自己和友人凄凉悲愤的心境。而这个结尾与前面所描述的孤标、梅花，怒发冲冠的高壮形象结合在一起，足以使人看到作者对政治抱负与人生理想的坚定追求，从而使读者在感情上激起强烈的共鸣。

水调歌头

题永丰杨少游提点一枝堂①

写作背景

此为闲居带湖时所作，杨少游是作者的好友，本词是为杨少游居所“一枝堂”所作。

［原词］

万事几时足，日月自西东②。无穷宇宙，人是一粟太仓中③。一葛一裘经岁，一钵一瓶终日，老子旧家风④。更着一杯酒，梦觉大槐宫⑤。　记当年，吓腐鼠⑥，叹冥鸿⑦。衣冠神武门外⑧，惊倒几儿童。休说须弥芥子⑨，看取鲲(kūn)鹏斥鷃(yàn)⑩，小大若为同。君欲论齐物，须访一枝翁⑪。

鸿飞冥冥

［注释］

①永丰：县名，宋属信州，隶江南西路。杨少游：作者的朋友，生平不详。一枝堂：“一枝”用《庄子·逍遥游》中“鹪鹩巢于深林，不过一枝”之意，说明杨少游隐居之所极小。

②“万事”二句：世间万物永远没有因为满足而停止的时候，就像太阳和月亮不停地升落一样。

③“无穷”二句：宇宙是无穷的，人就好比是太仓中的一粒粟米。太仓一粟：《庄子·秋水》：“计中国之在海内，不似

稊米之在太仓乎？”

④“一葛一裘”三句：夏天一件葛布衣，冬天一件皮衣，每天有一碗饭吃，一瓶水喝，就可以过一辈子了。一葛一裘：韩愈《送石处士序》：“冬一裘，夏一葛。”裘：皮衣。葛：葛布衣。一钵一瓶：《传灯录》：“有僧问如何是和尚家风，（守清禅师）曰：‘一瓶兼一钵，到处是生涯。’”

⑤“更着”二句：酒醉梦到自己也进入槐安国，梦醒以后却依旧身处“一枝堂”。此用唐人李公佐《南柯太守传》事：书生淳于棼梦游槐安国，被招为驸马，并出任南柯太守。梦醒后寻访，发现槐安国就是古槐下一蚁穴，南柯郡只是一根向南的槐枝而已。

⑥吓腐鼠：《庄子·秋水》载：南方有一种叫鹓鸰的鸟，从南海飞往北海途中，非梧桐不栖，非竹实不吃，非甘泉不饮。时有猫头鹰得到一只腐烂的田鼠，见鹓鸰飞过，以为是要来抢它的食物，于是怒号不已。

⑦叹冥鸿：扬雄《法言·问明》：“鸿飞冥冥（高远），弋人何篡（捕捉）焉。”本意喻贤者隐遁，防止被小人所害。这里指作者屡屡遭人非议。

⑧衣冠神武门外：用《南史·陶弘景传》事。代指作者此时罢官隐居。

⑨“休说”句：芥菜的种子可以容纳须弥山，事物本来就是没有大小的。须弥：佛教传说中的山名。芥子：芥菜的种子。《维摩诘经》：“以须弥之高广，内（纳）芥子中，无所增减。”

⑩“看取”句：谓鲲鹏展翅九万里，斥鷃翱翔蓬蒿间，以小视大，小亦自乐。《庄子·逍遥游》：“有鱼焉，其广数千里，未有知其修者，其名为鲲；有鸟焉，其名为鹏，背若太山，翼若垂天之云；抟扶摇羊角而上者九万里……斥鷃笑之曰：‘彼且奚适也？我腾跃而上，不过数仞而下，翱翔蓬蒿之间，此亦飞之至也。而彼且奚适也？’此小大之辩也。”斥鷃：即鹌鹑。斥，同“尺”。

⑪“君欲”二句：要想辨析明白“齐物”的哲理，须访“一枝”老人杨少游。齐物：庄子有《齐物论》。

[词解]

这是一首阐发哲理的词。词人借友人“一枝堂”的名字，阐发庄子“齐物”的哲理。

上片起句言世间万物永无休止，人处于宇宙之中，正如粮仓中的一粒米一样，此处正切“一枝”之题意，即言人的渺小。“一葛一裘经岁，一钵一瓶终日，老子旧家风”，词人借以表明自己已经习惯了清贫的生活，接下来又以醉后梦游槐安国，实际上是“竹篮打水一场空”，来说明人生虚无的意思。上片一是表明功名富贵如浮云，人生如梦，二是说自己罢职以后已经习惯了清贫的隐居生活，凸显了词人安贫乐道的思想。

下片“记当年，吓腐鼠，叹冥鸿。衣冠神武门外，惊倒几儿童”，依旧承续

了上片的题旨，仍是表明作者万事不关心、不以世事为念的思想。至“休说”二句才转出本词的主旨：世间的事物本没有什么大小之分，就算是小的，只要自得其乐，也就足够了。友人的“一枝堂”虽然小，但仍可悠然自得、会心一笑。

[词评]

稼轩《水调歌头》诸阕，直是飞行绝迹。一种悲愤慷慨郁结于中，虽未能痕迹消融，却无害其为浑雅。后人未易模仿。

——陈廷焯《白雨斋词话》

沁园春

期思旧呼奇狮[1]，或云棋师，皆非也。余考之荀卿书云[2]：孙叔敖[3]，期思之鄙人也[4]。期思属弋阳郡。此地旧属弋阳县。虽古之弋阳、期思，见之图记者不同，然有弋阳则有期思也。桥坏复成，父老请余赋，作《沁园春》以证之。

写作背景

此为闲居带湖时所作。

[原词]

有美人兮，玉佩琼琚，吾梦见之[5]。问斜阳犹照，渔樵故里。长桥谁记，今古期思。物化苍茫，神游仿佛，春与猿吟秋鹤飞[6]。还惊笑，向晴波忽见，千丈虹霓[7]。

觉来西望崔嵬(wéi)，更上有青枫下有溪。待空山自荐，寒泉秋菊[8]。中流却送，桂棹(zhào)兰旗[9]。万事长嗟，百年双鬓，吾非斯人谁与归[10]？凭阑久，正清愁未了，醉墨休题。

[注释]

①期思：在江西铅山，即辛弃疾日后瓢泉居所之所在地。

②荀卿：即荀况，战国时赵国人，儒家的代表人物之一，主张“性恶论”，

后人称其为“荀子”。

③孙叔敖：春秋时楚国的令尹。《史记·循吏传》对其政绩极为称道，并谓其三相三罢，且能做到不喜不悲。《荀子·非相》：“楚之孙叔敖，期思之鄙人也。”

④鄙：边界。

⑤“有美人”三句：我梦见一位佩戴着美丽玉佩的美女。《诗经·郑风·有女》：“有女同车，颜如舜华。将翱将翔，佩玉琼琚。”美人：借指孙叔敖。琼琚：华美的佩玉。

⑥“物化”三句：站在桥畔驰骋遐思，颇有沧桑之感，佳人不在，只剩啼猿飞鹤而已。物化：变化。猿吟秋鹤飞：韩愈《罗池庙碑》：“春与猿吟兮秋鹤与飞。”与：语助词，无实际意义。

寒泉秋菊

⑦“还惊笑”三句：桥修好了以后，就像水中现出了一道彩虹。千丈虹霓：喻长桥。

⑧“待空山”二句：等着青山自己向世人奉献清凉的泉水、幽香的菊花。苏轼《书林逋诗后》：“不然配食水仙王，一盏寒泉荐秋菊。”荐：呈献。

⑨“中流”二句：在江水中流泛舟。桂棹兰旗：指船。《楚辞·九歌·湘君》：“桂棹兮兰枻。”

⑩“万事”三句：古今多少事都让人感叹，现在我也老了，莫非与孙叔敖同归的人就是我？杜甫《祠堂夕望》：“万古一长嗟。”《戏题寄上汉中王》：“百年双白鬓。”范仲淹《岳阳楼记》：“微斯人吾谁与归？”谁与归：即归谁欤，也即归依谁。

[词解]

这首词明为赋桥考察古迹，实为抒怀古之幽情。

上片中作者化用《诗经》中的诗句，将先贤孙叔敖比喻成佩戴着美玉的美人，孙叔敖曾经三次罢相，令人为之感慨不已。孙叔敖是期思人，词人站在刚刚建好的期思桥上，自然会联想到这位历史上有名的贤相，想到期思桥昔日一片斜阳残照、猿啼鹤飞的凄凉景色，再看新建的期思桥如一道出水的长虹，两相比较，怎能不让词人产生沧海桑田的感慨呢？

下片主要描写梦醒以后，词人在修复后的期思桥上的所见所感，青山碧溪、寒泉秋菊、桂棹兰旗，景色优美，心情悠闲。“万事”以下，作者开始感伤古今，千载以下，谁能与我同归，恐怕只有那位逝去千年的孙叔敖了吧。在桥上站立许久，也不能消除这种愁绪，况且词人也已经喝醉了，于是他决定不再空发牢骚。这种凭栏的清愁，正是全篇的主旨所在。

［词评］

辛稼轩别开天地，横绝古今。《论》《孟》《诗小序》《左氏春秋》《南华》《离骚》《史》《汉》《世说》《选学》、李杜诗，拉杂运用，弥见其笔力之峭。《稼轩长短句》十二卷，元大德己亥，孙粹然、张公俊刊于广信书院，余在知不足斋见写本。

——吴衡照《莲子居词话》

江神子

赋梅，寄余叔良[①]

写作背景

本词咏梅花，寄给友人余叔良，作于闲居带湖时。

［原词］

暗香横路雪垂垂

暗香横路雪垂垂，晚风吹，晓风吹[②]。花意争春，先出岁寒枝[③]。毕竟一年春事了，缘太早，却成迟[④]。

未应全是雪霜姿，欲开时，未开时。粉面朱唇，一半点胭脂[⑤]。醉里谤花花莫恨，浑冷淡，有谁知[⑥]？

［注释］

①余叔良：辛弃疾友人，生平不详。

②“暗香”三句：梅花傲雪而开，在寒风中依然发出幽香。暗香：幽香，代指梅花。北宋林逋《山园小梅》：“疏影横斜

水清浅，暗香浮动月黄昏。”垂垂：落下的样子。

③“花意”二句：梅花争春，在寒冷的冬季就早早地开花了。

④“毕竟”三句：花开四季，梅花开在冬季反而成了最迟开放的。

⑤“未应”五句：梅花欲开未开之时，不一定都是傲雪斗寒的风采，它白里透红，也有些胭脂红的娇媚呢。此用苏轼《红梅》诗意：“怕愁贪睡独开迟，自恐冰容不入时。故作小红桃杏色，尚余孤瘦雪霜姿。”

⑥“醉里”三句：如果我醉后胡言乱语，请梅花不要见怪，你身上过于淡雅，谁会欣赏呢？谤：诽谤，说坏话。冷淡：清冷淡泊。知：欣赏，赏识。

[词解]

这首咏梅的小令并没有从一般意义上去描绘梅花的形态和赞美它的神韵，而是别出心裁，出奇制胜。

上片起句中即以“雪垂垂”点明梅花为了争春而早早开放于尚未结束的冬天，此时尚刮着料峭的寒风，但梅花却早早地展开了花枝。接下来又说梅花想要争春，但是现在还是冬天，实际上应该算是开在了四季之末的冬天，算来是开得迟了。而在这早迟之间，寄寓了人生的道理，正所谓欲速则不达也。下片又赞梅花不光有凌霜斗雪的傲骨，更有白里透红的妩媚风姿，结韵曲折有致，作者对梅花时赞时贬，原来都是醉中之语。唯独这最后几句借花喻世，别有深意：高洁傲岸、不屈不挠之辈，人们常对其敬而远之；娇媚艳丽、随风俯仰的人，却总是能让人对他产生亲近之感，这恐怕就是世风恶浊的表现吧？

[词评]

如春云浮空，卷舒起灭，随所变态，无非可观。

——范开《稼轩词序》

清平乐

忆吴江赏木樨（xī）[1]

写作背景

这是辛弃疾闲居上饶时与其好友余叔良的一首唱和之词。辛弃疾自隆兴二年（1164）冬，或乾道元年（1165）春，在江阴签判任职期满后，曾有一段时间流寓于吴江。这首词就是回忆吴江赏木樨的作品。

[原词]

少年痛饮，忆向吴江醒[2]。明月团团高树影，十

里水沉烟冷[3]。　　大都一点宫黄，人间直恁芳芬[4]。怕是秋天风露，染教世界都香[5]。

［注释］

①吴江：即今吴淞江。木樨：桂花。

②“少年”二句：回忆年轻时曾在吴江于秋夜开怀畅饮。少年：泛指青少年时期。稼轩二十六岁至二十八岁时曾流寓吴中，故云。向：曾经，过去。吴江：江名，亦名吴淞江，苏州河，是太湖最大的支流。自湖东北流经吴江、上海，与黄浦江合流入海。

③“明月”二句：明月中一团团桂树的影子，倒映在清冷的江水之中。高树影：兼指月中的桂影和秋月映照下的人间桂影。传说月中有仙桂，更有吴刚伐桂之说。水沉烟冷：江水深沉寂寞，烟雾清冷。

④“大都”二句：桂花花朵很小，颜色也很淡，却给人间增添了如此的芬芳。大都：不过。宫黄：宫中妇女化妆所用的黄粉，此处代指黄色的桂花，俗称金桂。直恁：竟然这样。

⑤“怕是”二句：怕是秋天的风露，增添了桂花的香气，想要让整个世界都充满芳香。教：让，使。

［词解］

这首词题曰：“忆吴江赏木樨。”木樨，亦作木犀，即桂花。辛弃疾咏桂花的词不少，如《太常引·建康中秋》等。友人送给词人桂花，使得词人的思绪回到当年的寓居吴江时的生活情景。上片描写吴江的景色，以景衬情。下片承“高树影”咏桂花。词人状其貌而写其神，单从花小香浓着笔。但这首词写得别有一番滋味，它借题发挥，把自己的经历与桂花结合起来，使得本词的意境更为开阔，感情上也显得更加亲切。

明月团团高树影

上片四句，由作者的游玩踪迹中引入桂花。作者年轻时的某个秋夜，在吴江大醉醒后，看见明月中映着桂影婆娑；江上烟波浩渺，飘荡着桂花的香气，倍添清冷的气息，天上人间，都笼罩在桂花的香影之中。辛弃疾年轻时曾游吴江，所以此时在咏桂花的时候自然而然地又想起了在吴江赏桂花的经历。下片“大都一点宫黄，人间直恁芳芬。怕是秋天风露，染教世界都香”数语，由写作者自己的经历，转到桂花本身。桂花花瓣很小，宛如淡施宫黄，可是竟然能让人间如此芳香。“一点”，即言花之细小，“人间”乃至“世界”，则言地之广阔，以一点之小而染遍天地之大，足见其芳香的浓烈程度。这几句将桂花的特征全都写到，其中着重写它的香味，抓住重点，与上片相呼应。花品即人品，由此也足见词人胸怀之宽广。

[词人逸事]

辛弃疾在上饶隐居时，其生活水平比以前有所降低。屋漏偏逢连夜雨，这时他的妻子又生了大病。辛弃疾非常焦急，于是请了当地最有名的一位老郎中为妻子诊治。

老郎中五十多岁，他的老伴刚刚去世，一个人孤苦伶仃的。他仔细地为辛弃疾的妻子号脉，皱着眉头老半天也没有说话。辛弃疾看着有点着急，很怕妻子的病情加重，便做出承诺：如果老郎中能在半个月之内治好他的妻子，辛弃疾就把一个名叫整整的婢女送给郎中，以示感谢。郎中听到这话后，极其殷勤，每天都号三次脉，并加大药量，不到八天，便治好了辛夫人的病。辛弃疾十分高兴，便遵守自己的承诺，让整整收拾好自己的衣物，当天就跟随老郎中回去了。

清平乐

题上卢桥①

写作背景

辛弃疾闲居带湖时，因无官职，生活清闲，四处游览甚广，此词是词人游历途中为一座桥所题咏的一首小词。

[原词]

清溪奔快，不管青山碍②。千里盘盘平世界，更着溪山襟带③。　　古今陵谷茫茫，市朝往往耕桑④。此地居然形胜，似曾小小兴亡⑤。

[注释]

①上卢桥：在江西上饶境内。

溪山襟带

②“清溪”二句：清溪飞快地奔流，青山对其根本不能造成丝毫的阻碍。碍：阻挡。

③“千里”二句：大山之间居然有一大片平地，山水围绕着它看起来就像是襟带一般。盘盘：曲折回旋的样子。更着：再加上。溪山襟带：以山为襟，以溪为带，形容山水围绕就像是衣服的襟带一样。

④“古今”二句：沧海桑田，世事变化难以预测。陵谷：指山峰变为深谷，深谷化作山峰。《诗经·小雅·十月之交》：“高岸为谷，深谷为陵。”市朝往往耕桑：原先的繁华都市都变成了农田。

⑤“此地”二句：这个地方地势险要、景色优美，貌似也曾经历过一些兴旺交替。形胜：兼指地势险峻和景色优美。

［词解］

这首词借自然界中的沧桑变化，抒发了世事兴衰之感，转承自然，其语言于沉郁之中，带有无尽的清思。

上片借景抒情，起句描写层峦叠嶂，山环水绕，清溪飞流，畅通无阻，一片壮丽秀美的景色；更有一大片平地，与溪山形成襟带之势，形势十分险要，动静交错，展示出了勃勃的生机。下片是面对眼前景色所展开的遐想，借势说理。由惊叹眼前的山川，转向对自然和人世变幻的思索：古往今来，不是沧海化为桑田，就是桑田变为沧海，历代王朝的兴亡交替也不例外，繁华的街市也会变成农田。尾句由其形胜之势联想到或许这里也曾经历过兴亡交替的事情。这首小令由自然的兴废过渡到历代王朝的兴废，让人回味无穷、感慨万端。写景、抒情、说理三者被词人有机地统一在了一处。

［词评］

稼轩词其源出自楚骚，起势飘洒。

——陈廷焯《白雨斋词话》

生查子

独游西岩[1]

写作背景

在古代游记体诗词中，以“独游”为内容的十分少见。“独游”，顾名思义，就是孤孤单单一个人的游历，寂寞无聊加上心情又很烦闷，从淳熙八年（1181）冬开始，他就长期赋闲于上饶城北的带湖之畔，因此词人创作出这一类作品，并不奇怪。

［原词］

青山招不来，偃蹇jiǎn谁怜汝[2]。岁晚太寒生，唤我溪边住[3]。　山头明月来，本在天高处[4]。夜夜入清溪，听读《离骚》去[5]。

［注释］

①西岩：在上饶城南。它形如一口扣着的大钟，中空而有螺旋形悬石，并且不时有滴水沿石滴下，是当地的游览胜地。题作“独游西岩”，实为西岩夜读。

②“青山”二句：青山高傲地耸立着，谁也无法将其招来。青山啊，你如此的高洁傲岸，谁能喜欢你呢？偃蹇：原意为高高耸立，引申为高傲、傲慢。苏轼《越州张中舍寿乐堂》诗：“青山偃蹇如高人，常时不肯入官府。”怜：喜爱，喜欢。

③“岁晚”二句：寒冬腊月天气寒冷，青山约我到溪边同住。岁晚：指寒冬腊月。生：语尾助词，无实际意义。

④“山头”二句：山头照下来的明月，本来就是来自高高的天上。

⑤“夜夜”二句：月亮天天照进清溪来，好像是在听我吟诵《离骚》一样。《离骚》：战国时楚国著名政治家、诗人屈原的代表作。

［词解］

这首词是作者在带湖闲居期间的记游之作。

开头“青山”二句，写出了词人对青山的喜爱之情。他似乎想把高高耸立的青山招过来，可青山却岿然不动，于是便忍不住轻轻嗔怪：青山啊，你如此高洁傲岸，谁能喜欢你呢？青山巍然不倒，不看别人脸色行事，这或许就是人们想象中的高人隐士的个性吧！看来，高耸的青山与蝇营狗苟的市侩之辈是绝不相同的。作者同青山之间，心意相通，互为知己。

“岁晚”二句写高洁傲岸的青山对词人充满了真情实意。到了年底也就是寒冬腊月，青山劝词人搬到溪边来住，以与其同心协力，抵御寒风。可见，作者“独游西岩”是在冬天的时候。但进一步揣摩，自然界的寒冷，似乎可以理解为政治上的失意。可以说作者正是在如同严冬的政治气候的逼迫下，才闲居山野，因而与青山互为知己。

下片既承接上片，又开辟新的意境，展示明月与词人的情谊。那一轮素月，悄悄爬上山头，深切地关注着可敬的词人，素月又似一盏天灯，遍洒银辉，与青山、溪水一起形成一种让人陶醉的境界，给词人带来无尽的遐思。

这首词的语言十分简练，内容含蓄。表面上看似乎是作者寄情于山水，与青山明月做伴，情绪是轻松愉快的。细细品味我们就可以知道词中的青山和明月，是作者理想人格的化身，没有世俗的偏见，高尚、正直而又纯洁。作者罢官的时候，也就是被“严寒”所逼之时，能够与之成为知己的也只有青山和明月了。尽管他无法施展自己的政治抱负，实现自己的爱国理想，却仍然保持着与清风明月一样的美好情操。

鹧鸪天

黄沙道中①

写作背景

辛弃疾闲居带湖时，曾在黄沙岭建了一座书堂，从住宅到书堂的这段路上风景秀丽，这首小令描写的就是他赶往书堂途中的所见所感。

[原词]

句里春风正剪裁，溪山一片画图开②。轻鸥自趁虚船去，荒犬还迎野妇回③。　松共竹，翠成堆，要擎残雪斗疏梅④。乱鸦毕竟无才思，时把琼瑶蹴（cù）下来⑤。

［注释］

①黄沙：即黄沙岭。《上饶县志》："黄沙岭在县西四十里的乾元乡，高约十五丈。"

②"句里"二句：词人正在春风里构思自己的诗句时，转过山头就忽然看见一片如画的景色。句里剪裁：指构思作诗。

③"轻鸥"二句：轻盈的沙鸥趁着小船无人的时候飞了过去，家里养的狗跑到田野中去迎接女主人的归来。

④"松共竹"三句：青松翠竹生长在一起，顶着残雪与疏梅争奇斗艳。擎：举，顶。

⑤"乱鸦"二句：乌鸦聚在一起，毕竟是没有什么才思，还不时地把美玉般的白雪踩踏下来。无才思：韩愈《晚春》："杨花榆荚无才思，惟解漫天作雪飞。"琼瑶：美玉，此喻白雪，蹴：踢。

翠竹

［词解］

这首词描写的是初春的景色。上片起句开篇明义：词人在赶路的途中构思一首诗篇，远处的溪山就像一张美丽的画图一样呈现在他的眼前，词人将春风比作剪裁景色的一把剪刀，颇有"二月春风似剪刀"的意味。"轻鸥"联对仗工整，妙笔天成。轻盈的沙鸥飞过无人的渡船，跑到田野里的家犬迎接着女主人的归来。这是一幅多么清新淳朴的乡村风情画啊！下片紧承上片进行景色描写：一簇簇青翠的松竹顶着残雪，与梅花争奇斗艳，各显身手，显示出一片生机勃勃的初春景象。尾句描写寒鸦将琼玉一般的雪花踏落，从而又给人一种大煞风景之感，不由让人产生了种种联想：松、竹、梅代表了那些坚持抗金，以恢复中原为己任的英雄志士，他们傲雪斗霜，不正是在与残暴的金人做斗争吗？那不知轻重的乌鸦不正是那些贪图苟安、软弱无能的投降派吗？如此看来，作者心中之意便不言自明了。

［词人逸事］

南宋孝宗乾道年间，浙东一带的百姓连年遭受灾荒。郑汝谐时任两浙转运判官，他体察民情，开仓赈灾。后来他转任江西转运副使，又不徇私情，揭露袁州（今江西宜春）知州黄邵私用公款的罪行。不久，又发生了爱国词人陈亮因驳斥"理学"，力主抗金，被权贵视为"狂怪"，受诬入狱一案。陈亮一家六十口面临满门抄斩的危机。当时郑汝谐正任大理寺少卿，在受理此案后，他坚决驳斥诬告陈亮的不实之词，并上奏宋孝宗，终于使陈亮的冤案得以昭雪。南宋孝宗淳熙十二年

(1185)，郑汝谐出任信州太守，与闲居信州的辛弃疾一见如故，结为知己，二人常以诗词唱酬。辛弃疾称赞郑汝谐为“老子胸中兵百万”。

西江月

夜行黄沙道中[1]

写作背景

这首词是辛弃疾闲居带湖时期外出游玩经过黄沙岭道中所写。黄沙岭一带不仅风光秀丽，农田水利也比较好，辛弃疾经常来此游览。他描写这一带风景的词，共有五首，这是其中的一首。

[原词]

明月别枝惊鹊，清风半夜鸣蝉[2]。稻花香里说丰年，听取蛙声一片[3]。　　七八个星天外，两三点雨山前[4]。旧时茅店社林边，路转溪桥忽见[5]。

[注释]

①黄沙：即黄沙岭。

②“明月”二句：月亮照在树枝上惊走了乌鹊，在夜半的清风中听到了蝉鸣声。曹操《短歌行》：“月明星稀，乌鹊南飞。绕树三匝，无枝可依。”苏轼《次周令韵送赴阙》：“月明惊鹊未安枝。”周邦彦《蝶恋花》：“月皎惊乌栖不定。”辛词“明月别枝惊鹊”句与以上诗句意思相近。别枝：远枝。

③“稻花”二句：田野里到处都是稻花的香气，荷塘里一片蛙声，似乎是在歌唱丰收的好年景。

④“七八个星”二句：天上有几颗稀疏的星星，山前掉了两三滴雨点。卢延让《松寺》：“两三条电欲为雨，七八个星犹在天。”

⑤“旧时”二句：从溪上的小桥转过来，印象中的茅草屋一下子就显现出来了。这二句用的是倒装句式。

[词解]

这首词写的是作者在山村夜行中的所见所闻。清风明月、惊鹊鸣蝉、稻香蛙声、溪流小桥，构成了一幅江南山乡夏夜的清新画面。而作者对大自然的热爱和丰收的喜悦则是贯穿全篇的中心思想。作者善于抓住夏夜山乡的特点，又为农民的丰收而喜悦，加上他轻快的笔调、优美的语言、和谐的音韵，使人读了这首词后仿佛身临其境，余味无穷。

起笔二句“明月别枝惊鹊，清风半夜鸣蝉”，写的是清风、明月、鸣蝉、乌鹊这些极其普通的景物，但是经过作者巧妙的组合以后，就显得不平常了，这两句没有用一个动词，却将一幅优美的夏夜景色展现在了人们的面前。这不禁让人想起了元曲大家马致远的名句：“枯藤老树昏鸦，小桥流水人家。”真是有异曲同工之妙。接下来“稻花香里说丰年，听取蛙声一片”，又将人们关注的重点转移到了田野里的庄稼和水田里的蛙声，由此看来词人不仅为黄沙道上的美妙夜景而陶醉，更关心农民的丰收年景。稻花飘出的“香”味，固然是描绘稻花盛开的情景，但它同时也是表达词人为农民获得丰收而喜悦的心情。用蛙声来表现丰年，正是词人独具匠心之处，令人称奇。以上四句描写的是夏夜山道中的景物以及词人的感受，其核心正是洋溢着对丰收年景的喜悦之情。

下片开头，词人并没有继续抒发上片的喜悦之情，而是换了一个角度，他写到“七八个星天外，两三点雨山前”，在这里，“星”是稀疏的，“雨”也是稀疏的，这些都与上片所描写的清幽夜色、恬静气氛和淳朴的乡土气息相吻合。一个“天外”，一个“山前”，都是遥远而不可捉摸的；但是词人在此笔锋又一转：转过桥头，于是乡村林边的茅店就意想不到地呈现在词人的眼前。尽管词人对黄沙道这段路已经非常熟悉，但是词人却因醉心于沿途的风景，居然没有察觉自己早已临近那个社庙旁树林边的茅店。前文“路转”，后文“忽见”，既衬托出词人忽然看见茅店出现在眼前的欢欣，又暗写他沉浸在稻花香中以至于忘了路途的远近，真可谓神来之笔。从这一点我们也可以看出作者深厚的艺术功底，令人回味无穷。

[词评]

有性情，有境界。既以气象论，亦有“横素波，干青云”之概。

——王国维《人间词话》

鹧鸪天

代人赋

写作背景

这首词作于闲居带湖时。根据我们对词义的理解，似乎是辛弃疾的友人询问他闲居以后的生活，他作此词以答之。

[原词]

陌上柔桑破嫩芽，东邻蚕种已生些[①]。平冈细草鸣黄犊，斜日寒林点暮鸦[②]。　山远近，路横斜，青旗沽酒有人家[③]。城中桃李愁风雨，春在溪头荠菜花[④]。

[注释]

①“陌上”二句：阡陌上桑树柔嫩的枝条已经生出了新芽，东边邻居家的蚕种也孵化出了蚕宝宝。些：语气助词，无实在意义。

②“平冈”二句：牛犊啃着平冈上的小草，不时地哞哞鸣叫，夕阳照耀下的树林中乌鸦来回飞着。

③“山远近”三句：青山由近到远连绵起伏，纵横交错的道路边上有挂着酒旗卖酒的人家。

④“城中”二句：城中的桃李正为连日的风雨而忧愁，田野里的荠菜花却开得正好。

[词解]

这首词描写的是农村风光，读之令人感觉情味盎然，意蕴深厚。上片头两句描写桑枝抽芽、蚕卵孵化，一个“破”字传神地写出了桑叶生长时的状态，不仅描绘出了那种动态，并且让人感受到桑芽萌发时的那种力量和速度。“平冈细草鸣黄犊”描绘了被关在牛栏里一个冬天的黄犊在平坡上吃春草的欢快情景。第四句中的一个“点”字，使“斜日”“寒林”在寒鸦飞来飞去的过程中，变得生机勃勃。“点”是形容乌鸦或飞或栖，就如同一团墨点，在早春那还未长出树叶的寒林中，黑色的乌鸦显得极为清楚。

平冈细草鸣黄犊

上片主要写的是近处的自然风光，下片则将镜头拉向远处，进而描写到了人事。“山远近，路横斜”两句，将读者的视线拉向了远方。“青旗沽酒有人家”，交错横斜的路，虽然通向不同的方向，但是词人却将自己的注意力集中在了那以青旗为标志的酒家。山村酒店，是此处很有特色的风景。

辛弃疾爱酒，因此看到酒家就让他感到很欣喜。作者在农村过着悠闲的生活，眼中看到的农村美景使他悟出了一个道理，因此在结尾处词人别出心裁、自出机杼："城中桃李愁风雨，春在溪头荠菜花。"那荠菜花开满了田野溪头，开得非常茂密，又十分显眼，荠菜的生命力十分顽强，春天所展示出来的生机也都是由它们创造的。反而是城中那些桃李，整日为春风春雨而忧愁，生怕春光早逝。这两句以生长在城里的桃李那种憔悴伤残的景象为下句作陪衬，从而展示了荠菜强大的生命力，也更加突出了城中的桃李之辈是多么的脆弱和不堪一击。其象征意义也就更加明显了。

这首词借景抒情，表达了罢官闲居于带湖的辛弃疾对农村生活的欣赏流连和对朝廷权贵奸臣的鄙弃，词人热情地赞美荠菜花，却轻视城中的桃李，正是作者对生活的哲理性的思考，荠菜花不怕风雨，却能占有春光，这不正像是那些永远不会被打倒压垮的抗金志士吗？由此将词的思想意义向着更加纵深的方向拓展开来。

忆王孙

秋江送别，集古句①

写作背景

此词大致作于辛弃疾闲居带湖期间。

[原词]

登山临水送将归②，悲莫悲兮生别离③，不用登临怨落晖④。昔人非⑤，惟有年年秋雁飞⑥。

[注释]

①集古句：摘选前人诗文中的现成语句集合成新的诗歌作品。最早的集句诗，应是晋代傅咸的《〈毛诗〉诗》，它是集《诗经》中的句子而成。后世著名的集句大家如王安石，晚年做了许多首集句诗，最多的长达百韵。文天祥也有二百首集杜诗。

②"登山"句：登临山水，将要分别。语出宋玉《九辩》："悲哉！秋之为气也，萧瑟兮草木摇落而变衰。憭栗兮若在远行，登山临水兮送将归。"

③"悲莫"句：最悲伤的事情莫过于离别了。语出屈原《九歌·少司命》：

“悲莫悲兮生别离，乐莫乐兮新相知。”

④“不用”句：不要在登临的过程中埋怨时间过得太快。语出杜牧《九日齐山登高》：“但将酩酊酬佳节，不用登临怨落晖。”

⑤昔人非：物是人非之感。语出苏轼《陌上花》：“江山犹是昔人非。”

⑥“惟有”句：只有大雁仍然年年飞回此地。语出李峤《汾阴行》：“昔时青楼对歌舞，今日黄埃聚荆棘。山川满目泪沾衣，富贵荣华能几时。不见只今汾水上，惟有年年秋雁飞。”

［词解］

这首《忆王孙》是辛词中仅有的一首集句词。首句“登山临水送将归”引用宋玉的《九辩》，点出送别之意。宋玉的《九辩》突出了秋景的萧瑟之感与诗人悲伤的情绪。辛弃疾用此句，则是抒发那种“多情自古伤离别，更那堪冷落清秋节”（柳永《雨霖铃》）的愁绪，“登山临水”，含有跋山涉水长亭相送的依依惜别之情。可以推知，辛弃疾所送别的这位朋友是他刚刚结识的知音，因此“悲莫悲兮”，就显得格外悲伤，此句出自屈原作品《九歌》中。宋玉是屈原的学生，辛弃疾将二人的词句组合在一起，不仅意思上下相连，更使人感觉十分巧妙。“不用登临怨落晖”，是杜牧的诗句，句中“登临”二字与“登山临水”相呼应，落日斜晖，天色已晚，朋友相聚尚未尽兴，就到了离别的时刻，这怎能不使人感到格外伤感呢？因此词人不自觉地便怨恨起落晖的无情来。“昔人非”直接用苏轼词中的三个字来概括整句的意思，给人一种物是人非的感觉。结句“惟有年年秋雁飞”，出自李峤《汾阴行》。借用李峤这首诗中的句子，以汉武帝在汾阴祭祀后土祠的盛况来反衬眼前所见的凄凉之景。辛弃疾由送别写起，并逐步扩大到了人生的感慨与对南宋朝廷的失望之情。南宋朝廷贪图苟安，不思恢复，辛弃疾借此表示自己的痛心之情。

此词虽是集句而成，但起承转合十分自然，辛弃疾不愧为南宋时期的杰出词人。

［词人逸事］

辛弃疾与郑汝谐在政治观点和立场上都非常接近，相识以后，两人来往甚密。尤其是郑汝谐在信州上任后，辛弃疾就像是伯牙遇到了子期，总算是有了知音，有了可以谈天说地的对象。郑汝谐在办完公事的空暇时间，也常常找辛弃疾欢饮长谈。有时，郑汝谐也会邀请辛弃疾到他家里去。两人在一起，天南海北，无所不谈，从宇宙谈到人生，从家长里短谈到朝政国事，有时开怀大笑，有时又悲慨激昂。

浣溪沙

壬子春[1]，赴闽宪[2]，别瓢泉

写作背景

本词作于绍熙三年（1192）春。辛弃疾从孝宗淳熙八年（1181）冬至光宗绍熙二年（1191）冬，被罢黜闲居上饶带湖整整十个春秋。绍熙二年冬才又接到诏命出任福建提点刑狱使。这首词是作者离家赴任时所作的。

[原词]

细听春山杜宇啼，一声声是送行诗[3]。朝来白鸟背人飞[4]。　　对郑子真岩石卧，赴陶元亮菊花期[5]。而今堪诵《北山移》[6]。

[注释]

①壬子：光宗绍熙三年（1192）。

②闽宪：福建提点刑狱。宪：宪司的简称，宋代即指提点刑狱，后世改称为按察司。

③"细听"二句：听到春山杜鹃一声声的啼叫，既是为我送行，同时又是盼我早日归来。杜宇：即杜鹃鸟，传说为蜀郡望帝所化，啼时泣血，啼声作"不如归去"，似是劝人早日归来。

④"朝来"句：白鸟似乎是在责怪我违背誓言与其分离。白鸟：鸥鹭。词人在带湖隐居之初，曾作《水调歌头·盟鸥》，对鸥鹭盟誓说要永久相伴。今突然要分离，故言其似有责备之意。

采菊东篱下

⑤"对郑子真"二句：言自己当初想效仿郑子真、陶渊明终老田园。郑子真：西汉成帝时人。朝廷屡次召他为官都被他拒绝，因为他隐居在云

阳谷口，故后世又称之为谷口子真。陶元亮：即陶渊明。他不愿为五斗米而折腰，毅然辞官隐居，到死也未曾出仕。陶渊明最爱菊花，其《饮酒》诗曰："采菊东篱下，悠然见南山。"

⑥"而今"句：现在我出仕做官，恐怕要被人用《北山移文》来耻笑了。《北山移》：南齐周颙和孔稚珪隐居钟山，后来周颙应诏出仕，期满进京，路过钟山时，孔稚珪作《北山移文》，假托山神，讽刺周颙违约出仕，拒绝让周颙入山。移文，这里作檄文讲，古代官方用以征召、晓谕、声讨的文书。

[词解]

辛弃疾于绍熙二年冬接到诏命出任福建提点刑狱使。临行前他的思绪很复杂：既想要建功立业以报效国家，又对隐居生活感到留恋，希望能像郑子真、陶渊明一样终老田园。

上片起句即描写杜鹃的哀切啼叫，似是在挽留词人，但作者却说"一声声是送行诗"，盖圣意难违不得不行，杜宇声啼，既是送行，又望早归；白鸟背飞，如泣如诉，似在埋怨词人违背前盟，因为词人曾作《水调歌头》（带湖吾甚爱），词中与白鸥结盟，相约共老山林，但是此次出仕，却违背了前盟。下片连用三典，借事抒怀：欲效仿郑子真、陶渊明等古人的高风亮节，终老田园，无奈如今却要违背初衷，面对《北山移文》这样讽刺借隐居以博功名富贵之人的文章，词人甚是惭愧，此处与上片"白鸟"句遥相呼应。话虽如此，但是作者内心仍然是希望此次出仕能够干一番事业，毕竟他是一个有着一腔报国热血的人。

水调歌头

三山用赵丞相韵[①]，答帅幕王君[②]，且有感于中秋近事，并见之末章[③]

写作背景

本词作于绍熙三年（1192）秋，此时辛弃疾在福建提点刑狱使任上。当时赵汝愚帅福建，宴会上赵作《水调歌头》，辛弃疾用其韵以答赵的一位姓王的幕僚。

[原词]

说与西湖客，观水更观山[④]。淡妆浓抹西子，唤起一时观[⑤]。种柳人今天上，对酒歌翻水调，醉墨卷

秋澜[6]。老子兴不浅，歌舞莫教闲[7]。　　看尊前，轻聚散[8]，少悲欢[9]。城头无限今古，落日晓霜寒[10]。谁唱黄鸡白酒，犹记红旗清夜，千骑月临关[11]。莫说西州路，且尽一杯看[12]。

[注释]

①三山：福州，福建省城。因城有九仙山、闽山、越王山三山而得名。赵丞相：指赵汝愚，曾为福建统帅。绍熙二年（1191）入京，为吏部尚书，除同知枢密院事，绍熙五年（1194）官至光禄大夫右丞相，此时辛弃疾已不在福建任上，所以丞相的称呼，可能是后来改的。

②帅幕：帅府幕僚。王君生平不详。

③末章：指词的下片或结尾部分。

④“说与”二句：告诉游览西湖的客人，看水景更要看山景。西湖：指福州西湖，在城西三里处，南接大濠，通南湖，可灌溉民田，但长期淤塞不通。赵汝愚于淳熙九年（1182）在福建任职时，曾上疏奏请疏通湖道，以利农桑。客：谓赵汝愚，或谓序中“帅幕王君”。

⑤“淡妆”二句：那淡妆浓抹总相宜的杭州西湖，与之不相上下。淡妆浓抹西子：语出苏轼《饮湖上初晴后雨》诗：“水光潋滟晴方好，山色空蒙雨亦奇。欲把西湖比西子，淡汝浓抹总相宜。”苏轼在杭州时，亦曾疏浚西湖，既有利于农桑，也增添了西湖的景致。辛词借苏词赞美福州西湖，并认为赵汝愚也像当年的苏轼一样，暗含赞美之意。

淡妆浓抹总相宜

⑥“种柳”三句：赵大人今天乘着酒兴填《水调歌头》词，正如秋水扬澜一样畅快淋漓。种柳人：指赵汝愚。他当年在福州疏浚西湖时，曾筑堤栽柳，故有此称。今天上：指赵汝愚如今在朝为官。歌翻水调：用《水调歌头》这个词牌填词。题序谓“用赵丞相韵”，即指此。醉墨卷秋澜：谓醉后创作酣畅淋漓，一气呵成。

⑦“老子”二句：谓我的兴致不比赵大人差，一定要让歌舞不休。老子兴不浅：暗用庾亮登南楼事。东晋庾亮驻守武昌时，其下属秋夜登南楼赏玩，不想庾亮亦

至，众人欲避。庾亮曰："诸君少住，老子于此兴复不浅。"遂与众人谈笑赏夜，尽兴而散。事见《世说新语·容止篇》。

⑧轻聚散：把相聚和离别看得很轻。

⑨少悲欢：很少感到悲哀和欢乐。

⑩"城头"二句：从古到今，早霜夕阳相互交替，从来没有改变过。

⑪"谁唱"三句：不要再想归隐的事情，还是暂且回想一下当年月照红旗、千骑临关之事。黄鸡白酒：谓隐居以后的田园生活。李白《南陵别儿童入京》："白酒新熟山中归，黄鸡啄黍秋正肥。"

⑫"莫说"二句：不要再说出仕是违背自己意愿的事情了，还是暂且先将自己杯中的酒喝了吧。西州路：指西州城，故址在今江苏南京朝天宫西。东晋时西州城在台城以西，是扬州刺史的治所。这里是暗用典故：东晋谢安虽受朝廷重用，但隐退东山的念头一直都未改变。后病重请求还乡，不许，诏还京师。当他路经西州门时，深感违背自身志向的痛苦。他死后，其外甥羊昙，悲伤悼念，行不经西州门。事见《晋书·谢安传》。

［词解］

这首词和上司之韵以答同僚，既有称颂之语，又有内心感情的抒发，称得上是一首佳作。

上片起句词人告诉游览福州西湖的游客，不要光看西湖的水，更要看西湖周围的山，因为山水放在一起才好看。接着词人又说起了淡妆浓抹总相宜的杭州西湖，"唤起一时观"是说福州西湖足可与杭州西湖媲美。"种柳人"三句，点出了使西湖变得如此美丽的，正是赵汝愚，他还在西湖边上种了很多柳树。这是赞颂赵汝愚政绩卓著，"醉墨卷秋澜"则是称颂赵的文才。"老子"句是说词人也受到了感染，兴致盎然地观赏歌舞。下片起句词人开始感叹人事，这是一种阅尽世间沧桑的感慨。城头今古、落日晓霜，貌似豁达，内心却犹疑不定，既思为国尽力，又惧官场争斗。"谁唱"三句陡然而起，令人热血沸腾，并有冲锋陷阵之豪气。结韵展示出其坚定的决心，不提隐居之事，而要为心中的壮志豪情干杯。

小重山

三山与客泛西湖①

写作背景

本词作于绍熙三年（1192），此时辛弃疾在福建安抚使任上。

[原词]

绿涨连云翠拂空。十分风月处，着衰翁。垂杨影断岸西东[2]。君恩重，教且种芙蓉[3]。　十里水晶宫。有时骑马去，笑儿童[4]。殷勤却谢打头风，船儿住，且醉浪花中[5]。

[注释]

①三山：指代福州。西湖：指福州西湖。

②“绿涨”四句：放眼望去，西湖一片翠绿，岸边树影婆娑，其景色真是美不胜收。而我就住在景致最佳的地方。绿涨连云翠拂空：西湖碧波与远空白云相接，水天一片翠绿。十分风月处：风景最美的地方。衰翁：作者自谓。

③“君恩”二句：皇帝恩情厚重，希望他让我在这里种荷花。芙蓉：荷花。教且：即且教，为使平仄和谐而将二字倒置。

④“十里”三句：西湖就像一座水晶宫殿，有时骑马游湖，反为儿童所笑。水晶宫：形容湖水晶莹碧透，如水晶砌成的宫殿。即言西湖之美。

⑤“殷勤”三句：有时泛舟湖中时，若恰遇顶头风，船儿就在水中停住，而我就会酣醉于西湖的波浪中。打头风：顶头风。下句“船儿住”即据此而来。

[词解]

这首词写与客人泛舟西湖之事，借景抒情。上片起句描写福州西湖碧波连天的美景，足以令人赏心悦目，作者却自称“衰翁”，则隐约流露出了颓唐放旷的意味。“垂杨影断”描写西湖岸边杨柳的婆娑之态，“君恩重，教且种芙蓉”，希望皇帝能够让他在此地种荷花，表面上看似词人已沉醉于美景之中，颇有乐不思蜀之意，实际上却又有些难以言传的悲哀。词人一向自负奇才，希望能够完成恢复大业。但是朝廷这次起用他为官，却并没有将他安排在前线，而是在作为大后方的福建地区，这怎能不让词人心中有所抱怨呢？下片写游湖之乐。骑马游湖，是辅；泛舟湖上，是主。泛舟又遇“顶头风”，暗指作者的政治抱负和爱国理想，总是不能实现，现实的政治环境和社会环境总是让人难以振作，不如

西湖春泛

领受“君恩”,“且种芙蓉”,“且醉浪花”。此词通篇没有用典,纯用白描,简练省净,但是又有深意蕴含其中。

[词评]

幼安之佳处,在有性情,有境界。

——王国维《人间词话》

添字浣溪沙

三山戏作①

写作背景

此词作于福建安抚使任上。

[原词]

记得瓢泉快活时,长年耽酒更吟诗。蓦地捉将来,断送老头皮②。　绕屋人扶行不得,闲窗学得鹧(zhè)鸪(gū)啼③。却有杜鹃能劝道:不如归④!

[注释]

①戏作:虽曰戏作,实则寓庄于谐。

②“记得”四句:我还记得当年在瓢泉游玩时饮酒吟诗的自在生活,后来忽然一下子就被起用为官,可惜我已是年老体衰,恐怕是不能胜任。《苕溪渔隐丛话》前集四十二载:北宋真宗东封泰山后,征召天下隐逸名士入朝为官。有一次真宗皇帝召见杨朴,问他临行前是否有人为其作诗送行?杨朴说他的妻子给他作了一首诗:“更休落魄耽杯酒,且莫猖狂爱吟诗。今日捉将官里去,这回断送老头皮。”真宗听罢大笑,于是让他重返田园。耽酒:沉溺于酒。蓦地:突然地。

③“绕屋”二句:年老力衰,即使有人搀扶着也不能绕屋行走了;闲来无事,便学作鹧鸪的啼声。鹧鸪啼声就像在说:“行不得也哥哥!”

④“却有”二句:只有杜鹃劝我说,不如归去。

[词解]

这首词以回忆闲居带湖时的生活作为开端,以隐居之时的诗酒风流来反衬官场的不自由，以及对于自己前途未卜的命运担忧。

起句“瓢泉快活时”，点出了自己在瓢泉时的快乐心情。“蓦地”二句，则化用杨朴之语，看似轻松幽默，其实包含了对于出仕的后悔之意，更点明了官场尔虞我诈的斗争十分残酷，如果卷入其中则必将大祸临头。下片写自己年老力衰之状，即言自己不胜为官之苦，并借鹧鸪鸟的啼声传达心意。鹧鸪鸟啼作“行不得”之声，正与前文照应，意思是说即使做官，自己的理想抱负也“行不得”。结语又以杜鹃的“不如归去”，表明了词人的真实意愿：既然这样，还不如回到瓢泉，重新过自己的田园生活。全词多用口语，清新自然，外以诙谐自嘲之趣，内含郁闷悲苦之情。

水调歌头

壬子三山被召[1]，陈端仁给事饮饯席上作[2]

写作背景

此词作于绍熙三年（1192）冬，当时辛弃疾正任职福建提点刑狱，因奉召赶赴京师临安，友人陈端仁等为其饯行，辛弃疾即席赋词。这首词几乎都是用前人的诗句和故事连缀而成，所表明的也正是《离骚》和《归去来兮辞》中的主旨：忠心反遭谗言，不如归守田园。

［原词］

长恨复长恨，裁作短歌行[3]。何人为我楚舞，听我楚狂声[4]？余既滋兰九畹(wǎn)，又树蕙(huì)之百亩，秋菊更餐英[5]。门外沧浪水，可以濯(zhuó)吾缨[6]。　一杯酒，问何似，身后名[7]？人间万事，毫发常重泰山轻[8]。悲莫悲生离别，乐莫乐新相识，儿女古今情[9]。富贵非吾事，归与白鸥盟[10]。

［注释］

①壬子：绍熙三年（1192）。

②陈端仁：名岘，闽县人，此时正废退家居。给事：官名，即给事中。

抗击金兵

③“长恨”二句：恨意绵绵，化作这首小词。复：又。裁：剪裁，创作。短歌行：汉乐府曲调名。《乐府解题》：“《短歌行》，魏武帝‘对酒当歌，人生几何’，晋陆机‘置酒高堂，悲歌临觞’，皆言当及时行乐也。”此处指这首《水调歌头》词。

④“何人”二句：谁能为我跳舞，谁又能听懂我唱的《凤兮》之歌呢，我的知音在哪里呢？为我楚舞：《史记·留侯世家》载：戚夫人泣，高祖刘邦安慰她说：“为我楚舞，吾为若（你）楚歌。”楚狂：春秋时楚国的狂人，姓陆名通，因昭王政令无常，于是他佯狂不仕，时人称之为楚狂。又因他迎孔子的车而歌，又称接舆。据《论语·微子》，他曾当面嘲笑孔子，作《凤兮歌》说：“已而，已而，今之从政者殆而。”

⑤“余既”三句：这里化用屈原的诗句，也是表明自己洁身自好，勤修美德的志向。滋、树：培养，栽种。兰、蕙：皆香草，代指高尚的品格。英：花瓣。

⑥“门外”二句：语出《孟子·离娄上》中所载的歌谣：“沧浪之水清兮，可以濯我缨；沧浪之水浊兮，可以濯我足。”意谓面对世事，必须要能够分清黑白美丑。意即不与恶人同流合污。沧浪水：汉水，此泛指江河。濯：洗。缨：系冠的带子。

⑦“一杯酒”三句：西晋张翰（字季鹰）荒诞不拘，有人问他：你只图一时的放纵之乐，难道都不考虑死后的名声吗？张翰答曰：“使我有身后名，不如及时一杯酒。”（《世说新语·任诞篇》）辛弃疾在这里提出疑问，实际上是他进退不定的矛盾心理的表现，由此引起下文的议论。何似：何如，与……相比怎么样？

⑧“人间”二句：当今的社会，轻如毫发的东西被人们看得很重，重如泰山的事情却被人们看得很轻。

⑨“悲莫”三句：化用屈原《九歌·少司命》的诗句：“悲莫悲兮生别离，乐莫乐兮新相知。”

⑩“富贵”二句：我不想留恋什么富贵荣华，只想早日重回田园归隐。富贵非吾事：陶潜《归去来兮辞》：“富贵非吾愿，帝乡不可期。”

［词解］

辛弃疾的这首《水调歌头》，是一首感时伤事的答友人见别之作。

作者在上片直接以“长恨复长恨，裁作短歌行”开篇，初看似乎突兀，但是只要稍加思索我们就能明白：中原的广大地区已处于金兵控制之下，中原人民生活在水深火热之中，但偏安江南的南宋朝廷却不思北伐，对主张抗金的人士加以打击和迫害，如此“长恨”，在“饮饯席上”又岂能尽言？所以词人只能把它“裁作短歌行”。“短歌行”，原是古乐府的《平调曲》名，多用作饮宴席上的歌辞。“长恨”对“短歌”，不仅句式上有对应之美，更主要的是长恨绵绵却又无法尽言的情致。“何人为我楚舞，听我楚狂声”，一个“狂”字，直接表明了他不愿趋炎附势、屈从权贵的清高品质。紧接着又以从容优雅的语气写道：“余既滋兰九畹，又树蕙之百亩，秋菊更餐英。”这三句均化用屈原《离骚》诗句，词人表明即使遭到朝中奸臣谗言排挤，罢职闲居，自己也依然不会改变报国之志，“门外沧浪水，可以濯吾缨”一句，表明自己决不肯随波逐流与投降派同流合污、沆瀣一气。

下片头三句与上片开端遥相呼应，感慨自己的报国理想不能实现。他的抗金复国理想难以实现，壮志难酬，要身后浮名又有什么用！“人间万事，毫发常重泰山轻。”这是全词最重要的两句，因为它道出了“长恨复长恨”的根本原因，那就是南宋统治者黑白颠倒，是非不分，一味地苟且偷安。这是词人对南宋朝廷腐败政局的悲愤的谴责。接下来作者用屈原的《九歌》点明相聚欢恨别离乃是从古至今人之常情，表明词人和饯行者陈端仁友谊深厚，彼此都不忍离别。“富贵非吾事，归与白鸥盟”两句，词人引用陶诗，表明自己此次奉召赴临安绝不是为了追求个人富贵，并想早日归隐田园，一方面表明自己宁可退隐，也绝不与投降派同流合污，另一方面也有勉励陈端仁之意。

辛弃疾的这首《水调歌头》，虽是答友人见别之作，却无平常的哀怨之气，它答别而不怨别，全词表达的是他感时抚事的悲恨和忧愤，全无凄凄惨惨的离愁别绪，形成了一种豪放中见沉郁的艺术情致。

［词评］

梨庄云：“辛稼轩当弱宋末造，负管乐之才，不能尽展其用，一腔忠愤，无处发泄。观其与陈同父抵掌谈论，是何等人物。故其悲歌慷慨，抑郁无聊之气，一寄之于词。今欲与搔头傅粉者比，是岂知稼轩者。”羡门云：“稼轩词胸有万卷，笔无点尘，激昂排宕，不可一世。”……稼轩仙才，亦霸才也。

——江顺诒《词学集成》

鹧鸪天

三山道中[1]

写作背景

本词作于绍熙四年（1193）春，辛弃疾奉诏赴京途中。

[原词]

抛却山中诗酒窠(kē)，却来官府听笙歌[2]。闲愁做弄天来大，白发栽埋日许多[3]。　新剑戟(jǐ)，旧风波。天生予懒奈予何[4]。此身已觉浑无事，却教儿童莫恁(nèn)么[5]。

[注释]

①三山道中：从福建赶往京城的途中。

②“抛却”二句：告别隐居生活出来做官。窠：原意指鸟兽的巢穴，这里指隐居之处。

③“闲愁”二句：闲愁比天还大，头上的白发也日益增多。做弄：戏弄。白发栽埋：白发全是自己招来的。稼轩词《水调歌头》（白日射金阙）结句云：“白发宁有种，一一醒时栽。”其语义与此类似。日许多：日益增多。

④“新剑戟”三句：官场争斗由来已久，可惜自己生性疏懒，不愿参与其中。剑戟：古时的两种武器，此喻官场斗争。

⑤“此身”二句：这辈子已经不想再有什么作为了，却不能让自己的子侄也这样。儿童：指自己的儿辈。恁么：如此这般。

[词解]

这首词写自己再度出仕后凄苦悲切的心情。起句以“山中诗酒”与“官府笙歌”对比，孰优孰劣自不待言。田园的隐居生活可以说是风流快活，而今出仕做官，整日面对烦琐的公务，自己的才能却得不到施展，还要为五斗米而折腰，这怎能不让辛弃疾对结束隐居生活再度出仕而感到极度后悔呢？所以接下来词人就叹道：“闲愁做弄天来大，白发栽埋日许多。”自己现在的闲愁是大如天，头上的白发也日益增多，这些不都是自找的吗？下片以“剑戟”“风波”比喻官场之中永无休止的争斗，想到此番奉诏进京，也许就要经历一场新的官场争斗，词人的心境不由得更是烦闷。“天生”句作者明说自己什么都不怕，但是实际上却是对什么事都无可奈何、毫无办法。然其中委曲，又不便与儿辈明言，故结句“此身已觉浑无事，却教儿童莫恁么”实在是有些言不由衷，作者对儿辈说不用担心，实际上担心的却是词人自己，这种复杂的心情又能对谁倾诉呢？

定风波

三山送卢国华提刑[1]，约上元重来[2]

写作背景

辛弃疾于绍熙四年（1193）春奉诏入京，迁太府少卿。这年秋天，又出知福州兼福建安抚使，随后返回福州。同年冬天，其同僚卢国华继他之后为福建提点刑狱使，随即又调往福建建宁府负责漕运事务。故辛弃疾作词为其送行。

［原词］

少日犹堪话别离，老来怕作送行诗[3]。极目南云无过雁。君看，梅花也解寄相思[4]。　　无限江山行未了，父老，不须和泪看旌旗[5]。后会丁宁何日是？须记，春风十里放灯时[6]。

［注释］

①卢国华：即卢彦德，字国华，浙江丽水人。

②上元：正月十五。

③“少日”二句：年轻时还可以承受离别之苦，老了以后就最见不得送别场面了。

④“极目”三句：放眼望南天，没有可做信使的大雁，幸好梅花也可寄托思念之情。此暗用陆凯《赠范晔》诗意：“折梅逢驿使，寄与陇头人。江南无所有，聊赠一枝春。”

⑤“无限”三句：谓友人尚未走遍万里江山，乡亲父老不必泪眼相送。旌旗：此当指卢国华出行时的仪仗。

⑥“后会”三句：叮嘱卢国华记好再会的日期，正是那放灯十里的上元

节。建宁府亦属闽地，与福州距离不远，故有此约。后会：以后相会。丁宁：即叮咛，叮嘱，嘱咐。放灯：上元节也称放灯节。古有上元放灯、观灯的习俗。

［词解］

这首词写的是词人与卢国华的依依惜别之情。上片起始二句以“少日”陪衬“老来”，状离别愁绪之不堪，词人担心自己来日无多，不知能否再与友人相见。“极目南云无过雁。君看，梅花也解寄相思”三句极为深沉含蓄，作者写别后思念之情，却不说自己如何想念，而只说没有可以代为传书的大雁。接着又暗用典故，虽说不能音信往来，但是梅花自古便能传达相思之情，因此他告诉友人只要看见梅花，便可知自己正在思念他。下片心胸开阔，放眼万里江山，情绪高昂振奋，全无上片儿女情长之态。结尾三句照应小序中的“约上元重来”。“春风十里放灯时”，描绘出上元节一片灯火辉煌的景象，其意境十分优美，并与“无限江山”句相呼应，词人想到来日方长，定能后会有期，因此一下子变得开朗乐观起来，全无伤感之态。

［词人逸事］

辛弃疾晚年落职闲居，虽已花甲，却壮志难酬。悲凉感和英雄的豪气常常在辛弃疾的心底交织，从而形成了一个个怨愤难平的梦境。一天夜里，辛弃疾又做了一个非常奇怪的梦。梦中，辛弃疾遇到一个人，那人向他赠送了一个由石头研磨而成的屏风，色泽如玉，光滑温润。屏风上面刻有一头磨着犄角准备战斗的石牛。那人告诉辛弃疾：“在湘潭，有一个号称张难敌的大力士，他力大无比，善搏斗。但是有一天，张难敌却失手败北，一时气愤想不开，竟然投河自尽。在他死后的第三天，他的家人才在河边找到他的尸体，此时他已经变成了一头大公牛。从此以后，这条河和河岸的山上，常常会发现这种石头。如果有人得到了这种石头，那么村子里就会发生一些不祥之事。”辛弃疾在梦里做了一首几百字的长诗，醒来后却一个字都记不得了。后来他就作了一首《兰陵王》以记其事。

定风波

再用韵。时国华置酒[1]，歌舞甚盛

写作背景

本词与上一首《定风波》作于同时，从词前小序即可得知。

［原词］

莫望中州叹黍离，元和圣德要君诗[2]。老去不堪

谁似我？归卧，青山活计费寻思③。　　谁筑诗坛高十丈？直上，看君斩将更搴（qiān）旗④。歌舞正浓还有语，记取，须髯（rán）不似少年时⑤。

[注释]

①国华：即卢彦德，字国华。

②“莫望”二句：不要北望中原，空发故国之思，何时才能让我们像唐代诗人称颂唐宪宗一样来称颂我们的皇帝呢？中州：指中原地区，此时已被金兵占领多年。黍离：《诗经·王风》中的一首诗，有“彼黍离离”之句，感叹西周故都的残破景象。后世遂以黍离之叹、黍离之悲来指代兴废之感和故国之思。元和圣德：元和，唐宪宗李纯的年号（806—820）。元和年间，唐王朝曾平定淮西吴元济之乱，震慑了各地的藩镇割据势力，使国家重归统一。当时的诗人纷纷作诗称颂。辛词借此指歌颂抗金复国的诗篇。

③“老去”三句：我到老年仍一事无成，唯有终老田园了。活计：谋生之道。

④“谁筑”三句：您的诗才出众，一定能在诗坛上拔得头筹。斩将更搴旗：以战场上雄威无敌喻诗坛上大显身手。搴：拔取。

⑤“歌舞”三句：但是不要总是沉湎于歌舞，要切记玩物丧志的道理。须髯：胡子。

[词解]

此词仍是在与卢国华分别的宴会上所作，虽然面对的是酒宴席前的轻歌曼舞，词人说的却全是忧国忧民之情。

上片起始两句作者即告诫友人不要贪恋歌舞的美妙，要记得中原还在金兵的手中，恢复中原的大业要靠友人来承担，即使是在这酒宴歌舞之时，也大可做一些抒发豪情壮志的诗篇。接下来是作者的自谦之语，词人推说自己年纪大了，没有什么作为，只能归卧田园养老，这是从反面激励友人一定要趁着年轻有为，好好磨练自己。下片作者肯定了友人文才出众，一定会在诗坛上大显身手。酒宴之上作诗本为平常之事，但不能一味地提倡浮艳婉约的诗风，而更应当抒发爱国英雄的豪情壮志。词人提倡的这种文学观正道出了南宋爱国诗人的心声，也是当时时代精神的体现。结句从眼前动人的歌舞生发开来，劝诫友人要珍惜时光，抓紧时间为国家的统一大业做出贡献，使自己的一生能够建立一番功业，无愧于国家社稷。虽语重心长，表达得却委婉得体，毫无说教之感。

鹧鸪天

写作背景

此词作于福建安抚使任上。

[原词]

桃李漫山过眼空，也曾恼损杜陵翁[1]。若将玉骨冰姿比，李蔡为人在下中[2]。　寻驿使，寄芳容，陇头休放马蹄松[3]。吾家篱落黄昏后，剩有西湖处士风[4]。

[注释]

①“桃李”二句：满山的桃李争奇斗艳，却不能持久，这也曾让杜少陵为之恼恨。恼损：烦恼，怅恨。杜陵翁：即杜甫。杜甫有《漫兴九首》写花落春去，不胜恼恨之意。其《江畔独步寻花》也有“江上被花恼不彻”之句。辛词“恼损杜陵翁”，即指此意。

桃李漫山过眼空

②“若将”二句：若将桃李之艳与梅花的冰姿玉骨相比，就像将李蔡比于李广，实属中下水平。玉骨冰姿：指梅花。辛弃疾有《洞仙歌》词咏红梅，起句即称“冰姿玉骨”，故称。“李蔡”句：语出《史记·李将军列传》。李蔡为李广的族弟，属中下之品，名声远不如李广。李广没有爵邑之赐，官不过九卿，而李蔡却被封侯，位至三公。

③“寻驿使”三句：寻找一位驿使，请他代送一枝梅花，寄上远至陇西的相思之情。此暗用陆凯《赠范晔》诗意。驿使：驿站传送文书的使者。陇头：即指陇山。在今陕西省西北。

④“吾家”二句：我家篱笆内就种有

梅花，颇有林逋的隐士之风。剩有：颇有。西湖处士：指北宋初年的名士林逋。林逋长年隐居西湖孤山，他酷爱梅花，终生不仕、不娶，以梅为妻，以鹤为子。处士：古指未仕或不仕的士人。

［词解］

这首咏梅词另辟蹊径，词人没有一句是直接描写梅花形态的，而是采用对比、用典写其神韵，抒发自己的感情。

上片写桃李虽然惊艳一时，却转瞬即逝，大诗人杜甫也曾为之怅恨不已。接下来才提到梅花，并且是借桃李的反衬烘托出了那冰姿玉骨、傲霜斗雪的梅花，接着作者引用了《史记·李将军列传》中对于李蔡与李广人品的评价，以此暗喻花品，桃李之辈正如李蔡，而孤傲的梅花则像李广一样。由花及人，用意不言自明。下片“寻驿使，寄芳容”，化用陆凯诗句，点明梅花可寄托相思之情，接着又用林逋终生不仕、梅妻鹤子之事，既讽刺桃李之俗辈谄事权贵以得富贵，又赞美梅花之高士安居于篱落，颇有高人隐士之风。作者表面上是在赞美梅花，实际上是用象征暗喻的手法，以梅花自比，表达了自己清高傲岸，绝不与世俗同流合污的品格。

行香子

三山作

写作背景

本词作于绍熙五年（1194）春，作者当时正担任福建安抚使之职。

［原词］

好雨当春，要趁归耕。况而今已是清明①。小窗坐地，侧听檐声②。恨夜来风，夜来月，夜来云③。

花絮飘零，莺燕丁宁，怕妨侬湖上闲行④。天心肯后，费甚心情⑤。放霎时阴，霎时雨，霎时晴⑥。

［注释］

①“好雨当春”三句：正是好雨当春的时节，应该赶快回家耕种，更何况已是清明节气。用杜甫《春夜喜雨》“好雨知时节，当春乃发生”诗意。趁：指趁“好雨当春”的好时节。

②“小窗”二句：坐在窗前仔细倾听雨打屋檐的声音。坐地：坐着。地，助词，无实际意义。檐声：指屋檐间的滴水声。

③“恨夜”三句：恼恨春夜天气变化无常，一会儿刮风，一会儿朗月晴空，一会儿又乌云满天。

④“花絮”三句：雨后花落春去，莺燕仿佛在叫着说：泥湿路滑，想在湖边漫步恐怕你是难以成行。侬：吴语，你。

⑤“天心”二句：如果天意明了，就不必再费心猜度怀疑。天心：上天之心，比喻朝廷。后：助词，表示语气，如呵、啊。

⑥“放霎”三句：只是阴晴不定，一会儿阴天，一会儿下雨，一会儿又晴天，让人难以明了天意。霎时：犹言一霎儿。李清照《行香子》词：“甚霎儿晴，霎儿雨，霎儿风。”

[词解]

这首词抒发了词人自己欲归耕田园之志，却又怕奸人从中阻挠，更因为君心难测，不由心生感慨。

上片开端三句直抒怀抱，现在春雨贵如油，况且正值清明时节，正是种庄稼的好时候，不如早些归家种田。写农事，即写自己归隐田园的愿望。接下来以比兴的手法，表面上描绘天气的阴晴不定，令人难以猜测，实际上则是以“风”“云”暗喻对抗金志士持打击压制态度的奸佞小人，这些人蒙蔽了皇帝，使皇帝不知道自己的真实想法。下片紧承上片之意，头三句描写雨后之景，言外之意委婉深沉，耐人寻味，飘零萧落之景正暗喻了南宋政权岌岌可危的形势，但是朝廷上下却无人关心，依旧贪图享乐。最后几句是将希望放在皇帝身上，希望皇帝能够奋发图强，亲贤臣，远小人，使政治清明，国力强盛，完成恢复大业。但是词人自己也知道，他的这个愿望是不可能实现了，否则为什么还要归隐呢？

[词评]

此告归未得请时作也。——发端云：“好雨当春，要趁归耕。况而今已是清明。”直出本意，文义甚明。次云：“小窗坐地，侧听檐声。恨夜来风，夜来月，夜来云。”谓受谗谤迫扰，不能堪忍也。下半阕云：“花絮飘零，莺燕丁宁，怕妨侬湖上闲行。”尚虑有种种牵制，不得自由归去也。次云：“天心肯后，费甚心情。放霎时阴，霎时雨，霎时晴。”谓只要谕旨一允，万事便了；却是君意难测，然疑间作，令人闷杀也。……盖已知报国夙愿不复能偿，而厌弃此官抑甚矣。度自去冬今春，已累疏乞休，而朝旨沉吟，久无所决，故不免焦虑也。

——梁启超《辛稼轩先生年谱》

最高楼

吾拟乞归[1]，犬子以田产未置止我[2]，赋此骂之

写作背景

此词大约作于南宋光宗绍熙五年（1194），当时词人已五十五岁，正在担任福州知府兼福建安抚使的职务（从梁启超、邓广铭二先生说）。

宋代的封建帝王用极其优厚的待遇来笼络武将和文臣，以换取他们忠心耿耿的服务，因此，官僚地主置办田产、营建宅第、蓄养家伎的风气极盛。而当时的城市商业经济极为发达，色情业也畸形膨胀，这些都大大刺激了纨绔子弟的消费欲望，他们的胃口被吊得很高。红烛呼卢，千金买笑，在“销金窟”里败尽祖产的不肖子孙处处皆是。据词及词前的小序可知，词人因在官场上饱经挫折，便拟辞官回乡，但是他那不懂事的“犬子”却以家中田地、房产尚未购置齐全为理由极力反对他辞官。词人便作了这首词数落他。

［原词］

吾衰矣，须富贵何时[3]。富贵是危机[4]。暂忘设醴抽身去，未曾得米弃官归。穆先生，陶县令，是吾师[5]。　待葺个、园儿名“佚老”，更作个、亭儿名“亦好”，闲饮酒，醉吟诗[6]。千年田换八百主，一人口插几张匙[7]。便休休，更说甚，是和非[8]。

［注释］

①乞归：向朝廷乞求罢官回家养老。

②犬子：原为父亲对儿子的爱称，后成为在别人面前对自己儿子的谦称。止我：阻止我。

③“吾衰”二句：谓我已年老，要想大富大贵不知要等到何时。吾衰矣：《论语·述而》中孔子说“甚矣吾衰也，久矣吾不复梦见周公”。辛弃疾《贺新郎》词起句亦云：“甚矣吾衰矣。”须富贵何时：杨恽《报孙会宗书》：“人生行乐耳，须富贵何时。”

④“富贵”句：富贵中暗藏着危机。《晋书·诸葛长民传》：“贫贱常思富贵，

富贵必履危机。”苏轼《宿州次韵刘泾》:“晚觉文章真小技，早知富贵有危机。”

⑤“暂忘”五句：我应当效法穆生、陶渊明等人，趁早辞官隐居。“暂忘”句：用“穆先生”事。《汉书·楚元王传》说：元王至楚国封地，用穆生等人为中大夫。穆生不嗜酒，元王每置醴以待。后王戊即位，渐忘设醴酒之事。穆生说：“醴酒不设，王之意怠。不去，楚人将钳我于市。”于是称病离去。醴：醴酒，用醴泉之水酿成的酒，味甘美。“未曾”句：用陶潜不为五斗米折腰事。陶县令，即陶潜。

⑥“待葺”四句：待我修座“佚老园”，建座“亦好亭”，以诗酒自娱。葺：意为“修建”。佚老：老来安逸。《庄子·大宗师》:“佚我以老。”佚，通“逸”，安乐、安逸。戎昱《中秋感怀》:“远客归去来，在家贫亦好。”

⑦“千年”二句：谓不要贪恋富贵，应知足常乐。“一人”句：当时俗语。范成大《丙午新正书怀》诗之四，自注：“吴谚云：一口不能着两匙。”

⑧“便休休”三句：等到一切都没有了，再评论是非也就没有什么意义了。休休：退隐，罢休。

[词解]

这首词的写作初衷是由于自己想辞官归隐，但是儿子却以家里田地、房产还没有置备充分为理由阻止自己辞官还乡，也就是说还不够“富贵”。 想辞官归家是真，骂子却未必，作者只不过是借题发挥，以表明自己的心志而已。因此，作者首先抓住“富贵”作文章，开门见山地说道：我已经老了，当不了官了，要想富贵不知道要等到什么时候呢？再说了，即使真的拥有富贵又能怎么样呢，要知道爬得越高，摔得越重，富贵之中必然也隐藏着危机啊！怎样才能避免灾祸使自己得以保全呢？只有急流勇退，及时辞官归隐。就像当年的穆生、陶潜一样。总之，词人要向这两位高人学习，其用意很明显：朝廷既然对我已经感到厌倦和不信任，我为什么还要以自己的人格尊严来换取什么“富贵”呢？我还是早日辞官隐退吧！

亭阁饮酒

下片头四句畅想自己归隐以后的生活：修建一处带有亭阁的花园，闲暇的时候喝酒吟诗。这是多么美妙的隐居生活啊！诗人自己安贫乐道，但是对自己的儿子却还是不放心，必须好好教训他一番：田地家产再多，碰上个败家子也会被挥霍一空，一个人有几张嘴，能吃几勺饭？不要再在我耳旁搬弄是非了。“千年”二句，语浅意深，颇见其旷达胸襟。结处遥应开端，于旷达中更见愤懑之情。这首词，既有对历史的反思，又包含着人生的哲理；既充满着书卷气，又洋溢着诙谐气。显示出词人的旷达胸怀与丰富的人生经验。

瑞鹤仙

赋 梅

写作背景

本词作于绍熙三年至绍熙五年（1192—1194）之间，辛弃疾当时正在福州知府及福建安抚使任上。

[原词]

雁霜寒透幕，正护月云轻，嫩冰犹薄①。溪奁（lián）照梳掠，想含香弄粉，艳妆难学②。玉肌瘦弱，更重重龙绡（xiāo）衬着③。倚东风一笑嫣然，转盼万花羞落④。

寂寞。家山何在？雪后园林，水边楼阁⑤。瑶池旧约，鳞鸿更仗谁托⑥？粉蝶儿只解，寻桃觅柳，开遍南枝未觉⑦。但伤心冷落黄昏，数声画角⑧。

[注释]

①“雁霜”三句：寒霜穿透了窗帘，进入室内，云彩似烟雾一样笼罩着月亮，水面还结着一层薄冰。韩偓《半醉》诗：“云护雁霜笼澹月，雨连莺晓落残梅。”雁霜：浓霜，严霜。幕：此处指窗后的帷幕，类似窗帘。嫩冰：薄冰，即将融化的冰。

②“溪奁”三句：梅花对着溪水梳妆，想艳妆浓抹，故作妖媚，却怎么也学不像。溪奁：把溪水当作梳妆镜。奁：梳妆匣。梳掠：梳妆打扮。

③“玉肌”二句：寒梅在月下好似穿着重重的龙绡，却仍然显得很瘦弱。龙绡：即鲛绡，传说是南海中鲛人所织的一种名贵的纱，入水不湿。

④“倚东风”二句：梅花在春风中嫣然一笑，使百花都失去了颜色。嫣然：美丽的样子。转盼：秋波流转，形容眼神美丽。羞落：因羞惭而自落。

⑤“寂寞”四句：哪里是梅花的家园，是那雪后的园林，水边的楼阁，但是梅花在此却深感寂寞。

⑥“瑶池”二句：虽然早有瑶池之约，可是又能让谁捎去书信呢？瑶池：神话中西王母的住处，此指天宫。鳞鸿：即鱼、雁，古人有鲤鱼、鸿雁传书之说。此指书信。

⑦“粉蝶”三句：粉色的蝴蝶只知道与桃花柳絮亲近，即便梅花开遍南枝它也不去理会。

⑧“但伤心”二句：梅花只能在黄昏画角之中，空自伤心。

[词解]

辛弃疾再次出来做官，眼见国势日衰，虽然他勤于政事，但内心仍深感寂寞，于是借咏梅以抒发情感。这首词全用拟人手法赋梅，不但形神兼备，而且有深深的寄托。

上片起句描写冬末春初春寒料峭、嫩冰犹薄的情景，点明了梅花开放的时间和环境，赞美梅花不畏寒气、凌霜绽放的美好品质。接下来写梅花以溪水为镜，就好像佳人对镜化妆，尽显其疏淡清瘦的本色。但正是这样才使它令百花自叹不如。此处赞梅花格调高雅、清高脱俗。下片以“家山何在”，唤起梅花的寂寞之叹：生长于雪后园林、水边楼阁，却无知音共诉衷肠。一叹无人代传音信，难以赴瑶池之约；二叹粉蝶难知其心意，只能在凄冷的黄昏中空自凋落。词中所说的“家山何在”，别有深意。作者咏梅，不正是以梅自比吗？梅花失去了自己的家园，那词人自己呢？他不也是生活在国家分裂、有家难回的困境之中吗？词人心中念念不忘的，正是抗金复国的大业啊！

[词评]

其秾纤绵密者亦不在小晏、秦郎之下。

——刘克庄《辛稼轩集序》

水龙吟

过南剑双溪楼①

写作背景

宋光宗绍熙五年(1194)秋天，正在福建安抚使任上的辛弃疾因被诬告再次罢职回到江西农村闲居。他在归途中经过南剑州，登上双溪楼，遥望西北遮天蔽日的乌云，不觉百感交集，悲愤中写下了这首凄楚苍凉的怀古伤今之词。

［原词］

举头西北浮云②，倚天万里须长剑③。人言此地，夜深长见，斗牛光焰④。我觉山高，潭空水冷，月明星淡⑤。待燃犀下看，凭栏却怕，风雷怒，鱼龙惨⑥。

峡束苍江对起，过危楼，欲飞还敛⑦。元龙老矣，不妨高卧，冰壶凉簟(diàn)⑧。千古兴亡，百年悲笑，一时登览⑨。问何人又卸，片帆沙岸，系斜阳缆⑩。

［注释］

①南剑：宋时州名，治所在今福建南平市。双溪楼：在南平城东，因有剑溪及樵川二水在此汇合而得名，是当时的游览胜地。

②西北浮云：喻沦落的中原如同高楼被浮云遮住一样难以看到。《古诗十九首·西北有高楼》："西北有高楼，上与浮云齐。"

③倚天长剑：语出宋玉《大言赋》："长剑耿介，倚天之外。"

④"人言"三句：据《晋书·张华传》："晋尚书张华见斗牛二星间有紫气，问雷焕，曰：是宝剑之精，上彻于天。后焕为丰城令，掘地，得双剑，其夕，斗牛间气不复见焉。焕遣使送一剑与华，一自佩。华诛，失剑所在，焕卒，其子华持剑行经延平津，剑忽于腰间跃出堕水，化为二龙。"光焰：即指宝剑在地下生出的紫气。

举头西北浮云

⑤"我觉"三句：我觉得双溪楼周围的山很高，潭水空旷清冷，月明星稀。隐喻现实的政治环境严酷冷峻。

⑥"待燃犀"四句：想点燃犀牛角照水，却又怕妖魔鬼怪真的出来兴风作浪。燃犀：点燃犀牛角。传说燃犀照水，能使妖怪现出原形。据《晋书·温峤传》载：江州刺史温峤兵回武昌，路过牛渚矶，水深不可测，人言水中多妖。温峤燃犀下照。不久，见水中诸怪都赶来灭火。鱼龙：即指水中妖魔，喻朝中的奸佞小人。惨：狠毒。

⑦"峡束"三句：谓剑溪、樵川溪水汇合，其波涛似要飞过双溪楼，但因受峡

峡束苍江对起，过危楼

谷的约束，又收敛了起来。束：约束，制约。苍江：青色的江水。对起：指两山对峙。危楼：高楼，指双溪楼。敛：收敛，此指水势变缓。

⑧“元龙”三句：以汉代陈登自喻，其高卧于楼上，不理那些见识短浅之辈。冰壶凉簟：一壶冷酒，一领竹席。

⑨“千古”三句：登上双溪楼，不由得感慨起千百年来的悲喜兴亡。登览：登楼览胜。

⑩“问何人”三句：是谁在斜阳下的沙岸边，卸帆系舟。缆：系船用的缆绳。

[词解]

这首词是辛弃疾爱国思想表现得极为明显的名作之一。作者登览作为名胜的双溪楼，自然而然地想到了被金人占据的广大中原地区，同时也很自然地联想到了传说中落入水中的宝剑。在国家遭受分裂的危急存亡之秋，多么需要有一把能扫清万里阴云的宝剑啊！然而，词人眼中见到的景象，却只是莽莽群山、潭空水冷、星月黯淡。欲待燃犀向潭水深处探看，却又怕水面上风雷怒吼，水中的妖魔鬼怪凶残。这说明，想要取得这把宝剑，完成收复中原的大业，必定会遇到重重阻挠与破坏。下片借景抒情，流露出了壮志难酬，不如闲居山林的隐退思想。这一消极思想的产生，是由于南宋朝廷偏安一隅，不思进取，一味妥协投降；对坚持抗金以图恢复中原的有志之士却百般压制打击，甚至残酷迫害，使统一中原的伟大事业，付之东流。词中一面描写的是忧心“西北浮云”的爱国志士，另一面却是“西湖歌舞”的懦弱朝廷，真是鲜明的对比。表面看来，作者的情绪似乎低沉消极，但真正隐藏在词句背后的，正是那不能忘怀国事的忧愤。因此这首词很能代表辛词雄浑沉郁、慷慨悲凉的风格。

[词评]

稼轩词着力太重处，如……《水龙吟》（过南涧双溪楼）等作，不免剑拔弩张。

——陈廷焯《白雨斋词话》

柳梢青

三山归途[1]，代白鸥见嘲[2]

写作背景

本词作于绍熙五年（1194）秋，时逢辛弃疾再遭罢黜，被朝廷委以虚职，主管建宁府武夷山冲佑观。于是辛弃疾从福建返回江西上饶故居，这首词就是写于归乡途中。

[原词]

白鸟相迎，相怜相笑，满面尘埃。华发苍颜，去时曾劝，闻早归来[3]。　而今岂是高怀，为千里莼(chún)羹计哉[4]！好把《移文》[5]，从今日日，读取千回。

[注释]

①三山：福州的代称。

②代白鸥见嘲：以白鸥的口吻作一首词以自嘲。见：加在动词前表示对自己如何，有被动意义。

③“白鸟”六句：白鸥迎接我归来，怜惜又略带嘲笑地看着我风尘仆仆的样子。我离开的时候白鸥曾经劝我要趁早回来，可如今我回来的时候，却已是满头白发，容颜苍老。白鸟：即白鸥。辛弃疾刚刚罢居带湖时，曾向白鸥盟誓，要终老田园。辛弃疾《浣溪沙》（细听春山杜宇啼）亦有“朝来白鸟背人飞”句责备其违背盟约出仕为官。闻早：趁早。

归乡途中

④“而今”二句：现在的我哪里还能像张季鹰那样为了喝家乡的一口莼羹就弃官归家啊！莼羹：用张翰弃官南归事。

⑤“好把”三句：我每天都要把《北山移文》好好地读上千遍，

以警策自己。移文：指孔稚珪的《北山移文》。

［词解］

这首词表面上全是诙谐戏谑之语，词人借白鸥之口以自嘲。辛弃疾此前曾作《水调歌头》（带湖吾甚爱），词中他与白鸥为盟，相约终老田园，可是后来他却奉召出仕，违背了盟约。如今归来，“白鸟相迎，相怜相笑，满面尘埃”，写出了白鸥见到词人落魄的样子以后的情状，白鸟觉得词人既可怜又可笑。面对着词人的满头白发和苍老的容颜，白鸟更是以一种讥讽的语气说道：你走的时候就告诉过你，要早点回来。可是你却不听，最终落到了今天的地步。下片进一步阐明了这个意思，白鸟讽刺词人并没有张季鹰那样的高怀，为了家乡的莼菜羹鲈鱼而辞官回乡，词人回乡是因为被朝廷罢免了官职，这就更让词人羞愧了。所以词人下定决心，从今以后要每天读《北山移文》以自儆。此词通篇都是诙谐戏谑的语言，但是我们却能感受到词人在无端遭受谗言而罢官后的无奈与愤慨之情。南宋朝政腐败，皇帝与投降派大臣沆瀣一气，排挤压制主战派人士，胡乱找个理由就将正直忠诚的辛弃疾贬为平民。这怎能不令人感到悲愤呢？词虽是自嘲，但将犀利的矛头指向了腐败无能的南宋朝廷。

［词人逸事］

南宋光宗绍熙三年（1192），五十三岁的辛弃疾被起用为提点福建刑狱使，第二年又升为太府卿、知福州兼福建安抚使。当时福建的治安状况较差，时常有海盗出没骚扰沿海地带的百姓。辛弃疾到福建上任后，得知这样的情况，他认为，福州紧靠大海，是海盗的老巢，上四郡盛产刁民，那里的百姓顽犷易乱，而守将兵卒空竭，采取怀柔安抚的政策于事无补，所以他决定快刀斩乱麻，采取铁腕政策，实施强力压制。所以在上任的第一天，辛弃疾就下令让衙役把牢房里羁押的重罪犯全部处死。他所采取的这种铁血政策见效极快，福建一带的海盗都害怕辛弃疾果敢刚毅的名声，不敢再来骚扰劫掠，从此当地百姓终于又过上了太平日子。

沁园春

再到期思卜筑①

写作背景

本词作于绍熙五年（1194）秋冬之间，此时辛弃疾再度罢居带湖。他最初罢居带湖时，曾在期思买得瓢泉，以后便常往返于带湖、瓢泉之间。这次再到期思，意在营建新居。

［原词］

一水西来，千丈晴虹，十里翠屏②。喜草堂经岁，重来杜老；斜川好景，不负渊明③。老鹤高飞，一枝投宿，长笑蜗牛戴屋行④。平章了，待十分佳处，着个茅亭⑤。　　青山意气峥嵘（zhēngróng），似为我、归来妩媚生⑥。解频教花鸟，前歌后舞；更催云水，暮送朝迎⑦。酒圣诗豪，可能无势，我乃而今驾驭卿⑧。清溪上，被山灵却笑：白发归耕⑨。

［注释］

①期思：在江西铅山县。卜筑：选地建房。卜：占卜。古人盖新居有请卜者看地形、相风水以定宅地的习俗，也称卜宅、卜居。

②“一水”三句：描绘瓢泉山水景色之秀美。千丈晴虹：飞流直下的瀑布就像千丈的彩虹一样。十里翠屏：带湖一带的山峰如同十里青翠的屏障。

③“喜草堂”四句：将瓢泉、期思比作草堂、斜川，作者则自比为杜甫、陶潜，抒发自己再度隐居的愉快心情。草堂：杜甫于肃宗乾元二年（759）入蜀，次年在成都浣花溪修筑草堂。后因蜀中兵乱，奔梓州避难。广德二年（764）春，严武再度镇蜀，杜甫方得重归草堂。辛词借指自己再到期思隐居。经岁：一年后，此处泛指若干年后。斜川：在今江西省都昌县，景色优美。陶渊明居浔阳柴桑时，曾作《斜川诗》。诗前以小序略记其与邻居同游斜川的情况。此处以斜川比期思。不负：没有辜负。

④“老鹤”三句：作者虽如一只老鹤，只要有一根树枝便可栖身，却也笑那只走到哪里都把屋子背在背上的蜗牛。一枝投宿：《庄子·逍遥游》：“鹪鹩巢于深林，不过一枝。”蜗牛戴屋行：蜗牛负壳行走，好像是走到哪里也不肯丢下自己的房子。

⑤“平章”三句：勘察好了，就选个风水最好的地方，建个茅亭。着：建造。

十里翠屏

⑥“青山”二句：青山振作精神显得格外高峻壮美，似乎是在欢迎我的归来。峥嵘：高峻壮丽的样子。妩媚：此处指青山秀丽之景。

⑦“解频教”四句：我明白花鸟载歌载舞，云水暮送朝迎的原因。解：明白，理会。频：频繁的。

⑧“酒圣”三句：诗酒风流的高士们，可能没有什么权力，可是却能够做山水花鸟的统帅。酒圣诗豪：诗酒风流的高士。“可能”二句：语出陶渊明《晋故征西大将军长史孟府君传》：东晋孟嘉为桓温都下长史，好游山水，至暮方归。桓温曾对他说：“人不可无势，我乃能驾驭卿！”乃：却，然而。驾驭：掌握，统率。卿：对人美称，犹言“您”，此指大自然。

⑨“清溪”三句：山中的神灵笑话我头发白了才回来务农，已经迟了。山灵：山中的神灵。

[词解]

这首词乃是即兴抒怀之作。上片起笔总写期思山水，水是“千丈晴虹”，山是“十里翠屏”，山清水秀，美不胜收，这怎能不让词人感到欣喜呢？所以词人将自己比作是在四川修建草堂的杜甫，又为自己“不负渊明”而欣慰。辛弃疾将自己比作一只老鹤，并将自己的瓢泉新居比作老鹤栖息的一根树枝。同时嘲笑那背着屋子到处爬的蜗牛，词人此处是以洒脱的态度表明自己随遇而安的情怀，意即能够放下心理负担。他为自己能够发现这样景色优美、适合隐居的地点感到得意，因此表示等自己勘察好了后，便要着手建造自己的居所。下片寄情于山水，全用拟人手法。山间自然万物都欢迎作者的归来，青山妖娆妩媚，花鸟载歌载舞，云水暮送朝迎，种种情态，令人乐而忘忧。作者自命为酒圣诗豪，又以驾驭山水的统帅自居，占尽风流，貌似豪放，实则有悲切之情，因为词人的志向本不在山林，而在国家恢复大业上，此实属无奈之举。末句写自己贻笑山神，实为自嘲之辞，由此正可窥见词人复杂的心情。

祝英台近

与客饮瓢泉[①]，客以泉声喧静为问[②]。余醉，未及答。或以“蝉噪林逾静”代对，意甚美矣。翌日为赋此词以褒之也[③]。

写作背景

本词大约作于庆元元年（1195），此时辛弃疾再次罢官闲居于信州带湖。是年瓢泉新居落成，但尚未迁居。

[原词]

水纵横，山远近，拄杖占千顷④。老眼羞明，水底看山影⑤。度教水动山摇，吾生堪笑，似此个、青山无定⑥。　　一瓢饮⑦，人问"翁爱飞泉，来寻个中静；绕屋声喧，怎做静中镜⑧？""我眠君且归休⑨，维摩方丈，待天女、散花时问⑩。"

[注释]

①饮瓢泉：在瓢泉饮酒。

②客以泉声喧静为问：客人问泉声喧闹还是幽静？蝉噪林逾静：梁代诗人王藉《入若耶溪》诗有："蝉噪林逾静，鸟鸣山更幽"合成一联，有以动衬静之意。

③翌日：第二天。褒：夸赞、表扬。

④"水纵横"三句：拄杖游遍瓢泉地区的山山水水。

⑤"老眼"二句：怕阳光刺眼，只好去看水中青山的倒影。

⑥"度教"三句：水面摇动，山影亦随之荡漾，想我的一生不也是如此么。度教：试看。此个：这样，即下文水中的山影。

⑦一瓢饮：语出《论语·雍也》："子曰：'一箪食，一瓢饮，在陋巷，人不堪其忧，回也不改其乐。'"这是孔子赞扬颜回安贫乐道的话。一瓢饮，原指一瓢清水，此处借指一瓢酒，即题序之"饮瓢泉"。

⑧"人问"四句：您来瓢泉是为了得到安静，但是泉水绕屋流淌，声音喧哗，你又怎么能得到安静呢？个中：这里，其中。

⑨"我眠"句：用陶潜故事：陶潜隐居时，无论谁来相访，只要有酒，就取出与之共饮。他若先醉，就对客说："我醉欲眠卿可去。"表现陶潜率真的性格。

⑩"维摩"二句：用维摩讲经、天女散花的佛经故事来回答。据《维摩诘经》载：有一天维摩宣讲佛经时，仙女向听讲的众人抛洒天花。花洒到诸菩萨身上都不沾自落，而落到大弟子身上时则沾而不落，这就说明大弟子的凡心未除。维摩：即维摩诘，佛教人物，与释迦牟尼（俗称如来佛）同时，善讲大乘教义。方丈：寺庙长老及住持说法的地方，因一丈见方，故称。后即用作对寺院长老及住持的代称。

[词解]

这首词抒发的是山水之乐，动静之趣。上片起句"水纵横，山远近，拄杖占千顷”，甚是豪迈，作者将此地的纵横交错、远近横陈的山水都游览遍了，却用一个“占”字点出，突出了辛弃疾畅游山水的愉悦之感，虽然在政治上失意，不能得到重用，但是词人只是用一根手杖，便占据了这千顷之广的山水，这是怎样的一种豪气！“老眼”等几句，则是写词人从水中看山的倒影的趣事，“羞”字点出了词人为自己偌大年纪还有如此童心而产生的害羞之感，但是词人又禁不住这种诱惑，他搅动水面，使青山在水中摇动，可见此时词人的内心是十分愉悦的。下片充满禅机，以主客对话的形式，揭示了动静之趣，客问词人是为了寻求安静才在此隐居的，但是，此地水声喧哗，又如何能获得安静呢？词人的回答既洒脱，又充满哲理，“我眠君且归休”，借用陶渊明之语，表现自己率真洒脱的性格，“维摩”几句是说菩萨灵台干净，故花不沾身；我辈只有心静方可品知动中有静之禅机。

词中山动水静的描述，既有哲理的韵味，又象征着宦海浮沉，身在其中飘摇不定，寄托了词人的良多感慨。

[词评]

南宋辛稼轩，运深沉之思于雄杰之中，遂以苏辛并称。他如龙洲、放翁、后村诸公，皆嗣响稼轩，卓卓可传者也。

——蒋兆兰《词说》

水龙吟

用些语再题瓢泉[①]，歌以饮客[②]，声韵甚谐[③]，客皆为之釂[④]。

写作背景

瓢泉山清水秀，景色秀丽。光宗绍熙五年（1194）七月作者被罢免知福州兼福建路安抚使的职务后，在这里又建新居。词前小序云“再题瓢泉”，当是继前面《祝英台近》之后，亦宁宗庆元元年（1195）之作。

[原词]

听兮清佩琼瑶些。明兮镜秋毫些[⑤]。君无去此[⑥]，流昏涨腻，生蓬蒿些[⑦]。虎豹甘人，渴而饮汝，宁猿猱（náo）些[⑧]。大而流江海，覆舟如芥，君无助，狂涛些[⑨]。

路险兮山高些。块予独处无聊些[⑩]。冬槽春盎，

归来为我，制松醪（láo）些⑪。其外芳芬，团龙片凤，煮云膏些⑫。古人兮既往，嗟予之乐，乐箪（dān）瓢些⑬。

［注释］

①用些语：用“些”字作语尾叹声。“些”，是古代楚国方言中的语尾助词，无实际意义。如《楚辞》中的《招魂》，即通篇以“些”字作语尾收声。

②歌以饮客：以这首词为饮酒之客助兴。

③声韵甚谐：声调和音律非常和谐动听。

④釂：干杯。

⑤“听兮”二句：瓢泉的流水声清越如环佩叮咚，水如明镜可照秋毫之末。兮：语气助词，无实在意义。琼、瑶：都是美玉。镜：此作动词，作“照见”讲。秋毫：鸟兽在秋天换毛时新长出来的细毛，用以形容极微末细小的东西。

⑥君：指瓢泉。无去：不要离开。

⑦“流昏”二句：不要让污浊的水和丛生的野草使你清澈自然的本色消失。流昏涨腻：被污染的水。涨腻：用杜牧《阿房宫赋》语：“渭水涨腻，弃脂水也。”意思是因宫女太多，她们化妆时洗下的脂水使渭水变得浑浊。

⑧“虎豹”三句：与其让吃人的虎豹喝你的水，还不如为吃野果的猿猴解渴呢！甘人：《招魂》写地府的魔鬼都认为吃人肉味道甜美。汝：你，指瓢泉。宁：宁可。猱：一种长臂的猿。

⑨“大而”四句：汇入江海以后就变得强大了，倾覆船只就如拨弄小草一样简单，希望你不要助纣为虐。大：变得强大，瓢泉汇入江海。覆舟如芥：倾覆船只就如拨弄小草一样，言其能量之大。

⑩“路险”二句：外面的世界山高路险，充满坎坷，我却在这里寂寞无聊。块予独处：即“予块然独处”，语出《汉书·杨王孙传》，谓孤独自处。块然：孤独的样子。

⑪“冬槽”三句：一年四季瓢泉的水都可以用来酿酒。槽：酿酒用的酒槽。盎：盛酒器。松醪：松子酿成的酒。

⑫“其外”三句：用瓢泉的泉水煮出来的茶水气味芳香，口味醇厚。芳芬：指茶的香味。团龙、片凤：皆茶名。云膏：形容煮好的茶像油脂云膏一样软嫩爽滑。

江海片舟

⑬“古人”三句：古人都已是过去的事了，我愿意效仿颜回，以箪瓢自乐，安贫乐道。古人：指颜回。箪、瓢：盛饭用的圆竹器和喝水用的瓢。

寄情山水

［词解］

这首词模仿《招魂》，既招泉魂，又招己魂，实为明志抒怀。所以本词乍看变幻无常，不露痕迹，实则处处将自己和泉水紧密地联系起来。上片正反两方面相辅相成：要坚持自己自然率真之本性，山外一片污浊，不可停留。下片希望瓢泉魂兮归来，伴我饮酒品茶，不亦乐乎。尾句点题，终老田园，安贫乐道。

杜甫《佳人》诗云：“在山泉水清，出山泉水浊。”仇兆鳌将其意总结为：“此谓守贞清而改节浊也。”这首词的主旨与之相似。作者寄情瓢泉，抒写自己对现实的感受。

上片头两句，从瓢泉之声、瓢泉之形来写，表示了对瓢泉清纯自然品质的赞美。“清佩琼瑶”形容泉水的水流声音如环佩叮咚之清越；“镜秋毫”则以能照见秋毫之末形容泉水之明净。这表明作者相信山泉能够保持其纯净自然的本色，以下通过“流昏涨腻”“虎豹甘人”“大而流江海”想象泉水不能守住自己的贞洁品质而自甘堕落，同流合污，从而造成既自损又害人的不良后果，反映作者对泉水未来的担忧及警告。以上的描述，正是作者当时所处社会黑暗的现实，因此才引起了作者如此的担心。

下片表达作者清高自守，绝不与恶浊社会同流合污的思想感情。路险山高，块然独处，说明作者对当前污浊险恶的社会环境有着清醒的认识，正是如此，作者才愿意归隐田园，在瓢泉山林间饮酒品茶，清贫自守，自得颜渊之乐。此处之乐与上文所述外界之险，正好遥相呼应。但词人之乐实属对外界恶浊之无奈与悲愤。饮酒实为浇胸中块垒、烹茶实为哀怨自己闲无所用，因此只能是保持自身的高洁品质。话虽如此，作者的心中却积聚了满腔愤怒，那就是对官场混浊、世运衰颓的憎恶。这并不是在自怨自艾，而是一种不与邪恶同流合污、坚持自守贞洁的浩然之气。

这首词使用一种特殊的词体形式，一般的词以句子的末字作韵脚，本词却使用《楚辞》中楚地方言中的语尾字“些”作尾字，实际上是用平声“萧、肴、豪”等字作实际的韵脚，这就是所谓的长尾韵。这种格律声韵之美在于它和谐荡漾，如同两个韵脚在起作用。

［词评］

英雄感怆，有在长情之外，其难言者未必区区妇人孺子间也！

——刘辰翁《须溪集》

谗摈销沮，白发横生，亦如刘越石。陷绝失望，花时中酒，托之陶写，淋漓慷慨。

——刘辰翁《辛稼轩词序》

兰陵王

赋一丘一壑[1]

写作背景

此词约作于庆元元年（1195），此时辛弃疾二度罢居上饶。是年瓢泉新居初成，但尚未迁居。

［原词］

一丘壑，老子风流占却[2]。茅檐上，松月桂云，脉脉石泉逗山脚。寻思前事错，恼煞，晨猿夜鹤[3]。终须是，邓禹辈人，锦绣麻霞坐黄阁[4]。　　长歌自深酌。看天阔鸢飞，渊静鱼跃[5]，西风黄菊香喷薄。怅日暮云合，佳人何处？纫兰结佩带杜若[6]。入江海曾约。　　遇合，事难托[7]。莫击磬门前，荷蒉(kuì)人过[8]。仰天大笑冠簪(zān)落[9]。待说与穷达，不须疑着[10]。古来贤者，进亦乐，退亦乐[11]。

［注释］

①一丘一壑：隐居之处，指作者寄情于山水。班固《汉书·自叙传》："渔钓于一壑，则万物不奸其志；栖迟于一丘，则天下不易其乐。"此当指作者在带湖或瓢泉居所周围之山水。

②“一丘壑”二句：我在此处独占山水之美景，可谓风流。

③“寻思”三句：看着眼前的美景，不由让人后悔步入仕途，惹来猿鹤之怨。

④“终须”三句：功名富贵是像邓禹那样的人才能获得的。邓禹：字仲华，新野人。辅佐刘秀建立东汉，二十四岁即官拜大司徒。麻霞：斑斓之色。黄阁：指丞相府。

⑤“看天阔”二句：自己现在就像鹰翔长空、鱼入深渊一样自由自在。语出《诗经·大雅·旱麓》：“鸢飞戾天，鱼跃于渊。”鸢：鹰。

⑥“怅日暮”三句：天色渐晚，但佳人未来，实在是让人感到惆怅。日暮、佳人：江淹《拟休上人怨别》：“日暮碧云合，佳人殊未来。”杜若：香草名。《楚辞·九歌·湘君》：“采芳洲兮杜若。”

⑦“遇合”二句：得到君主的赏识并与之投合，是不确定的事情。遇合：相遇而欣赏、投合，这里指得到君主的赏识。

⑧“莫击”二句：不要效仿孔子击磬于卫，恐怕别人不知道自己似的。《论语·宪问》：“子击磬于卫，有荷蒉而过孔氏之门者，曰：‘有心哉，击磬乎！’既而曰：‘鄙哉，硁硁乎！莫己知也，斯已而已矣。深则厉，浅则揭。’子曰：‘果哉！末之难矣。’”磬：古代一种打击乐器。荷蒉人：担草筐的人。

⑨“仰天”句：《史记·滑稽列传》：“淳于髡仰天大笑，冠缨索绝。”指隐居山林足以让人感到高兴，可以不再参与朝廷之事。

⑩“待说”二句：那些失意之人且听我说，做事千万不要犹豫疑虑。穷达：人生道路上的失意和得意，此处为偏义复词，偏指失意。

⑪“古来”三句：要像古代的贤者一样，不管荣辱得失都能坦然面对。《庄子·让王》：“古之得道者，穷亦乐，通亦乐，所乐非穷通也。”此处重点在“退亦乐”。

茅檐松月

[词解]

辛弃疾在这首词中通篇写通达豪放之语，但是实际抒发的却是被罢黜的怨愤之情。上片以“一丘壑，老子风流占却”领起，抒发的都是隐居之乐，茅檐松月、桂云石泉，描写出了隐居的幽静而恬适的气氛，“寻思”三句，是写对于再度出仕生活的悔恨，自己这次出仕的经历不仅没有什么建树，还惹得自己的猿鹤朋友不高兴，仔细回想一下，恐怕只有像邓禹那样的人才能够出将入相吧？这句话是什么意思呢？表面上看作者是在自叹不如邓禹，但是事实上辛弃疾本人也是文武双全，出将入相未尝不能，只是邓禹遇到了明主光武帝刘秀，在当时的乱世中创建了一番功业，据记载，邓禹被封为大司徒时年仅二十四岁，如果南宋君主也能像光武帝一样立志安天下，那么辛弃疾是有可能像邓禹一样建功立业的，辛弃疾不也是有勇有谋，是安邦定国的良材吗？但是现实的环境没有给他这个机会，真是让人悲哀啊！“长歌”几句，转写隐居的悠闲生活，但是，词人虽向往这份悠闲，但那应该是功成身退以后的生活，而绝非壮志未酬被迫如此。下片着重抒发愁绪，但都以豪放之语托出。下片“怅日暮云合”三句，以佳人难觅比喻知音难求，突出了自己内心的苦闷。“遇合”五字点出全词意旨，然转瞬即逝，又说孔子忙忙碌碌不值得效仿，应该享受退隐之乐，又以古代贤人们的进退亦乐来安慰自己。全篇的语言放达洒脱，毫无激愤之语，然个中深意，却仍能体会得出。

邓禹画像

沁园春

灵山齐庵赋[1]。时筑偃湖未成[2]

写作背景

这首词大约作于宋宁宗庆元二年（1196）罢职闲居之时，写的是江西上饶西部的灵山风景。

[原词]

叠嶂西驰，万马回旋，众山欲东[3]。正惊湍(tuān)直下，跳珠倒溅；小桥横截，缺月初弓[4]。老合投闲，天教

多事，检校长身十万松[5]。吾庐小，在龙蛇影外，风雨声中[6]。　　争先见面重重。看爽气朝来三数峰[7]。似谢家子弟，衣冠磊落；相如庭户，车骑雍容[8]。我觉其间，雄深雅健，如对文章太史公[9]。新堤路，问偃湖何日，烟水濛濛[10]？

[注释]

①灵山：位于江西上饶境，景色雄伟秀美。齐庵：当在灵山，具体不详，可能就是词中的“吾庐”，是词人游山途中的休息之所。

②偃湖：最新营建湖，当时还未竣工，具体不详。

③“叠嶂”三句：总写灵山的飞动之姿，如万马奔腾，东西驰骋。叠嶂：指崇山峻岭。

④“正惊湍”四句：描摹飞泉穿过小桥奔流而下，侧看小桥就像是弯弓一样的新月。惊湍：流动得很快的水，此指飞泉从山上落下所形成的瀑布。跳珠：瀑布落下时溅起的水珠。缺月初弓：小桥跨越水面之上就像是弯弓一样的新月。

⑤“老合”三句：我老了以后本应该是清闲的，可是老天却又多事，让我管理这山上的千万棵松树。词人在同一时期的作品《归朝欢》一词的序中道：“灵山齐庵菖蒲港，皆长松茂林。”合：应当。投闲：指离开仕途，过清闲的生活。检校：巡检、管理。长身：树干高大。

⑥“吾庐”三句：我的茅屋虽然很小，但因为处于松林之外，所以既能看见松树的影子，又能听到松涛阵阵如风雨之声。龙蛇影：松树影。古人常以“龙蛇”来形容松柏枝条苍劲而屈曲。风雨声：松涛声如风雨声。

⑦“争先”二句：夜里的雾气散开，群峰送爽，一个个争先恐后地露出其真实面目。见面：露出面目。爽气朝来：《世说新语·简傲篇》称：王子猷为桓玄的参军，桓玄欲委其事，王子猷初不答，直高视，以手版柱颊云：‘西山朝来，致有爽气。’”辛词借用其语，谓早晨起来，群峰送爽，令人心旷神怡。

⑧“似谢家”四句：用人物神采及车骑风度形容群山气象不凡。“似谢家”二句：晋代的谢家是一大望族，谢家子弟十分注重服饰仪表，风度俊朗大方。此处用以形容挺拔高峻的山峰。磊落：相貌英俊，神情洒脱。“相如”二句：西汉时著名文学家司马相如到四川临邛的时候，“从车骑，雍容闲雅甚都（漂亮）”（《史记·司马相如列传》）。此处用来形容壮丽巍峨的山峰。雍容：仪态高贵而气度不凡。

⑨“我觉”三句：大山给我的感觉，就好像是读太史公司马迁的著作一样雄深雅健。唐代文学家韩愈评价柳宗元的文章说：“雄深雅健，似司马子长。”

(《新唐书·柳宗元传》) 雄深雅健：指雄放、深沉、雅致、刚健的文章风格。太史公：司马迁，字子长，西汉著名的史学家和文学家，曾接替父职，任太史令，自称太史公。著有《史记》,被鲁迅先生誉为“史家之绝唱，无韵之《离骚》”。

⑩“新堤路”三句：堤坝刚刚建成，那么偃湖什么时候能够让我们看到烟水蒙蒙的景色呢？意在问偃湖何日竣工。

正惊湍直下

[词解]

读完辛弃疾这首描写山水的词作，你就会发现他是多么热爱祖国的壮丽山川，甚至达到了一种物我两忘、相互交融的地步。他笔下的山水似乎已经有了人的思想、个性与灵气。他的词已经把没有生命的山水给写活了。这首《沁园春》便是如此。

这首词写的是江西上饶西部的灵山景色。灵山“高千有余丈,绵亘数百里”(《江西通志》)，有七十二座山峰。“叠嶂西驰，万马回旋，众山欲东”，就是写群峰耸峙的雄壮景象。这里的山峦好像是千万匹骏马在广阔的草原上驰骋东西，气势奔腾。在词人笔下，静止的山有了生气，它们活了，动了！

再写近景：惊湍直下，跳珠倒溅；小桥横截，缺月初弓。瀑布飞流直下，倒溅起晶莹的水珠，如万斛明珠落地弹起。还有一座如弯弓新月般的小桥，从湍急的溪水的水面上跨过。词人继续写：老合投闲，天教多事，检校长身十万松。辛弃疾面对漫山遍野郁郁葱葱的松树，不由得又开始驰骋遐思：这些高峻挺拔的松树，多么像战场上奋勇杀敌、所向披靡的将士们啊。诗人又回忆起了“壮岁旌旗拥万夫”的情景，那是何等的英雄豪情，如今自己已老去，白发苍苍，应该要享受一下轻松的生活了，老天爷却不让我闲着，又要我来当这支十万长松大军的统帅呢！是诙谐，是悲愤？是苦，是甜？真是百感交集，心里不是滋味。然而我们仍然能从其中感到了一种报国无门、壮志未酬的孤愤。作者在此一点而过，紧接着又开始写自己在山中修建的茅庐——齐庵。作者认为茅庐的选址还是很好的，“在龙蛇影外，风雨声中。”因为在月夜既可以看到屈曲盘折的松枝松影，又可以听到如风啸雨呼的松涛之声，真是别有一番情致！

上片总写灵山的山水景色之美，下片则抒写身处于自然中的感受。作者在茅庐中举目四望，青山绵绵。东边的几座山峰在清爽的空气中迎接朝阳，依次从晨雾中露出头来，向我致敬问好。这些山峰所表现出来的高雅洒脱的风度就像是东

司马迁

晋时的谢家子弟一样，它们那种雍容华贵的姿态，丝毫不亚于司马相如赶赴临邛时的车马相随之状。面对大山的雄浑、深厚、高雅、刚健，正如在读太史公的《史记》一样，能给人以美感。词人十分关心地打听偃湖什么时候才能竣工，好让自己能够欣赏到那种烟水濛濛的景色，看来诗人已经沉迷于此地，乐而忘返了。

作者写作此词的目的是通过描摹山峰的外形来展示其内在的精神，力图将自己切身体验到的大自然所展现出来的精神力量写出来。作者借助于用典，以古代风流人物倜傥洒脱、高贵典雅的风采来形容山峰挺拔俊秀的意态，又用司马迁《史记》所体现出来的雄深雅健的风格，来描写灵山深沉宏大的气度。这些比喻、衬托从表面上看来，都是风马牛不相及，根本互不沾边，但是它们在精神层面上又让人确实感到有某些相似之点，这种比喻无疑是贴切的、传神的！这也正体现了以天下为怀的辛弃疾所具备的胸襟和精神境界。这种物我两忘、物我相融的精神境界，正如辛弃疾自己所言："我见青山多妩媚，料青山见我应如是。"

难怪明人杨慎评价辛弃疾道："说松（按，当为"山"之误）而及谢家、相如、太史公，自非脱落故常者，未易闯其堂奥。"（《词品》）这种创作态度，是值得后人学习的。

[词评]

稼轩词于宋人中自辟门户，要不可少。有绝佳者，不得以粗、豪二字蔽之。如此种创见，以为新奇，流传遂成恶习。存一概其余。世以苏、辛并称，辛非苏类，稼轩之次则后村、龙洲，是其偏裨也。

——先著、程洪《词洁辑评》

赋筑偃湖云："叠嶂西驰，万马回旋，众山欲东。正惊湍直下，跳珠倒溅；小桥横截，缺月初弓。老合投闲，天教多事，检校长身十万松。吾庐小，在龙蛇影外，风雨声中。　争先见面重重。看爽气朝来三四峰。似谢家子弟，衣冠磊落；相如庭户，车骑雍容。我觉其间，雄深雅健，如对文章太史公。新堤路，问偃湖何日，烟水蒙蒙？"且说松，而及谢家、相如、太史公，自非脱落故常者，未易闯其堂奥。

——杨慎《词品》

南歌子

新开池，戏作①

写作背景

这首词作于罢居带湖时期。

［原词］

散发披襟处，浮瓜沉李杯②。涓涓流水细侵阶。凿个池儿，唤个月儿来③。　　画栋频摇动，红蕖(qú)尽倒开④。斗匀红粉照香腮。有个人人，把做镜儿猜⑤。

［注释］

①新开池：最新开辟的河池，疑即上篇所说之偃湖，或《玉楼春·隐湖戏作》中的隐湖。

②“散发”二句：头发披散，衣襟解开，吃着被水浸凉的水果，喝着美酒。浮瓜沉李：将瓜李等水果浸泡在清凉的池水之中。曹丕《与吴质书》：“浮甘瓜于清泉，沉朱李于寒水。”杯：酒杯，代指饮酒。

③“涓涓”三句：池水慢流，池边的石阶也被池水浸凉，水面上还映着一轮明月。

④“画栋”二句：写房屋和荷花倒映于水中，随着池水的波动而摇摆。画栋：绘有彩花的柱子，代指屋舍。红蕖：粉红色的荷花。

⑤“斗匀”三句：有个女子以池水为镜子，正在那里涂抹脂粉。斗匀红粉：把脂粉搽匀。人人：人儿，宋代方言。

涓涓流水细侵阶

［词解］

这是一首清新自然的小令。作者隐居时期，再无官场之种种约束，因此上片起句即写自己“散发披襟”，一副放浪形骸之状。新开之池，又逢仲夏，正好用来“浮瓜沉李”，享受清凉，令人心旷神怡。涓涓溪流，清凉无比，浸透石阶，月照池中，天上地下都可赏月，这是多么美妙的画卷啊！下片由景转人，作者饮宴的画栋倒映于水中，随着水面晃动，盛开的荷花也在水中摇摆，看它在水中的影子，犹如倒开一般，佳人以水为镜，正描眉涂粉，这样的景象真是醉人。

词人在这首词中紧紧把握中心，描写夏夜纳凉时的情景，相继描写了散发披襟、吃瓜饮酒、细水浸阶、明月倒映、画栋红蕖、佳人临镜等诸多意象，语言优美，意境清新。

[词人逸事]

带湖位于今江西省上饶市城外，原本是一顷狭长的无名湖泊，辛弃疾落职以后长年在这里闲居，因其“枕澄湖如宝带”，故命名为“带湖”。

公元 1181 年春，辛弃疾任隆兴（今南昌）知府兼江西安抚使，并开始在带湖建筑新居，“高处建舍，低处辟田”。1181 年至 1196 年间，辛弃疾曾长期隐居在此，并写下数以百计的脍炙人口的佳作。后世曾在带湖庄园的遗址上修建稼轩书院。沧海桑田，世事变化，带湖如今已不复存在。但是由于辛弃疾的缘故，带湖将在历史的记忆中永生。

贺新郎

和徐斯远下第谢诸公载酒相访韵①

写作背景

此作于庆元二年（1196），此时辛弃疾瓢泉新居已成，然犹未迁徙。作者的友人徐斯远赶考落第，于是和朋友一起带着酒去拜访辛弃疾，这首词就是辛弃疾唱和之作，借以安慰徐斯远。

[原词]

逸气轩眉宇②。似王良轻车熟路，骅骝(huá liú)欲舞③。我觉君非池中物，咫尺蛟龙云雨④。时与命犹须天付⑤。兰佩芳菲无人问，叹灵均欲向重华诉。空壹郁，

共谁语[6]？　　儿曹不料扬雄赋。怪当年《甘泉》误说，青葱玉树[7]。风引船回沧溟(míng)阔，目断三山伊阻[8]。但笑指吾庐何许[9]。门外苍官三百辈，尽堂堂八尺须髯(rán)古[10]。谁载酒，带湖去？

［注释］

①徐斯远：徐文卿字斯远，信州玉山（今江西上饶）人。《叶水心文集·徐斯远文集序》称其淡泊功名，乐游山水，“以文达志，为后生法”。下第：徐斯远于庆元元年（1195）初领乡荐，次年礼部应试落第。

②“逸气”句：谓徐斯远眉宇间的气度风采超逸轩昂。

③“似王良”二句：我想您赴试就应该像王良驾驭马车一样轻车熟路，怎能不一试而中。王良：一名孙无政，晋之善御马者，为赵简子御。骅骝：良马名，相传为周穆王八骏之一。

④“我觉”二句：我认为友人本来就不是池中之物，应该像蛟龙得云雨一样能够大展宏图。据《三国志·吴志·周瑜传》载，周瑜向孙权上疏称刘备“恐蛟龙得云雨，终非池中物也”。池中物：比喻蛰居一隅、没有远大抱负的人。

⑤“时与命”句：但是时机和命运的好坏还需要看天意如何，意即此次落第乃是徐斯远运气不好。

⑥“兰珮”四句：想那屈原的才华与人品就如同兰芷一样，却同样感慨时运不济，何况是我们这样的人呢。灵均：屈原，名正则，字灵均。其《离骚》自谓：“扈江离与辟芷兮，纫秋兰以为珮。”“忳郁邑余侘傺兮，吾独穷困乎此时也！”“济沅湘以南征兮，就重华而陈辞。”重华：舜的别号。壹郁：忧闷、郁闷。壹，同“抑”。

门外苍官三百辈

⑦“儿曹”三句：主考官就像是当年左思误评扬雄之《甘泉赋》一样，不识徐斯远文章之妙，以致使其落第。扬雄《甘泉赋》有句云：“翠玉树之青葱兮，壁马犀之璘瑞。”左思《三都赋序》评曰：“然相如赋《上林》而引卢桔夏熟，扬雄赋《甘泉》而陈玉树青葱，假称珍怪，以为润色。考之果木则生非其壤，校

之神物则出非其所。于辞则易为藻饰，于义则虚而无征。”唐宋时批驳左思的人很多。

⑧“风引”二句：友人落第，其报国理想难以实现，就像是乘船去寻找传说中的仙山，因其虚无缥缈，所以总是难以到达。三山：指传说中的蓬莱、方丈、瀛洲三座仙山。《史记·封禅书》：“此三神山者，其传在渤海中，去人不远。患且至则船风引而去。……未至，望之如云，及到，三神山反居水下。临之，风辄引去，终莫能至。”伊：助词，无实在意义。

⑨“但笑”句：只是笑着指着我的茅庐问道：看看如何？吾庐何许：杜牧《李给事诗》：“何处是吾庐。”何许：如何，怎么样。

⑩“门外”二句：谓住所外长有千百株挺拔苍健的松柏。苍官：松柏的别称。秦始皇登泰山，在松下避雨，于是封松树为五大夫。唐武则天封柏为五品大夫。须髯古：亦指松柏。苏轼《游蒋山诗》：“夹路苍髯古，迎人翠麓偏。”

秦始皇

[词解]

这首词对友人落第表示安慰。虽然叠用典故，却贴切顺畅，全无堆砌累赘之感。上片赞颂友人气宇轩昂，才华横溢，料想此去就应该像是王良驾车一样轻车熟路，功名必是友人的囊中之物。“我觉君非池中物，咫尺蛟龙云雨”称赞友人绝非胸无大志的小人，而是能够兴云雨的蛟龙。起笔至此处处夸赞友人，接下来笔锋一转，“时与命犹须天付”，以委婉的语言道出了友人意外落第的事实，并说这不是友人才华不够，而是时运不济导致友人不能得中；又将友人比作不得楚王信任的屈原，道出了友人心中的郁闷之情。下片为友人抱屈，批评考官眼拙，不识友人的精妙文章，就像当年扬雄的《甘泉赋》受人贬低一样，“风引”以下，劝慰友人虽然前路多有坎坷，但可以换个角度，“退一步海阔天空”，仍可大有作为，然后其视线又转移到了自己隐居之所，将门外的棵棵青松比喻成有雄心壮志的大丈夫，他们不都隐居山林，尚未得志吗？这是在劝解友人不要为一时的坎坷而烦恼，正可借此时积蓄力量，暂时载酒带湖、乐而忘忧；全篇都是在安慰友人，情绪上没有激烈波动，而是以平和之心对待。

[词评]

裂竹之声，何尝不潜气内转。

——谭献《复堂词话》

水调歌头

将迁新居不成[1]，有感戏作。时以病止酒[2]，且遣去歌者[3]，末章及之。

写作背景

此词作于庆元二年（1196）夏，大约就是在此时，辛弃疾的带湖旧居被火焚毁。可以推测，大概是大火使他蒙受了不少的经济损失，他想乔迁新居可是却因为生病家贫而没有搬家，并且连家里的歌伎都养不起，只好把她们都打发走了。

[原词]

我亦卜居者，岁晚望三闾(lú)[4]。昂昂千里，泛泛不作水中凫(fú)[5]。好在书携一束，莫问家徒四壁，往日置锥无[6]。借车载家具，家具少于车[7]。　舞乌有，歌亡是，饮子虚[8]。二三子者爱我，此外故人疏[9]。幽事欲论谁共？白鹤归来似可，忽去复何如[10]？众鸟欣有托，我亦爱吾庐[11]。

[注释]

①新居：指在瓢泉修建的新房。

②以病止酒：因为生病而戒酒。

③遣去歌者：把歌伎打发走。

④“我亦”二句：我也是挑地方居住的人，晚年时更是十分景仰屈原的品格。卜居者：挑选地方居住的人。《楚辞》中有《卜居》，相传为屈原所作。王逸《卜居序》认为是屈原被放逐后所作：“卜已居世，何所宜行。”词人于绍熙五年（1194）秋冬之间，再度罢官，曾经卜筑期思，与屈原相似。岁晚：此指晚年。望：敬慕，仰慕。三闾：屈原曾任三闾大夫。

⑤“昂昂”二句：效法屈原，宁可如千里马昂然若奔，也不愿像水中的野鸭那样漂浮不定。《楚辞·卜居》：“宁昂昂若千里之驹乎？将泛泛若水中之凫，与波上下，偷以全吾躯乎？”昂昂：昂首挺胸的样子，比喻自己的品行高洁端正。

泛泛：漂浮不定的样子。凫：即野鸭。

⑥“好在”三句：幸好我家清贫，搬起家来也很方便。书携一束：携带着一摞书。韩愈《示儿》诗：“始我来京师，止携一束书。”家徒四壁：家里穷得仅剩四堵光秃秃的墙壁。《史记·司马相如列传》说，卓文君夜与相如私奔，相如带她回家，“家居徒四壁立”。置锥无：家贫无立锥之地。《荀子·儒效》：“虽隐于穷阎漏屋，无置锥之地。”

⑦“借车”二句：此直接袭用唐人孟郊《迁居诗》中的诗句，仍是形容家里贫困之至。

⑧“舞乌有”三句：不再过歌舞饮宴的生活。即题序之“时以病止酒，且遣去歌者”。乌有、亡（同“无”）是、子虚：司马相如《子虚赋》中虚构的三个人物。三个人名的意思都是“虚无”“没有”。

⑨“二三子”二句：故人大多已经疏远，与我亲近的就是那么几个人。二三子：孔子对他的学生的称呼，见《论语》。此处借指辛弃疾的至交知己。

⑩“幽事”三句：谁能和我一起谈论我的心事，虽与白鹤为友，只是那白鹤忽来忽去让人感到无奈。幽事：犹言心事。何如：怎么办？

⑪“众鸟”二句：此袭用陶潜《读山海经》中的诗句。意谓鸟儿们都有了自己的归宿，我也喜欢我栖身的茅庐。

［词解］

这首词上片开篇即把自己比作屈原，表明自己要像屈原一样，选择一个好地方居住，做一个自由自在的人，而决不要像随波逐流的野鸭那样毫无主见。“好在”二句，以乐观的情绪看待自己的家徒四壁、一贫如洗，为自己有书可读感到欣慰，这些正表明了词人志向的高洁，“借车”二句颇为诙谐幽默，“家具少于车”，委婉地表明了作者家贫的事实。但作者毫无哀叹抱怨之心，只是一笑置之。下片“舞乌有，歌亡是，饮子虚”三句，都是化用典故，“乌有”“亡是”“子虚”都是“没有”“不存在”的意思，照应了小序中交待的戒酒、遣散歌女之事。“二三子”以下表明自己并非挂念那些身外之物，只是为自己故人寥落，知音日稀，无人共语而忧，作者虽与白鹤为友，但是白鹤来去不定，并不能安慰自己的寂寞之情。尾句词人因为看见众鸟归巢，自己也有了瓢泉新居而感到心安，虽稍带一丝官场失意之感，却没

泛泛不作水中凫

有激烈怨愤之情，表现了一种词人旷达洒脱的性格。

水龙吟

写作背景

此词约作于光宗绍熙五年（1194），此时辛弃疾已经五十五岁，又于这年秋天被罢官，于是感伤世事人生，不禁发出慨叹之语。

[原词]

老来曾识渊明，梦中一见参差是①。觉来幽恨，停觞(shāng)不御，欲歌还止②。白发西风，折腰五斗，不应堪此③。问北窗高卧，东篱自醉，应别有、归来意④。

须信此翁未死，到如今、凛然生气⑤。吾侪心事，古今长在，高山流水⑥。富贵他年，直饶未免，也应无味⑦。甚东山何事，当时也道，为苍生起⑧。

[注释]

①“老来”二句：老了以后感觉自己与陶渊明是老相识，梦中见到的仿佛就是他。参差：差不多，很像。

②“觉来”三句：醒了以后一腔幽愤，举杯欲饮又停住，想说点什么又止住了。觞：古代的一种饮酒器。

③“白发”三句：西风吹乱了白发，为五斗米而折腰，是我不能承受的事情。折腰五斗：用陶渊明辞官归田事。《晋书·陶潜传》：“潜叹曰：‘吾不能为五斗米折腰，拳拳事乡里小人邪！’”折腰：弯腰向别人行礼。五斗：晋代县令的俸禄为五斗米。

④“问北窗”三句：问那高卧于北窗、醉倒于东篱的陶潜，归来以后是否别有一番

“知音”陶渊明

东山图

感慨。东篱：陶潜《饮酒》："采菊东篱下，悠然见南山。"归来：渊明曾作《归去来兮辞》以表明自己得归田园的喜悦。

⑤"须信"二句：陶渊明的精神和文章永远流传，千载之下仍凛然有生气。凛然生气：出自《世说新语·品藻篇》："廉颇、蔺相如虽千载上死人，懔懔恒如有生气。"

⑥"吾侪"三句：我和渊明虽然相隔千年，但是仍有知音之感。高山流水：指俞伯牙与钟子期互为知音。《列子·汤问》："伯牙鼓琴，志在高山，钟子期曰：'善哉，巍巍兮若泰山！'志在流水，钟子期曰：'善哉，洋洋兮若江河。'"

⑦"富贵"三句：即使他年能够获得大富大贵，也觉得没有什么意思。《世说新语·排调篇》记载："谢安在东山居布衣时，兄弟已有富贵者，翕集家门，倾动人物。刘夫人戏谓安曰：'大丈夫不当如此乎？'谢乃捉鼻曰：'但恐不免耳。'"

⑧"甚东山"三句：东晋江山的存亡，真的就与隐居东山的谢安有这么大的关系吗？《世说新语·排调篇》："谢公在东山，朝命屡降而不动。后出为桓宣武司马，将发新亭，朝士咸出瞻送。高灵时为中丞，亦往相祖。先时多少饮酒，因倚如醉，戏曰：'卿屡违朝旨，高卧东山，诸人每相与言：安石不肯出，将如苍生何？今亦苍生将如卿何？'谢笑而不答。"

[词解]

辛弃疾自幼受祖父的影响，心系南宋，青少年时代又饱受战乱之苦，一直立志推翻异族压迫，恢复中原，因此他的词也以激越豪放著称。但是在这首词中所反映出来的思想，却以退隐归耕的陶渊明为"知音"，不免带有消极的意味。归结其原因，这与他平生的遭际有着密切的关系。

上片开头就说："老来曾识渊明，梦中一见参差是。"该句法可谓独具特色。作者与陶渊明，本来志趣不同，秉性各异，而作者却说二人神交已久，并于梦中相见了。这不能不令一般的读者感到突兀和惊诧，进而也就有可能给人留下一个强烈的印象，值得细细体会。"老来"二字是特指，说明作者策马扬鞭、驰骋疆场是在他筹划抗金、收复故土的年轻时代，与远离尘世、回归自然的陶渊明是无缘的，而到了在他受到压制与排斥、壮志难酬的老年时代，才得以"识渊明"。这个开头，虽说有些突然，却也让人感到十分自然。而作者也用平静的语气抒发情感，愈发显得深沉。随后的“觉来幽恨，停觞不御，欲歌还止”三句，直接抒发作者心中的沉痛之情。心头之恨是那样的沉重，竟让作者酒也不饮，歌也不唱。这是为什么呢？作者是这样回答的：一个白发老翁怎能在瑟瑟西风中为五斗米而折腰！但这只是其中的一个原因。

词的下片对前文的问题作出了更深入的回答：悔恨东山再起！先讲陶渊明的思想、人格和事业都是伟大的，并且至今仍凛然有生气，具有现实意义。“凛然生气”一句，这里暗用赞廉颇、蔺相如之语来赞赏陶渊明。作者紧接着又举“高山流水”的典故，来表明他同渊明二人是千古知音。所谓知音，就在于对“富贵他年”的态度：即使他年能够实现富贵显达，也没有什么意义。结尾“甚东山何事”三句用的仍然和谢安有关，作者表达了这样一种思想，从自己到陶渊明，又转而到谢安，处境虽各不相同，或富贵显达，或归田隐居，或空怀壮志，但实际上，都没有什么意义。这就是英雄的悲叹！

与辛弃疾其他诗词中所反映出的豪情壮志不同，在这首词中，作者已没有了《水调歌头》中“要挽银河仙浪，西北洗胡沙”，《虞美人》中“道男儿到死心如铁，看试手，补天裂”的那种壮志凌云、激越慷慨，而是把一切都看得闲淡无谓，实际上这是作者对现实政治的失望与哀叹，是时代的悲剧！

[词评]

稼轩词，豪放师东坡，然不尽豪放也。其集中，有沉郁顿挫之作，有缠绵悱恻之作，殆皆有为而发。其修辞亦种种不同，焉得概以“豪放”二字目之。

——蔡嵩云《柯亭词论》

沁园春

将止酒[1]，戒酒杯使勿近[2]

写作背景

此词作于庆元二年（1196）闲居瓢泉之时。这首《沁园春》，以戒酒为题，是一首诙谐幽默的新奇之作，足以见稼轩词词风之多样。

[原词]

杯汝来前，老子今朝，点检形骸（hái）[3]。甚长年抱渴，咽如焦釜；于今喜睡，气似奔雷[4]。汝说“刘伶，古

今达者，醉后何妨死便埋[5]”？浑如此，叹汝于知己，真少恩哉[6]！　更凭歌舞为媒。算合作人间鸩(zhèn)毒猜[7]。况怨无小大，生于所爱；物无美恶，过则为灾[8]。与汝成言：“勿留亟(jí)退，吾力犹能肆汝杯[9]。”杯再拜，道“麾(huī)之即去，招亦须来[10]”。

[注释]

①止酒：戒酒。

②戒酒杯使勿近：告诫酒杯别再靠近我。

③“杯汝”三句：叫酒杯上前，告之它我从今以后要戒酒。汝：你，指酒杯。点检形骸：检查自己的身体。

④“甚长年”四句：我从前喜欢喝酒，现在我因生病而戒酒，喜欢睡觉，且鼾声如雷，这都是长年病酒造成的。甚：说什么。抱渴：以饮酒来解渴，不喝酒就会像生病一样难受。此用“渴羌”事：王嘉《拾遗记·晋时事》载，羌人姚馥嗜酒，但言渴于酒，人呼为“渴羌”。后武帝擢其为朝歌宰，迁酒泉太守。咽如焦釜：咽喉就像烧煳了的锅底一样难受。《战国策》：“救赵之务，宜若奉漏瓮，沃焦釜。”气似奔雷：睡觉时鼾声如雷。黄庭坚《题东坡字后》：“性喜酒，然不能四五龠已烂醉，不辞谢而就，卧鼻鼾如雷。”

⑤“汝说”三句：酒杯对作者说：就算效仿刘伶，醉死便埋，又有何妨。《晋书·刘伶传》谓刘伶纵酒，常乘一鹿车，携一壶酒，命人带锄跟随，并说：“死便掘地以埋。”达者：通达、放荡的人，即指刘伶那样无视礼法、纵酒颓放的人。

⑥“浑如此”三句：酒杯竟然如此说，未免对你的知己缺少情分。韩愈《毛颖传》：“汝于知己，真少恩哉！”浑如此：竟敢这样。知己：作者自谓乃酒的知己。

⑦“更凭”二句：谓酒与歌舞一道引诱别人，就像鸩毒一样害人不浅。为媒：作为媒介。算合作：算起来应当（把你）看作是……。

⑧“况怨无”四句：何况怨恨不论大小，都是由爱而生；事物本无好坏，过度则会成灾。此指君子爱酒，当有节制。过则为灾：《北齐书》：“惟数饮酒，曲蘖成灾，因而致毙。”

⑨“与汝”三句：作者与酒杯约定：不要停留赶紧离开，否则就把酒杯砸碎。成言：约定，协定。《离骚》：“初既与余成言兮，后悔遁而有他。”亟：赶快。肆：罪犯处死后陈尸示众。《论语·宪问》：“吾力犹能肆诸于朝。”这里是对酒杯而言，可作砸碎讲。

⑩再拜：两次行礼。“麾之”二句：《汉书·汲黯传》说汲黯辅佐少主，

防守城池时，“招之不来，麾之不去”。言其意志坚定。此反用其意。麾：同“挥”。

[词解]

这首词主要描写作者想要戒酒却又不忍的矛盾心理。词人采用主客体对话的方式来写，并且大部分都在议论，打破了传统词作之常规。题目“将止酒，戒酒杯使勿近”就很有新意，似乎病酒不是自己的责任，反而应该是酒杯和酒的责任，这样就将酒杯人格化，为本词安排了一主（即词中的“我”）一客（杯）两个角色。全词通过主客问答，诙谐曲折地表达了作者对朝廷的失望与自己内心的郁闷。

将止酒，戒酒杯使勿近

首句“杯汝来前”，从主人毫不客气的呵斥开始，称酒杯为“汝”，而词人则自称“老子”（犹“老夫”），然后就告诉酒杯：以后离我远点，我最近身体不好，嗜睡并且鼾声如雷，这都是长年病酒造成的。接着“汝说”，是酒杯对主人呵斥的回答：刘伶是古往今来少有的放达之人，他尚且有酒就喝，醉死便埋呢。作者对杯的回答，既感到惊讶，又不得不承认有几分道理。所以感慨道：“汝于知己，真少恩哉！”其口气已经没有了原来那样强硬，而且也承认了自己确实是酒的知己。

词的下片急转直下，语气骤然又变严厉，似乎是下定了戒酒的决心。以“更”字发端，张弛之间，口气由缓和又趋强硬。歌舞助酒兴，酒借歌舞势，比之于杀人的鸩毒也不为过。这里只说“算合作人间鸩毒猜”，而并没有完全认定。接着作者又说：况且怨恨不论大小，常因爱极而生；事物不论多么好，过度就会有危害。这些话实际上是承认自己对酒是爱极生恨，酗酒成灾。作者因此对酒杯宽大处理“使勿近”。处死而陈尸示众叫“肆”，“吾力犹能肆汝杯”这话说得很有力度，但是处分却不重，主人戒酒的决心看起来还不是那么坚定啊！酒杯似乎也看出了这一点，于是不再辩解，只是再拜道：“麾之即去，招亦须来。”总之，这首词把酒杯写成了一个人，它善于揣度主人的心理，应付自如。主人大怒之下，它能大事化小。当其被斥退时，还说“麾之即去，招亦须来”，好像是随时准备着为主人服务。作者通过幽默诙谐的语言，婉转地述说了自己壮志难酬、悲愤不平，所以常常借酒泄愤的事实。另外，为了适应表现内容的需要，词中大量采用了散文句法，即以文为词。并且大量用典，从而丰富了词的意象，拓展了词的发展空间。

［词评］

又止酒沁园春云：“杯汝前来，老子今朝，点检形骸。……”此又如宾戏、解嘲等作，乃是把做古文手段寓之于词。

——杨慎《词品》

沁园春

城中诸公载酒入山，余不得以止酒为解，遂破戒一醉，再用韵。

> 写作背景
>
> 这首词与描写自己戒酒的《沁园春》作于同一时期。

［原词］

杯汝知乎？酒泉罢侯，鸱(chī)夷乞骸(hái)[1]。更高阳入谒(yè)，都称齑(jī)臼[2]；杜康初筮(shì)，正得云雷[3]。细数从前，不堪余恨，岁月都将曲蘖埋[4]。君诗好，似提壶却劝，沽酒何哉[5]？　君言病岂无媒？似壁上、雕弓蛇暗猜[6]。记醉眠陶令，终全至乐[7]；独醒屈子，未免沉灾[8]。欲听公言，惭非勇者，司马家儿解覆杯[9]。还堪笑，借今宵一醉，为故人来[10]。

［注释］

①“酒泉”二句：酒泉侯已经罢黜，酒袋子请求告老还乡，皆代指戒酒。酒泉：郡名，汉置，在今甘肃省，以城下有金泉，味如酒，故名。羌人姚馥曾为酒泉太守。杜甫《饮中八仙歌》：“道逢曲车口流涎，恨不移封向酒泉。”此反用其意。鸱夷：装酒的皮囊。乞骸：本指年老官员请求退休养老，此处用来比喻止酒。

②“更高阳”二句：谓高阳酒徒自称都要向酒告辞，亦指戒酒。《史记·郦生列传》：郦食其，陈留高阳人，欲见刘邦，守门人以刘邦不见儒生而拒其入见。郦生瞋目按剑叱之曰：“吾高阳酒徒也，非儒人也。”此处以“高阳”代指“酒

徒”。畲臼:《世说新语·捷悟篇》:“魏武尝过曹娥碑下，杨修从，碑背上见题作‘黄娟幼妇，外孙畲臼’八字。……修曰:‘黄娟，色丝也，于字为绝；幼妇，少女也，于字为妙；外孙，女子也，于字为好；畲臼，受辛也，于字为辞。所谓绝妙好辞也。’”故“畲臼”喻一“辞”字，辛词则借为“辞退、告辞”之意。

道逢曲车口流涎

③“杜康”二句：谓杜康占卜以后出仕，就不再酿酒，仍为止酒之意。杜康：古之善酿酒者，传说酒是由杜康发明的。初筮：即指筮仕，古人将出仕做官之前，先占卜以问吉凶。云雷:《易经·屯卦·象》:“云雷屯，君子以经纶。”

④“细数”三句：细细算来，大好的时光都在饮酒作乐中白白浪费掉了。曲蘖：酿酒用的发酵物，用来代指酒。

⑤提壶、沽酒:提壶是一种鸟，因其啼声像“提壶”而得名。梅尧臣《禽言》:“提壶卢，沽酒去。”

⑥“君言”二句：大凡得病都必有其原因，而不应该杯弓蛇影暗自猜疑。雕弓蛇：即杯弓蛇影。

⑦“记醉眠”二句：陶渊明饮酒自乐，孤身终老。

⑧“独醒”二句:屈原感慨“众人皆醉我独醒”,最后却自沉于汨罗江。《楚辞·渔父》:“众人皆醉我独醒。”沉灾：指屈原忠而见谤，放逐江南，投汨罗江自尽事。

⑨“欲听”三句：真是惭愧自己没有像司马睿那样戒酒的勇气与决心。《世说新语·规箴篇》注引邓粲《晋纪》：晋元帝司马睿“性素好酒，将渡江，王导深以谏，帝乃令左右进觞，饮而覆之，自是遂不复饮。”

⑩“借今宵”二句：因为故人来看望我，我且效仿邴原破例饮酒一次吧。邴原：三国时名士。《三国志·魏书》注引《邴原别传》:“原旧能饮酒，自行之后，八九年间酒不向口。单步负笈，苦身持力。……临别，师友以原不饮酒，会米肉送原。原曰:‘本能饮酒，但以荒思废业，故断之耳。今当远别，因见贶钱，可一饮宴。’于是共坐饮酒，终日不醉。”

[词解]

这首词与上一首词一个说的是戒酒，一个说的是破戒。正好可以互相参读

司马睿

对照。

上片词人连用四个典故，告诉“酒杯”，酒泉侯罢、酒袋乞归、高阳酒徒戒酒、杜康占卜出仕，都是表明自己已经戒酒，“细数从前”几句，仍是对自己以前过度酗酒的悔恨之意。以上数句都是在为结处的“提壶沽酒”暗埋伏笔，实为欲扬先抑之笔。下片承“提壶沽酒”，写“诸公”劝主人破戒饮酒，“君言”二句，写友人劝说词人，他并非是因为饮酒而得病，而是因为杯弓蛇影，饱受惊疑所致。紧接着又举出陶渊明醉酒而全、屈原清醒自沉一正一反两个例子，劝解词人清醒反不如酒醉好。此处是反语，实际上是讽刺恶浊的世风。南宋建立以后耽于酒宴歌舞，不思恢复，仁人志士无不痛心，却无能为力，再联系屈原之事，更让词人心情沉痛。这也是本篇之主旨。最后词人只能“破戒一醉”，名为答谢友人，实际上其个中深意，不言自明。

[词人逸事]

辛弃疾的妻子范氏，是一位知书达礼的女子。辛弃疾喜好饮酒，但是多饮酒对身体是十分有害的。所以范氏在辛弃疾与朋友外出饮酒的时候，总会在家里的窗户上写满劝诫辛弃疾少饮酒的话语。

辛弃疾与妻子的感情非常好，公元1189年，同岁的两人还一同举办了庆祝五十大寿的宴席。辛弃疾在《浣溪沙·寿内子》一词中记述了这件事：“寿酒同斟喜有余，朱颜却对白髭须，两人百岁恰乘除。”

玉楼春

戏赋云山①

写作背景

宋宁宗庆元二年（1196），辛弃疾在上饶（今属江西）带湖的住所毁于火灾，遂迁居位于铅山（今属江西）东北的期思渡新居。那里有一泊清泉，形状如瓢，词人因名之为“瓢泉”。这首词就是作者在瓢泉居住期间所作。内容正如题目所言，乃吟咏云山的作品。

[原词]

何人半夜推山去？四面浮云猜是汝[2]。常时相对两三峰，走遍溪头无觅处[3]。　　西风瞥起云横度，忽见东南天一柱[4]。老僧拍手笑相夸，且喜青山依旧住[5]。

[注释]

①云山：根据词意，可以理解为白云笼罩的山峰。辛弃疾赋云山词共有四首，这是第一首。题目既然是"戏赋"，作者的用意命笔，自然就有一种欢快诙谐之感。其所谓云山之奇景，不过是云来山隐，云去山现，但经作者妙手点染，便觉趣味自在其中，更包含着一丝禅机。

②"何人"二句：是谁在半夜推走了青山，我猜应该是围绕山四面的浮云在作怪。《庄子·大宗师》："藏山于泽，谓之固矣。然而夜半有力者负之而走，昧者不知也。"黄庭坚《次韵东坡壶中九华》诗："有人夜半持山去，顿觉浮岚暖翠空。"

③"常时"二句：平时我经常能看到两三座山峰，但是现在怎么找都不到了。

④"西风"二句：突然间秋风送爽，吹走了云彩，又惊现出天柱一般的青山。瞥起：快速地、迅捷地吹起来。云横度：浮云横飞。天一柱：一根天柱，即指青山。

⑤"老僧"二句：山间的老僧拍手庆幸青山还在原处。

浮云隐山

[词解]

这首词题为"戏赋云山"，但作者着力描述的却不过是一种瞬息万变的自然现象，其中寄寓了作者这样一个信念：虽然坚持恢复大业的仁人志士屡屡受到压制排挤，但是，就像浮云不可能永远遮挡往青山一样，这股抗金力量一定能坚若磐石，逐渐壮大。

这首词开篇即点题。运用设问句式，这比开门见山地说青山被浮云所遮掩更富情趣。而且，由于运用了拟人手法，使得全词更显活泼生动，我们仿佛身临其境，看到了

青山绵延

作者所描述的情景。起句用典，《庄子·大宗师》云："夫藏舟于壑，藏山于泽，谓之固矣。然而夜半有力者负之而走，昧者不知也。"黄庭坚《次韵东坡壶中九华》诗曾用其字面，句云："有人夜半持山去，顿觉浮岚暖翠空。""四面浮云猜是汝"句，猜想推走青山的正是四面的浮云。一个"猜"字，不仅和起句的设问语气符合，而且还使全词显得更生动活泼，情态毕现。接下来"常时相对两三峰""走遍溪头无觅处"，则证明了词人的猜想，并且表现出了词人的遗憾之感。青山是作者的知音，是作者英雄本色的象征，作者爱慕青山，敬仰青山，时时都思念着青山："新葺茅檐次第成，青山恰对小窗横。"（《浣溪沙·瓢泉偶作》），"青山意气峥嵘，似为我归来妩媚生。"（《沁园春·再到期思卜筑》），"我见青山多妩媚，料青山、见我应如是。情与貌，略相似。"（《贺新郎·邑中园亭，仆皆为赋此词》）正因为如此，词人才要殷勤寻觅。

词的上片写词人因为青山被浮云遮蔽而忧虑，下片则抒写看见青山重新露出真面目的喜悦。下片头二句衔接上片却笔锋陡转，景象突变：秋风起，浮云散，青山如天柱一般赫然现于眼前，巍然耸立于天之东南。通过上句中"瞥起"和下句中"忽见"，来表现作者在刹那间重睹青山的喜悦之情。结句作者荡开一笔，通过描写了一位老僧看到青山重新露面时拍手称庆的兴奋之状，来衬托作者之喜。这样写不仅为本词增加了曲折性、可读性，而且还扩大了词的境界，说明对青山是隐是出表示关心的大有人在，老僧即是其中之一。

这首词虽然题为"戏赋云山"，但词人并没有精细地刻画青山，而只是对其中的一个小小瞬间有感而发，用意深刻，却不落窠臼。这首小词风格明快活泼、自然清新，反映了词人在罢职闲居期间乐观向上的一面。

[词评]

读苏辛词，知词中有人，词中有品。

——谢章铤《赌棋山庄词话》

水调歌头

席上为叶仲洽赋①

写作背景

此词大约作于宋宁宗庆元元年至庆元二年（1195—1196）期间，此时作者正罢官闲居于瓢泉。

［原词］

高马勿捶面，千里事难量。长鱼变化云雨，无使寸鳞伤②。一壑(hè)一丘吾事，一斗一石皆醉，风月几千场③。须作猬毛磔(zhé)，笔作剑锋长④。　我怜君，痴绝似，顾长康⑤。纶巾羽扇颠倒，又似竹林狂⑥。解道澄江如练，准备停云堂上，千首买秋光⑦。怨调为谁赋，一斛(hú)贮槟榔⑧。

［注释］

①叶仲洽：信州人，生平不详。读此词，可知其诗画双绝，并嗜酒。

②“高马”四句：化用杜诗，既赞美友人有光明磊落的人格，亦有对其失意受挫之感伤。杜甫《三韵三篇》其一：“高马勿捶面，长鱼无损鳞。辱马马尾焦，困鱼鱼有神。君看磊落士，不肯易其身。”

③“一壑”三句：谓我辈应该纵情山水，饮酒吟诗以自娱。一壑一丘：纵情山水。一斗一石皆醉：《史记·滑稽列传》：“威王大说，置酒后宫，召髡，赐之酒，问曰：‘先生能饮几

竹林七贤

何而醉？’对曰：‘臣一斗亦醉，一石亦醉。’”

④“须作”二句：谓友人的胡须硬如刺猬之刺，作诗之笔如同剑锋。《晋书·桓温传》：“温豪爽有风概，姿貌甚伟。……刘惔尝称之曰：‘温眼如紫石棱，须作猬毛磔，孙仲谋、晋宣王之流亚也。’”磔：展开，裂开。

⑤“我怜君”三句：谓友人对画画的痴迷与顾恺之一样。顾长康：顾恺之字长康，小字虎头，东晋著名画家。《晋书·顾恺之传》：“欲传恺之有三绝：才绝，画绝，痴绝。”

⑥“纶巾”二句：谓友人衣冠不整，嗜酒放旷，蔑视礼法，正像是当年的竹林七贤。《世说新语·德行篇》注引王隐《晋书》：“魏末，阮籍嗜酒荒放，露头散发，裸袒箕裾。”纶巾：用青丝带做的头巾，东汉末及魏晋士人常用之。竹林狂：即指魏末的竹林七贤：阮籍、嵇康、山涛、向秀、阮咸、王戎、刘伶，“七人常集于竹林之下，肆意酣畅，故世谓‘竹林七贤’”（《世说新语·任诞篇》）。

⑦“解道”三句：称赞友人的诗才如谢朓一样高迈，作者想和友人在停云堂上唱和千首诗。谢朓《晚登三山还望京邑》：“余霞散成绮，澄江静如练。”李白《金陵城西楼月下吟》：“解道澄江静如练，令人长忆谢玄晖。”停云堂：词人瓢泉居所中的一个室名。

⑧“怨调”二句：对友人的赞誉与推重，谓自己当以重礼回报友人。一斛贮槟榔：《南史·刘穆之传》：“穆之少时家贫，诞节嗜酒食，不修拘检。好往妻兄家乞食，多见辱，不以为耻。其妻江嗣女，甚明识，每禁不令往。江氏后有庆会，属令勿来，穆之犹往；食毕，求槟榔，江氏兄弟戏之曰：‘槟榔消食，君乃常饥，何忽须此？’妻复截发市肴馔，为其兄弟以饷穆之，自此不对穆之梳沐。及穆之为丹阳尹，将召妻兄弟，妻泣而稽颡以致谢，穆之曰：‘本不匿怨，无所致忧。’及至，醉饱，穆之乃令厨人以金贮槟榔一斛以进之。”

顾恺之

[词解]

这首词全篇都是为友人感伤同时也为自己感伤，正所谓借他人酒杯浇自己胸中块垒。全篇都表现出作者对友人人品、画品、诗品的赞誉，表现了对友人郁郁不得志的怜惜，以及对友人倔强傲世态度的赞同与勉励，同时也是作者自身愿望的表达与抒发。

上片头四句，赞美友人的高尚人格与美好品德，对社会不识人才表示谴责。“一丘一鋆”三句，将重心转移到寄情山水上来，因为不受社会重视，所以只好饮酒谈诗。“须作”二句是为友人作的一幅素描，实际上也是为自己抱不平，谓友人与自己都是容貌威猛、德才兼备的男子汉，却不能杀敌报国，而只能在山林间以笔代剑，打发时光，真是让人痛心。下片进一步表现作者与友人英雄重英雄的互相爱重之情。下片头三句，将友人比作顾恺之，赞其画才；“纶巾”两句，又将友人比作竹林七贤，赞其风度；“解道”两句，是说作者与友人在艺术上的交流十分投机，赞其诗才，并想与友人唱和诗歌千首。末两句用典，言将重礼回报友人。

通篇无愤激之语，而愤世之情毕现，通篇无一句写自己，却让人不光为作者友人，同样也为作者感到悲愤。本词风格慷慨却又含蓄典雅，有豪放沉郁之风。

[词评]

稼轩横竖烂熳，乃如禅宗棒喝，头头皆是；又如悲笳万鼓，平生不平事并卮酒，但觉宾主酣畅，谈暇不顾……斯人北来，喑呜鸷悍，欲何为者；而谗摈销沮，白发横生，亦如刘越石。陷绝失望，花时中酒，托之陶写，淋漓慷慨，此意何可复道，而或者以流连光景、志业之终恨之，岂可向痴人说梦哉！

——刘辰翁《辛稼轩词序》

念奴娇

和赵国兴知录韵[1]

写作背景

这首词作于辛弃疾闲居瓢泉之时，是他与友人的和词。

[原词]

为沽美酒过溪来，谁道幽人难致[2]。更觉元龙楼百尺，湖海平生豪气[3]。自叹年来，看花索句，老不如人意。东风归路，一川松竹如醉。　怎得身似庄周，梦中蝴蝶，花底人间世[4]。记取江头三月暮，风雨不为春计。万斛(hú)愁来，金貂头上，不抵银瓶贵[5]。无多笑我，此篇聊当《宾戏》[6]。

庄周梦蝶

[注释]

①赵国兴：作者友人，生平不详。知录：官名，“知录事参军”的简称，是一种属官，掌管文书、纠查府事等。

②幽人：幽居的人。

③“更觉”二句：谓友人身上有陈元龙那样的湖海豪气，应当高卧百尺楼头，受到别人的尊重。元龙：陈登字元龙。许汜谓其“湖海之士，豪气不除”，见《三国志·魏书》。

④“怎得”三句：谓怎样才能像庄周一样在梦中化成蝴蝶，在花丛中自由飞翔。《庄子·齐物论》：“昔者庄周梦为蝴蝶，栩栩然蝴蝶也。自喻适志与，不知周也；俄而觉，则蘧蘧然周也。不知周之梦为蝴蝶与？蝴蝶之梦为周与？”人间世：《庄子》中的一篇文章。

⑤“万斛”三句：谓这么多的忧愁该如何化解呢，也只能是靠饮酒浇愁了。《晋书·阮孚传》谓阮孚“迁黄门侍郎散骑常侍，尝以金貂换酒”。银瓶：盛酒的容器，此处代指酒。斛：古代容器，可盛十斗，后改为五斗。万斛愁是形容愁之多。

⑥《宾戏》：即《答宾戏》，东汉班固所作的一篇散文赋。在形式上模仿东方朔的《答客难》和扬雄的《解嘲》，表现出自己不慕名利，专注学问的思想。辛词借此向友人表明自己的志向。

[词解]

这首词是作者为友人赵国兴所作的和词，上片起句以沽酒过溪点出两人的友情，赞友人的清高之志。“更觉”二句，将友人比作性情豪阔、志在四海的陈元龙，“自叹”以下，是与友人饮毕归来时的自我抒怀。叹息自己现在年纪渐大，不如意的事情甚多，正是因为如此，所以极其渴望与友人畅谈共饮，一吐衷肠。“松竹如醉”既是描写松竹随风摇摆之状，又暗示了作者的醉眼蒙眬之态。下片写作者酒醉之后的心情。欲效庄周梦蝶以忘怀人世，又想以金貂换酒以借醉解愁，只因自己在官场上屡遭排挤打击，不能有所作为，到最后反而落得遭谗罢官的结果，这怎能不让词人感到心情郁闷呢？所以词人在酒醉之后，自然而然地发出了这些牢骚之语。结尾处说把自己这首词权且当作《答宾戏》来看，既是自嘲，又是对南宋恶浊世风的讽刺。

[词人逸事]

辛弃疾的祖父辛赞对他的教育可谓是煞费苦心。辛赞在亳州任上时，每当政事闲暇时，就会带着辛弃疾去登高望远，让辛弃疾从小就树立为宋朝建功立业的大志。在这样的教育和熏陶下，辛弃疾对兵法兵书产生了十分浓厚的兴趣。在辛弃疾十五岁的时候，辛赞让他去参加金朝的进士考试，并趁此机会观察、了解北方的山川形势，同时搜集金朝的政治情报和军事动向。可见，辛赞是把辛弃疾当成一个文武兼备的非凡之才在培养，可谓用心良苦。辛赞把希望全部都寄托在了孙子的身上，但是，就在辛弃疾第二次从燕山回来不久，辛赞就与世长辞了，他终究没能等到期盼已久的那一天，也没有看到孙子揭竿而起的那一天。

满庭芳

和章泉赵昌父①

写作背景

约作于庆元二、三年（1196—1197），即辛弃疾迁居铅山瓢泉之初。

［原词］

西崦(yān)斜阳，东江流水，物华不为人留②。铮(zhēng)然一叶，天下已知秋③。屈指人间得意，问谁是、骑鹤扬州④？君知我，从来雅兴，未老已沧洲⑤。　无穷身外事，百年能几，一醉都休⑥。恨儿曹抵死，谓我心忧⑦。况有溪山杖屦(jù)，阮籍辈、须我来游⑧。还堪笑，机心早觉，海上有惊鸥⑨。

［注释］

①赵昌父：作者的朋友，名蕃，字昌父，家居信州玉山之章泉，世称章泉先生，工诗。他与辛弃疾多有诗词唱和，辛弃疾称其“情味好，语言工”（《鹧鸪天·和章泉赵昌父》）。

②“西崦”三句：叹夕阳西下，大江东去，美景不会因人而停留。西崦：西方的崦嵫山，在今甘肃天水西。古人认为此山为日落之处。物华：优美的景色。柳永《八声甘州》：“是处红衰翠减，苒苒物华休。”

③“铮然”二句：《淮南子·说山训》：“以小明大，见一叶落，而知岁之

将暮。”“一叶知秋”谓小中见大，从细节处可预料到整体。铮然：指夜深时分枯叶落地之声。

④“屈指”二句：屈指算算人间得意之事，有谁能万事如意、十全十美呢？屈指人间得意：屈指数数人间得意之事。骑鹤扬州：据《五朝小说大观·殷芸小说》载：有数人聚会，各言其志，一人说愿为扬州刺史，一人说愿富有资财，一人说愿骑鹤升仙。还有一个人则说：“腰缠十万贯，骑鹤下扬州，欲兼三者。”此处谓诸般好事集于一身，万事称心如意。

⑤“君知我”三句：您早就知道我有归隐江湖之意。雅兴：高雅的意趣，谓归隐之志。沧洲：犹言江湖，泛指景色优美之处，此处代指隐士向往的隐居之所。

⑥“无穷”三句：人生苦短，且不要去理会那些纷纷扰扰的身外之事，不如一醉方休。用杜甫绝句《漫兴九首》诗意：“莫思身外无穷事，且尽生前有限杯。”

⑦“恨儿曹”二句：儿辈总是说我忧心忡忡。抵死：总是，老是。谓我心忧：语出《诗经·王风·黍离》：“知我者谓我心忧，不知我者谓我何求。”

⑧“况有”二句：况且还有很多知己与我一起拄着手杖，穿着草鞋，畅游山水。溪山杖屦：拄着手杖，穿着草鞋，畅游山水。阮籍辈：此借指与自己志同道合的朋友。

⑨“还堪笑”三句：无奈自己尚存机心，以致鸥鸟惊飞。机心：此谓凡心，不能忘怀尘世凡俗之心。惊鸥：据《列子·黄帝篇》：海上有人喜欢鸥鸟，每天都有很多鸥鸟与他共同玩乐。后来其父让他捉几只鸟，结果第二天鸥鸟看见他便不再飞下来。鸥鸟全身皆白，象征着一尘不染，其人略生机心，便为鸥鸟所惊觉。词人借此自嘲。

秋景瑟瑟

［词解］

这首词抒发了作者对隐居生活的感慨。上片起句叹息时光匆匆，美景不会因人的意愿而停留，隐约已有愁绪。“铮然一叶，天下已知秋”，以中国文人普遍存在的“悲秋情节”着笔，点出愁绪，但作者的真实用意尚未明朗，“屈指”几句感慨谁能做到十全十美、毫无遗憾呢？透露出了作者面对遭谗罢官的愤懑心情，因为自己无可奈何，所以只能用这样的话来安慰自己。上片结尾三句点出了题旨，意谓归隐为乐。由此可知，作者之前所作的议论，逐层深入，先叹人生易逝，再申悲秋之感，又说人生不称意，最终表明还是隐居最好。下片用笔灵动，跳荡有致。“无穷”三句写隐居的心态，面对身外之事，大可不必操心，既然已隐居于此，那就“一醉都休”。“恨儿曹抵死，谓我心忧”，儿子岂能不知父亲的心意，正所谓“知我者，谓我心忧”。但是词人却以一个“恨”字,否认了儿子的说法。其实这种否认，只是口头上的，在词人心中，恐怕还是承认的。“况有”二句以寄情山水反驳儿辈说自己心忧之事，接下来却又笑自己机心未除，这样就道出了自己内心的真实想法。可见词人在归隐以后内心仍是极为复杂的，因而也只能借诗词宣泄出来。

阮籍

［词评］

稼轩有吞吐八荒之概而机会不来……故词极豪雄而意极悲郁。

——陈廷焯《白雨斋词话》

永遇乐

检校停云新种杉松[①]，戏作。时欲作亲旧报书[②]，纸笔偶为大风吹去，末章因及之

写作背景

本词约作于庆元三、四年间（1197—1198）。当时辛弃疾再度罢居于瓢泉。

［原词］

投老空山，万松手种，政尔堪叹[③]。何日成阴，吾年有几？似见儿孙晚[④]。古来池馆，云烟草棘，长使后人凄断[⑤]。想当年良辰已恨，夜阑酒空人散[⑥]。

停云高处，谁知老子，万事不关心眼[⑦]。梦觉东窗，

聊复尔耳，起欲题书简[8]。霎时风怒，倒翻笔砚，天也只教吾懒[9]。又何事催诗雨急，片云斗暗[10]。

［注释］

①停云：停云堂，作者瓢泉新居中的堂名。陶潜《停云》诗四章中自序曰："思亲友也。"辛弃疾平素景仰陶潜，因此借以用作堂名，亦兼取其"思亲友"之意。

②作亲旧报书：给亲人旧友写回信。

③"投老"三句：可叹到老以后没什么别的事情可做，只能是照看料理这些青松翠柏。投老：到年老的时候。政：通"正"。尔：如此。

④"何日"三句：我还能有几年时间，还能否看到青松成阴，正如担心能否看到自己的儿孙长大成人一样。杜牧《叹花》："狂风落尽深红色，绿叶成阴子满枝。"阴：同"荫"，树荫。

⑤"古来"三句：从古至今有多少水榭楼台，转瞬之间便成了荒草黄尘，令后人感伤。凄断：凄楚销魂，指感伤的情绪。

⑥"想当年"二句：当年的美好时光已经过去，现在就像是深夜酒终人散，只剩下一片狼藉。夜阑：夜将尽，天将明。

⑦"停云"二句：停云堂上，我只求闲静，世间万事皆已与我无关。万事不关心眼：王维《酬张少府》："晚年惟好静，万事不关心。"

⑧"梦觉"三句：拂晓已醒，无事可干，思量着给亲戚故旧写写信。此化用陶潜《停云》诗中"闲饮东窗"而思念好友之意。聊复尔耳：姑且如此罢了。语出《世说新语·任诞篇》："阮仲容步兵居道南，诸阮居道北。北阮皆富，南阮贫。七月七日，北阮盛晒衣，皆纱罗锦绮。仲容以竿持大布犊鼻裈于中庭，人或怪之，答曰：'未能免俗，聊复尔耳。'"此处用来表示词人闲居无聊。题书简：写书信。即题序中所说的"作亲旧报书"。

空山万松

⑨"霎时"三句：忽然刮起狂风，吹翻了笔墨纸砚，好像老天故意让我犯懒，不让我写信似的。

⑩"又何事"二句：可是为什么忽然又乌云密布呢，应该是老天下雨催我写诗吧。这二句化用杜甫《陪诸贵公子丈八沟携妓纳凉晚际遇雨》诗："片云头上黑，应是雨催诗。"何事：为何。斗暗：突然昏暗。

［词解］

这首词借事抒情，起笔即照应词前小序中所说的“检校停云新种杉松”，借此抒发面对世间沧桑所生的感慨。词人想到不知何日才能看到新松成荫，顿生英雄迟暮之感，词人将自己亲手种的松树看作是自己的儿孙，盼望它们长大成材，实际上是在抒发自己壮志难酬之感。接下来感慨古今兴废，宫阙池馆都湮没于黄土，“夜阑酒空人散”，这是落寞孤寂之感的体现。下片承接上文，作者发誓归隐之后誓不再理会闲事。身处停云堂，“梦觉东窗”以后，又想起陶渊明《停云》之诗，使词人开始思念亲戚故旧，于是想援笔作书以报之。无奈天气突变，似不欲让其写信，却又似在催其作诗，不知何意。作者这样彷徨，思绪纷乱，实际上是因其不甘寂寞，报国之情不泯而造成的，试想如果词人现在正在战场上指挥千万抗金志士进行北伐恢复的大业，又怎会生此闲愁呢？

［词评］

辛稼轩，词中之龙也，气魄极雄大，意境却极沉郁。不善学之，流入叫嚣一派，论者遂集矢于稼轩，稼轩不受也。

——陈廷焯《白雨斋词话》

临江仙

停云偶作①

写作背景

此词应该是作于辛弃疾从福建任上再度罢官回到瓢泉之初。

［原词］

偶向停云堂上坐，晓猿夜鹤惊猜②。主人何事太尘埃？低头还说向，被召又重来③。　多谢北山山下老，殷勤一语佳哉，借君竹杖与芒鞋④。径须从此去，深入白云堆⑤。

［注释］

①偶作：因为一个偶然原因而作，也可以理解为即兴之作。

鹤

②"偶向"二句：偶尔到停云堂上坐坐，猿鹤都对我的回来表示惊讶猜疑。辛弃疾于淳熙八年（1181）春营建带湖居宅时，曾作《沁园春》词曰："三径初成，鹤怨猿惊，稼轩未来。"本词与之遥相呼应。

③"主人"三句：猿鹤问我为何在官场蹉跎许久才归来，我向它们说：我是听见你们的召唤才回来的。上述《沁园春》词又有句云："甚云山自许，平生意气；衣冠人笑，抵死尘埃。"太尘埃：即"抵死尘埃"，意谓为何在官场蹉跎许久。说向：对猿鹤说道。

④"多谢"三句：感谢北山老人对我的殷勤问候。北山：孔稚珪曾作《北山移文》。作者借此代指停云堂所在之山。借君竹杖与芒鞋：苏轼《定风波》："竹杖芒鞋轻胜马，谁怕，一蓑烟雨任平生。"辛弃疾于绍熙三年（1192）春赶赴福建做官时，曾作《浣溪沙》，下片云："对郑子真岩石卧，趁陶元亮菊花期。而今堪颂《北山移》。"又：他在再次罢归途中曾作《柳梢春》，也说："好把《移文》，从今日日，读取千回。"以上均可与此词互相参照，有助于理解。

⑤"径须"二句：谓从此就可以踏踏实实地隐居于白云笼罩的大山深处。径：径自，直接。白云堆：白云缭绕的深山。

［词解］

因为被罢黜，只得闲居于田园，这既是作者之不幸，又是作者之幸。不幸者，报国无门，壮志难酬；幸者，了却夙愿，全身而退。词以猿鹤拟人，借作者与猿鹤之间的对话表达出这种感情，诙谐中却见悲痛。

上片写作者回到瓢泉，闲坐于停云堂，惹得猿鹤猜疑。"主人何事太尘埃"，是模拟猿鹤的口吻提出的问题："主人你为什么这么执着于做官呢？"辛弃疾不说自己被免官而回，而戏曰是听到猿鹤的召唤才回来的，貌似诙谐，实是笑中含泪、喜中带悲之语。下片坚定了归隐之志，瓢湖父老语言亲切，皆是劝慰迎归之意，然不言此山而称"北山"，则是借用了《北山移文》中所说的"北山"，蕴含深意，《北山移文》本是孔稚珪为讽刺周颙借隐居之名，博出仕之实而作，词人用在这里表明了自己的羞愧之意，又有对朝廷不思恢复、耽于歌舞的悲愤之情。"径须"二句，则是作者坚定了从此不再对仕途抱有幻想，决定一心一意过自己的隐居生活的信心。

[词评]

稼轩由北开南；梦窗由南追北：是词家转境。

——周济《宋四家词选》

鹧鸪天

戊午拜复职奉祠之命①

写作背景

本词作于戊午年即庆元四年（1198），此时辛弃疾罢居瓢泉。他此时再度被任命为集英殿修撰和福建武夷山冲佑观官观使。此词就是他接到任命以后之作。

[原词]

老退何曾说着官，今朝放罪上恩宽②。便支香火真祠俸，更缀文书旧殿班③。　扶病脚，洗衰颜，快从老病借衣冠④。此身忘世浑容易，使世相忘却自难⑤。

[注释]

①复职：指恢复主管福建武夷山冲佑观和集英殿修撰之职。奉祠：宋代设有宫观使、判官、都监、提举、提点、主管等职务，用来安置五品以上不能任职或年老退休的官员等。他们只领官俸而无实职。

②“老退”二句：我因年老罢官以后并没有说过想再做官，可是皇帝却不计较我的罪名，宽大处理，让我重新为官。

③“便支”二句：皇帝不仅让我主管福建武夷山冲佑观，还让我担任集英殿修撰的职务。

④“扶病脚”三句：我是又老又病，还得备办就职所需之衣冠等诸多事宜。

⑤“此身”二句：让我忘却世事比较容易，但是让别人忘了我却不容易。《庄子·天运》：“使亲忘我易，兼忘天下难；兼忘天下易，使天下兼忘我难。”

[词解]

诗人已经在瓢泉又闲居了四年，此时又被朝廷任命为闲职，其实这对他而言，是毫无意义的事，根本就没有什么可值得高兴的。相反，他感到不明就里。上片起句即表明了这一层意思，本来辛弃疾被罢职，闲居家乡已久，早已经决心“径须从此去，深入白云堆”，不再有什么做官的念头了，可是又忽然被朝廷任命为闲职，因此他又说“今朝放罪上恩宽”，自己本是被诬蔑罢官，在这里他却承认了自己是有罪之身，如今朝廷能赏给他一个闲职做，已经算是开恩了。不难看出，此处是反语，当时的朝廷有多少亟须解决的大事啊，可是他们却不着急，反而急着给罢职闲居的辛弃疾一个无足轻重的闲职。如果朝廷想的是恢复大业，那么就应该重用他，而不应该做这样毫无必要的事情。这次任命给他的职务是什么呢？一个给道观供奉香火、“集英殿修撰”的虚衔。须知辛弃疾平生的志向是抗击金人、恢复中原，而绝不是贪图苟安、享受富贵。下片表明自己的推辞之意，做这样一个闲职，还要备办衣冠等物，真是麻烦。最后二句感慨尤甚，他自以为隐居以后，就能落个清闲了，但是不想“树欲静而风不止”，朝廷竟不让自己安生。可见词人的心情不仅是不情愿做这个闲职，而且还要战战兢兢，如履薄冰，对自己的祸福深为担忧。

[词评]

稼轩郁勃，故情深；白石放旷，故情浅。稼轩纵横，故才大；白石局促，故才小。

——周济《介存斋论词杂著》

木兰花慢

题上饶郡圃翠微楼[1]

写作背景

此闲居瓢泉之作。

[原词]

旧时楼上客，爱把酒、对南山[2]。笑白发如今，天教放浪，来往其间[3]。登楼更谁念我，却回头西北望层栏[4]。云雨珠帘画栋，笙歌雾鬓云鬟(huán)[5]。　近来堪入画图看。父老愿公欢[6]。甚拄笏悠然，朝来爽

气，正尔相关[⑦]。难忘使君后日，便一花一草报平安[⑧]。

与客携壶且醉，雁飞秋影江寒[⑨]。

[注释]

①翠微楼:《上饶县志·古迹志》:“翠微楼在县治南，宋庆元间知州赵伯瓚所建。”

②“旧时”二句:谓旧时闲居带湖时，经常登楼远望，把酒临山。爱把酒、对南山：东晋陶渊明有《饮酒》(其五):“采菊东篱下，悠然见南山。”此处作者是以渊明自况。

③“笑白发”三句：谓老来再度罢居，登楼之时，本可放浪形骸，可惜却已是满头白发。

④“登楼”二句：在楼上凭栏向西北长安方向望去，没有人能够理解我的心意。

⑤“云雨”二句:翠微楼上画栋飞云，珠帘卷雨，正歌舞未休。珠帘画栋:王勃《滕王阁序》:“画栋朝飞南浦云，珠帘暮卷西山雨。”雾鬟云鬓:代指歌女。

⑥“近来”二句：登楼赏景，风光如画，满郡父老都愿与郡守大人共享。此处暗指郡守治郡有方，致使政通人和。

⑦“甚拄笏”三句:用东晋王徽之事，谓郡守虽然公务繁忙却有闲情逸致。又，苏轼的《次韵胡完夫》:“老去上书还北阙，朝来拄笏望西山。”

⑧“难忘”二句：您以后可以用此地的一花一草当作是报平安的家书。报平安:唐人段成式《酉阳杂俎续集·支植下》:“北都惟童子寺有竹一窠，才长数尺。相传其寺纲维每日报竹平安。”后以竹报平安代指报平安的家书，此借用其意，意为祝郡守日后一切平安。

⑨“与客”二句：与宾客一起登上翠微楼，赏夕阳之景，最后大醉而归。化用杜牧《九日齐山登高》:“江涵秋影雁初飞，与客携壶上翠微。”

笙歌雾鬟云鬓

[词解]

本词是在翠微楼上的一首题作，抒发的是登楼之感。起句回忆自己登楼所好，唯把酒眺望远山而已。山是“南山”，实际上是以陶渊明自比，表明自己隐居的生活状态。“笑白发”几句，由“旧时”写到“如今”，老来看透世事，正可放浪形骸，不拘礼法，这是词人经过

登高

一番仕途坎坷后所产生的真切感受。然“西北望”三字，又将词人拉回了山河破碎的现实中来。作者已是花甲之年，一生壮志难酬，看着眼前的笙歌燕舞，他的心思又有谁能体会呢？不过是徒增一片伤感悲愤之情罢了。下片转而赋友情，“堪入图画看”既写翠微楼之美景，又暗颂郡守政绩非凡，“父老”数句，连用典故，明赞郡守的政绩和人品，并表达了对郡守的良好祝愿。最后二句化用杜牧《九日齐山登高》中的诗句，隐喻“翠微”二字，正切“翠微楼”，构思巧妙，堪称神来之笔。

[词评]

世以苏、辛并称，苏之自在处，辛偶然到；辛之当行处，苏必不能到。……稼轩固是才大，然情至处后人万不能及。

——周济《介存斋论词杂著》

贺新郎

邑中园亭[①]，仆皆为赋此词[②]。一日，独坐停云[③]，水声山色，竞来相娱，意溪山欲援例者[④]，遂作数语，庶几仿佛渊明思亲友之意云[⑤]。

写作背景

正如本词小序所述，这首《贺新郎》词，乃是仿陶渊明《停云》诗“思亲友”之意而作，抒发作者罢职闲居时的落寞与悲愤的心情。根据邓广铭先生《稼轩词编年笺注》考证，此词大约作于宋宁宗庆元四年（1198）前后。此时辛弃疾被罢黜赋闲又已四年。他在信州铅山（今属江西）东部之期思渡瓢泉旁筑起了新居，其中有“停云堂”，即取陶渊明《停云》诗意。

[原词]

甚矣吾衰矣。怅平生交游零落，只今余几[⑥]？白

发空垂三千丈，一笑人间万事[⑦]。问何物、能令公喜[⑧]？我见青山多妩媚，料青山见我应如是。情与貌，略相似[⑨]。　一樽搔首东窗里。想渊明《停云》诗就，此时风味[⑩]。江左沉酣求名者，岂识浊醪(láo)妙理[⑪]？回首叫云飞风起[⑫]。不恨古人吾不见，恨古人不见吾狂耳[⑬]！知我者，二三子[⑭]。

［注释］

①邑：指铅山县邑。

②仆：对自己的谦称。此词：指《贺新郎》词调。

③停云：停云堂。

④意：猜测，料想。援例：援引以前的例子。指用词赋写邑中园亭之事。

⑤庶几：差不多。渊明思亲友：晋代陶潜有《停云》诗四首，自谓是“思亲友”之作。

⑥“甚矣”三句：谓自己衰老得厉害，感慨平生可与交游的朋友越来越少，自己后半生的时间也不多了。甚矣吾衰矣：《论语·述而》记孔子语：“甚矣吾衰矣，久矣吾不复梦见周公。”

⑦“白发”二句：恨自己大半生的时间都无法施展抱负，如今已是满头白发，对世间万事，也只能是一笑了之。白发空垂三千丈：李白《秋浦歌》：“白发三千丈，缘愁似个长。”极言愁苦之深。空：徒然，白白地。

魏徵

⑧“问何物”句：设问句式，什么东西能让您感到高兴。能令公喜：《世说新语·宠礼篇》称王恂、郗超并有奇才，为大司马桓温所赏识。荆州时语谓此二人“能令公喜，能令公怒”。辛词袭用其句。

⑨“我见”四句：我看见青山以后觉得它非常秀丽，料想青山见到我，也会有这种感觉吧。那是因为我们的情操与外表都差不多。妩媚：夸赞青山秀美。此处化用唐太宗赏魏徵语：“人言征举动疏慢，我

但见其妩媚耳。”（《新唐书·魏徵传》）应如是：应该也像这样。

⑩“一樽”三句：我现在对着桌子上的酒杯思念亲友的感觉，大概就和当年陶潜写《停云》诗时差不多吧。一樽搔首东窗里：化用陶潜的《停云》诗：“静寄东轩，春醪独抚。良朋悠邈，搔首延伫。”搔首：挠头，用以形容心烦意乱的样子。就：成。

⑪“江左”二句：当年江东的那些名士以为喝喝酒就可以赢得名利，可是他们却不知道酒中所包含的精妙道理。江左沉酣求名者：指东晋以及南朝时的那些纵酒清谈的名士。苏轼《和陶饮酒二十首》诗：“江左风流人，醉中亦求名。”江左：长江以东，亦称江东。晋室南渡，东晋及宋、齐、梁、陈四个朝代全都建都于金陵（今南京），占领江东一带，与北方地区的北朝并立，史称南朝。浊醪：浊酒。

⑫“回首”句：回头再鼓起斗志，勇往直前。云飞风起：化用汉高祖刘邦《大风歌》中的诗句：“大风起兮云飞扬，威加海内兮归故乡，安得猛士兮守四方。”

⑬“不恨”二句：袭用南朝张融语：“不恨我不见古人，所恨古人又不见我。”（《南史·张融传》）狂：由于悲愤与激动所产生的狂态。

⑭“知我者”二句：能算得上是我的知心朋友的，也不过几个人而已。二三子：《论语·述而》中孔子用以称呼其学生，此处指少数的几个知己。

［词解］

辛词喜用典故，这在宋词中是出了名的。本词上片一开始“甚矣吾衰矣。怅平生交游零落，只今余几！”就引用了《论语·述而》中孔子说的话：“甚矣吾衰也，久矣吾不复梦见周公。”孔子说这句话是在感慨他的主张不能实现；而辛弃疾将这句话用在这里，则是叹息他所盼望的收复中原的大业不能实现。辛弃疾此时已经五十九岁了，又罢官闲居多年，故交零落，有此感慨并不会让人感到奇怪。这里“只今余几”与末句“知我者，二三子”前后照应，用以突出“零落”二字。接着“白发空垂三千丈，一笑人间万事。问何物能令公喜”三句，又连用两个典故，感伤自己空自蹉跎、满头白发却又一事无成，连个知心朋友都没有，写出了世态炎凉与自己此时之寂寞无援。“我见青山多妩媚，料青山见我应如是”二句，是全篇之警句。词人因找不到知己，因而只好将自己的一腔深情专注于青山，并且几乎达到了物我交融的境界，就像李白在《独坐敬亭山》中说的“相看两不厌，唯有敬亭山”。“情与貌，略相似”，词人之深情与青山之容貌是那么相似，如高大、闲适和壮志犹存等。诗人将自己比作青山，正是其坚定意志的表现。

下片“一樽搔首东窗里，想渊明《停云》诗就，此时风味”，陶渊明《停云》诗中有“良朋悠邈，搔首延伫”和“有酒有酒，闲饮东窗”等诗句，辛弃疾将这四句锤炼成一句，借以想象陶渊明写此诗时的感受。作者这里很明显就是以陶潜自比。“江左沉酣求名者，岂识浊醪妙理”二句，表面看来似乎是在谴责南朝那些“醉中亦求名”（苏轼《和陶饮酒二十首》之三）的江东名士；实际是在说南宋根本就没有像陶渊明这样品格高尚的人，而只有一些醉生梦死、苟安一时的统治者和投降派。以下“不恨古人吾不见，恨古人不见吾狂耳”二句，在句法句式上都与上片“我见青山”一联类似，表现出了作者狂放不羁、傲视一切的英雄气概。“古人”，并不是指一般的古人，而是指像陶渊明那样高洁傲岸的人。据岳珂《桯史》记：“辛弃疾每逢宴客，必命侍姬歌其所作。特好歌《贺新郎》一词，自诵其警句曰：‘我见青山多妩媚，料青山见我应如是。’又曰：‘不恨古人吾不见，恨古人不见吾狂耳。’每至此，辄拊髀自笑，顾问坐客何如。”由此足见辛弃疾对自己这两联是很自负的。

结句“知我者，二三子”中的“二三子”到底是谁，这一点可以不去计较，辛弃疾主要是借此叹息与自己志同道合的朋友太少，实与屈原“众人皆醉我独醒”的心情相似，都是担忧国家和百姓的安危。他在瓢泉闲居，与陶潜隐居“南山”的情况也有些相似。

[词人逸事]

辛弃疾特别爱创作词，可以说他把词创作当成了自己的第二生命。在所有的词牌中，辛弃疾又特别喜欢《贺新郎》，且常以这个词牌填词。每次举行酒宴，辛弃疾都会吟诵自己创作的《贺新郎》中的佳句：“我见青山多妩媚，料青山见我亦如是。不恨古人吾不见，恨古人不见吾狂耳。”吟诵之后，辛弃疾就广泛地征求客人们的意见，客人也都极其赞赏。

贺新郎

再用前韵①

写作背景

此词与前面一首《贺新郎》（甚矣吾衰矣）作于同时。

[原词]

鸟倦飞还矣②。笑渊明瓶中储粟，有无能几③？莲社高人留翁语：“我醉宁论许事？”试沽酒，重斟翁喜④。一见萧然音韵古，想东篱醉卧参差是⑤。千载下，竟谁似⑥？　　元龙百尺高楼里，把新诗殷勤

问我，停云情味[7]。北夏门高从拉攞，何事须人料理[8]？翁曾道"繁华朝起"[9]。尘土人言宁可用？顾青山，与我何如耳[10]！歌且和，楚狂子[11]。

［注释］

①再用前韵：即指用上篇《贺新郎》（甚矣吾衰矣）之韵。

②"鸟倦"句：陶渊明《归去来兮辞》："云无心以出岫，鸟倦飞而知还。"这里渊明自比归隐山林，作者在此借用表明自己也归瓢泉隐居。

③"笑渊明"二句：谓陶家瓶中的存粮也没多少，意指渊明的生活贫苦。《归去来兮辞·序》："余家贫，耕植不足以自给。幼稚盈室，瓶无储粟。"《陶靖节集注》注引苏东坡云："使瓶有储粟，亦甚微矣，此翁平生只于瓶中见粟也耶。"

④"莲社"三句：谓渊明与同结莲社的贤人们吟诗饮酒以乐。《莲社高贤传》："时远法师与诸贤结莲社，以书招渊明，渊明曰：'若许饮，则往。'许之，遂造焉。"李元中《莲社图记》云："远师爱之，欲留不可得。又尝……令人沽酒引渊明来。"莲社：东晋慧远和尚结社于庐山东林寺，因寺中多生白莲，故称莲社。

⑤"一见"二句：每当想起陶渊明醉卧东篱，便能想象出他那疏落古朴的风采。参差：类似，仿佛。

⑥"千载"二句：千年以来有谁能似渊明那样如此真诚自然。

⑦"元龙"三句：谓知己经常向我写诗致意。元龙：指东汉末陈登。此处用以代指知交。有人说就是指陈亮，辛弃疾与陈亮曾有鹅湖之会，二人曾互相诗词唱和。辛弃疾《贺新郎》和词云："老大那堪说。似而今元龙臭味，孟公瓜葛。"即以元龙指陈亮。停云：停云堂。

⑧"北夏门"二句：谓当今形势如同北夏门，已是大厦将倾，独木难支。《世说新语·任诞篇》："任恺既失权势，不复自检括。或谓和峤曰：'卿何以坐视元裒败而不救？'和曰：'元裒如北夏门，拉攞自欲坏，非一木所能支。'"拉：崩倒，坍塌。料理：《世说新语·简傲篇》："王子猷作桓车骑参军。桓谓王曰：'卿在府久，比当相料理。'"

⑨"翁曾道"句：陶渊明曾经说过：人生如花开花落般短暂，应该惜时。陶渊明曾作《荣木》诗四章，抒守道行善之意，其二有"繁华朝起，慨暮不存"句。

⑩"尘土"三句：后半生将与青山为伴。"尘土"句：未详何指。宁：岂。

⑪"歌且"二句：与楚狂唱和"凤兮凤兮"之歌，意在拒绝再出仕。李白《庐山谣·寄卢侍御虚舟》："我本楚狂人，凤歌笑孔丘"。

［词解］

这首词用韵与上一篇相同，所抒发的感情也相似，即借"停云"抒发对亲友

归隐交友

的思念之情。上片起句即化用陶渊明《归去来兮辞》中的句子："鸟倦飞而知还"，表明自己对仕途的厌倦和对归隐生活的向往。接下来是想象陶渊明归隐以后的清贫生活。"莲社"几句写渊明隐居以后的交游生活和爱酒之心，"东篱醉卧"则是描写陶渊明的醉态。种种描写，名为写渊明归隐之貌，但实际上全是自比，结韵"千载下，竟谁似"的意思尤为明显，颇有舍我其谁的架势。下片点题，说明作者所思念的友人，都是像陈元龙那样的湖海之士，但词人不明说自己思念朋友，却说朋友频频给自己写诗，问自己在停云堂的生活情味，乃是相信朋友是知心朋友，他的举动朋友自己完全可以猜想。以下诸句是作者对艰难的时局所持的悲观态度，面对江河日下、大厦将倾的南宋朝廷，作者有心报国，却无路请缨，无奈的现实只能让他归隐山林，"歌且和，楚狂子"绝不是词人内心的真实意愿，不再踏入仕途也只是愤激之语，实是对国事不可为的痛心之语。

[词评]

苏、辛并称，然两人绝不相似。魄力之大，苏不如辛。气体之高，辛不逮苏远矣。东坡词寓意高远，运笔空灵，措语忠厚，其独至处，美成、白石亦不能到。昔人谓东坡词非正声，此特拘于音调言之，而不究本原之所在。眼光如豆，不足与之辩也。

——陈廷焯《白雨斋词话》

哨遍

秋水观①

写作背景

此词作于庆元四年（1198），辛弃疾时年五十九岁，其同期所作《哨遍》（一壑自专）有"试回头五十九年非"之句。

［原词］

蜗角斗争，左触右蛮，一战连千里②。君试思、方寸此心微。总虚空并包无际③。喻此理，何言泰山毫末，从来天地一稊(tí)米④。嗟小大相形，鸠鹏自乐，之二虫又何知⑤？记跖(zhí)行仁义孔丘非，更殇乐长年老彭悲⑥。火鼠论寒，冰蚕语热，定谁同异⑦？　嘻！贵贱随时，连城才换一羊皮⑧。谁与齐万物？庄周吾梦见之⑨。正商略遗篇，翩然顾笑，空堂梦觉题《秋水》⑩。有客问洪河，百川灌雨，泾流不辨涯涘。于是焉河伯欣然喜，以天下之美尽在己。渺沧溟(míng)、望洋东视，逡巡向若惊叹，谓我非逢子，大方达观之家未免，长见悠然笑耳⑪。此堂之水几何其？但清溪、一曲而已⑫。

［注释］

①秋水观：指稼轩瓢泉居处之秋水堂。

②“蜗角”三句：蜗牛头上的两角争战不休，一战尚且千里。《庄子·则阳》：“有国于蜗之左角者，曰触氏；有国于蜗之右角者，曰蛮氏。时相与争地而战，伏尸数万，逐北旬有五日而后反。”“斗蜗角”经常用来比喻因为小事而引发的争斗。

③“君试思”二句：言人心虽只方寸，但是却可包容宇宙万物。方寸：人的心脏部位一寸见方。因此代指心。

④“喻此理”二句：按照这个道理，连天地都如稊米了，那么泰山也就只算得上是毫末之细了。《庄子·齐物论》：“天下莫大于秋毫之末，而泰山为小。”《庄子·秋水篇》：“计中国之在海内，不似稊米之在大仓乎？……知天地之为稊米也，知毫末之为丘山也，则差数睹矣。”稊米：小米。

⑤“嗟小大”三句：谓大小都是相对的，学鸠大鹏各得其乐，蜩与学鸠很难理解大鹏高飞九万里的乐趣。《庄子·逍遥游》说：“鹏之徙于南冥也，水击三千里，抟扶摇而上者九万里，去以六月息者也……蜩与学鸠笑之曰：‘我决起而飞，抢榆枋，时则不至而控于地而已矣，奚以之九万里而南为？’适

莽苍者，三餐而反，腹犹果然；适百里者，宿舂粮；适千里者，三月聚粮。之二虫又何知！”二虫：蜩与学鸠。蜩：蝉。学鸠：山雀一类的小鸟。之：指代，此。

庄子

⑥“记跖行”二句：盗跖认为自己做的是仁义之事而认为孔子是不对的；早殇之人以长寿为乐，彭祖却悲叹自己寿短。意谓行为的对错与否，寿命之长短，都在于人的自我意识。《庄子·盗跖篇》中载盗跖与孔子论辩之事。盗跖：相传是春秋末年人物，柳下惠的弟弟，与孔子不在一个时代，庄子只是借以阐述自己的观点。《庄子·齐物论》：“莫寿于殇子，而彭祖为夭。”殇子：未成年即夭折的人，即短命之人，是庄子假托的人物。彭祖：传说中他活了八百岁。

⑦“火鼠”三句：火鼠和冰蚕对冷和热的定义不同，根据它们的观点，人类无法判定何为冷何为热。苏轼《徐大正闲轩》：“冰蚕不知寒，火鼠不知暑。”火鼠：东方朔《神异经》：“南方之外有火山。……火中有鼠重千斤，毛长二尺余，细如丝……织以为布，用之，若有垢，浣以火，烧之则净。可以作布，名火浣布。”冰蚕：《拾遗记》：“员峤山有冰蚕，长七寸，黑色，有角有鳞，以霜雪覆之，然后作茧，长一尺。其色五彩，织为文锦，入水不濡，投火不燎。”定谁同异：《庄子·齐物论》认为在论辩中因为每个人的观点不同，所以判断是非的标准也不相同，因此对立的双方无所谓对与错。

⑧“贵贱”二句：万物的贵贱常因人们对其看法的不同而有所差别。《庄子·秋水篇》：“以道观之，物无贵贱；以物观之，自贵而相贱；以俗观之，贵贱不在己。”连城：指价值连城的玉璧。《史记·廉颇蔺相如列传》载，秦王欲以十五座城池来交换赵国的和氏璧。羊皮：《史记·秦本纪》载，秦穆公用五张羊皮从楚国赎出百里奚。百里奚拜相后，人称其为五羖大夫。

⑨“谁与”二句：谓庄子之《齐物论》有谁能够理解。齐万物：消除万物差别，一律等同视之。

⑩“正商略”三句：在梦中思考庄子的思想，醒后会心一笑，于是决定就用《秋水》的篇名来为堂命名。遗篇：即《庄子》一书。

⑪“百川”九句：隐括《庄子·秋水篇》：秋水时至，百川灌河。泾流之大，两涘渚崖之间，不辨牛马。于是焉河伯欣然自喜，以天下之美为尽在己。顺流而东行，至于北海，东面而视，不见水端。于是焉河伯始旋其面目，

望洋向若而叹曰："野语有之曰：'闻道百，以为莫己若者。'"我之谓也。且夫我尝闻少仲尼之闻'而轻伯夷之义者，始吾弗信。今我睹子之难穷也，吾非至于子之门'则殆矣，吾长见笑于大方之家。"涯：河岸。河伯：传说中主管河流之神，据说名叫冯夷。逡巡：犹豫徘徊的样子。大方之家：大方即大道理。原指懂得大道理的人，后泛指见多识广或学有所长的人。

⑫"此堂"二句：谓秋水堂前的水流很小，只有清溪一曲。

河伯

[词解]

这首词通篇用《庄子》中语意，阐发《庄子·秋水篇》中的哲理。

首句以秋水堂起兴，叠用典故，蜗牛头上两角争战不休，这又与人间的争战有什么区别呢？宇宙浩渺，却能容于一心。泰山与米粒一大一小，却无本质的区别。世人都非议盗跖，尊崇孔丘，殊不知孔丘却曾遭到盗跖的批评。彭祖长寿，但相比悠悠万世，也就算不得什么了。更不要说火鼠、冰蚕的冷热区别了。下片承接前意，说明贵贱也没有固定的标准，你能说价值连城的和氏璧，就比五张羊皮赎出来的百里奚贵吗？接下来作者又说道：这些都是庄子的"齐物"观点，世间万物本来就没有大小、是非、长短、冷热、贵贱的区别，都是由于人们的主观思想意识的不同而导致有所差别。作者最后参悟到了一个哲理，万物本无不同，人生得失悲喜不必看得太重，秋水堂前虽清溪一曲，也足可让人养性怡情，认知真理。

[词评]

南宋诸家鲜不为稼轩牢笼者，龙洲、后村、白石皆师法稼轩者也。

——陈洵《海绡说词》

兰陵王

己未八月二十日夜，梦有人以石研屏见饷者[①]。其色如玉，光润可爱。中有一牛，磨角作斗状。云：

"湘潭里中有张其姓者，多力善斗，号张难敌。一日，与人搏，偶败，忿赴河而死。居三日，其家人来视之，浮水上，则牛耳。自后并水之山往往有此石，或得之，里中辄不利。"梦中异之，为作诗数百言，大抵皆取古之怨愤变化异物等事，觉而忘其言。后三日，赋词以识其异②。

写作背景

本词作于己未年，即宋宁宗庆元五年（1199），此时辛弃疾闲居瓢泉。记叙的是作者三天前做的一个梦，并抒发自己郁积的悲愤之气。

［原词］

恨之极，恨极销磨不得③。苌(cháng)弘事人道后来，其血三年化为碧④。郑人缓也泣："吾父攻儒助墨，十年梦沉痛化余，秋柏之间既为实⑤。"　相思重相忆，被怨结中肠，潜动精魄。望夫江上岩岩立⑥。嗟一念中变，后期长绝。君看启母愤所激，又俄顷为石⑦。难敌，最多力。甚一忿沉渊，精气为物，依然困斗牛磨角。便影入山骨，至今雕琢⑧。寻思人世，只合化，梦中蝶⑨。

［注释］

①石研屏：石磨屏。饷：赠。

②识：记载，记叙。

③"恨之极"二句：自古让人恼恨至极的事情就是没办法消退磨灭。

④"苌弘"三句：《庄子·外物篇》："苌弘死于蜀，藏其血，三年化而为碧。"苌弘：字叔，又称苌叔。周景王、敬王的大臣刘文公所属大夫。刘氏与晋国范氏世为婚姻，在晋国内乱中，由于帮助了范氏，晋卿赵鞅因此声讨之，苌弘被周人杀死。传说他死后三年，其血化为碧玉。事见《左传·哀公三年》。苌弘化碧是传说，用以指蒙冤受屈却又忠贞精诚。

⑤"郑人"四句：《庄子·列御寇篇》："郑人缓也呻吟裘氏之地，只三年

访乐苌弘

而缓为儒，河润九里，泽及三族，使其弟墨。儒墨相与辩，其父助翟，十年而缓自杀。其父梦之曰：‘使而子为墨者予也。阖胡尝视其良，既为秋柏之实矣？’”辛弃疾用这个典故，说明缓也是因为幽怨愤恨而死，其精诚之魂化作松柏的果实。

⑥“被怨”三句：用望夫石之故事。《幽明录》：“武昌阳新县北山上有望夫石，状若人立。古传云：昔有贞妇，其夫从役，远赴国难，携弱子饯送北山，立望夫而化为石。”望夫石是妻子对丈夫忠贞不渝的爱情的象征。

⑦“君看启母”二句：相传大禹娶涂山氏之女，大禹在治水时变成一头黑熊回来干活，妻子却因受到黑熊的惊吓而化成石头，大禹大声呼唤着妻子和将要出生的孩子，后来巨石突然崩裂，从中生出禹的儿子启。于是后人便称这块巨石为“启母石”。《汉书·武帝本纪》：“朕用事华山，至于中岳，获驳鹿，见夏后启母石。”

⑧“难敌”七句：即本词小序中张难敌化石的故事。

⑨“寻思”三句：世事无常，人生如梦。

［词解］

这首词是作者因梦而作。上片开始即以“恨之极，恨极销磨不得”总领全篇，点明了题旨。接着作者写了苌弘之血化为碧玉、郑人缓也之魂化为松柏之实两个典故，说明含冤而死之人化为异物之事古已有之，中片又引用了望夫石、启母化石的典故，说明这样的事同样也会发生在女性身上。下片照应序言中所写作者梦到的张难敌化石的故事，依然是因为怨愤造成的。作者在本词中列举的这些由于怨愤而化为异物的故事，由结尾处的“寻思人世，只合化，梦中蝶。”作为总结，点明了世事无常、人生如梦的观点。此语无非是自我开解，实际上词人是借此来宣泄隐藏于自己胸中的怨愤不平之气。辛弃疾自南归以后，空有一腔杀敌报国的热血，却遭到朝廷的冷落，屡屡被任命为地方官员，调任频繁，根本无从施展自己的才干。仕途坎坷，起伏不定，岁月蹉跎而过，大好年华被白白地消磨，这又怎能不让辛弃疾这样一个积极入世、希望建功立业的英雄感到悲愤呢？词中罗列的这些故事，不都是词人悲愤之志的写照吗？尤其是张难敌之事，虽是一梦，然梦从何来？读者可以细细体会。

［词评］

词文恢诡怨愤，盖借以摅其积年胸中块垒不平之气。

——梁启超《辛稼轩先生年谱》

六州歌头

属得疾[1]，暴甚[2]，医者莫晓其状。小愈[3]，闲卧无聊，戏作以自释[4]。

写作背景

此罢居瓢泉之作。由词前小序可知，作者大病初愈，因闲卧无聊，作词以遣怀。

［原词］

晨来问疾，有鹤止庭隅[5]。吾语汝[6]，只三事，太愁予[7]。病难扶，手种青松树，碍梅坞，妨花径，才数尺，如人立，却须锄[8]。秋水堂前，曲沼（zhǎo）明于镜，可烛眉须。被山头急雨，耕垄灌泥涂。谁使吾庐，映污渠[9]？　　叹青山好，檐外竹，遮欲尽，有还无。删竹去，吾乍可，食无鱼，爱扶疏。又欲为山计，千百虑，累吾躯[10]。凡病此，吾过矣，子奚如[11]？口不能言臆对[12]：虽扁鹊药石难除[13]。有要言妙道，往问北山愚，庶有瘳（chōu）乎[14]。

［注释］

①属：恰逢，正好赶上。

②暴甚：指病得很严重。

③小愈：病情略微好转。

④自释：自我消遣，打发时光。

⑤“晨来”二句：早晨起来就有鹤飞到庭院来探望我的病情。止庭隅：

手种青松树

停歇于院子的角落。

⑥吾语汝：我告诉你们。语：告诉，对……说。汝：指鹤。从此句以下到“子奚如”，都是词人对鹤说的话。

⑦“只三事”二句：只有三件事，太让我发愁。予：人称代词，相当于“我”。

⑧“病难扶”七句：第一件事情：我亲手种的松树，才长大了一人高，就挡住了通往梅坞的花径，必须将其铲除。病难扶：病到坚持不住。梅坞：种梅的园子。花径：花间的小路。却须锄：必须铲除。

⑨“秋水”七句：第二件事情：雨水挟着污泥从山上流下来，弄脏了秋水堂前清澈如镜的水池。曲沼：曲折的水池。烛：映照，照见。耕垄：指耕种的农田。垄，农地里的田埂。吾庐：即指秋水堂。污渠：秋水堂前被污染的水池。

⑩“叹青山”十一句：第三件事：门外青山风景秀丽，却被竹林遮住，想要砍掉竹子，却又不忍，真是让人两难。有还无：青山被竹林所遮掩，有等于无。乍可：宁愿，与其。食无鱼：语出《战国策·齐策》，冯谖弹铗作歌曰：“长铗归来兮，食无鱼。”扶疏：枝繁叶茂、疏密相间。为山计：为青山考虑。累吾躯：累坏了我的身体。

⑪“凡病此”三句：谓作者知道自己错了，并向鹤求教治病的办法。吾过矣：我知错了。语出《礼记·檀弓》：“子夏投其杖而拜曰：‘吾过矣，吾过矣，吾离群而索居，亦已久矣。’”子奚如：你（鹤）认为应该如何？

⑫“口不”句：鹤不能说话，但是我猜它在心里回答。语出贾谊《鹏鸟赋》：“鹏乃叹息，举首奋翼，口不能言，请对以臆。”臆对：在心里作答。“臆”通“意”。

⑬“虽扁鹊”句：这几句是白鹤的“臆对”：即使是扁鹊再生，恐怕他开出的药对你的病也没有效果。

⑭“有要言”三句：治病需要依靠中肯的语言和精妙的道理，去请教一下愚公，或许还能治好你的病。要言妙道：恳切的语言和精妙的道理。语出西汉枚乘《七发》，吴客对楚国太子说：你的病不用吃药，“可以要言妙道说而去也”。北山愚：“北山愚公”事，见《列子·汤问》。庶：或许，应该。瘳：痊愈。

［词解］

这首词写的是作者在隐居生活中的苦闷落寞之情。开篇照应序言，写白鹤一大早即来探望词人，询问他的病情。接下来则是词人向白鹤诉说造成自己病情的

秋水池塘

原因。作者亲手种下的松树，才长了一人高，就阻挡了通向梅坞的道路，需要将之铲除，作者却又心中不忍。秋水堂前的池塘，被急雨冲下的泥沙淤塞，作者为之烦恼。窗口竹丛遮住了远处的青山，但是砍掉竹林，又让作者茶饭不思。正是因为这三个原因，使得词人得了这场大病。

按说，作者在词中所叙述的这三件事，是不会让他如此愁苦的。读完白鹤之臆对后，我们大概就能明白了。其一，词人之病乃是心病，所谓的心病，也不见得就是他说的这三件事，细细体会，我们也可以这样理解：那遮挡花径的松树，淤塞池塘的污泥，阻挡青山的竹林，正是那些排斥打击抗金志士的投降派，那些向皇帝进谗的小人。心病就不是吃药所能治好的，必须用真情妙理解之。其二，愚公移山的精神，就是一种迎难而上、知其不可而为之的精神，只要精诚所至，必定金石为开。这是勉励与自己志同道合的抗金志士，一定要坚持不懈，克服困难，完成恢复中原的大业。

词人借白鹤之言曲折地表达了自己未忘国事、志在恢复的心思，婉陈自己不甘寂寞的心情。

［词人逸事］

南宋孝宗淳熙十二年（1185），辛弃疾闲居江西铅山，在奇师村（即今江西铅山期思村）发现了瓢泉。《铅山县志·古迹志》中记载：“瓢泉，在县东二十五里，泉为辛弃疾所得，因而名之。其一规圆如臼，其一规直若瓢。周围皆石径，广四尺许，水从半山喷下，流入臼中，而后入瓢，其水澄可鉴。”辛弃疾觉得这眼泉水状如瓢，遂以孔子“一箪食，一瓢饮，在陋巷，人不堪其忧，回也不改其乐，贤哉回也！”句中的含意，为此泉取名为瓢泉。从此以后，这眼普通的山泉就与“横绝六合，扫空万古”的辛弃疾紧密联系在一起了。辛弃疾晚年就住在瓢泉。

沁园春

和吴子似县尉①

写作背景

本词作于庆元五年（1199）前后，此时辛弃疾罢居铅山瓢泉。这首词是他与友人的唱和之作。

［原词］

我见君来，顿觉吾庐，溪山美哉②。怅平生肝胆，都成楚越；只今胶漆，谁是陈雷③？搔首踟蹰（chí chú），爱而不见，要得诗来渴望梅④。还知否，快清风入手，日看千回⑤。

直须抖擞尘埃。人怪我柴门今始开⑥。向松间乍可，从他喝道，庭中且莫，踏破苍苔⑦。岂有文章，谩劳车马，待唤青刍（chú）白饭来⑧。君非我，任功名意气，莫恁（nèn）徘徊⑨。

［注释］

①吴子似：吴绍古，字子似，江西鄱阳人，当时出任铅山县尉。绍古有史才，工诗。他与辛弃疾交往甚为密切，经常相互唱和。

②“我见”三句：言友人的到来使自己所住的茅屋生光，门外山水增色。

③“怅平生”四句：感慨平生知己寥落，惟与吴子相交情深。肝胆、楚越：肝、胆虽然离得很近，却又如楚、越相隔甚远。喻自己与知交都已经疏远。语出《庄子·德充符》：“自其异者视之，肝胆皆楚、越。自其同者视之，万物皆一也。”胶漆、陈雷：据《后汉书·独行传》，陈重、雷义两人交情很好，每当官府推举时，两人都互相推让给对方，谁也不肯出仕做官。乡里赞曰：“胶漆自谓坚，不如雷与陈。”胶漆：胶与漆黏合在一起后就再也难以分开。喻友谊之坚固。

④“搔首”三句：《诗经·邶风·静女》：“静女其姝，俟我于城隅；爱而不见，搔首踟蹰。”原是说姑娘在与情人约会时，故意躲起来，急得男方直挠头，来回直走。辛词借以形容自己想看见友人时心烦意乱的样子。爱：“薆”的借字，

躲藏貌。踟蹰：犹豫不定、徘徊不前的样子。渴望梅：活用“望梅止渴”事（见《世说新语·假谲篇》），指急切地想看到友人的诗作。

⑤“还知否”三句：您知道吗？您的诗作如同清风一样令人感到清爽，我每天都要看上千回。《诗经·大雅·烝民》：“吉甫作诵，穆（美）如清风。”

⑥“直须”二句：自谓抖擞其精神，打开院门迎接友人的到来。抖擞尘埃：抖落衣服上沾着的尘土。柴门今始开：化用杜甫《客至》：“花径不曾缘客扫，蓬门今始为君开。”蓬门：即柴门。

吾庐生色

⑦“向松间”四句：为了迎接友人的到来，打破了松林间的幽静，但请友人不要将院中的苍苔踏破。乍可：宁可，宁愿。竹间喝道：《义山杂纂》以为“杀风景事，一曰花间喝道。”辛词借用。喝道：指官员出行时要鸣锣开道。踏破苍苔：宋滏水僧人宝齍诗：“只怪高声问不应，瞋余踏破苍苔色。”（引见苏轼《书齍公诗后》小序）

⑧“岂有”三句：谓词人愧无文才，还要劳动友人前来，自己只能是殷勤待客以表心意。岂有文章，谩劳车马：化用杜甫《宾至》诗意：“岂有文章惊海内，谩劳车马驻江干。”谩劳：白白受累。青刍白饭：化用杜甫《入秦行赠西山检察使窦侍御》诗意：“为君沽酒满眼酤，与奴白饭马青刍。”青刍：喂马的青草料。

⑨“君非我”三句：勉励友人不要像自己一样流连山水，要及时建功立业。恁：如此，这样。

［词解］

这首词主要抒发作者与友人深挚的友情。上片起句即赞美友人，称赞友人的到来使自己居处的风景变得更美，一个“顿”字写出作者那种对友人的到来使自己家蓬荜生辉的感觉，突出作者想到将要与友人见面时的喜悦兴奋之态。“怅平生”四句，一反一正进行对比，在故交零落的情况下，作者对自己能够与吴子似这样的人成为知交而感到高兴。词人爱屋及乌，由敬佩友人而爱及友人之诗，盼望看到友人和他的诗作就犹如干渴之人想吃梅子解渴一样。一旦看到友人的诗作，便爱不释手，日看千回。下片写友人到来以后自己开门迎接、喝道开路的兴奋之状，“柴门始开”化用杜诗，一是说明词人并非随便与人为友的清高之志，二是赞友人品德才学之高，正可与己为友。词人不惜打破自己幽静的隐居环境，以青刍白饭殷勤待客，承接上文，层层铺叙，倍言二人友谊之深。末句劝勉友人早日大展宏图，建功立业，使人读后不觉又为词人之坎坷不幸的遭遇而叹息。

［词评］

辛稼轩词运用唐人诗句，如淮阴将兵，不以数限，可谓神勇。而亦不能牢笼万态，变而愈工，如腐迁《夏本纪》之点窜《禹贡》也。

——陈廷焯《白雨斋词话》

鹧鸪天

寻菊花无有，戏作

写作背景

本词作于庆元五年（1199）前后，作期与《沁园春》（和吴子似县尉）相同，此时辛弃疾罢居铅山瓢泉。辛弃疾的这首《鹧鸪天》借景抒情、咏物言志。南渡归宋之后，他就希望能够得到朝廷的重用，为国尽忠，将金人赶出中原，却没想到他的志向不仅没能实现，反遭奸臣谗害，被迫过上罢职闲居的生活。此时他虽寄情于山水之间，但仍时常流露出悲愤之感。作者虽然在词前说“寻菊花无有，戏作”，可是上片却对菊花只字未提，只是抒发愤世嫉俗之情；即使是下片，也只是点到而止。

［原词］

掩鼻人间臭腐场，古来惟有酒偏香①。自从来住云烟畔，直到而今歌舞忙②。　呼老伴，共秋光，黄花何处避重阳③？要知烂熳开时节，直待西风一夜霜④。

［注释］

①“掩鼻”二句：谓官场腐败、臭气逼人；酒香扑鼻，借以消愁。掩鼻：捂上鼻子。

②“自从”二句：言归隐以后不问世事，终日以歌舞自娱。云烟畔：云烟缭绕的地方，借指山清水秀的隐居之地。

③“呼老伴”三句：呼唤老朋友共赏重阳秋景，不想却看不到菊花。老伴：据辛弃疾《鹧鸪天》（翰墨诸公久擅场）的题目可知，当为“吴子似诸友”。黄花：

指菊花。重阳：阴历九月九日为重阳节，古人有登高饮酒赏菊花的风俗。

④“要知”二句：谓菊花要经过风吹霜打之后，才能盛开。称赞菊花不惧严寒、凌霜盛开的高洁品质。

黄花何处避重阳

[词解]

这首词上片直抒胸臆，下片含蓄点题，实际上是自比菊花，表达自己对腐败恶浊的官场的厌恶憎恨之情，并且表示无论受到什么样的打击都决不低头，而要昂然面对的决心。

上片开头二句“掩鼻人间臭腐场，古今惟有酒偏香”，是作者对自己的真实经历的一次总结与提炼，是对腐败官场的无情嘲讽。作者做官几十年，看惯了奸佞掌权，忠良遭害，各级官僚不思报国，只想着当官发财，故痛斥官场为“臭腐场”。“掩鼻”二字，本出自《孟子 · 离娄下》的“西子蒙不洁，则人皆掩鼻而过之”，表现了词人对自身高洁品质的坚持和面对丑恶的极度厌恶之情。正因为作者感觉到了官场的“臭腐”，所以才觉得“惟有酒偏香”。作者之所以感到“酒偏香”，是因为酒能消愁，酒能解忧，并且从古到今，莫不如此。接着“自从来住云烟畔，直到而今歌舞忙”二句，笔锋一转，从对官场的厌恶，转到了对悠游山水的隐居生活的喜爱。这就形成了鲜明的前后对比。词人闲居于瓢泉别墅，这里山清水秀，令人心旷神怡，每日饮酒吟诗，欣赏歌舞，是多么的闲适悠然啊！

下片“呼老伴，共秋光。黄花何处避重阳”一句，将话题转入正题。词人想与老朋友共赏重阳美景，却没有看到菊花的影子。杜甫《课伐木》诗说：“秋光近青岑，季月当泛菊。”张孝祥《鹧鸪天》词说：“一种浓华别样妆，流连春色到秋光。解将天上千年艳，翻作人间九月黄。”因此“共秋光”，即暗含了“寻菊花”的意思。“黄花”就是菊花。结尾两句“要知烂熳开时节，直待西风一夜霜”，说明要想看到盛开的菊花，还得经过秋风严霜的锤炼，作者在这里赞美菊花不同流合污而傲霜凌寒的品质，同时也是将自己自比为菊花。

[词评]

以我观物，物皆着我之色彩。

——王国维《人间词话》

水调歌头

赵昌父七月望日用东坡韵①，叙太白、东坡事见寄②，过相褒借③，且有秋水之约④。八月十四日，余卧病博山寺中，因用韵为谢，兼寄吴子似。

写作背景

这首词作于庆元四年至六年（1198—1200）期间，此时作者仍在瓢泉新居过着归隐生活。由词前小序可知，这首词是为答赵昌父并兼寄吴子似的。吴子似在此期间担任铅山县尉。

闲居山林的辛弃疾，虽受朝中奸臣小人的排挤，无路请缨，壮志难酬，心怀激愤，时常寄情山水诗酒以自娱，但是，渴望恢复中原，能够建功立业的思想依然主宰着他的思想。他仍希望国家能够重用他，让他能够完成恢复大业。他的这首《水调歌头》就很能表现他理想与现实之间的矛盾。

［原词］

我志在寥(liáo)阔，畴(chóu)昔梦登天⑤。摩挲(suō)素月，人世俯(fǔ)仰已千年⑥。有客骖(cān)鸾并凤，云遇青山赤壁，相约上高寒⑦。酌酒援北斗，我亦虱其间⑧。　少歌曰⑨：“神甚放，形则眠⑩。鸿鹄(hú)一再高举，天地睹方圆⑪。”欲重歌兮梦觉，推枕惘然独念，人事底亏全⑫？有美人可语，秋水隔婵娟⑬。

［注释］

①望日：阴历每月十五称望日。用东坡韵：指用苏轼《水调歌头·明月几时有》的韵脚。

②叙太白、东坡事：未见赵昌父原词，其事不详。

③过相褒借：对我的褒奖太过。

④秋水之约：约定于瓢泉秋水堂相会。

⑤“我志”二句：我早就向往能够畅游宇宙，昨晚在梦中还登上了天空。

寥阔：即寥廓。此处指宇宙太空。畴昔：昨晚。“昔”通“夕”。畴：在此为助词，无实际意义。《楚辞·九章》：“昔余梦登天兮。”

⑥“摩挲”二句：描述梦境，揽月在手，一俯一仰之间，人世间已过了千年。摩挲：抚摸。素月：皎洁的月亮。俯仰：低头抬头。

⑦“有客”三句：有位骑坐着鸾凤的游客，与李白、苏轼共上月宫游赏。这应该是题序“叙太白，东坡事”中的一部分。客：指赵昌父。骖：驾车时位于两旁的马。此处以鸾和凤为“骖”。云：说。青山、赤壁：李白死后葬于青山（在今安徽当涂），苏轼谪居黄州时，曾游赤壁，并作《念奴娇·赤壁怀古》和前后《赤壁赋》，此处即以青山、赤壁代指李白、苏轼。高寒：指月宫。苏轼《水调歌头》：“我欲乘风归去，又恐琼楼玉宇，高处不胜寒。”

摩挲素月，人世俯仰已千年

⑧“酌酒”二句：他们把北斗当作勺子用来喝酒，而我也很荣幸地与两位共饮。酌酒援北斗：《楚辞·九歌》：“援北斗兮酌桂浆。”援，持，拿着。虱其间：韩愈《泷吏篇》：“得无虱其间，不武亦不文。”虱，一种寄生虫，有寄生之意。在这里指自己没有什么才能，只能像虱子寄生一样掺杂在其中。

⑨少歌：小声地吟唱。《楚辞·九章·抽思》有“少歌”一词，王逸注：“小唫讴谣以乐志也。少，亦作小。”唫，同“吟”。

⑩“神甚放”二句：身体在睡眠，精神却仍在自由驰骋。

⑪“鸿鹄”二句：言在梦中感觉到自己就像是大雁天鹅一样不断高飞，想看看天地圜方。贾谊《惜誓》：“黄鹄之一举兮，知山川之纡曲；再举兮睹天地之圜方。”鸿鹄：大雁和天鹅。古人常将其合二为一，指能够展翅高飞的大鸟。鹄，有时也称黄鹄。

⑫“欲重歌”三句：正想再唱的时候梦就醒了，推开枕头感觉到很怅惘，不由想到：人间万事为什么总是有亏有全呢？苏东坡《谢苏自之惠酒》：“醉者坠车庄生言，全酒未若全于天。达人本是不亏缺，何暇更求全处全。”重歌：再次吟咏。惘然：怅惘的样子，若有所失的样子。底：为何。亏全：亏缺与完美。

⑬“有美人”二句：纵然有知音好友可以谈心，却总有一种隔着秋水的感觉。杜甫《寄韩谏议》：“美人娟娟隔秋水。”美人：指知音，好朋友，即指吴子似。婵娟：姿态曼妙优美。

[词解]

这首词上片主要描绘梦中之境。起句“我志在寥阔”直抒胸臆，表现出词人胸怀之宽广、气度之恢宏，用以概括全词之主旨。正因为有寥阔之志，所以梦中登天也就显得很自然了。“畴昔梦登天”句，乃借用屈原《九章·惜诵》中“昔余梦登天兮，魂中道而无航”之深意。作者同屈原一样，感到在现实社会中难以有所作为，因而想要去更广阔的天地间追寻自己的理想。“我志在寥阔，畴昔梦登天”二句，正是全词的主导思想。“摩挲素月，人世俯仰已千年”，描写词人在梦中置身宇宙之中的月宫。他抚摸着皎洁的明月，沉醉其中，不知不觉中人世已过千年。接着“有客骖鸾并凤，云遇青山赤壁，相约上高寒”三句，写的是有客与先贤李白、苏轼等人同上月宫的梦境。“有客”是指词人的好朋友赵昌父。词前小序道赵昌父曾用苏轼《水调歌头·明月几时有》的韵脚作词“叙太白、东坡事”寄给词人，并在词中极力地夸赞他。这首词也是为了答谢赵昌父而作的，所以也会赞美赵昌父。赵昌父是词人在瓢泉赋闲时的好朋友，他当时奉祠居家，无意仕进，终日以诗酒自娱，风流洒脱，当时人都认为他有渊明之遗风。这里作者用“骖鸾并凤”赞美他飘飘然有神仙之姿。赵昌父乘鸾驾凤飞上天空，在彩云间与李白、苏东坡巧遇，于是他们约作者同游天宫。作者将赵昌父、李白、苏轼视为贤人，自己则自谦道“我亦虱其间”，认为自己不过是滥竽充数罢了。词人觉得在现实社会中找不到志同道合的知己，又绝不愿与那些投降派的官僚沆瀣一气，因而只能在梦中与自己心目中的理想人物相会。

下片继续描绘梦中情景。词人畅游太空，自由自在，无忧无虑，他的内心充满了壮志豪情，于是忍不住小声地唱歌吟诗。“神甚放，形则眠”一句，表面是说身体虽然在睡眠，但自己的精神却在自由驰骋。实际上作者是想说自己虽然赋闲在家，悠游山水，但是他的心里一直装着恢复中原大业的理想，一直梦想着有一天能够实现自己的理想。“鸿鹄一再高举，天地睹方圆”，化用贾谊《惜誓》中的“黄鹄之一举兮，知山川之纡曲，再举兮睹天地之圜方。”把自己比作翱翔长空、扶摇而上的鸿鹄，展示作者胸怀宇宙的伟大志向。接下来，词人从梦境中醒来，一旦回到现实，梦中的自由激昂之情便不复存在，取而代之的是无限的怅惘和迷茫，并产生疑问：为什么人世间有那么多不遂人意的事情呢？这里以月亮的圆缺变化来比喻人间的悲欢离合，其重点在于“亏”的方面。

秋水隔婵娟

词人以梦中之境与梦醒之境互相对照，揭示了理想与现实间巨大的感情落差，表现出词人对南宋朝廷的不满，对当今社会的不满，这是一个满腹韬略、精忠报国的老将对报国无路、壮志难酬发出的悲愤的怒吼。

词的结语“有美人可语，秋水隔婵娟”乍看起来让人觉得有些突兀。毕竟前面一直都在写梦境中与梦醒之后的愁绪，可是最后一句却荡开一笔，发出了“美人娟娟隔秋水”（杜甫《寄韩谏议》）的叹息。但是如果细细思索，就能明白，这是由于前面描述的巨大反差之后所产生的最实际的感想。“美人”指他的好友吴子似，这一句看似是对吴子似的思念，实际上还是感慨没有人能理解自己内心的悲苦感受。

[词评]

白石，才子之词；稼轩，豪杰之词。才子、豪杰，各从其类，强论得失，皆偏辞也。

——刘熙载《艺概》

鹧鸪天

写作背景

此闲居瓢泉之作。

[原词]

石壁虚云积渐高，溪声绕屋几周遭①。自从一雨花零落，却爱微风草动摇②。　　呼玉友，荐溪毛，殷勤野老苦相邀③。杖藜忽避行人去，认是翁来却过桥④。

[注释]

①“石壁”二句：写山间白云缭绕，小溪绕着茅庐流淌。石壁：悬崖陡直如壁。积：指浮云堆积在一起。周遭：周围，四周。刘禹锡《石头城》：“山围故国周遭在。”

②“自从”二句：花朵虽然在雨中凋落，但是风中摇摆的小草也同样惹人怜爱。

③“呼玉友”三句：言乡间老者殷勤地邀请我去他家做客，并用米酒和野菜招待我。野老：乡间的老人。玉友：一种米酒。《珊瑚钩诗话》：“以糯米药曲作白醪，号玉友。”荐：推荐，献上。溪毛：一种野菜，生长于涧边溪畔。

溪声绕屋几周遭

④“杖藜”二句：谓老人在桥头等着我，因为眼花，看见行人后正想要躲开，仔细一看才认出是我，于是又迎上前来。杖藜：拄着藜杖的老人。杖：拄着。藜：一种植物，茎高五六尺，其老韧者可以作手杖使用。

[词解]

这是一首富有乡村淳朴、清新气息的村居小唱，极富田园气息。

上片写作者在做客途中的所见之景，“石壁虚云积渐高，溪声绕屋几周遭”写的是野老居处的环境。家门正对着云雾缭绕的大山，屋的周围有小溪流淌，颇有画意。“自从一雨花零落，却爱微风草动摇”描写的是雨后之景，虽然百花零落，但是那小草的随风摇摆之态，也颇为可爱。这些景色都让词人感到心情愉快。下片写淳朴热情的野老殷勤相邀之态，酒非好酒，只是自家酿的米酒；菜非好菜，只是生长于山涧溪畔的野菜，但这却是老人的一片心意，作者怎能不应邀前往呢。最后二句写老者在桥头迎接词人的情态尤其有趣：老人站在桥头等着迎接客人，可是老眼昏花，几次误认，这次以为又弄错了，没想到仔细一看才发现确实是词人，于是又赶紧上前迎接。这样的描写十分传神并有谐趣。

全词所描写的景象极为简单，只是一位老翁迎接客人的画面而已。但是作者却巧妙地把自己赶路的过程处理为看见老人的屋舍以后的景色描写，并将其放在上片进行细致的描绘，而事情的前因后果则放在下片进行交代。这种打乱了写作顺序的写法反而收到了意想不到的效果，使这首词读来颇为有趣。

[词评]

南唐、北宋后，辛、陆、姜、刘渐脱香奁，仍存诗意。

——田同之《西圃词说》

贺新郎

题傅岩叟悠然阁①

写作背景

本词作于庆元六年（1200）前，辛弃疾罢居铅山瓢泉期间。这首词是为友人傅为栋家之悠然阁题作。

［原词］

路入门前柳。到君家悠然细说，渊明重九②。岁晚凄其无诸葛，惟有黄花入手。更风雨东篱依旧③。陡顿南山高如许，是先生拄杖归来后④。山不记，何年有⑤？　　是中不减康庐秀。倩(qiàn)西风为君唤起："翁能来否⑥？鸟倦飞还平林去，云自无心出岫(xiù)。剩准备新诗几首⑦。欲辨忘言当年意，慨遥遥我去羲农久⑧。天下事，可无酒⑨！"

［注释］

①傅岩叟：傅为栋，字岩叟，江西铅山人，曾做过鄂州州学讲师。与辛弃疾来往密切，多有唱和。悠然阁：傅岩叟庭里的一座楼阁。陶渊明《饮酒》诗："采菊东篱下，悠然见南山。"岩叟阁名"悠然"，有仰慕陶渊明之意。稼轩、岩叟都景仰陶渊明，故词中多用陶渊明其事其诗。

②"路入"三句：穿过门前的柳树来到您家，与您悠然饮酒，共话当年陶渊明的重阳逸事。门前柳：陶渊明《五柳先生传》："门前有五柳树，因以为号焉。"此借指傅岩叟家。渊明重九：据萧统《渊明传》，渊明于重阳外出采菊，恰逢遇到王宏送酒。渊明于是即地饮酒，大醉而归。重九：即指重阳节。

③"岁晚"三句：陶渊明晚年虽以诸葛亮自比，却不能像诸葛亮一样施展自己的才干。他所居之地风雨依旧凄凉，只有以采菊为乐。岁晚凄其无诸葛：黄庭坚《宿旧彭泽怀陶令》诗："岁晚以字行，更始号元亮。凄其无诸葛，肮脏（刚直倔强貌）犹汉相。"意谓陶渊明晚年自号"元亮"，实乃自比诸葛亮。可是两人虽同样志向高洁，诸葛亮却得以官至汉蜀丞相，为恢复汉室鞠躬尽瘁，死而后已，而渊明却报国无门，终生凄凉。凄其：凄苦寂寞。其，助词，无实际意义。

④"陡顿"二句：南山陡然变得清高峻洁，是因为有陶渊明这样的高士弃官归来而使之增色。陡顿：顿时，突然地变化。宋时方言，同"斗顿"。南山：指庐山。

⑤"山不记"二句：南山记不清什么时候出了名。这一句承接上文，意思是南山因为有了陶渊明才出名。

⑥"是中"三句：谓好友悠然阁中的风光之秀丽不亚于庐山，不知道秋风能不能请陶渊明赏光，前来此地一游？是中：这里面，指悠然阁。康庐：即江西庐山。陶渊明隐居之地柴桑，就位于庐山脚下。庐山，亦名匡山、匡庐。宋

人因避宋太祖赵匡胤讳，改称康庐。倩：使，请。君：指傅岩叟。翁：指陶渊明。

⑦“鸟倦”三句：以陶诗自况，说自己厌倦仕途，归隐山林，剩下唯一能做的就是献上几首新词。“鸟倦”二句：化用陶渊明《归去来兮辞》：“云无心以出岫，鸟倦飞而知还。”岫：山峰。剩：余下的，剩下的。新诗几首：即新词几首。辛弃疾赋悠然阁的词作有《贺新郎》二首、《水调歌头》一首。

⑧“欲辨”二句：化用陶诗：“此中有真意，欲辨已忘言。”（《饮酒》诗第五首）“羲农去我久，举世少复真。”（《饮酒》诗第二十首）慨叹当今社会古风不存，再也没有上古羲农时代那样纯真自然的风气了，现在的人也很难像陶渊明一样能够深刻地领会自然景物中的玄妙真理。欲辨忘言：只可意会，不可言传的感觉。羲农：伏羲氏和神农氏，上古时代传说中的人物。

⑨“天下事”二句：若是议论起天下大事来，怎么能不喝酒呢？陶渊明《饮酒》诗第二十首：“若复不快饮，空负头上巾。但恨多谬误，君当恕醉人。”

[词解]

这首词是辛弃疾为友人家中楼阁的题作。上片以“路入门前柳”领起，门前植柳者，陶渊明也，此处词人是将友人比作东晋名士陶渊明了。“悠然细说”，既暗含“悠然阁”之名，又与后面的“渊明重九”联系起来，则能令我们自然而然地想起了陶渊明“采菊东篱下，悠然见南山”的名句，而且还点明了作者在悠然阁中与友人交谈时的闲适气氛，构思巧妙，既贴切自然，又不给人造作之感。以下皆“悠然细说”的内容。“岁晚”数句，是说隐逸的陶渊明经常以诸葛亮自比，也希望能像诸葛亮一样施展自己的才干，经纶天下。但是陶渊明却没有得到诸葛亮那样的机会，只能采菊自娱，言谈中透露出了一种失意之感，这种失意既是为友人鸣不平，也是为自己感慨。接着词人又说陶渊明归来以后使南山也显得更加高大，更有光彩了。明说渊明，实指悠然阁，此处是赞颂友人是像陶渊明一样的高士。下片说悠然阁风光堪比风景秀美的庐山，并且使词人产生了唤渊明同游的想法。“鸟倦”以下，借陶渊明自况，抒发归隐山林的乐趣。最后以“天下事，可无酒”使全词戛然而止，词人欲说还休，留教后人细细参悟。酒乃消愁之物，一论及家国天下之事，词人便说不可无酒，可见词人还是有很深的愁绪的，至于愁为何物？自不待明言。

渊明爱菊

[词人逸事]

辛弃疾在江阴任上时，曾前去拜见都

督建康镇江数府的张浚，以求当面陈述自己的战略思想和用兵策略："为吾之计，莫若分几军趋关陕，他必拥兵于关陕；又分几军向西军，他必拥兵于西京；又分几军望淮北，他必拥兵于淮北，其他去处必空弱。又使海道兵捣海上，他又拥兵捍海上。吾密拣精锐几万在此，度其势力既分，于是乘其稍弱处，一直收山东。虏人首尾相应不及，再调发来添助，彼卒未聚，而吾已据山东，中原及燕京自不消得大段用力。"辛弃疾的这段陈述十分精彩，但是他只不过是一个小小的江阴签判，人微言轻，所以其策略终究未能被张浚所采纳。所幸的是，这段精彩的论述被辛弃疾的好友朱熹收录在自己的著作《朱子语类》中，并流传了下来，且产生了深远的影响。

守拙归园田

贺新郎

用前韵再赋

写作背景

此词与上一首《贺新郎》作于同时。

[原词]

肘后俄生柳[1]。叹人生、不如意事，十常八九[2]。右手淋浪才有用，闲却持螯(áo)左手[3]。谩赢得、伤今感旧。投阁先生惟寂寞，笑是非、不了身前后[4]。持此语，问乌有[5]。　　青山幸自重重秀。问新来、萧萧木落，颇堪秋否？总被西风都瘦损，依旧千岩万岫(xiù)[6]。把万事、无言搔首[7]。翁比渠侬人谁好，是我常、与我周

青山幸自重重秀

旋久。宁作我，一杯酒[8]。

[注释]

①肘后俄生柳：喻世间万事都是在变化的。《庄子·至乐篇》载：支离叔与滑介叔观于冥伯之丘、昆仑之虚，黄帝之所休。俄而柳生其左肘，其意蹶蹶然恶之。支离叔曰："子恶之乎？"滑介叔曰："亡，子何恶！生者，假借也；假之而生生者，尘垢也。死生为昼夜。且吾与子观化而化及我，我又何恶焉！"柳：通"瘤"。

②"叹人生"二句：《晋书·羊祜传》："祜叹曰：'天下不如意恒十居七八。'"黄庭坚《用明发不寐有怀二人为韵寄李秉彝德叟》："人生不如意，十事常八九。"

③"右手"二句：叹息英雄无用武之地。用晋人毕茂世语，但此处这一"闲"字，是强调"不如意"。淋浪：指酣畅地饮酒。

④"投阁"二句：人的功过是非，无论是生前还是死后都难以了断。投阁先生：指扬雄。据《汉书·扬雄传》，王莽称帝后，扬雄于天禄阁校书。后受他人牵连，因惧被捕而坠阁自杀，未死。后被召为大夫。然京城为之传言曰："惟寂寞，自投阁。"

⑤"持此语"二句：谓这样说的人到底是对是错，没有人知道。

⑥"青山"五句：山上的树木不堪秋意，在秋风中显得萧萧肃肃，只有青山依旧俊秀。萧萧木落：杜甫《登高》："无边落木萧萧下，不尽长江滚滚来。"总：同"纵"，纵然。

⑦"把万事"句：将万事都化作无言的沉思。搔首：沉思的样子。

⑧"翁比"四句：我宁愿做一个坚持自我、刚直不阿的人，也决不趋附于别人。

[词解]

这首词承接上面一首，实乃作者意犹未尽而作的一首词，但是已经不再写悠然阁，也不再用陶渊明诗与事来谋划全篇，而完全是作者在抒发自己的感情。

上片纯粹是在发牢骚，抒发怨愤之情。"肘后俄生柳"叹世事无常，正因为如此，才造成了人生十有八九都是不如意的事。辛弃疾一生虽负奇才，然遭遇坎坷，正可借此语感慨。"右手"二句，将自己的感情升华，怨恨自己英雄无用武之地，造成这种情况的原因并不是词人不思进取，而是南宋统治者明知辛弃疾是安邦定国的良材，却弃之不用，这也难怪词人产生这样的激愤之情了。接着又举出了扬雄的例子，叹息无人明白自己的心意，无论自己有何举动都会被别人误解。作者心中的抑郁之情层层递进，至此达到了顶峰。

下片借山言人：青山依然重重耸立，而山上的树木却因为承受不住寒秋的打击而落下叶子，此语将友人比作青山，暗喻其隐居于此，远离了纷扰的世事；树木则喻指像自己这样饱受排挤打击的抗金志士。尾句用典言志，表明自己刚直不阿、傲然独立、绝不屈从他人的决心。

[词评]

稼轩词，粗粗莽莽，桀傲雄奇，出坡老之上。惟陆游《渭南集》可与抗手，但运典太多，真气稍逊。

——陈廷焯《词坛丛话》

浣溪沙

偕杜叔高、吴子似宿山寺戏作[①]

写作背景

本词作于庆元六年（1200），时辛弃疾仍罢居铅山瓢泉。叔高曾于淳熙十六年（1189）一访辛于带湖，此二访辛于瓢泉。据辛弃疾《瀑布》诗自注，正是庆元六年。

[词解]

花向今朝粉面匀，柳因何事翠眉颦(pín)[②]？东风吹雨细于尘。　　自笑好山如好色[③]，只今怀树更怀人[④]。闲愁闲恨一番新。

[注释]

①偕：同，和……一起。杜叔高、吴子似：都是辛弃疾的友人。

②“花向”二句：春花如美人粉红的面庞、柳枝如翠眉微颦。颦：皱眉。

③好山如好色：化用孔子语：“吾未见好德如好色者也。”（《论语·子罕篇》），并脱胎于苏轼诗：“多君贵公子，爱山如爱色。”

④怀树更怀人：因思念故人而爱护与其相关的树木。此处指的是想起与

之相关的树木而怀念其人。朱熹注《诗经·召南·甘棠》云："召伯循行南国，以布文王之政。或舍甘棠之下，其后人思其德，故爱其树而不忍伤也。"

［词解］

这是一首描写春天景色的小令，上片描写美丽的春日景色，用词淡雅，风格清丽，别有一番风味。

开头二句以暗喻的手法描写花木，花为"粉面"，柳似"翠眉"，反映了词人的喜悦之情，因心中喜悦，故其所观景物也都是一片欣喜。"东风"句，将春日牛毛细雨之状描绘得十分精细，雨细于尘，正如"润物细无声"，使人有一种荡涤尘埃后的清爽感觉。下片"自笑"二句既是流水对，又是句中对，工稳细致，借景抒情。作者已经罢官隐居于乡村，山水如美貌女子般可爱，词人的情绪也颇为悠然自得。但是这眼前的春景却使他思念起了自己的故人知己，这也正是春愁之状，可见隐居生活也给词人带来了闲愁。

下片三句各以两字重叠，读来流利清畅，别具音韵之美。此篇命笔新巧，自出机杼，堪称小令中的佳品。

浣溪沙

写作背景

本词与上篇《浣溪沙》同韵，当作于同年，即庆元六年（1200）。

［原词］

父老争言雨水匀，眉头不似去年颦（pín）①。殷勤谢却甑（zèng）中尘②。 啼鸟有时能劝客，小桃无赖已撩人③。梨花也作白头新④。

自笑好山如好色

［注释］

①"父老"二句：父老乡亲都

说今年风调雨顺，不用再像去年那样皱眉发愁了。

②“殷勤”句：言可以不再忍受饥饿。谢却：辞去，向……告辞。甑中尘：蒸食用的甑里落满灰尘，意谓很长时间无饭可做，形容农民生活贫苦，青黄不接。《后汉书·独行传》载：“议者欲以（范冉，字史云）为侍御史，因遁身逃命于梁沛之间。推鹿车，载妻子，捃拾自资。或寓息客庐，或依宿树那。如此十余年，乃结草室而居焉。所止单陋，有时粮粒尽，穷居自若，言貌无改。闾里歌之曰：‘甑中生尘范史云，釜中生鱼范莱芜。’”辛弃疾用其事。

父老争言雨水匀，眉头不似去年颦

③“啼鸟”二句：鸟的啼声有的时候能劝勉人心，树枝上的小桃颇为顽皮。无赖：顽皮，惹人喜爱的样子。撩：撩拨，挑逗。

④“梨花”句：梨花也开放了白色的花朵。白头新：白色新开之梨花。《史记·鲁仲连邹阳列传》：“白头如新，倾盖如故。”梨花色白，故以“白头”喻之。

［词解］

这首词是表现辛弃疾关心农民生活疾苦的作品。辛弃疾罢居江西乡村，闲来与百姓为友，对他们的生活自然也十分关心。

此词通篇洋溢着一种喜悦之情。上片写农村的父老乡亲都争着告诉自己今年的雨水来得及时。作者为春雨而高兴，更为看到农民不再像去年那样愁眉不展，有一个丰收的好年景而高兴。农民今年终于能余粮满仓，再也不必为吃不上饭而担心了。宋室南渡以后，因为屡屡受到金兵侵扰，加上每年要向金纳贡，给老百姓的生活带来了沉重的负担。这回年景甚好，让农民一下子有了希望，这种情绪也感染了词人，他又怎能不为之欣喜呢？下片中作者继续带着这种喜悦的情绪去观察景物，更觉花鸟树木无不赏心悦目，而且以拟人的手法去描绘景物，啼鸟、小桃之状，令人感觉生机勃勃，“白头新”既指梨花，同时也是暗指词人，由此可以得知词人的欢喜之情必是发自内心。

［词评］

其词慷慨纵横，有不可一世之概，于倚声家为变调，而异军特起，能于剪红刻翠之外，屹然别立一宗，迄今不废。

——《四库全书总目》

念奴娇

重九席上①

写作背景

此为闲居瓢泉之作。

[原词]

龙山何处？记当年高会，重阳佳节。谁与老兵共一笑，落帽参军华发②。莫倚忘怀，西风也解，点检尊前客③。凄凉今古，眼中三两飞蝶④。　须信采菊东篱，高情千载，只有陶彭泽⑤。爱说琴中如得趣，弦上何劳声切⑥。试把空杯，翁还肯道，何必杯中物⑦。临风一笑，请翁同醉今夕⑧。

[注释]

①重九：农历九月九日重阳节。

②“龙山”五句：谓当年龙山重阳聚会时，唯独只有落帽参军孟嘉能领会酒中真正的趣味。《世说新语·识鉴篇》注引《孟嘉别传》：“嘉后为征西桓温参军，九月九日，温游龙山，参佐毕集。时佐吏并着戎服，风吹嘉帽堕落，温戒左右勿言，以观其举止。嘉初不觉，良久如厕，命取还之。命孙盛作文嘲之，成，着温坐，嘉还即答，四坐嗟叹。”又：“嘉喜酣畅，愈多不乱。温问：‘酒有何好而卿嗜之？’嘉曰：‘明公未得酒中趣耳。’”老兵一笑：《晋书·谢奕传》：“与桓温善，温辟为安西司马，犹推布衣好。……常逼温饮，温走入南康主门避之，奕遂携酒就听事，引一兵帅共饮，曰：‘失一老兵，得一老兵，亦何所怪。’温不之责。”龙山：在今湖北江陵县西北。

③“莫倚”三句：不要忘了人世沧桑，殊难预料。点检尊前：苏轼《常润道中有怀钱塘，寄述古五首》之二：“世上功名何日是，樽前点检几人非。”

④“凄凉”二句：感慨从古到今，能成为知音的人太少。

⑤“须信”三句：要知道千年以来，能做到如“采菊东篱下”一样悠然自得的人，也就只有陶渊明了。陶彭泽：陶渊明曾为彭泽令，故称陶彭泽。

⑥“爱说”二句：《晋书·陶潜传》：“性不解音，而蓄素琴一张，弦徽不具。每朋酒之会，则抚而和之，曰：‘但识琴中趣，何劳弦上声。’”

⑦“试把”三句：那么这位陶县令既然已经知道了酒中的趣味，为什么还总是喝酒呢？苏轼《和陶饮酒十二首》第一首：“偶得酒中趣，空杯亦常持。”翁：指陶渊明。

⑧“临风”二句：对着秋风一笑，愿与陶渊明同醉。

[词解]

这首词通过对重阳宴会的所见所感，抒发隐居之乐。

上片由眼前的重阳宴会而想起了东晋风流名士在龙山举行的高会，当年众名士不拘小节，无论长官下属都洒脱放旷，极尽风流，然而只有那位落帽参军孟嘉才能识得酒中真味。如今往事已过千年，词人在这重阳宴会上把酒临风，想要效仿魏晋风流，但是知音太少，无人可与自己交谈，再加上看到眼前飞过的两三只蝴蝶，就更让辛弃疾感慨万端了。

下片承接上文引出东篱采菊的爱酒高人陶渊明。他也是辛弃疾平生最为景仰的高士。陶渊明有一种天真自然的风度，平日以无弦琴作弹奏之状自娱，虽然不通音律，却能得其中雅趣，十分尽兴。以“空杯”问陶，语言生动幽默，别有一番情趣。结韵之“同醉今夕”，则将陶渊明引为隔代知音，恨不能与其把盏相谈。

[词评]

极炼如不炼，出色而本色，人籁悉归天籁。

——刘熙载《艺概》

归朝欢

题赵晋臣敷文积翠岩[1]

写作背景

本词当作于庆元六年（1200），此时辛弃疾罢居瓢泉。

[原词]

我笑共工缘底怒，触断峨峨天一柱[2]。补天又笑女娲(wā)忙，却将此石投闲处[3]。野烟荒草路。先生拄杖来看汝[4]。倚苍苔，摩挲(mó suō)试问：千古几风雨[5]？

长被儿童敲火苦，时有牛羊磨角去⑥。霍然千丈翠岩屏，锵(qiāng)然一滴甘泉乳⑦。结亭三四五。会相暖热携歌舞⑧。细思量：古来寒士，不遇有时遇⑨。

[注释]

①赵晋臣敷文：赵不迂，字晋臣，江西铅山人。庆元六年（1200）赋闲家居，与辛弃疾来往密切，多有唱和。赵是宋朝宗室，曾为敷文阁学士，故称之为"敷文"。积翠岩：当在上饶。"题"字有可能是"和"字之误。

②"我笑"二句：我笑共工不知为何发怒撞断了巍峨的天柱。缘底：为何。天一柱：即天柱，俗称擎天柱。

③"补天"二句：笑女娲忙于补天，却将一块补天的五彩石闲置不用。此石：女娲补天之五彩石，即指积翠岩。

④"野烟"二句：词人拄着拐杖走到荒郊野外去探看积翠岩。汝：你，指积翠岩。

⑤"倚苍苔"三句：倚靠在布满苍苔的积翠岩上，词人问它这些年来经历了多少风雨磨难。倚苍苔：倚靠在布满苍苔的积翠岩上。

⑥"长被"二句：积翠岩不堪忍受牧童敲火、牛羊磨角的骚扰。韩愈《石鼓歌》："牧儿敲火牛砺角，谁复着手为摩挲。"

女娲兴兵征共工

⑦"霍然"二句：积翠岩忽然以其伟岸雄姿出现于人们的眼前，并有甘泉滴落时清脆的响声。锵然：一般用来形容金属撞击的声音，此处用来形容甘泉水滴滴落时清脆悦耳的声音。

⑧"结亭"二句：在此处修建几个凉亭，等到春天到了，这里就会有人举办歌舞宴会。携歌舞：指游赏者随行带来的歌伎舞女。

⑨"细思量"三句：古今怀才不遇的人也有得到机遇的时候。不遇：指怀才不遇，生不逢时。古人多有哀叹不遇之作，如董仲舒作《士不遇赋》，司马迁作《悲士不遇赋》，陶渊明作《感士不遇赋》。赵晋臣名不遇，故词人有此语。

[词解]

这首词借石抒情，既有浪漫奇异的想象，

又有着很强的现实意义。上片起句描写共工触山的神话传说，以此带出女娲炼五彩石补天的故事，作者把友人比作积翠岩，是叹惜友人本是补天的五彩石，却被闲置不用，几千年来一直都呆在荒烟野草的路上，这就道出了词人以及友人遭罢黜闲居的痛苦。拄杖来看，正体现了词人对补天之石的爱惜、同情之心，实际上也是对与友人互为知音、惺惺相惜、互相安慰劝勉的情态的描写，读之令人心悲。下片"长被"二句明写积翠岩饱受儿童、牛角的骚扰，不堪其苦，实际上是暗喻抗金志士屡遭权臣奸佞的排挤打压，并且不时受到一些小人的诬蔑攻击。"霍然"二句，情势陡然而起，作者畅想千丈翠岩屏最终将大有作为。结句语涉双关，一石三鸟：既指古今之人多不遇之事，又暗指友人终将有大展宏图的一天，以及哀叹自己恐怕再无起用之时。

女娲炼石补天

[词评]

无意不可入，无事不可言。

——刘熙载《艺概》

西江月

遣兴①

写作背景

此词作于辛弃疾罢居瓢泉之时。

[原词]

醉里且贪欢笑，要愁那得工夫②！近来始觉古人书，信着全无是处③。　昨夜松边醉倒，问松我醉何如？④只疑松动要来扶，以手推松曰去！⑤

［注释］

①遣兴：排遣心中的情绪。

②“醉里”二句：借酒言欢，不理闲愁。工夫：时间。

③“近来”二句：最近发觉古人书中所写全都一无是处。是：对。

④“昨夜”二句：昨夜醉倒于松树旁边，还问松树自己的醉态如何。

⑤“只疑”二句：醉中只觉松树晃动似要来扶我，我就用手一边推搡松树，一边说：“走开，不用你扶。”

［词解］

我们可以从辛弃疾的这首词中品读出戏剧的韵味。虽然在词的创作中，适当地引入一些戏剧性的场景并非辛弃疾独创，但是在他这里却得以发扬光大，在作者的词中，这种情况十分常见。

“醉里且贪欢笑，要愁那得工夫！”通篇“醉”字出现了三次。难道作者真成了沉湎醉乡的“高阳酒徒”吗？当然不是。只是因为其力主抗金却不被南宋统治者所用，只好借酒消愁，免得郁郁不得志。说没时间发愁，是反语，其实他内心中的愁苦是太多了，愁都愁不完。

“近来始觉古人书，信着全无是处。”才讲饮酒，又说读书，并非醉后的语无伦次。这二句是“醉话”，但“醉话”不等于就是胡言乱语。它实际上是词人的愤激之言。《孟子·尽心下》：“尽信书，则不如无书。”其本意是指古书上的话也难免有与事实不一致的地方，不可全信。辛弃疾翻用此语，其实暗含另一层意思：古书上尽管有那么多的“至理名言”，但在当今这种形势下却完全行不通，因此信它不如不信。

醉里且贪欢笑，要愁那得工夫！

以上种种，若直白叙述，则不过慨叹“世道日非”而已。但词人曲笔达意、独运反语，从而使这首词有了咀嚼不尽的意味。

下片展示出了一个戏剧性的场面。词人昨夜于松边醉倒，居然对松树自言自语起来。他问松树：“我醉得怎样了？”看见松枝轻摆，竟怀疑是松树要扶他起来，便用手去推松树，并厉声喝道：“去！”醉憨神态，跃然纸上，亦将词人倔强的性格表露无遗。在当时的现实生活里，头脑昏沉的不是词人，而是南宋小朝廷中那些纸醉金迷的昏君佞臣。即使词人真醉倒了，也仍然会挣扎着站起来，相比之下，小朝廷的那些卑颜屈膝的人们是多么的渺小和卑劣。

辛弃疾的这首小词，乍看如标题所示，为一时即兴之作。但如果仔细研究，就会发现作者是在借诙谐幽默之笔法来发泄内心的不平。如再深入研究，我们还可体会到作者是由于社会现实的黑暗而感到忧心忡忡，满腹的牢骚和委屈，不便明说而又不吐不快，因此，只好借用这种方式，来畅快淋漓地宣泄自己的真情实感。

[词人逸事]

南宋孝宗淳熙年间，辛弃疾和朱熹的交往就已经开始了。当时江西大旱，辛弃疾以榜文赈灾，朱熹十分钦佩辛弃疾的这种举动，赞扬他“这便见得他有才”。朱熹在提举两浙东路常平茶盐公事任上，正逢饥荒，有的贪官污吏趁机敛财，他们接受一些不法商贩的贿赂，官商勾结，以权谋私。以前朱熹不相信辛弃疾所说的“粪船亦插德寿宫旗子”，此时亲眼所见果真如此，便对辛弃疾更加信任。

淳熙九年（1182），朱熹听说辛弃疾被朝廷罢官，十分气愤，并为之鸣不平。朱熹还经常对他的弟子说：“辛幼安是个人才，朝廷不重用他，是毫无道理的！”

绍熙元年（1190），朱熹出任漳州知州，他建议推行“经界法”，以减轻农民的赋税重担，却遭到了豪强的反对。第二年冬天，辛弃疾再次被朝廷起用，并被任命为福建提刑，并开始在汀州大力推行“经界法”，受到当地百姓的拥戴和好评。绍熙三年（1192）九月，辛弃疾亲自到建阳考亭向闲居的朱熹问政，朱熹告诫他要“临民以宽，待士以礼，驭吏以严”。辛弃疾很虚心地接受了朱熹的忠告。

木兰花慢

中秋饮酒将旦[1]。客谓前人诗词有赋待月[2]，无送月者[3]，因用《天问》体赋[4]。

写作背景

这首词作于辛弃疾罢居瓢泉时期。南宋朝廷对于罢职的官员，虽然不再委任职务，但却给以丰厚的钱财，这使得辛弃疾能够在生活上比较宽裕，因此与朋友交游饮宴也极为平常。此词是辛弃疾于中秋之夜，举行宴会招待客人时所作的一首咏月词。

［原词］

可怜今夕月，向何处，去悠悠[5]？是别有人间，那边才见，光影东头[6]？是天外，空汗漫，但长风浩浩送中秋[7]？飞镜无根谁系[8]？姮娥不嫁谁留[9]？谓经海底问无由，恍惚使人愁[10]。怕万里长鲸，纵横触破，玉殿琼楼[11]。虾蟆故堪浴水，问云何玉兔解沉浮[12]？若道都齐无恙，云何渐渐如钩[13]？

［注释］

①旦：天明。

②待月：等待月亮重圆。

③送月：告别月亮最圆最美的时刻。

④《天问》：战国时期楚国伟大诗人屈原所作的一首长诗，都以疑问句写成。

⑤“可怜”三句：今夜这美丽的月亮，悠悠轮转，要归向何处？

⑥“是别”三句：难道是另有一个人间，那边也能看见你从东方升起。别有：另有。

⑦“是天”三句：是不是一股浩浩长风把这美好的中秋月送到了天外那无边无际的宇宙中？汗漫：空荡漂浮，不着边际。《淮南子·道应训》记载：传说有个叫卢敖的人碰到一位仙人名叫若士，于是向他请教成仙之道，仙人以“吾与汗漫期于九垓之外”为理由拒绝了他。汗漫是一个虚拟的名字，含有混沌不可知的意思。

⑧“飞镜”句：月亮如镜子一样，却又毫无维系，不知谁能将它挂在空中。

⑨“姮娥”句：月宫里的嫦娥到现在还没有出嫁，是谁把她给留下了？传说后羿向西王母求得不死药，他的妻子嫦娥偷食奔月，离开人间而独居广寒宫。

⑩“谓经”二句：听说月亮是经由海底游出来的，可又难以查问其根由，真是不可琢磨得令人发愁。

⑪“怕万里”三句：怕大海之中的万里长鲸会横冲直撞，将月宫之中的玉殿琼楼撞坏。

⑫“虾蟆”二句：月亮从海底经过，会水的虾蟆固然不用担心，可是不识水性的玉兔难道也能自由沉浮吗？玉兔：嫦娥在月宫中养的兔子，也用以指月亮。一说月中本有白兔，因用为月的代称。傅玄《拟〈天问〉》：“月中何

有，白兔捣药。”

⑬“若道”二句：如果说月亮上的一切都安然无恙，那么，又怎么会逐渐变成弯钩的模样呢？

嫦娥至月宫作月神

［词解］

中国古代，以月为题材的诗词多得不可胜数。但是，真正能流传千载、脍炙人口的佳作，却并不是很多，如苏东坡的《水调歌头·明月几时有》就是。而辛弃疾的这首《木兰花慢》，则是宋词的一种创新，它一改咏月的成规，发前人之所未发，打破上下分片的常规，毫不停顿地一口气问到底，充分表现了作者丰富的想象力和大胆的创新精神。

战国时期楚国的大诗人屈原曾作一篇《天问》，全篇对天质问，一连问了一百七十多个问题。辛弃疾仿《天问》体创作的这首《木兰花慢》，构思新颖，想象奇瑰，不同于一般写悲欢离合的词人，他不思乡、不怀人、不吊古，而是紧紧抓住黎明前月亮即将落下的那一瞬间，展开想象的翅膀，对月亮接连发出了一个又一个问题，将与月亮有关的神话传说和生动比喻融汇成一幅绚丽的图画，给人带来了极大的艺术享受。作者那些发问妙趣横生且饶有趣味，对月亮的归处、行动、状貌、出处等做了一连串的提问。想象新奇、幽默而又妩媚，问得奇、问得妙，将读者带进了充满浪漫气息的神话世界。

当然，作者写这首词不单单是为了驰骋艺术才情而已，其中也透露出了作者通过对客观自然现象的深入观察，进而做出的大胆猜测。在前代的诗词中，已有过向月亮发问的创作，这不算是什么发明创造。像李白的“青天有月几时来，我今停杯一问之”，苏东坡的“明月几时有，把酒问青天”等，但是，此词中所提出的一些疑问，表达了作者对自然现象的大胆猜测，却是超越前人的。月亮绕地球转动这一科学现象的发现，引起过天文学界的革命。

在宋代词人中，辛弃疾一向是属于豪放派的代表人物。所谓“豪”，就是豪纵跌宕，横绝古今；所谓“放”，就是雄放恣肆，别开天地。分析这首词，它的用韵也完全符合豪纵激荡的感情，读起来一气贯之，势如破竹。并且多用散文化句式入词，也使得这首词更能挥洒自如地表现其思想感情，使作品产生不可羁勒的磅礴气势。另外，这首词还包含更深层次的含义，即作者对国家命运的忧思。在这首词里，作者用皎洁的圆月类比南宋江山，并对它的命运感到忧心忡忡，“怕

霜露既降，木叶尽脱

万里长鲸，纵横触破，玉殿琼楼”，强烈地透露出了作者对误国误民的奸邪势力的深恶痛绝，表达了对南宋朝廷命运和前途的深深忧虑，具有十分深刻的寓意。

[词评]

稼轩中秋饮酒达旦，用《天问》体作《木兰花慢》以送月曰：“可怜今夕月，向何处，去悠悠？是别有人间，那边才见，光影东头？”词人想象，直悟月轮绕地之理，与科学家密合，可谓神悟！

——王国维《人间词话》

满江红

游清风峡和赵晋臣敷文韵[1]

写作背景

作者于绍熙五年（1194）从福建安抚使任上罢官，退隐铅山农村，已有近十年的时间。此时，赵晋臣从江西漕使职位被免职，也退隐到铅山。这时，他们二人都居铅山，遭遇又极为相似，因此，作者油然产生同病相怜之感。这首词就是作者与赵晋臣同游清风峡的唱和之作。

[原词]

两峡崭岩，问谁占、清风旧筑[2]？更满眼、云来鸟去，涧红山绿[3]。世上无人供笑傲，门前有客休迎肃[4]。怕凄凉、无物伴君时，多栽竹[5]。　风采妙，凝冰玉[6]。诗句好，余膏馥（fù）[7]。叹只今人物，一夔（kuí）应足[8]。人似秋鸿无定住，事如飞弹须圆熟[9]。笑君侯，陪酒又陪歌，《阳春曲》[10]。

[注释]

两峡崭岩

①清风峡：在今江西省铅山县，峡东面有清风洞，为欧阳修录取的状元刘辉年轻时读书的地方。赵晋臣：辛弃疾的友人，据《铅山县志·选举志》记载：赵晋臣，名不迂，绍兴二十四年（1154）进士，官中奉大夫，直敷文阁学士。

②“两峡”二句：清风峡位于陡峭的岩石间，不知是谁占据了刘辉曾经读书的清风洞呢？清风旧筑：指刘辉曾经于其间读书的清风洞。

③“更满眼”二句：放眼看去，鸟去云来，山涧中一片花红柳绿的景致。

④“世上”二句：世上没有洒脱狂傲的人可与之交谈，即使有客来访，也不过是些俗人罢了。笑傲：指人的风度洒脱孤傲。

⑤“怕凄凉”二句：如果害怕凄凉寂寞，无人陪伴，就多栽些竹子吧。据《世说新语》记载：王徽之“尝寄居空宅中，便令种竹。或问其故，徽之但啸咏，指竹曰：‘何可一日无此君耶！’”

⑥“风采”二句：谓友人的风采如同凝重剔透的冰玉一般。冰玉：古代常以此形容人的仪容风度俊美潇洒。《世说新语》“容止”篇中多有此例。

⑦“诗句”二句：友人的文章温润典雅，美名远扬。

⑧“叹只今”二句：赞叹友人如古代的夔，一个人即可治国安邦。一夔应足：《韩非子·外储说》：“如夔者一而足矣。”意思是治理天下的人像夔那样的有一个就足够了。

⑨“人似”二句：友人似飞鸿般来去不定，处事还是需要圆滑一些。飞弹：弹弓射飞的弹丸。

⑩“笑君侯”三句：我陪着友人饮酒歌唱，自己的拙作又怎敢与友人的《阳春白雪》相比。《阳春曲》：指《阳春白雪》，战国时代楚国的一种高雅音乐，宋玉《对楚王问》云：“客有歌于郢中者，其始曰《下里巴人》，国中属而和者数千人。……其为《阳春白雪》，国中属而和者不过数十人。……是其曲弥高，其和弥寡。”岑参《奉和中书舍人贾至早朝大明宫诗》结尾云：“独有凤凰池上客，阳春一曲和皆难。”

[词解]

辛弃疾在这首词中主要歌颂了赵晋臣，至于说清风峡的词句，则是为人物描写服务的。

这首词以“只今人物，一夔应足”之语来称颂赵晋臣，如果单独来看，难免失之过分，但如果研究作者通篇的艺术构想，就会发现其中的道理。起句先介绍了清风峡的形势，随后便将笔锋转向赵晋臣。刘辉曾经居住的清风洞，如今是被谁占领了呢？必然是与他同游的赵晋臣了。住在清风洞，既可远眺“两峡崭岩”，又可欣赏“云来鸟去，涧红山绿”。但这里人迹罕至，难免孤寂。以下数句，则是对这个问题进行回答。“世上无人供笑傲”，倒不如住在这里领略大自然的美好风光，这是第一层。即使“门前有客”来访，大抵也都是些俗物，还是“休迎肃”为好，此为第二层。如果因无人作陪而感觉凄凉，那也不必“怕”，只需多栽些竹子就行，此为第三层。层层递进，淋漓尽致地表现了赵晋臣超尘脱俗、不肯同流合污的高洁品格。

下片的“风采妙，凝冰玉”，对上片进行了概括，歌颂了赵晋臣的冰清玉洁。“诗句好，余膏馥”，则由颂扬人格再进一步赞美其文采。《新唐书·杜甫传赞》云：“他人不足，甫乃厌余，残膏剩馥，沾丐后人。”赵晋臣的诗“余膏馥”，也是能够“沾丐后人”的。再引用《韩非子 · 外储说》中的典故，对赵晋臣的推崇至此就到了无以复加的地步。

于是转换视角，由感慨人、事归到流连诗、酒。人，如秋天的鸿雁，今天停留在这里，明天又飞向那里，这样居无定所的生活，我俩都是一样。事，像飞出的弹丸，还是圆熟些为好，处事何必那么固执。这次同游，你既陪酒，又陪歌，可谓是千载难逢的见面啊！紧承“陪歌”以《阳春曲》收尾，指赵晋臣的原唱，自然也就带出了自己的和章。辛弃疾的这首《满江红》，是和赵晋臣的原唱的，既赞原唱《阳春曲》，又对自己的和词含自谦之意，可谓一箭双雕。

鹊桥仙

席上和赵晋臣敷文

写作背景

这首词作于辛弃疾罢居瓢泉时期，是与好友赵晋臣在酒席宴上的唱和之作。

[原词]

少年风月，少年歌舞，老去方知堪羡①。叹折腰、五斗赋《归来》，问走了、羊肠几遍②？　　高车驷马，

金章紫绶，传语渠侬稳便③。问东湖、带得几多春，且看凌云笔健④。

[注释]

①“少年”三句：感慨人到了老年才知羡慕少年的欢乐。

②“叹折腰”二句：今日归来，不堪回首仕途的辛劳。羊肠：曲折小路，暗喻曲折的仕途。

③“高车”三句：是对达官显贵发出抗议，怎能让你们这些人恣意妄为。高车驷马，金章紫绶：乘坐四马高车，佩金印，挂紫带。这里是用车骑和服饰代指达官显贵。渠侬：他们，即指达官显贵。稳便：任意妄为。

④“问东湖”二句：言友人此次归来，可以从容展露诗才。东湖：在豫章（今江西南昌），赵晋臣由江西漕使任所罢归，因此才会有这样的问法。凌云笔健：才思高超，笔力劲健。这里借用杜甫评北朝诗人庾信语：“庾信文章老更成，凌云健笔意纵横。”

[词解]

这首酒席宴上的唱和之作，言语多发切肤之慨，又带讥讽，与一般的应酬之作大不相同。上片采用对照手法，流露出沉痛之感。起句写年轻的时候只专注于政事，对于风月不怎么理会，等到老了以后才知道整日沉醉于风月歌舞之中是多么令人羡慕的生活啊，其实作者在此说的都是反语，实际上这是对贪图苟安、偏安江南的南宋朝廷以及众官员不思进取，终日流连于风月歌舞表现出极大的讽刺与愤慨之情。南宋诗人林升《题临安邸》：“山外青山楼外楼，西湖歌舞几时休。暖风熏得游人醉，直把杭州作汴州！”正写出了这样的景象。“叹折腰、五斗赋《归来》，问走了、羊肠几遍。”是对自己官场不得志，屡遭排挤罢黜的感慨，词人并不是不想为国家恢复大业贡献力量，而是那黑暗腐朽的官场，就像崎岖的羊肠小道一样，使人如履薄冰，稍有不慎，便会横生枝节。如今重归田园，也算是一种解脱吧，但是作者心中的怨愤，又怎能说得清呢？

下片讥讽了乘坐高车大马、佩紫怀黄的达官显贵，提醒他们要小心，要稳重，不要摔下来，这是对不公正的官场的激愤之情，那些无所事事、昏庸误国的权臣为什么就能安安稳稳地窃居高位呢？最后二

陶渊明

句转为慰抚同样受到排挤打击的友人，同时也是安慰自己，一笔两意。“凌云笔健”，夸赞友人文章精妙，意气风发，疏宕有致，足令友人欣慰：人生自有知己。

［词评］

稼轩词龙腾虎掷，任古书中俚语、庾语，一经运用，便得风流，天姿是何夐异！

——刘熙载《艺概》

鹧鸪天

有客慨然谈功名，因追念少年时事①，戏作

写作背景

此词约作于庆元六年（1200），此时辛弃疾罢居瓢泉。因为有访客对辛弃疾慷慨激昂地谈起了功名之事，使词人禁不住回想起了自己当年万马军中生擒叛徒张安国，然后率众南归的壮举，词人不由心潮澎湃，激动不已，于是提笔写下了这首词。

［原词］

壮岁旌旗拥万夫，锦襜(chān)突骑渡江初②。燕兵夜娖银胡簶(lù)，汉箭朝飞金仆姑③。追往事，叹今吾，春风不染白髭(zī)须④。却将万字平戎策，换得东家种树书⑤。

［注释］

①少年时事：指年轻时于万马军中生擒张安国事。本词上片正是回忆这段往事。

②“壮岁”二句：年轻时率领千军万马，突破重围南渡归宋。壮岁：年轻力壮的年纪。拥万夫：率领上万名抗金义士。锦襜：锦衣。襜：短上衣。突骑：能够突击敌阵的骑兵。渡江：渡过淮水和长江，归顺宋朝。

③“燕兵”二句：抗金的义军活捉张安国，与金兵进行战斗，最后突出重围。燕兵：金兵。银胡簶：用银装饰的箭袋，多以皮革制成。既用以盛箭，兼用于夜测远处声响。唐人杜佑《通典·守拒法》：“令人枕空胡簶卧，有人马行

三十里外，东西南北皆响于胡簶中，名曰‘地听’，则先防备。”宋人《武经备要前集》也有类似之说。娖：通“捉”，整顿，使整齐。金仆姑：箭名。据《左传·庄公十一年》：“公以金仆姑射南宫长万。”也有人认为上片只是写第一次南渡，因为当时正值金主完颜亮被部下射杀，辛弃疾等趁乱渡江。

追往事，叹今吾，春风不染白髭须

④“追往事”三句：追念往事，再看看现在的我，如今春回大地，万物复苏，可是我的胡子却越来越白了。春风不染白髭须：欧阳修《圣无忧》词：“春风不染髭须。”髭须：胡须。

⑤“却将”二句：我空有满腹的经纶韬略，却不能杀敌报国，最后只能归田养老。万字平戎策：指抗金复国的良策。辛弃疾南归后，曾先后上《美芹十论》和《九议》，力陈抗金战略，但都未得到朝廷的重视。东家：东边的邻居。种树书：研究栽种树木的书籍。《史记·秦始皇本纪》记秦始皇焚书“所不去者，医药、卜筮、种树之书”。此喻归隐。韩愈《送石洪处士赴河阳幕得起字》诗：“长把种树书，人云避世士。”

［词解］

作者因为“有客慨然谈功名”而触动心事，不禁回忆起“少年时事”，那是辛弃疾生平最辉煌的时刻，因此一触即发。所以本词上片写得意境开阔，豪放激昂。下片起两句抚今追昔，抒发现实感慨。结韵写出南渡后的壮心抱负和落寞处境，抒发了词人自己满腔的牢骚与悲愤。

“壮岁旌旗拥万夫，锦襜突骑渡江初。”上句写作者青年时期参加抗金义军；下句写擒获张安国率领义军南下。“锦襜突骑”，即穿着锦衣的骑兵。“燕兵夜娖银胡簶，汉箭朝飞金仆姑。”写南奔时与金兵进行战斗，最后突破其防线。“夜娖银胡簶”，指金兵在夜里提着装箭的袋子进行追赶。这四句描写的是义军南奔时与金兵的紧急战斗情况，双方互相射箭，既表明追兵之多，又表明己方军容之盛，用“拥”字、“飞”字表动作，从旌旗、军装、兵器上加以烘托，极富有感染力。

下片，“追往事，叹今吾，春风不染白髭须。”与上片所写之情况相对比，一“追”一“叹”，包含了多少岁月，多少挫折；从而简短且自然地由回忆开始写到现实。

宋高宗软弱无能，对金一直采取妥协投降的政策，同时又害怕义军造反。南归后，义军解散，被安置在淮南各州县；辛弃疾被任命为江阴签判，一个地方小吏，这使辛弃疾相当失望。后来辛弃疾在南方各地做了二十多年的文武官吏，因他不忘练兵筹饷，而常被弹劾，罢官闲居在江西的上饶、铅山，也接近二十年。他处处受到压制打击，壮志难酬。第三句申明“叹今吾”的主要内容。春回大地，万物复苏，草木能再青，可是人却不能返老还童，作者是在感叹自己青春易逝，难有作为。“却将万字平戎策，换得东家种树书”，用鲜明、典型、形象的对比，展示了作者的理想与现实的尖锐冲突，这就升华了上一句的感慨，将作者的感情引向了极端沉痛的地步。作者南归后向朝廷提出了《美芹十论》《九议》等对抗金大业的精辟见解，却没有受到朝廷的重视，甚至还不如讲农桑种植的书受欢迎，其悲愤之情，令人扼腕，更深刻地概括了一位抗金英雄报国无门、壮志难酬的悲惨遭遇。

[词评]

稼轩之词，胸有万卷，笔无点尘，激昂排宕，不可一世。今人未有稼轩一字，辄纷纷有异同之论，宋玉罪人，可胜三叹。

——彭孙遹《金粟词话》

卜算子

漫兴①

写作背景

辛弃疾罢居瓢泉期间，曾连作《卜算子》三首，都是即兴之作。这首词是三首中的第一首。

[原词]

夜雨醉瓜庐，春水行秧(yāng)马②。点检田间快活人，未有如翁者③。　　秃尽兔毫锥，磨透铜台瓦④。谁伴扬雄作《解嘲》？乌有先生也⑤。

[注释]

①漫兴：随意抒发自己的感情。

②“夜雨”二句：乡村的老农在雨夜醉卧于瓜棚，趁着春雨赶紧插秧。瓜庐：瓜田里修建的小草棚。秧马：一种简单的木制插秧农具。苏轼《秧马歌序》：“予

昔游武昌，见农夫皆骑秧马。……日行千畦。”

③“点检”二句：仔细看看在田里忙活的人，没有像这位老农一样快乐的。点检：计算。翁：指田间的老农。

④“秃尽”二句：毛笔写秃了，砚台磨穿了，自己的笔耕生涯也很艰辛。兔毫锥：用兔毛做成的笔。王隐《笔铭》：“岂其作笔，必兔之毫。”铜台瓦：铜雀台上的瓦片做成的砚台。曹操曾在邺城修筑铜雀台，后来当地人掘瓦为砚，“贮水数日不渗”（见《文房四谱》）。

⑤“谁伴”二句：谁能陪伴扬雄作《解嘲》之赋呢，恐怕只有《子虚赋》中的那位乌有先生吧？极言寂寞孤独的情状。扬雄：西汉著名的辞赋家。晚年沉醉于研究哲学、语言文字学，因不屑于阿附权贵而作《太玄》以明志。有人嘲笑他写的书无用，于是他又作《解嘲》反驳。《解嘲》用主客问答式，文中之“客”为虚拟人物。

［词解］

这是一首即兴之作。上片描写的是一位老农夜晚在瓜棚之中饮酒小醉，白天在田间插秧种田的生活情景，日出而作，日落而息，悠然自得，无忧无虑，从而使词人感叹天下人都不如老农活得自在快活，因为他总要为自己的衣食冷暖而忙碌操劳，没有时间去关心什么家国大事，自然也就没有那么多的烦恼了。下片言及词人自身，作者自嘲虽忧心国事，笔耕不辍，先后向朝廷献上《美芹十论》《九议》等对抗金复国具有极大帮助的精辟见解，可是却始终得不到朝廷的重视。连个可以共诉衷肠的人都没有，这种孤独寂寞的情绪，被渲染得极为浓重。词人将司马相如笔下的乌有先生当作是自己政治上的知音，但乌有先生本来就是不存在的啊！由此我们可以深刻地体会到词人心中那种难以排遣的郁闷之气。

春水行秧马

［词人逸事］

辛弃疾曾于南宋光宗绍熙三年至五年（1192—1194）间出任福建提点刑狱使和安抚使。辛弃疾刚到福建就接到朱熹写给他的信。朱熹在信中称赞辛弃疾：“伏惟某官卓荦奇才，疏通远识。经纶事业，有肱骨王室之心；游戏文章，亦脍炙士林之口。”“闽中得林、辛，一路已甚幸。”

辛弃疾在福建从政期间，常向朱熹请教，得到许多为政的建议。绍熙五年（1194）冬天，朱熹邀请辛弃疾一同游览武夷山，两人相处

点检田间快活人，未有如翁者

得十分投机。辛弃疾写下了《棹歌》十首，其中第九首云："山中有客帝王师，日日吟诗坐钓矶。费劲烟霞供不足，几时西伯载将归。"诗中表达了辛弃疾对朱熹卓越才能的由衷敬仰。当朱熹的理学被攻击为伪学的时候，许多人因为害怕受连累都与朱熹断绝了来往，但辛弃疾却置若罔闻，与其交游如故。这种感情是多么难能可贵啊！这两位名士的交往也为后世留下了许多佳话。

南宋宁宗庆元六年（1200），朱熹辞世。辛弃疾得知这个噩耗后，心如刀绞，悲痛万分。据说，辛弃疾竟冲破地方长官的布控，亲往吊唁，由此可见他的悲痛和情深意笃。

卜算子①

写作背景

本词与上一首《卜算子》（夜雨醉瓜庐）作于同时。

［原词］

万里苶(niè)浮云，一喷空凡马②。叹息曹瞒老骥诗，伏枥(lì)如公者③。山鸟哢(lòng)窥檐，野鼠饥翻瓦④。老我痴顽合住山，此地菟(tú)裘也⑤。

［注释］

①此为"漫兴三首"的第二首。

②"万里"二句：天马万里追赶着浮云，一声长嘶，超过了世间所有的凡马。苶浮云：追踪漂浮的白云。语出《汉书·礼乐志·郊祀歌》："太乙况，天马下。……苶浮云，晻上驰。"苶：同"蹑"。一喷空凡马：杜甫《丹青引》诗："斯须九重真龙出，一洗万古凡马空。"一喷：一声嘶鸣。

③"叹息"二句：感慨曹操老年仍有"老骥伏枥，志在千里"的诗句，

我们都应当向他学习。曹瞒：曹操字孟德，小名叫阿瞒。老骥伏枥：曹操《龟虽寿》诗中有“老骥伏枥，志在千里。烈士暮年，壮心不已”之句。骥：能日行千里的宝马。枥：马槽。公：指曹操。

④“山鸟”二句：山中的鸟儿在破败的草檐上啼叫，野鼠饿得在瓦片间翻来翻去。形容归隐处的凄凉萧瑟之景。哢：啼鸣。

⑤“老我”二句：我已经老了，正应当在这样的地方终老。痴顽：执著顽固。合：应当、理应。菟裘：指隐居的地方。

[词解]

此词以理想和现实相对照，抒发自己甘于清贫自守、绝不俯首向人的刚直倔强的个性。上片描写自己的理想，气势昂扬，振奋人心。起笔雄健，以天马比喻英才，其实作者就是将自己比作天马，想象自己能够一展宏图，马到成功。虽然自己已经老了，但是曹操晚年也还有“老骥伏枥，志在千里”的不服老的精神，词人也有决心能像曹孟德一样，这也正是辛弃疾的顽强之处。下片回到了无情的现实之中，既是自嘲，又是抒发自己的不满。词人的居处十分破败，山鸟啼叫着在屋檐上飞来飞去，四处觅食的老鼠翻动着墙上的瓦片，一片萧索的景象。看来像词人这种痴顽不化的老头子，就应该归隐在这种地方。两相对照，作者虽然不甘心隐逸山林、无所作为，却又无可奈何，给人一片低沉消极之感。

[词评]

稼轩词……其气不掩。

——陈廷焯《词坛丛话》

卜算子①

写作背景

这首词作于南宋光宗绍熙五年至宁宗嘉泰二年之间（1194—1202），被邓广铭先生收集在《稼轩词编年笺注》中，这时的辛弃疾正处于人生的低潮时期：因受奸人排挤，罢去福州知府兼福建安抚使官职，在江西铅山县期思渡附近的瓢泉居所闲居。

[原词]

千古李将军，夺得胡儿马②。李蔡为人在下中，

却是封侯者③！　　芸草去陈根，笕（jiǎn）竹添新瓦④。万一朝家举力田，舍我其谁也⑤。

［注释］

①作期同上。此“漫兴三首”的第三首。

②“千古”二句：言西汉将军李广英勇善战的美名千古流传。夺得胡儿马：据《史记·李将军列传》：“胡骑得广，广时伤病，置广两马间，络而盛卧广。行十余里，广详死，睨其旁有一胡儿骑善马，广暂腾而上胡儿马，因推堕儿，取其弓，鞭马南驰数十里，复得其余军，因引而入塞。匈奴捕者骑数百追之，广行取胡儿弓，射杀追骑，以故得脱。”

③“李蔡”二句：言李广虽然屡建功勋，最终却不能封侯。而李蔡只是下中等的人品，名声与李广相去甚远，却得以封侯赐邑，位至三公。事见《史记·李将军列传》。

④“芸草”句：描写自己的田园生活。芸草：锄草。芸：同“耘”。陈根：老根。笕竹添新瓦：把竹子剖开做成瓦片，用来引水。笕：引水的长竹管。此作动词用。

⑤“万一”二句：如朝廷下诏举荐“力田”，那除了我还能有谁呢？朝家：朝廷。力田：选拔人才的科目。汉代设“力田”（努力耕作）、“孝悌”（孝顺父母、友爱兄弟）两科。中选者可以受到赏赐，并免除徭役。舍我其谁也：除了我，还能是谁呢？语出《孟子·公孙丑下》：“如欲平治天下，当今之世，舍我其谁也。”

［词解］

这首词题曰“漫兴”，是辛弃疾罢官归居田园后的自我解嘲之作，信手拈来堆砌而成，实则是胸中有郁积，不得不一吐为快。此词通篇都是在发牢骚，抒发自己的失意之情，但上下两阕的表现形式互不相同。上片平铺直叙，以李广和李蔡作比，借古喻今。下片自赋，空有满腔报国热情，却只能归耕山林，锄草浇园，令人扼腕。结尾反孟子之意用之，既有悲愤之情，又有对朝廷用人政策的讽嘲。

千古李将军，夺得胡儿马

“千古李将军，夺得胡儿马。”西汉名将李广英勇善战，威震敌胆，被匈奴人称为“飞将军”。作者从史料中选取李广夺得匈奴骏马逃出生天这一片断，是以具体事例来说明李广之神勇。

“李蔡为人在下中，却是封侯者！”《史

记》叙述李广生平，以其堂弟李蔡作为反衬。李蔡最初与李广共事汉文帝。景帝时，蔡积功官至二千石（郡守）。武帝时，官至代国相。元朔五年（前124）为轻车将军，跟随大将军卫青击匈奴右贤王，因有功被封为乐安侯，元狩二年又升任丞相。他平庸无能，属于下等里的中等，名声远不及李广，却能封侯并且位列三公。词人这里特别强调李蔡的“为人在下中”“却是封侯者”，一个“却”字尤其值得细细体会，李广为人属于上上之品，却终生不得封侯。辛弃疾年轻时投身于耿京所领导的抗金义军，在耿京遇害以后，他亲率数十骑闯入驻扎着五万金兵的敌营，生擒叛徒张安国，渡江归宋，其英勇堪比李广；南归后他又献《美芹十论》《九议》，向朝廷提出北伐中原的良谋，其韬略又非李广能及。可是，文武双全的将相之才，竟备受朝廷猜忌，屡遭贬谪，罢官闲居二十余年。这怎能不让人感到心中悲愤！词中的李广，实际上就是作者的自我写照；为李广鸣不平只是表面，真正的矛头还是指向那忠奸不分的南宋统治集团。

舍我其谁也

下片写实，对自己眼下的田园生活抒发感慨，将满腔苦闷都托之于诙谐。“芸草去陈根，笕竹添新瓦”两句，对仗工整，风格清新。上下文皆散句，于此安排一骈句，为文章更增几分文采。

除草还要去根，剖瓦以引水，词人做好了长期躬耕田园的准备，于是乃引出结尾两句：“万一朝家举力田，舍我其谁也。”两汉实行察举制，凡努力耕作、成绩显著者，可由地方官推举担任“力田”之职。这两句话的意思是说：有朝一日朝廷恢复汉制，要选举“力田”，那就非我莫属了！这句话表面看来是词人的玩笑之语，实际上却是辛弃疾胸中悲愤之情的抒发。“舍我”句本出《孟子·公孙丑下》。孟子曰：“如欲平治天下，当今之世，舍我其谁也。”充满了强烈的政治自信心和历史责任感，但是在词人用来，却满是辛酸自嘲之语。辛弃疾有经天纬地之才，抗金复国之志，又怎能甘心侍弄庄稼呢？词人正是对南宋朝廷对外懦弱无能，对内埋没打击人才感到痛心和悲愤。

［词评］

南渡以后名字，长词虽极意雕镌，小调不能不敛手。以其工出意外，无可着力也。稼轩本色自见，亦足赏心。

——先著、程洪《词洁辑评》

粉蝶儿

和赵晋臣敷文赋落梅

写作背景

这首词作于稼轩闲居瓢泉时期。时值晚春，梅花凋谢，好友赵晋臣作词赋落梅，辛弃疾以此词和之。

［原词］

昨日春如，十三女儿学绣。一枝枝、不教花瘦①。甚无情，便下得，雨僝(chán)风僽(zhòu)②。向园林，铺作地衣红绉(zhòu)③。　　而今春似，轻薄荡子难久④。记前时、送春归后，把春波，都酿作，一江醇酎(zhòu)⑤。约清愁，杨柳岸边相候⑥。

［注释］

①“昨日”三句：昨日春光正好，梅花盛开的样子就像是十二三岁的小姑娘初学绣花一样，每支梅花都开得那么饱满。学绣：学习刺绣。

②“甚无情”三句：老天为什么这么无情，让风雨对梅花百般摧残。甚：真，很。下得：忍住。

③“向园林”二句：片片梅花落地，如红毯铺在园中。地衣：铺在地上的毯子。绉：皱纹。

④“而今”二句：春天不肯长久地停留，就像荡子一样不以离别为念。荡子：出游在外久不归家的人。

⑤“记前时”四句：还记得去年送春时，落花都飘荡在水面上，好像把一江浩荡的春水都酿成了醇酒。醇酎：浓酒。

⑥“约清愁”二句：与“清愁”相约在长满杨柳的岸边相见。

［词解］

词为送春而作，写得新颖别致。词人有感于眼前的花落春残，用生动的拟人手法，形象的比喻，描写了对于春天将逝，春花难留而产生的愁绪。全词通

十三女儿学绣

过“昨日”与“而今”不同的春天景色的对比，将不同阶段的春日景象形象地描绘了出来，委婉地抒发了诗人爱春、惜春的思想感情。

上片开篇以十二三岁的少女学绣作为明喻，赞美神妙的大自然，将春天变成了一幅花团锦簇的绚烂图景，“一枝枝不教花瘦”，描写出了花的繁盛之状；接下来突然急转直下，转入对落花的正面描写。春天使梅花盛开，却又让无情的春风春雨来摧残它。词人以嗔怨的口气，诘问春神，渲染了一幅“残红作地衣”的设色画。那被风雨摧残的梅花，落了一地，好像是为花园铺上了一层红色的地毯。下片以“而今”句与上片的“昨日”对照，将残存的春光比之于轻薄的荡子，照应了上句的“无情”，作者“怨春不语”的心情，也不言自明。“记前时”三句又突然一转，转入对昔日送春的旧恨之中。在这里，作者不仅将春水绿波都看作是有情之物，认为它们都被酿成了醉人的美酒，连最不可捉摸的清愁也被形象化，更加突出了作者表现出来的爱春惜春的感情。正是由于年年花落，年年春去，清愁也就会年年应约而来。词人就此煞住，再无一字悼红惜香，但那不尽的余味，则尽纳其中。

古代文人以“落花”为题所作的诗词，数不胜数，但多是无病呻吟，佳作甚少。辛弃疾这首《粉蝶儿》，无论是在意境上，还是在语言风格上，都打破陈套旧框，不落窠臼，算得上是一首别开生面的绝妙好词。

［词评］

稼轩《粉蝶儿》起句云“昨日春如，十三女儿学绣”；后半起句云“而今春似，轻薄荡子难久”，两喻殊觉纤陋，令人生厌。后世更欲效颦，真可不必。

——陈廷焯《白雨斋词话》

喜迁莺

谢赵晋臣敷文赋芙蓉词见寿①，用韵为谢

写作背景

这首词写于宋宁宗庆元六年（1200），这一年，辛弃疾已经六十一岁，再度在家赋闲。他的好友赵晋臣此时也罢官在家。这年夏天，赵晋臣作了一首芙蓉词给辛弃疾祝寿，辛弃疾便作此词答谢。

［原词］

暑风凉月，爱亭亭无数，绿衣持节②。掩冉如羞，参差似妒，拥出芙蓉花发③。步衬潘娘堪恨，貌比六郎谁洁④？添白鹭，晚晴时，公子佳人并列⑤。

休说，搴(qiān)木末，当日灵均，恨与君王别。心阻媒劳，交疏怨极，恩不甚兮轻绝⑥。千古《离骚》文字，芳至今犹未歇⑦。都休问，但千杯快饮，露荷翻叶⑧。

步衬潘娘堪恨

［注释］

①芙蓉：一名芙蕖，即荷花。见寿：祝寿。

②“暑风”三句：在夏夜月光下，荷花亭亭而立，正如一个着绿衣持符节的使者。亭亭：挺拔高洁的样子。宋人周敦颐《爱莲说》：“中通外直，不蔓不枝，香远益清，亭亭净植。”节：符节。古代使臣用以证明身份的信物。

③“掩冉”三句：描绘荷花盛开，铺满荷塘，互相遮掩，似害羞，又似争艳。掩冉如羞：言荷花如羞涩的少女，掩映于荷叶之间。掩冉：遮掩。参差似妒：言

其错落有致，似含妒意而争艳。参差：高下不齐貌。

露荷翻叶

④“步衬”二句：花与人对比，羞与潘妃为伍，高洁之志更是远胜张昌宗之流。步衬潘娘：《南史·齐东昏侯记》：“凿金为莲花以贴地，令潘妃行其上，曰：‘此步步生莲花也。’”貌比六郎：《新唐书·杨再思传》：“张昌宗以姿貌幸，再思每曰：‘人言六郎似莲花，非也；正谓莲花似六郎耳。’其巧谀无耻类如此。”唐时张昌宗、张易之为武则天面首，极受宠幸，众人竞相献媚，时人呼张易之五郎，呼张昌宗为六郎。

⑤“添白鹭”三句：傍晚时分，白鹭飞到荷塘边与荷花靠在一起，就像是公子佳人并立一样。白鹭通体洁白，象征纯洁无瑕、毫无机心。谢惠连《白鹭赋》：“表弗缁（黑色，意谓污浊）之素质，挺乐水之奇心。”又，白鹭超凡脱俗，仪表俊雅。杜牧《晚晴赋》：“白鹭忽来，似风标之公子。”辛词取杜赋字面而兼含二意。

⑥“休说”七句：化用屈原《楚辞·九歌·湘君》诗意：“采薜荔兮水中，搴芙蓉兮木末；心不同兮媒劳，恩不甚兮轻绝。”意谓到水中去采只在陆上生长的香草，攀到树梢去摘只在水中盛开的芙蓉，怎么能够成功。男女双方如果心里想的不一样，那就只能是让媒人空忙一场。即使勉强结合在一起，由于感情不深厚，也很容易决裂。屈原用此隐喻楚王亲佞远贤，不再信任自己。辛弃疾代指南宋朝廷对自己的不信任。搴：拔，取。木末：树梢。灵均：屈原字灵均。心阻媒劳：心有隔阂，媒人空忙。交疏：交情疏远。

⑦“千古”二句：屈原的《离骚》已经流传千年，它其中所表现出来的高洁品质依然没有过时。

⑧“都休问”三句：一切都已经过去，就不要再问了，现在只管开怀畅饮。露荷翻叶：殷英童《采莲曲》诗：“藕丝牵作缕，莲叶捧成杯。”以荷叶喻杯，叶上露珠喻酒。

［词解］

这是一首咏物词，思路很清晰：上片记叙描写荷花，下片借荷花抒情。

上片首句点明时令，“暑风凉月”，此时正是荷花盛开的好时光。以下用一“爱”字带出“亭亭”五句，从正面描写了水面上莲荷的美好姿态。莲叶铺满池塘，耸立于水面之上，中通外直，不蔓不枝，亭亭净植，就像无数绿衣使者持节而立。在这一群绿衣使者的陪衬下，朵朵荷花，争奇斗艳。这些荷花若隐若现，如羞涩的少女；参差错落，似怀妒而争发。这种景色是多么醉人啊！“步衬潘娘堪恨，貌比六郎谁洁？”清水出芙蓉，却被当作衬托潘妃的工具，这怎能不叫人痛心？张昌宗之流无耻之尤，又岂能与芙蓉之高洁相比？所以，词人用“堪恨”“谁洁”两组词语，一方面表示对潘、张之流的深恶痛绝，另一方面则通过对比更加突出了荷花的高洁品质。这样既写出了荷花的外表美，又写出了荷花的内在美。潘、张之流是不配和纯洁的荷花相提并论的，只有纯洁无瑕、毫无机心的白鹭才能与之般配。傍晚初晴，白鹭飞来荷塘与荷花相伴，就像公子佳人并立，羡煞旁人。

下片借用楚辞抒情，抒发心中的郁闷。“休说”七句出自屈原《楚辞·九歌·湘君》“采薜荔兮水中，搴芙蓉兮木末。心不同兮媒劳，恩不甚兮轻绝”和“交不忠兮怨长”等句。原意为到水中去采摘缘木而生的薜荔，到树梢去摘生于水中的芙蓉，这怎能成功呢。用以比喻男女间各有心思，媒人往返于二者之间，定然也是无功而返，双方若心有隔阂，必然不能融洽相处。又隐喻楚怀王听信谗言，猜忌屈原，使屈原报国无路。“千古”二句采用《离骚》：“芳菲菲而难亏兮，芬至今犹未沬。”意谓屈原所处的时代离南宋已相隔一千多年，屈原所作的《离骚》却能千古流芳，至今仍能让人感受到诗歌中所蕴含的赤子报国之情。同情他忠而见疑、不受楚王信任的不幸，最后含恨投江的悲惨结局。让作者所痛恨伤怀的是，这样的事情千年以来不可胜数！所以词人在最后又用“都休问”做结：什么都别再说了，“但千杯快饮，露荷翻叶”，只求面对荷花痛饮，聊以浇愁。殷英童《采莲曲》诗云：“藕丝牵作缕，莲叶捧成杯。”这里的“露荷翻叶”，借以比喻一杯接一杯都是一饮而尽的情状。词的结尾干净利索，既扣紧咏荷之题，又将满腹牢骚一吐为快。

好用典故，是辛词的一大特色，这首词的用典，就颇有特色。不仅多处用典，而且意思一贯到底，自有深意。上片“步衬潘娘”“貌比六郎”两个典故，下片大量化用楚辞，都十分贴切而自然。潘、张因为外貌美丽而受君王宠爱，屈原品质高洁反被楚王疏远、流放，这是什么道理！词中激荡着一股愤郁不平之气，辛弃疾满怀复国之志，文韬武略集于一身，却两度被罢职，赋闲田园，因此，当他提笔作词时，就借古人之酒杯，浇自己胸中之块垒，这也许就是辛词好用典的原因吧。

［词评］

驱使庄、骚、经、史，无一点斧凿痕，笔力甚峭。

——张宗橚《词林纪事》

任古书中俚语、庾语，一经运用，便得风流。

——刘熙载《艺概》

千年调

开山径得石壁，因名曰“苍壁”。事出望外，意天之所赐邪①，喜而赋。

写作背景

这首词的问世，正值作者闲居瓢泉期间，约在南宋宁宗庆元六年（1200）之后，作者屡遭猜忌排挤，壮志难酬，报国无门，心灰意冷，长时间在家中闲居，加上年过六旬，精力大不如前，所以逃避现实，终老田园的消极思想乘势而生，并且逐渐加强，这种思想在他以前的几首词中已经有所体现。如他曾叹息道：“功名妙手，壮也不如人；今老矣，尚何堪？堪钓前溪月。”（《蓦山溪》）他羡慕那“终全至乐”的“醉眠陶令”（《沁园春》），对于“无穷身外事”要来个“一醉都休”（《满庭芳·和章泉赵昌父》）。可是这首《千年调》却充满了积极的浪漫主义色彩，本词在辛弃疾这一时期的词中是比较特别的。

[原词]

左手把青霓(ní)，右手挟明月。吾使丰隆前导，叫开阊(chāng)阖②。周游上下，径入寥天一③。览玄圃，万斛(hú)泉，千丈石④。　钓天广乐，燕我瑶之席⑤。帝饮(yìn)予觞(shāng)甚乐，赐汝苍壁⑥。嶙峋突兀，正在一丘壑(hè)⑦。余马怀，仆夫悲，下恍惚⑧。

[注释]

①意天之所赐邪：猜想这块石壁是上天赏赐下来的。邪：同“耶”。

②“左手”四句：左手拿着彩虹，右手托着明月，让雷神在前开路，叫开天庭的大门。此处想象自己飞升天庭的情景。青霓：虹霓，彩虹。吾使丰隆前导：我叫雷神在前面开路。《离骚》：“吾令丰隆乘云兮。”丰隆：雷神。阊阖：天庭的大门。《离骚》：“吾令帝阍开关兮，倚阊阖而望予。”

③“周游”二句：游遍宇宙太空，最后进入天之最高处。周游上下：《离骚》：“及余饰之方壮兮，周流观乎上下。”寥天一：空虚寥廓、浑然一体的太空。《庄子·大宗师》：“安排而去化，乃入于寥天一。”

嶙峋突兀，正在一丘壑

④“览玄圃”三句：在仙界游览神山，赏玩万斛泉水、千丈高的悬崖峭壁。玄圃：即悬圃，传说中昆仑众山里面的一座神山。《离骚》：“朝发轫于苍梧兮，夕余至乎县（同“悬”）圃。”斛：古代量米的容器，一斛为十斗。万斛，形容泉水很多。

⑤“钧天”二句：言天帝命人奏仙乐在瑶池设宴款待自己。钧天广乐：天上的仙乐。燕：同“宴”，宴饮，此处作动词，指设宴款待。瑶：瑶池。传说中的仙池，为众神宴饮之地，亦在昆仑山上。

⑥“帝饮”二句：言天帝亲自向我敬酒，并赐给我苍壁一块。饮予：让我喝酒。饮：使……饮，此处为使动用法。觞：酒杯，这里代指装满酒的酒杯。

⑦“嶙峋”二句：这块苍壁嶙峋突兀，就在瓢泉山水之间。嶙峋突兀：形容苍壁高耸陡峭的样子。一丘壑：即一山一水。此指词人的隐居之处瓢泉。

⑧“余马怀”三句：我的马因怀乡不肯前行，我的仆人也因思家而悲伤，我在恍惚间也由天上返回了人间。《离骚》：“仆夫悲余马怀兮，蜷局顾而不行。”王逸注：“屈原设去世离俗，周天匝地，意不忘旧乡，忽望见楚国，仆御悲感，我马思归，蜷局诘屈而不肯行。此终志不去，以词自见，以义自明也。”

[词解]

这首词抒发词人超逸不凡的胸怀，反映他爱国怀乡、不忘报国的思想，表现他壮志难酬的苦闷心情。小序“意天之所赐邪，喜而赋”，表明了写作的原因和心情。作者自以为得了天赐石壁，精神大振，又点燃了他心中恢复中原的理想。

这首词上片写登上太空并周游其中的经历。词人展开丰富的想象，驾着马车飞入太空。“左手把青霓，右手挟明月”，起句即气势不凡，一开始就把读者带到了天马行空、神奇瑰丽的想象之中。接下来，他又化用屈原《离骚》中的诗句来描写进入天宫时的情景。“叫开阊阖”一句由《离骚》“吾令帝阍开关兮，倚阊阖而望予”变化而来。屈原上下求索，报国无门之时，曾经想象自己飞上天空，到达天门，但当他命令守门人打开天门时却遭到拒绝。辛弃疾要比屈原幸运，因为他的开路先锋雷公为他叫开了天门，让他进入了天界。“周游上下，径入寥天一。览玄圃，万斛泉，千丈石。”“入于寥天一”是《庄子·大宗师》篇中语。这四句描写的是畅游宇宙的情景。词人游遍宇宙，最后到达太虚之境，饱览了天上的奇山异水。

下片写受到赏赐与怀乡。“钧天广乐，燕我瑶之席。帝饮予觞甚乐，赐汝苍壁。”这四句写天帝对词人的恩赐。司马迁《史记 · 赵世家》记载赵简子曾梦游天都，与众神共赏《钧天广乐》的典故。辛弃疾借用这个典故，想象自己受到天帝的款待和赏赐的情景：天帝举行隆重的仪式迎接词人，并在瑶池摆下宴席，奏起了《钧天广乐》，天帝又亲自为词人斟酒，还将苍壁赏赐给词人。这可是至高无上的恩遇，只有当年将要成就霸业的秦穆公和将要拜为正卿的赵简子才得到过。辛用此典，以说明自己胸怀大志与自命不凡。赵简子梦游天都的时候，天帝赐给他两个箧子，日后赵简子果然接连攻下两国，扩大了自己的地盘，成为晋国的实权派。辛弃疾把苍壁看作是“天之所赐”并将之比作是当年赵简子蒙受的恩赐，表现出他为国家建功立业的雄心壮志。

“嶙峋突兀，正在一丘壑。”这二句描写苍壁的形象和位置。苍壁气势雄伟，峻峭挺拔。作者在《临江仙》中说：“莫笑吾家苍壁小，棱层势欲摩空。”“一丘一壑”本指隐居之处，这里指作者的隐居之所瓢泉所在的山中。其实认为苍壁位于作者所居之处是很有象征意义的。作者这样写，表明他虽然隐居山林，却志在千里，“位卑未敢忘忧国”，作者正是这样理解天赐苍壁的意图的。

词的最后三句用《离骚》中的“忽临睨夫旧乡，仆夫悲余马怀兮，蜷局顾而不行”，抒发词人怀念故土之情。词人虽然在天宫受到盛情招待，享受美好生活，但他仍然深深地眷恋着自己的祖国和家乡，以致他的仆人和马都一同悲伤，于是他辞别天宫，恍恍惚惚地返回到人间。这里反映了词人思想上的冲突，虽然他向往像陶渊明一样的生活，不问国事，却又实在不甘心。苍壁的出现触动了他报国杀敌的思想，词人作此词显然是寄托着自己的伟大抱负。

周游上下，径入寥天一

［词人逸事］

在南宋，茶叶税捐可以说是政府最大宗的收入。繁重苛刻的捐税使得茶民和茶商非常不满，所以群起反抗。南宋孝宗淳熙二年（1175），茶商赖文政发动武装斗争，屡战屡胜，重创了南宋官军。南宋政府任命辛弃疾为江西提点刑狱，率领军队镇压、讨捕“茶寇”。辛弃疾临危受命，他到任后，步步为营，对茶商军围追堵截，最终将茶商军逼入了困境。辛弃疾派人前去茶商军中劝降，赖文政接受了招安，茶商军起义终于平定了。

辛弃疾的军事才能在这时得到了充分的施展，后因平乱有功加秘阁修撰衔。

临江仙

苍壁初开，传闻过实。客有来观者，意其如积翠、清风、岩石、玲珑之胜。既见之，乃独为是突兀而止也，大笑而去。主人戏下一转语，为苍壁解嘲①。

> 写作背景
>
> 此词作于作者隐居瓢泉之时，接上一首，继续赋写苍壁。

［原词］

莫笑吾家苍壁小，棱层势欲摩空②。相知惟有主人翁，有心雄泰华，无意巧玲珑③。　天作高山谁得料，《解嘲》试倩（qiàn）扬雄④。君看当日仲尼穷，从人贤子贡，自欲学周公⑤。

［注释］

①词序大意："苍壁"最初开辟之时，传闻都说它言过其实，来观赏它的人都以为它应该有像积翠岩、清风峡、岩石山、玲珑山那样的美丽风光。不想一见之下，却只是一块高耸的石壁，于是大家都大笑而散。主人姑且作一转语，为苍壁开脱解嘲。转语：禅宗谓拨转心机，使人茅塞顿开的机锋话语。

②"莫笑"二句：不要笑话我家的苍壁太小，其实它峻峭高险，有摩天之势。棱层：山石险峻的样子。摩空：上摩青天。

③"相知"三句：谓只有我可以称得上是苍壁的知音，它不追求小巧玲珑的美，而是想与东岳、西岳一争高下。泰华：东岳泰山，西岳华山。玲珑：亦暗指词序中所说的玲珑山。

④"天作"二句：谓谁能理解造物主造就苍壁是什么用意，恐怕只有请扬雄来驳难解嘲才行。扬雄：西汉著名辞赋家，曾作《解嘲》。

⑤"君看"三句：言当年孔子也不得志，但他依然坚持周公之道，为实现自己的政治理想而奔波。仲尼：孔子名丘，字仲尼。从人贤子贡：《论语》

记载时人语："子贡贤于仲尼。"孔子的其他学生认为子贡贤于孔子。从人：门生，弟子。子贡：孔子的学生。复姓端木，名赐，字子贡。周公：西周初年著名政治家，是孔子心目中的理想君主形象。

孔丘

［词解］

这首词也是赋写"苍壁"，堪称是上一首《千年调》的姊妹篇。但《千年调》多写幻想中的理想境界，这一首则是针对观赏苍壁的客人认为它不具备观赏价值所作的解嘲之辞。上片开篇写苍壁虽小，但极有气势，正如"人不可貌相，海水不可斗量"，告诫人们千万不要以大小来衡量苍壁的价值，而要看它所蕴含的那势欲凌云的气势。接着，作者说只有自己才是它的知音，因为词人知道苍壁的志向，有心与泰山、华山相比，不甘做小巧玲珑的假山盆景。通过词前小序与上片的对比描写，体现出词人不同于世俗的审美眼光和不甘平庸的远大志向。下片明为猜度苍壁存在的意义，请扬雄为之解嘲答疑，但是实际上是在为苍壁鸣不平。接着词人举孔子生前身后之事为例加以评说。天赐苍壁，却不被时人所理解；孔丘生前不能得志，死后终成千古圣人。这苍壁应该也像孔子一样吧？通篇托物言志，表明了作者不甘寂寞，想要建功立业以报国家的志向与抱负。

［词评］

南宋词中有两派……一派为稼轩，以豪迈为主，继之者龙洲、放翁、后村，犹禅之北宗也。

——张其锦《梅边吹笛谱序》

感皇恩

读《庄子》，闻朱晦庵即世①

写作背景

辛弃疾与朱熹在政治上虽有不同的见解，但是私交甚好。罢居瓢泉时期，辛弃疾常读《老》《庄》，他读完《庄子》后有了新的感悟，并想起了已经去世的朱熹，辛弃疾对他的文章和人品都极为推重，故作此词。

［原词］

案上数编书，非庄即老②。会说忘言始知道。万言千句，不自能忘堪笑③。今朝梅雨霁(jì)，青天好④。

一壑(hè)一丘，轻衫短帽⑤。白发多时故人少⑥。子云何在，应有玄经遗草⑦。江河流日夜，何时了⑧。

［注释］

①朱晦庵：即朱熹，辛弃疾的好友。

②“案上”二句：书案上放的几编书，不是《庄子》就是《老子》。编：古代将文字写在竹片或木片上，并用丝线将其连缀起来，称为“编”，“数编书”即几部书，或几册书。

③“会说”三句：我也懂得“忘言始知道”的道理，却写下了千言万语的文章，这不是很可笑吗？忘言：指庄子“得意而忘言”的理论。

④“朝来”二句：今天，连日的梅雨天气终于放晴了，天气很好。

⑤“一壑”二句：我身着轻衫短帽，悠游于山水之间。一壑一丘：犹言一山一水。

⑥“白发”句：白发日益增多，相知的故人却越来越少。

⑦“子云”二句：扬雄虽然不在了，但是他的《太玄》等文章仍流传于后世。玄经：指扬雄效仿《易经》所作的《太玄》。遗草：遗留下来的草稿。代指流传下来的文章。

⑧“江河”二句：江河日夜奔流，永无休止。

今朝梅雨霁，青天好

［词解］

这首词，既有词人读《庄子》的最新感悟，也有对故去友人的怀念。上片“案上数编书”等五句，说自己熟读《老》《庄》等书，嘴上也会说“忘言始知道”的道理，实际上却不能做到“忘言”。“万言千句，不自能忘堪笑”，作者是一位喜欢吟诗赋词的文人，平时不惜笔墨，往往下笔万言。这与“忘言始知道”是矛盾的啊！表面上看，作者似乎是在自嘲，实际上则是对老庄哲学的否定，这说明词人读老庄之书是因为别有寄托，并不是真的信仰老庄哲学。从另一个角度来说，老子、庄子本人一面提倡“忘言始知道”，一面却又著书立说，可见他们自己也不能做到“忘言”。

从这两个方面，我们可以体会到作者的真实意思，那就是批评老庄所谓的“忘言始知道”其实是虚伪的。语言非常委婉。“今朝梅雨霁，青天好”二句，表面是在说天气，实际上是由于作者对老庄哲学有了新的认识，从而能够做到不受其惑，就好像雨过天晴，豁然开朗一样。下片“一壑一丘”三句，主要是描写自己悠游山水的田园生活，表面上看作者的感情极为恬淡自适，实际上作者在旷达的人生态度之中仍饱含着哀伤；尤其是“白发多时故人少”一句，平淡的语言中包含着真挚的感情。“白发多”，是感叹岁月蹉跎，人生易老，有壮志消磨的隐痛；“故人少”，则是说故人旧友日渐凋零，健在者越来越少。这一“多”一“少”，充分表达了作者嗟己悼人的情怀，词意自然地过渡到了对朱熹这位故人的悼念上。“子云何在”四句，是将朱熹比作是继承儒家道统的扬雄，他的文章也将流传后世。

这首词表面看来，上下片内容完全不同，一说庄子，一怀友人。但仍有踪迹可寻，仔细体会，其主旨都是在说“立言者不朽”。上片读《庄子》的种种感慨为后面称道“立言”的友人朱熹埋下了伏笔。

[词评]

稼轩是极有性情人，学稼轩者，胸中须先具一股真气奇气……

——谢章铤《赌棋山庄词话》

贺新郎

别茂嘉十二弟①。鹈鴂、杜鹃实两种，见《离骚补注》。

写作背景

辛弃疾的这首词大约作于他闲居铅山期间。稼轩的族弟辛茂嘉远调桂林任职，辛弃疾有二词赋别（另一首《永遇乐》，见下篇）。茂嘉因在族中排行第十二，故辛弃疾称其为十二弟。

[原词]

绿树听鹈鴂（tí jué），更那堪、鹧鸪（zhè gū）声住，杜鹃声切②。啼到春归无寻处，苦恨芳菲都歇③。算未抵、人间离

别[④]。马上琵琶关塞黑，更长门翠辇(niǎn)辞金阙[⑤]。看燕燕，送归妾[⑥]。　　将军百战身名裂。向河梁、回头万里，故人长绝[⑦]。易水萧萧西风冷，满座衣冠似雪。正壮士、悲歌未彻[⑧]。啼鸟还知如许恨，料不啼、清泪长啼血[⑨]。谁共我，醉明月[⑩]？

［注释］

①茂嘉：辛弃疾的堂弟，生平不详。根据刘过《沁园春·送辛稼轩弟赴桂林官》中的词意，他应当是一位力主抗金而以忠义节气为重的志士。宋代洪兴祖《离骚补注》谓“子规、鹈鴂二物也”。

②“绿树”三句：绿荫深处鹈鴂、鹧鸪、杜鹃不停地悲啼，令人不忍分别。鹈鴂、杜鹃、鹧鸪：这三种鸟的啼声都很悲凉，故言“更那堪”，即不忍听到它们悲切的叫声。

③“啼到”二句：鸟鸣悲切，恨花落春不回。《离骚》：“恐鹈鴂之先鸣兮，使夫百草为之不芳。”《广韵》描述鹈鴂：“春分鸣则众芳生，秋分鸣则众芳歇。”

④“算未抵”句：言啼鸟伤春虽苦，却抵不上人间的离别之苦。随后便连举四件人间离别之事。

⑤“马上”二句：此为人间离别第一事，言昭君出塞，远离汉家宫阙。王昭君名嫱，汉元帝时期的宫女，因要与匈奴交好，被赐嫁匈奴王呼韩邪单于。马上琵琶：指的是在琵琶声中远离故国。石崇《王明君辞序》：“昔公主嫁乌孙，令琵琶马上作乐，以慰其道路之思。其送明君，亦必尔也。”李商隐《王昭君》诗：“马上琵琶行万里，汉宫长有隔生春。”关塞黑：边关要塞到处昏暗。长门：汉武帝曾废陈皇后于长门宫，后泛指失宠的后妃们居住的地方。这里借言昭君要离开汉室。翠辇：用翠羽装饰的宫车。金阙：皇宫。

送归妾

⑥“看燕燕”二句：此为人间离别第二事，言卫庄公之妾戴妫因政变中其子死而被遣归。燕燕：《诗经·邶风》有《燕燕》诗：“燕燕于飞，差池其羽，之子于归，远送于野。”《左传·隐公三年、四年》记载：卫庄公的妻子庄姜没有儿子，就以庄公妾

戴妫之子完为子。完即位没多长时间，就在一次政变中被杀，戴妫于是被遣返。庄姜远送于野，作《燕燕》诗来告别。

⑦“将军”三句：此为人间离别第三事，言李陵送别苏武。李陵：汉武帝时抗击匈奴的名将，曾以五千兵力对十万敌军，兵尽粮绝而北降匈奴，战功累累而毁于一旦，故作者谓“将军百战身名裂”。苏武：同为西汉武帝时人。奉命出使匈奴，被羁押却拒不投降，北海牧羊十九年持节不屈，终得返汉。苏武返汉时，李陵于河梁饯别。《文选》中有李陵《与苏武》诗：“携手上河梁，游子暮何之。”《汉书·苏武传》亦载李陵送别语：“异域之人，一别长绝。”河梁：桥。故人：指苏武。长绝：永别。

⑧“易水”三句：此为人间离别第四事，言荆轲慷慨赴秦刺杀秦王。《史记·刺客列传》记载：战国末年，荆轲受燕太子丹之命出使秦国，欲刺杀秦王。临行之时，太子丹及众宾客均白衣素服于易水之上送别荆轲。高渐离击筑起乐，荆轲和乐而唱：“风萧萧兮易水寒，壮士一去兮不复还。”歌声慷慨悲壮，送者皆为之动容。(《战国策·燕策》也有记载）易水：在今河北省易县。衣冠似雪：指送别者都穿着白衣素服。壮士：指荆轲。悲歌：指荆轲所唱的《易水歌》。未彻：尚未唱完，意谓声犹在耳。

⑨“啼鸟”二句：言啼鸟如果了解人间的别离之恨，就应由啼泪进而啼血，以示非常悲哀。如许恨：即指上述种种人间离恨。

⑩“谁共我”二句：言与族弟别后孤独无伴，心中凄凉，唯与明月共醉。

［词解］

这首词叠用四件生离死别之事，前两事赋薄命女子，后两事赋失意英雄，均关涉家国命运，体现出词人的感情已不仅仅局限于兄弟情谊，而是暗喻家国兴亡与个人身世之间的关联。此词虽文思跳荡，文章法度却井然。词以啼鸟兴起，啼鸟托住，中间多举典故以曲笔传情。结韵翻出送人主旨，点出即止，情境兼胜，沉郁苍凉。有人说这是江淹《恨赋》的笔法，也有人说是出自唐诗“赋得体”；然一旦用于词体，便成创格。

词的开头几句采用了兴、赋相结合的创作手法。实中有虚，虚中见实。说它是“赋”，因为在送别茂嘉的时候，是春夏交际之时，可以同时听到三种鸟鸣，是写实。鹈鴂，一说是杜鹃，一说是伯劳，作者这里取伯劳之说；说它是“兴”，因为它借闻鸟鸣以兴起良时流逝、美人迟暮之感。鹈鴂在夏至前后鸣叫，暗用了《离骚》中“恐鹈鴂之先鸣兮，使夫百草为之不芳”意，以兴下文“苦恨”句。鹧鸪鸣声似“行不得也哥哥”；杜鹃，传说是蜀王望帝失国后由其魂魄化成的，常悲鸣出血，声像“不如归去”。作者用这三种悲鸣的鸟声同时起兴，从而形成了强烈的悲感气氛，从中寄托了自己的悲痛心情。

接下来的“算未抵、人间离别”一句，是上下文承接的关键。它把“离别”

苏武牧羊

和啼鸟的悲鸣作一比较，一抑一扬、承上启下，为下文列举的种种“别恨”作了铺垫。“马上”二句，是写汉元帝的宫女王昭君离开了幽居的长门宫，辞别汉阙，与匈奴和亲的故事。“看燕燕”二句，写的是春秋时卫庄公的妻子庄姜，“美而无子”，庄公之妾戴妫有子名完，在庄公死后，继立为君主。州吁造反，完被杀，戴妫被遣离卫国。“将军”三句，是引用李陵的故事，李陵与匈奴作战，在实力悬殊的情况下顽强抵抗，终因势穷而投降，他的友人苏武奉命出使匈奴，被羁押十九年，始终守节不屈。后来苏武得到机会归汉，李陵作诗送别。“易水”三句，说的是燕太子丹在易水边送别前去行刺秦王的荆轲的故事。这些典故都与远赴异国、不得生还，以及身受幽禁、国破家亡相关，都是让人深感悲痛的“别恨”。作者在写与堂弟的一首送别词中提到这些故事，强烈地表达了他当时沉重、悲壮的心情。

“啼鸟还知如许恨，料不啼、清泪长啼血。”这二句承上启下，为下面转入送别正题作出了自然的铺垫。“谁共我，醉明月？”承接上面二句，话题迅速地转移到送别茂嘉的事情上，点明了题旨，也结束了全词，把前面众多凌空驰骋的想象与描写，一下子归拢到正题中来，有此二句，全词便没有脱离本题，从中体现了作者善于大处落墨、别开生面的创作手法。由此我们可以体会到，辛弃疾不愧为一代文豪！

[词评]

庐陵陈了宏云：蔡光工于词，靖康中陷虏庭。辛幼安尝以诗词谒之，蔡曰：“子之诗则未也，他日当以词名家。”故稼轩归宋，晚年词笔尤高。尝作《贺新郎》云：“绿树听鹈鴂。更那堪、鹧鸪声住，杜鹃声切。啼到春归无寻处，苦恨芳菲都歇。算未抵、人间离别。马上琵琶关塞黑，更长门翠辇辞金阙。看燕燕，送归妾。将军百战身名裂。向河梁、回头万里，故人长绝。易水萧萧西风冷，满座衣冠似雪。正壮士、悲歌未彻。啼鸟还知如许恨，料不啼、清泪长啼血。谁共我，醉明月。”此词尽集许多怨事，全与李太白《拟恨赋》手段相似。

——杨慎《词品》

稼轩词自以《贺新郎》一篇为冠（别茂嘉十二弟），沉郁苍凉，跳跃动荡，古今无此笔力。

——陈廷焯《白雨斋词话》

稼轩《贺新郎》词“送茂嘉十二弟”，章法绝妙。且语语有境界，此能品而几于神者。然非有意为之，故后人不能学也。

——王国维《人间词话》

永遇乐

戏赋辛字，送茂嘉十二弟赴调①

写作背景

这首《永遇乐》是辛弃疾以词代文的成功之作。稼轩词中送别茂嘉之作有两首，此为其二，另一首就是前面的《贺新郎》（绿树听鹈鴂）。

［原词］

烈日秋霜，忠肝义胆，千载家谱②。得姓何年，细参辛字，一笑君听取③。艰辛做就，悲辛滋味，总是辛酸辛苦④。更十分、向人辛辣，椒桂捣残堪吐⑤。

世间应有，芳甘浓美，不到吾家门户⑥。比着儿曹，累累却有，金印光垂组⑦。付君此事，从今直上，休忆对床风雨⑧。但赢得、靴纹绉（zhòu）面，记余戏语⑨。

［注释］

①赴调：赴任调职，指调官桂林之事。

②“烈日”三句：言辛家世代性格刚烈正直，对君国忠心不二。烈日秋霜：盛夏的炎阳，深秋的严霜，喻为人刚烈正直。家谱：指辛氏家谱。

③“得姓”三句：不知祖先从何年获得这个辛姓，请君听我详参“辛”字含义。细参：仔细参详、品味。

④“艰辛”三句：言“辛”字包含辛酸辛苦之意。

⑤“更十分”二句：言“辛”字原为“辛辣”之意，人们不能忍受其辛辣，如食椒桂欲吐。椒桂捣残：将胡椒、肉桂等药用植物捣碎。苏轼《再和曾布〈从驾〉》诗曾曰：“最后数篇君莫厌，捣残椒桂有余辛。”

⑥“世间”三句：谓纵然世间有那么多香甜甘美之物，却进不了我辛氏

家门。芳甘浓美：指荣华富贵。

⑦“比着”三句：言比不上其他豪门子弟世代高官厚禄。比着：这里指比不得。儿曹：儿辈子孙。累累：连续不断。垂：挂。组：丝绸制成的宽带，用来佩印或佩玉，这里指佩挂金印。

⑧“付君”三句：望十二弟此去倾心政事，在官场上青云直上，不要以兄弟情谊为念。此事：指调任桂林一事。对床风雨：唐代韦应物作《与元常全真二生》诗：“宁知风雨夜，复此对床眠。”苏轼兄弟读此诗后深有感触，曾约定早退，共享闲居之乐（见苏辙《逍遥堂》诗引）。在这首词里，作者用此指代手足之情。

⑨“但赢”二句：言茂嘉在以后的官场生涯中会饱经风霜，自将领悟作者今天的临别戏言。靴纹绉面：言面容苍老，皱纹如靴纹。欧阳修《归田录》曾载，北宋田元均在三司使任职时，高官权贵及亲友多有求托。田元均虽内心厌恶，却不能直接拒绝，总是强作笑容把他们送走。因此他曾对别人说：“作三司使数年，强笑多矣，直笑得面似靴皮。”

［词解］

这首词是送同族的兄弟出去做官，作者颇有感触，于是说起他们辛家的“千载家谱”。“戏赋辛字”，抓住自己姓辛这一点大发感慨和议论，语言妙趣横生，却又意味深长。

“烈日秋霜，忠肝义胆，千载家谱”，词的一开头就提及家谱，说辛姓一族的先辈们都是忠肝义胆的人物，而且都具有刚直严肃的性格，如“烈日秋霜”，令人畏惧而又肃然起敬。“烈日秋霜”，用来形容风节刚直，《新唐书·段秀实传赞》曾云：“虽千五百岁，其英烈言言，如严霜烈日，可畏而仰哉。”可见开头三句的“自报家门”，并非虚夸，而是有历史依据的。

细参辛字，一笑君听取

当然，词的创作不能像写家谱那样纪实，况且这些史实都是人所熟知的，所以词人没有在这里多费笔墨，而是别出心裁地与族弟“细参辛字”来了：我们祖上是什么时候获得这个姓氏，又是怎样才得到这个姓氏呢？词人由此开始咬文嚼字，仔细分析辛字的含义，有辛苦、辛酸、辛辣等多种内涵，最后发表高论：“艰辛做就，悲辛滋味，总是辛酸辛苦。”我们辛家的这个姓氏，是由“艰辛”做成，包含“悲辛”滋味，而且总是与

"辛酸、辛苦"的命运有着不解之缘啊！提到了"艰辛""悲辛""辛酸""辛苦"，句句不离"辛"字。向来写诗填词要以"同字相犯"为戒，这里却三句话中四现"辛"字。但是作者用得自然，增加了音调的视听效果，并充分渲染了词情。尤为奇妙的是，虽形式上为"细参辛字"，内容上却语意双关，隐含历史的教训和对现实的牢骚。汉代的名将辛庆忌，以"艰辛"成就了不世的战功。可是到了他的后代，却惨遭王莽的杀戮，可谓"悲辛"！联系到作者本人，从"壮岁旌旗拥万夫"，到"却将万字平戎策，换取东家种树书"，也可谓是"辛酸、辛苦"了。"更十分、向人辛辣，椒桂捣残堪吐。"这二句就辛字"辛辣"的这层含义加以发挥，借字说人。北宋曾布作《从驾》诗，押"辛"字韵，苏轼几经和词，有"最后数篇君莫厌，捣残椒桂有余辛"之句，辛弃疾信手拈来，用得十分巧妙。

总是辛酸辛苦

下片接"向人辛辣"的思路继续抒发感慨。正因为我们的这种个性，才使得世间众多的"芳甘浓美"的东西，都不能进入我家大门了。眼看富家子弟们腰佩金印，何等的趾高气扬，我们哪儿比得上人家呢！这里运用反语，抒发了无限感慨。但是作者又说我们可以从其他方面做出成就，于是话题转到送茂嘉赴调上面来：谋取高官显爵、光宗耀祖的事情，就交给你了。你官场得意的时候，不必想起今天咱们兄弟之间的手足之情；到了你衰老无力的时候，就会记起今天我对你说的这些玩笑话的。

茂嘉赴调，作者祝贺他高升，本应是送别词中应有之意。而用"靴纹绉面"之事，于祝词里间带讽劝。实际上是说，官场有官场的规则，就算官职显赫也不能忘记辛家的刚直性格，那种逢人赔笑的日子也并不好过，到头来你也会后悔的。

《贺新郎》一词借古抒情，本篇以"戏赋辛字"传意，身世之感益显。上片从正面阐述，巧妙处理"辛"字的内涵和外延。正因为性格上的"辛辣"，故奸佞小人或避而远之，或畏而谗之。两度劾罢，便是证明。下片从反面立意，言"辛"氏与"芳甘浓美"无缘。"付君"三句转到送别主旨。结拍钩转"辛"字题面，以上虽为"戏语"，其中却自有真谛。

［词人逸事］

辛氏是一个有着悠久光辉历史的家族，传说夏启封支子于莘，莘、辛声相近，逐渐改为辛氏。商有辛甲，一代名臣，屡谏纣王，以直言无畏闻名。汉有名将辛庆忌，立下赫赫战功，威震匈奴。成帝时，朱云因为丞相张禹巴结外戚，上书请求朝廷杀掉丞相，成帝大怒，想杀掉朱云，辛庆忌冒死相救。他的子孙也为人忠诚，因不附王莽而被杀。辛弃疾在这首词中，即暗用此典。

西江月

示儿曹[1]，以家事付之[2]

写作背景

辛弃疾一生对政治、军事、经济都有极为深刻的见解，对会计核算这一类事务亦深有研究。这首词是他闲居瓢泉时期写给儿辈的，表明自己以后不再管理家务等琐事。

[原词]

万事云烟忽过，百年蒲柳先衰[3]。而今何事最相宜？宜醉宜游宜睡[4]。　早趁催科了纳，更量出入收支[5]。乃翁依旧管些儿：管竹管山管水[6]。

[注释]

①儿曹：指自家的儿辈。

②以家事付之：将家务事交给他们打理。

③“万事”二句：万事皆如过眼云烟，早已消散，而自己也正如入秋以后的蒲柳一样渐渐衰老。蒲柳：蒲与柳入秋以后落叶较早，比喻人过早地衰老。《世说新语·言语篇》：“顾悦与简文同年，而发早白。简文曰：‘卿何以先白？’对曰：‘蒲柳之姿，望秋而落；松柏之质，经霜弥茂。’”

④“而今”二句：现在什么事情最适合自己去做呢？那就是饮酒、游玩、睡大觉。

⑤“早趁”二句：你们要趁早催租纳税，妥善安排全家的收入和支出。催科：催收田租。了纳：向官府交纳赋税完毕。

⑥“乃翁”二句：但是我依然管着竹林、青山、绿水。乃翁：你们的父亲，作者自谓。

[词解]

这首词基本上向我们展示了辛弃疾的晚年生活和其心理状态。词以话家常的形式写给儿辈，信笔而成，却别有风趣。

上片主要写的是自己此时的身体状况及闲适的心境。“万事”二句，将自己平生所经历的是是非非都看作了过眼云烟。自己的身体日渐虚弱，就像入秋的蒲柳，过早地衰老了。“而今”二句，作者说自己不应该再去为那些家常琐事操心了，应该每天喝点小酒，四处转转，睡个午觉，过点悠闲的生活。下片是词人对儿子们的交代和嘱托：今后就将料理家计的重任交给你们了，到了官府催缴赋税的期限，一定要早早交纳；家中的收入与支出，你们也要安排妥当。至于词人自己，也早有了打算，那就是“管竹管山管水”。显示出词人那种恬淡自适、超然于物外的达观思想。

词人将琐碎的家事一一写来，显得平易自然而又清雅洒脱，极富诙谐幽默的情趣。但是仔细体味开篇的二句，既有对人生的感悟，又有对衰老的感伤，可见辛弃疾仍有块垒在胸。词中所用“出、入”乃当时官厅会计所用的记账符号，“收、支”则是民间会计常用的记账符号。辛弃疾将之用到自己的词中，别有一番新意。

[词评]

词之妙莫妙于以不言言之，非不言也，寄言也。

——刘熙载《艺概》

鹧鸪天

送欧阳国瑞入吴中①

写作背景

这首词作于辛弃疾闲居瓢泉时期，是一首送别之作。

[原词]

莫避春阴上马迟，春来未有不阴时②。人情辗转闲中看，客路崎岖倦后知③。　梅似雪，柳如丝，试听别语慰相思④。短篷炊饮鲈鱼熟，除却松江枉费诗⑤。

[注释]

①欧阳国瑞：江西铅山人，稼轩的友人。朱熹在《跋欧阳国瑞母氏锡诰》

梅似雪，柳如丝

中说他“器识开爽，陈义甚高”。

②“莫避”二句：不要因为春季的阴天而延误了行程，毕竟春天来了以后就总是连日阴天。杜甫《人日》诗：“元日到人日，未有不阴时。”

③“人情”二句：清闲时看清了人情冷暖、世态炎凉；走过了崎岖坎坷的路途，便会有疲倦之感。

④“梅似雪”三句：梅花似雪，春柳如丝，好像在安慰友人不要为离别而忧愁。

⑤“短篷”二句：友人所要去的吴中，正是景佳鲈美之地，正可饱尝佳肴美酒，吟诗作赋。用张翰弃官南归事。又，张翰《秋风歌》：“秋风起兮佳景时，吴江水兮鲈正肥。”短篷：矮篷，代指小船。松江：即吴淞江，古称笠泽，从苏州太湖发源，所产鲈鱼味道尤美。

[词解]

这首词是辛弃疾为送友人欧阳国瑞赴吴中而作。全词并无离别之苦，反倒是劝慰友人不必为离别生愁。

上片“莫避春阴上马迟，春来未有不阴时”点出送别的时间正是阴雨绵绵的春季，词人劝解友人不要因为春季阴晦的天气而影响自己的心情，也不要延误了启程的日期，因为春天的气候本来就是多阴天。接下来的“人情”一联，是作者几十年来仕宦生活的深刻体验，仕途坎坷，官场斗争激烈，沉浮于其中难免使人心力交瘁，等你经历以后就能体会到这种感觉，作者意在提醒友人要做好心理准备。下片以梅柳劝慰友人不要生相思之苦，照应了上片的开头。“短篷”二句，信手拈来，将吴中风物描绘得十分吸引人，表面上写品鱼赋诗，实际上是希望友人能够在吴中有所作为，只有有所建树，才能尽情地享受诗酒风流的快乐生活。

全词自然生动，没有过多地渲染离别时的悲哀气氛，很能反映辛弃疾豪爽洒脱的性格。

瑞鹧鸪

写作背景

此词作于闲居瓢泉时期。

[原词]

期思溪上日千回，樟木桥边酒数杯[①]。人影不随流水去，醉颜重带少年来[②]。　疏蝉响涩(sè)林逾(yú)静，冷蝶飞轻菊半开[③]。不是长卿终慢世，只缘多病又非才[④]。

[注释]

①“期思”二句：每天在期思的溪水边、小桥上赏景饮酒以自娱。

②“人影”二句：溪水倒映着人的影子，流水却不能将之带走；酒醉脸红的样子，恰似青春少年时。

③“疏蝉”二句：嘶哑干涩的蝉鸣声稀稀疏疏，反而使树林显得格外幽静；野菊半开半闭，冷冷清清的蝴蝶轻轻飞来萦绕其间。此处化用王籍《入若耶溪》诗意：“蝉噪林逾静，鸟鸣山更幽。”响涩：嘶哑干涩的响声。逾：更加，格外。冷蝶：冷冷清清的蝴蝶。

④“不是”二句：我并不是有意要学司马相如那样轻慢地对待世事，只因平生多病又没有什么才学。长卿：指西汉文学家司马相如，字长卿。慢世：即傲世，态度傲慢地对待世事。《世说新语》注引《高士传·司马相如赞》：“长卿慢世，越礼自放。犊鼻居市，不耻其状。托疾避官，蔑此卿相。”此处以司马相如自况。多病非才：据《唐诗纪事》，唐玄宗见到孟浩然，命他吟诵自己的诗作。孟浩然诵其《岁暮归南山》诗中句云：“不才明主弃，多病故人疏。”玄宗听了以后对孟浩然说：“卿不求朕，岂朕弃卿？”辛词借孟语以自嘲。缘：因为。

[词解]

这首词是一首借景抒情之作。前三联描述自己悠然闲适的隐居生活，最后二句点明题旨，抒发自己无故遭到罢职闲居的怨愤之情。“期思”二句，总写自己闲居瓢泉时每天的生活内容，无非是游山玩水、饮酒吟诗而已。采用对仗，颇为工稳。“人影”二句写词人醉后的情态，对着小溪流水看自己因为饮酒而变红的面色，好像重新回到了年轻的时候。此句意味深长，辛弃疾青年时期曾率领义军与金兵作战，万马军中生擒叛徒张

樟木桥边酒数杯

安国，是何等的壮举。而今却闲居于此，英雄无用武之地，其悲愤感慨的心情，不言自明。“疏蝉”二句照应了首联中的“日千回”，描写深山之中的景致，化用王藉诗句，写出了山林中的幽静之景，以冷清的孤蝶飞动反衬其“静”，正写出了作者不安于寂寞，想要建功立业以报国家的心愿。末二句点明了题旨，以司马相如自况，既是伤叹自己的遭遇，又是对朝廷闲置人才的嘲讽与怨愤：词人并非像孟浩然那样不向朝廷表白自己的意愿，一味哀怨，而是屡次向朝廷建言献策，可是却不受重视。词人的感情虽然激愤，却表达得十分委婉。

[词人逸事]

辛弃疾出任隆兴府（今南昌）知府兼江南西路安抚使时，正赶上有一年江西发生严重的干旱灾害，收成不好，粮食极度缺乏，导致物价飞涨。辛弃疾遇到这种令人挠头的麻烦事，雷厉风行，他命人在大街小巷贴出告示，上书八个大字：“闭粜者配，强籴者斩。”意思是说如果有人趁这次机会囤积粮食，那就流配；如果强买粮食，那就杀头。辛弃疾又下令拿出公家的全部官钱、银器等，号召民众推举有才干的人，让他们根据自己的实际情况借贷钱物，不取利息，再外出购运粮食回来售卖。不久，运粮的船只运回来大量的粮食，百姓终于吃上了饱饭，并平安度过饥荒。这时信州太守谢源明向辛弃疾乞求拨米援救，辛弃疾的部下都不答应。辛弃疾却说：“信州的老百姓也是皇上的子民，不都是一样的吗？”于是下令把十分之三的粮食拨给了信州。后来皇帝得知了这件事，就嘉勉辛弃疾，提升他为奉议郎。

鹧鸪天

石门道中[1]

> 写作背景
>
> 此词作于闲居瓢泉时期。

[原词]

山上飞泉万斛(hú)珠，悬崖千丈落鼪鼯(shēng wú)[2]。已通樵径行还碍，似有人声听却无[3]。　闲略彴(zhuó)，远浮屠，溪南修竹有茅庐[4]。莫嫌杖屦(jù)频来往，此地偏宜著老夫[5]。

［注释］

①石门：大约在铅山县女城山附近。一说在庐山西南。

②“山上”二句：飞泉从山间倾泻直下，如万斛珠玉倾倒而出；悬崖千丈，唯有飞鼠能上下其间。鼪：即鼬，又名鼠狼，即民间所说的黄鼠狼。鼯：也是鼠的一种，别名夷由，形似蝙蝠，其前后肢间有薄膜，展开以后能在林中滑翔，俗称飞鼠。

③“已通”二句：山路回旋莫测，看起来通畅，实际上却阻碍重重，乍听好像有人在低语，仔细一听却又听不到。樵径：樵夫所走的小路，泛指山间的小路。

④“间略彴”三句：小桥、佛寺仿佛就在眼前，溪水南面青翠的竹丛中也掩映着几间茅庐。略彴：小桥。浮屠：佛塔。修竹：修长的竹子。

⑤“莫嫌”二句：不要嫌我拄杖着鞋频繁地往来这里，那是因为这里正适合我啊。

［词解］

辛弃疾的这首词寄情于山水之间，表现的是对于隐居生活悠然自得的情绪。上片起笔即写飞流的瀑布如万斛明珠，陡峭的悬崖只有鼯鼠能够飞落，感叹只有山险水美的石门道，才是适合隐士游览的地方。三、四句描写了山间崎岖的小路，静谧的深林，“似有人声听却无”，颇有王维“空山不见人，但闻人语响”之意，这也正是词人亲身经历以后所产生的独特感受。下片头三句描写的是远处的景物，古朴的小桥，远处的佛塔，以及掩映于竹林间的几间茅庐，这不正是山水画中所描绘的景象吗？难怪词人对这里的景色如此喜爱。最后二句作者写自己拄杖着鞋频繁地来此地游玩，“偏宜”二字表现出词人对石门山的景色极为喜爱，同时也写出了词人归隐以后闲适悠然的心情。这首词正好可以借用苏轼评价王维之语来评价：“诗中有画！”

浣溪沙

常山道中即事①

写作背景

这首词作于宋宁宗嘉泰三年（1203）夏天。当时外戚韩侂胄任丞相，主持朝政，韩侂胄欲以北伐之名笼络人心，于是起用罢居瓢泉的辛弃疾为绍兴知府兼浙东安抚使。辛弃疾在这一年六月到任。此词即作于赴任途中。

［原词］

北陇田高踏水频，西溪禾早已尝新，隔墙沽酒煮纤鳞②。　忽有微凉何处雨，更无留影霎时云，卖瓜声过竹边村③。

［注释］

①常山：今浙江常山县，因为其境内有常山而得名。常山顶峰有湖，因此又称湖山。

②“北陇”三句：北面的田垄非常高，农民正在辛勤地踏水灌溉，临近西边小溪的稻子已经收获，隔壁正忙着买酒煮鱼。踏水频：忙着踏水车灌溉农田。尝新：指品尝新收的稻子。纤鳞：细鳞的鱼。

③“忽有”三句：忽然一阵凉风吹过，下了一场阵雨，刹那间雨住云收，天色转晴。一位卖瓜人正经过村边长满竹子的村庄。

［词解］

此词描绘了一幅清新淳朴的农村小景，极富农村生活气息。

上片三句描绘了三个不同地点的不同景物，第一句描写农民灌溉农田的情景，词人用一个“频”字充分表现出踏水车这个动作的连续不断，暗示出农民的劳动极为辛苦；第二句写西边小溪的稻子已经收获；第三句写隔壁家里做饭的主妇正买酒煮鱼，洋溢着农家的欢欣之情，生动传神地表现出此地淳朴的乡风。作者用三句话将它们合在一处，正好构成了一幅生机盎然的浙西农村图卷。而“北陇”“西溪”“隔墙”等词更给人一种心情舒畅、视野开阔的感觉，这与那些整日抒发离愁闺怨的题材狭隘的词比起来，简直是另一个天地。下片作者又写道：“忽有微凉何处雨，更无留影霎时云”，用这样一个七言偶对，十分工整地描写了夏季雨晴不定的奇妙之景，“忽有”“更无”两字十分真切地体现了天气变化之快，承接上片的忙碌之景，真实地表现了农村生活。结句朴质，兴味悠然，卖瓜人在雨后推着装满瓜果的车子，不顾雨后泥泞，沿街叫卖，颇有古意，正是田园恬静之本色。

北陇田高踏水频

联系辛弃疾其他描写农村的词，我们可以感受到，他笔下的农村是和平静穆的，农民是淳厚朴实的，他们过的是一种幸福的田园生活。

[词评]

用笔如龙跳虎卧，不可羁勒，才情横溢，海天鼓浪。

——李佳《左庵词话》

汉宫春

会稽蓬莱阁怀古①

写作背景

宋宁宗嘉泰三年（1203），辛弃疾又一次被起用，被朝廷任命为绍兴知府兼浙东安抚使。据《宝庆会稽续志》，辛弃疾六月十一日到任，同年十二月二十八日奉召赴临安，次年春改任镇江知府，所以可以推断登蓬莱阁之事，应该是在嘉泰三年（1203）的下半年，据词中“西风”“冷烟寒树”等语，可以推断此词作于晚秋之时。

[原词]

秦望山头，看乱云急雨，倒立江湖②。不知云者为雨，雨者云乎③？长空万里，被西风、变灭须臾④。回首听，月明天籁，人间万窍号呼⑤。　谁向若耶溪上，倩(qiàn)美人西去，麋(mí)鹿姑苏⑥？至今故国人望，一舸(gě)归欤(yú)⑦？岁云暮矣，问何不、鼓瑟吹竽⑧？君不见，王亭谢馆，冷烟寒树啼乌⑨。

[注释]

①会稽：即今浙江绍兴。蓬莱阁：在会稽卧龙山下，是当地名胜。

②“秦望”三句：秦望山头乌云密布，大雨倾盆，如同江湖倒立一样。秦望山：在会稽东南四十里处，为众峰之首。秦始皇曾登此山以望东海，遂有秦望山之名。

③“不知”二句：不知道是云变成了雨，还是雨变成了云。谓天地间茫茫一片，云雨莫辨。语出《庄子·天运篇》：“云者为雨乎？雨者为云乎？”

秦望山头，看乱云急雨

④“长空”二句：谓西风吹散乌云，大雨已停，但见长空万里如洗。变灭须臾：顷刻间乌云被秋风吹散，指雨过天晴。赵鼎《望海潮》词：“须臾变灭，天容水色，琼田万里无瑕。”

⑤“回首”三句：谓月色皎洁，秋风吹动，人间大地千孔万穴呼啸共鸣。《庄子 · 齐物论》：“汝闻人籁而未闻地籁，汝闻地籁而未闻天籁夫？……夫大块噫气，其名为风，是唯无作，作则万窍怒呺。”天籁：自然界的响声，此指风声。

⑥“谁向”三句：用越国范蠡用美人计灭亡吴国事。若耶溪：位于会稽南，传说是当年西施浣纱之处，亦称浣纱溪。美人西去：指派遣西施西去吴国。麋鹿姑苏：吴国灭亡，昔日姑苏之台已成麋鹿栖游之地。《史记·淮南衡山列传》载伍被子言：“臣闻子胥谏吴王，吴王不用，乃曰：‘臣今见麋鹿游姑苏之台也。’臣今亦见宫中生荆棘、露沾衣也。”姑苏：姑苏台，位于今江苏苏州城外的姑苏山。当年吴王夫差得到西施后，筑姑苏台以玩乐。

⑦“至今”二句：谓直到今日越国人仍然盼望着范蠡和西施泛舟归来。故国：即指会稽。春秋时，越国建都于此。舸：大船。欤：表疑问的语气助词。

⑧“岁云”二句：谓一年将尽，有人问为何不奏乐享乐。岁云暮：年终将尽。云：助词，无实在意义。鼓瑟吹竽：奏乐。《诗经 · 小雅 · 鹿鸣》：“我有嘉宾，鼓瑟吹笙。”瑟、竽（即大笙）：分别为古代的弦乐器和管乐器。

⑨“君不见”三句：谓难道你没有看见，昔日显赫一时的王、谢两家的游乐之所，而今已经变成了一片凄凉之地。王亭谢馆：王、谢两家为东晋时的豪门士族，他们的子弟大多在会稽居住。王羲之曾与当时的名流四十余人在兰亭集会，修祓禊之礼，并作《兰亭序》。谢安曾于会稽之东山隐居。此处的“王亭谢馆”，泛指王、谢子弟在会稽的游乐之地。

［词解］

清代沈祥龙《论词随笔》云：“词贵意藏于内，而迷离其言以出之。”正因如此，历代词人多力求含蓄，而十分忌讳将词写得太过浅近直白。这首词表面上写自然，而实际上是喻人世，借古讽今，意旨遥深。

词的上片，貌似单纯写景，但是实际上则是借景抒情。词人所登的蓬莱阁在浙江绍兴（即会稽），秦望山，在会稽东南四十里处，秦始皇南巡时曾经登上秦望山望大海、祭大禹。登临此阁，不禁让人想起统一天下的秦始皇和治水安民的大禹。上片起始三句以“看”领起，写尽了秦望山头云雨苍茫和雨后初晴的自然景象。“不知云者为雨，雨者云乎”，语出于《庄子·天运篇》：“云者为雨乎？雨者为云乎？”浓云起是为了降雨吗？降雨是为了云层吗？庄子自问自答，说这是自然之理。词人借用其意“长空万里，被西风、变灭须臾。”西风骤起，吹散乌云，万里长空，蔚蓝如洗。苏轼《念奴娇·中秋》词：“凭高眺远，见长空万里，云无留迹。”《维摩诘经》：“是身如浮云，须臾变灭。”云散雨即停。“回首听，月明天籁，人间万窍号呼。”这里又用《庄子·齐物论》：“夫大块噫气，其名为风。是唯无作，作则万窍怒呺。”天籁即自然界中的声响，自然界的声音能使人间万窍都发出声音。上片对自然景象的描写，写出了作者对大自然的认识：人世间万事万物都如自然界一样，风雨无常，阴晴不定。这也为下片追怀以弱胜强，又功成身退的范蠡作了铺垫。

下片借说古以讽今，影射现实。作者首先以疑问的语气问道：是谁到若耶溪上请西施西去吴国，最终导致吴国灭亡呢？越国的人们到现在还盼望着他能泛舟归来呢！这明明是在写范蠡，但作者引而不发。据史书记载，春秋末年越王勾践曾被吴王夫差打败，险遭灭国之祸。谋臣范蠡辅佐勾践“十年生聚，十年教训”，并将西施进献夫差，使吴王贪恋女色，荒废朝政。吴国谋臣伍子胥曾劝谏说：“臣今见麋鹿游姑苏之台也。”越国最后终于灭掉吴国，一雪前耻。

越国胜利后，范蠡认为“勾践为人，可与共患难，不可与共乐”，于是泛舟五湖离开了越国。词人追吊范蠡是因为他忠心报国，且具有文韬武略，同词人的精忠报国之心息息相通。李心传《建炎以来朝野杂记乙集》卷十八记载：辛弃疾进京朝见宋宁宗，“言金国必乱必亡，愿付之元老大臣，务为仓猝可以应变之计，（韩）侂胄大喜。”《庆元党禁》亦言“嘉泰四年春正月，辛弃疾入见，陈用兵之利，乞付之元老大臣”，另据程珌《丙子轮对札记》记载：辛弃疾最后一次出仕的几年间屡次派遣谍报人员到金境侦察金兵虚实，并欲在沿边界地区招募军士，可见作者这时正踌躇满志地准备为恢复中原一雪靖康之耻而大显身手，而他仰慕和效法的榜样正是范蠡。表面看来，“故国人望”的是范蠡，实际上，辛弃疾也是在以范蠡自许，将自己看作是可以主持恢复大计的不二人选。

王亭谢馆，冷烟寒树啼乌

辛弃疾晚年经常怀念“壮岁旌旗拥万夫”的战斗生涯，北方抗金义军也盼望他能够归来领导义军。谢枋得在《祭辛稼轩先生墓记》中记载：“公没，西北忠义始绝望。”“岁云暮矣，问何不、鼓瑟吹竽？”《诗经·小雅·鹿鸣》：“我有嘉宾，鼓瑟吹笙。”又《诗经·唐风·山有枢》：“子有酒食，何不日鼓瑟？且以喜乐，且以永日。”作者先设问：岁晚何不及时行乐？接着又以反问作答：“君不见，王亭谢馆，冷烟寒树啼乌。”当年王、谢的游览胜迹已经荒废，没有可以行乐的地方了，现在也只有“冷烟寒树啼乌”是此地景物了。

从怀念范蠡到怀念王、谢，作者在感情上出现了一个很大的转折。怀念范蠡是抒发自己报国雪耻的积极思想；怀念王、谢不仅是对南宋朝廷的讽刺与抨击，而且也明显地表现出了消极悲观的情绪。千年易逝，人生更加短暂，辛弃疾此时已是六十四岁的老人了。作者想到此处，内心充满了人生短暂、功名富贵如浮云流水的悲叹。最后这几句点明了全词的主旨。词人在历史陈迹中寄托了不同的思想感情，这跟他当时思想上的矛盾是完全吻合的。

汉宫春

会稽秋风亭观雨①

写作背景

此词作于绍兴任上。

[原词]

亭上秋风，记去年袅袅，曾到吾庐②。山河举目虽异，风景非殊③。功成者去，觉团扇、便与人疏④。吹不断、斜阳依旧，茫茫禹迹都无⑤。　千古茂陵词在，甚风流章句，解拟相如⑥。只今木落江冷，眇(miǎo)眇愁余⑦。故人书报：“莫因循、忘却莼(chún)鲈⑧。”谁念我、新凉灯火，一编《太史公书》⑨。

[注释]

①秋风亭：在绍兴境内。据张镃《汉宫春》和韵词序，可知此亭为辛弃

疾所建。前面一首《汉宫春》（秦望山头）词前的小序为“会稽蓬莱阁怀古”，而这首“亭上秋风”，词前的小序为“会稽秋风亭观雨”。唐圭璋先生认为，“秋风亭观雨”词中并无雨景，而“蓬莱阁怀古”一首上片所写正是雨中景象，词题“观雨”与“怀古”前后颠倒，应是有误。（此说见《词学论丛·读词续记》）。

只今木落江冷，眇眇愁余

②“亭上”三句：我还记得这亭中的秋风，去年也曾经吹到过我闲居的家中。去年：辛弃疾这一年出任绍兴知府，去岁仍闲居上饶带湖，故有此语。袅袅：微风吹拂的样子。《楚辞·九歌·湘夫人》：“袅袅兮秋风。”

③“山河”二句：会稽与瓢泉山水虽然不同，但其秋景却差不多。此暗用东晋南渡士大夫新亭对泣之典故，以喻南宋偏安于江南。

④“功成”二句：夏去秋来，功成身退，就犹如一到秋天人便与团扇疏远了一样。功成者去：《战国策·秦策》记蔡泽对应侯语：“四时之序，成功者去。”意谓春、夏、秋、冬，一年四季按顺序运行，每个季节在完成其各自的使命以后，便自动离开，然后再进入下一季节。团扇、人疏：《汉书·外戚传》载班婕妤《怨歌行》：“新裂齐纨素，鲜洁如霜雪。裁为合欢扇，团团似明月。出入君怀袖，动摇微风发。常恐秋节至，凉飙夺炎热。弃捐箧笥中，恩情中道绝。”班诗以之喻男子喜新厌旧，对女子不专一。本词则变其意转赋身世之感。团扇，圆形的扇子。

⑤“吹不断”二句：秋风微拂，夕阳依旧，但大禹的遗迹却再难寻觅。禹迹：大禹留下的遗迹。禹是传说中的帝王，创建了夏朝，曾以治服洪水而名扬天下。相传他曾经来到越地苗山，并将苗山改名为会稽。一说他死在会稽。北宋太祖乾德年间，在会稽山上修建了一座禹庙，设专人祭祀打扫。

⑥“千古”三句：汉武帝的辞赋文采斐然，流传千古，足与司马相如的名赋相媲美。茂陵词：指汉武帝所作的《秋风辞》。辞中云：“秋风起兮白云飞，草木黄落兮雁南归。”茂陵：汉武帝的陵墓，在今陕西西安。这里指汉武帝本人。甚：真的，真实。风流：文采华美，韵味十足。解拟：能够比拟。相如：司马相如，汉代文学家，擅长辞赋。

⑦“只今”二句：如今又是叶落江冷的深秋，却不见古人的踪迹，使我愁苦。眇眇愁余：《楚辞·九歌·湘夫人》：“帝子降兮北渚，目眇眇兮愁予，袅袅兮秋风，

洞庭波兮木叶下。”眇眇：眺望远方的样子。愁余：使我愁苦。

⑧“故人”二句：故人来信告诉我，不要耽误时间，不要忘了家乡的莼菜羹和鲈鱼正在等着我呢。书报：来信说。因循：拖延，耽误。莼鲈：西晋张翰因见秋风起而思念家乡吴中的莼菜羹、鲈鱼，于是弃官南归。此指返回瓢泉归隐。

⑨“谁念”二句：谁能理解我在深夜读《史记》的用意呢？《太史公书》：指司马迁的《史记》。司马迁曾任太史令，故称太史公。

[词解]

这首词抒发的是怀古之幽情。全词紧紧扣住“秋风”着笔，浮想联翩却又自抒胸怀。上片“亭上秋风”，起笔点明题旨。“山河举目虽异，风景非殊”暗用东晋渡江诸人新亭对泣之典，讽刺了在中原广大土地沦落于金人之手的形势下，南宋朝廷却不思恢复、苟安江南的举动。接下来以团扇自喻，对南宋统治者对自己弃之不用表示了极大的愤慨。“茫茫禹迹都无”则是怀念英明君主大禹，暗讽朝廷并没有像大禹那样能够建功立业、造福人民的明君。下片蕴藉深厚，“千古茂陵”歌颂了汉武帝的文治武功，与“禹迹”一脉相承。紧接着笔锋一转，写深秋凄冷之景，友人来信催己早归。但是国事如此，词人又怎能安心归家隐居呢？他每夜研读《史记》，借鉴历代兴亡而担忧江河日下的南宋政权。此词层层铺叙，笔笔联想，将家国之叹、兴亡之感以及个人遭遇之愤完美地结合在了一起。有一种雄浑沉郁的风格，正体现了词人“烈士暮年，壮心不已”的令人敬佩的高风亮节。

[词评]

稼轩词如……“功成者去，觉团扇、便与人疏。吹不断、斜阳依旧，茫茫禹迹都无。”皆于悲壮中见浑厚。后之狂呼叫嚣者，动托苏、辛，真苏、辛之罪人也。

——陈廷焯《白雨斋词话》

永遇乐

京口北固亭怀古①

写作背景

这首词作于开禧元年（1205）。当时，宰相韩侂胄正准备北伐，辛弃疾已于嘉泰三年（1203）被任命为绍兴知府兼浙东安抚使，第二年初春，又被任命为镇江知府，镇守江防要地京口（今江苏镇江）。表面上看来，朝廷对他很重视，但是实际上只是将他当作一块表明朝廷想要抗金的招牌以博得一个好名声而已。辛弃疾到任后，就开始积极地为北伐中原做战备工作，但是同时，他也清楚地意识到当时政治局势的复杂，官场斗争的险恶、自身的艰难处境让他觉得自己很难有所作为。

辛弃疾对于朝廷的抗金之举，自然是全力支持。但是，对抗金形势洞若观火的辛弃疾，又对韩侂胄大权独揽、轻敌冒进的做法，感到十分忧虑。这种复杂的心理状态，在这首词里充分地表现了出来，因此本词也成为传诵千古的名篇，杨慎的《词品》将其推为辛弃疾词的压卷之作。

[原词]

千古江山，英雄无觅，孙仲谋处②。舞榭(xiè)歌台，风流总被，雨打风吹去③。斜阳草树，寻常巷陌，人道寄奴曾住④。想当年：金戈铁马，气吞万里如虎⑤。

元嘉草草，封狼居胥(xū)，赢得仓皇北顾⑥。四十三年，望中犹记，烽火扬州路⑦。可堪回首，佛狸祠下，一片神鸦社鼓⑧。凭谁问：廉颇老矣，尚能饭否⑨？

英雄孙仲谋

[注释]

①作于开禧元年（1205），词人时在镇江知府任上。京口：即今江苏镇江。北固亭：在镇江城北的北固山上。北固山下临长江，地势险要。晋蔡谟于山上筑楼，名北固楼，又叫北固亭。

②“千古”三句：谓江山千年以来依旧如是，但英雄如孙仲谋辈却再也难以寻觅。孙仲谋：三国时东吴之主孙权字仲谋。他继承父兄之业，曾建都于京口，后迁都建康，独占江东，北拒曹操，成为一代英雄人物。

③“舞榭”三句：谓往日种种歌舞繁华的胜景和英雄们所建立的功业，都被历史上的风雨吹洗一空。榭：建筑在高土台上的木屋。风流：

老将廉颇

指孙权创立东吴基业时的风采。

④“斜阳”三句：夕阳斜照的草木之间，平凡的小街巷，人们说当年宋武帝刘裕曾经住在这里。寻常巷陌：普通的小街巷。寄奴：南朝宋武帝刘裕小名叫寄奴。刘裕先祖曾跟随晋室南渡，世代居于京口。刘裕就是在京口起事，北伐中原，一度收复大片国土，后又平定内战，代晋而称帝，成就一代霸业的。

⑤“想当年”三句：刘裕当年曾两度北伐，攻打南燕、后秦，有气吞万里之势。

⑥“元嘉”三句：言宋文帝刘义隆轻率北伐，想凭侥幸一战成功，结果大败而归。辛弃疾一生既积极主张抗金，又强调积极备战。这里是借刘义隆之事警告韩侂胄。但韩并未采纳辛弃疾的建议，仓促出兵，果然导致了开禧二年（1206）的北伐败绩，开禧三年（1207）宋金和议。元嘉：宋文帝刘义隆（武帝刘裕之子）的年号。当时北方已由拓跋氏统一并建立北魏王朝。元嘉二十七年(450)，文帝命王玄谟北伐。由于准备仓促，又冒险贪功，最终导致大败而归。草草：草率从事。封狼居胥：西汉大将军霍去病追击匈奴，至狼居胥（在今内蒙古自治区西北部）封山而还。封：筑台祭天。《宋书·王玄谟传》载文帝谓殷景仁语：“闻玄谟陈说(指陈说北伐之策)，使人有封狼居胥意。”赢得：落得。仓皇北顾：宋文帝北伐失败后，北魏太武帝拓跋焘乘胜追至长江边，扬言要打过长江。宋文帝登楼北望，后悔不已(见《南史·宋文帝纪》)。据《宋书·索虏传》，早在元嘉八年（431），宋文帝因滑台失守，就曾写过“北顾涕交流”的诗句。

⑦“四十三年”三句：我还记得四十三年前，于扬州进行的那一次战争。四十三年：辛弃疾于绍兴三十二年(1162)南渡面见宋高宗，至开禧元年(1205)京口任上，正好四十三年。烽火扬州路：自绍兴三十一年（1161）金主完颜亮大举入侵南宋，扬州一带一直战火连年。路：宋时行政区域以“路”划分，扬州属淮南东路，且是这一路的首府。

⑧“可堪”三句：四十三年以来的往事不堪回首，长江对岸的佛狸祠下，竟然响起了一阵祭祀的鼓声。意谓人们贪图一时苟安，抗金热情消退。佛狸祠：北魏太武帝拓跋焘小字佛狸。元嘉二十七年，他追击宋军至长江北岸瓜步山(今江苏六合东南)，在那里建立行宫，后又在那里建佛狸祠。神鸦社鼓：祭神时

的鼓声震耳，乌鸦纷纷前来争抢祭品。

⑨“凭谁问”三句：作者自比廉颇，虽然年老，但是其雄心壮志仍不减当年，却始终不能得到朝廷的重视和信任。凭：请。廉颇老矣，尚能饭否：廉颇是赵国名将，晚年因遭人谗害而逃到魏国。后赵王欲起用廉颇，先派遣使者询问其身体是否健壮，能否带兵打仗。廉颇当面一饭斗米肉十斤，并披甲上马，以示自己尚能作战。但使臣因受贿而谎报赵王说：“与臣坐，顷之三遗矢（大便三次）矣。”赵王遂罢。（见《史记·廉颇蔺相如列传》）

［词解］

京口曾一度是三国时吴国的都城，后来又被吴主孙权设为重镇，这里也是南朝宋武帝刘裕成长的地方。面对壮丽河山，凭吊历史上的英雄人物，正是辛弃疾这样的英雄所应有的豪情。

孙权以江东一隅之地，北拒曹魏，西开疆土，最终奠定了三国鼎立的局面。尽管朝代更迭、沧桑变化，种种豪华胜迹都已经湮没于历史长河之中，但是孙权的千秋功业是永远都不会被人遗忘的。刘裕以京口为根据地，逐步壮大，北伐中原、平定内乱，最后取代东晋政权，建立了刘宋政权。

这些令人心潮澎湃的历史事实，被词人浓缩于“想当年，金戈铁马，气吞万里如虎”中。英雄人物往往能给后人留下深刻的印象，即使是“斜阳草树，寻常巷陌”，但因为是刘裕的故居，同样也能引起人们的瞻仰缅怀。词人发思古之幽情，抒写的却是对现实的深切感慨。无论是孙权或刘裕，都是在百战中开疆拓土，建立基业，可是南宋朝廷却苟且偷生、偏安江南一隅，怯懦无能，两相对照，让人感到何等的悲愤！

舞榭歌台

如果说，词的上片借古以讽今，意思还比较浅显，让人稍作联想，即可明白。那么，下片中作者通过用史实所揭示的深刻历史教训和现实感慨，就显得意味深长了。词人在下片中所提到的历史人物和事件，令人血脉偾张，与其厚重的思想感情融为一体，铸成了作品沉郁顿挫的风格以及深宏博大的意境。

“元嘉草草”三句，用古代史实影射现实，毫不客气地指出了一个历史上草率北伐的教训。史书上称南朝宋文帝刘义隆“自践位以来，有恢复河南之志”（见《资治通鉴·宋纪》）。他曾三次北伐，但是都归于失败，特别是元嘉二十七年（450）的最后一次，败得更惨。北伐之前，他曾听彭城太守王玄谟陈北伐之策，激动地说："闻玄谟陈说，使人有封狼居胥意。"《史记·卫将军骠骑列传》载，卫青、霍去病各率大军分别与匈奴交战于边塞，都取得了胜利，霍去病一路追击匈奴直到狼居胥山，于是"封狼居胥山，禅于姑衍"而凯旋。"有封狼居胥意"谓对北伐大业有必胜的信心。倘若妥善筹备，步步为营，虽然不一定能一统天下，将北魏赶出中原，但是收复部分中原旧地，则是完全有可能的。但是刘义隆却急于成功，轻敌冒进，最终不但没有取得胜利，反而被北魏拓跋焘反击一直追到长江边方才罢休，造成刘宋政权元气大伤。这一史实，正好为韩侂胄北伐提供了深刻的反面历史借鉴。这也是辛弃疾对南宋政权的良苦用心。

"四十三年，望中犹记，烽火扬州路"。辛弃疾于绍兴三十二年（1162）率众南渡归宋，到他写作此词的这一年，正好已经四十三年了，四十多年前，宋军在采石矶击败南侵的金兵，金主完颜亮被部下所杀，北方义军纷起抗金，动摇了金人在中原的统治基础，形势大有可为。刚刚即位的宋孝宗也很想恢复中原，于是他起用张浚为枢密使，主持北伐，但是却遭到符离之败。投降派汤思退暗示金人出兵两淮，隆兴二年（1164），金兵突破宋的两淮防线，长驱直入，给南宋人民带来了深重的灾难。同年冬，宋廷与金重新订立和约。扬州路就是指的两淮地区，辛弃疾所写的也正是这一段惨痛的历史。从此，宋金进入了一个相对稳定的局面。四十三年后，要想进行北伐中原的大业，比之四十三年前的有利形势，无疑困难了很多，因此必须深思熟虑，妥善安排。

"烽火扬州"和"佛狸祠下"的今昔对照道出了辛弃疾四顾茫然、不堪回首的沉痛心声。"佛狸祠下，一片神鸦社鼓"，佛狸祠在长江北岸今江苏六合东南的瓜步山上。元嘉二十七年（450），元魏太武帝拓跋焘南侵刘宋时，曾在此山建立行宫，后来成为一座庙宇。拓跋焘小字佛狸，所以把它叫作佛狸祠。苏东坡《浣溪沙》："老幼扶携收麦社，乌鸢翔舞赛神村"，一幅迎神赛会的生活场景。南宋人民经过四十多年的安定生活，早已磨尽了抗击金兵，恢复中原，一雪靖康之耻的锐气，已经开始为自己安定的生活祭神祈祷了，人们也不会理会这座佛狸祠供奉的是什么神，更不会把几百年前的北魏入侵者和本朝金人的入侵联系起来。四十三年前，

四十三年，望中犹记

金主完颜亮发兵南侵，也曾驻扎在佛狸祠所在的瓜步山上，辛弃疾是以佛狸影射完颜亮。辛弃疾在《水调歌头》词中说："落日塞尘起，胡骑猎清秋。汉家组练十万，列舰耸层楼。谁道投鞭飞渡，忆昔鸣髇血污，风雨佛狸愁。"词中的佛狸，也是指完颜亮。佛狸祠象征着南侵者所留下的痕迹。四十三年前，扬州一带烽火漫天，硝烟遍地，瓜步山也留下了金兵的足迹，现在佛狸祠下却是神鸦社鼓，一片安宁祥和的景象，全无斗志。更令辛弃疾感到沉痛悲愤的是，四十三年来，朝廷贪图苟安，不知放弃了多少次北伐抗金的好时机，自己文韬武略，却蹉跎度日，浪费了大好青春。在这里，沉重的时代悲哀和个人身世的深沉感慨交织在了一起。

对于这次韩侂胄北伐，他是支持的，但他认为必须做好备战工作，不可轻敌冒进；最好让元老重臣来主持大局。此即主动请缨，暗示自己准备以迟暮之年，接受这份重任；但是朝廷对辛弃疾却并不信任与重视，使他发出了"凭谁问：廉颇老矣，尚能饭否"的慨叹，廉颇在赵国，是一位"以勇气闻于诸侯"的猛将，在秦赵长期对峙的战争中，他更是一位能攻能守，老成持重，为秦国深深畏惧的宿将。但是廉颇却因为其仇人郭开贿赂使者，最终没有被赵王起用，辛弃疾自比廉颇，让人感到是多么的贴切自然啊！辛弃疾选用这一典故，就是他将个人的不平遭遇放在当时宋金民族矛盾以及南宋统治集团的内部斗争的大背景中来抒发自己的真切感受，深化了本词的内涵。不久之后辛弃疾被韩侂胄一脚踢开，罢职回乡。韩侂胄北伐最终也惨败而归。词人并由此发出"郑贾正应求死鼠，叶公岂是好真龙"（《瑞鹧鸪·乙丑奉祠舟次余杭作》）的慨叹。结合这一事实，我们再来体会他作此词时的处境和心情，就能更确切地理解他的忧愤之深广，也会惊叹于他对政治军事敏锐而准确的预见性。曹操《短歌行》中道："老骥伏枥，志在千里；烈士暮年，壮心不已。"以此与"凭谁问：廉颇老矣，尚能饭否？"并读，更让人觉得多了几分英雄末路的悲壮。这首词堪称稼轩词的压卷之作。

［词评］

升庵云：稼轩词中第一。发端便欲涕落，后段一气奔注，笔不得遏。廉颇自拟，慷慨壮怀，如闻其声。谓此词用人名多者，当是不解词味。

——先著、程洪《词洁辑评》

辛稼轩《永遇乐·京口北固亭怀古》一词，意在恢复，故追数孙刘，皆南朝之英主。屡言佛狸，以拓跋比金人也。《古今词话》载，岳倦翁议之云："此词微觉用事多。"稼轩闻岳语大喜，谓座客曰："夫夫也，实中余痼。"乃抹改其语，日数十易，累月未竟。按此，则今传辛词，已是改本。《词综》乃注岳语于下，误也。

——宋翔凤《乐府余论》

海绡翁曰：金陵王气，始于东吴。权不能为汉讨贼，所谓英雄，亦公保江东耳。事随运去，本不足怀，“无觅”亦何恨哉。至于寄奴王者，则千载如见其人。“寻常巷陌”胜于“舞榭歌台”远矣。以其能虎步中原，气吞万里也。后阕谓元嘉之政，尚足有为。乃草草卅年，徒忧北顾，则文帝不能继武矣。自元嘉二十九年，更谋北伐无功。明年癸巳，至齐明帝建武二年，此四十三年中，北师屡南，南师不复北。至于魏孝文济淮问罪，则元嘉且不可复见矣。故曰“望中犹记”，曰“可堪回首”。此稼轩守南徐日作，全为宋事寄慨。“廉颇老矣，尚能饭否”，谓己亦衰老，恐无能为也。使事虽多，脉络井井可寻，是在知人论世者。

——陈洵《海绡说词》

[词人逸事]

辛弃疾的一生留下了许多脍炙人口的佳作。他对待自己词作的要求是非常严格的，常常会请别人对自己的作品提些意见。

在一次酒宴上，歌女们演唱了辛弃疾的新作《永遇乐·京口北固亭怀古》。唱完后，客人们异口同声，都称赞这首词写得非常好。辛弃疾欣喜之余，也不忘让大家提提意见。

当时，抗金名将岳飞的孙子岳珂也在席上，当辛弃疾向他征求意见时，岳珂也不推诿，他率直地说：“大人非要我说的话，我觉得这首词里用典太多。”辛弃疾听后大喜，“对啊！真是一语中的，说中了我作词的痼疾。”事后，辛弃疾认真修改词作，一日便改动十余次，这种虚怀若谷的态度真是令人敬佩。

南乡子

登京口北固亭有怀[1]

写作背景

辛弃疾于宋宁宗嘉泰三年（1203）六月被起用为知绍兴府兼浙东安抚使，第二年三月，又改任镇江知府。镇江，曾是历代英雄建功立业之地，此时成为与金人对垒的第二道防线。他登临京口（即镇江）北固亭时，触景生情，心生感慨。于是写下了这首词。

[原词]

何处望神州？满眼风光北固楼[2]。千古兴亡多少

事？悠悠，不尽长江滚滚流[3]。　　年少万兜鍪(móu)，坐断东南战未休[4]。天下英雄谁敌手？曹刘，生子当如孙仲谋[5]。

［注释］

①此篇与上篇作于同时同地，都为怀古讽今之作。

②“何处”二句：登上北固楼头，极目远眺，风光秀丽，可是中原地区却已沦陷于金兵手中。这二句是倒装句，正常顺序应该是“满眼风光北固楼,何处望神州？”望神州：暗用“新亭对泣”之事。《世说新语·言语篇》：“过江诸人，每至美日，辄相邀新亭，藉卉饮宴。周侯中坐而叹曰：‘风景不殊，正自有山河之异！’皆相视流泪。唯王丞相（王导）愀然变色曰：‘当共戮力王室,克复神州,何至作楚囚相对！’”神州：指被金人占领的中原故土。

不尽长江滚滚流

③“千古”三句：从古到今朝代更迭，兴亡交替从无休止，就像长江的水一样总是奔流不息。悠悠：水流悠长的样子。不尽长江滚滚流：化用杜甫《登高》诗意：“无边落木萧萧下，不尽长江滚滚来。”

④“年少”二句：孙权年轻的时候就率领千军万马，占据江东。按：孙权十九岁就继承父兄基业，成为江东之主。故言“年少”。兜鍪：头盔，代指士兵。万兜鍪，指代千军万马。坐断：据守，占据。

⑤“天下”三句：天下英雄只有曹操和刘备才称得上是孙权的对手，生儿子就要生像孙仲谋一样的儿子。英雄、曹刘：《三国志·蜀书·先主传》载，曹操曾与刘备共论天下英雄，曹操说：“今天下英雄惟使君（指刘备）与操耳，本初（指袁绍）之徒不足数也。”后《三国演义》中“青梅煮酒论英雄”一节即据此敷衍。生子当如孙仲谋：《三国志·吴书·吴主传》注引《吴历》云：曹操尝与孙权对垒，“见舟船、器仗、军伍整肃，喟然叹曰：‘生子当如孙仲谋，刘景升儿子（指刘琮）若豚犬（猪狗）耳。’”孙仲谋：孙权字仲谋。

［词解］

这首小令，语言简洁明快、用典浑然天成，并且采用设问的手法，从而使本词具有强烈的艺术感染力。上片借杜诗结束眼前景物，下篇用曹操之语为议论收尾，水到渠成，无迹可寻。

“何处望神州？满眼风光北固楼。”中原故国已经沦陷于金兵手中，登临北固楼，看到的也不过是周围的一片美好风光，这怎能不让人产生“新亭对泣”之感呢！这一句抒发的正是山河破碎之感，读来怎能不让人感到伤心呢？

不作故国中原之思，且看这北固楼周围之风物：想当年，江东之地，也曾硝烟弥漫，战火连连，上演过多少兴亡交替的历史戏剧啊？北固楼周围壮美的自然风光，无不充满了历史的厚重感，因此，词人接下来再问一句：“千古兴亡多少事？”这句问话纵览古今，语重心长，令人回味无穷。可是，往事越千年，英雄已不在，只有无尽的长江依旧滚滚东流。“悠悠”者，既指长江之流水，又指时间之漫长，以及词人思绪之无穷。“不尽长江滚滚流”，借用杜甫《登高》诗句：“无边落木萧萧下，不尽长江滚滚来。”千古多少兴亡事？逝者如斯，而词人心里的无限哀愁与感慨，不正像是这川流不息的江水吗？

“年少万兜鍪，坐断东南战未休。”孙权十九岁就统率千军万马，占据江东，奋发自强，西征黄祖，北拒曹操，战斗不息，那是何等的英雄气概！上面这二句是实写，因为这是真实的历史，因而更具有说服力和感染力。作者在这里一是突出了孙权的年少有为，年纪轻轻就在赤壁之战中大败雄才大略、人多势众的强敌曹操，展示了孙权非凡的胆识和气魄。二是突出了孙权的伟大功业，他征战四方，不断壮大。显然，辛弃疾称赞孙权的坚决抗曹并取得胜利，正是以此反衬南宋朝廷的昏庸懦弱、只图一时苟安、毫无进取之心。

孙权领众据江东

“天下英雄谁敌手？”若问天下英雄谁可以称得上是孙权的对手呢？作者自己答曰：“曹刘”，只有曹操与刘备罢了！曹、刘、孙三人，论智勇才略，孙权未必比曹、刘强。辛弃疾在《美芹十论》中对孙权的评价也并没有在本词里这么高，但是词人在这里却把孙权作为三国时代第一流的英雄来颂扬，之所以如此，实际上是借凭吊之名感叹当今朝廷没有像孙权那样的英雄人物执掌政权！《三国志·吴书·吴主传》注引《吴历》说：建安十八年（213），曹操率领四十万大军进攻濡须口，孙权率兵七万抵抗月余，曹操远远地见对面将士严明整肃，孙权相貌堂堂，乃喟然叹曰：“生子当如孙仲谋，刘景升儿子若豚犬耳！”一代枭雄曹操对敢于与自己抗衡的强者，是敬佩、欣赏的，对于像刘景升的儿子刘琮那样不战自降的懦夫，则轻蔑地斥为任人宰割的猪狗。作者这句话中所蕴含的深意，不言自明。

南宋政权昏庸腐朽，懦弱无能，从上到下都对金朝持妥协投降的态度。词人在这里只说前一句赞语，后面那句“刘景升儿子若豚犬耳！”则隐去不说，可是人们仍然会马上联想到：当今朝廷主张和议的人，不都是刘景升儿子之类的猪狗吗！“生子当如孙仲谋”这句话，本是曹操所说，现在从辛弃疾口中说出，正好代表了南宋军民要求振奋精神、恢复中原的心声。

这首词通篇三问三答，上下照应，意境高远。它与《永遇乐·京口北固亭怀古》相比，一个是风格明快，一个是沉郁顿挫，同是怀古伤今，写法却大相径庭，两篇词作都可以称得上是千古绝唱。

[词评]

乐府始于汉，著于唐，盛于宋。大概以情致为主，秦、晁、贺、晏虽得其体，然哇淫靡曼之声胜。东坡、稼轩矫之以雄词英气，天下之趋向始明。

——王博文《天籁集序》

瑞鹧鸪

京口有怀山中故人[①]

写作背景

此词作于辛弃疾任镇江知府时，这一时期，辛弃疾既思抗金复国，又因为自己年老体衰而频频思归，因此他的内心十分矛盾。此词就是体现其思归之情的一首作品。

[原词]

暮年不赋短长词，和得渊明数首诗[②]。君自不归归甚易，今犹未足足何时[③]？　偷闲定向山中老，此意须教鹤辈知[④]。闻道只今秋水上，故人曾榜《北山移》[⑤]。

[注释]

①山中故人：隐居山林的老朋友。根据词意，“故人”当指猿鹤之辈。

暮年不赋短长词

②“暮年”二句：人到老年不再写那些慷慨之词，应当多做几首像陶渊明那样恬淡的诗。

③“君自”二句：归隐山林其实很容易，但是您自己却不知道归去，现在不知道知足，要到什么时候才能知足呢？唐人崔涂《春日旅怀》：“自是不归归便得，五湖烟景有谁争。”辛弃疾《满江红·山居即事》：“若要足时今足矣，以为未足何时足。”

④“偷闲”二句：愿终老山林享受清闲，这份心意一定要让猿鹤知道。鹤辈：指猿与鹤。辛弃疾《沁园春·带湖新居将成》：“三径初成，鹤怨猿惊，稼轩未来。”

⑤“闻道”二句：听说现在隐居山水的故人正日日盼我归来。秋水：指稼轩瓢泉居处之秋水堂。

[词解]

这首词通篇表现的都是归隐之思。作者在镇江知府任上，虽积极备战，希望能够完成恢复中原的大业，但是朝廷对他根本不重视，并对他的备战工作屡屡掣肘，使他难以有所作为。这让辛弃疾内心十分失望，于是退隐之心又起。

上片“暮年不赋短长词，和得渊明数首诗”开篇点明题旨，年纪大了，眼见时局艰难，南宋政权日渐衰微，作者有心无力，所作的那些慷慨激昂的豪壮之词也只能是徒增自己的烦恼与悲愤，还不如写几首像陶渊明那样的风格恬淡的诗，聊以自慰。作者一生都希望恢复中原，使国家统一，但是无奈壮志难酬，只能效仿渊明归隐田园以终老。接下来的二句写自己应当知足早归，留在此地只能是进退维谷，让自己更加郁闷。

下片紧承上片，点明自己所思念的山中故友正是猿鹤之辈，作者与它们早就有了盟约，要与其为伴，终老田园，作此词也正是要将自己归隐的心意告诉它们。最后二句表明秋水堂前贴着自己以前曾日日诵读以自警的《北山移文》，希望自己能够早日回家隐居。

[词评]

余于词，所爱喜者三人焉。盖至东坡而一变，其豪妙之气，隐隐然流出言外，天然绝世，不假振作。二变而为朱希真，多尘外之想，虽杂以微尘，而其清气自不可没。三变而为稼轩，乃写其胸中事，尤好称渊明。此词之三变也。

——汪莘《方壶诗余自序》

瑞鹧鸪

京口病中起登连沧观偶成①

写作背景

此词与前面一首《瑞鹧鸪》作于同时。

[原词]

声名少日畏人知，老去行藏与愿违②。山草旧曾呼远志，故人今又寄当归③。　何人可觅安心法？有客来观杜德机④。却笑使君那得似，清江万顷白鸥飞⑤。

[注释]

①连沧观：位于镇江，是当地的游览胜地。

②“声名”二句：年轻的时候就怕自己名声太响而惹来灾祸，不想老了以后仍然事与愿违，掩藏不住自己的行迹。行藏：行迹、行止。《论语·述而》：“用之则行，舍之则藏。”潘岳《西征赋》：“孔随时以行藏，蘧与国而舒卷。”

③“山草”二句：有一种生长在山间的药草名叫远志，老朋友又给我寄来了一味当归。此处借药名委婉地表达自己归隐的心志。山草：即小草。小草与远志是一味药材的两个名字。典出《世说新语·排调篇》：“谢公（指谢安）始有东山之志，后严命屡臻，势不获已，始就桓公司马。时人有饷桓公药草，中有远志，公取以问谢：‘此药又名小草，何一物而有二称？’谢未及答，时郝隆在座，应声答曰：‘此甚易解。处则为远志，出则为小草。’谢甚有愧色。”这味草药的根部名叫“远志”，埋于土中为“处”，指隐居；叶子名叫“小草”，破土而出为“出”，指出仕。东晋时以隐居为风尚，称志尚高远。辛弃疾借以抒发“老去行藏与愿违”的处境和心态。当归：也是一种药草的名字。《吴志·太史慈传》：“曹公闻其名，遗慈书，以箧封之；发省，无所道，但贮当归。”

④“何人”二句：谁能找到使我安心的办法，唯有寄意于佛、道二教，

无欲无求而已。安心法：契嵩《传法正宗记·慧可传》："神光曰：'我心未安，乞师与安。'尊者曰：'将心来与汝安。'曰：'觅心了不可得。'尊者曰：'我与汝安心竟。'"杜德机：谓杜绝了生机。《庄子·应帝王》中说神巫季咸能预知人的生死。列子与之见壶子。季咸谓壶子将死。列子以告壶子，壶子曰："向吾示之以地文，萌乎不震不正，是殆见吾杜德机也。"

⑤"却笑"二句：却笑你哪里能像那飞翔在万顷碧波上的白鸥那样一尘不染，毫无机心呢？

[词解]

此词与上一首《瑞鹧鸪》（暮年不赋短长词）作于同时，主旨也与之相同，都是抒发归隐之思。上片起句说自己年轻的时候担心声名太高会给自己带来麻烦，不想到老了以后依然事与愿违，仍然有很多的人对自己打击排挤。因此接下来作者十分巧妙地运用两味草药委婉地表明自己的归隐之心。作者宁愿不做远志，而做山中的小草，恰逢友人又给自己寄来了当归这味草药，"当归"就是应当归去。作者此处连用两个典故，实际上是对官场的争斗与风波表示了厌倦与无奈，希望能够早日归去。下片作者转而谈论起佛法与道法。怎样才能让人求得心安之法？有空的时候读读佛经、《庄子》，就能使自己的心里获得宁静的感觉。结韵点明题旨，写登楼观望所见之景，作者在担心自己是否能像白鸥一样脱俗忘机，突出了归隐田园的乐趣。

[词人逸事]

辛弃疾是一位伟大的爱国词人，也是一名以药名填词的行家里手。

相传，辛弃疾在新婚之后，就赶赴前线抗金杀敌。疆场夜静闲余，他就用药名填词给自己的妻子写了一首《满庭芳·静夜思》，来表达自己的思念之情："云母屏开，珍珠帘闭，防风吹散沉香，离情抑郁，金缕织硫磺。柏影桂枝交映，从容起，弄水银堂。连翘首，掠过半夏，凉透薄荷裳。一钩藤上月，寻常山夜，梦宿沙场。早已轻粉黛，独活空房。欲续断弦未得，乌头白，最苦参商，当归也！茱萸熟地，菊老伴花黄。"这首词运用了二十多个中药名，包括云母、珍珠、防风、沉香、郁金、连翘、柏叶、桂枝、苁蓉、水银、连翘、半夏、薄荷、钩藤、常山、宿沙、轻粉、独活、续断、

清江万顷白鸥飞

乌头、苦参、当归、茱萸、熟地、菊花。据说，他的妻子接到这封信后，也同样写了一首药名词给辛弃疾，词云:“槟榔一去，已历半夏，岂不当归也。谁使君子，寄奴缠绕他枝，令故园芍药花无主矣。妻叩视天南星，下视忍冬藤，盼来了白芨书，茹不尽黄连苦。豆蔻不消心中恨，丁香空结雨中愁。人生三七过，看风吹西河柳，盼将军益母。”这首词中运用了16种中药名，表达了妻子思夫的绵绵情意。

生查子

题京口郡治尘表亭①

写作背景

这首词作于嘉泰四年春至开禧元年夏（1204—1205）期间，辛弃疾时任镇江知府。

［原词］

悠悠万世功，矻矻(kū kū)当年苦②。鱼自入深渊，人自居平土③。　红日又西沉，白浪长东去④。不是望金山，我自思量禹⑤。

［注释］

①郡治：郡府官署所在的地方。京口就是当时镇江府郡的行政中心。尘表亭：一座亭的名字，余不详。

②“悠悠”二句：大禹当年治水非常辛苦，由此也建立了万世不朽的功业。悠悠：长远，悠久。当年苦：据《史记·夏本纪》记载，禹的父亲鲧因为治水无功而被舜帝诛杀，禹继承父业，“劳身焦思，居外十三年，过家门不敢入”，终于驯服洪水。矻矻：辛苦劳累的样子。

③“鱼自”二句：鱼回到深渊之中，人生活在平地之上，可谓各得其所。此处极力称赞夏禹治水功业卓著。《老子》：“鱼不可脱于渊。”《孟子·滕文公下》载：“禹掘地而注之海，驱蛇龙而放之菹（沼泽）。”又云：“险阻既远，鸟兽之害人者消，然后人得平土而居之。”深渊：极深的水。平土：平地。

④“红日”二句：红日慢慢地落下西山，江中白浪滚滚地向东流去。

⑤“不是”二句：我不是在眺望远处的金山，而是怀念远古时代的大禹。

治水的夏禹

金山：在镇江西北的长江中。据《舆地纪胜·镇江府景物》："旧名浮玉，唐李琦镇润州，表名金山。因裴头陀开山得金，故名。"上有金山寺，至今仍是镇江游览的名胜。

[词解]

这首词借歌颂夏禹来勉励自己。上片称赞大禹辛勤治水建立了万世不朽之功业。后面二句是大禹治水的成果，那就是使鱼儿重回深渊，人们能够安定地生活在平地上。下片着重描写眼前之景，红日西沉、大江东去，景色十分壮阔辉煌，颇有千古悠悠、逝者如斯之意。结韵面对壮丽的景色，词人自然而然地又怀念起了大禹，用以照应开端二句。辛弃疾此时已是六十多岁的老人了，几经宦海沉浮，最终却未能实现自己抗金复国的壮志，这当然不是他自身的原因，而是整个时代的悲剧，想当年大禹治水，虽然遭受了诸多磨难，但是最终还是成功地将洪水驯服，也算是功德圆满，而自己又该何去何从呢？唯有砥砺心中壮志，尽力而为吧。话虽如此，我们仍可从词中，感觉到词人那种深沉而悲凉的悲观情绪，因为当时的南宋王朝，正如眼前的滚滚东流的江水一样，江河日下，大厦将倾，很难有所作为了。此词前六句全用对偶句，颇似近体诗中的五言律诗。但上片怀古，下片叙今，又分明是词体的结构特色。

[词评]

蔡光陷北，辛弃疾以所业谒之。蔡曰："诗则未也，他日当以词名。"

——冯金伯《词苑萃编》

玉楼春

乙丑京口奉祠西归①，将至仙人矶②

写作背景

南宋宁宗开禧元年（1205）三月，朝廷以辛弃疾荐人不当为由，将他降职。六月，又改其为隆兴知府。但辛弃疾尚未动身，朝廷又撤回任命，授以"提举冲佑观"的空衔，命他"理作自陈"。表面上是任辛弃疾自由处置，实际上则是置官遣返。这首词就作于这年秋天辛弃疾奉祠西归的途中。

[原词]

江头一带斜阳树，总是六朝人住处[3]。悠悠兴废不关心，惟有沙洲双白鹭[4]。　仙人矶下多风雨，好卸征帆留不住[5]。直须抖擞尽尘埃，却趁新凉秋水去[6]。

[注释]

①乙丑：即开禧元年（1205）。奉祠西归：即指辛弃疾被授以“提举冲佑观”之空衔而向西返回铅山瓢泉。

②仙人矶：地点不详，据词意，当在京口、建康一带的长江水边。

③“江头”二句：谓斜阳照在江头一带的树木上，这里曾是六朝人居住的地方。六朝：三国吴、东晋、宋、齐、梁、陈，因其相继建都于建康（今江苏南京），故史称六朝。

④“悠悠”二句：言对历朝历代的兴衰交替不再关心，只关心沙洲白鹭而已。意谓此去即终老田园，再不过问政治。

⑤“仙人矶”二句：言想在仙人矶下卸下船帆小住几日，无奈风雨不定，难以停留。

⑥“直须”二句：言正应抖尽满身灰尘，趁天气初凉赶紧乘船返乡。

[词解]

这首词作于辛弃疾奉祠西归的途中，这是他仕途上的第三次罢官，也是最后一次罢官。本词写得恬淡自适，对罢官毫不挂怀，抒发了词人想早日回到故居、终老田园的想法。

惟有沙洲双白鹭

上片写江景，词人最后一次做官是在镇江，这里曾经是六朝时繁华与兵火相交的重要地点，此地的山山水水见证了六朝的兴衰存亡，对词人来说，这些都不能使他再为之感慨欷歔了，他现在只是惦记着瓢泉故居的山水松鹤。

下片抒发了词人及早归去的心情，含义却极为丰富，一方面是因为悲秋之感，秋风秋雨愁煞人，必须及早归去。另一方面是作者对朝廷感到失望，对政治上的风波争斗感到厌倦，想尽快地逃离政治漩涡。“直须”句可见词人不屑一顾、磊落旷达的胸襟。“秋水”含义双关，既指眼前的江水，也兼指瓢泉家园中的“秋水堂”。但是作者所向往的恐怕也只是自己家的秋水堂吧！

[词评]

苏以诗为词，辛以论为词，正见词中世界不小，昔人奈何讥之。

——卓人月、徐士俊《古今词统》

瑞鹧鸪

乙丑奉祠归，舟次余干赋①

写作背景

本词作于南宋宁宗开禧元年（1205）秋，辛弃疾三度罢仕归隐，“奉祠西归”途中。自此以后朝廷虽屡有诏命升迁，直至兵部侍郎、枢密都承旨，但辛弃疾都坚辞未出，直到开禧三年（1207）九月六十八岁时抱憾而终。

[原词]

江头日日打头风，憔悴归来邴(bǐng)曼容②。郑贾正应求死鼠，叶公岂是好真龙③。　　孰居无事陪犀首，未办求封遇万松④。却笑千年曹孟德，梦中相对也龙钟⑤。

[注释]

①舟次：舟船停泊。余干：县名。据《读史方舆纪要》，县址在饶州南百二十里。今江西余干县。

②“江头”二句：言乘船归乡，却总是逆风而行，归来以后的憔悴样犹如古人邴曼容。打头风：顶头风。憔悴：困顿萎靡的样子。邴曼容：西汉时人。《汉书·两龚传》说他“养志自修”，为官所取俸禄不肯超过六百石，一旦超过，便自动免去。辛弃疾在此以邴自况。

③“郑贾”二句：以郑贾求鼠和叶公好龙两个寓言故事，讽喻南宋执政者只求抗金虚名，却不做实际工作。郑贾求鼠：郑贾为寓言中人物。《战国策·秦策》：郑人称未经雕琢的玉为“璞”，周人称未经晒干的鼠为“朴”。周人怀朴过郑贾处。郑贾本想买璞，但见是朴，遂罢。叶公：也是寓言中的人物。

刘向《新序·杂事》：叶公子高爱龙，满屋雕画皆龙。天龙闻而下之。叶公一见真龙，吓得面如土色、六神无主。寓言作者说："是叶公非好龙也，好其似龙非龙者也。"

④"孰居"二句：言从今以后无事可干，唯饮酒而已，且与青松为友。孰居无事陪犀首：据《史记》的《张仪列传》：犀首，名叫公孙衍，魏国人。陈轸见犀首曰："公何好饮也？"犀首答曰："无事也。"孰：谁。未办求封遇万松：还没有获得封侯的赏赐，却先把万株松树接纳为自己的朋友。遇：相待，接待。

孰居无事陪犀首

⑤"却笑"二句：如果在梦中与曹操相遇，恐怕也只能是龙钟相对了。曹孟德：曹操字孟德。龙钟：衰老的样子。

［词解］

《瑞鹧鸪》这个词牌对词作的字数、句数、平仄和押韵等的要求与七律是相同的。唯一的区别就是，词被分成了上下两片。辛弃疾这首《瑞鹧鸪》完全可以看作是一首七律。首联写自己从水路归乡，以及在归途中的心情。"江头日日打头风"，既写水路之难走，又暗指作者在仕途上遭受的一连串打击。"憔悴归来邴曼容"则以深知进退出入之道的邴曼容自比，又有引用邴曼容辞官以"养志自修"的故事来勉励自己之意。颔联借用典故讽刺时政，将朝廷名为抗金，实为投降自保的举动比喻为郑人求鼠和叶公好龙，真可谓是一针见血。颈联语调凄凉，想象自己终老田园，作诗饮酒，却并无喜悦之情。可能也是由于自己年事已高，处于一种对"来日无多"的恐惧。尾联写梦中与曹操相对的龙钟之态，二人虽然都是老态龙钟，但是曹操一生南征北战，建功立业；自己却是报国无门，蹉跎一世。怎能不叫人感慨。

［词评］

名人大手，集中皆有宫商之语，辛稼轩当宋之南，抱英雄之态，有席卷中原之略，厄于时运，势不得展，长短句口涛涌雷发，坡公以后，一人而已。

——冯班《叙词源》

洞仙歌

丁卯八月病中作[1]

写作背景

开禧三年（1207）八月，辛弃疾染疾，九月十日卒，这首词是辛弃疾生前作的最后一首词，算得上是他的绝笔了。

［原词］

贤愚相去，算其间能几？差以毫厘谬千里[2]。细思量：义利舜跖(zhí)之分，孳(zī)孳者，等是鸡鸣而起[3]。

味甘终易坏，岁晚还知，君子之交淡如水[4]。一饷聚飞蚊，其响如雷，深自觉、昨非今是[5]。羡安乐窝中泰和汤，更剧饮无过，半醺(xūn)而已[6]。

［注释］

①丁卯：开禧三年（1207）。

②“贤愚”三句：贤与愚之间的界限很小，但是如果有一丝一毫的偏差，就会产生迥然不同的结果。《孟子·离娄下》：“则贤不肖相去，其间不能以寸。”《史记·太史公自序》引《易》语：“失之毫厘，差以千里。”

③“义利”三句：同样是鸡鸣即起，勤奋的追求，却有舜义跖利的分别。《孟子·尽心上》：“鸡鸣而起，孳孳为善者，舜之徒也。鸡鸣而起，孳孳为利者，跖之徒也。欲知舜跖之分，无他，利与善之间也。”跖：相传为春秋末年的奴隶起义领袖，柳下惠之弟，世称盗跖。孳孳：同“孜孜”，勤奋不懈的样子。

④“味甘”三句：言小人之交终究不如君子之交。《礼记·表记》：“故君子之接如水，小人之接如醴；君子淡以成，小人甘以坏。”又，《庄子·山木》：“君子之交淡如水，小人之交甘若醴；君子淡以亲，小人甘以绝。”

⑤“一饷”三句：对于小人的诽谤，可以不去理会；但是君子自当每日三省吾身，不断完善自己的美德。一饷聚飞蚊，其响如雷：语出《汉书·中山靖王胜传》“夫众煦漂山，聚蚊成雷”，喻积小成大，兼喻众口诋毁，危害很大。昨非今是：陶渊明《归去来兮辞》：“觉今是而昨非。”

⑥“羡安乐窝”三句：羡慕那种在自己家里饮酒达到半醺即止的安乐悠然的境界。《宋史·邵雍传》谓邵雍“名其居曰安乐窝，因自号安乐先生。旦则焚香燕坐，晡时酌酒三四瓯，微醺即止，常不及醉也”。泰和汤：指酒。泰和：太平和乐之意。

君子之交淡如水

［词解］

这首词是辛弃疾的临终之作，大概是人到晚年，回顾一生，体悟深刻，故作此词表明自己的人生感悟。上片表述自己对于人们所谓的“贤”“愚”的思考。辛弃疾认为，“贤”“愚”就悬于一念之间，差之毫厘，则谬以千里。那么是什么原因导致了这样的差异呢？可能就是由于每个人孜孜不倦地追求不同的目标造成的吧。接着作者又举出了舜和盗跖的例子，他们在古代是贤与不贤的代表人物。正因为他们有不同的追求，才造成了后世对他们有不同的评价，因此做人不可不谨慎，以防铸成大错。下片承接上片之意，进一步讨论小人之交与君子之交的区别，言小人之交若甘醴，但是这样的友谊却容易变质；君子之交淡如水，却能长久地保持下去。正是基于这样的认识，作者提出：小人的诽谤虽然给自己带来了一定的损失，但是大可不做理会。作为君子，要追求尽善尽美，不断完善自己的品德，做到无愧于心，这是需要人们进行借鉴的。最后词人表明自己晚年只追求安乐半醉的状态，只要能够过上悠然自得的生活就心满意足了。

全词没有作者平素那种壮怀激烈的感情，亦不见沉郁悲愤之情，唯平淡质朴，这也是作者看透世情、心无波澜的达观心态的体现。

图书在版编目(CIP)数据

图解辛弃疾词／辛弃疾著,崇贤书院释译.—合肥:黄山书社,2015.11

(经典传家系列丛书)

ISBN 978-7-5461-5320-9

Ⅰ.①图… Ⅱ.①辛… ②崇… Ⅲ.①宋词-选集 Ⅳ.①I222.844

中国版本图书馆 CIP 数据核字(2015)第 292127 号

出 品 人　任耕耘
总 策 划　任耕耘　李　克
选题策划　汤吟菲　白剑峰
项目统筹　刘　春
责任编辑　程　景
装帧设计　未　氓
责任印制　戚　帅
出版发行　时代出版传媒股份有限公司(http://www.press-mart.com)
　　　　　黄山书社(http://www.hspress.cn)
地址邮编　合肥市政务文化新区翡翠路 1118 号出版传媒广场 7 层　230071
印　　刷　安徽新华印刷股份有限公司
版　　次　2016 年 3 月第 1 版
印　　次　2016 年 3 月第 1 次印刷
开　　本　700mm×1000mm　1/16
字　　数　390 千
印　　张　25
书　　号　ISBN 978-7-5461-5320-9
定　　价　29.80 元

服务热线　0551-63533706

销售热线　0551-63533761

官方直营书店(http://hsssbook.taobao.com)